Le 5ᵉ règne

Maxime Williams

Le 5ᵉ règne

ÉDITIONS DU MASQUE

*Ce livre est une ode à l'amitié, à l'enfance
et à la magie qui nous entoure,
car elle est bien là, dans notre vie de
tous les jours, mais nous ne la voyons plus.*

« *Si* **7** *est le chiffre de* **Dieu** *et* **6** *celui du* **Diable**, *alors* **5** *doit être celui de l'*homme. »

PIXIES
Librement adapté de Monkey Gone to Heaven

« *Dieu créa l'homme à son image [...] ce fut le sixième jour.* »

La Sainte Bible

« — *Linné avait en son temps classifié la terre en règnes. Végétal, minéral, et animal. Acceptons de séparer l'homme des bêtes, et nous avons* **4** *grands règnes terrestres. N'y aurait-il pas la place pour un cinquième qui les lierait tous ensemble, celui qui fixe l'univers et en dicte les rouages ? Le* **5**ᵉ *règne, tout comme l'homme a* **5** *sens et cherche désespérément son* **6**ᵉ. *Qu'en sera-t-il alors ? Deviendra-t-il le Diable en passant au chiffre* **6** ? *Et si cela était une étape obligatoire pour atteindre le* **7** *et devenir Dieu ?* »

Stein Harden,
professeur au lycée Whitman,
Edgecombe-Rhode Island.
1952.

PROLOGUE

France, massif du Griou en Auvergne, dit « massif du clos perdu », 1310.

La flamme vacillante d'une torche se reflétait sur le plastron poli de l'armure. La haute silhouette se faufilait calmement entre les tentes dressées près des chariots. Antonio savait ce qu'il faisait, la mission était claire : il fallait supprimer les trois *étrangers*.

Il s'arrêta près d'un lourd chariot rempli de couvertures en peau de mouton, s'agenouilla et prit soin de camoufler l'insigne croisé qui ornait son heaume. Un peu de terre et le tour était joué ; on ne reconnaîtrait pas le blason des guerriers jésuites du Vatican — la troupe d'élite, le *Corpus Christi* comme on l'appelait secrètement. Doucement, il sortit son épée du fourreau et dissimula l'éclat de sa lame aux torches qui tentaient vainement de lutter contre les ténèbres environnantes. Le vent qui s'était levé avec la lune ne cessait de venir torturer les flambeaux épars et leurs lueurs se projetaient sur le sol, formant des dessins mystérieux.

La nuit est mauvaise, pensa Antonio. *La nuit est mauvaise et le démon hurle dans le vent, ça n'est pas une nuit pour assassiner, le malin rôde parmi nous ce soir.*

Et il revit frère Giovanni vaticinant que les *étrangers* étaient des impies et que s'ils restaient en vie l'avenir des fidèles de Dieu serait menacé. Frère Giovanni et ses deux acolytes, tous trois hauts-émissaires de l'Inquisition, qui s'étaient subitement rendus au beau milieu de la France en cette période d'instabilité politique. Antonio avait été affecté à la garde des émissaires depuis Avignon, dernier fief papal en France. Depuis quinze jours qu'ils avaient quitté les hauts remparts protecteurs de la ville, l'occulte n'avait eu de cesse de tresser sa nappe de mystifications, abusant les hommes de guerre qui formaient le convoi. Tous croyaient voir des augures diaboliques dans la moindre volute de brume, chaque éclair était pris pour un avertissement, chaque bruissement de feuille devait accompagner les pas du démon. Tous commençaient à regretter cette mission. Mais qui donc étaient ces trois hommes drapés comme des sorciers qui parlaient néanmoins le latin ?

Ces étrangers.

Qui étaient-ils pour constituer une menace pour les fidèles de Dieu ?

Non loin, un pan de tente se souleva et frère Alberto apparut. Il tenait à la main un rouleau de papier et sa bure était couverte de taches noires. Il s'arrêta sous le porte-torche qui trônait devant l'entrée, et s'y réchauffa les mains. Un long sourire de contentement déchira subitement son visage. Frère Alberto était le plus effrayant des trois Inquisiteurs, par la large balafre qui sillonnait son visage du front jusqu'au bas de la joue, mais aussi et surtout à cause de l'éclat sadique et furibond qui brillait en permanence dans ses yeux.

Cet homme est la perfidie incarnée, s'était dit Antonio à leur première rencontre.

Le rouleau de papier calé sous un bras et les mains s'enlaçant au-dessus des flammes, il se mit subitement à rire, découvrant ses dents jaunes tout abîmées.

Pour Antonio le temps commençait à se faire long, le visage congestionné dans son heaume étouffant, il avait l'impression de respirer sans cesse le même air suffocant. Sa barbe de quinze jours lui irritait les joues à force d'être coincée par le fer, et la puanteur de deux semaines sans se laver devenait réellement problématique — sans compter les divers relents acides qui habitaient désormais l'armure.

Le signe vint le sortir de sa torpeur.

Alberto porta une main à sa bouche et siffla à deux reprises, invitant Antonio à accomplir sa sinistre besogne. Celui-ci se faufila entre les ombres de la nuit et se glissa dans une des larges tentes du campement.

À quelques mètres de là, deux autres silhouettes en armure laissaient l'empreinte de lourdes bottes dans la terre et évitant autant que possible les braseros et leur clarté rougeâtre, ils s'introduisirent dans une autre tente.

La lune était haute, c'était la lune rousse.

Pleine et voilée d'une pellicule ambrée elle glissa entre deux immenses blocs de nuages ; alors les hurlements commencèrent.

*

1re PARTIE

« [...] Tous ces serments doivent se faire à minuit, dans l'endroit le plus effrayant et le plus solitaire qu'on puisse trouver... Le mieux, c'est une maison hantée, mais maintenant, elles sont presque toutes démolies... »

Tom Sawyer à Huckleberry Finn
Les Aventures de Tom Sawyer, Mark Twain.

De nos jours, quelque part dans le Rhode Island, USA

1.

Anatole Prioret était assis devant la grande baie vitrée de la maison de retraite Alicia Bloosbury.

Il contemplait la vieillesse.

La vieillesse qui s'était sournoisement emparée de son corps avec le temps. Souvent il se demandait pourquoi ne pas avoir frappé son esprit avec la même force réifiante que celle qui avait eu raison de sa pauvre carcasse, l'obligeant à vivre sur des roues, pour le pire et le plus ridicule.

Dehors les retraités vagabondaient docilement, dans l'attente du néant.

Sean, le garçon de quinze ans assis à côté de lui, le regarda en plissant les yeux, l'interrogation pointant singulièrement sur son visage. Mille questions se croisaient dans son esprit.

— À quoi tu penses, Grand'pa ?

— Oh ! À des choses qui dépassent tes préoccupations d'adolescent, fiston. Mais tu te rappelles notre *deal* quand on pêchait ensemble l'été dernier ? Tu sais lorsque je t'avais dit qu'entre nous deux il ne fallait pas de fioritures, de superflu, et que je te parlerais comme à un adulte, tu te rappelles ça ?

Sean acquiesça d'un bref signe de tête.

— Eh bien je songeais à tous ces gens avec qui on m'enferme, et à tous les mensonges qu'on nous apprend durant notre vie. Tu vois, Sean, vivre c'est lénifier nos raisons de faire et d'être. Tu sais ce que ça veut dire lénifier, non ? Lénifier c'est adoucir les choses, les rendre plus « gentilles » qu'elles ne le sont vraiment.

Sean scrutait Anatole avec minutie, plongeant son regard dans celui du vieil homme.

— Je t'embête avec mes histoires de vieux, hein ?

Sean secoua la tête. Il savait que si sa mère avait été présente, la conversation n'aurait pas pris cette tournure. Elle jugeait que certains sujets ne convenaient pas à la candeur d'un garçon de quinze ans.

— Tu as l'air fatigué, gran'pa, dit-il en posant sa main sur l'avant-bras du vieil homme.

— Ah, oui ? Ne te tracasse pas trop, c'est à cause de cauchemars qui m'embêtent la nuit, mais ça n'est rien. Bon maintenant il se fait tard, alors file donc, et n'oublie pas de revenir me voir dimanche prochain.

Sean se leva et adressa un salut fier en souriant une dernière fois à son grand-père, puis traversa le grand hall et trottina jusqu'à son vélo qui gisait sous un grand pin. Une bourrasque de vent lui fouetta les cheveux.

Le ciel s'assombrissait à mesure que les nuages s'amoncelaient au-dessus de la petite ville d'Edgecombe, octobre s'annonçait fidèle à sa réputation.

*

Sean pédala sur toute la 4e rue, dépassant l'église catholique et disparaissant sous l'ombre du haut château d'eau avant de passer devant l'école élémentaire Barney. Il croisa Main Street et tous ses commerces, puis longea le stade avant d'arriver dans son quartier, les « Palissades » comme on l'appelait à cause des nombreuses clôtures de bois qui séparaient les maisons. Il allait tourner pour s'engager dans Lawson Street lorsqu'il aperçut la silhouette de Lewis sur la butte voisine. Il se passa la main dans les cheveux châtains qu'il avait trop longs et qui commençaient à rebiquer au-dessus des oreilles, et sourit malicieusement comme un enfant qui se prépare à faire un sale coup. Il bifurqua et emprunta un des nombreux sentiers qui partaient vers le terrain vague, fournit un effort plus intense pour monter la forte pente et dérapa juste derrière Lewis. Celui-ci sursauta avant de s'exclamer :

— T'es vraiment con ! Tu m'as filé une de ces trouilles ! J'ai cru que c'était Aaron et Lloyd.

Aaron et Lloyd étaient deux petites frappes sévissant sur les plus jeunes et plus faibles qu'eux ; âgés d'à peine vingt ans, tout le monde dans la ville leur prédisait une sinistre fin, *tôt ou tard* disait-on, *ils iront en prison ou disparaîtront tragiquement.* À vrai dire, il s'agissait plus d'un souhait commun que d'une prédiction, même si la cruauté de cette pensée interdisait à quiconque d'en faire part à voix haute, tous ou presque y songeaient.

Lewis, comme quelques-uns de ses camarades américains, souffrait d'un petit excès de poids, rien d'irrattrapable à son âge, il était un peu enrobé, et ne faisait pas grand-chose pour y remédier. Il était fort et s'en accommodait simplement. Quinze ans, les cheveux coupés en brosse et le visage poupin, il constituait la cible privilégiée des deux voyous. Une proie facile.

— T'as encore eu des problèmes avec eux ? demanda Sean.

— Ça n'arrête pas. Hier, Lloyd m'est tombé dessus alors que je rapportais une bouteille de bière pour mon père, et il me l'a volée. J'ai dû dire à mes parents que j'avais trébuché et que la bouteille s'était brisée. Je te raconte pas ce que j'ai pris ! J'en ai vraiment marre. Je voudrais pouvoir leur casser le nez et leur faire avaler leur morve par la bouche !

— Tu l'as dit.

Sean regarda en bas de la butte, la voie de chemin de fer désaffectée qui menait jusqu'à l'usine délabrée, lieu de prédilection pour les parties de paint-ball que Sean, Lewis et quelques autres enfants organisaient régulièrement.

— Faudrait se faire une petite mission ce week-end, Tom Willinger m'a dit qu'il avait reçu le dernier fusil Cobra pour son anniversaire, moi il me reste une dizaine de billes de peinture, on pourrait se préparer ça dans l'usine, non ? proposa Sean.

— Faut voir, répondit Lewis, ma mère elle aime pas trop que je traîne par là depuis l'affaire Tommy Harper, elle dit que le fou peut sévir encore à Edgecombe.

Edgecombe, petite ville tranquille de douze mille habitants, venait d'être sous les projecteurs de l'actualité. Publicité dont tous se seraient bien passés. Un drame terrible avait secoué la population de la ville à peine dix jours plus tôt. Un psychopathe sévissait sur le nord de la côte Est depuis maintenant deux mois, la police d'État demeurait incapable de mettre la main dessus et le FBI restait tout aussi bredouille. Cela venait de coûter la vie à un petit garçon de cinq ans. Tommy Harper avait été retrouvé le long de la voie ferrée.

Étranglé.

Edgecombe, qui aspirait à une paisible routine, avait tressailli. Là où la stupeur paralysa ses habitants dans un premier temps, l'indignation se lisait à présent sur tous les visages. Le shérif Hannibal conseilla à tous les enfants de ne plus sortir après dix-sept heures et d'une manière générale de ne pas sortir seuls ; conseil que, bien évidemment, peu respectaient. La tension commençait à présent à redescendre, la police admit qu'il y avait très peu de chances pour que le tueur agisse de nouveau dans la région, cependant on pouvait encore sentir la méfiance des parents, et nombreux étaient ceux qui interdisaient à leurs progénitures de sortir dans les bois entourant la ville.

Mais pour les enfants c'était la rentrée scolaire depuis un mois, c'était également l'automne et la magie du ciel gris et de ses orages ; alors s'il fallait en plus y ajouter un meurtre, la saison des mystères était parfaite. La rumeur des aventures soufflait dans les arbres, les feuilles commençaient doucement à brunir, et à mesure que l'automne sourdait de la terre et de l'air, une étrange ambiance se tissait dans tout le comté.

— Ouais, c'est une sale histoire, dit Sean en scrutant avec encore plus de minutie les rails qui s'étendaient quelques mètres en contrebas, comme pour y déceler une tache sombre ou un bout de vêtement.

Ils restèrent là, à discuter de cette tragédie pendant une heure, puis Sean remonta sur son vélo et s'apprêta à dévaler la pente vers sa maison, deux rues plus loin, lorsque Lewis lui demanda :

— Tu crois que le meurtrier est encore dans la ville ?

Lewis apprécia la sonorité du mot dans sa bouche. *Meurtrier. Ça sonne bien, ça roule dans la bouche, ça rebondit contre le palais, contre les joues et ça sort rondement entre les lèvres.* Lewis aimait vraiment ce mot, de plus, il faisait peur.

— J'espère pas, ou sinon, faudra que l'officier Piper lui mette la main dessus !

Les deux gosses se mirent à pouffer de rire. L'officier Piper était un gros garçon de trente ans, qui passait son temps à essayer de faire peur aux enfants de la ville pour s'assurer un minimum d'autorité que le reste de la population ne lui octroyait pas facilement. Bégayant à la moindre altercation, devenant rouge et gonflé comme un volcan à chaque fois qu'il n'arrivait pas à se faire respecter (à peu près à chaque fois), il était la risée des enfants. Tous se demandaient encore comment un type pareil avait bien pu intégrer les forces de police — surtout aux côtés d'un homme comme le shérif Hannibal dont on ne tarissait pas d'éloges !

— Bon, tâche de ne pas tomber sur les deux idiots, on se voit demain au lycée.

Sean disparut dans un nuage de poussière.

Lewis se tourna pour prendre son sac à dos qui gisait par terre et ce faisant, il admira l'usine décrépie. Elle était formée de deux gros bâtiments principaux, chacun haut de plus de quinze mètres, d'un vieux réservoir d'eau et de deux autres appentis plus bas, enfin une grosse cheminée montait vers les cieux, *le four à marmots* comme on l'appelait. La voie ferrée s'arrêtait entre les deux constructions principales, un wagon abandonné trônant dessus depuis des années. Lewis fixa la longue cheminée, elle était dévorée par la rouille, mangée petit à petit par la gangrène, on pouvait même y voir de nombreux trous, parfois aussi gros qu'un homme.

C'est dans l'un d'entre eux que Lewis crut voir une silhouette bouger, lentement, comme en rampant dans le noir épais de l'orifice, une silhouette qui l'observait du haut de son promontoire pourri.

Un meurtrier.

Le mot ne roula pas du tout dans la bouche comme Lewis l'aimait quelques secondes auparavant, il gronda plutôt, le mot avait perdu toute sa saveur.

Un engoulevent s'envola en piaillant à quelques mètres de lui.

Lewis regarda plus attentivement le trou béant comme une gueule sinistre. Il n'y avait rien d'autre que le noir. Le noir et son cortège d'imagination. Tout pouvait être tapi dans le noir d'un trou de cheminée comme celui-ci. Tout, de la plus affreuse abomination jusqu'au plus insignifiant rien du tout. Mais Lewis était un enfant, et les enfants voient toujours le pire dans le noir. Il guetta encore un court instant et rien n'étant apparu, il détala en vitesse, il se fichait bien de tomber face à Lloyd ou Aaron, du moment qu'il ne tombait pas nez à nez avec la silhouette dans la cheminée.

Devant *un meurtrier.*

2.

— Bien évidemment tout le monde sait quel est le nom de cette chaîne de montagnes, qui parcourt toute l'Europe ? N'est-ce pas Zachary ?

Zachary Trent, Zach comme l'appelaient ses amis, leva brusquement la tête du magazine érotique qu'il avait dissimulé dans son classeur de géographie. Ses longs cheveux bruns lui tombèrent devant le visage.

— Oh, bien sûr mademoiselle Lorenz, c'est le... les montagnes de... c'est les Carpates de Dracula !

Hilarité générale.

— Pas exactement, même si les Carpates en font partie, mais dites-moi, « monsieur Trent », vous n'auriez-vous pas appris votre leçon, une fois de plus ?

Zachary, du haut de ses dix-sept ans, stagnait irrémédiablement en 10ᵉ. Plutôt feignant dès qu'il s'agissait de rendre un devoir, plus porté sur les sorties et les filles que sur ses cours, il était devenu la cible des professeurs. Toutes les questions passaient à un moment ou un autre par lui, c'était devenu quasi rituel. De deux ans plus vieux que la plupart de ses concitoyens de classe, il forçait l'admiration des jeunes filles, et était respecté de tous les garçons comme un vieux chef indien qui aurait été détenteur des secrets de l'univers ; bien que peu osent lui parler.

— Alors quel est le nom de cette chaîne montagneuse ? Vais-je devoir vous retenir en colle une fois de plus samedi après-midi ?

Juste devant Zach, Sean leva discrètement un papier sur

lequel était inscrit en gros caractère le mot « Alpes ». Il inclina légèrement la feuille de manière à ce que Zach puisse la lire sans trop de difficulté.

— Ah oui ! Les Alpes ! dit fièrement Zach en arborant un large sourire.

Lenia Lorenz eut du mal à cacher sa surprise.

— Bien... reprenons, bafouilla-t-elle. Vous avez donc ici les Alpes, avec les massifs centraux...

Sean sentit qu'on frottait un morceau de papier contre sa main, entre sa chaise et celle de son voisin. Tout doucement il jeta un coup d'œil et vit une publicité pour une marque de voiture roulée sur elle-même comme pour improviser une matraque. Il prit l'imprimé que lui faisait passer Zach et le déroula lentement sur ses genoux. Écrit en gros sur la voiture était inscrit : MERCI. Sean tourna le magazine et rougit jusqu'aux cheveux lorsqu'il vit les seins roses d'une jeune fille dénudée et le nom du magazine qui apparaissait en couleurs vives : *Penthouse.*

*

Zach accéléra le pas jusqu'à se retrouver à la hauteur de Sean.

— Merci pour tout à l'heure, sans toi Miss América m'aurait collé tout l'après-midi !

Sean haussa les épaules l'air de dire « *t'en fais pas, c'était normal* ».

— Et sinon, qu'est-ce que tu dis du magazine ? Sympa Juliette Juillet non ? Surtout au niveau des poumons, moi je trouve qu'elle a de quoi argumenter au corps-à-corps !

Les deux adolescents éclatèrent de rire ensemble alors qu'ils passaient le long du stade ou s'entraînait l'équipe locale de base-ball.

Sean décrocha enfin un mot :

— C'est ta copine, Helen Delattre ? Je veux dire, tu... sors avec elle ?

Zach sourit légèrement, il regarda Sean.

— Pourquoi ? Tu veux te la faire ?

Pour la deuxième fois de la journée Sean vira au rouge sans même pouvoir contrôler ce sentiment de culpabilité qui l'envahissait. Il balbutia tant bien que mal :

— Non, je demandais juste.

Zach, toujours le sourire au coin de la bouche lui tapota amicalement le dos.

— Si elle t'intéresse je te la laisse avec plaisir. Moi j'ai d'autres vues en ce moment. Et puis pour être franc avec toi, Helen, c'est impossible de lui approcher une main du décolleté.

Zachary Trent n'était pas seulement le doyen de la classe, c'était aussi le Don Juan du lycée. Avec sa gueule d'amour, son côté sévère d'enfant qui vit dans la rue, ses cheveux longs et son perfecto en cuir, Zach était l'idole de plus d'une jeune fille à Edgecombe. Mais il avait dix-sept ans, en avait passé pas loin de quinze à traîner dans la rue, pas toujours avec les meilleurs éléments de la ville, et son caractère tout autant que son franc-parler en étaient imprégnés. Là où les garçons de quinze ans lui enviaient sa loquacité, les filles de dix-sept, elles, le considéraient comme un goujat dès lors qu'il avait ouvert la bouche sans prendre de précaution. Zach avait la cote, avec les filles de quinze ans — une honte pour lui : le grand séducteur d'Edgecombe.

Ils marchèrent jusqu'à Twin-hills Street où ils tournèrent pour rejoindre la 4ᵉ rue qui les conduirait dans les « Palissades ».

— Comment ça se fait qu'on s'est jamais vraiment parlé avant, demanda Zach, on habite à côté l'un de l'autre et on n'est pas devenus de bons potes ?

Sean avait bien une idée. *On est différent, et puis toi t'es LE Zach, moi je suis juste un mec du quartier que t'as jamais remarqué, comme tous les autres.* Mais il voyait mal comment l'exprimer clairement. Il se contenta de dire :

— Je sais pas, on traîne sûrement pas dans les mêmes coins.

Zach acquiesça distraitement. Il regardait vers une des

nombreuses maisons clones qui formaient le quartier des Palissades. Sean observa à son tour mais ne vit rien. Rien dans un premier temps, jusqu'à ce qu'il remarque la silhouette agenouillée près d'une moto au milieu du garage d'une des maisons.

— C'est qui cette fille ? demanda Zach. Je l'ai déjà vue, elle est au lycée normalement.

— Elle s'appelle Meredith Slovanich, je crois. C'est un vrai mec, toujours le nez fourré dans des moteurs ou des trucs comme ça.

Zach quitta le bitume de la route pour les petites dalles de l'allée privative.

— Besoin d'un coup de main ? dit-il.

Meredith leva la tête et examina l'intrus. Elle avait du cambouis sur le visage, et même dans ses cheveux blonds coupés à la garçonne.

— On n'a pas besoin de coureur de jupons ici, merci quand même.

Zach haussa un sourcil surpris par l'assurance et la défiance dont elle faisait preuve. Elle semblait plus ou moins du même âge que lui, mais son attitude était celle d'un homme qui lui aurait cherché des crosses. Sean sentant la tension monter, s'approcha d'elle et lui dit :

— Tu n'étais pas au lycée aujourd'hui. Tu séchais ?

— Et tu comptes me mettre une colle pour ça ? s'exclama-t-elle en se remettant debout, et en s'essuyant les mains d'un chiffon incolore.

Zach s'approcha de la moto, c'était en fait une petite 80 cm³ à laquelle on venait de souder un side-car artisanal.

— Tu vas rouler avec ça ? demanda-t-il.

Elle le fixa dans les yeux. Mais ceux du garçon se promenaient sur la mécanique. Oubliant toute animosité, Zach commenta :

— Ton engin va être vachement ralenti, je crois que tu devrais rajouter une barre de renfort ici, pour soutenir plus le side-car.

— C'est prévu, dit-elle sans le lâcher du regard.

— Et à quand le lancement ?

— À ce soir. Mais si vous êtes si fortiches vous n'avez qu'à venir pour y assister, à vingt-deux heures.

Zach saisit la balle au vol.

— O.K. On sera là. J'apporterai quelques bières, histoire de se consoler si ça foire.

Profitant de l'occasion pour opérer une sortie brillante, il tourna le dos au garage, adressant un petit signe de main à Meredith, et s'en alla sans rien ajouter.

Meredith les regarda s'éloigner tout en continuant de s'essuyer consciencieusement les mains, ce qu'elle faisait depuis deux bonnes minutes maintenant. Elle finit par poser le chiffon. T'es trop nerveuse ma vieille.

Le culot avec lequel Zach lui avait répondu la mettait mal à l'aise. En un instant la situation avait échappé à son contrôle, elle avait voulu se montrer plus maligne que Zachary et l'enchaînement des réponses l'avait contrainte à parler sans réfléchir. Voilà qu'elle venait de l'inviter avec Sean Anderson au lancement de son side-car artisanal. À présent qu'elle avait tout le temps pour y réfléchir, et aucune pression, les réponses idéales lui venaient à l'esprit avec facilité. Trop tard évidemment, comme d'habitude. C'était toujours comme ça dans la vie, à chaque fois trop tard.

Zach et Sean marchaient en direction de leurs logis respectifs lorsque Zach lui dit :

— Bon t'as intérêt à remmener tes fesses ce soir, on risque de bien se marrer.

— J'aimerais bien, mais ça va être difficile pour moi, demain il y a cours et si mes parents me surprennent en train de faire le mur je suis un homme mort.

Zach lui mit la main sur l'épaule.

— Pour une fois qu'on a l'occasion de faire un truc

ensemble et de faire un peu connaissance, tu vas pas me laisser tout seul...

Sean émit un grognement.

— Allez *gringo*, je te fais confiance, je t'attendrai devant chez toi à dix heures ce soir, lança Zach en le quittant.

*

Le soleil tombait lentement sous la ligne d'horizon, colorant l'atmosphère de rouge et d'orange luminescent. Les collines boisées de l'ouest avalaient l'astre avec une douceur machinale. Le Pocomac — rivière traversant Edgecombe d'ouest en est jusqu'à se déverser dans l'océan près du port — faisait miroiter à sa surface des centaines de petits reflets dorés, pareils à un miroir géant qui se serait brisé, répandant ses morceaux sur la rivière.

Edgecombe était paisible. Ses rues se figeaient progressivement à mesure que les cuisines s'allumaient un peu partout dans la ville pour préparer les dîners des douze mille citoyens. Le stade s'était vidé quelques minutes auparavant de ses jeunes joueurs de base-ball. Ed Farmer fermait la porte de son épicerie, se préparant à rejoindre Al Paterson le libraire à la taverne Tanner. Le vieux bâtiment gothique converti en bibliothèque (avec ses gargouilles sinistres, ses doubles encorbellements et ses mansardes pointues le faisant ressembler à une vieille maison du moyen âge) trônait dans la pénombre du parc municipal, tandis que Mlle Donner l'illustre bibliothécaire et Brian Smythe, le tout nouvel assistant, descendaient les hautes marches de pierre du perron. Ils traversèrent le parc de l'indépendance noyés dans l'obscurité et rejoignirent leurs voitures respectives. On disait qu'ils avaient une aventure, mais cela restait à l'état de rumeur, une parmi tant d'autres dans une petite bourgade maritime comme Edgecombe.

Tout le monde quittait ses obligations journalières pour intégrer ses fonctions familiales, les foyers se remplissaient, les lumières électriques inondaient subitement les maisons et la grande activité sociale du début de soirée se mettait en branle chez chacun.

Quelque part dans la ville, tapi dans la nuit avec la cruauté à fleur d'âme, le Mal se mit à sourire...

*

Sean déposa dans son assiette l'épi de maïs qu'il venait d'ingurgiter. Phil Anderson, son père, se leva pour éteindre la télévision qui ne cessait de déblatérer un discours que personne n'écoutait.

Sean jeta un bref regard vers la pendule du salon, elle indiquait 20h50. Il en était encore à se demander s'il allait vraiment procéder à son escapade nocturne lorsque son père lui dit :

— Ton frère a téléphoné tout à l'heure, il a décroché un contrat pour une pub, c'est pas grand-chose a-t-il dit, mais ça lui fait un peu d'argent. Avec ta mère, nous songions à lui rendre visite ce week-end, ça te tenterait une petite promenade à New York ?

Voir son frère, et à New York de surcroît, était alléchant, mais Sean avait déjà un projet bien plus amusant pour le week-end, et si la partie de paint-ball prévue pour samedi après-midi avait lieu sans lui, il serait hors concours pour le titre de tireur d'élite du comté, c'était impensable.

— Tu sais, papa, j'aime bien Sloane, mais il faudra qu'il se passe de ma présence parce que j'ai un contrôle de maths lundi matin et il faut que je révise avec Lewis à la bibliothèque.

Amanda Anderson avait commencé à débarrasser, elle reposa la pile d'assiettes qu'elle tenait. Surprise, elle demanda :

— Si tôt dans l'année, tu as déjà des interrogations écrites ?

— Oui maman, et c'est important, c'est pour faire une évaluation de notre niveau à tous.

Il n'aimait pas mentir à ses parents, et c'était chose rare. Phil posa sa serviette sur la table, signe qu'il était repu, et intervint :

— Bien, après tout je ne vois pas d'objection à ce que tu restes si c'est pour travailler...

— Non Phil, dit Amanda, il ne va pas rester seul tout le week-end ! Il n'en est pas question !

— Mais maman, je l'ai déjà fait en août quand vous êtes partis chez les Manekenwitz, et ça s'est très bien passé, objecta Sean tout affolé à l'idée de manquer le paint-ball du week-end.

Amanda se trouva désarmée face à cet argument d'une logique imparable et décida de clore momentanément le débat d'un :

— Bon, eh bien on verra ça plus tard !

Profitant du flottement, Sean quitta la table et prit la direction de l'escalier en expliquant qu'il allait se coucher, rompu par une grosse journée d'école.

Quand il arriva dans sa chambre, au premier étage, il n'alluma pas la lumière tout de suite. Poussant du pied une caisse de jouets, il marcha jusqu'à la fenêtre à guillotine qu'il ouvrit d'un geste rapide. Il s'agenouilla près du rebord et guetta.

La fenêtre donnait sur la contre-allée menant au garage, lui-même en retrait par rapport à la maison. Il avait vue sur le garage donc, mais aussi sur le côté de la maison des voisins, et surtout sur une portion de la rue. Il la scruta lentement. Il vérifia son réveil qui indiquait 21h01. Il avait le temps. Même si le risque de se faire pincer était présent à son esprit, le désir de fréquenter Zach était plus fort encore et sa décision de sortir ce soir était prise. Il avait hâte d'y être et en même temps il appréhendait un peu.

Son regard accrocha la caisse bleue qui traînait dans un angle. Elle était remplie de figurines et de jouets divers.

Sean avait quinze ans, et là où tous ses amis étaient fiers

d'avoir jeté leurs jouets aux méandres poussiéreux des greniers, lui avait le plus grand mal à s'en séparer. Tirer un trait définitif sur ses jouets, c'était enterrer son enfance à jamais. C'était creuser ce fossé qui éloigne pour l'éternité les adultes du monde des féeries juvéniles, cela revenait à renoncer à la magie de l'enfance. Il aimait trop ce monde où l'on pouvait encore se donner l'illusion d'être vraiment quelqu'un d'autre.

Il se leva, traînant les pieds sur le parquet et s'empara de la caisse bleue où il cachait ses figurines *Star Wars*. Il alla jusqu'à une grande porte qu'il fit coulisser et entra dans le dressing. Il le comparait au placard dans lequel E.T se cachait dans le film de Spielberg, ayant lui aussi quelques peluches entassées là-dedans il s'était pris parfois à chercher la tête de l'extra-terrestre parmi celles-ci. Sans succès.

Sean posa la caisse et la poussa sous une colonne d'étagères pleine de vêtements et disposa un carton de photos devant. Il recula et s'assit, le dos en appui contre les placards du vis-à-vis. Il contempla le dressing. Des chemises et des blousons sur des cintres, des tiroirs pleins de chaussettes et de sous-vêtements, une douzaine de peluches entassées en vrac et la pénombre pour habiller l'ensemble d'un voile sibyllin. Combien d'heures avait-il passées là à se cacher ? Combien de frayeurs s'était-il créées en croyant entendre des bruits de monstre venant d'ici alors qu'il était blotti sous ses draps ? Lorsqu'il était plus jeune il s'emmitouflait entièrement dans ses couvertures, laissant juste un petit trou pour pouvoir respirer, il se sentait protégé d'un bouclier « anti-monstre ». Il savait que ce simple drap allait en fait le rendre invisible aux créatures du placard. Sean revoyait tout cela, il voyageait au travers de ses grandes émotions passées. Et il somnola.

Un son mat le réveilla. Une pierre tapant contre le bois du mur extérieur. Il sursauta et sortant de son état léthargique il alla vers la fenêtre. Au passage il jeta un coup d'œil à son réveil : 22h02. En contre bas, dans l'allée menant au garage se trouvait Zach, un sac sur l'épaule. Ce dernier imita le miaulement d'un chat, mais le résultat fut plus proche du cri d'un paon que de celui du félin. Sean enfila à toute vitesse sa veste en jeans et écouta à la porte de sa chambre. En bas la télé diffusait une quelconque série qui devait accaparer ses parents. C'était parfait. Il retourna à la fenêtre qu'il enjamba, prit appui sur le rebord, et d'un bond souple se propulsa sur la gauche, où il atterrit deux mètres plus loin sur le toit du garage. D'un geste vif il se rattrapa à la gouttière qui passait à côté et reprit son équilibre. Dix secondes plus tard il était dans la contre-allée, au côté de Zach.

— Ben mon vieux, chuchota Zach, tu te prends pour Tom Sawyer ou quoi ?

— Hey, c'est toi qui as commencé en faisant le chat, Huckleberry Finn ! rétorqua Sean. T'as quoi dans ton sac ?

Zach eut un léger sourire.

— De la bière, juste au cas où son side-car artisanal foirerait...

— Et dans le cas où il fonctionnerait ? demanda Sean.

— On les boira quand même !

*

À quelques centaines de kilomètres de là, dans un vieux hangar pourrissant de Boston, une étrange cérémonie s'achevait. Une femme émit un gémissement sourd, les yeux révulsés, les bras tressaillant comme sous l'effet d'une violente drogue qui affecterait le système nerveux, elle ouvrit la bouche et un filet de bave en sortit. La bave dégoulina sur la table de bois et forma une petite mare translucide. Puis les yeux se fermèrent, et la femme se mit à respirer lourdement. Les mouvements convulsifs de son corps s'arrêtèrent d'un coup. Elle rouvrit les yeux, de beaux yeux bleus, et entreprit de se masser la nuque et l'intérieur des coudes où ses veines étaient exorbitées.

— L'Ora est calme, dit-elle sèchement. Aucun message des Guetteurs. Je ne vois pas pourquoi nous nous entêtons à sonder le Royaume ! Depuis le temps, il est peu probable qu'Il réapparaisse !

L'homme en face d'elle se leva, un homme si massif qu'on

l'aurait cru taillé dans la pierre. Ses maxillaires se comprimè-
rent et son visage devint subitement plus agressif, une bestialité sauvage se dégagea de son regard. Quelque chose
d'animal émanait dangereusement de lui. D'une voix mono-
corde il s'exclama :

— Il se manifestera un jour ou l'autre, sois-en certaine, et
ce jour-là, nous mettrons la main dessus ! (Un rictus de
sadisme se dessina sur ses lèvres.) Le *boss* s'impatiente, il voudrait des résultats !

La femme se leva, détacha le pendule de cristal qui stagnait, pendu à son socle de bronze décoré de motifs cabalis-
tiques, et le fourra dans un écrin de velours.

— Alors dis-lui que je fais ce que je peux mais que je ne
vais pas m'épuiser pour rien !

— Dis-lui quoi ? demanda une lourde voix tapie dans un
recoin d'obscurité.

La femme tressauta et regarda vers le monticule de hautes
caisses en bois. Une silhouette noire en émergea, drapée d'un
long manteau de cuir et la tête — au crâne luisant — enfoncée dans une écharpe noire. L'homme parla d'une voix
calme, mais pleine d'une autorité écrasante. Il utilisait sa voix
comme un bras, imposant par les mots ce que d'autres
commandaient avec la force physique :

— Sachez, très chère, que je ne vous ferai nullement
gâcher vos talents en de vaines et futiles tâches. Ce que nous
entreprenons trouvera sa finalité très bientôt, j'en suis certain, je le sens.

Celle à qui s'adressait cette remarque ne put s'empêcher
de frémir alors que cette voix qu'elle connaissait depuis fort
longtemps l'enserrait de ses propos. Elle sentit les mots venir
jusqu'à elle et se glisser sous ses vêtements pour atteindre sa
peau frissonnante et lui remonter le long de l'échine, pareils
à une langue glaciale. Pourtant, le pire n'était pas ses mots,
mais ses yeux. Ses yeux dont l'éclat de folie promettait les
pires tourments à qui défierait son sadisme. L'homme dans
l'ombre avait des yeux terrifiants, *et une grosse cicatrice qui
lui barrait le visage du front jusqu'au bas de la joue.*

*

Meredith poussa de toutes ses forces l'engin et son lourd side-car. La semelle de ses tennis dérapait fréquemment sur le bitume, mais elle ne voulait pas mettre la moto en marche dans sa rue, cela réveillerait tout le quartier et elle préférait se passer de publicité quant à ses virées nocturnes.

Et puis ces foutues lunettes qui ne cessent de glisser ! Pourquoi j'ai pas mis mes lentilles ?

Elle continua de pousser la moto sur cent mètres tandis que la sueur lui coulait en grosses gouttes sur le front — allant jusqu'à lui brûler l'œil de son sel. Elle stoppa un instant afin de reprendre sa respiration.

Quand je pense à ces deux idiots qui voulaient venir ! Tous des grandes gueules ces mecs !

Elle avisa du chemin qu'il lui faudrait encore parcourir avant d'atteindre le terrain vague — seul lieu assez reculé où elle pourrait mettre les gaz sans craindre d'éveiller la curiosité des badauds. Cela allait être fatigant mais le jeu en valait la chandelle. Elle avait presque parcouru les cent trente mètres qui la séparaient de Williamson Way. C'était le chemin de terre qui entrait dans les terrains vagues et qui conduisait à la vieille usine dont elle voyait l'ombre sinistre de la cheminée se détacher au loin dans le ciel. Ensuite elle n'aurait qu'à marcher — *non, pousser* — sur une centaine de mètres et elle pourrait démarrer le moteur. La nuit était sombre, pas d'étoile, juste un quartier de lune brillant au-dessus des Twin hills. Les Twin hills donnaient leurs noms à de nombreux commerces ou accessoires dans la région car ces deux collines jumelles formaient les colosses boisés gardant l'entrée d'Edgecombe. À l'époque où l'usine Bertot fonctionnait encore, la voie ferrée grimpait jusqu'au col où elle fonçait entre les hautes silhouettes et partait au sud vers Scarborough hills près de Judith Point. Lorsqu'on s'approchait du port, on pouvait voir le faisceau lumineux du phare se promener au loin sur la surface de l'océan, par-delà la petite baie de la ville. Le phare était construit sur un des versants de la colline orientale, pas tout à fait au sommet afin de préserver l'intérieur des terres, en particulier la ville, de son puissant projecteur. Pour y accéder, on empruntait un long escalier taillé dans la pierre, fait de marches décaties et d'un sentier sinueux dans les bois. On l'appelait l'escalier des mille marches, même s'il ne devait pas en comporter la moitié. Le phare dominait la grande masse noire de la jumelle orientale tandis que la jumelle occidentale était surplombée d'un à-pic rocheux à la base duquel surgissait une cascade. L'eau de la cascade — qui en descendant les pentes de la colline formait une petite rivière appelée Sharpy — fut décrétée non potable du fait des nombreuses pélites soufreuses, et l'on comprit enfin pourquoi les habitants du vieux moulin à eau dans la forêt étaient souvent malades, et le bâtiment fut vite abandonné.

Un gros nuage voila momentanément la lune. Meredith s'épongea le front et se remit en marche, poussant de tout son corps sur le guidon chromé de la moto. Quelques instants plus tard elle ignora le virage à droite que faisait la route goudronnée, et s'engagea dans un chemin dont les hautes herbes témoignaient du manque d'entretien. Le chemin coupait en deux une butte qui avait été dressée là pour prévenir la ville du bruit de l'usine. La butte n'était pas haute, à peine cinq mètres, mais elle suffisait à isoler le terrain vague et l'usine du reste du monde. Après une courte distance dans la terre boueuse et les hautes herbes qui montaient jusqu'à la taille par endroits, le chemin tourna sur la droite en s'éloignant encore plus de la ville. La lumière des lampadaires n'irradiait plus la route abandonnée, Meredith commençait à ne plus distinguer correctement sa trace.

Ce fut à ce moment précis — où sa proie était en difficulté — qu'il choisit de fondre sur elle.

Meredith ne vit rien venir, c'est à peine si elle réalisa quoi que ce soit lorsque l'ombre surgit derrière elle.

Quand une main s'abattit sur son épaule en criant, elle eut enfin une réaction. Elle hurla de tout son corps en bondissant sur le bas-chemin, et tomba à la renverse dans les ronces. Alors que son cœur battait la chamade elle tenta aussi vite que possible de se relever, mais les ronces l'agrippaient de leurs tentacules piquants. Elle réalisa subitement qu'on riait derrière elle et la peur la fuit, remplacée par la colère. Elle se débarrassa rageusement d'une branche d'épine, réajusta ses lunettes qui avaient glissé de son nez, et put se tourner vers la route. Zachary Trent se tordait littéralement de rire, il riait tant et si fort qu'il devait s'appuyer sur la moto pour ne pas finir sa crise d'hilarité à même le sol. Derrière lui, plus timoré, se trouvait Sean Anderson qui arborait un sourire gêné.

Zach t'es un homme mort ! C'est juste que tu ne le sais pas encore.

Meredith se leva d'un bond et ce, malgré les ronces qui lui labourèrent les avant-bras et le cou.

— C'est minable ce que tu viens de faire ! C'est minable et ça te ressemble bien !

Quelques gouttes de sang se mirent à perler sur sa peau. Zach, voyant les perles noires se former, prit conscience de son acte, mais des bribes de fou rire ne cessaient de réapparaître.

— Désolé je pensais pas que tu... tenta-t-il d'articuler entre deux spasmes.

Meredith le coupa :

— Ouais, bah la prochaine fois ne pense pas du tout, ça pourra pas être pire !

Zach voulut lui tendre la main pour l'aider à se sortir du buisson, mais elle le repoussa et se hissa toute seule en maugréant.

— Pourquoi tu l'allumes pas ? demanda Sean en désignant la moto du menton.

— Pour pas ameuter tout le quartier. Vous allez m'aider à la pousser jusqu'au pied de l'usine, et on la démarrera. Ça, tu peux y arriver sans faire de connerie, non ? dit-elle en adressant sa dernière réplique à Zach qui se tenait maintenant de l'autre côté du guidon.

Celui-ci se contenta de soupirer et tous trois se mirent à pousser.

Les mains plaquées sur l'acier froid du side-car, Sean ne put s'empêcher de regarder la haute cheminée qui se dressait cent mètres devant, gigantesque silhouette noire. Emmitouflée dans son grand manteau d'ombre, il irradiait de l'usine comme un avertissement.

Sean se sentit soudainement mal à l'aise.

— Hey, on est obligés d'aller jusqu'à l'usine pour démarrer la moto ? On peut pas le faire ici, ou le long de la vieille voie ferrée ? demanda-t-il d'une voix qu'il aurait voulue plus rassurée.

— Me dis pas que c'est cette histoire de four à marmots qui te fait flipper ? gronda Meredith. De toute façon comment tu veux qu'on pousse la moto jusqu'à la voie ferrée sans passer par l'usine, on va pas couper à travers les hautes herbes, t'as vu le poids de l'engin !

Meredith lui jeta un bref regard avant de réajuster pour la énième fois ses lunettes qui commençaient à glisser.

Il fallut que Meredith s'acharne sur le kick, temporisant afin de ne pas noyer le moteur, pour qu'enfin la mécanique se mette à vrombir. Tout d'un coup l'obscurité fut percée, le grand voile de ténèbres qui entourait l'usine et le terrain vague de toute son épaisseur fut comme déchiré par le bruit assourdissant de la moto. Avant il y avait le noir et l'intimité confinée qu'il donnait à leur présence, puis il y eut le piston qui, envahissant l'air de son bourdonnement aigu, fit perdre à la nuit sa discrétion. Sean avait l'impression qu'un projecteur venait de se braquer sur eux, le moteur cahotant lui faisait penser à une voix hurlant sans discontinuer « ON EST LÀ ! JUSTE À CÔTÉ DE L'USINE ! AVEC TOUT LE RAFFUT QUE NOUS FAISONS VOUS NE POUVEZ PAS NOUS MANQUER ! » et il se sentit terriblement vulnérable.

C'est pourtant Zach qui fit remarquer le premier le bruit qu'ils faisaient. Meredith, tellement absorbée dans l'observation de son petit bijou, ne semblait pas être sensible au vacarme. Finalement elle enfourcha la moto, non sans en avoir fait trois fois le tour, et fit signe aux deux garçons de s'approcher.

— Zach tu montes dans le side-car, Sean t'es plus petit, tu grimpes derrière moi.

Zach remarqua en s'installant qu'un gros coussin était posé au fond du side-car. Appréciant ce petit luxe il s'installa le plus confortablement possible ; l'absence de véritable fauteuil ne rendait pas la chose aisée. Puis il se lissa les cheveux et les attacha en catogan. Sean s'installa juste derrière Meredith.

— Tu peux te tenir à moi si tu veux, lui dit-elle avec le plus de neutralité possible.

Si ça avait été Zach derrière, nul doute qu'elle se serait bien gardée de le lui proposer, mais Sean avait l'air sympa, plus réservé, elle ne craignait pas qu'il en profite.

Elle cala ses lunettes sur son nez, et s'écria :

— Accrochez-vous, c'est parti !

Elle tourna la poignée des gaz.

Le deux-roues bricolé ballotta fortement puis s'élança le long de la voie ferrée, le ronflement du moteur qui avait paru jusqu'ici à Sean très bruyant, devint alors démentiel. Meredith passa les vitesses assez rapidement et le véhicule gagna en vélocité. Zach se pencha tant bien que mal pour crier à l'adresse de la pilote :

— Si tu mettais les phares ce serait peut-être plus prudent, on verrait où on roule comme ça !

Sans quitter le rideau sombre qui s'étendait devant eux elle cria à son tour :

— Y a pas de phares ! Ils ne marchent pas !

À trois dessus, avec un side-car greffé, la petite moto ne dépassait guère les cinquante kilomètres à l'heure, et le moteur se fatiguait vite, néanmoins ce qui comptait le plus pour Meredith c'est que l'assemblage fonctionnait.

L'acier frottait, l'acier pliait légèrement, mais il ne cédait pas.

Zachary fit un effort pour desserrer les mâchoires et paraître plus décontracté, mais ses yeux continuaient à s'affoler et à tourner en tous sens. Seule Meredith s'éclatait vraiment sans se soucier de l'accident. La main serrant la poignée des gaz à fond, un large sourire envahissait son visage.

Et puis il y eut un trou.

Pas profond, à peine vingt centimètres bien que suffisamment long pour que la moto et sa nacelle tombent et en ressortent en frappant la paroi. Au moment même où la moto bondissait pour sortir de la dépression, il y eut un bruit sourd et Zach se mit à hurler. Le side-car se détacha d'un coup et s'écarta de la moto. Il continua sur trente mètres (le trou l'avait déjà passablement ralenti) en soulevant un nuage de poussière et perdit de sa vitesse, tangua dangereusement à droite puis à gauche, sembla hésiter, comme pris d'un doute quant au chemin à suivre, pour finalement aller se renverser dans un buisson. Meredith contrôla la moto avec une agilité dont Sean ne l'aurait jamais supposée capable, redressement, dérapage et accélération, elle stoppa près de la nacelle couchée sur le côté.

— Zach, ça va ? demanda-t-elle en bondissant de la moto.

Sean, surpris par le poids soudain de l'engin tenta vainement de récupérer son équilibre, mais s'effondra en même temps que la moto, évitant de peu de se brûler la jambe avec le pot d'échappement.

Une tête émergea lentement du buisson et Zach, couvert de poussière, le regard hagard dit d'une petite voix :

— Plus jamais je ne remonte sur cette foutue bécane avec toi !

Meredith explosa d'un rire sincère.

— Si tu pouvais voir la tronche que tu tires ! Pourquoi j'ai pas un appareil photo ? Je deviendrais millionnaire en la vendant au lycée...

Zach, déjà passablement dépité, fit encore plus la moue

lorsqu'il extirpa du side-car son sac tout dégoulinant de liquide.

— C'est quoi ça ? demanda Meredith qui commençait seulement à se calmer.

— C'était de la bière, si tu avais roulé un peu...

— Taisez-vous ! interrompit Sean. Y a quelqu'un qui vient.

Tous regardèrent dans la direction que Sean indiquait. Une voiture s'engageait dans Williamson Way, là où les adolescents s'étaient retrouvés quelques minutes plus tôt.

— Merde, c'est le shérif Hannibal ! avertit Zachary. Tous à terre. S'il nous trouve ici il va nous ramener jusque chez nous et bonjour la tronche des parents si c'est les flics qui nous reconduisent !

Ils se jetèrent dans les hautes herbes et perçurent les phares blancs passer juste au-dessus de leurs têtes. Risquant un coup d'œil, ils reconnurent sans peine, et malgré la pénombre, la jeep cherokee bleu marine et surtout la barre de gyrophare sur le toit.

— Avec un peu de bol c'est juste l'officier Piper, dit Sean.

— T'as déjà vu Piper gros-lard sortir la nuit ? Je suis sûr qu'il reste cloîtré chez lui, persuadé que les vampires et autres créatures de la nuit le dévoreront s'il ose bouger ! objecta Zach.

La jeep s'arrêta au milieu du chemin, une portière s'ouvrit et un projecteur commença à balayer le terrain vague. Les trois adolescents baissèrent la tête.

— Et s'il voit la moto ? On est fichus ! balbutia Sean.

Zach, se voulant toujours rassurant intervint :

— Il la prendra pour l'une des nombreuses épaves qui traînent ici...

Meredith eut alors un regard pour Zach qui devait dire quelque chose comme « *si c'est ma moto que tu traites d'épave, je vais t'en donner de l'épave moi !* » mais le garçon ne la regardait pas.

La lumière repassa au-dessus d'eux, ils s'aplatirent le plus possible dans les herbes. Sean avait la tête écrasée sur une motte humide de terre. Le pinceau blanc disparut enfin, la porte se referma et le véhicule quitta le terrain vague en reculant.

Un long soupir se fit entendre. Meredith la première se leva et contempla le side-car.

— Bon les gars, va falloir me filer un coup de main pour ramener ça jusque chez moi.

Il était onze heures, ils étaient fatigués, sales et meurtris, mais l'énervement et l'excitation des dernières minutes les empêchaient de songer à aller se coucher. Ils observèrent Meredith.

C'était une sacrée fille.

*

Il avait vu, Il avait regardé ces petites silhouettes s'agiter un peu plus bas, Il avait entendu l'odieux boucan qu'ils avaient fait. Mais Il n'était pas descendu, Il n'avait pas tenté de se les approprier, non, pas cette fois-ci. Ils étaient trois, pas très costauds d'accord, mais trois tout de même. Si un seul Lui échappait il pourrait donner l'alerte et tout deviendrait plus dur, non, non ; Il allait attendre qu'une bonne occasion se présente et Il nourrirait la Bête. Celle qui Lui parlait la nuit, celle qui Lui envoyait toutes ces images atroces dans son sommeil, celle pour qui Il devait travailler. Car s'Il travaillait bien, s'Il donnait à la Bête ce qu'elle voulait, beaucoup de ce qu'elle voulait, alors Il pourrait retrouver le sommeil, alors Il pourrait repartir sur les routes pour Lui et rien que pour Lui. Il pourrait aller loin de sa perfide tanière, Il irait là ou Il voudrait, pour son plaisir. Mais il fallait beaucoup travailler pour la Bête, et déjà, alors qu'Il regardait les trois silhouettes s'éloigner avec leur moto, Il se prépara à servir la Bête.

3.

— Tu as bien compris ? S'il y a le moindre problème tu appelles les Norton, ils ont dit que si tu le voulais, tu pouvais même dormir chez eux.

— Maman, protesta Sean, j'ai tout compris, de toute façon les Norton habitent à côté alors qu'est-ce que ça peut changer que je dorme ici ou chez eux ? Ici au moins je suis chez moi...

— On ne sait jamais, je n'aime pas trop l'idée de te laisser seul avec ce qui s'est passé dernièrement, le drame... enfin tu sais. Bon, mon chéri nous sommes de retour demain en fin d'après-midi et surtout pas de boum ou surprise-party, peu importe le nom que tu leur donnes, je ne veux pas de fête ici ! Juste un ami à toi pour te tenir compagnie si tu veux, il pourra dormir dans l'ancienne chambre de Sloane. Ah, et n'oublie pas d'aller voir ton grand-père dimanche après-midi, ça lui fera plai...

— Fiche-lui la paix, Amanda, Sean a quinze ans, il est responsable, il saura se montrer digne de notre confiance.

Phil Anderson avait l'art et la manière de clarifier ce type de situation sans les alourdir de conseils. Il se contentait d'introduire son sempiternel principe de Confiance et le tour était joué. La grande Confiance familiale.

— O.K, c'est bon, je serai un fils indigne, je casserai toute la vaisselle dès que vous aurez claqué la porte et je ferai une soirée avec toute la ville dans votre salon en prenant bien soin de ne rien ranger avant votre retour... Oubliez pas d'embrasser Sloane pour moi, la superstar...

Son frère Sloane était parti s'installer à New York l'été

dernier ; de dix ans son aîné, c'était un grand frère plutôt discret dans ses rapports d'affection avec Sean, ils parlaient assez souvent ensemble mais jamais Sloane n'avait emmené Sean dans l'une de ses virées. Sloane le considérait comme un adolescent à qui il fallait donner beaucoup de conseils, mais jamais il n'était venu dans sa chambre pour lui remonter le moral lorsque septembre arrivait et que l'école devait reprendre, ou lorsque les problèmes existentiels l'assaillaient. Sloane c'était aussi et surtout la star de la famille. Il avait décroché un rôle dans un petit film pour la télé. Il avait nourri le rêve de devenir comédien et en avait touché du bout du doigt l'univers. En un an, il s'était battu comme un forcené, il avait tourné dans deux téléfilms, trois pubs et fait une courte apparition dans un soap-opéra populaire, mais il était toujours à la recherche du grand rôle qui lui ouvrirait les portes du succès.

Lorsque la voiture des parents s'éloigna sur l'allée, Sean se laissa tomber sur le sofa en souriant à pleines dents.

Il n'était pas quatorze heures que déjà trois garçons sonnèrent chez les Anderson. Il s'agissait de Thomas Tanner, Tom Willinger et Warren King. Thomas Tanner n'était autre que le fils du propriétaire de la taverne Tanner, Tom Willinger était lui un bon copain de Sean, blagueur et sûr de lui, il faisait un peu office de chef dans leur groupe. Quant à Warren King, c'était un jeune garçon habitant dans la partie de la ville au nord du Pocomac, le quartier de Bellevue. Bellevue n'était en fait qu'une rue (un cul-de-sac devrait-on dire puisqu'elle s'achevait en petite place au sommet de la colline nord), mais elle avait une particularité unique à Edgecombe : elle était entièrement jalonnée de grandes et belles maisons, pour la plupart de style victorien ou palladien. À peine une trentaine de propriétés, toutes splendides, nichées le long d'une rue décorée de magnifiques répliques des lampadaires à gaz du siècle dernier et le tout sillonnant largement les bois de la colline. L'église baptiste d'Edgecombe était située sur le versant ouest de cette même colline, « la colline d'opulence » comme l'appelaient certains. Warren King habitait Bellevue, un brave garçon qui était censé n'avoir manqué de rien, sa morphologie témoignait même de certains excès, et étant à l'abri de tout besoin, Warren inspirait souvent la jalousie de ses camarades du lycée. Cependant, Sean, Tom et les autres l'acceptaient volontiers dans leurs tournois de paint-ball car il était d'un esprit tactique sans égal, on en venait même à se battre pour avoir le haut stratège dans son équipe.

Sean fit entrer les trois garçons avant de continuer l'inventaire de son sac à dos et de dire :

— On attend encore Lewis et on pourra aller sur le terrain vague se faire sauter la cervelle !

Le temps s'était fait menaçant ces derniers jours, un ciel gris et couvert, un ciel d'automne. Curieusement, ce samedi 8 octobre, le ciel était clair et dégagé, de gros nuages de coton blanc flottaient haut dans les cieux, et d'énormes taches bleues apparaissaient par intermittence. Même la température ne ressemblait pas à la saison, et la plupart des enfants erraient en T-shirt dans les rues ; l'été rechignait à embarquer ses derniers effluves.

Sean le rêveur, Tom le casse-cou, Thomas le paresseux, Warren le fils à papa, Lewis le peureux et Josh son cousin hypocondriaque étaient tous vautrés dans l'herbe en haut de la butte séparant le terrain vague du quartier des palissades. Allongés, un fusil à la main.

Lewis chargeait méthodiquement les billes de peinture dans le réservoir de son arme, pendant que Tom Willinger, mâchouillant une tige de blé, regardait l'usine désaffectée.

— Alors t'es sûr que tu veux pas faire la partie d'aujourd'hui dans l'usine ? dit-il à regret.

— Certain, répondit Sean, on va changer un peu, l'usine on commence à la connaître, on va se la jouer commando dans la jungle désormais !

Lewis, qui n'osait rien dire jusqu'ici, approuva fortement cette idée. Aller se balader dans les couloirs noirs de l'usine avec une arme qui ne tire que des petites billes de peinture n'était pas trop pour lui plaire, plus depuis dimanche soir et cette étrange sensation d'avoir été observé par quelqu'un.

— Les limites vont du terrain vague à la Sharpy, reprit Sean, mais on ne dépasse pas le vieux moulin à eau.

— On va faire des équipes de deux, dit Tom. Warren t'es avec moi, Thomas et Josh vous êtes ensemble et Sean et Lewis vous faites l'équipe numéro trois. Avant hier, j'ai laissé mon bandana rouge accroché à une racine du vieux chêne, celui qui est au pied de la colline, à côté de la Sharpy, tout le monde le connaît ?

Tous acquiescèrent.

— Bon, alors on va se séparer, le premier groupe qui ramène le bandana ici, sur la butte, sans s'être fait dégommer, a gagné. C'est clair ? Allez, tous dans la forêt, dans cinq minutes le feu est autorisé.

Personne ne protesta contre le fait que Tom s'était d'office choisi Warren comme équipier. Tous prirent leurs affaires, et l'aventureuse équipée débuta.

Lewis appréciait d'être avec Sean, de tous les garçons c'est celui qu'il connaissait le mieux, ils se fréquentaient depuis qu'ils étaient à la Barney's Elementary Schooll.

Sean se leva et descendit le talus, l'arme au poing lorsqu'il entendit Lewis s'écrier :

— Attends-moi ! J'ai pas fini de charger mon flingue !

— Grouille-toi, lui rétorqua Sean, dans même pas cinq minutes les autres vont nous canarder.

Lewis se redressa péniblement, réajusta son pantalon treillis, dont il était fier (il avait dû travailler deux jours à tondre le gazon et nettoyer le jardin pour que sa mère daigne le lui acheter), et dévala la pente, les billes dans une main, le chargeur dans l'autre et l'arme sous le bras.

Les deux garçons traversèrent le terrain vague dans sa largeur, enjambant à mi-chemin la voie ferrée, et deux cents mètres plus loin entrèrent dans l'orée de la forêt. Ils pou-

vaient voir, au loin sur leur gauche, s'élever la colline occidentale de Twin hills, avec son escarpement rocheux au
sommet et la chute d'eau de la rivière Sharpy. Et ils s'enfoncèrent dans la masse sylvestre. Pas un seul instant ils ne
remarquèrent les deux ombres qui, discrètement, se mirent à
suivre leurs traces, cachées dans la végétation.

*

Le shérif Hannibal posa son chapeau sur le bureau. Il se
servit un café qu'il fit réchauffer au micro-ondes. Bon achat
que ce micro-ondes, le service de police avait vraiment bien
fait d'investir dans ce petit bijou de modernité, on pouvait
décidément tout faire avec ça !

Il s'installa à son bureau, enfourna un doughnut au sucre
dans sa bouche et sortit une pochette rouge d'un lourd tiroir
d'acier. Dessus était inscrit en gros caractères noirs : DOSSIER
TOMMY HARPER, 23/09, ASSASSINE. Benjamin fixa la
pochette et sa couleur pourpre comme si une quelconque
phrase allait subitement y apparaître. Le bip électrique du four
à micro-ondes retentit, le sortant de sa contemplation. Il se
leva, prit soin de vérifier que la tasse n'était pas ébouillantée et
la déposa sur son bureau bien ordonné. Son bureau était toujours bien rangé, propre et prêt à servir. Tout comme sa vie. Le
shérif d'Edgecombe vivait seul, ne sortait pas beaucoup et
jamais très loin, de manière à pouvoir intervenir en cas d'urgence, il ne fréquentait aucune fille bien qu'étant assez sédui-
sant, il avait d'ailleurs dans sa jeunesse eu un certain succès
pour ses yeux gris et son sourire romantique ; en somme il
menait une vie que beaucoup auraient qualifiée d'ennuyeuse.
Mais Benjamin Hannibal ne s'ennuyait pas. Il était shérif de la
ville, et bien plus que réprimer et sévir, il prévenait, et cela passait par tous les moyens : discuter avec tout le monde — être
shérif ici c'était être l'ami de tous —, prêter l'oreille à tout ce
qui se disait et en extirper le vrai du faux, et toujours jeter un
coup d'œil sur les éléments susceptibles de troubler l'ordre et la
quiétude d'Edgecombe. La ville était paisible, parfois une rixe

éclatait à cause d'un des garçons agités habitant le quartier des caravanes, mais dans l'ensemble c'était plutôt calme. Des litiges entre voisins, des animaux domestiques disparus momentanément, et des farces de gamins, c'était là le pain quotidien du shérif.

Benjamin ouvrit la pochette et en tira les feuillets du rapport. Une pile de photos glissa du dossier et s'éparpilla sur la table. L'une d'entre elles cogna contre la tasse de café. C'était un cliché en couleurs, on y voyait un jeune enfant étendu sur le sol, la tête posée sur un rail. Les yeux grands ouverts, figés dans une expression d'apathie totale, la bouche légèrement entrouverte qui semblait dire « *vous voyez, j'ai pas eu trop mal, ça n'a pas été si terrible que ça en fait* ». Une large marque violacée lui mangeait le cou. Tous ceux qui avaient été présents ce jour-là, tous ceux qui avaient vu le petit corps mutilé avaient su, au plus profond de leur être, que ça avait été terrible. Le docteur Clay n'avait pas pu faire preuve du détachement « professionnel » requis dans ce type de situation et à la vue de ce garçon qu'il avait souvent ausculté dans son cabinet, un flot de bile lui remonta la gorge avant qu'il ne s'effondre dans les hautes herbes. Très vite le FBI était arrivé, le tueur ayant sévi auparavant dans l'État de New York et du Connecticut, le Bureau avait pris l'enquête en charge. C'est l'agent spécial Fergusson qui demanda à ce qu'on cache certains détails de la réalité afin de préserver la famille et les habitants sensibles de tourments inutiles. Car Tommy Harper n'était pas mort étranglé, pas tout à fait. Sur la photo on voyait son torse nu, la poitrine couverte de sang et de lambeaux visqueux de chairs. Benjamin s'en souvenait parfaitement, il revoyait la scène dans ses moindres détails et le doughnut au sucre se fit plus pesant dans son œsophage.

Il faisait sombre ce jour-là, les nuages volaient bas, et l'air était chargé d'électricité. Il y avait un léger voile bleuté sur la lumière du jour. Il soufflait un vent puissant, les hautes herbes du terrain vague étaient couchées par tant de force, et au loin on pouvait voir les branches des arbres se cambrer et agiter leurs feuilles mourantes. Les herbes ne paraissaient d'ailleurs pas vertes ou jaunes comme à leurs habitudes, mais grises. C'était comme si on avait disposé une sorte de philtre céruléen sur ses rétines. Des éclairs de lumière vive hachaient la vision, bien qu'il n'y ait pas d'orage. Il s'agissait d'un appareil photo. Steve Allen, l'auxiliaire du shérif, flashait le corps inerte sous tous les angles en grimaçant à mesure qu'il découvrait les blessures mortelles de l'enfant. Le sang lui-même n'avait pas la couleur rouge, il était noir. Des touffes d'herbes entières étaient couchées à même le sol. Elles étaient maculées de taches noires qui, coagulant, les avaient assemblées en petits épis colorés. L'enfant était habillé de son pantalon, de ses chaussures, c'est tout ce qui lui restait. Pourtant, en arrivant sur les lieux, Benjamin aurait juré que Tommy Harper portait un T-shirt noir, de loin il avait pris pour un T-shirt ce qui en fait était la peau nue du garçon, recouverte de sang séché. C'est en voyant les chairs ouvertes, offertes à la ponte des mouches, que Benjamin avait commencé à comprendre la situation, de même ses jambes s'étaient mises à perdre de leur force. Il avait tenu le choc.

La frêle dépouille gisait dans les herbes et le gravier, la tête tombée sur le rail. Le pire était ces marques sur son torse. D'obscurs symboles avaient été gravés à l'aide d'un objet tranchant sur sa poitrine. Les tétons avaient été tranchés en deux, et des inscriptions ésotériques étaient « sculptées » dans la chair. C'était la signature du meurtrier de Sacha Baltimore dans l'État de New York, et de Willy Beinfeld dans le Connecticut. Tous deux assassinés de la même manière, on les vidait de leur sang comme des lapins, et s'ils ne mouraient pas assez rapidement, on les étranglait. Le tueur allait donc vers le nord, une victime dans chaque État ; la police du Massachusets avait reçu des consignes de sécurité, car si le tueur conservait son schéma habituel il sévirait de nouveau durant la deuxième quinzaine d'octobre dans l'État.

Le FBI avait simplement destitué le shérif Hannibal de l'enquête, et demandé qu'on cache à la famille et à la population les tortures et les motifs sur la poitrine de l'enfant. La police de Newport — mieux structurée et plus nombreuse,

compte tenu de la taille de la ville — envoya six hommes
pour organiser les recherches dans la région, et surtout afin
de montrer aux habitants d'Edgecombe qu'ils ne risquaient
rien, qu'on assurait leur sécurité. Les six hommes repartirent
quelques jours plus tard lorsqu'on déclara qu'il était inutile
de chercher plus longtemps dans une région vallonnée où les
grottes pouvant servir d'abris foisonnaient et où les forêts
recouvraient quasiment tout.

L'enquête se poursuivait donc, et parallèlement, tous
attendaient dans la peur, la deuxième quinzaine d'octobre
où le meurtrier était supposé frapper, quelque part dans le
Massachusets.

Personne ne pouvait prévoir qu'il n'attendrait pas si longtemps et n'irait pas si loin pour frapper de nouveau.

*

Assez curieusement, la végétation de la forêt n'avait pas
encore pris toutes les teintes de l'automne, de nombreux
arbres arboraient fièrement leurs frondaisons vertes, à peine
mouchetées de brun ou roux. En fait, l'orée des bois était
plus attentive au changement en cours et s'était pliée à la
volonté de la nature, mais plus on s'enfonçait au cœur du
domaine forestier, plus les plantes se targuaient d'échapper à
la force des cycles. Sean et Lewis marchaient sous les feuil-
lages depuis plus de cinq minutes et la couleur de l'émeraude
prédominait étrangement.

Sean poussa de la main une branche et scruta les environs.
La moindre erreur d'inattention pourrait leur être fatale. Il
connaissait suffisamment Thomas Tanner pour savoir que
lui et Josh Adams fonceraient sauvagement jusqu'au bandana
pour être les premiers dessus. Ils ne constituaient pas un problème en soi. Non, la difficulté provenait surtout de Tom
Willinger et de son stratège d'acolyte. Ils opéraient plutôt
par progression, se cachant sur le chemin, et tendaient des
embuscades, mitraillant tout le monde et s'emparant ensuite
du foulard. Tom était vicieux et préférait frapper au moment

où l'on s'y attendait le moins. Voilà ce que Sean voulait à tout prix éviter. Alors il guettait. Le moindre signe de vie, le moindre bruit suspect, tout ce qui aurait pu lui indiquer qu'on les attendait, arme au poing.

Lewis marchait derrière, ayant enfin terminé de charger son pistolet, il essayait tant bien que mal de suivre Sean dans sa discrétion, mais la nature ne le voyait pas de cet œil. Les très rares feuilles mortes qu'ils croisaient allaient irrémédiablement se placer sous la semelle de ses baskets ; lorsqu'une ronce était subitement prise du désir de s'accrocher à quelqu'un, c'était invariablement autour de la jambe de Lewis qu'elle s'enroulait, lui arrachant un cri de douleur. Même les arbres étaient de la partie, glissant silencieusement une racine sur le chemin pour que Lewis bute et s'étale de tout son long dans les orties. Lewis était maladroit, il était malchanceux, et pas fait pour être discret quoi qu'il en soit. Il était né sous une mauvaise étoile et c'est ce qui constituait une partie de son charme aux yeux de Sean.

Au détour d'un grand noyer, alors que Sean songeait à quitter le sentier qu'ils empruntaient pour faire le reste du parcours plus à couvert, il s'arrêta brusquement.

— T'as entendu ? murmura-t-il.

Lewis le regarda avec de grands yeux surpris. Il n'entendait rien.

— Je suis sûr d'avoir entendu une branche casser derrière nous.

— Ah, ça ! C'était moi qui ... commença Lewis.

Sean le coupa :

— Non, plus loin que toi.

Les deux garçons tendirent l'oreille, dans la forêt les bruits ne manquaient pas : un pivert tambourinait rageusement contre l'écorce d'un chêne ; les troncs de deux arbres se frottaient l'un à l'autre en grinçant lourdement sous l'effet du vent apparaissant et disparaissant comme par magie. Rien qui pût indiquer la présence d'éventuels poursuivants.

— J'ai dû rêver, admit Sean avant de se remettre en marche.

Lewis qui suivait d'un pas plus lourd, demanda subitement, comme s'il s'agissait là d'une question vitale :

— Pourquoi le château d'eau sur la route de Scarborough hills est construit en hauteur ? C'est vrai quoi, c'est moche comme truc, ils pouvaient pas le bâtir sous terre au lieu de l'exhiber à l'entrée de la ville ?

— Je sais pas, Lewis, faudra demander à Keith Tewley, il doit savoir ça, son père est le bras droit du maire. Pa....

Sean s'arrêta brusquement.

— Tiens, écoute !

Au même moment une branche craqua d'un coup sec, comme si un marteau s'était affaissé sur une petite planche. On entendit clairement un bruissement de végétation.

— Et ça, c'est le vent peut-être ? ironisa Sean. Planquons-nous.

Les deux adolescents sautèrent dans les fougères bordant le mince sentier. Lewis retomba sur son arme et grimaça de douleur en faisant un effort surhumain pour ne pas protester bruyamment. Couché parmi les plantes, Sean fit un tour panoramique de leur abri de fortune en tournant la tête, et vit un énorme bosquet de ronces. Au niveau du sol et d'à peine vingt centimètres de haut, partait une sorte de tunnel végétal allant au cœur du bunker épineux. Sean s'en approcha en rampant et fit signe à Lewis de le suivre. Il s'engagea le premier sous la minuscule voûte. Elle était profonde et l'épais tapis de branchages qui la surplombait avalait quasiment toute la lumière si bien qu'on n'y voyait pas grand-chose. Sean continua à ramper, la chemise frottant contre la terre il déchira sur son passage les toiles d'araignée et écarta d'une main les quelques lianes de ronces qui bloquaient le chemin. Derrière lui la voix de Lewis s'éleva, hésitante.

— Faut vraiment aller là-dedans ? C'est sûrement plein de bestioles en plus de toutes ces saletés d'orties.

Déjà les bruits de pas se faisaient plus forts derrière eux. Lewis n'hésita que quelques instants et s'engouffra dans l'étroit tunnel, son pistolet devant lui.

Sean déboucha dans une petite hutte naturelle, couverte

d'une voûte improvisée par les caprices de la nature et par le vent. On pouvait y tenir à deux, sans plus. Lewis s'extirpa à son tour du tunnel et il s'en fallut d'un cheveu qu'il ne siffle d'admiration devant la beauté de cette pergola perdue.

— Tu crois que d'autres personnes sont déjà venues ici ? chuchota-t-il.

— J'en doute, faudrait être sacrément chanceux pour tomber là-dessus par hasard.

— Bah, et nous alors ?

Sean ne lui répondit pas. Il s'accroupit à en raser le sol du menton, et chercha à voir quelque chose au travers du rideau de ronces. Rien. Il ne voyait rien. Juste un rayon doré qui perçait entre les cimes des arbres et venait se poser quelques centimètres plus loin ; on aurait dit qu'une feuille translucide d'or venait fendre l'air à cet endroit. Il percevait les craquements du bois de la forêt, et le chant diffus des oiseaux, la douce harmonie des végétaux avec les animaux. Soudain, une chaussure apparut, se plantant dans la terre juste devant eux.

Heureusement l'épaisse couverture végétale les protégeait du regard extérieur. Sean agrippa Lewis par le bras lui faisant signe de regarder en direction du sentier. Lewis s'exécuta, il s'aplatit — écrasant Sean contre une branche de ronces — et devint alors aussi pâle que s'il avait vu un fantôme.

— Merde, murmura-t-il, je connais ces bottes.

Josh Adams haletait derrière Thomas Tanner, ce dernier avait voulu être le premier sur le vieux chêne, être ceux qui s'empareraient du bandana en premier, et qui n'auraient plus qu'à éviter les pièges tendus par les autres. La sueur au front, ils débouchèrent dans la petite clairière du chêne, courbés comme sous l'effet d'un poids démentiel sur les épaules, ils marchèrent précautionneusement jusqu'à l'arbre centenaire. Derrière son imposante silhouette se devinait — au fracas des remous tumultueux — la présence de la Sharpy, dont la descente vertigineuse depuis sa source se terminait près du chêne en frappant contre d'immenses pierres plates avant de se transformer en un cours d'eau quiet et banal. Les garçons firent le tour de l'arbre, et découvrirent le fameux bandana rouge, noué à l'une des grosses racines. Deux jours plus tôt, Tom Willinger était venu jusqu'ici et avait noué son foulard au pied du chêne en préparation d'un éventuel jeu de piste comme ceux qu'il se plaisait à organiser. Thomas posa son arme à terre et entreprit de le défaire tandis que Josh se positionna au-dessus de manière à couvrir son ami en cas de pépin. Il observa alentour, cherchant l'éclat de soleil qui se réverbérerait sur le fusil d'un adversaire. Son imagination travaillait tout azimut, des scénarios s'ébauchaient follement dans sa tête.

Thomas le sortit de sa rêverie.

— Je l'ai, c'est bon on peut se barrer. On va prendre le sentier du Totem, je suis certain que Tom et Warren n'y seront pas, faudra juste faire gaffe à Sean et Lewis.

Il se releva, noua le foulard rouge à sa ceinture — c'était à présent leur plus précieux trophée — et ils se mirent en marche vers le sentier du Totem.

Thomas Tanner et Josh Adams marchaient lentement sur le petit chemin recouvert en grande partie de fougères arborescentes. Cinq bonnes minutes qu'ils avaient quitté la clairière du chêne. À présent, si une des deux autres équipes s'était rendue sur les lieux, elle savait que le bandana avait été pris, et elle se lancerait à toute vitesse sur la piste des fuyards. Thomas et Josh prenaient un maximum de précautions pour ne pas casser de fougères ou laisser des traces trop visibles. Leur principale chance était que leurs poursuivants éventuels ne repèrent pas le sentier qu'ils empruntaient, et qu'ainsi les pisteurs s'embarquent sur un autre des nombreux chemins. Cela ne leur laissait plus qu'une équipe sur le dos, celle de Sean et Lewis certainement. Thomas se félicita d'avoir opéré si rapidement, ils avaient le bandana et en se dépêchant ils seraient à la butte du terrain vague en peu de temps, et ils auraient gagné.

— T'as remarqué que, depuis deux minutes, on n'entend plus un seul oiseau ? demanda Josh.

Thomas, qui était un habitué de la forêt et qui était nourri depuis l'enfance des histoires racontées tous les soirs à la taverne se son père, dit d'une voix aussi pleine de mystère qu'il pouvait :

— C'est parce que nous arrivons aux abords du vieux totem indien. On dit qu'il fut bâti par un sorcier puissant dans le but de décimer une tribu ennemie.

Par volonté de faire peur et de fasciner un peu plus Josh, il ajouta que le lieu était maudit et que tout homme s'en approchant risquait une mort atroce, ce qui fit frissonner son camarade.

— Tiens, d'ailleurs le voilà ce fameux totem ! annonça Thomas en montrant d'un signe de tête la sombre colonne enfoncée dans la forêt, à quelques mètres d'eux.

C'était une masse sinistre faite d'une roche noire que bizarrement aucune plante n'approchait. Josh s'était attendu à voir des têtes d'animaux sculptées, un aigle au regard menaçant, un loup au sourire avide de viande humaine, ou encore un ours dont la gueule puissante aurait sailli de la pierre ; il n'en était rien. La colonne montait à quatre mètres de haut, et ce n'était pas des animaux qui exposaient leurs visages à la végétation, mais trois effigies d'êtres humains, ou de quelque chose y ressemblant. Le totem représentait la mort, et la souffrance en était l'artiste.

Thomas se retourna vers Josh qui grimaçait. Il était écœuré par les traits effrayants du totem.

— Hey Josh, si tu continues à faire une tronche pareille tu vas devenir comme eux !

Josh haussa les épaules. Il marchait comme au ralenti depuis qu'il avait aperçu la colonne de pierre, et voulut décrocher son regard de cette direction. Quelque chose l'en empêcha.

Tout doucement, une ombre commença à se mouvoir derrière le monument indien, d'abord un bras, puis une jambe s'étendirent lentement. Josh cligna des paupières et vit le corps sortir précautionneusement de derrière le Totem, mais il ne prit pas le temps de regarder de qui il s'agissait, il attrapa Thomas par le bras et hurla :

— Cours ! Cours ! Y a quelqu'un derrière le totem !

Thomas détala immédiatement, non pas qu'il eût peur, bien sûr que non, pas lui, pas Thomas Tanner, il pensa qu'il s'agissait de Sean et Lewis les attendant pour les mitrailler, du moins est-ce là ce qu'il affirma plus tard à la police.

Josh et lui coururent comme des dératés, fouettés par les orties, les ronces, et les fougères coupantes, ils détalaient comme des fous. Quand ils commencèrent à ne plus en pouvoir, Thomas commanda à Josh avec le peu de souffle dont il disposait encore :

— Va... vers... vers l'usine... fais diversion... moi je vais... à la butte... on va gagner !

Et ils se séparèrent.

Un peu plus tôt dans l'après-midi, alors que Thomas et Josh arrivaient à peine à la clairière du chêne, Lewis et Sean restaient paralysés devant une paire de bottes Wrangler. À l'abri provisoire de leur cabane de ronces, et couchés sur la terre, ils observaient les mouvements de l'individu en question. Lewis, toujours aussi pâle, finit par articuler faiblement :

— Je te dis que je connais ces bottes. Ce sont celles de Aaron Chandler, j'en suis sûr.

— Si tu dis vrai, et s'il nous repère on est fichus ! murmura Sean.

L'homme aux bottes pivota.

— J'ai entendu quelque chose, siffla-t-il.

— Et alors ? questionna une deuxième voix. On va pas les courser toute la journée ?

Sean sentit la poigne de Lewis se refermer encore plus fort sur son bras. Il lui fit signe de se taire, Aaron Chandler était toujours accompagné de Lloyd Venutz, ils formaient le duo le plus craint des enfants d'Edgecombe.

— J'ai envie de me faire un de ces petits cons ! déclara Aaron. Crois-moi, ils ne sont pas loin.

Lewis se recroquevilla encore un peu plus.

Les deux adolescents cachés virent les Wrangler disparaître, et une paire de chaussures de l'armée surgirent à leur suite pour disparaître également.

— Je te jure qu'on va les trouver ! proféra Aaron en s'éloignant.

Sean en était toujours à tenter de trouver un espace suffisant entre les ronces pour regarder les deux crapules s'en aller lorsque Lewis souffla d'une voix tremblante :

— Je sais pourquoi y a personne qui vient dans cet abri.

Sean se tourna pour comprendre ce dont il parlait quand il remarqua que son compagnon était tétanisé par la peur.

— Lewis qu'est-ce qui t'arrive mon vi...

Il vit alors ce qui l'effrayait tant. À un mètre d'eux, sous les ronces, se trouvait un serpent lové parmi quelques brindilles. Réveillé dans sa tanière, il ne semblait pas apprécier la compagnie des deux garçons, et sa queue — formée d'étuis cornés — commençait à se lever, s'agitant en un bruit de crécelle.

— Oh merde ! un crotale, gémit Sean.

À ces mots Lewis fut comme piqué par une guêpe, il s'engouffra dans le tunnel, vers la sortie. Sean tenta de l'agripper par la jambe.

— Non, pas maintenant, Aaron et Loyd sont encore tout près !

Il était trop tard, Lewis était déjà bien enfoncé dans le passage. La crécelle se mit à faire encore plus de bruit, la queue se trémoussant frénétiquement. Sean hésita. Il entendit Lewis qui sortait du bosquet de ronces. Tant pis pour la cachette, il faudra faire sans et courir, courir vite ; ce qui n'allait pas s'avérer simple avec Lewis et ses quelques kilos en trop. Il se jeta dans le tunnel.

Il déboucha entre les fougères, d'où l'on ne voyait même pas le sentier alors qu'il se tenait à un mètre, et constata que Lewis reprenait des couleurs bien que ses yeux soient encore grands ouverts sous l'effet de surprise. Immédiatement, Sean regarda dans la direction où étaient partis Aaron et Lloyd. Les deux quidams s'étaient arrêtés à une dizaine de mètres, l'air mauvais. Ils hésitaient sur le chemin à suivre. Sean ne se sentait pas rassuré, il ne faisait aucun doute que s'ils décidaient de repasser par là, ils les découvriraient. Sean réajusta son fusil à peinture sur son épaule et tenta le tout pour le tout. Il fit signe à Lewis de le suivre et ils enjambèrent les fougères le plus lentement possible.

Mais, né sous une mauvaise étoile, Lewis ne put faire comme il se devait. Il trébucha.

Une simple racine qui devait pousser à cet endroit depuis quinze ans, probablement née en même temps que Lewis, dans un seul et unique but : un jour servir à le faire tomber.

Il s'étala de tout son long sur le sentier, un gémissement de douleur tout autant que de colère surgit spontanément, et la poussière s'éleva dans les airs. Aaron et Lloyd, alertés par le bruit, considérèrent la scène tout en se demandant d'où diable pouvaient bien sortir ces deux connards ?

Puis la menace d'odieux tourments vola entre les troncs :

— ON LES CHOPE, LLOYD !!!

Dans la seconde qui suivit, Sean aida Lewis à se relever, et le tirant par la manche ils se mirent à courir de toutes leurs forces. Derrière eux l'écho des lourds pas de leurs poursuivants résonnait entre les arbres, comme un rappel que s'ils les rattrapaient, c'en serait fini de s'amuser. Sean accéléra, mais Lewis était déjà à plein régime, haletant comme un chien assoiffé.

— ON VA VOUS CREVER, BANDE DE DÉBILES !!! hurla Aaron en courant.

Ce qui redonna à Lewis un surplus d'énergie et lui permit pendant quelques secondes de continuer à sprinter sans s'effondrer. Dès que le souffle lui manquait il n'avait qu'à penser à ce que Aaron lui ferait s'il l'attrapait pour qu'irrémédiablement ses poumons trouvent de l'air frais. L'accalmie fut de courte durée. Aaron et Lloyd avaient vingt ans, étaient en pleine force de l'âge, et de surcroît avaient des jambes plus longues que les deux adolescents. Alors que Sean était obligé de ralentir pour aider Lewis à ne pas baisser les bras, il vit que Aaron était tout proche, encore quelques dizaines de mètres de course, et il serait sur eux. Il poussa Lewis dans le dos et se prit la main dans la sangle de son arme. Une idée sauta allègrement dans la mare bouillonnante de ses pensées.

— Lewis, dit-il, prends ton arme et prépare-toi à faire comme moi.

— Quoi ? répondit l'intéressé.

Il aurait voulu ajouter « qu'est-ce que tu veux faire ? » mais le feu qui couvait dans ses poumons, l'en empêcha.

Sean fit glisser son fusil de son épaule à ses mains, s'arrêta d'un coup et fit volte-face. Lewis ne tarda pas à faire de même, comprenant enfin où voulait en venir son ami. Aaron cessa de courir en voyant les fusils braqués sur lui, il se mit à marcher, le sourire aux lèvres. Lloyd eut un mouvement de recul, il ne réalisa qu'au bout de quelques secondes qu'il ne s'agissait pas de véritables armes.

— Vous croyez faire quoi avec vos jouets de merde ? demanda Aaron. Posez ça et je vous promets de pas vous mettre une raclée trop forte, avec un peu de chance vous n'aurez même pas besoin d'aller à l'hôpital.

L'hôpital ! Sean se voyait mal expliquer à ses parents comment il s'était retrouvé à l'hôpital le week-end où ils le laissaient seul à la maison.

— Laisse-nous tranquilles, Aaron, et tu t'en tireras sans rien, lança Sean.

— Quoi ? C'est toi qui me menaces maintenant ? Toi, tu vas morfler !

Et Aaron se mit en tête d'aller vers Sean en courant. Il fit trois mètres et un bruit de gaz comprimé retentit d'un coup sec. Au même moment il perçut un impact sur sa poitrine, accompagné d'une légère douleur. Il s'arrêta et contempla sa chemise. Elle était couverte de peinture rose vif. Il hurla.

— T'ES UN HOMME MORT !!!

Sean pressa de nouveau la détente alors que Aaron bondissait vers lui.

Dans tout club officiel de paint-ball, il y avait un élément primordial de sécurité à respecter : le port du masque. Car tout manquement pouvait entraîner de graves dégâts sachant que les billes de peintures pouvaient être expédiées à près de 100 km/h. Une dans un œil ou dans la bouche et c'en était fini de la carrière de tireur de la pauvre victime. Pourtant, les quelques adolescents d'Edgecombe qui y jouaient entre eux avaient décidé d'un commun accord de ne pas porter de masque de protection. Cela les *gênait dans leur mouvement et dans leur vision, et ça n'était pas esthétique.* La règle pour pallier ce manque de sécurité était simple : ne pas tirer au visage. Jus-qu'ici ils avaient tous eu beaucoup de chance car personne ne s'était pris de bille dans la tête — sauf Lewis une fois, mais ça avait été par-derrière, et seuls les cheveux avaient souffert — mais tous savaient que parfois, dans le feu de l'action, il devenait impossible de viser, et on tirait n'importe où, priant de toucher l'autre avant d'être touché soi-même.

Lorsque Sean vida une grande quantité de son chargeur sur Aaron, il prit soin de viser autant que possible à la tête. Ce dernier hurla dans un premier temps, mais quand la pein-ture se mit à couler dans sa bouche, et les billes à s'écraser sur ses lèvres, il dut se taire et gémir intérieurement de rage et de douleur. Chaque bille qui s'écrasait sur sa peau lui infligeait une belle ecchymose. Derrière, Lloyd voulut inter-venir, mais ce fut Lewis qui le mit en joue et qui fit feu en criant comme le faisaient les soldats du Viêt-nam qu'il voyait dans les films. Un nuage de gaz, de peinture et de poussière embruma le sentier. Sean cessa le tir lorsque Aaron fut à genoux, dos tourné et les mains sur le visage pour se protéger. Il était couvert de peinture, partout, des cheveux au pantalon. Sean empoigna Lewis et voulut partir, ce dernier le repoussa.

— Attends.

Lewis prit le soin de bien viser et tira un projectile dans l'entrejambe de Lloyd qui s'effondra en hurlant toutes les insultes qu'il connaissait.

— Maintenant on peut y aller, dit-il.

Et s'adressant aux deux voyous, désormais au sol il ajouta :

— J'espère que ça vous servira de leçon, grands cons !

Les deux adolescents repartirent en courant, plus lente-ment cette fois, et surtout plus fiers.

C'était Tom qui lui avait dit de se cacher derrière le totem pendant que lui serait dans un arbre, la mission était simple, il suffisait d'attendre que l'une des deux équipes passe par là et dès qu'une solution de tir se présentait il fallait les aligner. Mais Warren avait bougé trop tôt et cet idiot de Josh Adams l'avait repéré. Warren avait voulu contourner les deux ennemis qui venaient de ralentir, les contourner et les surprendre par-devant pendant que Tom surgirait derrière. Il s'en était fallu d'un cheveu que ça marche, et quel carton ça aurait été ! Maintenant il se retrouvait à devoir entrer dans cette vieille usine pour y dénicher Josh. Si encore ils avaient su lequel de Thomas ou Josh avait le bandana, ils auraient pu rester ensemble et s'acharner sur le porteur du foulard.

Warren avait couru à travers les bois jusqu'à la voie ferrée abandonnée, d'où il avait vu Josh s'engouffrer dans l'usine. Ça ne lui plaisait guère de devoir le suivre, mais s'il n'y allait pas, Josh pourrait s'enfuir par une des nombreuses sorties et courir jusqu'à la butte, et la règle était claire : où que l'on soit sur le talus du moment qu'on était au sommet, on avait gagné ! Donc impossible d'attendre dehors que Josh sorte et de se lancer à sa poursuite. Il fallait qu'il y aille aussi sans quoi la défaite lui serait imputée, et il risquerait de perdre sa réputation de haut stratège qu'il avait acquise d'ailleurs très simplement avec des remarques judicieuses mais pas exceptionnelles.

Warren se concentra sur ce qu'il allait faire en arrivant entre les deux gros bâtiments désuets, près du wagon rouillé. Il alla tout droit vers l'immense bloc d'acier qu'était autrefois la raffinerie de l'usine, et ayant vu Josh s'introduire ici, il ouvrit la lourde porte qui grinça affreusement. *C'est raté pour la discrétion*, se dit-il en entrant dans la pénombre. De hautes fenêtres poussiéreuses laissaient passer assez de lumière à travers leur crasse pour qu'on puisse y voir un minimum. En revanche, une fois qu'on s'enfonçait dans l'usine il valait mieux être muni d'une lampe torche pour ne pas se perdre dans le labyrinthe de tôle noire. La pièce était immense, couvrant une grande partie du bâtiment, pourtant un entrelacs de passerelles, d'escaliers, de plates-formes et de tuyaux de toutes tailles la remplissait tant et si bien qu'il devenait impossible de voir à plus de cinq mètres. Il y en avait partout, le sol n'était plus formé que de veines d'acier, et même au plafond couraient des passerelles avec des tuyaux et des machines pour contrôler le tout. Une énorme araignée d'acier et de câbles avait tissé sa toile dans cette pièce immense, et son fil n'avait pas été de soie mais de fer.

Warren se cogna contre deux gigantesques chaînes qui pendaient du plafond, dix mètres plus haut, provoquant un long tintement d'acier.

Une porte claqua.

Warren accéléra et chercha à retrouver d'où le son était venu. Il monta sur une passerelle surélevée, longea un mur couvert de cadrans poussiéreux, monta puis descendit des marches, passa sous des turbines si grosses qu'elles formaient un faux plafond à deux mètres du sol, et enfin arriva devant deux portes. L'une menait aux étages, l'autre descendait au sous-sol. Warren se souvint alors de Sean qui avait expliqué un jour que par le sous-sol on pouvait prendre un raccourci vers les sorties nord et est. Josh connaissait suffisamment l'usine pour connaître l'emplacement de ce raccourci, il était donc descendu. Warren s'élança à sa suite.

L'escalier était plongé dans les ténèbres. Il fallait y aller à tâtons pour ne pas se rompre le cou, et Warren entreprit de descendre lentement les marches pour ne pas risquer de chuter.

Si jamais je te mets la main dessus, mon pauvre Josh, je te promets que je t'aligne à bout portant. Tu regretteras de m'avoir fait descendre là-dessous !

Il posa le pied sur le béton du sous-sol et lâcha la rambarde de l'escalier. En haut, la porte demeurait ouverte, mais la lumière déjà faible au rez-de-chaussée ne parvenait pas jusqu'ici. Warren s'interrogea quant au bien-fondé de poursuivre qui que ce soit là-dedans, dans le noir absolu : *mais si Josh l'a fait, je dois le faire.* De nouveau une porte claqua, plus loin, quelque part dans les couloirs du sous-sol. Josh était bien là. *Je t'aurai, mon ami, je t'aurai et les autres verront*

que je ne suis pas le dernier des derniers. Il posa la main sur le
béton froid et humide du mur et entreprit de le suivre. Warren était heureusement un garçon rationnel, il préférait agir
que rêver, et son raisonnement était plus développé que son
imagination ; sans quoi il serait remonté en courant après
seulement quelques minutes passées seul dans le noir. Il fixait
son regard droit devant lui, cherchant à apercevoir une lueur,
en se maudissant de n'avoir pas emmené de lampe torche.

Il déambula ainsi dans ce paysage de néant, emmitouflé
d'un voile d'ébène, à travers le sous-sol d'une usine abandonnée au beau milieu d'un terrain vague — à la recherche d'un
garçon qui venait certainement d'emprunter le même chemin. Au début, il marcha calmement pour bien rester en
contact avec le mur, mais une fois qu'il eut tourné à cinq
reprises, croisé deux carrefours et posé une dizaine de fois la
main sur ce qui devait être une porte, il commença à perdre
patience. Il vagabonda dans l'obscurité sans aucun repère
pendant ce qui lui parut être une heure. Régulièrement, sa
main l'irritait à force de frotter contre le mur, il traversait
alors le couloir tout doucement pour ne pas perdre son orientation, et posait l'autre main sur le mur d'en face. Ses mains
croisèrent de tout, des surfaces dures et froides, en général
lisses ou par moments granuleuses, parfois les murs étaient
couverts d'humidité si bien qu'il en coulait un léger liquide,
et à d'autres instants il se cognait le poignet contre un objet :
extincteur, placard en acier, ou tuyauteries. Ses mains étaient
devenues ses yeux. Le silence aussi était oppressant. L'air était
confiné ici, comme étouffé, et le silence finissait par émettre
un bruit de fond : l'air stagnait, si comprimé dans les sous-
sols qu'il en était dense à bourdonner. Au moindre soupir,
ou lorsque son pied butait sur un objet, le murmure de l'air
s'évaporait et le silence accourait de nouveau, rendant Warren terriblement mal à l'aise dans ces couloirs infinis.

Et puis il se sentait observé.

Il avait l'impression d'entendre un froissement de tissu
juste derrière lui et s'immobilisait alors. Pourtant il n'y avait
aucun bruit. Ou bien c'était un souffle, il percevait la respira-

tion de quelqu'un sur ses talons, quelqu'un de très excité. Là encore, il suffisait qu'il s'arrête et tende l'oreille pour que cela disparaisse. L'obscurité lui donnait l'impression de poser des yeux pernicieux sur lui, un regard sinistre et malsain, le regard d'un dément. Pourtant il n'y avait que lui et le noir.

Il était perdu dans ces couloirs invisibles, il fallait qu'il se débrouille seul. Il marchait, frottant les murs de ses doigts abîmés, écoutant le moindre bruit, guettant la moindre présence, et se répétant qu'il n'avait pas peur du noir, il chercha la sortie.

Sa main l'irrita de nouveau et il l'écarta du mur. Il soupira longuement et il lui sembla que son souffle déchirait l'obscurité, avertissant l'usine tout entière qu'il était perdu dans les sous-sols. Le mot *perdu* résonna dans sa tête, et sa gorge se serra.

Il entreprit de traverser le couloir dans sa largeur pour reposer sa main droite. Ses semelles crissèrent et couinèrent faiblement alors qu'il buta contre quelque chose de dur et dans le mouvement subit qu'il exécuta pour retrouver son équilibre, son fusil à peinture lui échappa. Il tomba en résonnant sur la pierre. L'écho du choc claqua dans l'air, rebondissant de plus en plus loin, comme pour rappeler à Warren que le complexe souterrain était énorme. Il sentit une bouffée de sanglots lui monter depuis le cœur et la réprima aussitôt. Il s'accroupit dans le noir et tendit la main autour de lui sur la pierre froide. Il ne trouva rien. Puis il découvrit au toucher qu'il y avait un parpaing posé au milieu du couloir. Il fallait être sacrément stupide pour laisser pareil objet en plein passage. Warren supposa un instant que Josh avait pu le disposer là volontairement, mais ça aurait été dangereux et foncièrement mauvais de sa part.

Il se mit à genoux et étendit le bras au plus loin mais resta de nouveau bredouille. Cette fois il pivota en faisant de larges gestes, il voulait retrouver son pistolet à tout prix, c'était presque vital. Ses mains amassèrent la poussière... rien de plus. Quand il se redressa son dos l'élançait et, pire encore, il réalisa qu'en se tournant dans tous les sens il venait de perdre son orientation. Avec pour tout repère le noir et la pierre, il n'était pas près de sortir ! Cette fois Warren dut serrer les dents pour que le plissement de front et de son menton ne se transforment pas en pleurs chauds. Il se redressa péniblement et avança avec précaution, mettant un pas devant l'autre, les bras tendu devant lui. Il rencontra un mur. Il supposa que c'était celui qu'il voulait atteindre, et il reprit sa lente marche en posant la main gauche cette fois sur les parois humides. Il était conscient qu'avec son petit manège il se déplaçait peut-être dans le mauvais sens, retournant sur ses pas. Peu lui importait, du moment qu'il trouve une sortie.

Il abandonna son arme qui devait se trouver quelque part à ses pieds et fixa son esprit sur le moindre détail qui pourrait lui indiquer une éventuelle voie pour regagner la surface.

Il marcha encore pendant longtemps, du moins lui sembla-t-il, mais à vrai dire il était bien incapable de chiffrer la durée de son périple. Il marchait sans rien voir, rien que du noir partout. Sa meilleure chance de se guider et son sens le plus utile étaient cet effleurement qui commençait à lui faire mal au bout des doigts. Jamais il n'avait pensé que le toucher pourrait lui être si indispensable, c'était un sens presque anodin, au second plan comparé à la vue ou à l'ouïe. Tous les chemins qu'il prenait se suivaient avec une interminable similitude, une régularité presque paniquante. Et toujours ses doigts qui l'irritaient de plus en plus.

Il commençait à ne plus supporter l'opacité des ténèbres quand, au détour d'un couloir il aperçut de la lumière. Faible et orangée, mais de la lumière tout de même. Il s'approcha sur la pointe des pieds de la porte entrebâillée d'où la clarté provenait et jeta un bref coup d'œil dans la pièce. Petite et parcourue d'une multitude de tuyaux, elle avait été aménagée récemment à l'aide d'étranges objets. Des coupoles en fer forgé, des calices sculptés, une balance grise, des couteaux et autres babioles tranchantes ; et tous étaient maculés d'une substance noire et poisseuse. Le plus étrange était sans conteste le cercle de bougie d'où la lumière provenait, une dizaine de morceaux de cire entourant un pentagramme dessiné à la craie sur le sol. Warren se risqua à entrer afin de s'assurer qu'il ne s'agissait pas là d'une machination de Josh et des autres. Il s'approcha des bougies, se réchauffa les mains en regardant autour de lui. Il ne vit personne, pas de Josh Adams ni même de Thomas Tanner ou de Tom Willinger. La pièce était déserte. Quand la bougie eut réchauffé suffisamment sa peau, Warren sentit les traces de larmes séchées sur ses joues ; il avait pleuré dans les couloirs sans s'en rendre compte. Il avait eu peur, peur à en pleurer. Au diable ce Josh de malheur ! Il allait prendre une bougie et chercher la sortie, Josh devait être dehors depuis bien trois quarts d'heure maintenant, il y avait peu de chances pour qu'il soit encore caché là-dessous.

Warren approcha sa main pour saisir une des bougies quand une voix résonna juste à côté de lui.

— Faut pas toucher aux bougies.

Warren sursauta, manquant de peu de trébucher et de tout renverser. Dans l'encadrement de la porte se tenait un homme aux longs cheveux blonds, tout emmêlés et très sales, les yeux pétillants et un large sourire dévoilant ses dents jaunes. Il avait parlé avec une voix d'enfant. Pas à proprement parler la voix d'un enfant, mais plutôt celle d'un adulte qui imiterait un enfant. Une voix invitant à jouer, à imaginer, à se laisser faire. L'homme sourit encore plus et ses yeux se mirent à briller si fort que Warren, malgré son jeune âge et son inexpérience de la vie, y vit clairement l'expression de la démence la plus pure.

— Bienvenue petit... Bienvenue dans la Tanière de la Bête.

4.

Thomas Tanner, Josh Adams et Tom Billinger étaient assis et discutaient en haut de la butte lorsque Sean et Lewis arrivèrent. Plusieurs taches de peinture décoraient la chemise de Thomas.

— Je l'ai eu ! s'écria Tom en montrant Thomas du doigt, je l'ai eu et j'ai gagné, les mecs !

— Super, répondit Sean avec le même entrain que si on venait de lui proposer d'assister à un cours de maths un samedi après-midi. Si tu savais ce qui nous est arrivé !

Sean eut alors un petit regard complice pour Lewis qui se tenait fièrement à ses côtés. Thomas et Tom s'observèrent, qu'est-ce qu'il pouvait bien y avoir de plus important que de gagner la partie ?

Sean se laissa tomber sur la terre, et tout en souriant commença à leur raconter ses mésaventures avec Lewis. Il fallut toute la persuasion et tout le talent de narrateur de Sean pour que Tom, Josh et Thomas croient en l'histoire de leur ami. La cachette dans les ronces, Aaron et Lloyd qui débarquent, la course-poursuite entre les arbres, la fusillade à la peinture et le coup de maître de Lewis tirant en plein dans les couilles de Lloyd, c'était tout bonnement génial !

— Il vaudrait mieux ne pas traîner dans les parages maintenant, on a peut-être gagné cette bataille mais la guerre est loin d'être finie, avertit Sean. Pour être franc, je ne crois pas que c'était une si bonne idée, désormais ils vont vouloir nous massacrer Lewis et moi.

— Ouais mais quel grand moment, voir Aaron à genoux en train de morfler ! gloussa Tom.

— Eh bien t'iras t'expliquer avec lui s'il débarque. Moi j'y vais. Au fait il est où, Warren ?

— On sait pas, confia Josh, je crois qu'il m'a suivi dans l'usine, mais je suis passé par les passerelles du haut pour le semer.

Tom se leva et blagua :

— À mon avis il était tellement dégoûté que tu l'aies largué dans l'usine qu'il a dû rentrer chez lui.

— Ça ressemblerait bien à Warren ça ! lâcha Thomas.

Ils rassemblèrent leurs quelques affaires et s'apprêtèrent à partir lorsque Sean demanda :

— On ne l'attend pas ?

— Laisse donc Warren vivre sa vie, tu peux être sûr qu'à l'heure qu'il est il est déjà chez lui à déguster un Mars *king-size* devant l'écran géant de son salon, répondit Tom.

Sean passa la sangle de son arme sur son épaule, et se tourna une dernière fois vers le terrain vague et l'usine qu'il observa amèrement, et dévala la pente de l'autre côté pour rejoindre ses amis.

*

— Pourquoi tu leur as pas dit pour le serpent ? demanda Lewis une fois que les autres furent partis vers leurs logis respectifs.

Sean tapota le dos de Lewis.

— Parce qu'il est des fois où il vaut mieux ne pas dire toute la vérité. Sinon les gens ne te croiraient pas, aussi vrai que cela puisse être. C'est mon grand-père qui m'a appris ça.

— Tout de même, l'épisode du serpent c'était important ! protesta Lewis.

— Dans ma version, tu sortais de l'abri par courage, pour défier ces deux cons de Aaron et Lloyd, t'aurais préféré que je dise que tu t'es enfui en voyant un serpent ? Même s'il y avait de quoi avoir peur, je doute que Tom aurait compris la chose comme ça, il n'aurait retenu que ta fuite s'imaginant très bien que lui aurait tenu tête à un crotale.

Lewis approuva finalement cette version de l'histoire. Tom était gentil comme garçon, mais il n'avait que rarement les pieds sur terre quand il s'agissait de danger, également âgé de quinze ans il ne jurait que par les actes héroïques et par les jolies filles. Tom voulait s'engager dans l'armée, il voulait finir son lycée et intégrer la cellule des *Navy-Seals*, coûte que coûte, quel qu'en soit le prix physique à payer il en ferait les sacrifices nécessaires. Alors il faisait les quatre cents coups, c'était sa manière à lui de se préparer pour l'armée.

Ils arrivèrent à l'angle de Lawson Street et de la 4ᵉ rue, où ils devaient se séparer. Lewis eut un regard inquiet vers le centre-ville.

— J'espère que je ne vais pas tomber sur un des deux furieux, sinon je suis mort, avoua-t-il craintivement.

— Si tu veux tu peux venir dormir à la maison, on pourrait aller chez mon grand-père et jeter un petit coup d'œil au grenier, c'est une vraie caverne des mille merveilles.

— Mon père va être furieux si je ne rentre pas... Oh, et puis merde, un petit coup de téléphone et ça devrait passer...

Ils descendirent le quartier des palissades par Lawson Street jusqu'à la 1ʳᵉ rue où vivait Sean. En bifurquant vers la gauche ils passèrent devant la maison de Zachary Trent, le nouvel ami de Sean.

Sur le palier, se tenait un ange. Un ange aux cheveux de feu et à la poitrine envoûtante. C'était Eveana O'Herlihy, la fille la plus convoitée du lycée, grande, rousse, des yeux verts à faire chavirer le plus endurci des cœurs, et accessoirement la fille du notaire d'Edgecombe. Fille de bonne famille elle vivait à Bellevue, le quartier huppé de la ville. Face à elle se tenait Zach, une main sur la porte, l'autre sur la hanche, visiblement en grande conversation. Sean ne put s'empêcher d'esquisser un petit geste timide vers Zach. Celui-ci le vit immédiatement et héla les deux garçons.

— Salut Sean, ça roule comme tu veux ?

Sean hocha la tête. Zach vint à leur rencontre délaissant quelques secondes la douce et belle Eveana.

— Alors les mecs, qu'est-ce que vous faites ce soir ?

Sean et Lewis se regardèrent, Sean répondit en premier :

— On va prospecter.

— Prospecter ? répéta Zach. Qu'est-ce que vous allez *prospecter* ?

— Le grenier de mon grand-père. Ça fait des siècles qu'il y entasse des trucs, et on va vérifier s'il n'y a rien de bien à trouver.

— Il va rien dire ton grand-père que vous le dépouilliez comme ça ?

— En fait c'est lui qui m'a dit d'aller voir s'il y avait rien qui m'intéressait, lui il est à la maison de retraite, celle qu'est en face de la mer, alors il préfère que se soit moi qui me serve plutôt que l'antiquaire du coin. J'ai les clefs de sa maison, y a plus qu'à y aller.

Zach se tourna pour vérifier qu'Eveana ne s'impatientait pas et proposa :

— Dis-moi, Sean, ça te dérangerait si je me mêlais à votre petite expédition avec la demoiselle ?

Sean haussa les épaules.

— Non, ça peut être amusant d'être avec une fille, le grenier est plutôt sombre, il y a des toiles d'araignée partout, on devrait se marrer.

— T'en fais pas, va, je saurai la protéger, dit Zach avec un sourire. On se voit tout à l'heure.

Lewis frissonna. Lui, avait en horreur les araignées.

Le vent siffla autour d'eux.

*

Il était déjà vingt-deux heures passées quand la sonnerie retentit. Sean et Lewis s'étaient gavés d'épis de maïs au beurre et au sel, et ils regardaient pour la centième fois *Les griffes de la nuit* dont les cris de Heather Langenkamp envahissaient la pièce en prenant soin de faire vibrer le haut-parleur de la télévision. La sonnette résonna dans l'air comme un coup de tonnerre, sortant par la même occasion les deux adolescents de la torpeur dans laquelle ils commençaient à sombrer depuis quelques minutes. Sean alla ouvrir.

Zach, toutes dents dehors, et Eveana se tenaient sur le palier.

— On y va ? demanda-t-il en enfonçant ses mains dans son jeans et prenant bien soin de laisser les pouces hors des poches.

Sean voulut paraître décontracté, la présence d'une jeune fille le troublait en général, mais celle d'Eveana était encore plus gênante. Il acquiesça, fit un petit signe de la main à Zach — genre salut macho des Cowboys de vieux Westerns — et s'en alla prévenir Lewis.

Deux minutes plus tard Sean verrouillait la porte d'entrée de sa maison, une main dans la poche pour s'assurer l'air « cool » et ils partirent en direction de Twin hills Street.

Dehors l'air était lourd, chargé d'électricité, il avait fait beau toute la journée, et la menace de l'orage était survenue tout d'un coup, à la grande surprise des anciens de la ville qui connaissaient bien les variations climatiques habituelles. Ils lisaient les signes. Les hirondelles qui volent bas, l'absence subite de moucherons ou encore les réactions du bétail, un cheval nerveux ou une vache qui rentre toute seule à l'étable bien avant l'heure coutumière. Et, curieusement, aujourd'hui aucun de ces signes n'était apparu alors que l'orage montrait bel et bien le bout de son nez. Il faudrait une chance inespérée pour qu'il n'éclate pas ou pour qu'il épargne Edgecombe.

Sean marchait étrangement, comme un balancier, et une main dans la poche revolver de son jean, il hochait la tête machinalement comme s'il écoutait une musique imaginaire.

— Ça va Sean ? demanda Lewis.

— Ça roule.

Lewis écarquilla les yeux. *Qu'est-ce qui lui prend ?* se demanda-t-il. Depuis quand Sean se baladait une main dans la poche en répondant « ça roule » et en marchant bizarrement. Sean se déhanchait légèrement en avançant, et Lewis ne sut résister :

— Tu vas bien ? Ça te fait mal à la jambe, ou tu le fais exprès ?

Sean s'arrêta, laissant Zach et Eveana prendre quelque distance, et gommant tout excès de « décontraction » il dit à Lewis d'un ton mal assuré :

— Tu trouves pas que ça me donne un genre ?

— Ah si, si, si ! s'empressa de répondre Lewis, ça te donne le genre débile, ça il y a pas de doute !

— Non, sincèrement, dis-moi.

— Sincèrement ?

Sean hocha la tête.

— Eh bien ça te donne le genre débile.

Lewis se remit à marcher, très fier de son petit effet. Lorsque Sean revint à son niveau, il marchait comme à son habitude, et c'en était apparemment fini de sa tentative de devenir « cool ».

La vieille maison qui siégeait au 221 Twin hills Street n'était plus habitée depuis six mois. En avril dernier, Phil et Amanda Anderson décidèrent d'un commun accord qu'il était préférable et plus prudent pour sa santé de confier grand-père Anatole à la maison de retraite. Il ne serait pas loin, il serait bien traité, et il se sentirait moins seul, c'était donc sous tous points de vue la meilleure décision à prendre, aussi dure fut-elle à accepter pour Anatole. Il avait perdu sa femme — et mère d'Amanda — l'année précédente et souffrait de solitude aiguë depuis. Il errait comme une âme en peine dans la maison, et même s'il le niait, il vivait très mal la disparition de sa moitié. Parfois il restait assis dans un fauteuil — bien habillé, rasé et même parfumé — à attendre qu'elle revienne. Il guettait là son providentiel retour, s'imaginant qu'elle allait apparaître dans l'embrasure de la porte du salon, avec le verre de lait chaud qu'il adorait boire sur le coup des quatre heures. Certes il savait pertinemment qu'elle n'apparaîtrait jamais, mais il se l'imaginait, c'était là tout ce qui lui restait. Et si une petite souris avait pu se glisser dans son salon à ces moments précis, certains jours elle aurait pu voir ses yeux pétiller et un large sourire se dessiner sur son visage, les rares moments où la réalité laissait suffisamment la bride sur le cou à la raison pour qu'il puisse voir sa femme surgir de sa pensée. Alors ses lèvres murmuraient lentement son nom : Lydia, Lydia. Lydia...

Six mois sans être entretenu, le jardin avait aussi quelque peu souffert, les friches s'étalaient jusqu'à la clôture de bois.

Sean, Lewis, Zach et Eveana longèrent la petite palissade et s'immobilisèrent devant le portail. Sean jeta un bref regard vers Zach et la jeune fille qui l'accompagnait, et se demanda s'ils sortaient ensemble, rien ne semblait le confirmer, ils étaient assez distants l'un de l'autre, et n'étaient pas particulièrement tendres l'un envers l'autre. *Remarque elle est plutôt du genre réservé, elle n'a pas décroché un mot depuis qu'on est partis*, songea-t-il, *pour une fille de dix-sept ans elle est plutôt timide.*

— Sean ? demanda Zach, si c'est ça la baraque de ton grand-père, ça promet d'être sympa à l'intérieur pourvu qu'on puisse arriver un jour jusqu'à la porte ! C'est une vraie jungle ce jardin...

— Mon grand-père l'entretenait déjà plus avant de partir, ça fait près d'un an qu'il a pas été vraiment nettoyé. Mais je sais qu'on peut accéder à la porte assez facilement.

Sur ces mots, il poussa la maigre porte de la clôture — entraînant dans son mouvement plusieurs lianes et branches qui s'étaient enroulées autour des traverses de bois — et pénétra dans le jardin. Zach, Eveana et Lewis (pas très rassuré à l'idée d'affronter des hordes d'araignées sanguinaires) lui emboîtèrent le pas.

Malgré la pénombre dominante — le seul lampadaire dont la lumière profitait au jardin se trouvait à plus de dix mètres — on pouvait distinguer que la végétation du jardin s'était développée à l'abri de toute influence extérieure. Elle s'était répandue horizontalement, bien qu'en certaines parties elle montait à bien un mètre.

À chacun de ses passages Sean y voyait comme la surface

mouvementée d'un océan chlorophyllien, les lames de feuilles se soulevant sous la déferlante du vent, et Neptune en personne s'acharnant là-dessous pour animer le spectacle.

Lorsqu'elle embrassa tout le décor du regard Eveana y vit un tableau. Un des tableaux que sa mère peignait étant jeune, un grand tapis de verdure sans aucunes lois autres que celles de la nature pour l'ordonner. Toutes les nuances du vert se noyaient dans de larges zones noires, où parfois un trou ou une « crevasse végétale » permettait à l'observateur de deviner ce qui autrefois avait dû être un parterre de fleurs colorées, ou un bassin d'eau peuplé de nénuphars et peut-être de poissons multicolores.

Zach lui n'y vit qu'un vaste jardin sombre, abandonné et qui aurait bien eu besoin d'un grand nombre d'heures de défrichage. Déjà l'idée de proposer au propriétaire une remise à neuf moyennant finances lui traversait l'esprit.

Quant à Lewis ce qu'il vit devant lui n'était autre qu'un immense abri dans lequel devaient grouiller des tas d'insectes, tous plus repoussants les uns que les autres. Le genre de décor qu'il haïssait par-dessus tout.

Sean en tête, ils se taillèrent un chemin à travers l'épaisse texture qui leur barrait la route et atteignirent le perron. C'était une haute maison dont le bois était blanc, bien que fortement passé. Les volets au rez de chaussée et à l'étage étaient tous clos. Sur le toit, la mansarde ne comportait pas de volet, et seul le pâle reflet d'un rideau blanc se distinguait derrière la fenêtre, on aurait dit un fantôme guettant les visiteurs potentiels. Sur la gauche dépassait légèrement une véranda en demi-cercle, là où Sean se rappelait avoir pris bon nombre de ses déjeuners du dimanche familial.

Le petit-fils du propriétaire des lieux tritura la serrure, juste à côté d'une plaque sur laquelle on pouvait lire : FAMILLE PRIORET.

— Quelqu'un a de la lumière ? Je n'y vois rien.

Zach poussa Lewis qui se collait à Sean, et alluma son briquet *zippo*.

— Ça va mieux comme ça ?

Eveana s'approcha de la balustrade et contempla la petite

terrasse qui s'étendait à droite de l'entrée. On avait dû y disposer un rocking-chair autrefois, quelques plantes dans des bacs pendus aux poutres dont les traces étaient encore visibles, et peut-être une petite table pour y prendre des collations. Le vent se leva d'un coup, projetant une rafale violente dans la chevelure touffue du jardin. Un grincement venant du flanc gauche de la maison intrigua la jeune femme. *Comme la corde d'un pendu qui craque légèrement sous le poids de son fardeau*, pensa-t-elle.

Zach posa sa main sur son épaule.

— Tu viens ? on rentre, dit-il.

Elle lui répondit d'un sourire, et se tourna pour les suivre.

Sean actionna le commutateur, mais aucune lumière électrique ne jaillit.

— Merde, c'est vrai que le courant a été coupé.

— On est marron pour se taper la visite au briquet je crois, intervint Zach.

Il ralluma son *zippo* chromé.

Le hall projeta subitement des jeux d'ombres un peu partout. Ils se tenaient sur un gros paillasson usé, des vieilles lettres à moitié effacées proclamaient ce qui quelques années plus tôt était : BIENVENUE DANS LA MAISON DU BONHEUR. Devant eux montait un grand escalier au milieu duquel courait un long tapis rouge, couvrant les marches du sommet au pied, et maintenu au bas des contremarches par des baguettes de cuivre. Sur leur droite s'ouvrait une vaste pièce, un salon à n'en pas douter, mais tous les meubles étaient recouverts d'un drap blanc, la faisant ressembler à une maison hantée.

— La porte de droite c'est pour la cuisine, expliqua Sean, et en face sous l'escalier c'est pour aller à la cave, mais ce qui nous intéresse est en haut, au grenier.

Il montra l'escalier à Zach, l'invitant à l'éclairer davantage pour qu'ils puissent tous s'y engouffrer. Les marches grinçaient affreusement. C'en était troublant, d'autant plus qu'il faisait tout de même assez noir, la flamme du briquet ne diffusait pas beaucoup de lumière, et dehors le vent commençait à souffler suffisamment fort pour faire claquer les volets mal accrochés du voisinage.

Ils arrivèrent sur le palier et suivirent Sean à travers un couloir étroit, dont les murs étaient recouverts d'un papier peint mauve ou tirant sur le violet — il était difficile de s'en faire une idée juste dans la pénombre — et sur lesquels reposaient de nombreux cadres. Eveana examina les photos. On y voyait des scènes de famille, souvent autour d'une bonne table, ou parfois dans des décors naturels, elle y reconnut Sean sur plusieurs d'entre elles, et y vit un homme lui ressemblant tant qu'elle supposa qu'il était son père. Sur une photo, elle reconnut ce qui devait être le jardin du côté de la véranda, sauf qu'il était très bien entretenu et parsemé de quelques rhododendrons ; deux personnes âgées et un couple plus jeune se tenaient à une table de jardin en bois sur laquelle reposait un plantureux repas. Au fond on pouvait voir un jeune enfant faisant de la balançoire sous un bel arbre. Elle reconnut les trait de Sean et sourit en voyant les cordes qui maintenaient la balançoire sous une branche, très certainement les mêmes cordes qu'elle avait entendues grincer avant de rentrer dans la maison. Sur un autre cadre était inscrit en lettres magnifiques et tout enluminé un texte faisant référence aux paroles prophétiques de la Bible. Ici en l'occurrence il s'agissait de donner tout le bonheur possible à son prochain pour que le monde vive dans la fraternité et la paix.

Sean ouvrit une petite porte et grimpa l'escalier abrupt qu'elle dissimulait, mieux valait n'être pas trop costaud pour l'emprunter car il était très étroit, et Lewis eut tôt fait de le remarquer.

— Dis donc, tes grands-parents ils étaient plutôt du genre maigrichon ! dit-il en rasant les murs des deux côtés.

— C'est surtout qu'ils ne montaient presque jamais ici.

Ils débouchèrent tous les quatre dans le grenier des Prioret.

Sean n'avait pas exagéré en parlant de caverne des mille merveilles. Partout s'empilaient des affaires de tout style, toute époque et de tout usage. Les murs pentus du toit étaient tous cachés derrière une montagne de bric-à-brac incommensurable. Le milieu de la pièce était encombré de hautes étagères remplies à craquer de babioles, et on se servait de ces mêmes étagères pour y appuyer des tableaux ou des meubles bancals. Des objets à perte de vue, une jungle indomptée d'articles en délire ; des malles pleines à ras bord d'antiquités au plancher grinçant jonché de bizarreries, en passant par les étagères s'affaissant sous le poids de ses bibelots, le grenier croulait sous les merveilles entassées depuis bien longtemps.

— Il faisait quoi comme boulot ton grand-père ? Antiquaire ? ironisa Zach.

— Lui non, mais son père oui. Il était français et vivait à Paris. Une grande partie de ce qui est là provient d'Europe.

— Alors toi aussi t'es un mangeur de grenouilles ! gloussa Zach.

— Il doit y en avoir pour une fortune, s'exclama Lewis.

— Ne sois pas si vénal voyons ! répondit Zach avec pédanterie.

Lewis le regarda, surpris de l'entendre employer un mot pareil, Zach était célèbre pour son franc-parler, pas pour sa connaissance profonde du vocabulaire anglais. Lewis eut un regard vers Eveana. Elle avait une drôle d'influence sur le jeune homme.

Zach poussa un petit cri, et immédiatement la lumière s'éteignit.

— Aïe ! putain, c'est chaud !

Un violent flash de lumière inonda la pièce d'une lueur spectrale pendant une seconde et un énorme coup de tonnerre résonna à l'extérieur, faisant vibrer la vitre de l'unique fenêtre.

Lewis sursauta tandis qu'inconsciemment Zach, Sean et Eveana se rapprochèrent les uns des autres.

— C'est pas rassurant ici, dit Lewis d'une petite voix.

Zach ralluma son briquet en prenant soin de tenir ses doigts loin de la flamme et du bord brûlant du *zippo*.

— Bon, on regarde ce qui pourrait nous intéresser, mais on ne détériore absolument rien, c'est clair ? Et s'il y a un truc qui vous plaît vous me le montrez avant de le prendre, il y a plein de choses qu'il ne faut pas emmener, prévint Sean.

Ils s'avancèrent dans la pièce et comme un avertissement, la pluie se mit à battre subitement contre la fenêtre.

Eveana la première se sépara du groupe pour aller vers une commode française du XVIIe siècle que la lumière bleutée de la nuit éclairait timidement. Entièrement marquetée, elle avait très certainement une grande valeur. Eveana se tourna vers Sean en montrant le meuble du doigt :

— Je peux regarder ? demanda-t-elle.

Sean acquiesça, lui faisant signe qu'elle pouvait toucher à tout ce qu'elle voulait.

Zach et Sean marchaient lentement en observant les richesses qui s'étendaient un peu partout, ne sachant par où commencer. En plus de surveiller là où ils mettaient leurs pieds, ils étaient même contraints de faire attention à leur tête car du plafond pendaient diverses choses. Un biplan peint aux couleurs de la Royal Air Force, un immense cerf-volant jaune et noir, et même une pendule murale ! Lewis resta à l'entrée, curieusement tenté par une maquette d'un superbe trois-mâts dont la proue se prenait dans une grosse toile d'araignée qui le faisait ressembler à un bateau affrontant une mer agitée.

Le ciel gronda lourdement, illuminant la pièce d'un autre flash blanc.

— Hey, regarde ça, Sean.

Zach souleva un pan de tissu et découvrit un miroir dont le cadre était sculpté dans un bois noir. Les motifs étaient très bien ciselés, représentant des diablotins armés de fourches se courant les uns sur les autres. Le haut du miroir était orné d'une tête de diable, un grand sourire plaqué au visage, les poils du bouc surgissant au-dessus du verre poli, et les cornes saillantes.

— C'est un truc de sataniste tu crois ? demanda Zach.

Sean l'examina de plus près. Il passa les mains sur le relief des visages démoniaques, et inspectant tous les recoins de l'ouvrage finit par découvrir des motifs en bas du miroir. Des lettres étaient gravées dans le bois : TIRPSE TNIAS UD TE SLIF UD EREP UD MON UA.

— Qu'est-ce que c'est que ça ? demanda Zach. T'as une idée ? C'est peut-être une invocation diabolique.

Sean resta songeur, cherchant à comprendre la mystérieuse phrase.

Eveana posa son regard sur une lampe en cuivre début du siècle. *Ça ferait très bien dans ma chambre*, pensa-t-elle. Délaissant la commode massive, elle entreprit d'ouvrir un coffre dont la serrure rouillée n'était fermée par aucun cadenas. À l'intérieur elle découvrit de longues bandes d'étoffes de différentes couleurs, du velours, du lin, du satin et même de la soie.

Pendant qu'Eveana était en train de se parer d'étoffes sur tout le corps, Lewis prit son courage à deux mains et s'approcha du voilier. Il était comme les bateaux de pirates, ceux que l'on voyait souvent dans les films en noir et blanc avec Errol Flynn sur les chaînes du câble, un grand bateau prêt à tirer les salves de ses vingt canons de chaque bord. Lewis admira le navire comme s'il allait prendre vie sous ses yeux.

— J'ai trouvé ! s'exclama Sean. C'est tout simple.

— Et c'est quoi la soluce, Sherlock ? demanda Zach.

— En fait c'est écrit à l'envers. Si tu le lis de droite à gauche par contre ça donne : *Au nom du père du fils et du Saint Esprit*. Tout simplement.

— Et alors ? Qu'est-ce qu'on doit en faire ? Le répéter trois fois en se regardant dans la glace ?

Sean haussa les épaules en signe d'ignorance.

— Bon, eh bien à défaut d'autre chose on va essayer ça, dit Zach. *Au nom du père du fils et du Saint Esprit, au nom du …*

Il le répéta trois fois en se regardant dans la glace, il lui fallut un effort titanesque de résistance pour ne pas éclater de rire. Mais une fois fait, rien d'anormal ne se passa. Du moins dans un premier temps. Soudain il y eut un petit cri, et le bruit d'un choc. Des objets se renversèrent et heurtèrent le sol et puis d'un coup il y eut un grand « *CRACK* », de bois qui se casse. Et le seul son de l'eau frappant la vitre revint.

La voix de Lewis s'éleva dans l'air :

— Je suis désolé les mecs.

Lewis s'était contenté de regarder la maquette du trois-mâts, jusqu'au moment où il remarqua que le mât de misaine était un peu penché. Se rappelant une bande dessinée qu'il avait lue chez Marc VanDerlen où le personnage principal — Tintin le journaliste — trouvait une carte sous le mât branlant d'une maquette, il voulut vérifier cette hypothèse. Deux très minces fils de la toile d'araignée s'arrimaient justement à ce mât, et dans l'obscurité ambiante Lewis ne les vit pas. Lorsqu'il secoua délicatement le mât pour s'assurer qu'il n'était pas amovible, l'araignée sentant des vibrations dans sa toile, accourut vers l'extrémité de son domaine. Lewis vit le monstre se précipiter vers sa main, et se jeta en arrière, un cri de surprise lui échappant au moment où il percuta l'étagère dans son dos. Celle-ci tangua pendant une seconde, déversant sur le sol ses objets les moins stables, puis se pencha jusqu'à ce que la chute devienne inévitable.

Eveana qui croulait sous le poids des lourds linons, soieries et lainages, vit l'étagère s'écraser sur la commode marquetée, juste là où elle s'était tenue quelques minutes auparavant.

Sean se précipita pour constater l'étendue des dégâts pendant que Zach s'approcha de l'adolescente pour s'assurer qu'elle allait bien, l'attention du garçon ne manqua d'ailleurs pas de la surprendre.

— Oh merde ! dit Sean.

— Sinon, moi ça va, annonça Lewis.

— Viens plutôt voir ce que t'as fait, imbécile !

Lewis se releva tant bien que mal, et fit le tour du fatras pour rejoindre Sean.

Tout le dessus de la commode était enfoncé par le haut de l'étagère. Le bois avait explosé en centaines d'éclisses et un trou béant formait à présent le dessus du meuble du XVIIe siècle.

— Tu sais, Sean, je suis désolé, mais j'ai eu une super frousse... s'excusa Lewis.

— Je sais, Lewis, je sais. Heureusement qu'il n'y avait personne en dessous.

— Oui, eh bien ça s'est joué à pas grand-chose, dit Eveana. Il n'y a pas deux minutes j'aurais eu la tête dans le même état que la commode.

Ses yeux s'arrêtèrent sur la dite commode, et changèrent d'expression, comme si elle était contrariée tout d'un coup.

— Regardez il y a quelque chose d'anormal, on dirait qu'il y a un faux fond.

Elle se pencha et mit les mains dans le meuble.

— Il y a quelque chose à l'intérieur.

Pendant qu'elle fourrageait dans le vieux meuble, Zach s'approcha et s'accroupit de sorte qu'il ait le visage à la même hauteur qu'elle, et lui demanda :

— Comment ça *quelque chose* ? Des bijoux ? de l'or ?

— Attends, dit-elle... je... l'ai.

Et tout doucement elle dégagea du trou un gros livre.

— Un livre ? s'étonna Zach.

Il était de grande taille, dans les trente centimètres de haut, pour bien cinq de profondeur. Le plus surprenant était sûrement sa texture toute en cuir, une grosse couverture en cuir abîmé et jauni, et une tranche marron. Le livre devait dater d'au moins quatre-vingts ans.

— Vous avez vu ça ? demanda Lewis. C'est quoi ? Un livre d'alchimiste ?

— Je ne sais pas mais il est drôlement vieux, répondit Eveana. Regardez !

Sur la couverture était manuscrit le mot KHANN à l'encre noire. De nouveau il y eut un violent coup de tonnerre et un éclair qui déchira le ciel. La pluie se mit à redoubler de force et le vent souffla si fort qu'il se mit à siffler tel un asthmatique en pleine crise.

— Bon, on l'ouvre ce livre et on regarde de quoi ça cause où on attend encore un peu pour fêter Thanksgiving ? lança Zach.

De nouveau la flamme de son briquet s'éteignit et la seule lueur bleutée de la nuit les baigna au travers de la fenêtre. Zach s'énerva et ralluma le *zippo*.

Eveana ouvrit la page de garde. Elle tourna quelques pages vierges, toutes jaunies, et s'intéressa à une phrase mise en exergue qu'elle lut à haute voix :

— « *Ce livre ne recèle pas la foi. Il ne contient pas la connaissance universelle. Mais ce livre est dangereux ; dans ses pages se cache le Savoir, la mort n'y est plus mystérieuse, et la vie le devient. Sache ô lecteur que ce livre t'est interdit.* » En dessous est signé *La Confrérie des Arcanes*.

— Qu'est-ce que ça veut dire ? demanda Lewis. Sean, ton grand-père faisait partie d'une secte ?

— Non, ça m'étonnerait vraiment, c'est pas le genre, et puis dis pas « faisait », il est pas mort ! Vas-y, feuillette-le, dit-il à Eveana.

Elle tourna la page. La suite était une succession de mots écrits assez petits.

— Je vous lis le début, ça vaut le coup : « *Ça y est, il est trop tard pour reculer. À présent, apprête-toi à bouleverser ta vie, tes croyances et tes espoirs. Car si la substance de cet ouvrage ne t'échappe pas, tu ne vivras plus jamais comme avant.* » C'est bizarre, non ?

Le hurlement de plusieurs chiens perça l'orage, dépassant en intensité la pluie et le vent, ils hurlèrent ensemble, tout proches de la maison.

— Vous entendez ? C'est quoi ces chiens ? demanda Lewis, pas très rassuré.

— Je me demande surtout qui a laissé ses clébards dehors avec un temps pareil, lâcha Zach en allant à la fenêtre. Un type qui n'est pas foutu de s'occuper correctement de ses chiens, j'imagine qu'il prend aussi bien soin de ses enfants !

Il colla son nez à la vitre et inspecta l'extérieur. La pluie tombait drue et la nuit n'arrangeait pas la visibilité, mais un éclair permit à Zach de voir le jardin en friche (et de haut les plantes semblaient se livrer un combat sans merci), le portail, et la rue.

Et surtout les trois chiens hurlant devant la maison, assis sur le trottoir.

— Merde alors, venez voir ça.

Sean et Lewis s'approchèrent et collèrent également leur visage au carreau. Un roulement de tonnerre avala les gueulements canins et tout autre son pendant une seconde, et quand le grondement s'estompa, les hurlements avaient cessé. Comme un disque laser qu'on arrête en pleine chanson. Un éclair surgit à son tour, et les adolescents se pressèrent contre la vitre.

Rien. Pas de chien, pas même l'ombre d'un quadrupède s'enfuyant dans la tempête.

— Je vous jure qu'il y avait trois clébards ici, il n'y a pas dix secondes. C'était des gros *Boxers* ou un truc comme ça, protesta Zach.

— Ouais, eh bien moi tout ce que je vois c'est qu'on va être trempés pour rentrer ! rétorqua Lewis.

— Mais vous les avez entendus ! continua Zach.

— Oui, tu sais ils se sont sûrement tirés au moment où on arrivait, intervint Sean.

Zach secoua la tête. Il avait distinctement entendu les chiens hurler et sans discontinuer jusqu'au coup de tonnerre, ils n'étaient donc pas partis à ce moment. Et l'éclair avait surgi dans la foulée. Il chercha du regard Eveana pour jauger sa position dans cette affaire, mais elle continuait de feuilleter le livre.

Quelqu'un se mit à gratter au mur depuis l'extérieur. Comme des doigts crochus qui claqueraient sur le bois du toit. En fait de grattements cela ressemblait plus à des frottements. Tous regardèrent vers la commode, et il s'écoula dix secondes pendant lesquelles ils retinrent tous leur souffle. Puis Sean intervint :

— Du calme, je sais ce que c'est. C'est juste le vieux chêne du jardin dont les branches s'agitent avec le vent.

L'arbre à la balançoire, songea Eveana, *dont les cordes grincent comme celles des pendus.*

— Je propose qu'on prenne le livre et qu'on rentre chez

moi, dit Sean. On a suffisamment mis de bordel comme ça. Zach et Lewis aidez-moi à remettre l'étagère.

Ils joignirent leurs forces et redressèrent le meuble, à présent vide.

— Laissez le reste par terre, je reviendrai un autre jour pour ranger. On file.

Le tonnerre résonna dans le ciel au-dessus d'Edgecombe. Personne ici ne s'imaginait qu'à cinquante kilomètres de là, à Providence, les gens dînaient dehors profitant de cette fin de soirée agréablement chaude pour un mois d'octobre.

Le bois crépitait dans l'âtre. Les vêtements posés sur le pare-feu s'égouttaient lentement pendant que Zach surveillait les flammes, s'assurant qu'elles étaient bien parties. Sean et Lewis étaient assis dans le canapé du salon et se remémoraient leur succès du jour face à Aaron et Lloyd, alors que Eveana lisait tranquillement le vieux livre dans un fauteuil. Tous étaient habillés avec les moyens du bord, jogging trop grand mais pas assez large de Sean pour Lewis et peignoir de Mrs Anderson pour la demoiselle. Seul Zach était resté torse nu, pour « *se réchauffer la peau directement auprès du feu* », avait-il dit.

— N'empêche que maintenant, Aaron et Lloyd vont vraiment vouloir nous tuer, déplora Lewis.

Sean hocha la tête songeusement, les yeux perdus dans le vague comme pour imaginer les odieuses tortures auxquelles on les exposerait.

— Vous savez, je les connais bien ces deux abrutis, avoua Zach sans quitter les flammes du regard. Il y a pas si longtemps je traînais avec eux.

— Toi ? s'étonna Sean.

— Eh oui l'ami. Ça t'étonne ? J'étais plus jeune qu'eux mais au moins aussi con.

Lewis sauta sur l'occasion.

— Tu pourrais peut-être leur parler alors... leur expliquer qu'on faisait ça juste pour se défendre.

— Non, ça je crois pas. Ça fait plusieurs mois qu'on se voit plus, je dirais même qu'on s'évite.

Eveana leva les yeux du « grimoire » et regarda Zach.

— Pourquoi ? Vous vous êtes battus ? demanda Lewis.

— C'est une histoire débile, j'ai pas trop envie qu'on en parle. Je suis désolé mais je pourrai pas vous filer un coup de main dans vos emmerdements avec ces connards, reste que s'ils vous font chier un max, je pourrais toujours intervenir mais ça risque de mal tourner...

Sean l'observa se réchauffer les mains, et constata avec étonnement à quel point le souvenir des deux voyous d'Edgecombe troublait le jeune homme. Sa manière assez leste de parler dont il avait tenté de ne pas user en présence d'Eveana était subitement revenue au galop, et à présent c'était la chair de poule qui lui parcourait les bras et le dos.

— Bon, reprit Zach, c'est pas tout ça mais qu'est-ce qu'on fait de ce bouquin ?

— Je suis en train de le lire un peu, dit Eveana, c'est étrange, pour l'instant il parle beaucoup d'esprit, de la force mentale. On dirait un livre ésotérique.

— Un livre quoi ? demanda Lewis.

— Esotérique. Qui parle de choses secrètes, ou incompréhensibles pour celui qui n'est pas initié si tu préfères.

— Ah oui, là c'est tout de suite plus clair, ironisa Lewis en attrapant un des chocolats qui traînaient sur la table basse.

Eveana claqua le livre qui était sur ses genoux nus. Sous le peignoir de bain de Mrs Anderson, les formes de la jeune fille fascinaient de plus en plus Sean. *Cette fille a un corps de déesse, mon Dieu !* songea-t-il. Zach tentait au contraire de paraître le plus stoïque possible, bien qu'à l'intérieur il bouillait également. Seul Lewis restait absolument impassible, ne voyant même pas l'aspect esthétique du corps en question, lui n'avait d'intérêt que pour la boîte de chocolats qui trônait devant lui. Et y résister était autrement plus âpre que de simplement détourner les yeux...

— Si ça ne te pose pas de problème j'aimerais bien t'emprunter le livre le temps de le lire entièrement, évidemment compte tenu de l'écriture illisible qui le compose cela risque de prendre un moment, alors si ça te gêne tu...

— Vas-y, coupa Sean, prends-le et lis-le, après tu n'auras qu'à nous en faire une sorte de compte rendu. Un peu comme à l'école.

— Elle est volontaire pour faire une fiche de lecture sur un bouquin qu'on n'est même pas obligé de lire ! s'exclama Lewis. Mais elle est folle !

Tous partirent d'un rire sincère. Puis Eveana se leva.

— Je peux passer un coup de fil ?

— À cette heure-ci ? s'étonna Sean voyant que l'horloge digitale du magnétoscope indiquait 00h23.

— C'est à mon père que je téléphone, pour qu'il vienne me chercher. Je lui ai dit que j'allais à une soirée avec Martha Leister mais j'avais la permission de minuit et demi seulement. Mes vêtements doivent être secs.

Décidément ces gens de Bellevue sont vraiment bizarres, se dit Lewis.

— Moi aussi je vais vous laisser, les ptits gars, annonça Zach. On se voit lundi au lycée.

Alors qu'Eveana disparaissait dans la salle de bains pour se rhabiller, Zach se contenta d'enfiler son T-shirt par-dessus son jean humide devant le feu.

Un quart d'heure plus tard il ne restait plus que Sean et Lewis affalés dans le sofa.

Une succession de traits lumineux rouges indiquait qu'il était 01h37. La chambre était noire : exceptionnellement Sean avait fermé les volets de sa chambre, car même si l'orage était passé, la pluie continuait à tomber en tambourinant sur les carreaux de la fenêtre. Lewis était allongé sur un lit improvisé à l'aide d'un vieux tatami de judo (qui servait autrefois aux entraînements de Sloane avant de devenir le tapis de jeu de Sean quand il était enfant), d'un matelas de mousse et d'un duvet. Sean, le corps emmitouflé dans sa couette, se tenait près du bord de son lit de manière à pouvoir parler à Lewis.

— Tu l'as déjà fait ? demanda-t-il d'une petite voix.

Lewis qui commençait à s'endormir marmonna plus qu'il ne parla :

— Fait quoi ?

— Tu sais bien... le sexe.

— Le sexe ? Mais qu'est-ce que tu veux que j'en fasse du sexe moi ? C'est encore un truc de gonzesse !

Sean soupira.

— Non, ça doit être... je sais pas comment dire...

Cette fois Lewis se réveilla complètement :

— Comment tu veux en parler si tu l'as jamais fait ? De toute façon mon père il dit toujours que c'est le sexe qui mène le monde, et que si tu arrives à être plus fort que tes hormones, alors tu es au-dessus du monde... il t'appartient.

— Ouais mais ton père il t'a bien eu non ? Je veux dire qu'il a un fils et qu'en plus il est marié donc il est mal placé pour dire ça.

— De toute façon je crois que mes parents ils le font plus... tu sais... ensemble.

— Tom dit que ses parents non plus le font plus, ajouta Sean. C'est la fin de l'amour tu crois ? Sloane a écrit un poème la-dessus une fois, ça s'appelait « l'amour péremptoire ».

— C'est quoi péremptoire ? demanda Lewis.

— Je lui ai posé la même question et il m'a dit que c'est quand quelque chose n'est plus consommable après une certaine date.

— Mouais... moi je crois surtout qu'après un certain âge t'as plus envie de te fatiguer pour si peu.

Un long silence suivit. Lewis ne voyait pas trop ce qu'il y avait de préoccupant à ne pas avoir eu de rapports sexuels, après tout il ne faisait pas la course, ça viendrait peut-être un jour, sinon... eh bien sinon tant pis il aurait d'autres choses à faire et certainement plus divertissantes.

Sean enfonça sa tête dans l'oreiller et pensa aux courbes

magnifiques d'Eveana, à la saveur que sa peau devait avoir, à la chaleur que son corps devait prodiguer, et il s'imagina ce à quoi elle pouvait bien ressembler nue, complètement nue. Sa seule expérience en matière de femme se résumait à ce qu'il avait vu dans les magazines pornographiques que Tom avait volés à son père, et concrètement son expérience la plus osée avait été d'embrasser Jenny Maclerd l'année dernière, Jenny « les boutons ». Pas de quoi être fier.

Les deux garçons échangèrent encore quelques mots, mais les silences grandirent de plus en plus jusqu'à ce qu'il n'y ait plus que le souffle saccadé de leurs respirations endormies.

5.

La jeep cherokee bleu marine s'engagea dans Stewtson Avenue, s'éloignant du port, et prit la direction du terrain vague. Au dire du petit Tom Willinger c'était là-bas qu'ils avaient joué ensemble avec Warren King hier dans l'après-midi. Ses parents avaient appelé vers vingt et une heures pour savoir si personne n'avait vu Warren qui n'était pas rentré. N'étant pas du genre à rentrer tard sans prévenir et encore moins à fuguer, Mr et Mrs King s'étaient imaginé le pire. Le shérif Benjamin Hannibal cherchait l'adolescent depuis dix-huit heures d'affilée, sans réussite. Dans des circonstances habituelles le shérif aurait interrompu ses recherches le temps de dormir un peu, mais depuis l'affaire du petit Tommy Harper, il préférait mettre les bouchées doubles. Les parents de Warren avaient rappelé ce matin pour dire qu'il n'était pas rentré de la nuit, alors que le docteur Clay sortait de chez eux où il venait d'administrer un calmant à une Felicia King à bout de nerfs. Benjamin Hannibal se souvenait de la réaction de David King. La voix d'un homme fatigué et nerveux avait résonné dans le téléphone :

— Si je peux faire quoi que ce soit dites-le-moi, Shérif. Quel que soit le prix qu'il faille payer, je veux qu'on me retrouve mon fils, même si cela doit me coûter ma fortune, engagez toute la ville, doublez le salaire de vos hommes, vous pouvez même louer une équipe du FBI si vous voulez, mais retrouvez-moi mon fils !

Benjamin Hannibal connaissait personnellement la famille King, il savait que David était un homme peu apprécié de par sa fortune qui faisait des jaloux mais surtout de par son manque de chaleur, qui dans une ville comme Edgecombe ne passait pas inaperçu. C'était un homme dur et froid qui ne manquait pas une occasion de partir dans une colère destructrice, et le pauvre Warren en avait fait les frais plus d'une fois. Décidément ce pauvre gosse ne méritait pas ça, pas lui, pas comme ça. *Calme ! Ça se trouve il s'est enfui une petite nuit justement pour montrer à ses parents qu'ils sont trop durs ou quelque chose comme ça... se dit-il.* Au fond de lui son cœur se tordait, il n'y croyait pas beaucoup, *ça n'était vraiment pas le genre de gamin à se rebiffer contre sa famille.*

Le shérif et l'officier Piper avaient passé une partie de la soirée à téléphoner chez les amis de Warren, mais il était difficile de cibler exactement les familles à appeler, surtout à cette heure-ci. Les Willinger, et les Adams étaient les deux premières sur la liste, et Tom Willinger, après s'être assuré qu'il n'avait rien fait de mal, confirma qu'il avait vu Warren dans l'après-midi. Il donna les noms de ses camarades présents à leur jeu, et avoua qu'ils étaient partis sans lui vers dix-sept heures. Benjamin avait appelé tous les foyers des cinq enfants présents, sauf celui des Anderson qui ne répondait pas, mais il n'avait pas voulu insister après vingt-trois heures. Tom, Josh et Thomas ne savaient pas où il pouvait bien être, Lewis n'était pas chez lui et Sean n'avait pu être joint. Cela n'était pas très encourageant. La seule piste qu'il avait c'était le terrain vague et l'usine désaffectée Bertot, dernier endroit où Warren avait été vu.

Benjamin tourna à droite au carrefour de Main Street et de la 4e rue, et prit tout droit, vers Williamson Way.

C'était encore ce foutu terrain vague qui lui causait des problèmes ! Il se battait depuis un an contre la municipalité pour qu'on rase ce lieu dangereux. L'usine Bertot (du nom d'un Français venu faire fortune aux Etats-Unis) avait coulé dans les années quatre-vingt, une fois les *trentes glorieuses* passées, et tout ce qui restait de cette prospère industrie de plâtre et ciment était une usine décrépie, un terrain abandonné et des carrières menaçant de s'ébouler. Régulièrement des plaintes concernant le terrain vague arrivaient jusqu'au bureau du shérif, c'était là qu'on venait d'y retrouver le corps sans vie du petit Tommy Harper, et plus récemment encore un mystérieux dingue s'y essayait à la moto après vingt-deux heures...

Benjamin ruminait ses éternels griefs lorsque subitement il aperçut...

Sean pédalait rapidement sur son vélo tout terrain en espérant ne pas être trop en retard. On était dimanche, et tous les dimanches à deux heures et demie il allait rendre visite à son grand-père à la maison de retraite, et il était déjà quinze heures passées. Il accéléra et monta Lawson Street à plein régime. Il ne se voyait pas manquer une des ses conversations avec Anatole Prioret, son « gran'pa » adoré.

À l'angle de Lawson et de la 4e rue il coupa la trajectoire de la rue quand tout d'un coup surgit devant lui...

...Lewis Connelly. Le shérif ralentit jusqu'à se mettre au niveau du garçon.

— Bonjour Lewis, dit-il, d'où tu viens comme ça ?

Lewis était pâle comme un linge et ne cessait de regarder autour de lui.

— Ah bonjour shérif. Je... je reviens de chez Sean Anderson, pourquoi j'ai fait quelque chose de mal ?

Benjamin Hannibal sourit.

— Non, pas à ce que je sache en tout cas. Toi et Sean, vous n'auriez pas vu Warren King depuis hier après-midi ?

Lewis hocha la tête.

— Si jamais tu l'aperçois, préviens-moi le plus vite possible, d'accord ?

Lewis jeta un bref coup d'œil par-dessus son épaule.

— Lewis ? Il y a un problème ?

— Non, non shérif, c'est juste qu'il y a des personnes que je voudrais éviter.

Benjamin regarda un peu plus loin et reconnut Aaron et Lloyd.

— Ils te font des misères ces deux là ?

— Non monsieur, on a juste un petit problème relation-nel, je crois qu'ils ne m'aiment pas trop...

— Ok, fais attention à toi, ils sont un peu... givrés tous les deux. Si jamais ils te causent des ennuis viens m'en parler, d'accord ?

Lewis acquiesça.

— Tu ne sais donc pas où je pourrais trouver Warren King ? redemanda le shérif.

— S'il est pas chez lui, non alors, je ne vois pas. J'ai passé la nuit chez Sean et on a pas vu Warren...

Lewis fut surpris par la déception qu'il put lire dans les yeux du shérif, mais ses pensées étaient obnubilées par la menace que constituaient Aaron Chandler et Lloyd Venutz.

— Je te remercie tout de même. Bonne journée, Lewis.

La jeep bleue, à l'écusson noir et or peint sur la portière, s'éloigna. Lewis reprit immédiatement la route, espérant que les deux dingues ne le voient pas tant qu'il n'aurait pas pris une autre rue...

...quand tout d'un coup surgirent devant lui ses pires ennemis depuis la veille : Aaron et Lloyd. Heureusement la vitesse de son vélo permit à Sean de passer entre les deux grosses brutes avant qu'ils n'aient le temps de réaliser de qui il s'agissait et d'agir. À peine tourné dans la 4e rue Sean se remit à pédaler, encore plus vite cette fois. Derrière lui les insultes pleuvaient. Il continua, toujours plus vite et croisa le shérif Hannibal qui, de derrière son pare-brise, lui fit des grands signes afin qu'il aille moins vite. Quand le véhicule de police passa dans son dos, il l'entendit ralentir au niveau des deux fous-furieux, *le shérif Hannibal va mettre ces abrutis au pas* espéra Sean. Quelque deux cents mètres plus loin il croisa Lewis qui rentrait chez lui d'un bon pas. Sean lui cria en passant :

— Traîne pas trop dans le quartier, j'ai vu Aaron !

— Je sais, lui répondit Lewis en lui adressant un petit signe de la main.

Sean pédala sur toute la 4e rue jusqu'au bord de mer, où était bâtie la grande maison de style colonial : la maison de retraite Alicia Bloosbury, du nom de la citoyenne d'Edgecombe qui rentra dans les ordres et partit sauver les jeunes indiens orphelins que les massacres coloniaux laissaient derrière eux.

Il gara son vélo au même endroit que d'habitude — au pied de l'immense pin, avant l'entrée — et s'introduisit dans le vaste bâtiment. Il longea le comptoir ou se tenait une femme en blouse blanche qui ne lui demanda rien (on le connaissait depuis le temps) et poussa la porte à double battant du fond, celle qui menait à la grande salle. Dès lors il marcha plus doucement, se faufila entre les chaises qui servaient à regarder la télévision, fit un crochet pour éviter le sofa en « L » où siégeait toujours le papy baveux qui prenait tous les enfants et adolescents dans ses bras, et arriva devant la grande baie vitrée. Assis sur une chaise à bascule avec son fauteuil roulant à côté, les mains dans les poches de sa robe de chambre, Anatole Prioret regardait le long jardin coloré qui s'étendait au-delà de la vitre jusqu'au petit mur, après lequel se trouvait la mer.

— Tu es en retard, tu as eu des ennuis, fiston ? demanda-t-il.

— Non, non ça va, c'est juste que j'ai pas vu l'heure.

— C'est pas grave, mais comme tu es toujours à l'heure d'habitude, je me suis un peu inquiété.

Sean tira une chaise près de celle de son grand-père.

— Ça va, Gran'pa ?

— Oui, ça va, ça pourrait être mieux, mais ça va. C'est le personnel ici qui me cause des soucis, sinon ça va. Tu sais ce qu'ils m'ont fait hier ? Ils sont venus me réveiller pour me dire que je n'avais pas pris mes pilules, et tu sais ce que c'est comme pilules ? Ce sont des somnifères ! Tu vois le tableau...

— Et tes cauchemars, ils ont disparu ? interrogea Sean.

— Ça se calme.

La vérité était qu'il n'en avait jamais fait autant de toute son existence. Bien souvent ils avaient comme sujet sa douce et regrettée épouse, Lydia. C'étaient les pires, ceux qui ne se dissipaient pas complètement au réveil, ceux qui lui laissaient un goût d'âpre mélancolie et de désespoir dans la bouche. Sa gentille petite Lydia qui était partie loin de lui. Elle lui manquait plus que tout.

Il chassa ces idées de son esprit.

— Alors Sean, dit Anatole après un temps, tu as été au grenier de ma vieille maison ?

Les souvenirs de la veille assaillirent le garçon d'un seul coup.

— Oui. Ça faisait un bout de temps que je n'étais pas monté, on peut dire que ça s'est drôlement rempli là-haut !

— Ta grand-mère et moi y avons entassé toutes nos affaires, et toutes celles de nos familles respectives. Tu imagines la richesse historique que ce grenier contient. Mon père était antiquaire à Paris ; à son décès j'ai récupéré tout son magasin ! Tu sais, certains objets sont très vieux et ont appartenu à des célébrités de l'histoire, ils valent une fortune !

Sean revit la commode brisée. Il ne se voyait pas annoncer pareille nouvelle à son grand-père, après tout il ne le verrait peut-être jamais. Il hésita à lui parler du livre qu'ils avaient trouvé, mais comment s'en entretenir sans en venir à la commode ?

— C'est vrai que j'ai vu de très belles choses, se contenta de dire Sean.

L'épisode des chiens revint alors en mémoire à Sean.

— Dis Gran'pa, tes voisins ils ont des chiens ?

— Pourquoi ça ? Tu as eu des problèmes avec des chiens ?

— Non, c'est juste comme ça. En fait j'en ai entendu aboyer alors je me suis demandé.

— Si ma mémoire est bonne personne n'a de chien dans le voisinage, sauf peut-être les Taylor qui avaient un *Bobtail*, je ne sais pas s'il est encore vivant... Maintenant que tu le dis je réalise que j'ai été un des rares dans le quartier à avoir des chiens.

Sean haussa les sourcils, surpris d'apprendre que son grand-père avait eu pareils animaux de compagnie. Il n'en avait aucun souvenir.

— Eh oui, c'était il y a longtemps. Ta mère a connu Claudius et Polonius, les deux derniers.

— Mais combien tu en as eu ? dit Sean, intrigué.

— Trois. Trois magnifiques *Rottweiler*.

Une idée saugrenue traversa l'esprit de Sean, il ne put s'empêcher de demander :

— Dis, des *Rottweilers*, on pourrait les confondre avec des gros *Boxers* ?

— De loin, si on n'y connaît pas grand-chose en chiens peut-être, sûrement même.

— Et ils sont devenus quoi tes chiens, Gran'pa ?

— Oh ça fait bien longtemps qu'ils nous ont quittés, le dernier est mort en 1974, alors que ton frère n'avait que quatre ans.

Sean reçut comme un coup de poing dans la poitrine, lui bloquant la respiration pendant un court mais désagréable instant. Il s'était imaginé que les chiens aperçus par Zach la nuit dernière étaient en fait ceux de son grand-père... Pourtant quelque chose en lui le titillait, un sentiment puissant d'insatisfaction, une voix qui lui susurrait de ne pas en rester là.

— Tes photos elles sont toujours dans la boîte en fer dans la penderie du rez de chaussée ? demanda-t-il à son grand-père.

— Oui, pourquoi ?

— C'est juste un pressentiment. Un détail que je voudrais vérifier...

*

Benjamin Hannibal avait rarement eu les paupières si lourdes. Il conduisait tout doucement, déjà le crachin qui inondait le paysage était assez dangereux à lui seul, observant régulièrement les environs, il guettait le moindre signe qui pût le mettre sur la trace de Warren King. Mais une nuit blanche plus une journée de prospection n'aidaient pas le shérif dans ses talents de perception, et ses réflexes tout autant que sa vitesse d'analyse souffraient également du manque de sommeil. Pourtant il s'accrochait, il poursuivait ses recherches tant bien que mal.

Le crépitement de la radio résonna dans l'habitacle du véhicule, signe qu'on l'appelait. Il prit le micro d'une main, et enclencha le *cruise-control* de l'autre, il était sur Longway Street et pouvait se le permettre. Le bourdonnement du statique céda finalement la place à une voix de femme :

— Shérif, j'ai eu l'officier Piper, il dit qu'il est fatigué et qu'il aimerait rentrer prendre un peu de repos.

C'était Sherelyn Moss, la secrétaire du shérif. Toujours disponible, toujours présente, elle touchait une maigre rétribution et pourtant ne s'en plaignait jamais, elle venait au bureau à chaque fois que sa présence était nécessaire. L'officier Piper et l'adjoint Steve Allen aimaient à plaisanter sur la douce et gentille Sherelyn, il leur suffisait de dire qu'elle en pinçait pour le shérif pour que ce dernier vire au cramoisi en leur demandant de bien vouloir cesser toute idiotie et de se remettre à travailler.

Benjamin actionna l'interrupteur du micro et répondit :

— Demandez à Piper s'il est sûr que Warren King se repose en ce moment ! On est tous dans le même état, mais on reste tous solidaires, il faut retrouver le gosse. Suis-je clair ?

Nouveau crachotement de parasites et réponse affirmative de la secrétaire.

Le shérif désenclencha le système de pilotage du véhicule, et tourna sur le pont Williams qui enjambait le Pocomac.

Il pila subitement.

Dans le même mouvement il réactiva le micro.

— Sherelyn ? vous êtes toujours là ?

— Oui shérif, qu'est-ce que je peux fai...

— Prévenez Piper que je crois avoir retrouvé Warren King. Ô mon Dieu faites que ce ne soit pas lui. Trouvez l'agent spécial Fergusson qui est en charge de l'enquête sur les meurtres d'enfants, dites que je crains d'avoir un nouveau corps. Et appelez une ambulance.

— Mais... Pourquoi... Pourquoi n'êtes-vous pas sûr qu'il s'agisse de Warren ?

— Vous ne voudriez pas le savoir.

6.

Le lundi 10 octobre fut une douloureuse journée pour tous les habitants d'Edgecombe. Pour la troisième fois de son histoire la mairie d'Edgecombe mit son drapeau en berne pour une raison propre à la communauté.

Philip L. Peckard, le maire républicain de la ville, avait insisté pour que la municipalité montre à sa manière sa compassion pour les familles des victimes du tueur, tueur que l'on surnommait à présent *l'Ogre de la côte Est*. Cette décision du maire fut d'ailleurs à l'origine d'une violente altercation entre lui et Richard Tewley son bras droit qui ne comprenait pas pourquoi il fallait baisser le drapeau cette fois alors que l'on ne l'avait pas fait pour Tommy Harper auparavant ; ce à quoi Mr Peckard répondit avec le plus grand cynisme que cette fois comptait pour les deux garçons. Mais personne n'était dupe, Tommy Harper était le fils d'une famille modeste, tandis que la famille de Warren avait un pouvoir financier et politique certain. La phrase du maire résonna longtemps dans les esprits, « *cette fois comptait pour les deux garçons !* » La mairie tenait les comptes de ses célébrations pour ses morts...

Au lycée comme dans toute la ville, on discutait beaucoup de cette terrible affaire. Presque tout le monde en pleurait. Les rares qui l'avaient vraiment apprécié étaient effondrés alors que beaucoup s'affligeaient d'une peine imaginaire pour ce tout nouvel ami qu'ils venaient de se découvrir. Ce lundi, un tiers des élèves étaient devenus des proches de la victime, des proches accablés par la mort de « leur » Warren, et comme cela faisait bien de le connaître, on passa très vite à la moitié des étudiants. On vit même certaines filles de l'établissement aller se maquiller aux toilettes pour avoir l'air plus abattues. Warren n'avait jamais eu autant d'amis de toute son existence.

Heureusement pour sa mémoire, il y avait dans le fond de la cour, assises aux tables en bois qui servaient à manger dehors les midis ensoleillés, quatre personnes qui se gardaient bien de participer à cette mascarade hypocrite. Zach, Lewis, Sean et Tom Willinger.

— Tout ces connards me font gerber, lâcha Tom. Pas un d'entre eux ne lui a adressé la parole de l'année et maintenant ils se comportent tous comme s'ils venaient de perdre leur propre frère !

Il se passa la main dans les courts cheveux bruns qui le caractérisaient tout autant que le teint mat de sa peau et ajouta :

— Moi au moins j'avoue que si c'était pas mon meilleur pote, je l'appelais régulièrement pour aller s'amuser...

Sean qui était resté silencieux pendant les trois premières minutes de la pause de 10h se décida enfin à prendre la parole, timidement, il voulait changer de sujet car si Warren n'avait jamais été un grand ami, ç'avait néanmoins été un copain et sa mort tragique lui nouait affreusement la gorge :

— Zach, tu te rappelles les trois chiens que tu as vus samedi soir ?

— Un peu que je me rappelle, je suis même passé pour un dingue ! s'exclama-t-il.

— De quoi vous parlez, les mecs ? voulut savoir Tom.

Les trois autres garçons se regardèrent, Lewis expliqua brièvement mais avec passion leur sortie à la vieille maison de Twin hills Street et la découverte du vieux livre.

— C'est cool ! Pourquoi je suis pas venu ? La prochaine fois appelez-moi je vous servirai de protection !

Lewis ricana et lui tapa sur l'épaule et Tom le lui rendit en plus fort. Sean reprit à l'adresse de Zach :

— Aussi bizarre que cela puisse paraître je voudrais que

tu regardes cette photo et que tu me dises si tu ne les recon-
naîtrais pas ?

Sean sortit une vieille photo de sa poche arrière de jean et
la tendit au garçon aux cheveux longs. La photo était en
noir et blanc, et l'on y voyait distinctement trois chiens, des
Rottweilers avec des gros colliers.

— C'est marrant ça ! Tu l'as eue où cette photo ? s'étonna
Zach, surpris.

— Mais les chiens c'est pas eux ? demanda Sean.

— Si justement c'est pour ça que je te demande où tu as
trouvé la photo, ce sont les même chiens avec le gros collier
là, je les reconnais sans problème.

— Merde, murmura Sean dans un souffle.

— Quoi ? Qu'est-ce qu'il y a ? voulut savoir Lewis que
l'expression préoccupée de Sean ne rassurait pas.

— Il y a que ces chiens sont ceux de mon grand-père.

— Et alors ? dit Zach. Qu'est-ce qu'il y a de pas normal
la-dedans ?

— Ils sont morts depuis plus de vingt ans.

Un lourd silence vint englober les quatre garçons. Même
Tom qui n'était pas là le soir de la petite visite du grenier en
frissonna.

— T'es sûr qu'ils sont morts ? Parce que moi en tout cas
je suis prêt à mettre ma main à couper que c'était bien eux,
dit Zach en montrant la photo du doigt.

— Mais qu'est-ce que ça veut dire ? demanda Lewis. On
a dérangé les fantômes des cleps en entrant dans la maison,
ou quoi ?

— Que les choses soient claires, les fantômes n'existent
pas, intervint Tom. Ce sont des mythes, des contes de
bonnes femmes, mais pas la réalité.

— Ne crois pas ça ! rétorqua Zach. Les fantômes sont
réels, spécialement dans la région avec toutes ces histoires
indiennes, ces sacrifices et ces rituels sanglants.

Une fille de 11e passa près d'eux et ils se turent tous. Puis
Zach reprit :

— Une fois mon oncle m'a raconté les histoires étranges

qu'on se transmettait au coin du feu à l'époque des colons. Des histoires de morts qui revenaient hanter la vie de ceux qui osaient les troubler ; des récits sur Ithaqua le Wendigo, créature géante errant dans les forêts ; des histoires de cimetières indiens, comme le sanctuaire de pierre qu'il y a à quelques kilomètres à l'ouest, dans la forêt, le cimetière des Narragansetts. On dit que ce site est dangereux car c'est un cimetière très spécial. Les Narragansetts y enterraient uniquement les morts par maladies étranges, les meurtriers, et les fous. Parfois aussi le corps d'un ennemi haï, car il était dit que les morts mis en bière ici étaient maudits pour l'éternité.

La sonnerie retentit. 10h15. Il fallait réintégrer les classes.

— Moi je vous dis une bonne chose : que vous croyiez ou non aux fantômes, ne vous mêlez pas des affaires des indiens, c'est mauvais pour l'espérance de vie, avertit Lewis.

— Je pense à un truc là, personne n'a vu Eveana ce matin ? demanda Sean.

Tous secouèrent la tête.

— Elle devait être en cours ce matin pourtant. Peut-être qu'il lui est arrivé quelque chose, comme les chiens de l'autre soir... s'inquiéta Sean.

— Peut-être qu'elle a été enlevée par le tueur qui sévit ici ! proposa Lewis.

Le regard qu'eut Zach pour Lewis en dit long sur le mauvais goût de la supposition.

— Je vais essayer de savoir ce qui lui est arrivé, on se retrouve à la sortie tout à l'heure, exposa Zach, bon je file ou la mère Lorenz va me flinguer.

Tous se levèrent et prirent la direction de leurs classes respectives.

Lorsque Sean et Zach arrivèrent en salle 213, au deuxième étage, ce fut une Lenia Lorenz particulièrement renfrognée qui les accueillit.

— Vous avez cinq minutes de retard, allez me chercher un billet bleu au bureau de Mr Craddel, c'est à la sonnerie que vous devez rentrer en cours pas après, si tous les élèves faisa...

Zach ferma la porte avant qu'elle n'ait eu le temps de terminer sa phrase.

Le bureau de Mr Craddel était une étape quasi obligatoire dans la vie de tout lycéen scolarisé au lycée Whitman d'Edgecombe. Ses billets bleus et ses billets roses étaient synonymes de retard ou d'absence qu'il fallait justifier durant de longues minutes...

Quand la porte du bureau de Lionel Craddel s'ouvrit, celui-ci soupira profondément en voyant entrer Zach, l'éternel abonné aux « Absences & Retards » répétés. Il pencha la tête sur son énorme ventre, et d'au-dessus de ses lunettes à large monture carrée, il observa les nouveaux venus.

— Je ne suis pas surpris de vous voir ici une fois de plus, Mr Trent, mais c'est plus étonnant de votre part, Mr Anderson. J'ose espérer que ce manquement à la discipline de notre institution est purement et simplement fortuit et qu'il n'y aura pas de nouveau dérapage, nous ne sommes qu'en début d'année vous ferai-je remarquer.

Pourquoi faut-il toujours qu'il parle comme ça celui-là ? Il fait des phrases si chiantes qu'on en a oublié le début quand arrive la fin, songea Sean. Durant le chemin jusqu'au bureau, Zach et Sean étaient convenus d'un bon prétexte pour obtenir le billet bleu et pas une à deux heures de colle pour l'après-midi. L'un comme l'autre ne voulait pas se servir du nom de Warren et du drame comme motif, cela aurait été simple et mal venu de leur part. Non, en fait ils avaient trouvé bien mieux : ils avaient dû chercher Eveana O'Herlihy partout car étant dans une classe supérieure, elle devait les aider et les guider à faire un exposé. Faisant deux pierres d'un coup, il obtiendrait le billet salvateur, et peut-être la raison de l'absence de leur amie.

C'est Zach, le plus en verve des deux garçons, qui entreprit de raconter leur petit baratin. Lorsqu'il acheva sa courte histoire, Craddel tira de son bureau un gros carnet aux pages bleues et commença à remplir les billets sans autre forme d'inquisition. *Il y a un piège là-dessous, Craddel n'a jamais donné un mot de retard aussi facilement sans même fouiner un peu*, pensa Zach. Mais Lionel Craddel avait décidé dans sa grande clémence d'être plus indulgent pendant quelques jours avec ses élèves, le temps que le souvenir du drame s'estompe un peu de leur mémoire. Il rédigea les deux billets bleus et ajouta :

— Vous avez cherché mademoiselle O'Herlihy, et le fait est qu'elle est justement absente aujourd'hui, ce qui renforce votre crédibilité à mon égard, je pense pouvoir vous faire confiance cette fois-ci, mais à l'avenir tâchez que ça ne se renouvelle pas.

Les deux garçons acquiescèrent ensemble, et Sean demanda :

— Ce n'est pas grave pour Eveana au moins ?

Craddel se passa machinalement une main sur une branche de ses lunettes et répondit chaleureusement :

— Ne vous en faites pas ! Sa mère a téléphoné ce matin, sa fille ne viendra pas car elle est malade. Mais personnellement je me flatte d'avoir une sorte de sixième sens pour deviner ces choses-là et je vous affirme que ce n'est que bénin. Rassurés ? Bon retournez en classe maintenant et ne perdez pas de temps.

Craddel, s'il n'avait travaillé dans un lycée, aurait certainement fait médium, se disaient bon nombre d'élèves en plaisantant.

Sean et Zach marchaient dans les longs couloirs mal éclairés du lycée, chacun tenant son précieux billet bleu bien serré dans la main. Sean était inquiet pour Eveana, il n'aimait pas la coïncidence entre la soirée étrange de samedi soir, le fait que ce soit elle qui ait le vieux livre qu'ils avaient trouvé et qu'elle soit malade ensuite.

— Zach, ça te dirait pas qu'on aille rendre visite à Eveana après les cours ? Juste pour s'assurer qu'elle va bien.

Zachary sourit, ce serait avec plaisir. Il manquait justement de prétexte pour revoir la jeune fille rapidement. Elle était magnifique, sensuelle et... charnelle. Une sensation de chaleur inondait souvent les garçons en sa présence et Zach n'était pas une exception. *C'est fou le charme sexuel qu'elle peut dégager ! On dirait qu'elle libère de ces trucs qu'on a étudiés en sciences-naturelles, des phéromones*, avait-il pensé à l'une de leurs premières rencontres.

— Ça te dit ou pas ? répéta Sean.

— Oui, sans problème.

À chaque fois que Zach pensait à Eveana, il devenait plus « lunaire », il perdait de son assurance.

Ils arrivèrent devant la porte 213, et Sean ajouta avant de frapper :

— On en parle à Lewis à la sortie et on file chez elle. O.K. ?

Ils sortirent en début d'après-midi, Tom et Lewis discutaient ensemble à côté du garage à vélos. Ils parlaient de l'annonce que le shérif Hannibal avait faite dans le micro du lycée, sa voix résonnait encore dans leur esprit à tous : « *Garçons et filles qui fréquentez cet établissement, c'est Benjamin Hannibal qui vous parle, le shérif de la ville. Comme vous l'avez tristement appris, un maniaque, un fou devrais-je dire, sévit dans notre région. Pour votre sécurité un couvre-feu a été décrété, vous ne devrez pas sortir de chez vous sans vos parents après 19h, et autant que possible évitez de vous déplacer seul. Il s'agit de votre sécurité à tous, ne plaisantez pas avec ça, car un homme dangereux est en liberté dans nos rues et nos forêts. Le couvre-feu débute ce soir, merci de votre attention...* » Un long silence avait empli les couloirs du grand bâtiment.

Lewis et Tom accueillirent la proposition de Sean avec joie, et c'est finalement à quatre qu'ils partirent vers Main Street pour rejoindre la colline et accéder au quartier de Bellevue. En sortant de la 5ᵉ rue, Lewis eut un bref coup d'œil pour le château d'eau qui poussait sur la butte derrière le lycée Whitman. Il demanda :

— Pourquoi on construit les châteaux d'eau en hauteur ?
C'est moche ! On peut pas les enterrer plutôt ?

Aucun des garçons ne put répondre à la question et ils
poursuivirent leur route bien que cela tracassât Lewis pendant encore dix minutes.

Ils descendirent la principale artère d'Edgecombe, là où
bon nombre de commerces étaient établis, et prirent Stewtson Avenue, longèrent le parc municipal de l'Indépendance
sur leur gauche, avec le toit de la bibliothèque à l'architecture
fantastique qui dépassait entre les cimes des arbres. Ils bifur-
quèrent et passèrent au-dessus du Pocomac.

Tom qui regardait les berges chuchota :

— Le père de Billy lui a dit que c'est quelque part ici
qu'on a retrouvé le corps de Warren.

Et tous ne purent s'empêcher de chercher du regard l'endroit en question. À Edgecombe on ne posait pas de scellés
avec écrit dessus : « NE PAS FRANCHIR, SCÈNE DE
CRIME, NE PAS FRAN… » qui n'auraient fait que choquer
la population et attirer les badauds. On préférait la discrétion, et on étudiait, fouillait et inspectait le lieu de fond en
comble sur le moment seulement, à la grande stupeur de
l'agent spécial Fergusson.

La veille, Benjamin Hannibal s'était tenu ici même où se
trouvaient les adolescents. Il avait reposé le micro de la radio
après avoir donné l'alerte et s'était approché du parapet pour
observer quelques mètres plus bas en amont de la rivière. Sur
la berge nord gisait le corps d'un adolescent, le visage bouffi,
lacéré si profondément qu'on aurait dit des traces de couteau
dans de la pâte à gâteau. Il était torse nu, les viscères à moitié
sortis du ventre. Benjamin avait senti la tête lui tourner et il
avait attendu l'arrivée de Glenn Fergusson pour descendre
près du corps. Le docteur Clay avait identifié le cadavre
comme étant Warren King, sans aucun doute. On avait
fouillé les alentours rapidement puis sans poser de scellés on
était reparti au travers des protestations de l'agent du FBI. Il
avait clamé qu'il fallait suivre au minimum la procédure
usuelle, que l'enquête en serait peut-être fortement dimi-

nuée... Mais personne ne lui avait répondu. Tous étaient sous le choc, c'était une petite ville où tous se connaissaient et deux corps d'enfants en quelques jours c'était un cauchemar.

Le quatuor d'adolescents arriva au pied de la colline. Face à eux partait la rue parfaitement bitumée de Bellevue qui commençait à la grande grille de fer forgé communément appelée « Les Portes du Paradis », avec notamment la route menant à l'église baptiste quelques mètres plus loin.

— Un de ces jours il faudra montrer son passeport et son casier judiciaire pour pouvoir entrer dans ce quartier ! plaisanta Zach.

Ils montèrent vers le sommet de la colline, serpentant selon la route à travers les bois, admirant ici et là les propriétés par-dessus les grilles et murs, parfois de simples maisons habitées par des gens pas si fortunés que ça, parfois de somptueuses demeures élisabéthaines mais jamais de gigantesque villa. Bellevue était peuplée en général de gens riches, mais riche à Edgecombe n'avait pas vraiment de commune mesure avec le reste du monde.

Par chance, la maison de la famille O'Herlihy se trouvait assez bas sur la colline, bien avant celle de la famille King, et même si personne n'en parla sur le chemin, aucun des quatre garçons ne désirait passer devant la maison où avait vécu Warren, ils préféraient éviter les volets clos et les nombreux bouquets de fleurs qui ne manqueraient pas de s'entasser devant la maison.

Ils s'arrêtèrent devant une grande bâtisse de stuc blanc.

— C'est bien là, dit Lewis en montrant les inscriptions sur les portails des deux maisons mitoyennes. Entre « Byzance » et « Les Havres d'Or ».

— Qu'est-ce qu'on fait ? On y va tous ? demanda Sean.

Zach s'approcha du portail en fer forgé.

— Déjà on commence par sonner, dit-il.

Il pressa le bouton près de l'interphone. Quelques secondes s'écoulèrent avant qu'une voix autoritaire de femme ne réponde :

— Oui ? Qui est-ce ?

Zach attrapa Sean par le col et le plaça devant l'interphone en lui murmurant :

— Vas-y toi, tu parles bien !

— Euh... bonjour Mrs O'Herlihy nous sommes... des amis d'Eveana, des amis du lycée et on aurait bien aimé la voir un peu pour prendre de ses nouvelles... articula Sean le plus poliment possible, frisant la niaiserie.

— Elle va mieux, c'est gentil. Je lui dirai que vous êtes passés, répondit la voix.

Zach fit de grands signes à Sean pour qu'il trouve quelque chose à dire, ils ne pouvaient pas repartir comme ça, sans l'avoir vue.

Sean avala bruyamment sa salive avant de lancer :

— Excusez-moi d'insister mais on lui a apporté ses devoirs, et il faudrait qu'on lui explique les leçons d'aujourd'hui.

— Bien, dans ce cas... je vous ouvre mais ne restez pas trop longtemps, Eveana est fatiguée et elle a besoin de repos.

Un déclic mécanique et la porte de fer commença à s'ouvrir. Zach regarda Sean, admiratif, et brandit son pouce en signe de félicitations.

Ils grimpèrent à travers le jardin coloré par une petite allée de pierre et arrivèrent devant une porte entrouverte. Une femme blonde d'un quarantaine d'années, un bandeau dans les cheveux, et habillée d'un ensemble gris-bleu très à la mode les attendait sur le perron.

— Vous êtes venus en force à ce que je vois. Un par matière ?

Zach aurait bien fait preuve d'un peu de repartie mais il s'abstint, c'était tout de même la mère d'Eveana qu'il avait en face de lui, il valait mieux ne pas se faire remarquer.

— Suivez-moi, se contenta de dire la maîtresse de maison.

Ils traversèrent un grand salon luxueux, empruntèrent un escalier et au bout d'un couloir, elle frappa à la porte.

— Ma chérie, tu as de la visite, ce sont des amis du lycée.

Une voix légèrement enrouée s'éleva :

— Fais-les entrer.

La porte s'ouvrit devant une chambre aux dimensions plutôt vastes, meublée avec élégance et goût et au milieu de laquelle trônait un lit à baldaquin. Eveana était alitée, un livre posé à son chevet. *Ça n'a pas l'air d'être trop grave*, pensa Sean, *elle est un peu pâlotte mais ça n'a pas l'air grave.*

— Je vous laisse, mais essayez de faire vite, prévint Mrs O'Herlihy.

Comme par enchantement dès que la porte de chambre fut fermée, Eveana retrouva ses couleurs, et s'assit confortablement dans son lit.

— Ne vous en faites pas dit-elle, je vais bien, j'avais quelque chose de bien plus passionnant à faire que d'aller à l'école ce matin.

Elle se pencha pour sortir de sous son lit le vieux livre à l'aspect de grimoire ancestral.

— Tu t'es fait passer pour malade afin de lire un livre ? demanda Lewis tout retourné à l'idée qu'on pouvait s'obliger soi-même à lire alors qu'on pouvait dormir ou regarder la télévision.

— Oui, et je vous avouerai que ce livre est assez terrifiant. Il a été écrit par *La confrérie des Arcanes*, ne me demandez pas ce que c'est précisément, parce que pour le moment je n'en sais rien. La seule chose qui est dite à son sujet c'est qu'elle a été fondée il y a très longtemps par des *Druides*. C'est très mal écrit, je veux dire illisible, et comme c'est très dense je n'ai pas fini de m'y plonger.

— Mais de quoi ça parle exactement ? demanda Tom qui découvrait pour la première fois le vieux grimoire.

Sean profita de l'occasion pour présenter Tom Willinger à Eveana qu'elle remarqua à peine.

— Enchantée. Eh bien ça parle de l'esprit, des Essences qui nous entourent, en fait c'est une sorte de magie.

— De magie ? répéta Zach.

— Oui, Le chapitre que je viens de lire ce matin explique par exemple qu'il est possible de rentrer en communication avec les Essences non dissipées, les Esprit des morts en gros, et que toutes les mises en scène et les rituels pour les séances de spiritisme sont en fait de simples mises en condition mais qu'ils ne servent à rien. Tout vient de notre esprit, de notre *Ora* comme il est dit. On peut très bien entrer en contact avec les morts juste en se concentrant et en sachant évidemment diriger ses facultés de l'esprit, les fioritures d'incantation et autres ne sont là que pour plonger les participants dans une ambiance qui favorisera leur « transcendance mentale » inconsciemment.

Zach s'appuya contre l'un des montants du baldaquin.

— Houlà, moi je suis largué ! avoua-t-il.

— C'est normal, il faut le lire pour bien le comprendre, mais ce que j'essaye de vous faire comprendre, c'est que ce livre raisonne comme s'il existait un monde à part, parallèle au nôtre, et dans lequel errent les Essences des morts. Je n'en ai pas assez lu pour comprendre exactement l'ensemble, il semblerait que chaque être vivant est constitué d'Essences qui le caractérisent et qui se dissiperaient à notre mort. Voilà pour l'instant, et je n'ai pas lu le dixième du livre.

Sean tapota sur la couverture.

— Et ça ? dit-il en montrant le titre de l'index, tu sais ce que ça veut dire ?

— Le Khann ? non pas encore, mais ça ne saurait tarder. Du moins je l'espère.

— Non mais attendez, intervint Tom, vous n'êtes pas en train de dire que selon vous les fantômes existent ? ! !

Eveana, Sean, Zach et Lewis se tournèrent vers lui. Au vu de la mine qu'ils affichaient, il semblait évident qu'ils étaient pourtant en train de l'affirmer. Eveana avait été élevée dans les traditions irlandaises de sa famille, ce qui incluait le folklore et les nombreux mythes, Elfes et compagnie... Les légendes avaient été son pain quotidien lorsqu'elle était couchée et qu'on lui racontait une histoire pour qu'elle s'endorme, dans ces circonstances il était normal pour elle de croire aux forces occultes en général.

Zachary, lui, était issu d'une famille où l'on se parlait peu, très peu. Livré à lui-même très tôt, il s'était fait son éducation avec ce qu'il voyait, entendait mais aussi ce qu'il imaginait

— et comme il avait pas mal traîné avec Denzel Hillingford, son oncle notoirement connu comme le poivrot du coin mais aussi comme le spécialiste des histoires surnaturelles — il avait toujours eu l'habitude de prendre les phénomènes de fantômes, de possession ou de malédiction comme existants et redoutables.

Dans le cas de Lewis et Sean c'était surtout que, du haut de leurs quinze ans, ils n'avaient pas encore d'avis bien déterminé, et croire à ces histoires c'était s'amuser à se faire peur, donc ça en valait la peine.

Mais Tom était rationaliste, il ne croyait pas aux fantômes, tout comme il avait arrêté de croire au père Noël très jeune. Ce n'était pas une question d'éducation, d'imagination ou d'envie, juste un trait naturel de sa personnalité, il ne croyait pas aux fantômes non plus qu'il n'avait jamais cru au monstre sous le lit ou dans le placard. Tom était né insensible aux craintes populaires surnaturelles. Pourtant aujourd'hui il se retrouvait face à quatre personnes lui soutenant que les morts existaient quelque part.

— Eh bien moi je vous le dis : LES MORTS SONT MORTS ET ILS NE REVIENNENT JAMAIS ! expliqua-t-il très distinctement en sur-articulant.

— Tu ne devrais pas être si catégorique, répondit Eveana, ils sont bien réels, moi je te l'assure.

Zach et Lewis approuvèrent. Sean repensa aux propos de son grand-père, qu'il ne fallait pas chercher à imposer ses convictions, et, parlant d'un ton supérieur aux autres il dit :

— D'accord, tu n'y crois pas et c'est ton droit. Nous allons faire une séance de spiritisme entre nous et tu pourras y assister par curiosité, si tu le désires, ainsi nous chercherons à renforcer notre opinion sur la question et toi tu nous donneras l'avis d'un œil extérieur, ça te va ?

Tom hésita un instant. Pour quoi faire ? Perdre du temps et bien se ridiculiser ? *Au moins on rira,* se dit il.

— O.K. Ça marche.

Sean regarda ses autres compagnons.

— C'est bon pour moi aussi, dit Zach.

Eveana et Lewis hochèrent la tête en signe d'approbation.

— Mercredi soir ce serait parfait, le lendemain c'est le *Ely Stewtson day*, ce sera férié donc pas d'école, proposa Sean.

Soudain la voix de Mrs O'Herlihy traversa la porte jusqu'à eux :

— Ma chérie, n'oublie pas qu'il te faut du temps pour travailler et que nous dînerons tôt ce soir.

Eveana sourit.

— Ma mère vous fait comprendre qu'elle voudrait que vous y alliez, désolée.

Sean remit ses mains dans les poches de sa veste en jean, il aurait bien voulu faire une bise de rétablissement à la douce jeune fille, mais son affliction étant fictive il ne trouvait pas de prétexte.

— On se voit au lycée avant mercredi pour tout préparer d'accord ? dit Zach.

Eveana lui fit un clin d'œil pour afficher son accord, et Sean mourut d'envie de recevoir le même. Mais dans la minute qui suivit Zach sortait accompagné des deux autres garçons et Sean dut se contenter de se retourner sur le seuil de la chambre pour aventurer un timide « Salut ! » dont il s'en voulut toute la soirée.

*

Quelques heures plus tard, une Mercedes noire aux vitres teintées stoppait devant le club privé Waldorf's de Boston. Une femme avec de magnifiques yeux bleus en descendit. Son manteau de chez Harrods se souleva avec le vent, dévoilant de longues jambes athlétiques sous des bas noirs. Elle rentra par la porte principale — tout le personnel l'appelait Madame — et emprunta un accès sur lequel était inscrit en gros caractères : RÉSERVÉ AU PERSONNEL, INTERDIT AU PUBLIC. Elle déboucha dans une salle basse de plafond, où la fumée de cigarette faisait office d'air. Autour d'une table étaient assis deux hommes, deux hommes qu'elle connaissait fort bien et depuis très longtemps, celui qui se tenait le plus droit, un grand bonhomme très massif en costume noir et cheveux coupés court, c'était Tebash, l'homme de main, celui à qui on avait affaire si on causait des problèmes au patron. L'autre, le plus effrayant, celui dont la cicatrice barrait tout le côté droit du visage était leur chef, leur mentor plus exactement. On l'appelait Monsieur dans la plupart des cas mais dans leur intimité il était convenu de l'appeler Korn.

La femme aux yeux bleus s'approcha, et se pencha au-dessus de lui :

— Je sens du mouvement, quelque chose se prépare, les Guetteurs sont aux abois, dit-elle.

Korn leva la tête. *Mon Dieu ! Ses yeux ! Jamais je ne pourrai m'y habituer, jamais !* pensa-t-elle. La quintessence même de la perversion brûlait dans ses deux rétines. Personne n'aurait pu attribuer ces yeux à un humain.

— Très bien, dit Korn avec sa voix suave et si envoûtante, je vous l'avais dit, ma chère, maintenant ne perdez plus le contact et faites-moi un bilan très précis de l'évolution de la situation, et s'il se passe quelque chose de majeur, prévenez-moi sur-le-champ.

Tebash eut un léger rictus en voyant le visage de la femme se fermer de plus en plus en songeant à tous les efforts qu'elle allait devoir fournir.

— Et une dernière chose, ajouta Korn, si le Livre est utilisé, ne tentez rien, appelez-moi et je m'en occuperai, Il sera bientôt à nos côtés.

7.

En milieu d'après-midi, le mardi 11 octobre, alors que Sean était en train de travailler sur un problème d'arithmétique, la sonnette retentit dans la maison. Ses parents ne rentrant pas avant dix-neuf heures voire dix-neuf heures trente, il dut se résoudre à abandonner ses calculs pour aller ouvrir lui-même.

Meredith, l'air gênée, se tenait sur le paillasson. Les lunettes aux carreaux sales sur le nez, et un chiffon noir dans les mains. Elle esquissa un petit signe de tête en guise de salut.

— En fait je passais pour savoir si... si t'avais rien à faire et que tu voulais t'occuper, eh bien dans ce cas j'ai ma moto side-car qu'il faut repeindre et toute seule c'est un peu chiant, et puis j'ai pensé qu'on pourrait discuter un peu ensemble, si ça te branche...

Sean leva la main comme pour lui demander d'attendre, et il disparut dans la maison. Il revint quelques secondes plus tard, sa veste en jean à la main et les clefs dans l'autre.

— Je bossais sur un problème de maths, la vache ce que c'est emmerdant ! expliqua-t-il.

Ils commencèrent à marcher en direction de la 4e rue où vivait Meredith.

— T'aimes pas les maths ? interrogea Meredith.

— Non pas trop. Je crois que c'est de famille, mon frère Sloane déteste lui aussi.

— C'est ton frère qui fait de la télé des fois, n'est-ce pas ?

Sean soupira.

— Et Zach ? demanda-t-elle, qu'est-ce qu'il faisait aujourd'hui ?

— Il devait aller à Kingston pour voir un oto-rhino pour un problème d'oreille.

— Eh bien on se passera de son aide. Tu vas voir, depuis la dernière fois j'ai pas mal bricolé, j'ai renforcé le side-car et après la peinture il sera presque en état, encore deux-trois modifs sur le moteur.

— Quel genre de modifs ?

— Je voudrais booster le moteur parce que tel quel il va se traîner si on est deux, surtout au démarrage.

En cinq minutes ils arrivèrent dans le garage de Meredith, et lorsqu'elle souleva la bâche, Sean découvrit avec stupeur la nacelle du side-car retapée à neuf, tout comme la moto ; le moteur, lui, attendait sagement dans un coin qu'on daigne le greffer à son reste.

Ils passèrent les trois heures suivantes à peindre en se racontant des histoires drôles, Meredith se montrait beaucoup plus sociale que de prime abord, *son arrogance et son côté garçon manqué qu'il-faut-pas-faire-chier ne sont que du vernis*, se dit Sean, *en fait elle est vraiment sympa !* Alors que Meredith dans son coin songeait que Sean était un mec agréable et pas casse-bonbons malgré son plus jeune âge. Ils s'appliquèrent dans la finition, et quand ils eurent fini, ils se lavèrent les mains et les chaussures au tuyau d'arrosage dans le jardin, évidemment cela tourna bien vite à la guerre de l'eau, c'était à qui aspergera le plus l'autre.

Vers 19h30, Sean reprit sa veste en jean pour rentrer, il commençait à attraper froid avec la température assez fraîche et son T-shirt encore mouillé. Il approcha de Meredith :

— Je dois t'avouer que je ne te connaissais pas aussi... cool, enfin je veux dire que t'es chouette et que tu peux venir traîner avec nous quand tu veux...

— Te casse pas la tête va, j'ai bien compris et j'hésiterai pas.

Sean se tâta pendant quelques secondes, il n'était pas sûr que cela puisse lui plaire et puis finalement il se jeta à l'eau et dit :

— D'ailleurs si ça te branche, demain soir on se retrouve

devant la maison de mon grand-père avec les autres, on va faire une séance de spiritisme.

Le visage de la jeune fille se ferma dès que le mot *spiritisme* fut prononcé.

— Vous ne devriez pas jouer avec ça, dit-elle plus sèchement qu'elle ne l'aurait voulu, c'est malsain, il s'agit de forces occultes qui peuvent être très puissantes, on ne sait jamais comment ça peut finir.

Sean acquiesça, elle avait raison et ça rendait la soirée du lendemain encore plus piquante.

— Néanmoins j'accepte, après tout il n'y a pas de raison pour que seuls vous discutiez avec les morts !

Ils se saluèrent et Sean partit en direction de son domicile. Meredith contempla le garage largement encombré de pièces de mécanique, reboucha les pots de peinture qu'elle avait achetée avec son propre argent. Après avoir nettoyé un peu le sol, elle ferma le garage et entra dans la maison par la petite porte qui donnait du garage à la cuisine.

Une odeur terrifiante lui envahit les narines.

Un parfum pourtant doux de *toast*, du pain en train de griller peu à peu. *De viande qui cuit dans son jus sous une peau qui commence à se couvrir de cloques* pensa Meredith.

Deux ans plus tôt, alors qu'elle vivait encore à Stovington dans le Vermont, elle était rentrée de l'école comme à l'accoutumée, s'attendant à trouver son goûter sur la table de la cuisine, et son père devant son bureau à repotasser ses dossiers. Elle avait débouché sur Michigan Avenue où elle vivait, et une odeur de toast qui grille tout doucement avait empli l'air. Un savoureux fumet de pain qui se dore progressivement, répandant dans l'air une très légère senteur sucrée — y avait-il du beurre sur le pain ? Elle avait accéléré, par appétit (la salive lui montait dans la bouche) ou par un curieux pressentiment — elle ne le sut jamais. Lorsqu'elle arriva à la hauteur de sa maison, le petit espace de gazon qui s'étendait devant l'entrée n'était plus vert mais noirci et encombré de nombreux éclats de bois fumants. La fumée sortait du toit sans qu'aucune flamme ne soit visible. Le feu se cachait derrière l'épaisse fumée

qu'il produisait pour lécher goulûment et tranquillement l'intérieur de la bâtisse. Un camion de pompiers était dans la
contre-allée et des hommes en tenue d'intervention tentaient
de se frayer un chemin vers la cuisine par la porte de derrière.
Et toujours cette odeur de pain grillé.

Meredith était restée là à attendre, au milieu de l'herbe jau-
nissant pour virer rapidement au marron puis au noir. La maison couinait lâchement, elle suppliait que cela s'arrête, qu'on
l'achève, des sifflements comme un violent jet d'air dans l'eau
se mêlaient aux crépitements, aux craquements et au souffle
ininterrompu de l'oxygène nourrissant le brasier. Par moments
on entendait comme un pneu qui se dégonfle d'un coup et le
bruit de verre qui casse, et puis il y eut au loin la sirène d'un
autre camion de pompiers. Une sirène stridente qui hurlait à la
réalité, qui criait à plein régime « *tu ne rêves pas c'est bien vrai,
ta maison est en feu et...et OÙ CROIS-TU QUE TON PÈRE
SOIT, PETITE SOTTE !* » Meredith avait hurlé.

Elle avait hurlé à pleins poumons alors que les flammes
commençaient à prendre de l'assurance et à montrer le bout
de leur nez, caressant les murs extérieurs et passant leurs
longues langues sur le bas du toit.

Les pompiers sortirent rapidement de l'habitation, le cuir
fumant, et étendirent sur le sol le grand paquet noir qu'ils
tenaient. De la bâche glissa une main toute cloquée, la peau
orange-rouge et noir, suppurant par toutes ses boursouflures
et à laquelle s'était fondu le métal d'une chevalière. Meredith
contempla ce qui fut l'anneau de famille des Slovanich et son
visage se contracta si fort que ses yeux disparurent sous deux
minuscules fentes. Des larmes bouillonnantes coulèrent tandis que des centaines de volutes carbonisées montaient vers
les cieux dans un arôme de pain grillé.

Meredith se précipita dans la cuisine et, éteignant le *toaster*,
elle cria d'une voix étranglée :

— Maman ! tu sais que je ne supporte pas cette odeur !

Et les larmes coulèrent de nouveau sur ses joues.

8.

L'agent spécial Glenn Fergusson se resservit un peu de café dans une tasse sur laquelle était inscrit : J'AIME EDGE-COMBE. Il détestait cette ville. Ce climat de grande famille, où l'on ne pouvait pas sortir dans la rue sans que le shérif fasse un grand signe amical au toubib du coin ou à son neveu. Tout le monde était familier avec chacun, il vous manquait 10 *cents* pour acheter votre journal, aucune importance on vous faisait confiance, vous payeriez le lendemain. À vrai dire c'était tout bonnement étouffant. Glenn Fergusson était né à Washington, il avait grandi là-bas et vivait à présent à New York. C'était un enfant de la métropole, un adepte de l'incessant tumulte citadin, habitué à s'endormir dans le vacarme des sirènes et des moteurs, la seule vie de quartier qu'il connaissait consistait en engueulades du voisinage qui n'avaient de cesse de filtrer au travers des cloisons en aggloméré ou par les fenêtres de la cour. Il n'avait jamais salué quiconque en dehors de ses voisins de palier et n'avait jamais eu la moindre particule de sympathie avec le commerçant du coin (de toute façon Glenn préférait faire ses courses au supermarché plutôt qu'à l'épicerie, *c'est plus tranquille et encore plus anonyme.*). Dans les grandes métropoles tout était fait pour que chacun vive dans son microcosme, on pouvait cultiver son agoraphobie en toute quiétude. Evidemment, Glenn Fergusson était célibataire et n'avait jamais eu de véritables amis. Avec son costume bien ajusté, ses lunettes de soleil et ses cheveux blonds coupés court, il dépareillait sacrément dans un Edgcombe peu habitué aux hommes si « officiels ».

Mais pour le moment ce n'était pas Edgcombe et son

ambiance pittoresque de petit village qui le tracassait, en fait l'agent spécial Fergusson était plongé dans de tout autres constatations.

On frappa à la porte du bureau (habituellement celui de Steve Allen l'adjoint du shérif) et le shérif Hannibal apparut dans l'embrasure.

— Vous m'avez demandé ? questionna Benjamin Hannibal.

— Asseyez-vous, Shérif, j'ai un petit détail à vous montrer.

Il sortit de sa mallette trois sachets de plastique dans lesquels se trouvaient des dépôts de terre et des poudres de différentes couleurs et consistance.

— Savez-vous ce que c'est, Shérif ?

Celui-ci secoua la tête en se posant dans le gros fauteuil en cuir.

— Ce sont des prélèvements que j'ai effectués sur les corps de Tommy Harper et Warren King.

Il posa un sachet plein de poudre blanche devant le shérif.

— Ceci est de la roche saline constituée de sulfate naturel hydraté de calcium. Je suppose que cela vous parle tout autant qu'à moi. En gros c'est du gypse comme on en trouve partout autour des carrières qu'il y a à l'ouest de la ville.

— J'ai beau dire à tous les gamins du coin de ne pas y aller, intervint le shérif, car c'est dangereux, ils ne m'écoutent pas. Elles ont fermé il y a déjà plus de quinze ans.

— Oui, je sais. En fait ce n'est pas du simple gypse à l'état naturel, il s'agit de gypse calciné qui a formé de la poudre de plâtre. Il faut une température d'au moins 200°C pour que le gypse perde son eau et se poudroie ainsi, n'importe quel four peut faire l'affaire, mais c'était sur tous les vêtements, le torse et même dans les cheveux de Tommy Harper. Donc un four assez grand pour l'y avoir enfermé.

Hannibal voulut intervenir et s'agita sur son siège, mais l'agent spécial Fergusson lui fit signe de la main de se taire et continua :

— De plus j'ai découvert quelques particules intéressantes sous les ongles de Warren King.

Le nom du jeune garçon provoqua un frisson et une sueur froide le long de l'échine de Benjamin Hannibal. Parler de Warren King comme ça lui faisait étrangement mal au cœur. *Sous les ongles de Warren King*, c'était à présent des doigts bleus et un regard livide qui représentaient Warren dans l'esprit du shérif.

Glenn Fergusson posa les deux autres sachets de plastique sur la table.

— Le séjour dans l'eau du Pocomac n'a duré que trois, quatre heures au maximum, et cela n'a pas effacé toutes traces. La première substance est de la glaise, c'est une matière que l'on trouve partout y compris sur les berges du Pocomac, mais il semblerait qu'il était déjà mort lorsqu'on l'a jeté à l'eau, il n'y a donc aucune raison pour qu'il ait tenté de se débattre ou même de s'agripper au rivage. D'ailleurs notre tueur ne correspond pas au profil psychologique d'un idiot, il n'aurait pas jeté Warren à l'eau sans l'avoir au moins ligoté s'il n'avait pas été mort. La glaise est donc provenue d'un autre lieu, ante-mortem. D'autre part il y avait aussi ceci, c'est le troisième sachet, contenant du carbonate de calcium. Autrement dit du calcaire. Sachant que la glaise est aussi appelée argile, quel est le point commun d'après vous entre le calcaire, l'argile, le gypse et un grand four ?

— Ce sont les trois composants à partir desquels on fabrique le ciment, à l'aide d'un grand four tel que celui de l'usine de ciment Bertot.

Le shérif bondit de son fauteuil et allait prendre la radio lorsque Fergusson lui mit la main sur l'épaule et dit calmement :

— Relax, si le tueur est encore sur les lieux depuis le temps, il y a peu de chances pour qu'il s'enfuie dans la seconde, évitons de nous précipiter et organisons-nous bien pour ne pas lui laisser de chances de s'échapper, et dès demain matin, à la première heure, nous irons le cueillir dans son abri de fortune.

Pour la première fois en près de trois semaines, Benjamin Hannibal vit se dessiner sur le visage d'habitude si austère de l'agent spécial du FBI... un sourire.

9.

Zach mâchouillait nerveusement un chewing-gum qui n'avait plus de goût depuis déjà plus d'une heure. La journée du mercredi était passée avec une lenteur déconcertante, il n'avait eu de cesse de penser à ce soir, ce fameux soir où ils devaient entrer en contact avec les esprits des morts. *Les esprits des morts*, se répétait-il inlassablement, comme s'il s'agissait là d'une obscure formule d'invocation. Ils allaient entrer en communication avec les morts ! C'était tout bonnement excitant.

Zach mâchouillait sans relâche, guettant le moindre signe de vie.

Il vérifia sa montre. 21h23. Ils ne tarderaient pas à arriver. Derrière lui, la vieille maison abandonnée du grand père de Sean grinçait sous l'effet du vent. Toute la journée il avait fait gris, de gros nuages s'amoncelant au-dessus d'Edgecombe en guise d'avertissement, pourtant la pluie n'était pas tombée. Un vent frais s'était levé en fin d'après-midi, balayant les rues des premières couches de feuilles mortes, rouges, brunes ou marron, elles commençaient à peupler les caniveaux et à joncher les trottoirs.

Un peu plus loin, un lampadaire bourdonnait frénétiquement, irradiant la rue d'un halo blanc.

Une silhouette apparut. Zach pensa d'abord à Sean, mais elle semblait plus grande, elle passa suffisamment près du lampadaire pour que Zach reconnaisse Meredith.

— Qu'est-ce que tu fous là, toi ? lui demanda-t-il surpris.

— À ton avis ? Je viens écouter Zombie FM avec vous. Sean m'a filé l'adresse. Ils sont pas là les autres ?

Zach secoua la tête, une mèche brune en profita pour tomber devant ses yeux.

Regardez-moi ce numéro de beau ténébreux qu'il me joue, se dit Meredith en le voyant s'appuyer sur la palissade avec les coudes.

— Alors rien de grave aux oreilles ? demanda-t-elle.

Zach l'observa un instant, ne sachant où elle voulait en venir.

— Pourquoi ? C'est quoi le piège ?

— Holà te mets pas sur la défensive comme ça ! J'ai entendu dire que t'étais chez l'oto-rhino hier. Je voulais juste prendre des nouvelles au cas où... s'empressa-t-elle de dire.

Zach se sentit penaud.

— Non, c'est rien de grave... juste un bouchon de cire qu'il fallait enlever, bredouilla-t-il.

Avec un certain soulagement il distingua Sean qui arrivait, comme d'habitude les mains dans les poches de sa veste en jean, avec un sac sur le dos. *Il a quoi dans ses poches pour toujours y fourrer les mains ? Un radiateur portatif ?* se demanda Zach. Sean était accompagné du grassouillet Lewis Connelly et de Tom Willinger qui arborait fièrement son blouson en cuir marron sur lequel étaient cousus de nombreux patches de l'armée de l'air, c'était son blouson *Top-Gun* qu'il mettait pour les grandes occasions.

— Salut tout le monde, articulèrent les nouveaux arrivants.

— Manque plus que le livre ! dit Zach en pensant en fait à Eveana.

Sean s'approcha du portail en bois et chercha les clefs dans sa poche. Lewis guettait à droite puis à gauche afin de prévenir si une voiture surgissait.

— T'inquiète Lewis, assura Zach, c'est légal ce qu'on fait, c'est la baraque familiale de Sean...

— Ouais et si le shérif se pointe on lui dit quoi à propos du couvre-feu ? Si mon père apprend que j'étais dehors au lieu de dormir chez Sean il me tue ! lui répondit l'intéressé.

— T'as qu'à faire comme moi, lui répondit Zach, je me

casse sans rien dire à mes vieux, de toute façon ils s'en foutent !

— Moi c'est pareil, intervint Meredith, j'ai même pas dit à ma mère que je sortais, et à vrai dire je suis sûre qu'elle le remarquera pas.

— Et toi Sean ? demanda Zach, qu'est-ce que t'as trouvé comme prétexte pour sortir ?

Sean venait d'ouvrir le portail et il attendait qu'Eveana les rejoigne pour entrer dans le jardin.

— Officiellement, je suis en train de dormir dans mon lit, avec Lewis sur le tatami qui nous sert de lit d'ami.

Tous cessèrent de parler et se tournèrent comme un seul homme vers le bout de la rue. Un halètement provenait de l'ombre qui s'étendait devant eux, et un bruit de pas courant commençait à s'amplifier. Ils retinrent leur souffle jusqu'à ce que surgisse dans la lumière du lampadaire une Eveana en sueur et le visage tout rouge sous la contrainte de l'effort. Elle était vêtue d'une longue robe qui sous la vitesse de sa course s'était gonflée d'air et évoquait une de ces robes à crinoline du XIXᵉ siècle. Sur son gilet de laine, un gros sac lui couvrait le dos et la démangeait affreusement.

Zach écarta Tom et Meredith et s'avança vers elle.

— Ça va ? lui demanda-t-il.

Elle acquiesça, à bout de souffle, et prit appui sur son bras. Le garçon apprécia le contact de sa main sur son avant-bras, même avec l'épaisseur du cuir de son perfecto.

— J'ai juste couru... pour ne pas vous faire attendre... de trop. Elle reprit son souffle un instant avant de poursuivre. Mon père m'a déposée devant chez Amanda Closter... j'étais censée passer la soirée chez elle.

Elle n'osait pas avouer qu'elle s'était surtout sentie immensément vulnérable dans une rue mal éclairée, alors qu'un dingue circulait dans la région, voire dans la ville. Elle s'était mise à courir pour fuir sa peur et rejoindre ses amis au plus vite.

— T'as le livre ? interrogea Sean.

— Dans le sac, souffla-t-elle.

Sean se tourna et prit la direction du seuil de la maison. Ils traversèrent le jardin dont la calotte végétale formait comme une énorme méduse, frétillante sous le vent et dont les tentacules de ronces s'étendaient jusque sur le mince chemin conduisant à la terrasse du perron. Subitement quelque chose bougea sous le couvert des herbes.

— C'était quoi ? s'inquiéta immédiatement Lewis.

— Sûrement un chat coincé dans ce bordel, lança Zach.

— Et si c'était un des chiens morts que tu as vus... gémit Eveana.

La veille, les garçons lui avaient raconté l'épisode du lundi matin où Zach avait formellement identifié les chiens du grand-père de Sean comme étant ceux qu'il avait aperçus, elle en était restée pétrifiée. Elle-même avait déjà une belle peur des chiens en général, mais si de surcroît ils étaient supposés être morts depuis des années, c'en serait plus qu'elle ne pourrait supporter !

— C'est quoi cette histoire de chiens morts ? demanda Meredith.

— On... on t'expliquera un peu plus tard, ça vaut mieux, reçut-elle en guise de toute explication de la part de Zach. Bon allez ! On va pas rester plantés là toute la nuit.

Sean s'occupa de déverrouiller la serrure. Lewis se rapprocha de Tom.

— Eh, tu veux pas me coller non plus ? T'es pédé ou quoi ? s'insurgea Tom Willinger.

Lewis encore plus mal à l'aise enfonça ses mains dans les poches de son pantalon de toile. Meredith admirait la maison et tentait de voir quelque chose à l'intérieur au travers d'une fenêtre crasseuse, de nuit cela relevait de l'impossible. Pourtant l'espace d'une seconde, au moment où Sean déverrouilla la première serrure, il lui sembla voir quelqu'un bouger derrière la porte, une grande ombre, mais un clignement de paupières plus tard et il n'y avait rien, plus rien d'autre que le noir. Zach observait le jardin du haut des trois marches du perron, Eveana à ses côtés.

— Je déteste avoir transpiré comme ça, après tu as les

vêtements qui te collent à la peau c'est dégoûtant ! déclara la jeune fille.

Zach allait lui proposer pour blaguer de retirer ses vêtements s'ils la gênaient tant que ça, il se ravisa à temps.

— C'est bon, on peut entrer, murmura Sean.

La porte s'ouvrit en grinçant. Sean, Tom collé par Lewis et Meredith entrèrent lentement dans le vestibule. Zach et Eveana attendirent un instant avant d'en faire autant et l'on referma la porte d'entrée.

— Tu ne crois pas qu'il faudrait la fermer à clef ? proposa Eveana. Après tout on ne sait jamais, le tueur a peut-être élu domicile dans cette maison...

— T'en as d'autres des histoires de ce genre ? lança Tom.

Sean regarda Eveana, puis la porte d'entrée, et reposa enfin son regard sur la jeune fille en secouant lentement la tête.

— Lewis, t'as les bougies ? demanda-t-il.

Lewis acquiesça largement, fier de lui, et extirpa de la poche intérieure de son blouson trois longues bougies.

— Je les ai piquées dans la réserve secrète de ma mère !

— Ah ouais ? Ta mère elle planque ses bougies dans un lieu secret ? T'es sûr qu'elle s'en sert vraiment comme bougie ? ironisa Tom avec un grand sourire.

— Tom, t'es qu'un connard !

Sean prit une bougie des mains de Lewis et alla tout droit au salon qui se trouvait juste sur leur droite. Les fauteuils, tables basses et canapé étaient recouverts d'un drap blanc, et seul le vaisselier, la haute lampe à pied et le bureau à cylindre étaient exposés à l'air. Sean sortit le paquet d'allumettes qu'il avait toujours avec lui en guise de porte-bonheur. La boîte était dédicacée par Jack Nicholson, un cadeau envoyé par Sloane.

Il craqua une allumette contre le bois du mur et alluma la première bougie. Dans les secondes qui suivirent, le centre de la pièce s'éclaira d'une lueur douce aux reflets ambrés. Lewis accueillit la lumière avec une satisfaction certaine, souriant subitement. Sean sortit de son sac un carré de tissu blanc qu'il disposa sur le drap de la table basse. On avait écrit au marqueur sur l'étoffe que Sean disposait bien à plat. Au centre il y avait trois cercles côte à côte, dans celui de gauche était écrit NON, et dans celui de droite OUI, seul celui du milieu était vierge de toute inscription. Faisant tout le tour du carré étaient écrits sur le bord l'alphabet et des chiffres de zéro à neuf, mais tout était à l'envers. On commençait en bas à gauche du carré par la lettre Z et ainsi de suite jusqu'au A, puis venaient les chiffres, de neuf jusqu'à zéro. Il fallait donc lire en partant de la droite pour qu'ils soient correctement disposés.

Eveana sortit de son sac le lourd livre à la reliure de cuir.

Zach restait émerveillé par les reflets orangés que la bougie créait sur la peau du visage de la jeune fille. Ses cheveux roux, au contact de cette faible lumière, paraissaient s'embraser de mille feux et quand plusieurs mèches tombèrent sur son visage, il lui sembla qu'un rideau de pudeur venait cacher ces merveilles à ses yeux inconvenants.

Sean sortit un verre à pied en cristal et le disposa à l'envers sur le cercle du milieu dont les bords coïncidaient parfaitement avec la taille du verre.

— Vous êtes prié de faire gaffe au verre, c'est à mon père et si je ne le rapporte pas, ça va être ma fête ! prévint Sean.

Sur ce, il fit couler un peu de cire sur le tissu et y fixa la bougie. Lewis en fit autant avec une autre bougie et garda la troisième pour plus tard.

— On s'assoit autour de la table, dit Sean, et chacun met sa main droite sous celle de gauche de son voisin, O.K. ?

Tout le monde s'assit. Sean prit la main de Lewis et celle de Meredith et fit signe aux autres d'en faire autant. Tom gloussa légèrement, toute cette mise en scène lui apparaissait déjà stupide auparavant, mais maintenant qu'il y prenait directement part, cela devenait grand-guignolesque.

Eveana avait posé le livre, LE KHANN, sur la table basse également, près de l'étoffe dont ils se servaient pour l'incantation. Elle jeta un coup d'œil dans sa direction et informa ses camarades :

— Vous savez, d'après le livre, tout ceci n'est qu'un pur artifice destiné à mettre nos esprits en condition, à condition-

ner notre cerveau pour ouvrir des brèches dans notre perception, des brèches naturellement existantes mais que le
manque de pratique nous à contraints à oublier.

— Qu'est-ce que ça veut dire ? demanda Lewis inquiet.

— Tout simplement, que le dialogue avec les morts est
naturel, que c'est une capacité de notre cerveau, sauf que
nous ne l'exploitons pas. Enfin j'ai pas lu grand-chose encore,
mais c'est ce que j'en ai compris.

— En attendant, notre cerveau à nous il est pas vraiment
habitué à ça, alors on va procéder à ma façon, intervint Sean,
utile ou pas.

Dehors le vent se mit à redoubler de violence, et en s'en-
gouffrant entre les volets du rez-de-chaussée, il venait cogner
aux fenêtres comme un invité de dernière minute.

— Tout le monde ferme les yeux et se concentre. Inspec-
tez-vous, cherchez cette énergie qui parcourt votre corps et
libérez-la, faites-en un pont, un chemin que les morts pourront suivre pour se guider jusqu'à nous.

Sean parlait d'une voix lente et calme, d'un ton grave qui
se voulait autoritaire. Pendant que Lewis s'évertuait avec le
plus grand dévouement possible à trouver cette énergie dont
Sean parlait et qui, *bon sang*, restait introuvable, Zach lui, se
concentrait sur la chaleur de la main d'Eveana, sur la douceur
de sa peau, et toute une série d'images lui vint à l'esprit. Il se
voyait en train de l'embrasser, et il s'imaginait quelle saveur
pouvaient bien avoir ses seins. *Ses seins ! Qu'est-ce qu'ils doivent être beaux !* Mais le contact de Lewis dans sa main
gauche brisa immédiatement le rêve.

Tom ouvrit doucement les yeux, il voulait s'assurer que
Sean ou quelqu'un d'autre n'était pas en train de préparer
une obscure machination destinée à faire croire en l'intervention d'un esprit. Personne ne bougeait, le cercle était intact.
Il regarda Meredith à ses côtés dont le visage exprimait la
plus grande méditation, *elle au moins, elle y croit à ces conneries on dirait !* se dit-il. Il referma les yeux afin de ne pas créer
d'histoire, mieux valait qu'ils se ridiculisent tous seuls sans

pouvoir prétexter que cela avait foiré parce que lui-même n'était pas concentré.

— Ô royaume des morts, ouvre tes portes et que l'un des tiens descende rendre hommage aux vivants, prononça Sean le plus solennellement possible.

C'était là le rituel commun que Billy Harrisson lui avait appris. Il hésita une seconde à y ajouter un petit plus, après tout cela ne pouvait pas nuire et ce genre de formule lui semblait parfaitement approprié à la situation. Il fit faire à sa langue trois fois le tour de son palais et lâcha :

— Tirpse tnias ud te slif ud, erep ud mon ua.

C'était la phrase inscrite sur le miroir avec les diablotins sculptés dans le bois qu'ils avaient trouvé ici même, dans cette maison, quelques jours auparavant. En entendant cette phrase, Zach ne put s'empêcher de sourire un peu.

Sean prit une grande inspiration et demanda :

— Esprits êtes-vous parmi nous ?

Il n'y eut rien. Plus personne ne respirait fort et tous attendaient. Meredith, Eveana, Lewis et Sean étaient le plus concentrés possible, si bien qu'il leur semblait à tous qu'une énergie frétillante leur parcourait le corps sur la surface de la peau. Zach avait du mal à se sortir de la tête les images d'Eveana et lui, nus dans un lit, et Tom attendait que quelqu'un décrète enfin que cela ne servait à rien.

— J'en appelle à vous, Forces de l'au-delà, honorez-nous de votre présence ! clama Sean.

Cette fois, c'en fut de trop, Tom manqua d'éclater de rire, il essaya de contenir son fou rire et fit un pet sonore.

— T'es dégueulasse ! s'exclama Meredith.

Lewis éclata de rire et Zach se fendit d'un large sourire. Eveana et Sean fustigèrent le garçon du regard.

Au même moment le verre au centre de la table tressauta, tangua si fort qu'il se mit à dangereusement pencher et tourna sur lui-même avant de finalement se stabiliser.

Tous les six se turent instantanément. Ils fixèrent le verre et les sourires disparurent.

— Qui a donné un coup dans la table ? C'est toi Sean ?
s'inquiéta Tom.

Sean secoua la tête le plus doucement possible.

— Alors c'est qui ? Il y a bien quelqu'un ici qui a fait ça !

Le verre émit un léger sifflement qui s'accentua et se coupa
net. On aurait dit que quelqu'un passait son doigt mouillé
sur le bord du verre en tournant jusqu'à ce que le cristal se
mette à chanter, le père de Sean le faisait souvent le
dimanche midi après le déjeuner.

Le verre trembla une seconde et se mit à bouger lentement. Il frottait contre le tissu, et se déplaça sur la droite
jusqu'à atteindre le cercle où OUI était inscrit. Le verre s'arrêta juste au dessus.

— Je crois qu'on vient de te répondre, Tom, gémit
Meredith.

Leurs yeux se rivèrent au verre avec une fascination
extrême.

Ce fut finalement Sean qui rompit le silence :

— Vous êtes un... vous êtes l'esprit d'un mort ?

Le verre ne bougea pas. Du moins pas immédiatement, et
puis soudainement il se traîna vers le cercle vide du milieu,
et à peine quitté le cercle affirmatif il s'immobilisa avant de
faire demi-tour et de revenir se placer au-dessus du OUI.

— Nom d'un chien... articula Zach.

Cette fois il n'avait plus du tout envie de penser au corps
d'Eveana, ce qui se passait sous ses yeux le sidérait.

Tom, que l'effet de surprise avait paralysé tout autant que
les autres, refit face à cet événement étrange avec son scepticisme et son réalisme habituels. Il tendit la main au-dessus
du verre pour vérifier qu'il n'y avait pas de fil.

— C'est dingue ! Comment vous faites ? interrogea-t-il
sincèrement étonné.

Tous le regardèrent comme s'il s'agissait d'un mort-vivant.
Ils étaient pâles comme des fantômes, et même s'ils s'étaient
imaginé que cela puisse marcher, pas une seule seconde ils
s'étaient attendus à un résultat si probant. Sean avait espéré
que cela fonctionne aussi bien qu'avec Billy Harrisson, bien

que ce soir-là plusieurs personnes eussent avoué pousser le verre par moments. Meredith qui était à côté de lui croyait aux esprits dur comme fer, mais jamais de sa vie elle n'en avait eu la moindre preuve, c'était comme de croire en Dieu alors que la science tendait à prouver qu'il n'existait pas. Une superstition plus qu'une foi.

— Eh bien ? C'est quoi le truc ? insista Tom.

Et il prit le verre de la main. Sean voulut l'en empêcher mais il ne fut pas assez rapide et Tom souleva le verre par le pied.

— Je suis sûr que...

Il ne termina pas sa phrase, un violent spasme lui secoua tout le corps, il en lâcha le verre et ses yeux se retournèrent laissant des globes tout blancs, un filet de bave se mit à couler sur la table et Tom s'effondra en arrière.

*

Ce soir-là, Georges O'Clenn s'était couché tôt, emportant avec lui son bol de soupe et son journal hippique. Il s'était allongé dans son lit, avait rabattu la lourde couverture de laine qui lui servait de dessus de lit et avait chaussé ses lunettes en demi-lune afin de lire son quotidien bien à l'aise.

Pour beaucoup, Georges était un paisible vieillard, au sujet duquel personne ne pouvait se souvenir de ce qu'il avait été autrefois ou si même il avait vécu ici toute sa vie. En fait, personne ne le connaissait véritablement. Georges n'avait pas d'ami, tous les habitants d'Edgecombe avaient entendu parler de lui, mais personne n'aurait pu donner de détails précis sur sa vie. Depuis combien de temps vivait-il dans cette grande maison sur la colline de Bellevue ? Avait-il été marié ? Qui était-il en fait, et que faisait-il ? Personne n'aurait pu répondre, personne d'Edgecombe en tout cas.

Mais on ne se posait pas de question sur lui. Georges O'Clenn était une apparition, une ombre traversant les rues. Tous les commerçants de la ville auraient pu jurer le servir régulièrement et pourtant, si vous aviez demandé à l'un d'entre eux quelle était la dernière fois qu'il l'avait aperçu, il n'aurait pas su vous répondre. Le vieil homme était ainsi fait qu'il ne laissait jamais de trace précise dans la mémoire, son image ne collait pas aux rétines, elle passait fugitivement et s'effaçait aussi vite. Georges ne suscitait pas les questions, et se faisait si transparent que les curiosités passaient au travers.

Pourtant ce mercredi soir, il se sentait lourd, s'il avait dû traverser la ville en ce début de soirée il aurait été beaucoup plus précautionneux que d'habitude ; ce soir son halo protecteur qui le faisait passer pour Monsieur Tout Le Monde s'était terni à mesure qu'un étrange poids apparaissait dans sa poitrine. Il avait, pour la première fois depuis plus de quarante ans, une de ces prémonitions tenaces, quelque chose était sur le point de se passer. Quelque chose de très important.

Lorsqu'il avait ôté du feu sa bouilloire pour la soupe son souffle s'était fait plus dur à chercher, la poitrine plus lourde. Il avait d'abord pensé à une défaillance physique, après tout il se faisait vieux, *bien plus qu'on ne se l'imaginait* ! Mais les minutes passant, il était devenu de plus en plus sceptique. Cela ressemblait trop fortement à ses vieilles énergies qui lui avaient parcouru le corps et l'esprit autrefois. Son corps avili par le temps et par le manque de pratique ressentait à présent ces puissantes manifestations des Essences comme un poids écrasant.

Ça ne peut pas être ça, pensa t-il, *non, je rêve, si c'était ça, alors nous serions bien mal barrés, pour ne pas dire dans la merde.* Et il s'était installé bien au chaud, son bol de soupe à la main, les yeux concentrés sur le journal de turf. Il voyait les noms des chevaux se suivre, les cotes, et tout cela se mélangeait dans sa tête.

Georges ferma les yeux. Il n'arrivait pas à se concentrer. Il cherchait à fuir l'évidence mais au fond de lui une vieille promesse l'en empêchait. Après toutes ses années, il avait mis de côté ces questions, éludant son ancienne vie, tout ce pourquoi il avait vécu. Il était retourné dans le commun des mortels et s'en était si bien accommodé qu'il en avait presque oublié qui il était et surtout pourquoi il était là, à Edgecombe. Mais par un mercredi orageux d'octobre, Georges O'Clenn fut de nouveau secoué de soubresauts et il sentit l'Ora filtrer au travers de son corps.

Il se leva d'un bond, renversant le reste de soupe sur le lit, et enfila ses vêtements en vitesse. Quoi qu'il en soit il ne pouvait plus nier qu'il ne s'agissait pas là d'un quelconque malaise, mais plutôt d'un avertissement qui lui était donné, et il devait s'assurer que tout allait pour le mieux dans ce meilleur des mondes. Une fois habillé, il descendit jusqu'au garage, et se prépara à sortir sous le début de pluie, en direction du centre-ville.

Pourvu que je me trompe complètement ne cessa-t-il de se répéter sur le chemin.

*

Tom était étendu sur le dos, les yeux mi-clos, mais seul le blanc était visible, et la bave coulait sur le menton.

Sean le premier se leva et s'approcha de lui.

— Tu ferais peut-être mieux de ne pas l'approcher de trop près, prévint Lewis, il est peut-être contagieux.

Sean s'agenouilla aux côtés de Tom et entreprit de vérifier s'il respirait encore.

— Alors ? murmura Eveana qui était au comble de l'inquiétude.

— Il respire.

Zach observait le verre, renversé sur la table, d'un œil suspicieux, pendant que Meredith regardait tout autour d'elle, comme si une forme obscure allait soudainement surgir des ténèbres environnantes pour fondre sur elle.

— J'arrive pas à croire à ce qui vient de se passer, balbutia-t-elle tout en continuant à scruter le noir du salon tout autour de leur table.

— Hey ! Tom, tu m'entends ?

Sean lui tapota la joue, amicalement, sans aucune force.

— Il faudrait peut-être appeler une ambulance... proposa timidement Lewis.

— T'imagines un peu la merde dans laquelle on sera si on appelle une ambulance ? gronda Zach. Comment tu comptes expliquer qu'il est tombé raide après avoir touché le verre envoûté par un esprit au cours d'une séance de spiritisme ? Sans parler du couvre-feu que l'on ne respecte pas, et nos parents qui vont faire une drôle de tronche quand les flics nous ramèneront chez nous par la peau du cou...

Lewis, déjà pas rassuré, commença à paniquer intérieurement.

— Alors Lewis ? Tu veux toujours qu'on fasse venir une ambulance ?

Zach se pencha et lui tapota l'épaule.

Eveana s'était approchée de Tom, et regardait Sean qui prenait son pouls.

— Il vaudrait tout de même mieux appeler un docteur, dit-elle.

À ce moment, le corps de Tom fit un bond spectaculaire et se redressa pour retrouver une position assise. Les paupières s'ouvrirent un peu plus, mais on n'y voyait toujours que le blanc des yeux révulsés. Un long sifflement sortit de la gorge du garçon. Sean et Eveana tombèrent à la renverse, en laissant échapper un cri de surprise, pendant que Lewis manquait de tourner de l'œil et que la mâchoire de Zach lui tombait à s'en décrocher.

Seule Meredith ne broncha pas, même si elle aurait bien voulu hurler, aucun son, ni aucune émotion ne transparut. Dès le « réveil » de Tom, quelque chose était apparu, une odeur avait empli toute la pièce, un doux parfum chaud de *pain grillé*. Elle ne put rien dire, c'était une odeur hypnotique, trop lourde de sous-entendus pour qu'elle puisse la porter hors de son champ d'affection. Cela semblait sortir tout droit de la bouche de Tom, en longues bouffées cadencées, l'haleine de Tom servait de ventilation à ce fumet de toast brunissant.

— AUCUN... MÉDECIN... NE SERA... NÉCES-SAIRE.

Les mots étaient sortis par la bouche de Tom mais pas avec

sa voix. La voix qui empruntait la gorge de Tom était bien trop caverneuse pour être naturelle, elle était rugissante et se réverbérait dans l'air, c'était comme si trois ou quatre hommes parlaient en même temps dans un synthétiseur électronique.

Une légère fumée commença à sortir par la bouche de Tom.

— Oh mon Dieu, gémit Eveana.

Tous restaient là, immobiles, hésitant quant à la marche à suivre. Cette voix était si puissante et si monstrueuse que nul n'aurait pu songer à une plaisanterie de Tom.

Il y eut un raclement de gorge dans lequel les adolescents crurent percevoir une plainte, un appel à l'aide, au loin, profondément enfoui dans le corps de Tom, et la voix sinistre résonna de nouveau :

— LAISSEZ... LE ROYAUME... INVIOLÉ !

Eveana se tourna lentement et regarda Zach, cherchant une explication que le garçon ne pouvait pas lui donner, ne comprenant pas non plus ce qui se passait. Elle se rapprocha de lui, cherchant un réconfort physique afin de pallier cette peur qui grossissait de plus en plus dans son cœur.

Sean déglutit péniblement et demanda le plus calmement possible :

— Vous êtes... l'esprit d'un mort ?

La bouche de Tom s'ouvrit plus grande encore, et de la fumée en sortit plus abondamment encore. Pour Meredith, le parfum de toast grillé s'accentuait affreusement.

Des visages grimaçants apparurent dans la fumée avant de se dissiper.

— ON NE PEUT PAS... PÉNÉTRER... LE ROYAUME... IMPUNÉMENT !

— Mais nous ne savons même pas de quoi vous parlez ! protesta Sean qui subitement, à peine la menace proférée, avait senti la boule dans son estomac se dénouer.

Tom s'effondra en arrière. Un long râle s'enfuit par la gorge du garçon inconscient et le silence revint. Les deux bougies crépitèrent pendant trois secondes et s'éteignirent d'un coup. Le silence fut accompagné par les ténèbres qui se jetèrent sur les adolescents et les deux points faiblement lumineux des mèches terminant de se consumer luisirent comme deux fanaux perdus. Le vent se remit à souffler rageusement, faisant claquer les volets du voisinage, et la pluie commença à tomber, tambourinant contre les murs de la maison. La fracture entre le silence qui avait régné pendant la séance de spiritisme et le bruit soudain des éléments se déchaînant fut si violente que tous les occupants de la pièce prirent soudainement conscience de combien la réalité les avait fuis pendant les dernières minutes.

La flamme d'un briquet apparut dans l'obscurité. Zach tenait son *zippo* assez haut pour que la luminosité puisse profiter à tous ses amis.

— Nom d'un chien ! Vous avez vu ça ? demanda-t-il comme pour se faire confirmer la situation, *j'ai dû rêver !*

— Comment va Tom ? s'inquiéta Eveana.

Sean se remit sur les genoux et entreprit de vérifier l'état de santé de Tom pendant que Zach rallumait les deux bougies.

— Il... il est mort ? aventura Lewis.

— Non, il respire, rassura Sean, il a même bougé la main.

— C'est peut-être un résidu de l'esprit, ou peut-être est-ce l'esprit entier qui revient ! surenchérit Lewis.

Meredith le prit par les épaules.

— Et si t'arrêtais de dire des conneries, ce serait pas plus mal, non ?

Tom ouvrit enfin les yeux, en grand cette fois-ci. Il gémit et se massa la tête, encore allongé sur le dos.

— Qu'est-ce qui m'est arrivé ? gargouilla-t-il.

Un sourire vint décoincer les traits tendus de Sean et Eveana. Lewis, toujours soupçonneux, préféra rester en retrait et ne pas se réjouir trop vite. Meredith lui lâcha les épaules alors que Zach éteignit son *zippo*, et s'appuya contre le fauteuil derrière lui, l'air aussi décontracté que s'il sortait de son bain.

— Je vous l'avais bien dit que c'était pas grave, dit-il.

— Quoi grave ? Comment ça grave ? Il m'est arrivé quoi, au juste ? voulut savoir Tom.

Sean aida son camarade à se relever.

— Je ne sais pas si tu vas nous croire de toute manière, alors ne sois pas si pressé et commence par reprendre tes esprits.

— C'est de mauvais goût comme jeu de mots, Sean ! reprocha Eveana, ce qui fit glousser Zach qui n'avait pas saisi la plaisanterie de prime abord. Je ne sais pas si vous réalisez vraiment ce qu'on vient de vivre !

Tom s'assit dans le gros divan bâché de blanc, le visage à peine éclairé par une bougie. Sean, aidé dans son entreprise par Eveana, se mit à raconter à Tom ce qu'ils avaient vécu durant les dix dernières minutes, et par la même occasion les quelques mots étranges qui étaient sortis de sa gorge en empruntant une voix d'outre-tombe.

— Ça va, j'ai compris, vous essayez encore de me faire marcher, c'est ça ? se méfia Tom.

— Mais non, la preuve tu as complètement disjoncté en touchant ce verre ! s'écria Meredith.

— Je peux tout à fait m'être cogné au même moment ou peut-être ai-je eu un malaise ! Arrêtez. Ça ne prend pas.

Sean et Eveana se regardèrent, désespérés.

— Que faut-il qu'il t'arrive pour qu'enfin tu veuilles bien nous croire ? demanda le garçon.

— Je veux bien admettre que j'ai eu une petite absence, j'ai le souvenir d'avoir frissonné, mais ce n'est pas parce que j'ai eu froid en tombant inconscient que je dois croire en une possession ! Vous êtes tous dingues de toute façon, moi je me casse.

Tom se leva trop précipitamment et il dut se maintenir un instant au mur pour ne pas tomber. Il prit son blouson en cuir et il s'en alla vers la sortie. Sean voulut le rattraper, mais Zach le retint par la manche :

— Laisse-le. De toute façon je crois qu'il a eu sa dose pour aujourd'hui, on en reparlera une autre fois.

Sean entendit la porte d'entrée se refermer à contre cœur.

— Bon, si on faisait de même, proposa Zach.

— On ne peut pas partir comme ça ! s'étonna Eveana, tu as vu ce que l'on vient de vivre ?

— Oui eh bien ? Pour ma part je ne m'attendais pas à moins, sinon pourquoi aurait-on fait une séance de spiritisme ?

C'était à moitié vrai, il avait toujours pris pour argent comptant les récits fantastiques de son oncle, Denzel Hillingford. En venant ce soir il avait espéré assister à quelque chose d'aussi incroyable que ce que Denzel lui racontait parfois.

— Tu ne peux pas parler d'un phénomène si extraordinaire comme ça ! As-tu conscience du nombre de personnes sur terre qui ont déjà vécu quelque chose de similaire ? Une infime portion, très infime ! s'indigna Eveana.

— Attendez ! intervint Sean, on ne sait même pas à quoi on a été confronté.

— Pour moi c'est assez clair, reprit Eveana, il s'agit d'un Esprit qui a pris momentanément possession du corps de Tom. Ce qui implique que ce livre est un trésor, un guide pour le Royaume des Morts, dit-elle en montrant le Khann du doigt.

— Hey ! Mais c'est ça dont il a parlé ! s'écria Lewis. Je veux dire l'Esprit dans le corps de Tom, il a causé du Royaume, c'était sûrement le Royaume des Morts dont il s'agissait.

— T'as trouvé ça tout seul ? T'es un génie ! lança Zach.

Lewis lui décocha un regard noir.

— Quoi qu'il en soit, je propose qu'on parte d'ici, j'aime bien la baraque de ton grand-père, Sean, mais je me sentirais mieux dehors, confia Meredith.

— Sous la pluie ?

Meredith voulut se justifier et finit par seulement soupirer en se levant.

Ils firent tous de même et au moment où Eveana se pencha pour récupérer le grimoire, celui-ci s'ouvrit d'un coup et les pages se mirent à tourner toutes seules pour s'arrêter subitement, à la page 17. Eveana fronça les sourcils et lut les quelques mots qui la parsemaient.

— La vache ! s'écria Lewis. Et ça c'était quoi encore ? Le vent qui nous fait une plaisanterie ?

Zach haussa les épaules, ne sachant pas s'il affichait une expression blasée ou inquiète.

— Je crois que vous feriez bien d'écouter ça, dit Eveana une fois le paragraphe lu.

Les quatre adolescents qui s'apprêtaient à quitter la pièce se resserrèrent autour d'elle, au-dessus de la bougie.

Eveana lut à voix haute :

— « ... Lorsque ces Essences ne se dissipent pas, elles finissent par errer dans le Royaume et si par malheur un mortel venait à déranger ces Essences dans leur monde interdit, leurs rages et leurs ardeurs pour faire payer l'importun seraient si terrifiantes que le cœur du pauvre homme cesserait tantôt de battre... »

Ils levèrent la tête du livre qu'Eveana tenait à bout de bras, et alors qu'ils se collaient tous les uns aux autres, Lewis chuchota tout haut ce qu'ils pensaient tous tout bas :

— On est dans la merde !

10.

Le téléphone sonna. Une longue et stridente sonnerie qui vrillait l'air.

Korn posa sa main sur le vieux combiné noir et décrocha. C'était un vieux téléphone des années cinquante, un appareil à cadran qui cliquetait lorsqu'on l'actionnait pour composer un numéro. Korn n'avait jamais eu goût pour le modernisme, et dans toute cette technologie il préférait encore l'esthétisme des temps anciens où l'on construisait encore pour durer, pas pour s'autodétruire au bout d'un certain laps de temps. Aujourd'hui la forme primait sur le fond, donnant plus d'importance au design des objets qu'à leur réel fonctionnement. C'était une société d'apparence. Il fallait tout faire pour montrer aux autres, les vêtements, les voitures et même les animaux étaient devenus des faire-valoir pour leurs propriétaires. Bientôt c'en serait au tour des enfants si ça n'était pas déjà le cas. À vrai dire Korn n'appréciait pas la technologie et cette société moderne parce qu'elle risquait à long terme de remplacer par des accessoires ce qu'il avait de plus précieux... *la Magie.*

L'homme dans sa quête du savoir ultime et de la modernisation incessante remplace la Magie naturelle d'autrefois par une magie qu'il crée de toutes pièces, au péril de son humanité.

Korn serra la combiné et ses doigts craquèrent.

— Oui, fit-il de sa voix grave et sévère.

À l'autre bout de l'appareil, une femme aux grands yeux bleus s'agita nerveusement.

— Vous aviez raison, dit-elle, le Livre est réapparu, une brèche a même été ouverte dans le Royaume. Les Guetteurs sont devenus fous de rage.

— Très bien, laissez-les se défouler un peu. Et le Livre, où est-il ?

— Matériellement, c'est une petite ville du nom d'Edge-combe dans le Rhode Island, mais je ne saurais vous dire plus précisément, la brèche a été courte ; pour l'instant je sais juste qu'il s'agit d'*adolescents*. Je vais interroger les Guetteurs pour qu'ils nous en apprennent plus sur celui qui s'est servi de l'Ora.

— Faites donc cela, je pars pour Edgecombe avec Tebash, nous allons enquêter sur ce phénomène, vous restez là, si le besoin s'en fait sentir je vous appellerai, continuez votre travail, Bilivine.

Il raccrocha. La cicatrice qui lui barrait la face depuis plus de six cents ans se plissa affreusement sous l'effet du sourire qui stria son visage.

Des adolescents !

*

Eveana remonta la couverture sur sa poitrine et soupira profondément. Il était déjà 01h13 du matin, elle avait entendu son père monter se coucher quelques minutes plus tôt et toutes les lumières étaient éteintes à présent. Elle était incapable de s'endormir après ce qu'ils avaient vécu ce soir. Elle revoyait encore ses nouveaux amis marcher dans la rue en avançant de nombreuses hypothèses sur ce qu'ils venaient de voir. Zach s'était conduit en parfait imbécile, pour lui il était tout à fait normal que l'on obtienne de pareils résultats en jouant avec les esprits ! ! ! À croire que ce garçon avait été élevé par une prêtresse vaudou ! C'était dommage, parce que dans le fond elle l'aimait bien ce beau brun qui se donnait l'allure d'un dur.

La façon qu'il avait de surveiller son langage en sa présence la touchait, la flattait même, car elle ne restait pas dupe quant à l'effet qu'elle produisait sur lui. Mais ce soir elle aurait voulu le gifler pour qu'il remette les pieds sur terre, ils avaient été confrontés à la preuve qu'il existait un autre monde, peut-être une vie après la mort ! Seul Sean avait paru aussi touché qu'elle par cette nouvelle, il voulait qu'on étudie le Livre de près, sans retenter de nouvelle expérience pour le moment. Sean considérait la situation avec toute la gravité propre à ce qu'ils venaient de vivre, sans en rajouter. Il était presque rassurant en fait.

Allongée dans son lit, elle s'en voulait de ne pas avoir trouvé les mots pour tous les faire réfléchir convenablement. C'était la découverte du siècle, bon sang ! Au moins s'étaient-ils promis de n'en dire mot à personne, c'était leur secret. Il était convenu de ne pas en parler avant que...

La porte du bas s'ouvrit en grinçant. Son père et sa mère étaient en train de dormir dans leur chambre, personne n'était donc censé se trouver au rez-de-chaussée.

Eveana se redressa, tendue.

Elle allait se lever pour prévenir ses parents lorsqu'elle perçut le bourdonnement sous son lit. Elle se tourna tout doucement dans les couvertures et s'approcha du bord du matelas.

Quelque chose bougea juste en dessous.

Eveana sursauta et étouffa le cri qui faillit jaillir. Elle prit une longue inspiration et risqua un coup d'œil par-dessus le bord du matelas. Elle tendit la main pour soulever le pan de couverture qui masquait le dessous du sommier. Une lueur éclaira alors le parquet, comme la flamme d'une bougie. Cela provenait du livre. Eveana tendit le cou et, la tête à l'envers, observa le livre dont la luminosité se faisait de plus en plus forte. Comme si une ampoule de plus en plus puissante avait été placée entre les pages du grimoire.

Les marches de l'escalier grincèrent.

Quelqu'un montait ! Un intrus !

Réagis ma vieille, remue-toi ! Un sentiment de panique l'envahissait, lui glaçant l'esprit peu à peu. *Ne te laisse pas gagner par la peur ! Rappelle-toi Frank Herbert,* la peur tue l'esprit *!*

Une latte du plancher dans le couloir grinça.

Son souffle s'accéléra d'un coup — comme si un machiniste venait de pousser une molette — et son cœur s'emballa. Quelqu'un était là, dans la maison, juste à côté d'elle, *juste derrière cette minuscule cloison !* Et elle ne bougeait pas.

Comme beaucoup d'enfants — comme la *plupart* des enfants —, Eveana avait eu peur du noir et de s'endormir seule le soir. À treize ans elle avait lu le cycle de Dune de Frank Herbert. Si l'aspect métaphysique de l'univers lui avait échappé, elle y avait néanmoins découvert une merveilleuse formule magique, *la Litanie contre la peur.* Dès lors elle l'avait récitée à chaque fois que la crainte l'avait engloutie de ses larges ailes. Aujourd'hui, à dix-sept ans, elle avait enfoui cette litanie dans un coin de son cerveau et avait supposé ne plus jamais avoir à s'en servir. Mais ce soir-là elle révisa ses suppositions.

L'intrus — peut-être l'Ogre de la côte Est ! — se trouvait dans le couloir, peut-être juste derrière la porte de sa chambre. Eveana ne sentait presque pas ses jambes. Elle avait l'impression que si elle se levait, jamais elles ne pourraient la soutenir. Elle découvrit qu'elle était incapable de contracter ses muscles, et sa vessie menaça de se vider.

— Je ne connaîtrai pas la peur car la peur tue l'esprit, murmura-t-elle. Qu'est-ce que c'est ensuite ? Ah oui ! La peur est la petite mort qui conduit à l'oblitération totale (elle n'avait jamais vraiment compris ce passage à vrai dire...). J'affronterai ma peur, je lui permettrai de passer sur moi, au travers de moi et quand elle sera passée, je tournerai mon œil intérieur sur son chemin. Et là où elle sera passée il ne restera plus rien que moi.

Eveana répéta cette litanie à toute vitesse en un murmure presque inaudible. Elle ne cessa pas de la répéter jusqu'à ce que son esprit lui paraisse parfaitement serein. En fait de sérénité elle était morte de trouille, mais au moins, elle sentait qu'elle pouvait bouger.

Elle hésita un instant puis opta pour ne pas rester à découvert. Elle écarta les draps, et se mit à genoux pour prendre le grimoire lorsqu'une intuition le lui déconseilla. Elle fut subitement persuadée que celui ou celle qui venait vers sa chambre était là pour le livre. Elle se releva d'un bond et se dirigea vers la porte. Elle ne voyait pas d'autre solution que de se cacher derrière celle-ci.

— J'affronterai ma peur...

Elle pouvait sentir les pas de l'individu mystérieux se rapprocher. *C'est vers ma chambre qu'il vient !* Un sursaut de panique la submergea, et aussitôt elle redoubla de violence dans sa conviction.

— ... là où elle sera passée, il ne restera...

Une idée germa dans son esprit. Elle s'arrêta, retourna précipitamment jusqu'au lit où elle réajusta simplement et rapidement les couvertures, de sorte que l'on ne puisse pas penser immédiatement que le lit était encore occupé quelques instants plus tôt. Et elle fila dans la penderie.

La poignée de la porte de sa chambre tourna lentement alors qu'elle refermait celle de sa cachette. Un long frisson lui parcourut tout le dos. Elle écarta deux chemisiers qui pendaient là et approcha son visage des persiennes de la porte, il y avait peu d'espace entre les lattes de bois inclinées mais c'était suffisant pour y voir dans la pièce, sans être vue, du moins l'espérait-elle.

Une mince silhouette s'introduisit dans la pièce. Elle resta sur le palier en regardant vers le lit, alors que le bourdonnement s'amplifiait légèrement, puis jeta un bref coup d'œil dans le couloir avant de refermer la porte. Il s'agissait vraisemblablement d'un homme, mais l'obscurité empêchait Eveana de voir précisément son visage. Il marcha précautionneusement jusqu'au lit, se pencha, et le bourdonnement, ainsi que la luminosité qui filtrait à peine de dessous, disparurent instantanément. Eveana tenta de voir son visage mais il était accroupi, de toute manière les tentures du baldaquin le masquaient. À force de se contorsionner pour y voir clair à travers les persiennes, la tête d'Eveana heurta un cintre qui grinça faiblement et qui oscilla, prêt à se défaire de sa tringle pour tomber. Il tournoya dans l'air de la petite penderie et finit par se stabiliser. Eveana stoppa ses derniers balancements d'une main et regarda immédiatement vers le lit.

L'homme n'avait apparemment rien entendu, il finit par se relever, l'épais livre à la main, il semblait satisfait. Eveana ne savait que faire. Elle pourrait toujours hurler pour alerter son père, mais que risquait-il d'arriver ensuite ? Son père pourrait bien se faire tuer en s'interposant. Et avant que son père ne débouche dans la pièce, elle aurait trahi sa cachette en criant et le mystérieux intrus pourrait la maltraiter... Elle était déchirée entre de nombreuses alternatives, toutes plus incertaines les unes que les autres. Elle devait se hâter de trouver une solution car il ne faisait aucun doute qu'il allait repartir avec le livre.

La silhouette s'apprêta justement à partir lorsqu'elle se retourna vers le lit, comme prise d'un doute. L'homme se pencha et observa les couvertures, les tâtant méticuleusement puis les ouvrit et passa sa main dedans.

Il est en train de vérifier s'il n'y avait pas quelqu'un, il va sentir la chaleur et saura que j'étais là juste avant qu'il ne surgisse ! s'affola Eveana.

En effet l'homme sembla surpris, et se redressa pour contempler la pièce. Il en fit le tour du regard et passa les yeux sur la penderie. Eveana sentit son cœur s'accélérer et crut qu'il allait bondir hors de sa poitrine quand les yeux passèrent sur les siens. Mais le regard sinistre passa sur la porte du placard sans sourciller. Puis il s'immobilisa et revint sur la penderie. Cette fois Eveana vit clairement les yeux se plisser sous une certaine malice. Les yeux se fixèrent dans les siens et son cœur cessa de battre. Elle retint sa respiration sans même le réaliser, et dans cette lourde pénombre elle crut reconnaître le visage qui l'observait, un visage que tous connaissaient et que pourtant personne ne remarquait jamais, il s'agissait du vieux solitaire habitant la maison en haut de Bellevue, Georges O'Clenn.

*

— C'est inadmissible ! s'écria Phil Anderson.

— Mais pa', c'était pas méchant...

— Tu as tout simplement brisé la confiance que je plaçais en toi, ajouta le père courroucé.

Phil était rouge de rage, il venait d'intercepter les deux adolescents, Sean et Lewis, alors qu'ils venaient de rentrer de leur escapade nocturne.

Cela n'avait pas été de la tarte de réintégrer la maison sans se faire remarquer, surtout avec Lewis qui n'arrivait pas à lever la jambe et à prendre appui sur la gouttière pour atteindre le toit du garage. Sean avait passé pas loin de dix minutes à l'aider, et il leur avait fallu un quart d'heure pour passer de la contre-allée du garage à la chambre de Sean. Lorsqu'ils avaient passé le chambranle de la fenêtre la lumière s'était subitement allumée, dévoilant un Phil Anderson de la plus mauvaise humeur, assis dans un fauteuil à proximité de la porte. Quand il était monté une heure plus tôt pour voir si les garçons dormaient bien et qu'il avait découvert avec une certaine stupeur que les lits étaient vides et la fenêtre entrouverte, il avait fulminé. Avec les minutes passées à réfléchir dans le noir, les pires idées lui étaient venues à l'esprit, toute la ville savait qu'un fou dangereux circulait dans les environs, qu'un couvre-feu avait été proclamé, et tout ce que ces deux idiots de gosses trouvaient à faire c'était de briser les règles de prudence et de se promener en pleine nuit ! S'il n'y avait eu cette menace Phil aurait tout simplement refermé la fenêtre et verrouillé les portes laissant son fils passer la nuit dehors en guise de punition. Mais il était trop effrayé pour ça et à présent que son fils était devant lui, la peur n'ayant plus de raison d'être, elle se transformait en colère, étrange alchimie des émotions humaines.

— Vous allez vous coucher et pour toi Sean, fini les sorties le samedi soir, est-ce clair ?

L'accusé marmonna d'incompréhensibles objections et tourna le dos à son père. Phil regarda son fils dépité se mettre au lit et adressa un regard plein de reproches à Lewis qui ne savait plus où se mettre depuis le début de l'altercation. Il sortit de la chambre en fermant la porte.

— C'est marrant comme les emmerdes ça vient toujours par groupe ! grogna Lewis. T'as jamais remarqué ? Des fois tout va plus ou moins bien, mais il n'y a rien de dramatique, et puis tout d'un coup, *vlan !* tu t'en prends plein la gueule d'un coup, et quand ça commence tu peux être sûr que c'est loin d'être fini.

— Sean lança un bref coup d'œil à Lewis et après avoir enfilé un T-shirt des Celtics, se glissa sous les draps.

Deux minutes plus tard Lewis éteignait la lumière avant de s'allonger dans son lit de fortune.

— Dis-moi, t'as pas remarqué une ombre tout à l'heure quand on est sortis de chez ton grand-père ?

Sean se releva légèrement :

— Comment ça ? Toi aussi t'as vu quelque chose ?

— En fait j'ai cru voir quelqu'un mais...

— ... à chaque fois que tu vérifiais il n'y avait rien !

Lewis admira l'anticipation que Sean avait faite sur ses propos.

Sean poursuivit :

— Moi aussi j'ai eu cette curieuse impression, mais comme à chaque fois que je regardais derrière moi il n'y avait rien, j'ai pensé que je me faisais des idées.

— Pareil ! s'étonna Lewis.

— Ça a commencé en sortant de la maison et ça s'est arrêté vers le carrefour de la 4ᵉ et de la 5ᵉ rue, juste quand Zach est parti avec Eveana pour la raccompagner jusque chez Amanda Closter.

— Tu crois qu'*Il* pourrait en vouloir à Zach et à Eveana ?

— Je sais pas, enfin j'espère pas mais si on est deux à l'avoir senti c'est que c'était pas une illusion, demain faudra en discuter avec Zach.

Les deux garçons reposaient dans le noir, les esprits encore tout excités par leur folle soirée, mais la lassitude physique commençait à leur peser lourdement. Sean repensa à son père qui venait de lui faire des reproches, *mais il ne m'a pas fait de leçon de morale*, remarqua-t-il, *il s'est juste contenté de me dire qu'il était déçu et que sa confiance en avait pris un coup, mais il ne m'a pas fait de leçon.* Phil ne procédait jamais ainsi, il laissait son fils tirer seul les conclusions de ses bêtises.

— En attendant, vous risquez de ne pas trop me voir le soir, dit-il d'un ton plein de regrets.

Les deux amis échangèrent quelques mots encore et s'endormirent d'un sommeil léger, peuplé de visions étranges, où chacun voyait ses camarades se transformer en magicien dans un monde parsemé d'esprits maléfiques...

11.

Le secteur avait été bouclé.

L'officier Piper surveillait Williamson Way, non pas qu'on pensait que le tueur puisse s'enfuir par là, mais surtout pour empêcher les badauds de venir voir ce qui se passait à l'usine en ce tôt matin de commémoration de la fondation d'Edgecombe. Steve Allen, l'auxiliaire du shérif, surveillait le sud vers le terrain vague avec trois hommes pour vérifier toute allée et venue vers l'usine. Benjamin Hannibal et l'agent spécial Fergusson, accompagné de cinq hommes dépêchés tout spécialement de Newport, devaient investir l'usine et débusquer le psychopathe.

A priori cela paraissait simple, si chacun faisait convenablement son boulot, il ne faudrait pas longtemps pour mettre la main sur ce redoutable dingue, ensuite restait à refermer l'étau sur lui jusqu'à ce qu'il se fasse prendre par les patrouilles dans l'usine ou par celles qui ne manqueraient pas de le voir s'enfuir.

Seulement la météo avait décidé de contrecarrer ce plan et de s'allier au criminel, si bien qu'à cinq heures ce matin, lorsque les services de police s'étaient apprêtés à partir pour l'usine, ils découvrirent en sortant un épais brouillard qui s'était levé en quelques minutes. L'agent Fergusson avait longuement hésité à annuler la mission pour la reporter, mais Benjamin Hannibal avait insisté ; il fallait prendre ce salaud avant qu'il ne recommence et qu'un autre enfant en soit la victime.

On ne voyait pas à plus de cinq mètres, Benjamin sortit

de sa jeep et jeta un coup d'œil à l'agent Fergusson qui vérifiait le bon fonctionnement de sa lampe torche. Le shérif se
pencha dans la voiture et prit le micro :

— Sherelyn, vous m'entendez ?

Il y eut un grésillement de statique et la douce voix de la
secrétaire répondit :

— Oui Shérif, haut et fort.

— Bien, je suis désolé que vous ayez dû vous lever si tôt
mais vous savez à quel point c'est important. Je voudrais que
vous fassiez le relais entre les équipes, la nôtre, celle de Steve,
et l'officier Piper, d'accord ?

— Très bien, Shérif.

— Je connecte mon talkie-walkie sur la fréquence 5, ainsi
que tous les hommes qui m'accompagnent dans le bâtiment ;
dans l'éventualité où mon groupe devrait se séparer dans
l'usine, et pour bien nous comprendre nous serons les seuls
à utiliser ce canal, Steve Allen et ses hommes seront sur le
canal 7 tout comme Piper. Avec le matériel qu'il y a au poste,
vous pouvez suivre les deux fréquences simultanément, je
voudrais que vous me teniez au courant de l'évolution de la
situation régulièrement, tout comme vous le ferez pour Steve,
est-ce clair ?

— Tout à fait.

— Parfait, soyez vigilante.

Benjamin remit en place le micro, s'empara du talkie-walkie qu'il accrocha à sa ceinture, il déverrouilla la sécurité du
râtelier et prit le fusil à pompe qui restait toujours dans la
voiture.

— Tous vos hommes sont en place ? demanda Glenn Fergusson.

Le shérif acquiesça.

— Bien, alors allons cueillir cet enfoiré !

Venant du flegmatique agent spécial Fergusson, les mots
choquaient ! Ce dernier passa des gants en cuir et mit la
lampe torche en route, mais laissa l'arme au chaud dans son
holster. Il passa devant les phares de la jeep et les lettres
jaunes qui ornaient son parka s'illuminèrent au passage : FBI.

C'est très discret ! songea Benjamin tout en éteignant les phares. Il fit signe aux cinq hommes qui attendaient derrière dans une autre voiture de sortir, et il s'engouffra à son tour dans le nuage de brume. L'agent spécial se tenait à peine trois mètres devant et pourtant Benjamin avait du mal à distinguer le faisceau lumineux de sa lampe. Lorsqu'il le rattrapa, Glenn Fergusson le regarda, l'air troublé.

— Je ne suis vraiment pas sûr que ce soit une bonne idée de poursuivre dans ces conditions, si ce salopard réussit à sortir de l'usine sans que nous nous en rendions compte, vos hommes postés dehors n'y verront que du feu ! dit l'agent spécial.

— Je sais bien, mais si nous attendons plus longtemps et qu'il sévit de nouveau... je ne voudrais pas avoir la mort d'un autre enfant sur la conscience ... Steve Allen et ses trois hommes patrouillent à proximité des portes, il doit y en avoir sept pour sortir du bâtiment principal, s'ils font des rondes, ils ont toutes les chances de tomber dessus, au moins de l'entendre. Faites-leur confiance, ces types sont remontés à bloc, ils ne laisseront rien passer.

Glenn Fergusson afficha une moue sceptique tout en serrant les poings, ce qui fit grincer le cuir de ses gants.

— Et où est cette satanée usine ? On n'y voit rien dans cette purée de pois ! gronda-t-il.

Ils marchaient lentement, en prenant soin de regarder où ils posaient les pieds, le sol était jonché de débris divers et aussi dangereux que des tessons de bouteilles ou des lamelles d'acier tranchantes comme des lames de rasoir. Dans l'épaisseur du brouillard, les pinceaux de lumière luttaient âprement pour percer les volutes grises tourbillonnantes, mais la brume était dense. Très dense. *Trop,* pensa Benjamin Hannibal, *on dirait presque qu'elle se déplace* intelligemment *! Comme si elle cherchait à nous placer en permanence au cœur du maelström silencieux !* Il fendait le gris épais qui l'enserrait, promenant sa lampe sur le paysage aride qui s'ouvrait à ses pieds. Il lui semblait être un phare guidant des navires fantômes sur une mer morte, stérile jusque dans ses fonds pélagiens.

Le shérif en tête et Glenn sur ses talons, ils progressaient à l'aveuglette, s'apprêtant à sortir la boussole pour être sûrs d'être dans la bonne direction quand *elle* apparut.

Le rideau de brume se perça et une longue colonne d'acier leur fit face, la cheminée, *le four à marmots* comme on se plaisait à l'appeler pour effrayer les gosses. Elle s'extirpait d'un amas de fer et de tuyauteries sinistres (le bâtiment principal de l'usine) et poussait haut comme pour clamer sa non-appartenance à ce conglomérat informe. Elle était arrimée par des plaques de tôles soudées que l'on aurait pu prendre pour de la chair fondue, et des câbles ainsi que des tuyaux gris et noirs s'étiraient entre le corps de l'usine et elle, comme des centaines de filaments de chair et de bave qui daigneraient se casser, s'allongeant à l'infini.

Les deux hommes s'arrêtèrent pour que les cinq policiers de Newport les rejoignent. L'agent Fergusson se tourna, les observa un instant et recommanda :

— À partir de maintenant c'est de la discrétion pure que je vous demande, la quintessence de concentration, ne laissez rien passer !

Les cinq hommes hochèrent vigoureusement la tête.

Ils se remirent en marche, guidés par le shérif Hannibal — qui connaissait plus ou moins les lieux — jusqu'à une petite porte, à peine visible, dissimulée derrière des fûts bleus remplis d'eau croupie. Le rayon d'une lampe torche apparut sur leur droite. Benjamin prit son talkie-walkie, se connecta sur le canal 7 et annonça :

— À tous les hommes qui sont avec l'auxiliaire Allen, ici le shérif, nous allons pénétrer dans le bâtiment, tenez-vous prêts. Pour l'officier qui vient à la porte ouest, ne soyez pas trop nerveux, les lampes que vous voyez sont les nôtres, O.K. ?

Un crachouillis succéda à la voix du shérif, et quelqu'un répondit :

— *Oui, ici Howard Leech, je confirme, je vous vois, c'est moi qui surveille ce secteur, alors prévenez quand vous sortirez...*

— Ne vous en faites pas, Howard, dit le shérif, c'est Sherelyn qui va s'occuper de tout ça.

Il se reconnecta au canal 5. Glenn s'appuya contre le mur, une main sur la poignée de la porte, le shérif lui fit signe d'ouvrir et il s'engouffra dans les ténèbres, arme et lampe au poing.

Benjamin fit faire à sa lampe un rapide tour circulaire, pour s'assurer que celui qu'ils cherchaient n'était pas juste là, puis fit un second tour avec sa lampe, plus lentement cette fois, pour avoir un aperçu précis des lieux. C'était un grand entrepôt parsemé de larges bennes en fer rouillé qui autrefois avaient été pleines de gypse. Le plafond était haut, au moins huit mètres et de larges lampes pendaient au bout d'un câble noir. Avec les fils de poussières et les toiles d'araignée qui s'agitaient doucement, on aurait dit de gigantesques méduses desséchées, pendues par leurs filaments. Benjamin cala son lourd fusil sous son bras et fit des moulinets avec la main, invitant l'agent Fergusson et les cinq flics de Newport à entrer. Les six hommes investirent la place en quelques secondes, et bientôt il y eut un ballet de faisceaux lumineux perçant l'obscurité.

Lorsqu'il arriva devant une porte, le shérif Hannibal interpella Glenn Fergusson.

— Je crois que cette porte donne sur la grande salle, de là, on peut accéder à toute l'usine.

— Très bien, alors allons-y.

Ils ouvrirent la porte et firent irruption dans l'immense salle où Warren King s'était promené quelques jours auparavant. Glenn observa les tonnes de structures d'acier, de pupitres, de passerelles, de câbles et de tuyaux, écarta soigneusement deux chaînes qui pendaient du plafond et avisa de la situation.

— Là-bas il y a une porte qui descend vers les sous-sols, celle d'à côté monte vers les bureaux, et plus loin on a accès aux salles annexes. Et puis il y a tout ce merdier, chuchota

Benjamin en montrant du bras toute la masse informe de machines qui s'étendait devant eux.

— O.K., on va faire des groupes, on va se séparer.

— C'est bien ce que je craignais, répondit le shérif.

— Vous allez prendre un homme avec vous et ratisser tout le rez-de-chaussée, deux autres s'occuperont de l'étage pendant que les deux derniers iront aux sous-sols.

— Et vous là-dedans ? Vous n'allez pas rester seul tout de même ?

— Moi je vais descendre de mon côté, je pense notre homme suffisamment dingue pour aimer les lieux sombres et humides comme les caves de cette usine, nous ne serons sûrement pas trop de trois pour le débusquer, mais soyez vigilants des fois que je me trompe.

Le shérif tenta de l'en dissuader mais il reçut en guise d'ultime réponse un « *Je sais ce que je fais !* » des plus déterminé.

Les quatre groupes — malgré que le quatrième soit tronqué d'un membre — se séparèrent, chacun prenant une direction précise.

Le talkie-walkie du shérif crépita et la voix de Shereyn Moss perça le silence de l'usine :

— Shérif ? Steve Allen et ses hommes sont tous en position et patrouillent autour des sorties, l'officier Piper est dans son véhicule et surveille sa zone.

Benjamin prit le talkie, baissa le volume et répondit :

— Dites à Piper qu'il sorte de la voiture et qu'il fasse les cent pas, je ne veux pas de lui planqué dans sa bagnole, si quelqu'un s'approche il n'entendra rien ! Quant à nous, nous poursuivons la fouille.

Sherelyn approuva brièvement et le silence reprit sa place.

Howard Leech était dans la police depuis maintenant trois ans, il avait intégré le service à vingt-deux ans et n'avait jusqu'ici eu à faire que de la prévention, quelques interventions lors des rixes à la taverne Tanner, mais jamais quoi que ce soit de vraiment audacieux et d'excitant. Car c'était là le pire, il traquait un assassin dans les vestiges d'une usine, par un brouillard excessivement opaque, et pourtant il en tirait du plaisir. Ce danger omniprésent, cette tension dans l'air et cette attention qu'il devait porter au moindre bruit, vibration, ou ombre, tout cela l'excitait fortement. Il aimait, non, il *adorait* cette bouffée d'adrénaline que lui procurait la situation.

À mesure que ses pas s'enfonçaient dans des mottes d'herbes spongieuses, ou dans des gravillons crissants, il promenait méthodiquement le rayon de sa lampe torche devant lui, puis sur les côtés. Observant, scrutant chaque détail qui lui paraissait louche. Ce faisant il ne pouvait pas s'empêcher de songer à cette sensation outrageusement agréable, *il risquait sa vie et aimait cela !* C'était le goût du risque qui filtrait en lui. *Toute cette adrénaline qui m'envahit, c'est tout simplement génial !* pensait-il.

Il marchait en suivant quelques débris épars de ferraille si rouillés qu'on aurait pu les prendre pour des morceaux de terre et frapper dedans à s'en faire éclater le pied. Depuis dix minutes, il faisait des allers et retours entre deux accès à l'usine, deux portes assez petites, séparées par une vingtaine de mètres — ce qui par ce temps-là revenait à être séparées d'un bon kilomètre ! — qu'il se faisait un devoir vital de ne pas quitter des yeux. Passant près d'une large flaque d'eau qui était devenue son point de repère pour effectuer son demi-tour, son regard croisa l'ombre magistrale de la cheminée qu'une accalmie passagère dans le brouillard dévoila. Elle était encore plus impressionnante voilée par les volutes de brume, on n'y percevait aucun détail, juste l'imposante colonne d'ombre qui montait vers les cieux, menaçant de sa stature de colosse les environs et surtout envenimant les cauchemars des enfants de la ville.

Il remarqua alors, à quelques mètres de lui, qu'une flamme brûlait à travers la vitre crasseuse d'un soupirail. Howard s'approcha discrètement vers la petite fenêtre au niveau du

sol, et se pencha. On n'y voyait pas grand-chose, il dut s'ac-
croupir — plongeant les genoux dans la terre flasque et bour-
beuse — et colla son nez au carreau. Il ne put distinguer que
la lumière de ce qu'il identifia comme étant une bougie, et
remarqua qu'il s'agissait d'une pièce de petite dimension. Il
se recula et saisit son talkie-walkie et se commuta directement
sur la fréquence 5.

— Shérif ? Shérif vous me recevez ?

— 5 sur 5, qui parle ? Howard ?

— Oui, écoutez je crois que j'ai quelque chose ici, dans
l'usine, au niveau du sous-sol, on dirait une bougie.

— Très bien restez ou vous êtes et ne faites rien, conten-
tez-vous de surveiller votre zone, je vais y faire un tour.

Howard s'appuya sur le mur de brique froide qui montait
vers des panneaux d'acier et voulut se relever lorsqu'il aperçut
une ombre passer entre la bougie et le soupirail, une ombre
humaine.

— Shérif ! Il y a quelqu'un ici, chuchota-t-il à toute
vitesse. Il y a un type dans cette pièce, je crois que c'est notre
homme !

Il se redressa.

Oui, on bougeait en bas.

Dans les entrailles de l'usine.

— Clay, vous sortez et allez prêter main forte à l'équipe
de Steve Allen qui surveille les issues, moi je descends jeter un
petit coup d'œil à ce que Howard a vu, ordonna Benjamin
Hannibal

Clay Morris qui accompagnait le shérif opina du chef et
partit en direction de la sortie sud. Benjamin prit son talkie
et tout en se dirigeant vers l'escalier le plus proche pour
atteindre les sous-sols, il lança quelques ordres :

— Ici le shérif, à toutes les patrouilles qui sont dans
l'usine, l'un des hommes du dehors a vu quelqu'un dans les
caves dans le secteur ouest, je m'y rends ; que les deux

hommes qui patrouillent déjà en bas m'y rejoignent. Cal et Wilbur, vous laissez tomber l'étage pour le moment et descendez surveiller les escaliers menant au niveau inférieur.

Arrivant devant l'escalier étroit qui dévalait tout droit dans les ténèbres, Benjamin braqua sa lampe dans le couloir pentu et vérifia qu'il avait bien en main son fusil. Puis il descendit en essayant, autant que possible, de ne pas faire résonner les semelles de ses chaussures contre l'acier des marches. En bas il faisait frais et humide. De larges taches de moisissures sillonnaient les murs entre les nombreuses canalisations. Benjamin éclaira rapidement le couloir de droite puis celui de gauche et après s'être assuré que rien ni personne ne l'attendait là, il s'engouffra à gauche, vers l'ouest. Ses pas résonnaient faiblement — mais trop à son goût — sur le sol gris et taché de noir. Il avançait à vive allure pour ne pas risquer de perdre la piste soulevée par Howard Leech, même si cela devait s'avérer dangereux.

Sa lampe fendait l'obscurité d'un trait blanc qui mettait à nu tout ce qui passait à sa portée, mais malgré cela, il y avait toujours une large portion des lieux environnants qui demeurait plongée dans le noir absolu. C'était oppressant.

Juste le frottement de pas sur le sol rugueux qui résonnait timidement et un peu de lumière dans une immensité de béton froid qui formait salles et couloirs d'un vaste bunker silencieux et funeste.

Benjamin entendit quelque chose droit devant, il s'arrêta aux aguets.

Ça n'était que le clapotis régulier d'une goutte d'eau tombant dans une flaque. Il reprit sa marche, guettant le moindre signe des deux policiers ou de Glenn Fergusson qui devaient également sillonner les sous-sols, mais ne vit ni n'entendit rien. Il dégrafa son talkie-walkie de sa ceinture et le mit en route. Un grésillement continu se fit entendre, signe qu'il ne pouvait émettre d'ici, c'était sous terre et la structure imposante de l'usine empêchait de recevoir. Il était donc impossible de joindre qui que ce soit, il était seul avec uniquement l'espoir de tomber sur ses hommes ou sur Glenn Fergusson par chance. En espérant qu'ils ne le prennent pas pour le tueur.

Glenn Fergusson poussa une porte en bois qui grinça en s'ouvrant, et découvrit ce qui autrefois avait dû être une salle de repos, avec ses cartes à jouer jaunies et ses bouteilles de *Jack Daniel's* vides. Sur le sol gisait un exemplaire en piteux état de *Guns and Ammo* sur la couverture duquel on distinguait clairement une trace de pas, faite de terre et vraisemblablement assez fraîche. Glenn Fergusson balaya la pièce de sa lampe et après s'être assuré que personne ne s'y dissimulait, referma la porte et entreprit de fouiller une autre salle.

Sa lampe se promenait sur le sol puis sur les murs, éclairant un coup à droite, un coup à gauche, sans jamais se braquer logiquement sur quelque chose, il faisait errer sa lampe. Il découvrit une arme sur le sol. Un fusil d'un modèle inconnu. Il se pencha pour l'examiner et découvrit alors que ce n'était qu'un jouet destiné à cracher de la peinture. La déclaration de Tom Willinger lui revint en mémoire, « *On jouait au paint-ball et Warren est entré dans l'usine pour suivre Josh. Mais on l'a pas vu ressortir...* ». Glenn soupira. *Il faudrait penser à envoyer des hommes récupérer ce jouet.* Il se remit en chemin, bien décidé à mettre la main sur ce salopard de dingue.

Alors qu'il s'apprêtait à entrer dans une nouvelle pièce, il s'arrêta devant la porte, et éteignit sa lampe torche. Il lui avait semblé voir une lueur lointaine.

Lorsqu'il fut plongé dans le noir, il lui fallut tout d'abord quelques secondes pour habituer ses yeux à l'obscurité, il vit enfin ses doutes se confirmer : derrière le coude que faisait le couloir à une douzaine de mètres, devait se trouver une source de lumière, autre qu'électrique car les ombres qu'elle projetait étaient vacillantes ; un feu donc. Son talkie-walkie se mit à crachouiller, à crépiter fortement. Glenn l'éteignit en vitesse et décida de le couper totalement pour le moment afin de ne pas risquer d'être repéré par celui qu'il traquait à cause d'un message inopiné. Glenn oublia la porte qu'il était sur le point d'ouvrir et évitant un amas de débris en fer qui reposait au centre du couloir, il se dirigea d'un pas aussi sûr que discret jusqu'à l'angle du couloir.

Il se plaqua contre le mur, et pour la première fois depuis qu'il était arrivé à Edgecombe, il sortit son arme de son holster. La lampe éteinte dans la main gauche, il progressait à la faible lueur des flammes. La lampe lui servirait de masse si nécessaire, et il avait le *Glock 9 mm* dans la main droite. Il glissa tout doucement la tête le long du mur jusqu'à ce qu'il puisse avoir une vue d'ensemble sur le couloir qui partait perpendiculairement.

Les murs gris et mouchetés de taches noires étaient irradiés d'une lumière dansante orange, faible et silencieuse, il devait s'agir de bougies plutôt que d'un feu. Le couloir partait sur sept ou huit mètres et de nouveau il tournait à angle droit. Mais ce qui l'intéressait était surtout à trois mètres sur sa droite, une ouverture dont la porte était grande ouverte et d'où provenaient les éclats lumineux.

Glenn Fergusson serra les dents et s'approcha de l'ouverture. Un frisson lui monta le long du corps, comme une vague de sueur froide lui léchant la peau des reins jusqu'au cou. La chair de poule installa ses centaines de nids sur son épiderme et ses poils se dressèrent ensemble.

Il longea le mur pareil à un crabe, marchant de côté, et se baissa en atteignant le niveau de l'ouverture. Il desserra le cran de sécurité de son arme et prit une longue inspiration pour calmer son pouls qui commençait à s'accélérer.

Puis il pencha rapidement la tête, observa fugitivement la pièce et aussi vite remit la tête à couvert derrière le mur.

Personne. Du moins il n'avait vu personne sur une vue d'ensemble, si le type en question était planqué derrière un mur il ne pouvait pas l'avoir remarqué. Il y avait des bougies sur le sol, six ou sept, et toutes disposées en cercle autour de divers objets qu'il n'avait pu identifier si rapidement.

Son cœur battait de plus en plus fort et le son mat de son

pouls lui résonnait dans les oreilles comme le caisson de basse d'un groupe de rock. Il expira lentement par la bouche avant d'inspirer par le nez. Il avala sa salive, coinça la lampe dans sa ceinture, fit le vide dans son esprit, et bondit dans l'encadrement de la porte, serrant son pistolet des deux mains. Il braqua son arme sur toute la salle faisant un panoramique complet des lieux.

Personne.

Derrière la porte ! Et il se précipita en avant, poussa du bout du pied la porte en bois et découvrit l'angle du mur aussi vide qu'un trou noir. Il se retourna en braquant toujours son arme devant lui, fit le tour de la petite salle. Aucune autre porte, aucune fenêtre, le dingue qu'il cherchait ne pouvait l'avoir entendu arriver et s'être enfui. Tout en restant sur ses gardes, Glenn s'approcha du cercle de bougies.

Un pentagramme était dessiné à la craie sur le sol. Des coupoles en argent parsemaient le sol, du sang en remplissant certaines. Un long stylet, dont la lame était tachetée de traces brunes gisait au centre du pentagramme.

Le fils de pute ! C'est ici qu'il a dû s'occuper du petit Tommy et de Warren.

En voyant toute cette mise en scène, quelque chose de plus lourd de conséquences encore vint frapper l'esprit de l'agent spécial Glenn Fergusson, et une seule et unique pensée resta à l'obséder : *C'est bien Lui !*

Glenn Fergusson savait *qui* il cherchait. Ses soupçons s'étaient enfin confirmés.

Il prit le talkie-walkie et le ralluma. Des crépitements de statique envahirent la pièce et l'espace d'une seconde Glenn hésita à l'éteindre pour ne pas prévenir le tueur qu'il se trouvait dans *sa* pièce. Il se ravisa immédiatement. Une faible voix perça les grésillements.

— CHHH...y a quelqu'un ici... CHHH... croi....CHHH... tre homme !

Glenn voulut régler la puissance et la fréquence, mais les talkies dataient de la préhistoire et ces manœuvres étaient impossible. Alors il colla l'oreille au haut-parleur. Toujours des parasites, puis Glenn reconnut la voix du shérif :

— CHHH... toutes les patrouilles qui... CHHH... vu... CHHH... les cav... CHHH... ecteur ouest... CHHH... les deux hom... CHHH... CHHH... en bas m'y rejoi... CHHH...

Ils avaient repéré quelqu'un dans le secteur ouest et le shérif Hannibal s'y rendait. C'est ce qui semblait le plus crédible d'après les bribes de messages.

Benjamin Hannibal ne savait pas à qui il avait affaire ! Il ne s'agissait pas seulement d'un maniaque ou d'un tueur mais de quelque chose de bien pire que cela !

Glenn reprit sa lampe et bondit dans le couloir, il fallait faire vite et surtout il fallait atteindre le secteur ouest avant le shérif sinon... sinon cela pourrait s'avérer dramatique.

L'agent du FBI s'engouffra dans le couloir, cherchant dans quelle direction il devait aller. Après avoir tergiversé sur son orientation, il partit au pas de course sur sa droite, ne sachant pas vraiment si c'était la bonne direction et oubliant surtout les règles de la discrétion et de la prudence au profit de la vitesse...

Au détour d'un couloir dont le plafond et un des murs disparaissaient sous les câbles et les tuyaux de fer oxydés et couverts de poussière, Benjamin Hannibal déboucha face à une porte en forme de sas. Pareille aux portes étanches des sous-marins, elle se manipulait à l'aide d'un volant et il fallait enjamber une contremarche pour passer au-delà. Sur la porte était scellée une plaque en acier sur laquelle on pouvait lire :

DANGER, FOUR Nº 1- HAUTE TEMPÉRATURE

Benjamin hésita, il était dans le secteur ouest mais celui-ci couvrait une large portion de l'usine, sans l'aide des deux agents et de Glenn Fergusson, le tueur risquait de lui filer entre les mains. Il reprit son talkie-walkie et tenta d'appeler du renfort, mais le bourdonnement du statique laissa présager sans grande illusion que nul ne recevrait son message.

Il vérifia pour la énième fois que son fusil à pompe était bien chargé, fit coulisser le cran de sécurité et le remit en place, cala sa lampe torche sous son bras et posa la main sur le volant de la porte qu'il actionna. Il était serré trop fort.

Benjamin soupira et se résigna à poser son arme contre le mur. Cette fois, sous la pression des deux mains, le volant céda et se mit à tourner. Lorsque les pênes furent complètement désenclenchés, Benjamin se pencha pour ramasser son fusil. Son cœur lui battait les tempes d'un rythme lancinant. Et si l'Ogre se trouvait juste derrière la porte ? Qu'il attendait sagement que le shérif pousse le battant pour lui sauter à la gorge ? Benjamin saisit rapidement son arme et entreprit d'ouvrir la porte avec le maximum de précautions. Lentement, le vantail en acier oxydé laissa apparaître ce qu'il cachait. Derrière se trouvait un couloir qui desservait une série de pièces alignées, mais surtout, en face de la porte se trouvait la bouche noire et béante du *four à marmots*.

À l'origine le four était principalement utilisé depuis le rez-de-chaussée où se trouvait toute une suite d'appareils électriques, de tapis roulants et de bennes à gypse, à cet endroit il mesurait bien cinq mètres de diamètre et l'ouverture approchait sans peine les trois mètres. Mais il y avait également un four auxiliaire, pour des travaux moins importants, qui se trouvait au sous-sol et qui empruntait la même longue et sinistre cheminée. Un four plus discret, qui pouvait à présent servir à d'obscures besognes.

Le shérif Hannibal balaya le couloir du faisceau lumineux de sa lampe et s'engagea dans la pièce du four. Il s'approcha de la grille qui servait à obstruer l'entrée du fourneau, c'était une grosse grille faite de lourds barreaux et l'on pouvait facilement se demander s'il ne s'agissait pas plutôt d'une grille de cellule. Elle semblait là plus pour empêcher de *sortir* qu'autre chose. Il vérifia que l'énorme porte de fonte qui coulissait pour fermer complètement la cheminée était bien maintenue et qu'elle n'allait pas lui tomber dessus, ce qui ne manquerait pas de le décapiter à coup sûr, et passa la tête par l'ouverture lugubre.

Sa lampe éclaira une « pièce » circulaire de deux mètres de large sur un cinquante de haut. Les murs qui avaient normalement la teinte de l'ébène étaient couverts d'une pellicule de poussière blanche. *De la poudre de gypse* songea Benjamin, *c'est exactement ce dont le corps de Tommy Harper était couvert.* Et l'image du petit Tommy vint se superposer à la poussière dans l'esprit du shérif. Il y voyait le petit garçon de cinq ans, blotti dans un coin du four, les larmes coulant lentement sur ses joues, des joues rougies par l'émotion. Il était resté là, recroquevillé sur lui-même à attendre. Peut-être savait-il déjà que le four à marmots allait lui prendre la vie, peut-être même l'entendait-il lui murmurer des insanités qui le terrorisaient encore plus. Et il avait attendu sagement que l'on vienne le découper en morceaux.

Quelque chose tomba derrière Benjamin, comme un gros pot de peinture vide qui heurte le sol et roule sur quelques centimètres. Benjamin sortit brusquement la tête de sa cage et se tourna face au couloir. Sur le mur de gauche il y avait plusieurs portes, dont les deux dernières étaient ouvertes, une faible luminosité éclairait le seuil, une pâleur émanant à n'en pas douter d'un soupirail. Benjamin longea le mur de droite, froid et vide de toute altération, ni porte ni fenêtre. Il serra la crosse de son fusil et braqua la lampe devant lui, puis éclaira les portes successives, mais ne s'arrêta pas. Le bruit venait d'une des deux dernières pièces, il en aurait mis sa main à couper. Il s'approchait de l'avant-dernière porte lorsqu'une odeur de brûlé lui envahit les narines. Pas à proprement parler l'odeur du calciné mais plutôt un parfum assez fort, sec et capiteux, ni agréable ni insoutenable.

L'odeur d'une bougie que l'on vient d'éteindre.

Benjamin n'aimait pas l'idée de devoir tirer sur un homme, il n'aimait pas sortir armé en général, et il voulait avant tout que cette histoire se règle autrement que dans un bain de sang. Dieu fasse qu'il n'ait pas à tirer ! Cette phrase psalmodiée comme une litanie résonnait dans son esprit. Il était loin de se douter que le tueur ne lui laisserait pas le temps de faire feu.

Il s'approcha de la pièce à pas feutrés, traversant le couloir dans sa largeur et se posta à l'entrée, dos au mur. D'un mouvement vif il pénétra dans la salle, braquant le canon de son fusil tour à tour sur les différents angles. C'était un petit local qui avait dû autrefois servir de remise, il restait entreposé quelques outils, une pelle, des bidons d'un quelconque produit chimique et surtout une... bougie. Au centre de la pièce il y avait une grande bougie d'au moins cinquante centimètres de haut, elle était éteinte, mais Benjamin était certain que s'il avait posé ses doigts sur le dessus, la mince pellicule de cire aurait fondu découvrant un petit cratère pas encore solidifié. Il fit un pas sur le côté et s'appuyant sur une armoire en fer donna un petit coup dans la porte afin d'inspecter derrière. Puis il se tourna et scruta minutieusement l'agencement des lieux. Devant lui, contre le mur il y avait un râtelier pour accrocher pelles, pioches et autres ustensiles de travail. Sur la droite, à côté de la porte, se trouvait une simple chaise, dont le cuir du dossier avait été arraché, dévoilant sans pudeur la mousse jaune qui le rembourrait. Sur la gauche, il y avait un soupirail étroit, juste sous le plafond, qui donnait sans doute sur l'extérieur, mais la crasse formait un voile si sombre et si épais qu'il était impossible de voir précisément au-dehors. Seule la faible clarté de l'aube dans la brume se dessinait pâle sur le carreau. Et un peu plus loin, il y avait un renfoncement. La pièce faisait un coude, comme pour cacher quelque funeste porte secrète. Le shérif Hannibal tendit sa lampe dans cette direction et marcha doucement. Le cercle lumineux commença à percer les ténèbres, Benjamin se rapprochait du coude de la pièce et son cœur s'accéléra.

La tension dans l'air était incroyablement oppressante.

Son cœur s'accéléra encore. Son souffle se fit plus bruyant.

Les ténèbres fuyaient le renfoncement à mesure que la lampe se rapprochait.

Le cœur battant encore plus vite, le souffle toujours rapide et sonore.

Une *main* surgit alors de nulle part. Tout d'un coup le cœur de Benjamin faillit exploser dans sa poitrine, et les doigts qui sortaient de l'obscurité se déplièrent comme les pattes d'une araignée. Benjamin braqua son fusil en direction du corps étranger et illumina aussitôt le coin. Il lui fallut toute la force et la rigueur de son caractère d'homme de loi pour ne pas presser instinctivement la détente. Son cœur palpitait furieusement et ses jambes tremblèrent.

Merde ! se dit-il si fort qu'il crut l'avoir prononcé. Il resserra son étreinte sur son arme en faisant un pas de côté afin de ne pas s'approcher trop près de *la chose*.

En équilibre sur la pointe de ses pieds, les bras entre les jambes et les mains stabilisant la position en se tenant par terre, un homme aux longs cheveux crasseux blonds se tenait là, dans le coin de la pièce, prêt à bondir sur sa proie comme une bête sauvage. Voyant le canon du fusil pointé sur lui, l'homme ouvrit de grands yeux bleus, des yeux dans lesquels brillait la flamme de la démence. Des yeux pétillants si fort que la raison ne pouvait plus être aux commandes de pareilles émotions.

— *Ne bougez plus !* avertit le Benjamin avec autorité alors qu'il n'avait jamais été si paniqué.

Un tremblement secoua les lèvres de *yeux-bleus*, il pencha la tête sur le côté sans quitter le shérif du regard. Ses yeux se plissèrent.

Pourquoi ce foutu talkie ne marche-t-il pas ici ? gronda intérieurement Benjamin. *Je vais devoir me coltiner ce dingue tout seul !*

Un rictus se dessina sur le visage de *yeux-bleus*, et les yeux se plissèrent davantage, comme s'il s'apprêtait à éclater de rire.

Soudain, l'air se mit à trembler, un bourdonnement étouffant emplit la pièce, et si Benjamin Hannibal n'avait jamais vécu de tremblement de terre cela correspondait néanmoins à l'idée qu'il s'en était fait. Des basses se mirent à vrombir comme les vaisseaux spatiaux des films au cinéma, et Benjamin réalisa subitement que ce n'était pas les murs qui tremblaient et provoquaient ce bruit mais bien *l'air* autour de lui.

Il secoua légèrement la tête, en prenant bien soin de ne pas quitter *yeux-bleus* du regard.

Et avec une force prodigieuse le coup arriva.

Benjamin ne vit rien venir, et pour cause. Ce fut comme s'il encaissait la charge d'un sanglier en plein foie, lui arrachant un violent haut-le-cœur. Dans la seconde qui suivit un autre impact, dans son arme cette fois, le fit tressauter et il lâcha son fusil. Le souffle coupé, il essaya de reprendre son fusil à pompe qui était à ses pieds, mais un troisième coup vint le frapper au menton et il tituba en arrière, avant de s'effondrer.

Il avait reçu trois attaques d'une force prodigieuse, trois attaques de face, sans qu'il ait quitté le tueur des yeux une seule seconde, et il n'avait rien vu, personne en tout cas ne l'avait frappé. Le maniaque était resté planté là à l'observer, le rictus aux lèvres.

Lorsque Benjamin Hannibal tomba inconscient, la dernière pensée qu'il eut fut pour Warren King et Tommy Harper qui avaient croisé le démon et qui pour la première fois de leur vie avaient acquis la preuve que les monstres existaient pour de vrai.

On lui brûlait le dos.

Benjamin sentait que l'on était en train de lui brûler le dos. Il percevait le frottement froid du béton et constatant que ses jambes étaient tirées, il comprit qu'on le traînait dans un couloir. Il tenta d'ouvrir les yeux mais la douleur fut fulgurante et il manqua de retomber dans les limbes de l'inconscient. Brusquement on lâcha ses pieds — qui heurtèrent le sol sans ménagement — et il sentit qu'on le soulevait en le prenant par les aisselles. Sa tête heurta un morceau de fer qui lui arracha un grognement. On le poussa et tout d'un coup il tomba. Pas de bien haut mais suffisamment pour qu'il perde tout contact avec la réalité.

Il fut éveillé par les émanations enivrantes de l'essence.

On versait une grande quantité d'essence sur lui et dans la petite pièce où il se trouvait. Les exhalaisons devenaient si insupportables que Benjamin recouvrit ses esprit, du moins partiellement, et put ouvrir les yeux et se hisser sur un bras. Il était dans le four à marmots.

La grille s'abaissa et il vit apparaître le visage livide du tueur au yeux bleus. Ses cheveux crasseux et emmêlés virevoltèrent sous l'effet d'un courant d'air subit et un léger sourire illumina son visage.

— Ici, on brûle *les shérifs*, dit calmement yeux-bleus. (Il avait la voix grave d'un adulte mais le ton inconscient et joueur d'un gamin de huit ans.) On les brûle dans un four et on les regarde courir partout quand ça commence à faire mal, hin-hin.

Son rire était démuni de toute once de responsabilité ou de maturité, c'était assurément un enfant que l'on avait enfermé dans le corps d'un adulte. Un enfant mauvais.

Benjamin le vit prendre une allumette qu'il craqua contre la semelle de sa chaussure *pour faire comme dans les westerns*, et la lever vers l'ouverture du four. Un sourire encore plus grand se peignit sur son visage, *le sourire d'un gosse heureux qui s'amuse*, pensa Benjamin. La flamme crépitait dans l'air saturé des vapeurs d'essence.

Dans sa tête Benjamin revit la scène qui l'avait amené dans cette situation, les trois coups invisibles, et *yeux-bleus* qui paraissait être ailleurs.

Comme s'il avait été attaqué par un fantôme !

L'allumette s'approcha des barreaux.

Des coups portés par le vent !

La flamme illumina le visage du dément. Et ses yeux de fou !

Terrassé par l'Inconnu et mort dans l'ignorance !

Et puis, fendant l'air comme la trompette de la cavalerie, la voix de l'agent Fergusson tonna dans le couloir :

— LÂCHEZ ÇA IMMÉDIATEMENT OU JE TIRE !
Yeux-bleus tourna la tête vers l'agent du FBI sans perdre
une once de sourire.
Et il lâcha l'allumette vers l'intérieur du four.
Benjamin se précipita vers l'allumette qui tombait, igno-
rant la douleur qui martelait son crâne, il se jeta contre la
grille en priant pour que sa main sèche attrape l'allumette
avant qu'elle ne touche le sol. Au même instant une détonation assourdissante résonna dans les sous-sols et le tueur aux
yeux bleus se mit à courir et s'engouffra dans un escalier
derrière une porte attenante à la cheminée.
La flamme de l'allumette mourut dans la paume de main
du shérif au moment où la balle de l'agent spécial ricochait
contre la paroi en produisant un bouquet d'étincelles.
L'essence qui avait goutté sur le sol ainsi que sur la porte
du four s'embrasa d'un seul coup. Les flammes montèrent
lécher le bas de la grille, d'un instant à l'autre le feu se
communiquerait à l'intérieur du four, et Benjamin Hannibal
brûlerait vif.
— Sortez-moi de là ! hurla-t-il à l'adresse de Glenn Fergusson.
Ce dernier, qui allait se lancer à la poursuite du tueur,
stoppa sa course en voyant le feu prendre et grimaçant sous
l'effet de la chaleur il s'approcha de la grille pour en défaire
la sécurité. Il se brûla en voulant manipuler le verrou et retira
sa veste dont il se servit comme d'un gant pour déverrouiller
la grille. Benjamin bondit hors du four à la vitesse d'une
voiture de course et s'effondra quelques mètres plus loin.

*

Howard Leech était resté dehors à attendre comme le lui
avait demandé le shérif. Mais lorsque au bout de quelques
minutes la bougie à l'intérieur s'était éteinte, il avait décidé
de reprendre sa ronde. Des fois que le tueur emprunte une
des sorties qu'il devait surveiller... De toute façon il ne pourrait pas sortir par le soupirail, il était beaucoup trop petit

pour qu'un homme puisse s'y glisser. Il reprit sa marche, tout en inspectant régulièrement la petite fenêtre, à l'affût du moindre signe de vie.

À plusieurs reprises son talkie-walkie grésilla bien qu'aucun son intelligible n'en sortît. *Des interférences dues aux cibies des routiers qui passent dans le coin*, songea Howard. Il allait effectuer son sixième demi-tour lorsqu'il entendit une porte grincer, tout près de la sortie dont il avait la garde. L'air était froid et humide. Un léger vent soufflait autour de l'usine, mais il était peu probable pour que ce soit le responsable de ce bruit. Howard s'approcha lentement de l'issue, essayant d'être discret et attentif à n'importe quel changement autour de lui.

Il poussa le battant de la porte d'une main et éclaira l'intérieur de l'autre.

Rien. Rien d'autre que le noir.

Il pencha la tête pour mieux voir et deux mains glaciales lui agrippèrent le cou et le tirèrent brutalement dans l'obscurité.

Howard porta instinctivement la main à son revolver et avant qu'il n'ait pu le sortir de son étui en cuir, la poigne d'acier se referma sur sa main tandis qu'on lui cognait violemment la tête contre une colonne de fer. La douleur lui arracha un cri, qui se transforma en gargouillis. Sa salive se mit à couler abondamment dans sa gorge, et il sentit un liquide dévaler dans son œsophage resserré ; il venait de se mordre la langue et son sang lui inondait la gorge. Il tenta d'attraper la main de son adversaire pour se dégager de son étreinte mais ne réussit qu'a empoigner l'air. L'autre lui passa une clef au bras et le poussa fortement contre une machine. Quand son corps rencontra la tôle creuse il y eut un gros « boum » qui résonna dans toute la pièce et Howard Leech manqua de s'effondrer complètement. Il sentit qu'on le tirait par les cheveux et on lui enfourna la tête entre deux blocs froids. C'était la presse à cailloux. Lorsque certains blocs de gypse étaient trop gros, on les mettait entre les deux presses et on actionnait mécaniquement la machine jusqu'à ce que la pierre se brise en morceaux. Plus tard la machine avait été remplacée par sa comparse électrique et donc nettement plus simple d'utilisation, contraignant celle-ci à être remisée ici, dans le hangar ouest.

Le tueur posa les mains sur le levier et tout en souriant il pressa dessus pour faire agir les contrepoids.

La tête de Howard Leech fut soudainement écrasée par deux presses en acier froid. Son cœur se mit à battre si fort dans ses tempes qu'il crut qu'il allait lui sortir par la tête — et il ne se trompait pas de beaucoup. La pression devint si forte qu'il sentit l'os de sa boîte crânienne se fissurer lentement, pendant que le liquide céphalo-rachidien — qui ne pouvait plus circuler — commençait à écraser directement le cerveau.

Le sourire immonde de l'ombre aux cheveux blonds s'élargit encore et il pressa d'autant plus sur le levier.

Howard cria tout d'abord, puis ses cris devinrent gémissements. À mesure que la boîte crânienne éclatait et que les yeux sortaient de leurs orbites malgré qu'il eût gardé les paupières closes, ses gémissements se muèrent en râles et le dernier souffle qui expira de Howard fut un long raclement de gorge post-mortem.

Howard Leech était mort sans même voir le visage de son assassin, et étrangement la dernière pensée qui pulvérisa le restant de son existence dans sa tête fut une phrase de son père : « *Il n'y a que l'usine pour faire d'un garçon un homme, il n'y a qu'à l'usine mon ptit Howard que t'apprends vraiment qui t'es !* »

Dans les flashes des gyrophares de l'ambulance et des véhicules de police, Benjamin pansait sa main dolente. La brume s'était clairsemée sans pour autant se lever entièrement. À côté de lui l'agent Fergusson se passait machinalement la main sur le menton en regardant vers l'usine.

— Maintenant qu'il s'est enfui, on est bien dans la merde ! dit-il songeur.

Le shérif l'observa tout en passant une compresse de gaze sur sa légère brûlure, il inspira fortement avant de se lancer :

— Ecoutez, je sais que ça va vous paraître dément mais ce type a fait quelque chose de pas normal en bas !

Glenn Fergusson enfouit ses mains dans ses poches et invita Benjamin à poursuivre.

— Ce que je veux dire c'est que ce type a fait un truc impossible ! Je... je me suis pris des coups de nulle part ! je sais que ça ne sonne pas normalement ce que je vous dis mais...

— Ne gaspillez pas votre salive inutilement, Shérif. Je crois que je ne vous ai pas tout dit sur notre homme. Je sais qui c'est. Je le sais depuis le début et ce que vous avez vu n'est encore rien...

*

— Et il a disparu ?

— Oui enfin, il est parti comme si de rien était, mais je suis certaine qu'il m'avait vue ! insista Eveana.

Zach se rassit au fond du fauteuil. Ils étaient chez *Alicia's*, où l'on pouvait déguster les meilleurs milk-shakes maison de la région et quartier général notoire de la plupart des lycéens d'Edgecombe.

Le vol du livre par le vieil ermite de Bellevue ne plaisait guère à l'adolescent, cela ne présageait rien de bon. Pour la première fois depuis qu'ils se connaissaient, Eveana vit Zach sortir un paquet de Pall-Mall de sa poche et s'allumer une cigarette.

— T'es sûre que c'était bien Georges O'Clenn ? demanda-t-il.

— Absolument certaine.

Zach tapotait nerveusement le bord de la table. Il vit tout d'un coup Sean et Lewis passer devant la vitre du fast-food, ils se dirigeaient vers le vidéo-club adjacent. Zach frappa énergiquement sur la vitre jusqu'à ce que Sean — toujours enveloppé dans sa veste en jean — ne le remarque.

Les deux garçons rejoignirent leurs camarades à leur table, non sans être au préalable passés par le comptoir pour s'emparer de deux milk-shakes à la banane.

— Qu'est-ce que vous foutez là ? interrogea Lewis avant d'aspirer bruyamment le lait glacé.

— On fait des gosses, ça se voit pas ? répondit Zach en faisant tomber la cendre de sa cigarette dans le cendrier.

Les joues d'Eveana s'empourprèrent.

— Les gars faut qu'on cause, ajouta-t-il. Il y a comme qui dirait un petit problème.

— Justement on voulait vous dire un truc nous aussi, intervint Sean, apparemment ça va bien ?

— Qu'est-ce que tu veux dire par là ? demanda Eveana dont le visage retrouvait la teinte plus pâle qui était sienne.

Sean entreprit de relater ce que Lewis et lui-même avaient remarqué la veille au soir, l'ombre fugitive qui les avait suivis pour finalement s'intéresser à Eveana et à Zach.

Tous deux se regardèrent, et le nom sortit en même temps de leurs bouches :

— Georges O'Clenn !

Sean écarquilla les yeux mais ce fut Lewis, qui venait de finir son milk-shake, qui s'enquit le premier de la situation :

— Quoi Georges ? Vous connaissez le type qui nous a filés hier ?

— Eh bien c'est un peu plus compliqué que ça, avoua Zach, en fait ce mec est venu dans la nuit chez Eveana pour lui voler le livre.

— *Notre* livre ? s'insurgea Sean.

Zach acquiesça, et Eveana commença à raconter pour la deuxième fois de la journée son histoire.

— Pourquoi t'as pas appelé les flics ? demanda Lewis une fois le récit achevé, moi c'est ce que j'aurais fait !

— Écoute Lewis, dit Eveana, je ne sais pas si c'est pareil pour toi mais cette histoire me fait une drôle de sensation, comme un pressentiment étrange qui me dirait que je n'ai pas intérêt à mêler les autorités à tout ça. Et puis qu'est-ce que je leur aurais dit aux flics ? Que le vieux monsieur qui habite en haut de la colline, celui que personne ne connaît et qui ne semble pas capable de faire de mal à une mouche s'est introduit chez moi après avoir crocheté la serrure et m'a volé un livre de magie ! Livre qui d'ailleurs n'est pas à moi. Je ne sais pas si on m'aurait prise au sérieux !

— En tout cas, en vivant à Bellevue t'avais plus de chances qu'on te croie que nous autres, ça tu peux en être sûre ! fit remarquer Zach.

Derrière eux la radio diffusait le dernier tube de Tori Amos, *Caught a lite sneeze* dominait les conversations ambiantes et répandait dans l'air ses notes entraînantes de piano. Zach se pencha au-dessus de la table, avec l'air d'un conspirateur, il se mit à parler tout bas :

— Je ne sais pas pour vous, mais moi je le sens pas ce coup-là ! Je serais d'avis qu'on prévienne Meredith et ton pote, Sean...

— Tom.

— Ouais, Tom, et qu'on leur dise de faire gaffe à ce vieux bonhomme.

— Mais pour le livre, qu'est-ce qu'on fait ? protesta Sean, dépité.

— T'en fais pas, j'ai mon idée là-dessus. J'ai pas l'intention de laisser n'importe qui s'approprier ce qui était à nous. S'il veut s'introduire chez les gens et leur piquer leurs biens, pas de problème ! On va jouer à ce jeu.

— Tu ne vas pas t'introduire illicitement chez lui ? s'inquiéta Eveana en fronçant les sourcils.

— Je vais me gêner.

Dans les petits haut-parleurs de l'installation hi-fi les enchaînements de notes s'accéléraient, le piano livrant ses accords et ses mélodies de manière frénétique.

— Pas sans moi ! clama Sean. Je viens avec toi.

Lewis regarda son copain comme s'il venait de se faire piquer par une guêpe. Ils allaient s'introduire illégalement chez le vieux O'Clenn ! D'ailleurs en y songeant, Lewis était incapable de coller un visage précis sur ce nom. Certes il savait de qui on parlait, mais il demeurait impossible de situer avec exactitude le personnage. Et ils voulaient se jeter dans la gueule du loup ? *Si ça se trouve c'est même lui le tueur dont on n'arrêtait pas de parler !*

— Lewis ? Tu es des nôtres ? demanda Sean.

— Hein ? Ah oui, dit-il sans prêter réellement attention à ce qu'on lui disait.

— C'est cool, comme ça on sera trois !

Lewis comprit alors que sa rêverie venait de lui coûter cher. Mais devant la joie et le sérieux des deux autres adolescents il n'eut pas le courage de protester.

— Vous êtes complètement dingues, s'indigna Eveana. En tout cas ne comptez pas sur moi pour approuver votre décision et encore moins pour vous supporter si ça foire ! Vous courez au-devant de gros problèmes.

— On ne fait que rééquilibrer la balance ! contesta Zach.

— Tu as mieux à proposer ? demanda Sean en regardant Eveana droit dans les yeux.

— Écoutez, je ne pense pas que ce soit une bonne idée, cet homme est bizarre, il est différent, personne ne le connaît ici. Il doit vivre ici depuis plusieurs dizaines d'années et pourtant personne ne sait qui il est, pas même les anciens de la ville ! Et puis n'oubliez pas ce qui nous est arrivé hier soir, si Tom préfère occulter cet événement de son esprit ne faites pas comme lui !

La soirée extraordinaire revint à l'esprit de tous avec une réalité et une précision surprenantes. Ils avaient tous passé une mauvaise nuit, tous sans exception avaient fait d'odieux cauchemars. Au réveil ils avaient eu le même réflexe de garder le souvenir de cette folle soirée dans un coin embrumé de leur mémoire, tous sauf Eveana. C'était trop gros, c'était trop fort pour être compris ou même accepté si rapidement et si simplement. Maintenant qu'Eveana en reparlait toutes leurs émotions de la veille surgissaient nettement, et éclaboussaient l'eau bien quiète de leurs pensées. L'impossible était arrivé. Eveana pesait l'entièreté de cette révélation, elle voulait qu'on en parle, il fallait analyser le phénomène, il fallait le comprendre. Il fallait lutter contre sa peur.

— Je crois que personne ici n'a oublié ça, dit Sean d'un ton qu'il voulait calme et rassurant, et c'est justement pour ça que je veux remettre la main sur ce livre, c'est une porte vers un royaume inconnu, je ne vais pas laisser le premier venu s'en emparer et oublier toute l'affaire.

Eveana soupira profondément. Sean n'avait pas tort. Mais de là à aller le voler chez le vieux O'Clenn...

Les publicités radiophoniques s'interrompirent et la voix de l'animateur reprit le contrôle du programme :

« Vous êtes sur WWK la radio de Kingston et ses environs et il est onze heures, l'heure de notre flash d'infos ! On vient d'apprendre qu'une opération spéciale de police a été organisée ce matin très tôt dans la petite bourgade d'Edgecombe, afin de débusquer le tueur qui frappe les enfants depuis maintenant plus de deux mois et que l'on a surnommé l'Ogre de la côte Est. Selon les premières informations, il semblerait qu'aucune interpellation n'ait été effectuée, mais la police ne s'est livrée à aucune déclaration officielle, et la prudence est toujours conseillée aux parents. Ah ! Une dépêche de dernière minute... Apparemment on déplorerait une victime du côté des forces de police, en effet un... »

— Vous avez entendu ? s'exclama Lewis. En venant on a croisé Thomas Tanner et Willy Clay qui allaient en vélo à l'usine, paraît qu'il y a des voitures de police ! Je suis sûr que c'est là-bas que ça s'est passé ! Vous vous rendez compte, le tueur se planque dans l'usine...

Lewis réalisa aussitôt qu'ils avaient été tout proches de l'usine pas plus tard que samedi dernier et que ce même jour, Warren King était entré dedans pour suivre Josh Adams, et qu'il n'en était jamais ressorti vivant. Tom, qui avait été longuement interrogé par le shérif, lui avait fait à peu de chose près la même déclaration.

— En fait... ça fait froid dans le dos, dit-il d'une petite voix.

— Je sais pas ce qui se passe à Edgecombe depuis quelque temps mais ça ne me dit rien qui vaille ! murmura Sean.

Zach se leva en invitant Eveana à faire de même, il dit aux deux garçons :

— Moi je prépare ce qu'il faut pour aller chercher le bouquin, demain soir c'est correct pour vous ?

— Je devrai faire le mur quoi qu'il arrive alors c'est pas un problème, grogna Sean.

Lewis fit signe de la tête qu'il se débrouillerait, en fait il songeait surtout à trouver une excuse pour ne pas venir.

— Alors on se voit demain au lycée pour régler tout ça et préparez-vous bien pour la soirée ! Essayez de voir Meredith et Tom pour leur dire de rester sur leurs gardes, on ne sait jamais.

Zach et Eveana disparurent dans la rue, et descendirent Main Street en direction du parc municipal. Le cœur de Sean se resserra et il eut du mal à respirer en les voyant s'éloigner ensemble.

*

Benjamin jeta plus qu'il ne posa son chapeau sur son bureau et se retourna vers l'agent Fergusson.

— Je n'arrive pas à croire que vous saviez qui nous cherchions et que vous me l'ayez caché ! C'est de la rétention d'information.

Le flegmatique Glenn Fergusson tira la chaise en face du bureau, épousseta son pantalon à 500 dollars et s'assit avec un détachement agaçant.

— Je n'avais pas encore confirmation de mes suppositions jusqu'à ce matin. Il ne s'agissait que de doutes.

— Des doutes ? Pourquoi ne m'en avez-vous pas fait part bordel ! Qui sait ? cela aurait peut-être pu nous aider !

L'agent du FBI afficha une moue clairement sceptique.

— Je ne pense pas.

Le shérif Hannibal préféra s'asseoir, le stoïcisme de cet homme devenait insupportable.

— Comprenez-moi, articula Glenn, ça n'est pas si simple

que ça ! Je vais tout vous expliquer, vous allez comprendre que c'est bien plus étrange que vous ne l'imaginez...

Étrange ? Qu'est-ce qui est étrange ? Qu'un type totalement fou vous sourie alors qu'un fusil à pompe est braqué sur lui ? Ou bien est-ce quand les coups vous tombent dessus mais que personne ne les porte ? Non, non ; pour si bizarre que son histoire devait être, Benjamin Hannibal avait déjà eu sa dose d'étrangeté pour la journée !

— Le type que nous recherchons n'a pas de nom. Il n'a pas de fichier où que ce soit dans le monde, du moins que nous ayons trouvé, et lui-même semble ne pas savoir qui il est. (Glenn marqua une pause.) Mais le département de police de Reston en Virginie l'a surnommé « le Magicien ».

Benjamin abandonna la vue du parc et observa l'agent Fergusson.

— À Reston, dans la banlieue de Washington D.C, il y a une petite communauté de sans-logis qui s'est installée. Ils ne sont pas bien méchants, ils dorment, mendient et tentent de trouver à bouffer à longueur de journée, des clodos quoi. Mais il y a quelques années de ça les flics du coin ont reçu des plaintes du voisinage, d'abord c'était pour des cris ou des hurlements en pleine nuit, et puis ça s'est transformé en agressions. Des habitants se sont fait attaquer par un clochard, un fou avec de longs cheveux blonds, un dingue au regard menaçant bleu...

Cette fois, Benjamin leva la tête de sa main et haussa les sourcils en signe d'intérêt.

— Quand les flics de la ville l'ont finalement appréhendé, il a été impossible d'établir l'identité exacte de ce type. Les autres clochards qui le connaissaient vaguement de vue semblaient vouloir l'éviter au maximum, ils l'appelaient « le Sorcier » ou « Magicien ». Certains parlaient même de lui comme du diable, et plusieurs d'entre eux certifièrent qu'ils avaient vu le Sorcier allumer un feu rien qu'avec ses yeux, ou encore qu'il pouvait déplacer des objets sans même les toucher. Évidemment les flics ne prirent rien de tout cela au sérieux, se contentant de placer toutes ces remarques entre de larges guillemets dans le dossier au côté de ses photos d'identification.

L'agent Fergusson tendit au shérif une photocopie de bonne qualité sur laquelle on voyait deux photos, l'une de face l'autre de profil. En bas des deux se trouvait une série de chiffres. Benjamin y reconnut immédiatement son agresseur, *yeux-bleus*. Glenn Fergusson sortit de son veston une paire de lunettes de soleil très fine et entreprit de les nettoyer.

— Là où les choses se corsent, c'est quand un des flics affirme qu'il a vu les clefs des cellules lui passer devant les yeux dans les airs avant de sentir une décharge dans tout le corps et de s'effondrer inconscient quelques minutes avant que le Magicien ne disparaisse de sa cellule. Ce flic était de garde au deuxième sous-sol du commissariat, il lisait lorsqu'il a vu le trousseau de clefs qui volait à un mètre cinquante du sol. La suite n'est qu'un grand trou noir.

Glenn Fergusson se racla la gorge avec toute l'étiquette qui seyait et ajouta :

— Évidemment ce flic a eu droit à tous les tests possibles et imaginables et il en est ressorti qu'il ne se droguait pas, qu'il ne buvait pas, il ne fumait pas non plus, pour un peu il était presque parfait. En tout cas, tout corrobora la version du flic. La perte des clefs, l'absence du Magicien sans sa cellule...

— Vous voulez dire que notre homme s'est volatilisé dans la nature après avoir fait voler des clefs et assommé un garde à distance ? interrogea Benjamin sans en attendre de réelle réponse.

— Apparemment oui.

Benjamin soupira bruyamment.

— Admettons. Mais vous voulez bien m'expliquer comment vous saviez que c'était lui qui sévissait dans cette affaire ? demanda le shérif qui commençait à être excédé par tout ce mystère.

— Lorsque le dossier de l'Ogre de la côte Est m'a été confié j'ai aussitôt eu recours à mon meilleur indic ; Ezekiel Arzabahal.

— Pardon ?

— Ça n'est sûrement pas son vrai nom et peu importe, mais c'est en tout cas mon plus précieux recours pour me lancer sur des pistes intéressantes quand je n'ai pas d'indice. (Glenn Fergusson souffla sur les carreaux de ses lunettes de soleil.) Ezekiel est médium. Je sais que cela vous paraîtra surréaliste, et insensé, je vous demande juste de m'écouter et nous en parlerons ensuite. O.K. ?

Benjamin acquiesça.

— Bien. J'ai exposé toute l'affaire à Ezekiel, bien sûr le dossier était assez maigre, la localité des meurtres, à l'époque deux, le détail des procédés pour donner la mort, des renseignements sur les victimes... enfin bref tout le dossier. Ezekiel a tiré les cartes, un vieux jeu de tarot divinatoire, des cartes si vieilles et si cornées qu'on se demande à chaque fois comment se fait-il qu'elles ne se désagrègent pas entre ses mains. C'est là qu'il m'a parlé d'un « Magicien puissant, un homme dément aux yeux bleus » et vous le croirez ou non mais j'ai vu de mes propres yeux les cartes s'enflammer sur la table. Ezekiel s'est mis à hurler et à proférer des incantations à la limite de l'hystérie et tout s'est arrêté. Il m'a regardé et avec sa voix si rauque il m'a dit : « Glenn, celui que tu cherches est très fort, il est pernicieux, tu dois t'en méfier ! En lui brûle le feu des corrompus ! » Il a pris une carte routière de la côte Est et a entrepris de passer son pendule au dessus du papier. Le pendentif s'est balancé régulièrement au bout de sa chaîne jusqu'à ce qu'il approche Washington, où il s'est mis à tourner plus vite, et il s'est subitement figé, d'un seul coup il s'est stabilisé au-dessus du nom de Reston. C'est là que j'ai commencé mon enquête et glané les informations concernant le Magicien.

Glenn Fergusson marqua une pause pour faire craquer ses doigts tout en fixant le shérif.

— Ça n'est pas tout. En partant de là j'ai lancé une enquête auprès de tous les bureaux de police de la côte Est au nord de Washington, et vous savez ce qu'il en est ressorti ? Tenez-vous bien, en 1981 à Newark près de New York un clodo a été appréhendé, suite à plusieurs plaintes. Le type en question s'adonnait à des rites étranges, sacrifiant les animaux familiers du quartier, il avait des longs cheveux blonds, et des yeux aussi bleus qu'un saphir. Il a mystérieusement disparu de sa cellule, les deux malfrats avec qui il était enfermé ont été retrouvés dans les vapes, ils ne se souvenaient plus de rien. Ensuite on m'a faxé un rapport de 1970 venant de Bridgeport dans le Connecticut, où ils ont eu le même problème, ils ont conclu à une erreur du gardien qui aurait mal fermé la porte de sa cellule, mais nous savons tous deux que c'est peu probable. Enfin en 1959 à Wakefield, à moins de quinze kilomètres d'ici seulement, la police de la ville a procédé à une arrestation du même genre et encore une fois notre homme — toujours avec ses longs cheveux blonds et ses yeux bleus — s'est évaporé. J'ai glané ces informations rapidement car c'est un cas qui a fait parler de lui à chaque fois et qui a laissé des traces dans les mémoires des flics, mais je suis sûr que bon nombre de bureaux plus petits comme le vôtre ont vu passer ce type !

Fergusson se passa la main sur la bouche et reprit :

— En 1959 il était tout près d'ici, vous imaginez ? Il y a trente-six ans ce dingue avait la même apparence qu'aujourd'hui, « la trentaine » selon les rapports de police. Ce *Magicien* n'aurait pas loin de soixante-dix ans et il ressemble encore à un jeune homme fringant ! Et puis il y a sa mobilité, il lui a fallu quarante ans pour descendre pas moins de 500 kilomètres pour subitement revenir quasiment à son point de départ en quelques semaines, vous m'expliquez ? Qu'est-ce que ce mec prépare ?

Benjamin restait à observer l'agent du FBI sans savoir quoi dire, et surtout par où commencer. Il avait été confronté quelques heures plus tôt à un phénomène qu'il n'arrivait pas à s'expliquer logiquement et voilà qu'on lui en remettait une couche avec ces histoires de médium et de type qui traverserait le temps aussi facilement que les États !

— J'imagine à quel point cela peut vous paraître incroyable, voire débile ; mais Shérif, n'oubliez pas les événements de ce matin, c'est vous-même qui me l'avez dit : « Ce

sont des *trucs* impossibles, que vous avez néanmoins vus ! »
Vous comprendrez cependant pourquoi je ne vous ai pas mis
au parfum dès mon arrivée, le Bureau n'apprécierait pas que
ses agents aient recours à des moyens paranormaux pour faire
progresser leurs enquêtes, et la seule piste que j'avais m'a été
soufflée par des cartes et un pendule ! Je ne peux en aucun
cas expliquer rationnellement mes déductions devant un tri-
bunal.

Benjamin prit un stylo et se mit à le faire tourner machinalement entre ses doigts.

— Vous êtes en train de me dire que nous sommes à la
recherche d'une sorte de magicien ? dit-il lentement. Un mec
qui tuerait pour servir le diable ou un démon du même
acabit ?

— Je ne sais quelles sont ses motivations, mais j'ai trouvé
à l'usine un pentagramme tracé à la craie, avec des bougies
et tout un tas d'ustensiles dont les types du labo nous en
diront plus. Le même genre de pentagramme que les flics de
Reston ont trouvé dans la zone occupée par les clodos. Cela
fait au moins un élément en commun.

— On n'a pas retrouvé le même genre de dessin à proximité des corps des précédentes victimes ?

— Non, ni dans l'État de New York, ni dans le Connecticut. Mais chaque victime a ces étranges symboles ésotériques
gravés dans la chair, et pour la première fois notre tueur
semble s'être sédentarisé. Deux victimes dans la même ville
et lorsque nous l'avons débusqué il ne semblait pas sur le
point de partir. C'est donc à Edgecombe qu'il veut faire
quelque chose. Reste à trouver quoi. J'aimerais que vous
regardiez dans vos archives, cherchez dans les années 50 tous
phénomènes qui pourraient avoir un lien avec notre bonhomme.

— Ça ne va pas être bien difficile, à Edgecombe il ne s'est
pas passé grand-chose. En admettant que notre intervention
de ce matin ne le fasse pas fuir ailleurs, corrigea Benjamin, il
manigance peut-être quelque chose...

Il se massa les tempes avant d'ajouter :

— Attendez un peu, depuis cinq minutes on parle de magie, de diable ou je ne sais quoi et vous le faites aussi naturellement que si vous étiez né dedans ! Je veux bien admettre que j'ai vécu une expérience très étrange aujourd'hui, que nous sommes face à un fou furieux qui s'imagine servir le diable s'il ne croit pas en être l'incarnation, mais de là à admettre l'existence de force mystérieuse et pourquoi pas de la magie elle-même, il ne faudrait pas pousser de trop ! Enfin c'est ...

— La Magie existe, Shérif, tout n'est qu'une question de perception.

Pendant les dix secondes qui suivirent on n'entendit plus que le son d'une voiture passant plus bas dans la rue et le bourdonnement de la chaudière dans la pièce d'à côté. Le shérif se leva et regardant un peu partout dans la pièce il dit :

— Je crois que je vais faire un peu de café... vous aimez les doughnuts ?

12.

Le vendredi matin qui suivit fut d'un froid à en faire pousser les plaques de glace sur le Pocomac. Subitement la température avait chuté de 15 degrés en une nuit. C'était la mi-octobre et le climat n'arrivait pas à se stabiliser.

Ce matin-là, Tom Willinger n'avait cure de quelque rumeur de tempête approchante. Il s'était levé à 7 heures, et trois quarts d'heure plus tard, il marchait dans le sentier qui prolongeait l'impasse Tucson, bordé de hautes herbes encore toutes humides de la rosée matinale. Il habitait Longway Street, pas tout au bout dans les quartiers pauvres, mais à mi-chemin, dans une petite maison de plain-pied, avec une véranda derrière où son père passait ses soirées à écouter les matchs de base-ball à la radio en buvant ses boîtes de Budweiser. Une petite maison pas très propre mais pas non plus insalubre, comme l'étaient celles qui jalonnent Longway Street.

Quand il allait en cours, presque tous les matins, Tom prenait invariablement le même chemin, passant par l'impasse Tucson pratiquement en face de chez lui et empruntant le sentier qui la prolongeait, il arrivait au vieux pont en bois qui enjambait le Pocomac. C'était un raccourci qui lui faisait gagner dix minutes, mais qui le contraignait à passer par le pont couvert qui avait été construit au siècle dernier. On ne l'empruntait guère plus depuis au moins soixante ou soixante-dix ans et, n'ayant pas eu droit à un réel entretien dès lors, il s'effondrait progressivement. Il faisait vingt mètres de long, avec un sol où chaque pas risquait de perforer une planche et d'expédier le promeneur six mètres plus bas, dans les eaux glaciales du Pocomac. Avec sa charpente vermoulue qui faisait tenir le toit par l'opération du Saint-Esprit on pouvait se demander pourquoi il n'avait jamais été détruit. Quand on contemplait le pont de loin, on aurait pu croire à une grange abandonnée en équilibre au-dessus des eaux, un vestige « D'autant en emporte le vent » qui aurait miraculeusement échappé à l'incendie, luttant pour survivre encore quelques années.

La plupart des habitants d'Edgecombe ne l'empruntaient jamais — si tant est qu'ils en connussent l'existence —, il n'y avait plus guère que les jeunes pour oser y passer, ceux qui vivaient dans la communauté de caravanes qui achevait Longway Street, et les casse-cous du coin. Tom faisait partie du deuxième groupe.

Il voulait s'engager dans l'armée et c'était là un bon exercice matinal pour garder la forme. Reste que l'hiver approchant, il devait passer dans le tunnel noir du pont sans l'aide du soleil qui dormait encore à cette heure-ci.

Le sac sur les épaules, et les mains profondément enfouies dans les poches pour les préserver du froid mordant, Tom approchait du pont. Si cela avait été Lewis, il aurait marché dix minutes de plus sans rechigner en voyant la masse obscure jaillir au-dessus de la rivière. Mais pas Tom, pas lui qui était d'un réel esprit pratique et d'un rationalisme excessif. Comme il le faisait tous les matins depuis un mois et demi, il s'apprêta à entrer dans les ténèbres du pont alors que l'aube commençait à peine à faire miroiter ses scintillements au-dessus du port.

Il ne remarqua pas les deux ombres qui bougèrent dans le noir.

Tom songeait à l'autre soir, à ce frisson venu de nulle part qui l'avait envahi, à cet étrange goût dans la bouche qu'il avait eu après s'être cogné, mais s'était-il cogné ? Ou bien avait-il eu un malaise ? Tom avait passé la journée du lendemain à se poser des questions sur son état de santé, il avait même failli en parler à sa mère. À présent qu'il marchait sous ce toit croulant il revoyait la tête de ses amis. Il revoyait l'attention qu'ils lui avaient portée, sincère et inquiète. *Ils se sont fait du mouron pour moi, faut l'admettre, mais même si ça implique qu'ils ont vraiment cru voir ce qu'ils disent, ça ne veut pas forcément dire que c'est vrai. Et puis ils n'ont...*

Une planche craqua sous son pied.

— Fais gaffe, soldat ! dit-il à voix haute, encore une connerie de ce genre et t'es bon pour la flotte, ce sont les viéts qui seront contents !

Il décida de se concentrer davantage sur le sol, et enjambant une poutre affalée au milieu du passage il poursuivit sa progression.

Une autre planche grinça, mais derrière lui cette fois.

Relax, c'est juste le vieux pont qui s'étire avec l'aube.

Il se remit en marche jusqu'à ce que...

— Salut trouduc !

Tom identifia immédiatement la voix, c'était sans nul doute celle de Aaron Chandler.

Une ombre se détacha du mur sur sa droite. Il devina la présence d'une autre personne dans son dos, certainement Lloyd Venutz.

— Alors on se prend pour un G.I's, trouduc ?

La voix de Aaron n'était pas tout à fait normale, il articulait déjà peu d'habitude mais là c'était pire que tout et puis il empestait... la bière. *Pour que ces deux cons soient debout à huit heures moins dix le matin, c'est qu'ils ne sont pas couchés, ils se sont bourré la gueule et rentrent cuver chez Lloyd !* Un Aaron sobre était un personnage dangereux qui ne voyait pas plus loin que le bout de son nez, alors un Aaron ivre c'était une rencontre qu'il valait mieux éviter. Tom était assez costaud, pas autant que Zach, il n'avait tout de même que quinze ans, il était assez bien bâti de sa personne. Mais là encore c'était pure folie que de vouloir se frotter à Aaron surtout s'ils étaient deux.

— Dis-moi le merdeux, tu les connais toi le petit gros et le frangin de l'acteur Sloane Anderson ? dit Aaron d'une voix pâteuse.

— Je ne vois pas de quoi tu veux parler ! Je vais être à la bourre, faut que je file en cours...

— Voyez moi ça ! Ça se prend pour un mec de l'armée et

ça va encore à l'école ! Tapette ! Et en plus t'es un enculé de menteur ! Les deux babouins dont je te cause ils sont avec toi au lycée et je suis certain de vous avoir déjà vus traîner ensemble.

De la buée due au froid sortait de la bouche de Aaron, son haleine sentait la bière rance ou peut-être le vomi.

— Tu veux jouer les durs ? O.K., de toute façon je vais les cueillir les deux connards. En attendant, toi tu vas sacrément le sentir passer !

Aaron tendit la main vers Lloyd qui se tenait derrière Tom, et il y eut un déclic mécanique. Aaron prit des mains de Lloyd un couteau à cran d'arrêt avec une lame de quinze centimètres.

— Maintenant on va voir ce que ça fait comme bruit une tapette qui veut faire l'armée quand elle couine !

Tom vit le sourire pervers de Aaron dans l'obscurité, et il entendit derrière lui la voix de Lloyd :

— Vas-y Aaron, plante-le ce fils de pute !

Tom sentit la tension monter, soudainement l'air n'était plus si glacial, et le pont ne paraissait plus si banal à traverser. Pour la première fois il lui fit peur, le pont ressemblait étrangement à une dernière demeure, à une tombe. Un lieu assez reculé de la civilisation et assez sombre pour s'étendre et perdre tout son sang. Il devint évident que ces planches moisies apprécieraient de se gorger d'hémoglobine pendant que lui, Tom Willinguer, 15 ans, mourrait lentement d'une blessure de couteau qui lui ferait sentir des picotements dans les jambes et les bras puis dans tout le corps avant qu'il ne frissonne de froid et meure.

Aaron leva la lame devant son visage, toutes dents dehors. Son haleine empestait décidément plus qu'une fosse commune. Ses dents jaunes et couvertes de tartre pâteux luisaient faiblement dans l'obscurité.

Tom sentit ses genoux qui allaient se dérober sous lui s'il n'agissait pas tout de suite.

Et il lança sa jambe dans les testicules d'Aaron. Celui-ci se plia en deux en hurlant et Tom démarra immédiatement, il se jeta en avant en espérant courir plus vite que Lloyd. Il n'avait pas fait un mètre qu'il sentit une poigne d'acier le retenir par le sac à dos dans lequel il avait ses affaires de cours. C'était un sac en toile aux couleurs kaki de l'armée avec le sigle U.S. peint en noir sur le dessus. Sans perdre de temps, il dégagea son bras de la bandoulière qui le retenait et abandonna le paquet aux mains de Lloyd, puis s'enfuit en bondissant de planche en planche, sans s'inquiéter de tomber sur une traverse trop vieille qui le propulserait dans l'eau.

Il ne cessa de courir qu'en arrivant au bout de Lawson Street et s'engagea dans la 5ᵉ rue. Il n'avait plus qu'une idée en tête : prévenir Sean et Lewis que Aaron et son compère allaient les attendre à la sortie des classes pour les tuer. Car c'était bien de cela dont il s'agissait, Tom en était à présent sûr, Aaron viendrait pour les battre si fort qu'il les tuerait.

*

Josie Scott tenait la pension sur Narragansetts Road, à l'entrée nord de la ville, depuis presque vingt-cinq ans. Elle avait connu une foule de clients, de tout genre et de tout horizon. En général ceux qui décidaient de venir chez elle étaient des gens courtois, cherchant le contact humain, sans quoi ils préféraient l'anonymat du Holiday Inn sur la route nationale qui partait au sud vers Scarborough Hills. Le gérant de celui-ci avait eu la désagréable surprise d'être arrêté la semaine dernière pour une sombre histoire de drogue, laissant à Edgecombe pour seul lieu d'hospitalité à ses visiteurs, la pension de famille de Josie Scott. Josie en avait vu des clients, de tous les styles, de toutes les époques, mais ces derniers temps l'étrangeté devenait presque systématique.

Si ce monsieur du FBI était un peu singulier, ça n'était rien en comparaison des deux individus qui venaient d'arriver.

Un grand type tout en costume, très musclé, et assez effrayant, il n'avait rien dit et était resté en retrait lors de leur arrivée. Il faisait penser à une espèce de chauffeur-garde du corps avec ses cheveux coupés très court et sa façon de toujours serrer les maxillaires d'un air menaçant. L'autre, appa-

remment le patron, était tout simplement terrifiant. Josie
avait eu peu souvent l'occasion d'avoir peur avec les personnes qu'elle logeait, mais lorsqu'il était entré alors que son
acolyte lui tenait la porte, un vent de panique l'avait submer-
gée. Elle fut incapable d'en expliquer la raison, et elle fut
encore plus incapable de la maîtriser. On ne domestique pas
ce qu'on ne comprend pas.

La veille au soir, elle pliait les draps propres quand elle s'était
promis qu'elle refuserait tout nouveau client, après tout elle
pouvait s'en passer pour vivre et elle n'avait plus vingt ans !
Mieux valait s'économiser un peu et garder ses forces pour les
sept autres clients, c'était déjà bien assez éprouvant comme ça.
Mais quand cet homme avait surgi dans la véranda où elle préparait le déjeuner, elle s'était sentie défaillir. Son grand manteau en cuir virevolta avec le vent jusqu'à ce que la porte soit
refermée. Il était tout en noir, avec des gants en cuir qui grinçaient à chaque mouvement de ses doigts, comme du polysty-
rène que l'on frotte. Il était d'assez haute taille, complètement
chauve et une longue cicatrice lui entaillait une partie du
visage. Et le pire était dans ses yeux.

Des yeux qui vous glaçaient le sang, si intenses que lorsque
vous les fixiez, vous pouviez sentir leur puissance descendre
dans votre corps, parcourir votre âme et quand vous finissiez
par ne plus en pouvoir et que vous détourniez enfin le regard,
vous vous sentiez subitement violé. Vous perceviez leur indis-
crétion qui s'extrayait de votre corps sondé, et comme un
membre profondément enfoncé dans votre intimité, le regard
sortait son avidité des chairs et cellules et retournait à son
point d'origine : les yeux malveillants qui vous fixaient sournoisement à plus de deux mètres.

Voilà ce que Josie avait ressenti en cette fin de matinée.
Et au fond des yeux, tout au fond, là ou brillait une lueur
de folie, il y avait eu un message pour Josie Scott, et ce
message était clair : SOYEZ DOCILE, ET VOUS NE
REPLONGEREZ PLUS JAMAIS DANS CE REGARD. Et
Josie avait été docile. Elle avait donné à cet homme la clef de
sa dernière chambre et il avait disparu avec son compagnon.

*

En fin d'après-midi, Zach avait proposé à Sean et Lewis de les raccompagner jusque chez eux au cas où Aaron se serait montré. Non pas qu'il aurait pu mettre à mal le jeune caïd mais il espérait pouvoir le dissuader de s'en prendre à plus jeune et plus faible que lui. Lorsque Zach avait parlé de Aaron ses yeux partirent au loin, avec ce brillant et cette immobilité qui caractérisent tant les rêveries ou les souvenirs profonds.

Ils étaient tous au courant pour l'agression de Tom et heureusement Aaron ne se montra pas à la sortie des cours comme l'avait craint Tom.

Les quatre garçons continuèrent en direction du port où vivait Lewis. Tom et Sean escortaient leur ami en observant tout autour des fois qu'ils puissent tomber dans une embuscade. Ils ne virent aucun signe suspect. Zach traînait les pieds à côté, les yeux perdus dans le vague quand soudain il dit :

— Vous êtes prêts pour notre mission de ce soir ?

— Justement, moi j'ai un petit problème... commença Lewis.

— Ah non tu vas pas nous lâcher maintenant ! s'exclama Zach.

Tom qui ne comprenait rien à ce qui se tramait demanda :

— De quelle mission vous causez là ?

Sean et Zach se regardèrent, et Sean fit un résumé des dernières péripéties, le vol du livre chez Eveana, et leur décision d'aller le rechercher par les mêmes moyens.

Tom fut grandement surpris d'apprendre l'intrusion chez Eveana de nuit, mais la volonté de s'introduire illégitimement chez le vieux O'Clenn l'étonna encore plus.

— Quoi ? Encore ce bouquin qui vous obnubile, les mecs il s'agirait de décrocher vous êtes pires que des camés !

— Écoute ! dit fermement Zach. Libre à toi de prendre les événements de mercredi soir comme un phénomène explicable et quotidien, nous autres on sait ce qu'on a vu et on connaît l'importance de ce livre désormais. Alors respecte notre décision, si tu veux pas venir, c'est pas un problème, mais ne critique pas nos agissements dans ce cas-là.

Zach avait clairement cité la séance de spiritisme. Sean et Lewis en furent mal à l'aise, c'était comme de briser un tabou. Il semblait à Sean que ce fut comme s'ils s'étaient mis à parler de sexe dans un restaurant, ça n'avait rien de mal en soi, mais cela dérangeait.

— J'ai pas dit que je ne venais pas, dans l'armée on ne laisse jamais ses compagnons dans la merde et même si on n'approuve pas la mission on y va ! lança Tom qui cherchait un prétexte pour passer la soirée avec ses amis, surtout s'il s'agissait de faire quelque chose qui leur apporterait de quoi parler pendant tout l'hiver.

— Ouais, sauf qu'on est pas à l'armée ici, objecta Lewis.

Tom lui décrocha un regard qui disait « laisse tomber, me fais pas chier ! » ou quelque chose du même registre.

— On se retrouve devant chez Sean à vingt-trois heures ce soir, c'est bon ? demanda Zach.

— Je passerai par-derrière chez moi pour être sûr de ne pas tomber sur le dingue de service, marmonna Lewis.

Ils raccompagnèrent Lewis à son domicile sans déceler la moindre trace de Aaron ou de Lloyd puis retournèrent aux Palissades où vivaient Sean et Zach et d'où Tom partit rejoindre le pont en bois qui l'emmenait jusque chez lui.

*

Il poussa une branche qui barrait le passage et déboucha sur un sentier. Il avait faim. Lorsque cet enculé de flic l'avait surpris Il s'apprêtait à manger quelques restes glanés de ci de là, mais Il avait dû fuir, fuir la tanière de la Bête. Ça n'était pas si grave, depuis deux nuits les cauchemars avaient changé. Ils Lui faisaient comprendre que la Bête n'était pas seulement l'usine, mais toute la ville, que c'était la ville entière qui l'avait appelé et que c'était pour elle qu'Il revenait. *Revenait.*

L'homme aux yeux bleus se prit la tête dans les mains et son visage se contracta sous l'effet de la douleur.

Revenir, mais quand était-il venu ? Qu'avait-il fait ?

La douleur devint encore plus forte, elle lui serrait la tête dans un étau puissant.

Il abandonna toute tentative de se souvenir, c'était mieux ainsi, moins douloureux. À présent Il errait dans la forêt, Il devait continuer son Œuvre pour servir la Bête, et bientôt les cauchemars cesseraient, et bientôt Il pourrait reprendre la route vers le sud, vers la mer chaude et bleue de la Floride, Il redeviendrait comme les autres, un homme tranquille. Mais, pour conquérir sa liberté il fallait donner à la Bête, et elle avait très faim, elle L'avait appelé pour qu'Il lui donne les enfants de la ville à manger, tous ceux qu'Il trouverait jusqu'à ce qu'elle ait eu ce qu'elle voulait.

Ceux qu'elle voulait ?

La nuit commençait à tomber, et le froid devenait plus glacial, il Lui fallait d'abord s'abriter.

Il déboucha alors devant une passerelle en acier rouillé qui traversait une large étendue d'eau. Sur sa gauche rugissait le bruit d'une cascade rageuse, déversant avec force et écume ses hectolitres d'eau. Il emprunta la passerelle et se figea quelques mètres avant d'atteindre l'autre rive. Sous ses pieds, il y avait une petite île, une île recouverte d'un épais tapis de végétation. Une île qui ferait parfaitement l'affaire pour la nuit et qui...

... Ô miracle ! Une île qui sentait bon les enfants.

*

2ᵉ PARTIE

« L'imagination est bien plus importante que la connaissance. »

Albert Einstein

1.

Vers dix-neuf heures ce soir-là, alors que la plupart des foyers d'Edgecombe passaient à table pour dîner, la pluie se mit à tomber. D'abord de grosses gouttes éparses, puis la chute d'eau s'accentua et devint très vite digne du Grand Déluge. Inondant les jardins, noyant les caniveaux et les chaussées des rues, et faisant déborder les gouttières jusqu'aux premiers éclairs qui fendirent l'horizon au-dessus de l'océan

Lorsque Sean monta dans sa chambre, deux heures plus tard, la pluie s'était un peu calmée mais il tombait tout de même de quoi se faire sacrément tremper en quelques minutes. Sean commençait à avoir des doutes sur le bien-fondé de leur entreprise nocturne. Ils s'apprêtaient tout de même à entrer par effraction chez quelqu'un pour lui dérober un livre. *Non, nuance, pas pour lui dérober mais pour lui* reprendre *ce qui est à nous !* pensa-t-il. *Ce qui appartient à mon grand-père.*

Depuis deux jours l'ambiance à la maison n'était pas à la gaieté

Il alla pour ouvrir la fenêtre, puis se ravisa et sortit d'une boîte à chaussures une lampe torche qu'il glissa dans la poche de sa veste. *Faut pas l'oublier, ce coup-ci !* Et il sortit dans le froid, la pluie et le vent.

Zach était déjà en bas à l'attendre, dissimulé dans les ombres de l'allée menant au garage. Ses cheveux longs étaient trempés et il dégoulinait de partout.

— Foutu temps, hein Anderson ?

— J'aime pas qu'on m'appelle Anderson. J'ai un prénom.

Zach allait répondre par une boutade mais Tom arriva. Lui aussi était ruisselant, il avait revêtu son blouson aux patchs de l'armée de l'air, et les poches le long des cuisses de son pantalon treillis formaient deux grosses bosses.

— T'es en train de couler ou quoi ? lui dit Sean en montrant les poches remplies.

— Non, c'est des bonbons pour le cas où on aurait un petit creux.

Lewis enfin émergea, avec un parka jaune et une casquette sur laquelle était inscrit « Natif du Rhode Island, et fier de l'être ! ».

— Moi au moins j'ai pensé à protéger ma tête ! dit-il fièrement.

— Je préfère encore crever d'une pneumonie que de porter une casquette pareille ! répliqua Tom.

Lewis émit un grognement sonore.

— Bon on n'attend plus personne, alors c'est parti ! s'exclama Zach.

Ils s'éloignèrent en direction de Lawson Street. Arrivés au carrefour, Zach et Tom qui étaient en tête tournèrent à gauche à l'opposé de Lawson Street, et s'engagèrent dans Hollow Way. Lewis se planta à l'entrée de l'impasse.

— Hey, les mecs, on va pas passer par le vieux pont tout de même ? demanda-t-il pas très rassuré.

Tom se retourna et lui dit :

— Et par où tu veux passer ? Si on prend par le centreville on perd dix minutes et on risque de tomber sur le shérif ou un de ses hommes ! Le pont est sûr, j'en viens, on n'aura plus qu'à descendre Longway Street et on sera au pied de Bellevue.

Lewis protesta, mais Sean lui mit un petit coup sur l'épaule en lui adressant un clin d'œil et ils reprirent la marche.

Hollow Way n'était peuplé que de trois maisons, ensuite les friches prenaient possession des abords de la petite impasse. Au bout de la rue Sean alluma sa lampe électrique pour qu'ils puissent prendre le sentier dans lequel ils s'embourbèrent jusqu'aux chevilles.

— Ma mère va me tuer à cause de vous ! pleurnicha Lewis en contemplant le bas de ses pantalons qui était tout souillé de boue.

— Arrête tes jérémiades et regarde où tu marches, tu viens de manquer de me faire trébucher, gronda Tom.

Lorsque la masse sinistre du pont se profila devant eux, Lewis eut un violent frisson dans tout le dos et il crut qu'il allait repartir en courant. Sean dut se mettre juste derrière lui et Tom progressa lentement pour qu'il puisse marcher exactement dans ses pieds, ils traversèrent ainsi le pont obscur, à la vitesse d'un escargot.

Ils débouchèrent sur Longway Street après quelques minutes et longèrent l'étroite route sur un kilomètre avant d'atteindre les « Portes du Paradis » et ses grilles en fer forgé qui délimitaient l'entrée de la colline de Bellevue. La rue qui montait en serpentant sur la colline était plantée de lampadaires dans le style ancien, identiques aux lampadaires à gaz de la fin du siècle dernier. Cette source de lumière n'était pas pour plaire aux garçons qui n'en seraient que plus visibles, mais à défaut d'un autre chemin, ils durent se faire une raison et franchirent les grilles de Bellevue. Pendant leur ascension vers le sommet où Georges O'Clenn habitait, Tom demanda à Zach :

— Et tu comptes faire comment pour entrer chez ce mec ? Parce que je dis ça comme ça mais ce type est un vieux et les vieux ne laissent que rarement leurs portes ouvertes après la tombée de la nuit ! À croire qu'ils savent quelque chose sur la nuit que nous ne savons pas...

— Montre un peu de respect pour les personnes âgées, dit Sean offusqué, mon grand-père...

Zach l'interrompit d'un mouvement de bras.

— Pourquoi tu crois que je trimbale ce sac ? dit-il. J'ai tout ce qu'il faut pour ouvrir une porte et bien d'autres choses encore.

La pluie les contraignait à parler fort, et dans ce quartier chic de la ville, ils ne se sentaient pas à l'aise pour mener de longs débats, pas dans ces circonstances. Tous finirent par se taire.

Quand ils passèrent devant la grande maison blanche d'Eveana, Zach et Sean levèrent la tête pour voir les lumières qui brillaient au rez-de-chaussée. Puis les lumières s'éteignirent et une porte claqua.

— On dirait qu'il y a quelqu'un qui vient, lâcha Sean.

— Faudrait peut-être se planquer, aventura Lewis.

— Et où tu veux qu'on aille, imbécile, il n'y a que les murs des propriétés le long des trottoirs ! répondit Tom, un peu acerbe.

— T'as mieux à proposer peut-ê...

— Vos gueules, souffla Zach. Quelqu'un arrive, planquez-vous contre le mur !

Ils s'exécutèrent tous en même temps, et ce faisant Lewis nargua Tom du regard.

Le portail s'ouvrit et Eveana apparut, emmitouflée dans un imperméable. Elle ouvrit un parapluie et Zach sortit du couvert des ombres pour s'approcher. Elle ne parut nullement surprise de voir les quatre garçons surgir autour d'elle, au contraire elle les accueillit d'un grand sourire.

— Ça fait deux heures que je suis rivée à cette maudite fenêtre pour vous guetter ! annonça-t-elle.

— Je croyais que tu ne venais pas, s'étonna Zach.

— Pour vous laisser faire votre connerie sans surveillance ?

— Et tes parents, ils ne t'ont pas vue ? demanda Lewis.

— Ils sont absents jusqu'à demain matin, ils sont partis voir un oncle à Arkham dans le Massachusetts, et j'ai eu le droit de rester seule à la maison.

— On va pouvoir faire une fête ! s'emporta Tom, mais Eveana le calma aussi vite d'un regard sombre, puis se tourna vers les autres garçons :

— On y va ou on fait un pique-nique ici ? demanda-t-elle d'un ton enjoué.

— Euh, ça c'est pas très discret, dit Sean en montrant le parapluie ouvert.

— Oui mais c'est pratique !

Voyant la moue sceptique du garçon, elle s'empressa d'ajouter :

— T'en fais pas je le fermerai avant d'arriver en haut.

Ils se remirent à marcher vers le sommet de la colline.

La pluie s'écrasait sur la route, formant des centaines de petites explosions lorsque les gouttes percutaient l'asphalte. Comme le roulement détonant d'un tambour géant, le tonnerre gronda longuement au loin. Et puis la maison apparut.

Nichée entre les arbres se dressait l'habitation de Georges O'Clenn. Elle saillissait dans la pente conduisant aux dernières hauteurs, et dominait tout Edgecombe et l'océan qui s'étendait au loin sur la gauche.

C'était une haute bâtisse faite de petites tourelles tantôt rectangulaires tantôt arrondies, avec de nombreuses fenêtres très hautes et très minces. Il y avait à sa base une immense baie vitrée s'ouvrant dans une tour en demi-hexagone qui paraissait former une bouche béante. Le toit qui descendait au gré des pignons, parsemé de cheminées longilignes, semblait couler sur les étages comme une chevelure mouillée. Même habitée, c'était l'archétype parfait de la maison hantée.

Un éclair illumina de sa lumière spectrale le petit manoir dont les fenêtres parurent alors d'un noir impénétrable.

— La vache, c'est pas rassurant comme endroit ! confia Tom.

Eveana ferma son parapluie et fit la grimace dès que la pluie lui inonda le visage. Sean, en bon prince, lui proposa de la couvrir de sa veste, ce qu'elle accepta volontiers. Zach s'approcha de la grille qui délimitait la propriété.

— Bon, dit-il, la grille on la saute, Eveana tu n'as qu'à rester ici avec Lewis et faire le guet.

— Quoi ? s'exclama la jeune fille, tu ne t'imagines pas que je vais rester sous la pluie à vous attendre ?

Zach soupira.

— Il va falloir escalader la grille, lui dit-il en tapotant la

lourde structure comme s'il s'agissait d'un obstacle infranchissable.

— Ça ne sera pas un problème.

Zach haussa les épaules sans sourciller. Il se retourna, jeta
son sac à dos de l'autre côté et se hissa sur le haut des barreaux puis se laissa tomber de l'autre côté, le tout avec précision et grâce dans ses gestes. *C'est quand il fait des trucs
comme ça que je l'envie vraiment !* se dit Sean.

Lewis regardait faire tout en pensant qu'il n'avait pas très
envie de rester seul dehors, mais la perspective d'entrer dans
cette maison ne le séduisait guère plus. Une fois de plus il se
demanda ce qu'il était venu faire ici.

Une main s'approcha de Lewis et se posa brusquement sur
son épaule.

Celui-ci hurla de terreur et fit un bond magistral en avant,
courant se réfugier contre la grille, aux côtés de Tom.

Tous firent volte-face et dévisagèrent l'intrus.

C'était un garçon noir d'un quinzaine d'années, avec de
grosses lunettes qui ruisselaient d'eau et un manteau imperméable trop grand pour son corps frêle. Il leur rendit leurs
regards, curieux, et demanda le plus naturellement du
monde :

— Qu'est-ce que vous faites là ?

Ils furent surpris par la question et surtout par la simplicité
du ton employé, comme si le garçon était dénué de toute
méfiance ou agressivité.

Ce fut finalement Sean qui répondit :

— Nous... nous sommes venus faire un tour dans cette
maison abandonnée.

C'était la première chose qui lui était venue à l'esprit.

— Vous feriez mieux de faire demi-tour, parce que cette
maison n'est pas abandonnée et celui qui vit là est plus
qu'étrange.

Cette dernière remarque piqua la curiosité de Sean.

— Comment ça étrange ?

— Je ne saurais pas bien l'expliquer, mais cet homme

n'est pas normal croyez-moi, j'habite la maison d'à côté et il se passe parfois des drôles de choses.

Il montra du doigt une maison que l'on devinait plus bas, entre les arbres.

Lewis qui se remettait de sa frayeur s'approcha et dit :

— Si t'habites là, comment ça se fait qu'on t'a jamais vu au lycée ?

— Parce que j'allais dans un lycée spécial à Boston. Maintenant je travaille chez moi.

— Tu travailles chez toi ? répéta Lewis.

— Bon les mecs si vous comptez faire une soirée discussion, prévenez-moi, parce que moi je vais continuer ce pour quoi on est venu ici ! coupa Zach de derrière la grille.

Sean s'approcha de Lewis et lui murmura à l'oreille :

— Reste avec lui et tenez-vous compagnie le temps qu'on aille chercher le livre.

Lewis voulut répondre mais Sean était déjà au pied de la grille pour aider Eveana à monter.

— C'est toujours comme ça avec eux, marmonna-t-il.

Tom qui se tenait en équilibre sur le haut de la grille aida l'adolescente à se hisser et en un rien de temps ils furent tous les quatre de l'autre côté.

— J'espère que l'orage aura couvert le hurlement de Lewis sinon on va avoir droit au comité d'accueil ! lâcha Zach quelque peu énervé.

Ils se faufilèrent jusqu'à la porte de derrière, c'était la volonté de Zach de passer par-derrière dans un souci de discrétion, et une fois face à la petite entrée, Zach sortit de son sac une petite trousse. Il en extirpa deux tiges métalliques et les introduisit dans la serrure après avoir vérifié qu'elle était bien fermée.

— D'où tu sors ça ? demanda Tom.

— Je vous ai dit que j'avais traîné avec Aaron à une époque... dit-il d'une voix concentrée.

Un déclic vint annoncer que la porte était à présent ouverte. Zach rangea ses affaires et Tom lui tapota sur l'épaule :

— Faudra que tu m'apprennes ça un de ces jours !

— C'est la seule chose qu'Aaron m'ait apprise dont je sois fier, dit Zach cyniquement.

Il poussa la porte tout doucement et ils s'introduisirent dans ce qui faisait office de cuisine. Sean alluma sa lampe torche et balaya la pièce de son faisceau lumineux.

La porte se referma et le clapotis régulier de la pluie qui tombe s'estompa. Leurs vêtements se mirent à goutter sur le carrelage à damiers de la pièce.

— Et maintenant ? C'est bien beau de venir ici, mais vous avez vu la taille de la baraque, on va le trouver où ce bouquin ? chuchota Tom.

— On va faire le rez-de-chaussée ensemble et on se séparera à l'étage, répondit Zach.

— Je sais pas si c'est une très bonne idée de se diviser, contesta Sean.

— Tu te rappelles ce que je t'ai dit sur la confiance ? J'ai confiance en toi. Alors tu iras avec Tom et moi je serai avec Eveana et s'il y a quoi que ce soit tu peux compter sur moi !

Évidemment, toi tu vas avec Eveana, pensa Sean. *Il perd pas le nord lui ! Et puis qu'il arrête avec ses histoires de confiance, on dirait mon père !*

— Pensez à essuyer vos pieds sur le paillasson, pour ne pas laisser de l'eau partout, ajouta Zach.

Ils traversèrent la cuisine et débouchèrent dans un hall d'où partait un escalier vers une mezzanine qui surplombait toute la pièce. Il y avait devant eux une balustrade que trois marches coupaient en son milieu vers un immense salon d'où s'ouvrait la grande baie vitrée. La lampe électrique survola les meubles de la pièce, tout était richement décoré et chaleureux. Les murs étaient recouverts de velours rouge zébré de motifs qui apparurent à la lumière de la torche comme étant d'un jaune pâle ; les fauteuils étaient en cuir de bonne qualité et en bois verni ; et une haute cheminée en pierre ornait tout un pan de mur.

— Vous avez vu, il s'emmerde pas le père O'Clenn, fit Tom en sifflant tout bas.

— Je propose qu'on monte dès maintenant à l'étage, dit Zach, je pense qu'on a plus de chances de trouver le livre là-haut.

Lui en tête, ils s'approchèrent de l'escalier et entamèrent son ascension. Ils avaient presque atteint le sommet lorsque Sean buta du bout du pied dans une contre-marche qui résonna dans le hall. Zach se tourna vers lui et au même instant, une porte grinça dans un couloir proche de l'escalier. Zach fit signe à ses camarades de se taire et Sean éteignit sa lampe.

Un silence pesant régnait dans la maison. Juste le martèlement de la pluie sur les fenêtres venait troubler cette quiétude.

Un grincement de bois.

Quelque part dans la vaste bâtisse une pièce de la charpente craqua légèrement. Le bois vit. Le bois se tend et se contracte.

Mais personne ne surgit.

— Je ne sais pas si on devrait poursuivre, murmura Eveana. On est tout de même chez quelqu'un !

— Et lui ? Tu crois qu'il s'est gêné pour venir chez toi ? rétorqua Sean le plus doucement possible.

À présent qu'ils avaient fait le plus dur : s'introduire dans la maison, la motivation de Sean était très claire et son désir de récupérer le livre plus fort que sa peur.

— Maintenant qu'on est là on continue, dit Zach coupant court à toute polémique.

S'étant assuré que rien ni personne n'avait bougé, ils se remirent à monter et arrivèrent sur la mezzanine d'où partaient deux couloirs, un à droite et l'autre à gauche. Sean s'approcha de la rampe et, surplombant le hall ainsi que le salon il essaya de voir au travers de la baie vitrée pour s'assurer que Lewis et le petit voisin étaient sur la place. Mais il ne les trouva pas, il était trop haut, il aurait fallu descendre coller son nez aux carreaux.

— Vous croyez qu'il est là ? demanda Tom. Je veux dire qu'il est chez lui ?

— Si c'est le cas il doit dormir sinon il y aurait de la lumière à défaut d'y avoir du bruit, intervint Eveana.

— Sean et Tom, vous prenez le couloir de gauche, nous on va à droite, on se retrouve dans dix minutes ici, commanda Zach. Si vous entendez le moindre son suspect ou qu'il y a de l'agitation vous vous cassez sans nous attendre, on fera de même !

Tom acquiesça vigoureusement comme un soldat qui se voit confier la mission de sa vie, et Zach sortit de son sac une lampe similaire à celle de Sean. Puis les deux groupes partirent dans leurs directions en se tournant le dos.

Le couloir où progressaient Zach et Eveana était bordé de deux portes de chaque côté. Zach braqua sa lampe sur la première qui était légèrement entrouverte. Il poussa la porte et une lueur multicolore et très faible les recouvrit. La pièce qui s'étendait devant eux était en fait une bibliothèque dont l'ambiance n'était pas sans rappeler celle d'une église. De part et d'autre s'étalaient des rayonnages comblés d'ouvrages de tout aspect, et au centre il y avait une chaise et une large table sur laquelle était posée une lampe de lecture en cuivre. Mais le plus impressionnant venait sans nul doute de la coupole tout en vitrail qui laissait filtrer un tout petit peu de lumière de la nuit, lumière qui prenait les teintes rouge, bleu ou jaune du verre. Le vitrail qui faisait office de toit représentait un chevalier combattant des étranges diablotins crachant du feu, le tout exprimé à la manière un peu naïve du moyen âge.

— Où chercher un livre ailleurs que dans une bibliothèque ! murmura Zach.

— Je serais étonné qu'il ait entreposé l'ouvrage avec les autres. Mais il serait stupide de ne pas vérifier.

Ils entrèrent dans la pièce et commencèrent à passer toutes les étagères en revue.

— Il ne devrait pas être dur de le trouver, il est nettement plus gros que tout ce qu'il y a là, dit Eveana.

Elle passa entre les rayonnages et s'arrêta sur une rangée de livres dont les tranches paraissaient très vieilles et abîmées. Elle lut rapidement les titres aux consonances étranges.

— « De Vermiis Mysteriis », « Necronomicon », « Le Livre d'Enoch »... Hey, Zach ! Il y a toute une panoplie de livres occultes ici ! souffla-t-elle.

Zach qui parcourait rapidement les autres titres de la riche collection de O'Clenn abandonna son pan de mur pour rejoindre la jeune fille.

— Ce type est vraiment *très* bizarre, avoua-t-il d'une petite voix.

Il regardait les antiques grimoires qui s'empilaient dans ce coin de la bibliothèque, puis les pâles reflets rouges, bleus et jaunes du vitrail qui se posaient sur la chevelure d'Eveana. Il leva la tête et considéra avec plus d'attention l'énorme coupole en vitrail qui les surplombait.

— On peut même dire qu'il est complètement...

— Glauque, compléta Eveana.

— Je pensais plutôt à « taré ». T'as vu ce truc ? Il faut être complètement dément pour se faire construire un plafond pareil !

Eveana reposa l'exemplaire du Livre d'Enoch et leva la tête à son tour.

Le chevalier semblait lutter durement contre les diablotins cracheurs de feu. D'ailleurs elle remarqua que l'un des démons était passé derrière le chevalier, se préparant à le frapper lâchement. Elle s'étonna de ne pas l'avoir remarqué dès son entrée dans la pièce, car c'était assurément le mieux représenté des personnages. Ses yeux pétillaient de perfidie et du feu liquide s'écoulait de sa bouche comme un serpent langoureux.

Le démon lui adressa un clin d'œil.

Eveana sursauta.

— Qu'est-ce qu'il y a ? demanda Zach inquiet.

— Tu as vu ? Le démon, tu l'as vu bouger ?

— Quoi ? C'est du verre, ça ne peut pas bouger !

Ses derniers mots résonnèrent dans la pièce, et Zach se

mordit aussitôt la langue pour ne pas avoir chuchoté cette fois-ci. Il se rapprocha de son amie et lui passa la main dans le dos.

Eveana fixa attentivement le diablotin mutin. Rien ne se passa.

— Tu veux bien qu'on sorte d'ici, je n'aime pas trop cette pièce, dit-elle faiblement.

Zach hocha la tête et la poussa lentement vers la sortie.

— De toute façon j'ai regardé à peu près partout et le livre ne semble pas être là.

Ils sortirent et s'approchèrent de la porte d'en face. À peine dans le couloir, Eveana se sentit nettement mieux. Plus fraîche et plus détendue. Quelque chose d'oppressant lui avait bloqué la respiration, du moins partiellement, dans la bibliothèque.

Zach manœuvra la poignée. C'était une pièce complètement noire. Le faisceau de la lampe se promena à l'intérieur et s'arrêta sur un lit.

Zach attrapa violemment Eveana par le bras.

Son cœur sauta dans sa poitrine, il tressauta jusqu'à lui rendre la respiration difficile et Zach tira Eveana en arrière.

— Il est juste-là ! chuchota-t-il très faiblement.

La lampe éclaira une bosse sous les couvertures et Zach referma tout doucement la porte.

— Qu'est-ce que tu fais ? demanda Eveana, il faut inspecter sa chambre, il est possible qu'il y ait mis le livre.

— Mais il est dans sa chambre ! Même endormi, on ne sait pas si ce type ne va pas se lever tout d'un coup et nous jeter un sort ou un truc du même genre ! T'as vu les livres qu'il a !

Eveana ne put se résoudre à abandonner si vite. Après le malaise du diablotin lui adressant un clin d'œil et la force qui l'avait écrasée insidieusement dans la bibliothèque, la présence d'un simple homme ne l'effrayait plus.

— Arrête tes conneries, il faut fouiller la chambre ; j'irai seule si ça te fait peur.

— Peur ? Non, j'essaye de faire de mon mieux pour te protéger c'est tout !

Il s'en voulut aussitôt de se montrer lâche et se promit qu'à la première occasion il se rachèterait aux yeux de la jeune fille.

Il rouvrit la porte, et ils se glissèrent lentement à l'intérieur puis Zach referma derrière lui. Il faisait totalement noir dans la chambre, l'unique fenêtre étant bouchée par les volets.

Zach éclaira rapidement la pièce et posa le faisceau sur le visage de Georges O'Clenn. C'était un vieux monsieur dont l'âge paraissait indéfinissable, les cheveux blancs rejetés en arrière, et avec une petite moustache grise bien taillée.

— Ne lui fous pas la lampe en plein dans les yeux ! gronda Eveana entre ses dents. Tu veux le réveiller ou quoi ?

Leurs cœurs battaient à tous deux à pleine vitesse. Zach fit un pas en arrière. Ils étaient dans la chambre du propriétaire, bon sang ! Si jamais il ouvrait un œil, c'en était fini d'eux ! Il essaya de se calmer en pensant qu'il avait déjà un bon nombre de conneries à son actif et qu'il n'allait pas craquer maintenant. *Ouais sauf que cette fois si tu te fais gauler, t'es mal, t'es très mal ! Avec un type aussi étrange que O'Clenn je ne donne pas cher de notre peau !*

Eveana toussa faiblement.

Tiens, regarde-la, elle au moins elle a du cran, elle n'est pas en train de flipper !

Mais Eveana luttait contre sa peur avec force. Elle faisait en sorte de ne pas regarder en direction du vieil homme assoupi pour ne pas céder à la panique qui lui aurait crié de partir en courant. Sur le seuil de la chambre cela avait semblé tellement plus facile.

Elle se tourna vers une petite commode de l'autre côté du lit et entreprit de l'ouvrir le plus discrètement possible. Zach s'approcha du bout du lit et regarda dessous, des fois que le vieil homme ait tout simplement caché l'ouvrage à portée de main.

Eveana voulut ouvrir un tiroir mais il résista ; elle força et il coulissa enfin en délivrant un odieux grincement.

Georges O'Clenn bougea et, grommelant, il ouvrit les yeux.

Sean traversa la pièce jusqu'au gros bureau en chêne qui trônait au milieu sur un épais tapis blanc. Tom et lui venaient d'explorer deux chambres totalement vides lorsque cette dernière porte avant l'escalier pour le deuxième étage leur avait offert plus d'espoir. Tom avait bien failli hurler en découvrant la haute silhouette d'un homme que Sean éclaira tout d'un coup, mais cela s'avéra n'être qu'une statue grecque placée juste à côté de la porte. À présent Sean s'intéressait aux documents posés sur une chemise en carton sur laquelle était inscrit : 1952.

Il leva la tête vers Tom qui inspectait la statue et lui dit :
— Ferme la porte, on ne sait jamais.

Puis il revint aux documents. C'était une pile de photos en noir et blanc, visiblement anciennes. La première d'entre elles fut comme un choc pour Sean.

C'était une belle maison en bois blanc, entourée d'un joli jardin fleuri et on pouvait lire sur la boîte aux lettres le numéro 221. C'était la maison de ses grands-parents, là ou ils avaient trouvé le livre six jours plus tôt. Mais la maison de la photo était nettement plus radieuse, en très bon état, les volets étaient ouverts et on pouvait même distinguer des rideaux à certaines fenêtres. Sean prit la photo suivante, on y voyait un jeune homme de vingt-cinq ans environ, et une jeune femme du même âge poussant un landau. Sean les identifia aussitôt comme grand-père Anatole et grand-mère Lydia, et dans le landau alors... c'était *sa mère* ! Sean s'empressa de regarder les autres photos, toutes montraient le couple dans différentes situations et étaient prises à leur insu.

— Qu'est-ce que c'est ? demanda Tom.
— C'est dingue, c'est des photos de mes grands-parents.
— Si tu crois que c'est le moment pour raconter des conneries...
— ... c'est pas des conneries ! Ce sont vraiment mes

---

grands-parents ! Apparemment ça date de 1952, il habitait déjà Edgecombe, O'Clenn ?

— Je sais pas, mais ce type est comme qui dirait né avec la ville, c'est un monument que plus personne ne voit et...

Tom se planta devant un mur recouvert de lattes en bois et fit signe à Sean de l'éclairer.

— Il y a de drôles de traces sur le sol.

Sean illumina le sol où un trait en quart de cercle, qui ressemblait fort à une trace de frottement, partait du mur et s'estompait cinquante centimètres plus loin. Tom prit la lampe des mains de Sean et s'approcha du mur puis cogna sur les lattes de bois qui émirent un son creux.

— Je crois bien qu'on a trouvé un passage secret, dit-il.

Aussitôt Zach fonça sur Eveana et l'entraîna sur le sol, derrière le lit. Georges O'Clenn alluma sa lampe de chevet et le froissement des couvertures qu'on écarte pour se lever fit frémir la jeune fille dont le visage était écrasé sur la moquette, comme si cela allait l'aider à se rendre invisible. Zach qui serrait Eveana dans ses bras — non sans un certain plaisir malgré la situation — vit le pied du vieil homme se poser sur le sol et chausser des pantoufles qui attendaient là. Devinant que le propriétaire des lieux allait se lever, — et qui sait ? peut-être faire le tour de la chambre ? — Zach poussa Eveana vers le couvert du lit, l'incitant à aller se cacher dessous.

Georges O'Clenn se leva, traversa la pièce jusqu'à une chaise où il prit la robe de chambre qui y était posée et l'enfila avant de disparaître dans le couloir.

Zach voyant là un moment propice pour se racheter de sa couardise, commença à se lever lorsque Eveana l'attrapa par la manche :

— Qu'est-ce que tu fais, tu es fou ?

— C'est le moment de fouiller sa chambre, lui répondit le garçon sur le ton de la confidence.

— Mais il peut revenir d'un instant à l'autre ! Si ça se trouve il est juste parti aux toilettes !

— Vaudrait mieux que ce soit juste ça, sinon Sean et Tom risquent d'avoir de la compagnie...

Et il se redressa.

Il se dirigea à pas de loup vers l'armoire qu'il ouvrit et inspecta rapidement. Toujours dissimulée sous le lit, Eveana le suivait du regard tout en guettant nerveusement la porte d'entrée qui était restée entrouverte, s'attendant à tout moment à voir se profiler l'ombre du vieil homme qui ne manquerait pas de surprendre Zach. Celui-ci était passé à la commode dont les tiroirs grinçants avaient réveillé O'Clenn.

— Dépêche-toi ! lança l'adolescente qui n'en pouvait plus d'attendre, le souffle court, que son compagnon la rejoigne.

Zach s'activa auprès d'un secrétaire, dernier meuble de la pièce, il l'avait presque entièrement fouillé quand un bruit de pas dans le couloir fit bondir le cœur d'Eveana dans sa poitrine.

— Comment procède-t-on pour l'ouvrir ? demanda Sean.

— Désolé mais le mode d'emploi n'est pas agrafé sur le bois. C'est pour ça qu'on appelle ça un « passage secret » !

Sean qui était en train de ranger les photos comme il les avait trouvées, leva subitement la tête.

— Éteins la lampe ! ordonna-t-il en murmurant.

Une latte du plancher grinça dans le couloir, juste devant la porte. Tom poussa le bouton de la torche électrique sur *off* et rejoignit Sean derrière le bureau où ils s'accroupirent.

La poignée de la porte tourna et quelqu'un entra. Instantanément la lumière du bureau fut allumée et les deux garçons se serrèrent l'un contre l'autre en plissant les yeux, tout éblouis qu'ils étaient.

Ils entendirent le frottement de pas, avec le claquement rythmique caractéristique des espadrilles dont la partie arrière vient taper contre le talon à chaque pas, et une ombre recouvrit le bureau.

Sean et Tom ramenèrent leurs pieds et leurs genoux tout contre leur visage, et se blottirent contre le meuble appuyant leur dos dessus aussi fort que possible. Ils se faisaient tout petits, aussi petits qu'ils le pouvaient, partagés entre l'angoisse d'être découverts et un étrange sentiment d'excitation. Leurs vêtements trempés et froids leur collaient désagréablement à la peau et Sean pria pour qu'ils n'aient pas laissé des traces d'eau un peu partout sur leur passage.

L'ombre de l'intrus recouvrait tout le bureau. Il y eut un déclic, et un grincement sourd provint du mur où ils avaient trouvé le passage secret. L'ombre s'étira puis disparut, ils sentirent la présence passer sur le côté. Tom se pencha jusqu'à pouvoir distinguer ce que faisait l'individu en question. C'était un vieux monsieur en robe de chambre. Il tira un pan du mur en bois qui coulissa et sortit du renfoncement creux qui se trouvait derrière, un gros livre à la reliure abîmée en cuir que Tom reconnut tout de suite. Sean le tira par la manche et lui fit signe de la tête comme pour lui demander ce qui se passait. Tom écarta les main pour montrer un livre imaginaire qu'il aurait tenu à bout de bras, et montra du menton le côté du mur où se trouvait Georges O'Clenn.

Le cœur de Tom battait fort et il lui semblait que son cerveau était en train de *pétiller*. C'était certes effrayant, mais surtout terriblement excitant de vivre une aventure pareille, et l'insouciance de l'âge lui permettait de ne pas réaliser pleinement la gravité de la situation. Si Tom était le plus rationnel du groupe et d'une certaine maturité, il n'en demeurait néanmoins qu'un garçon de quinze ans.

Sean se risqua à lever la tête au-dessus du bureau et découvrit le vieux monsieur avec le livre qu'ils étaient venus chercher dans les mains. En prenant le grimoire, Georges O'Clenn parut plus rassuré, apaisé et pendant quelques secondes Sean pensa qu'ils ne pouvaient pas lui voler l'ouvrage, ils allaient lui fendre le cœur, voir cet homme regarder son livre comme s'il s'agissait d'un enfant était attendrissant.

Mais le livre ne lui appartenait pas. Et il était venu le voler chez Eveana.

Il reposa le livre avec l'air rassuré qu'ont ces jeunes mères lorsqu'elles se réveillent en pleine nuit et courent vérifier que leur bébé respire bien et qu'elles découvrent qu'il dort paisiblement. Il referma le panneau camouflé jusqu'à ce qu'il y ait le *clic* du penne qui s'enclenche et sortit de la pièce en éteignant la lumière.

Sean et Tom soupirèrent en même temps, un long soupir de soulagement.

Ils attendirent quelques secondes, pour être sûrs que le propriétaire des lieux soit loin et Tom ralluma la lampe torche.

— On peut dire qu'on l'a échappé belle, dit-il faiblement.

— Au moins maintenant on sait où se trouve le livre.

Tom fit le tour du bureau et commença à inspecter les rebords.

— Si je ne me trompe pas c'est par ici qu'il était quand il y a eu le déclic.

Ses doigts s'arrêtèrent sur un bouton qui était à l'envers, sous le rebord du bureau.

— Alléluia ! J'ai trouvé.

Il pressa le bouton et le passage s'ouvrit, un panneau de bois qui s'entrouvrit légèrement servait de porte. Sean le poussa et découvrit derrière une sorte de placard avec trois étagères et sur la plus haute : le Khann. Il s'empara du livre et repoussa la porte secrète.

— Maintenant on file ! dit-il rapidement, tout pressé qu'il était de faire part de leur découverte à ses camarades.

— Attends, je propose qu'on reste ici pendant cinq bonnes minutes, pour être certain que l'autre type soit bien reparti se coucher. Je ne sais pas ce qu'il lui a pris de venir vérifier en pleine nuit si son petit bouquin préféré était bien là, mais ça n'est pas pour me rassurer. Si ça se trouve il a chopé Zach et Eveana.

— Ne dis pas ça ! Ça porte la poisse de dire des trucs pareils !

Sean eut un bref regard pour la porte d'entrée et ajouta :

— O.K., on attend ici cinq minutes, et on fonce à l'escalier, ce sera le moment de notre rendez-vous avec les deux autres.

Ils s'assirent sur le tapis, posant le livre à leur côté. Et ils attendirent dans le silence.

*

Sean regarda sa montre.

— Il est presque minuit et quart, il faut y aller, Zach et Eveana vont nous attendre.

Tom s'approcha de la porte qu'il ouvrit doucement et inspecta le couloir pendant que Sean prenait le livre et le suivait à pas feutrés.

Le couloir était vide, ils se glissèrent hors du bureau et se dirigèrent vers la mezzanine surplombant le hall et le salon.

Une latte du plancher craqua lourdement dans leur dos. Sean se tourna pour vérifier que personne ne les attendait sournoisement par-derrière, mais dans la pénombre du couloir il ne vit personne. Il se pressa de revenir derrière Tom et de nouveau une latte craqua, plus violemment cette fois, presque comme si elle cédait sous un excès de poids. Sean et Tom se tournèrent ensemble et Tom braqua la lampe sur la moquette qui s'étendait sur plusieurs mètres derrière eux.

Ils virent alors un nuage de poussière se soulever et la moquette commença à gonfler. Comme si quelqu'un avait été allongé dessous et se redressait progressivement.

— Sean ? Tu vois ce que je vois ?

— Hmm-hmm, fut la seule chose qui sortit de la bouche de Sean.

Un long souffle se propagea dans le couloir, un souffle venu du néant, chargé de haine et de peine, dans lequel se mêlait un sifflement aigu. On aurait dit le râle d'un animal géant.

La moquette craquait, on entendait les fils et les coutures qui se déchiraient par endroits et la silhouette sous le moquette prenait forme petit à petit. Une bosse d'un mètre de haut sur deux de long s'était constituée sous l'ornement de sol.

Le souffle paniqué des deux adolescents commença à emplir le couloir. Ils respiraient fort et rapidement, comme après avoir couru une longue distance.

— On... on dirait un énorme chien, dit Tom qui éclairait toujours la scène.

Un grognement sinistre sortit de sous la moquette. Entre le raclement de gorge rauque et le grondement grave d'un dinosaure furieux.

— Je crois que c'est bien pire qu'un gros chien, murmura Sean dont la tête commençait à tourner sous l'effet de la peur.

Tom qui restait interdit devant pareil spectacle, baissa le bras si bien que « la chose sous la moquette » fut plongée dans l'obscurité. Il sembla alors aux deux garçons qu'au travers de la moquette, brillaient deux yeux rouges menaçants. Des yeux qui les fixaient avidement. Le grognement bestial s'amplifia.

— Tom... cours, cours et ne te retourne pas, ordonna Sean entre ses dents.

Comme si la créature avait entendu l'ordre de Sean, elle se mit à rugir et la bosse sous la moquette se mit à avancer vers les deux garçons.

— Cours ! s'écria Sean, oubliant toute discrétion. COURS !!!

Ils se lancèrent alors dans une course effrénée, allant aussi vite que leurs jambes le leur permettaient. Derrière eux ils entendaient les lattes de bois se briser sous la force des pattes du monstre, et la moquette se tendre jusqu'à l'extrême, multipliant les micro-déchirures. La bête se rapprochait, et Sean sentit le sol qui commençait à se dérober sous ses pieds, la bosse qui était juste derrière lui tirait la moquette vers le haut à mesure qu'elle s'avançait plus près de l'adolescent. Il courait le plus vite possible, les muscles des jambes tendus comme une corde de piano, prêts à céder. S'il n'avait pas couru, Sean était convaincu que sa vessie se serait libérée toute seule.

Le grondement lugubre déchira l'air du couloir, *juste derrière lui.*

Pendant une seconde, il songea à jeter le grimoire qui l'encombrait tant mais se ravisa immédiatement, même s'il devait se faire rattraper par la créature, il ne lâcherait pas le livre.

Quand ils débouchèrent sur le palier de la mezzanine, Zach et Eveana les attendaient en haut de l'escalier, prêts à dévaler les marches. Le visage de la jeune fille pâlit en voyant surgir Tom et Sean et surtout lorsqu'elle découvrit la forme étrange qui les poursuivait.

Ayant entendu Sean hurler de courir quelques secondes plus tôt, Zach comprit dès qu'il vit les yeux rouges sous la moquette qu'il fallait fuir, et vite. Il poussa Eveana par les épaules et lui intima de s'enfuir.

Elle descendit les marches aussi vite qu'elle pouvait, mais à en juger par la pression des mains de Zach dans son dos, ça n'était pas suffisant. Derrière, Sean se mit à crier. Elle sauta les dernières marches et sentit Zach qui aussitôt l'aidait à se relever tout en la tirant vers la sortie. Tom se précipita à leur suite.

Sean qui dévalait les marches sans savoir s'il arriverait à poser le pied sur la suivante tant il se laissait aller par la vitesse, perçut le grognement de colère de la créature. Il sentit les balustres en bois qui soutenaient la main courante éclater et se briser sous la force du monstre qui dévalait l'escalier. Devinant sa présence juste derrière lui, toute proche, *trop proche*, pensa-t-il, il se jeta par-dessus la rampe.

Par chance il réussit à amortir sa chute en pliant les jambes et se stabilisa à l'aide de sa main libre, il ne prit pas le temps de regarder où en était son poursuivant, et il se remit à courir vers la cuisine qu'il traversa en deux enjambées et se jeta dehors pendant que Zach claquait la porte dans son dos. Le contact de la pluie sur le visage lui arracha un frisson, et il mit le livre à l'abri sous sa veste en jean.

Ils dévalèrent le jardin pentu à tout vitesse et Eveana n'eut pas besoin d'aide cette fois-ci pour franchir la grille.

La lumière s'alluma à plusieurs fenêtres du premier étage.

Lewis, qui était toujours à discuter avec le jeune garçon noir, vit ses amis débouler comme des fusées.

— Eh bien qu'est-ce qui se passe ? demanda-t-il inquiet.

Zach lui passa devant et le prit par le bras sans ralentir.

— On t'expliquera, mais ne restons pas là.

Le garçon à lunettes gloussa et dit :

— Je vous l'avais bien dit de ne pas y aller !

Tom lui jeta un bref coup d'œil et passa devant.

— Ne reste pas là, l'ami, on ne sait jamais, lui dit Sean.

Voyant qu'ils partaient tous d'un pas pressé, le garçon en fit de même.

Ils dévalèrent la rue jusqu'au portail blanc de la maison la plus proche où ils ralentirent. Au moindre signe d'un éventuel poursuivant ils étaient prêts à piquer le sprint de leur vie. Si c'était une voiture, ils se jetteraient par-dessus la première palissade en vue, tant pis pour les propriétaires.

Le garçon noir s'arrêta devant le portail blanc.

— Moi je vous laisse ici, dit-il.

Zach et Tom esquissèrent un vague signe de la tête, presque sans se retourner et continuèrent. Lewis fit halte et lui serrant la main lui dit :

— Bon t'as pas oublié où j'habite ? Alors demain après déjeuner tu viens, n'est-ce pas Gregor ?

Le garçon acquiesça et adressa un petit signe de main au groupe avant de disparaître derrière le portail.

Sean, qui avait entendu, s'approcha de Lewis.

— Tu t'es fait un nouveau pote ?

— Ouais, il est vraiment cool, c'est une tête ce mec ! Tu sais qu'il bosse sur un projet informatique et qu'il est financé par Harvard, tu te rends compte ? Et il a seulement seize ans !

Sean haussa les sourcils, sincèrement impressionné, mais pas d'humeur à parler de bourse d'études après ce qu'il venait de vivre. Il avait encore l'image de la moquette qui se soulève à l'esprit.

— Dis, qu'est-ce que vous avez fait dans la baraque ? demanda Lewis.

— C'est une longue histoire, et tu n'en croiras pas tes oreilles, reçu-t-il comme seule réponse. En tout cas, on a le livre.

Sean tapota sa poitrine d'où un son mat sortit. Il cala bien le livre à l'abri de la pluie et poursuivit la descente de Bellevue avec ses amis. Eveana leur proposa d'entrer un moment pour se réchauffer, mais ils refusèrent pour ne pas rentrer trop tard et risquer de se faire pincer par leurs parents respectifs. Seul Zach hésita mais il ne voulait pas gâcher ses chances avec la jeune fille, après ce qu'ils venaient de vivre, elle n'allait certainement pas apprécier sa présence s'il était seul. Zach ne se douta pas un instant qu'elle ne souhaitait rien de plus qu'il reste à ses côtés.

— Vous êtes vraiment sûrs que personne ne veut rentrer se réchauffer un peu ? Mes parents rentrent dans la matinée, je pourrais même vous installer un coin pour dormir, insista-t-elle dans l'espoir que Zach au moins accepte.

Elle aurait donné n'importe quoi pour ne pas dormir seule. Et puis se quitter comme ça, si rapidement, sans même se concerter sur ce qui s'était passé, c'était trop. Sean leur avait dit qu'il avait le livre, et c'était tout. Ni lui ni Tom n'avaient parlé de cette... *chose* qui les avait poursuivis !

Finalement il y eut un grand silence gêné. Zach tourna sept fois sa langue dans sa bouche pour trouver une bonne raison de ne pas céder à la proposition de la jeune fille. Il la désirait tant que quelles que soient les horreurs qu'ils avaient frôlées dans la maison, il se sentait prêt à oublier tout ça, juste pour garder son visage à l'esprit. Mais elle voulait se montrer polie, peut-être cherchait-elle à définitivement se faire accepter du groupe en les invitant, alors qu'au fond d'elle, elle n'aspirait plus qu'au repos et à un peu de solitude... ? *Non mon vieux Zach, fous-lui la paix, pour ce soir au moins, on verra plus tard...*

À contrecœur il refusa poliment et le cœur de la jeune fille se resserra d'angoisse.

Ils se donnèrent rendez-vous le lendemain au fast-food Alicia's pour parler de leur aventure et ils rentrèrent se coucher sous la pluie battante, laissant une Eveana terrifiée se blottir sous ses draps en cherchant un réconfort quelconque dans l'oreiller.

Vers une heure du matin, Sean déposa ses vêtements trempés sur le radiateur de sa chambre avec l'espoir qu'au matin ils soient secs. Il déposa le Khann sous son lit et se coucha alors que la pluie cessait enfin son déluge.

Dans sa tête résonnait encore le grognement sinistre de la chose aux yeux rouges.

2.

1952.

C'était la seule date — où il s'était passé quelque chose d'un peu particulier à Edgecombe — que le shérif Hannibal avait trouvée en fouillant dans les archives de la police. Deux types s'étaient tiré dessus au cours d'une course-poursuite, des « étrangers » aux dires des témoins. « De ces gens des grandes villes qui viennent s'entre-tuer chez nous », disait un homme dans le rapport. Le shérif Woomack qui était en charge à l'époque était mort d'une embolie pulmonaire dans les années soixante-dix, et les rares passants qui avaient assisté à la fusillade étaient tous ou presque résidants du cimetière Glove sur la colline de Bellevue désormais, mis à part Mr Farmer qui se faisait de vieux os à la maison de retraite. Il ne restait donc plus que ce mince bout de papier comme témoin lucide de la scène.

Il était dit par Jefferson Farmer — le père de l'actuel épicier — qui « pêchait aux abords du vieux pont en bois de Hollow Way, quand deux hommes ont surgi des hautes herbes en courant et qu'ils se sont mis à se tirer dessus, jusqu'à ce que l'un d'entre eux tombe à terre. L'autre s'est approché, certainement pour vérifier que le type à terre était bien mort » selon Mr Farmer, « et le bonhomme qui faisait le mort s'est jeté tout d'un coup sur son adversaire. S'est ensuivi un corps à corps sauvage qui s'est soldé par plusieurs coups de feu, car ils avaient encore leurs armes ! Et les deux hommes se sont écroulés et ont dévalé la pente jusqu'à tomber dans les eaux du Pocomac. » – Fin de la déposition.

Les corps ne furent jamais retrouvés, probablement emmenés par le courant jusque dans l'océan où ils avaient été dévorés par les poissons.

Cette dernière remarque n'était pas pour satisfaire la conscience professionnelle de Benjamin, dans la plupart des cas les gaz que libère le corps humain ramènent le cadavre à la surface et le ressac de la marée a plus souvent tendance à faire s'échouer les corps sur les plages qu'à faire dériver un corps vers le large. En toute logique les cadavres auraient dû être retrouvés. Restait l'hypothèse que personne ne les ait vus jusqu'à ce que la mer n'emporte les os rongés vers des destinations inconnues.

— Et puis peu importe, marmonna le shérif, ça ne ressemble pas à notre histoire de Magicien de toute façon !

Glenn Fergusson entra dans le bureau.

— Dites-moi, Shérif, vous n'avez jamais de vie privée ?

— Je suis comme vous, je me consacre pleinement à notre tueur compte tenu des circonstances.

— Que moi je travaille sur l'affaire sept jours sur sept, c'est normal puisque je suis dépêché ici pour cela, mais vous... vous...

— Je ne suis que votre subalterne dans cette affaire et peux à ce titre me permettre de prendre un jour de repos, continua Benjamin.

— Quelque chose dans ce genre-là, en effet, n'y voyez aucun mal.

— Ne vous en faites pas, chez nous autres de la police, on se plaît à nous rappeler régulièrement à l'aide de circulaires qu'en cas d'intervention du FBI, nous ne sommes plus que des aides potentielles. Je plaisante, la situation est claire et je me contente de faire mon boulot de mon mieux.

Fergusson se servit un café, il commençait à avoir ses petites habitudes à présent, et s'assit en face du shérif.

— Aujourd'hui c'est samedi, pourquoi n'iriez-vous pas vous reposer un peu chez vous, ou dans cette taverne qui semble ici si populaire, vous vous paierez un verre à la santé

du contribuable, c'est ma note de frais qui vous invite, dit-il
en lui tendant un billet de dix dollars.

— N'essayeriez-vous pas de me détourner d'ici pour la
journée ? lui demanda Benjamin.

Glenn posa le billet sur le bureau, et le shérif Hannibal
repoussa les dix dollars vers l'agent spécial au costume impec-
cable.

— Parce que si c'est le cas, autant vous dire que c'est
peine perdue. Depuis jeudi après-midi je ne peux détacher
mon esprit de cette histoire que vous m'avez racontée. Et
comment pourrais-je la nier ? Après tout, j'ai moi-même été
témoin d'un de ces phénomènes étranges ! Là ou j'ai du mal,
c'est sur ce que *vous* m'avez dit. J'entends par là ces récits de
médium, ces rapports de police insolites datant de différentes
époques et parlant de notre homme ou de quelqu'un y ressemblant fort. Toutes ces inquiétantes histoires que je ne
pourrais remettre en cause qu'en pensant que vous êtes
dingue et que vous avez tout inventé, et là encore il y aurait
des points à éclaircir !

Benjamin Hannibal avait les yeux grands ouverts, pareils
à un poisson qui étouffe dans l'air. Il agitait ses bras dans tous
les sens comme si cela pouvait l'aider à exprimer clairement
l'angoisse qui le taraudait depuis deux jours.

— Et vous pensez que je le suis ? interrogea Glenn.

— Dingue ?

Benjamin soupira longuement.

— Si seulement je le pensais ce serait nettement plus
simple !

— Pour être franc j'avais peur que vous ne puissiez encais-
ser tout cela, et que je doive me passer de vos services. Je
vous aime bien, vous savez.

Benjamin haussa les sourcils.

— Quelle est la suite du plan ? « L'Ogre » ou le Magicien
comme vous voudrez, peut être n'importe où.

— Dans un premier temps je voudrais que vous préveniez
toutes les fermes environnantes qu'un dingue se promène en
liberté, que si jamais ils voient quelqu'un dans leur grange

ou proche de chez eux qu'ils nous appellent. Surtout qu'ils ne tentent rien par leurs moyens. Je pense que le Magicien va se servir de la nature pour se cacher, il serait suicidaire pour lui de rester en ville.

Un large sourire inondait le visage du shérif.

— Pourquoi riez-vous ?

— Je ne sais pas si vous avez bien regardé en arrivant à Edgecombe, mais la région est plutôt vallonnée et particulièrement boisée, des fermes ici il n'y en a pas, nous vivons essentiellement de la pêche, les autres habitants travaillent à Wakefield, Kingston ou même à Providence qui n'est pas si loin. Edgecombe a certes l'air d'être exclue du monde mais nous ne sommes qu'à trois kilomètres de la ville la plus proche. Néanmoins il y a ce sacré bonhomme de Ron qui vit seul dans la forêt, je vais aller le voir cet après-midi.

— Parfait.

— Au fait, j'ai compulsé les archives de police de la ville. Le seul fait singulier, du moins vraiment inhabituel remonte à 1952. Une fusillade entre deux types qui s'est terminée dans le Pocomac.

— L'identité des deux hommes ?

— Inconnue, on n'a jamais retrouvé les corps.

— Tiens donc... il y a eu des témoins de la scène ?

— Plusieurs personnes ont vu les hommes se poursuivre en voiture en se canardant, mais le seul qui ait vu le dénouement c'est Jefferson Farmer.

— Je suppose qu'il est mort ?

— Non, il est à la maison de retraite Alicia Bloosbury.

L'agent Fergusson croisa les mains devant son menton et ajouta :

— Serait-ce trop vous demander d'aller le voir et d'en obtenir une description physique des deux hommes ?

Le shérif hocha la tête :

— Depuis tout ce temps ! Enfin... Je devrais pouvoir faire ça, mais vous pensez qu'il y a une relation avec notre... *Magicien* ?

— On ne sait jamais, je ne veux laisser aucune piste inexploitée.

Glenn Fergusson but son café d'une traite en grimaçant.

— Vous buvez ça comme si vous n'aimiez pas le café ! s'étonna Benjamin Hannibal.

— C'est le cas. J'en bois uniquement parce que le dégoût me réveille !

Benjamin se leva, amusé par la personnalité toujours plus surprenante de l'agent du Bureau Fédéral, et se prépara à partir pour une ronde.

— Et qu'est-ce que vous comptez faire à propos du tueur qui rôde dans la région ? dit-il.

Glenn posa la tasse sur le rebord du bureau et remit le billet de dix dollars dans son portefeuille avant de répondre :

— N'ayant aucune piste pour le traquer et le débusquer, je vais faire appel à mon seul *joker* de ces cas-là.

Le shérif Hannibal fronça les sourcils.

— Ezekiel Arzabahal.

— Votre ami médium ? manqua de s'étrangler Benjamin.

— Il arrive mardi matin par le bus de 9h35.

*

Tom, Sean et Meredith passèrent en vélo le long du stade où trois garçons qu'ils connaissaient du lycée s'entraînaient à batter. Ça avait été une idée de Sean d'aller chercher Meredith, après tout elle avait fait partie du groupe lors de la séance de spiritisme et Sean s'en était presque voulu de ne pas la prévenir de leur intention d'aller rechercher le livre la veille. Lorsqu'elle leur avait ouvert la porte de chez elle, elle avait les yeux rouges et de grosses poches violettes sous les yeux, comme si elle avait passé une nuit blanche. Elle avait accueilli leur proposition de se joindre à eux avec joie et avait enfourché son vélo dans la minute suivante.

Tom était arrivé sur son vélo-cross avec son blouson en cuir. Se passant machinalement la main dans les cheveux qu'il avait fort courts, à la mode G.I.'s, il avait parlé avec Sean de ce qu'ils avaient vu. Cette chose sous la moquette.

Sean lui avait raconté pour la deuxième fois ce qu'il s'était passé durant la séance de spiritisme. Cette fois-ci Tom écouta avec la plus grande attention, frissonnant d'horreur en pensant qu'un être de l'au-delà s'était emparé de son corps pendant quelques minutes. *Et s'il était encore en moi, quelque part à attendre son heure ?* Sean l'avait rassuré en lui expliquant que le contact avait été bref, que son corps n'avait servi que de haut-parleur en quelque sorte, et que lorsqu'on se servait d'un micro et d'un matériel de sonorisation, une fois fait on ne restait pas en contact avec l'équipement. Sur quoi Tom avait répondu :

— Alors c'est ça ? Je ne suis qu'une saloperie de matériel hifi aux normes Morts-vivants !

Et tous deux avaient éclaté de rire. Ils en avaient bien besoin.

Les trois vélos s'arrêtèrent devant la grande vitre de chez Alicia's d'où l'on voyait Zach attendre à une table. Meredith, Tom et Sean accrochèrent leur Mountain-bike au lampadaire de Main Street et vinrent se joindre au jeune homme à la queue de cheval et au blouson en cuir noir.

Zach tenait un gobelet jetable, d'où s'échappait de la fumée. Meredith commanda le même et s'assit en face.

— Comment vous faites pour boire du café ? demanda Tom, c'est dégueulasse ! Pourquoi vous buvez pas de la pisse d'éléphant tant que vous y êtes ?

— Le jour où ça sera commercialisé, alors là t'en fais pas on en boira tous ! répondit Meredith non sans un certain cynisme.

Une BMW série 7 s'immobilisa devant le fast-food. Eveana en sortit et adressant un petit signe affectueux au chauffeur elle monta sur le trottoir.

— La vache ! Elle s'emmerde pas ! s'exclama Tom en voyant la voiture s'éloigner.

— Je te le fais pas dire ! fit Zach en regardant la petite jupe plissée qu'Eveana portait et en espérant que le chauffeur soit son père.

Curieusement, le temps sur Edgecombe n'arrivait pas à se stabiliser depuis quelques semaines. Après l'orage qui avait inondé la région durant la nuit, un soleil d'été avait réveillé les habitants ce matin. Et vers quatorze heures ce samedi d'octobre, le ciel était bleu et le soleil haut et chaud.

— Vous avez remarqué comme les saisons s'emmêlent les pinceaux ces derniers temps ? demanda Meredith.

— C'est la faute au gaz et à l'industrie moderne, le réchauffement de la planète et notre destruction à venir sont les prix à payer pour le progrès ! déclara Tom comme s'il récitait un drame théâtral avec emphase.

— Je vois que vous vous êtes bien remis, dit Eveana en arrivant et en montrant Tom du menton.

Elle déposa son cardigan en laine sur la banquette et partit se chercher un de ces milkshakes si prisés chez Alicia's.

— Tiens, un nouveau, dit Meredith en regardant par la vitre.

Tous se tournèrent pour comprendre de quoi elle parlait. Lewis traversait la rue dans leur direction, à ses côtés marchait Gregor, le garçon à lunettes qu'ils avaient rencontré la veille au soir.

— Qu'est-ce qu'il fout là celui-là ? grommela Zach.

Les deux nouveaux arrivants débarquèrent dans le fast-food alors qu'Eveana s'installait à la table de ses camarades. Lewis, tout content, annonça :

— Je vous présente Gregor Sawanu !

Un vague « salut » émergea sans grande joie du groupe.

— Je me suis dit que Gregor pourrait nous aider, il est le voisin de Mr O'Clenn.

— C'est vrai que si on veut lui apporter des fleurs ça sera plus pratique, gloussa Zach.

— Non, sans déconner, Gregor m'a raconté que des fois il voyait le vieux O'Clenn sortir de chez lui en pleine nuit, expliqua Lewis tout excité.

— Et alors il a le droit d'aller se dégourdir les jambes !
dit Tom.

Gregor, qui était resté en retrait, se décida à parler :

— Certainement, mais je doute qu'il aille se dégourdir les
jambes de onze heures du soir jusqu'à trois-quatre heures du
matin, de plus le phénomène se répète cycliquement, il ne
sort ainsi que les nuits de pleine lune.

— Et comment tu sais tout ça ? Tu ne dors jamais la
nuit ? demanda Eveana.

— En fait je travaille souvent la nuit, je suis plus produc-
tif, et la fenêtre de mon bureau donne sur sa maison, j'ai
seulement relevé ces faits quelques peu étranges mais...

Zach le coupa :

— T'en fais pas on est pas de la police...

— ... Gregor.

— Gregor. Moi c'est Zach.

Tous se présentèrent à leur tour.

— Maintenant on est sept, c'est parfait c'est le chiffre
divin, dit Lewis, content de lui.

— Tout de suite je me sens plus illuminé ! ironisa Tom.

Sean se pencha vers Lewis et lui murmura à l'oreille :

— T'es sûr qu'on peut lui parler, on ne le connaît pas, ça
se trouve il va se tirer en hurlant dès qu'on va lui parler de...
enfin tu sais bien d'esprits et de morts.

Sur le même ton de la confidence Lewis lui répondit :

— Non, c'est un type cool, je t'assure ! Je lui ai déjà tout
raconté et il ne m'a pas traité de menteur une seule fois, il
s'est contenté de me dire que c'était sur un plan scientifique
très intéressant, t'imagines ? Je lui balance que les morts nous
parlent et il me répond qu'il voudrait bien voir ça de ses
propres yeux pour *étaler* des théories...

— *Etayer* des théories. Moi, je te fais confiance mais je ne
sais pas ce que les autres vont en penser...

— Vous avez fini vos messes basses tous les deux, dit
Eveana.

— Laisse-les donc, ils se racontent leurs derniers rêves de
branlettes, railla Tom.

Sean se tourna vers Gregor.

— Lewis t'a tout raconté alors, et tu ne nous prends pas pour des fous ?

— Je ne vois pas l'intérêt pour lui de m'avoir menti, et ses déclarations m'ont paru franches, même si ce qu'elles impliquent est bouleversant. Je demande à voir ce que vous appelez phénomènes inexpliqués, dit-il simplement comme s'il s'était adressé à un amphithéâtre d'université.

— Crois-moi, si tu restes avec nous, tu vas être servi, ça risque même de remettre en question ta confiance en la science et tout ce que tu sais du monde en général ! déclara Zach.

En entendant ces mots, Tom frissonna et se sentit d'un coup très mal à l'aise.

— Qui tu connais en ville demanda Sean, je veux dire qui sont tes amis ?

— À vrai dire je n'en ai pas vraiment, je n'ai pas le temps pour ça.

— Pas le temps pour ça ? s'exclama Lewis. Qu'est-ce que tu fais alors ?

— J'étais dans une école spécialisée pour les enfants sur-doués à Boston jusqu'à cet été. À présent je travaille sur le développement d'un projet informatique grâce à une bourse de Harvard, je travaille en partenariat avec le M.I.T. [1].

— Et c'est quoi ce projet, si c'est pas trop indiscret ? interrogea Meredith.

— Non ce n'est pas indiscret, d'ailleurs en parler fait toujours du bien, ça permet de se stimuler soi-même. Pour simplifier, imaginez que dans quelques années les ordinateurs n'existent plus tout à fait comme maintenant. Ça ne sera que des claviers tout simples avec un petit écran, un peu comme les ordinateurs portables actuels. Vous pourriez le brancher sur une prise spéciale et tout le monde serait connecté en permanence sur une espèce de super-disque dur collectif où tous travailleraient ensemble. Toutes les données seraient sur

---

1. M.I.T. : Institut Technologique du Massachusetts.

cette immense mémoire centrale, toutes les informations en un même lieu, tous les logiciels disponibles sur une simple connexion. Ce serait la mort de l'ordinateur particulier et le début de l'ordinateur collectif.

— C'est un peu comme Internet en gros ? proposa Eveana.

— Presque, sauf qu'Internet se fait avec ton ordinateur et ta mémoire et tes logiciels et tu dois passer par différents serveurs pour trouver ce que tu cherches.

— Eh bien dites-moi, on a un génie parmi nous ! s'écria Zach.

— Je... j'ai juste pris un peu d'avance, c'est tout, répondit Gregor assez mal à l'aise.

— Bon si on allait discuter de tout ça ailleurs, il fait beau profitons-en, on pourrait aller à l'île Jackson, proposa Sean.

L'île Jackson était un minuscule îlot de végétation au milieu de la rivière Sharpy. On pouvait y accéder par une passerelle métallique qui la surplombait d'une rive à l'autre. Sean, Tom et Lewis y avaient construit une cabane, dissimulée sous une épaisseur de fougères et de branches, et ils s'y rendaient souvent pendant l'été, ils s'y sentaient en sécurité, au milieu de la forêt.

Tous approuvèrent.

— Moi je vais chercher à boire, et ensuite je vous y rejoins, dit Tom.

— On va t'accompagner, Sean et moi, déclara Meredith.

— Les vélos s'occupent du ravitaillement, les autres vous allez directement à l'île.

Ils se levèrent et s'apprêtèrent à partir en direction de leur repaire quand Zach s'approcha d'Eveana et lui demanda :

— C'est... c'est ton père qui a une si belle voiture...

Elle haussa les sourcils, étonnée par la question.

— Oui, pourquoi ?

Le soulagement fut si grand dans la poitrine de Zach qu'il répondit instantanément :

— J'adore les BMW, et c'était dans l'espoir de pouvoir l'admirer de plus près un de ces jours !

— Si tu veux, dit-elle en se dirigeant vers la sortie, toujours surprise par l'attitude du jeune homme.

Derrière elle, Zach souriait jusqu'aux oreilles.

Alors que Eveana, Zach, Lewis et Gregor s'éloignaient à pied vers la 4ᵉ rue pour rejoindre le terrain vague, les trois vélos partirent vers Stewtson Avenue, longeant le parc municipal, puis tournèrent pour passer au-dessus du Pocomac et prirent à gauche pour enfin déboucher sur Longway Street qu'ils remontèrent jusque chez Tom. Là, Sean et Meredith attendirent devant la petite maison en bois pendant quelques minutes que Tom ressorte avec un plein sac à dos de boissons et friandises.

Ils remontèrent Lawson Street sans perdre de temps et après avoir traversé Williamson Way et le terrain vague, ils s'enfoncèrent en vélo dans les bois. Quelques centaines de mètres plus loin ils rattrapèrent leurs amis sur le sentier.

Lewis et Gregor en tête suivis par Eveana, et la petite procession se remit en marche. Tom et Meredith poussaient leurs vélos en trottinant à côté.

Lorsqu'ils furent tous installés dans la cabane, ils tenaient à sept dans un confort tout relatif. À quatre sur le canapé, les trois autres assis sur les tapis de sol, les garçons ayant galamment laissé Meredith et Eveana s'asseoir sur le « sofa » en compagnie de Sean et du nouveau dans la bande : « Gregor la Tête » comme l'appelait Tom et Zach. Tom sortit de son sac les canettes de Pepsi et quelques friandises et chips qu'il avait subtilisées chez lui.

— Si vous m'expliquiez ce que vous avez fait hier, j'ai cru comprendre que votre soirée a été animée, dit Meredith.

Les gestes de ses camarades se figèrent. Un silence pesant s'insinua entre eux. On n'entendait plus que le murmure de la chute d'eau au loin.

— C'est le moins qu'on puisse dire, lâcha finalement Sean.

Zach, Eveana, Tom et Sean se regardèrent pour voir qui allait se dévouer pour faire le compte rendu, et ce fut finalement Sean qui se lança, Eveana l'aidant à compléter son histoire. Zach intervint pour raconter l'épisode du réveil de Georges O'Clenn et son retour dans la chambre alors que l'adolescent fouillait et comment il avait plongé derrière le lit au côté d'Eveana où ils avaient été contraints d'attendre plusieurs minutes pour qu'il s'endorme avant de sortir.

Quand Sean aborda la chose sous la moquette, il y eut un long silence, on eût dit que la nature elle-même écoutait et qu'elle s'était tue. La cascade au loin apparut plus étouffée encore, le chant des oiseaux baissa en intensité jusqu'à n'être plus qu'une rumeur dans les bois, et le frottement incessant de la végétation sembla se figer pendant quelques instants. Tom vida sa canette en trois gorgées, tandis que Lewis écarquillait les yeux, la bouche grande ouverte, à la fois terrorisé par l'histoire et en même temps curieux et excité d'en connaître la suite.

Tom qui avait revécu l'histoire au fil des mots de Sean, trouva la force d'intervenir :

— Je vous assure que même moi qui suis resté sceptique lors de la séance de spiritisme (les autres acquiescèrent largement), j'ai senti cette *chose* derrière nous, et il y avait comme... comme... de l'électricité dans l'air, rien que d'y repenser j'ai la chair de poule.

— Je dois bien avouer que moi aussi j'ai vu cette... comment l'appeler ? Créature, filer à toute vitesse derrière Sean et Tom et malgré l'obscurité j'ai clairement discerné une forme, pas humaine, sous la moquette qui...

Eveana s'arrêta.

— Qui quoi ? demanda Meredith.

— Vous allez me prendre pour une folle.

— Là il y a peu de chance, ou on est tous mûrs pour l'asile d'Arkham, corrigea Sean.

— Eh bien, j'ai cru voir deux yeux rouges briller au travers de la moquette. Deux yeux terrifiants.

Sean approuva silencieusement et Tom hocha vigoureusement la tête.

— Mais c'est quoi ce type, O'Clenn, c'est un sorcier ? demanda Meredith. (Puis elle se tourna vers Gregor et dit :) Toi tu le connais, qu'est-ce que tu peux dire sur lui ?

Gregor, surpris, chercha ses mots avant de répondre :

— Vous savez, je ne le connais pas vraiment, j'ai juste noté une récurrence à certains faits étranges. Mais après tout aucune loi n'interdit de se promener les nuits de pleine lune.

— Tu sais où il va dans ces cas-là ? voulut savoir Zach.

L'adolescent aux lunettes secoua la tête.

— Non, désolé.

Eveana se pencha en avant.

— Je sais pas pour vous, mais moi j'ai l'impression qu'on a mis le doigt sur quelque chose de très gros, dit-elle. Entre la cérémonie qui vire à la possession, excuse-moi Tom, mais je ne vois pas d'autre terme ; et l'excursion chez l'homme qui m'avait piqué le livre et qui se transforme en course-poursuite avec un monstre ou je ne sais quoi ; pardonnez-moi si je *psychote* mais ça fait beaucoup !

— Alors qu'est-ce qu'on fait ? interrogea Lewis. On pourrait peut-être confier le livre à des adultes, aux autorités par exemple.

— T'es dingue ? T'imagines un peu ce qu'ils en feront ? Ils vont se battre pour l'avoir, ça tu peux en être sûr ! gronda Eveana.

— Elle a pas tort, confia Meredith. Il n'y a qu'à voir dans le passé quand Alfred Nobel a conçu la dynamite pour aider les mineurs à forer, on en a fait une arme de guerre. Quand Einstein a découvert la relativité, on s'en est servi pour en faire des bombes de destruction massive. Alors imagine deux secondes ce qu'ils feraient avec un livre qui explique comment communiquer avec les morts et peut-être beaucoup d'autres choses du même acabit !

Zach approuva et dit :

— De toute manière on garde le livre, mais qu'est-ce qu'on en fait ? On continue la lecture ? Parce que s'il commence par « Comment prendre contact avec les morts », j'imagine difficilement ce que sera le dernier chapitre !

— C'est pour ça qu'on va le mettre dans un coin et ne pas y toucher pour le moment ! affirma Sean.

— Tu veux dire qu'on va même pas poursuivre sa lecture ? s'insurgea Eveana.

— Exactement, du moins tant que les événements ne se calmeront pas un peu, mieux vaut le laisser dormir. Ce livre me donne parfois l'impression d'être une entité à part entière, je préférerais qu'on n'y touche plus. Du moins pendant quelque temps.

— Et pourquoi ce serait toi qui nous ordonnes ce qu'on doit faire avec le livre ? demanda Tom.

— Parce qu'il provient de chez mon grand-père !

— Sean a raison, c'est lui le plus à même de prendre des décisions sur le bouquin ! observa Lewis.

— Ça paraît logique en effet, dit doucement Gregor.

Meredith qui réfléchissait à tout cela interrogea :

— Justement, si c'est à ton grand-père pourquoi n'irais-tu pas lui poser deux ou trois questions à ce sujet ?

Sean secoua la tête :

— Mais non, tu as bien vu que le Khann était dans un vieux meuble, ce livre a dû être planqué là il y a fort longtemps. Mon arrière-grand-père était un antiquaire français, il a récupéré le meuble sans savoir ce qu'il contenait dans un compartiment secret ! Mon grand-père Anatole en a hérité plus tard. En plus c'est pas le genre de mon grand-père d'avoir ce genre de bouquin, crois-moi.

— Sauf que j'ai inspecté le meuble après qu'on l'a cassé, dit Eveana, et le compartiment n'était pas si secret que cela, on pouvait y accéder par le côté, et franchement je ne pense pas qu'on puisse avoir ce meuble chez soi sans découvrir le faux fond très rapidement.

— Tu insinues que mon grand-père faisait de la magie peut-être ?

— Non, ce que je dis c'est qu'il doit certainement connaître l'existence de ce livre, et...

— Laisse tomber ! Je ne veux pas parler de ça avec lui. Je suis persuadé qu'il n'a aucun rapport direct avec ce grimoire de malheur, en plus il est super-catho ! Alors je le vois mal s'amuser à fricoter avec la sorcellerie.

Meredith leva les bras en signe d'abandon.

— Alors on le planque où pour l'instant ? demanda Zach.

— Mon père a un coffre dont il ne se sert jamais, la combinaison est la date de naissance de mon frère Sloane, ça fera l'affaire, répondit Sean.

— Dans ce cas moi ça me va et v...

Zach fut interrompu par Tom.

— Quelqu'un est venu ici !

— Comment ça ?

— Il y avait des cartes représentant des femmes à poil ici, elles ont été décrochées du mur.

— C'est peut-être le vent ? proposa Lewis.

— Peu probable, elles tenaient entre les bambous et quand on faisait des échanges il fallait forcer pour les prendre !

— Alors qui ? interrogea Eveana.

— Je sais pas, mais j'aime pas cette histoire.

— En tout cas c'est quelqu'un qui avait un petit creux, dit Sean en découvrant dans un coin les emballages vides des deux snikers qu'ils avaient achetés une fois et laissés là pour plus tard.

Tom se leva et vérifia qu'il ne manquait rien de leurs affaires.

— Que je l'attrape l'empafé qui se croit chez lui ici et je lui fais la peau ! avertit-il.

Zach essaya de le calmer et Eveana, afin de changer de sujet, entreprit d'énumérer tout ce qu'elle pourrait ramener de chez elle pour égayer la pièce, ce qui fit bien rire Sean, Lewis et Gregor.

Vers dix-sept heures, quand les sept adolescents émergè-
rent de leur île, Il se coucha dans les fougères. À leur passage
Il sentit leur odeur, et en reconnut trois qu'Il avait entraper-
çus un soir du haut de l'usine alors qu'ils s'amusaient avec
une drôle de moto. Même pour Lui, 7 ça faisait beaucoup.
Il préférait les proies faciles, isolées et apeurées ; c'était meilleur. Bien meilleur.

Lorsqu'ils furent à moins de deux mètres, Il manqua de
sursauter sous l'effet d'une décharge.

Ils rayonnaient du pouvoir de la Bête !

La Bête avait marqué de ses griffes leurs jeunes âmes. Il
hésita. Il aurait bien bondi pour en emporter un avec Lui,
juste pour s'amuser avec ce soir, pour comprendre pourquoi
ils transpiraient l'odeur de la Bête. Mais Il abandonna l'idée,
ce serait difficile de ne pas avoir les autres sur le dos ensuite.
Non, il valait mieux attendre.

Attendre qu'une proie facile se présente.

Et Il en était sûr, ça n'allait pas tarder.

3.

Le dimanche qui suivit se leva sur un magnifique ciel bleu. Les rares traînées de nuages volaient très haut, presque immobiles, on aurait dit de la neige synthétique que l'on pulvérise à la bombe sur les sapins de Noël. L'air était frais, la buée s'envolait des bouches à mesure que les gens expiraient, et certains jugèrent même utile de ressortir des placards les gants de l'hiver dernier.

Fred Benton qui traversait lentement la ville à bord de son antique camion Ford rouge et noir, faisait comme tous les dimanches matin sa livraison de lait. En passant devant chez les Emerson dans Longway Street, il fut surpris de ne pas voir la vieille Dodge de Aaron Chandler. Habituellement ce petit con passait son dimanche matin en compagnie de Joséphine Emerson, jusqu'à ce qu'il ait cuvé son vin de la veille. Fred Benton ne pouvait se douter que l'épave de la Dodge reposait quelques centaines de mètres plus loin dans les herbes et que son propriétaire — dans un état similaire — gisait entre les cuisses de Joséphine. La pauvre commençait à n'en plus pouvoir respirer et cherchait un moyen de pousser Aaron sans risquer de le réveiller. Ne pas le réveiller. Surtout pas. Ne pas le réveiller. Ces mots s'imprimaient en gras dans sa tête. Ils clignotaient comme les néons multicolores de Las Vegas. Ne pas le réveiller. Sans quoi ce serait la raclée assurée.

Fred poursuivit sa livraison jusqu'au bout de la rue et, évitant le quartier des caravanes, il fit demi-tour et retourna sur ses traces. Avant la sortie de la ville il s'arrêta devant la maison de deux étages en rondins de bois, et descendit du camion. Josie avait appelé, elle avait deux nouveaux, il lui fallait donc cinq bouteilles. Fred déposa les cinq litres devant la porte de derrière et refit le tour de la maison pour partir. Avant de remonter dans son véhicule, il jeta un bref coup d'œil en direction du parking. Il y avait une voiture de location, une Daewoo toute simple, le genre de véhicule passe-partout assez discret. À côté il y avait un petit van vert, *des touristes*, pensa Fred en voyant les cartes routières s'entasser sur la plage avant en compagnie des emballages de nourriture. En face il y avait un véhicule tout terrain avec l'autocollant des Gardes Forestiers du Rhodes Island sur le pare brise.

La dernière voiture à être stationnée sur le parking de la pension de Josie Scott était une Mercedes noire. L'une de ces grosses berlines impressionnantes, aux vitres teintées et à l'aspect toujours neuf. Il eut un sifflement admiratif pour l'engin et admira la largeur des pneus et la forme parfaite des courbes de la carrosserie.

En l'observant avec insistance, Fred se sentit mal à l'aise tout d'un coup, il crut percevoir le regard inquisiteur du propriétaire derrière l'une des fenêtres du bâtiment. Il remonta rapidement dans son camion, remit les gaz, et manœuvra pour rejoindre la route vers le centre-ville. En passant, il remarqua que la plaque d'immatriculation était personnalisée. Inscrit sur une plaque du Massachusetts en lettres noires, il lut : ARCANE XIII.

*

Vers quatorze heures trente, Sean arriva aux abords de la maison de retraite Alicia Bloosbury sans remarquer la jeep cherokee du shérif Hannibal garée sur le côté.

Sean traversa le hall d'accueil, et entra dans la salle principale. Il passa devant une infirmière qui invitait un vieil homme à la suivre pour lui changer sa couche, et accéléra en direction de la baie vitrée.

Sean remarqua alors son grand-père dans sa chaise roulante, comme d'habitude à contempler la vie.

— Boujour Grand'pa !

— Bonjour toi.

Anatole était en robe de chambre, les mains posées sur les cuisses et s'était tourné un peu pour voir son petit-fils.

— Prends une chaise, dit-il.

Sean obéit et se posta à ses côtés.

— Comment ça va en ville ?

— C'est pas terrible. Cette histoire de tueur, ça n'inspire pas la joie.

— J'imagine.

Il y eut un silence entre les deux membres du même sang. Un silence habité en fond par la clameur des pensionnaires de la maison de repos.

Anatole se racla la gorge.

— Tes parents vont bien ?

Sean répondit par l'affirmative, mais n'osa pas relater l'épisode où son père l'avait surpris à rentrer par la fenêtre. Il donna les détails minimum sur la vie de famille actuelle. Pendant une seconde il eut le sentiment qu'il pouvait parler à son grand-père du livre et des événements étranges des jours passés, mais un signal sonore retentit dans sa tête, un avertissement qui lui intimait l'ordre de ne pas trop en dire, pour sa propre sécurité.

Anatole reprit la parole, et en plaisantant demanda à Sean où il en était avec les filles, ce qui fit rougir l'adolescent qui eut du mal à avouer n'avoir aucune petite copine. Anatole lui parla de ce que lui-même avait vécu autrefois, avec Lydia sa femme tant aimée lorsqu'il l'avait rencontrée, et il relata leurs premières sorties ensemble et ce faisant il aperçut du coin de l'œil le shérif qui parlait avec un autre des pensionnaires. Le shérif d'Edgecombe qu'il sentit plus soucieux qu'aucun shérif ne l'avait été dans la petite ville.

*

Josie Scott vérifia que la Mercedes noire était bien partie, et elle décrocha le téléphone. Elle composa le numéro de Debbie Moss, sa confidente (à défaut d'être sa meilleure amie) depuis plusieurs années. La voix de Debbie résonna dans l'écouteur :

— Oui ?

— Debbie, c'est moi Josie. Je n'ai pas beaucoup de temps alors je vais faire vite. Dis-moi tu te rappelles les deux clients dont je t'ai parlé hier ?

— Avec un balafré ?

— Tout à fait. Et bien je les trouve un peu bizarres. Enfin j'irais même jusqu'à dire que je les soupçonne de faire des trucs illicites.

— Comment ça ?

— C'est assez difficile à dire mais quand je suis passée devant leur chambre hier après-midi, il y a eu un violent flash de lumière sous la porte, et l'air sur le palier qui était particulièrement froid est devenu chaud en un instant. Et puis parfois il y a des grognements étranges dans leurs chambres.

Debbie Moss répondit distraitement :

— Et en quoi puis-je t'aider là-dedans ?

— Je me demandais si tu ne pourrais pas en parler à ta sœur Sherelyn. Elle travaille toujours pour le shérif, non ?

— Toujours et tout le temps, pour un salaire de misère.

— Alors si tu pouvais lui en toucher deux mots, qu'elle-même en parle à Benjamin Hannibal ça serait pratique. Il pourrait passer à la pension pour s'assurer qu'ils sont d'honnêtes personnes. Il saura mieux que moi les questions anodines à poser pour avoir l'air de rien et en apprendre un peu plus sur eux et sur ce qu'ils font...

— Et pourquoi ne l'appelles-tu pas directement ? demanda Debbie.

Josie bafouilla :

— En fait... je pensais que... ce serait mieux si ça passait par Sherelyn. Hannibal la connaît bien, alors que moi il va croire que j'ai trop d'imagination ou quelque chose comme ça.

Josie Scott n'osait avouer qu'elle avait peur des yeux perçants de l'homme chauve. Elle y avait plongé son regard une fois et l'avertissement avait été cinglant : faites ce qu'on vous dit et rien d'autre. Sinon la cruauté qui navigue à la surface de ces yeux qui vous font si peur ne sera qu'un début ! Au moins si elle passait par différents intermédiaires, le bouche à oreille empêcherait de remonter jusqu'à elle. Elle l'espérait.

Afin d'étayer ses craintes auprès de Debbie elle ajouta :

— En plus, hier ils m'ont posé beaucoup de questions sur la vieille maison de Arrow-view

Debbie tiqua un peu plus sur son sofa. La maison de Arrow-view était une vieille demeure sinistre que personne n'habitait, certains l'appelaient le manoir de la flèche à cause de sa grande taille et de son nom [1]. Le propriétaire en avait hérité tout comme l'avait fait son aïeul, et n'y avait mis les pieds qu'une seule fois pour décréter qu'il fallait s'en débarrasser. Mais depuis des années, la pancarte « À VENDRE » restait clouée sans bouger. La maison était haute et érigée sur un escarpement rocheux qui surplombait les récifs à un kilomètre au nord sur la route de Narragansetts Pier. Pourtant l'érosion du vent et du sel de la mer ne faisait pas disparaître cette étrange teinte noire qui couvrait les murs. On plaisantait souvent au sujet du manoir dans la ville et le soir à la taverne Tanner, on entendait souvent dire que « seul Dracula en personne pourrait la trouver à son goût et y emménager ».

— Qu'est-ce qu'ils veulent à Arrow-view ? demanda Debbie.

Arrow-view n'était pas appréciée, elle faisait peur avec son imposante stature lugubre. Pourtant les gens de la région n'aimaient pas qu'on y touche. C'était une sorte de monument sacré. Personne n'en voulait, mais personne n'aurait souhaité la voir disparaître non plus.

— Je pense qu'ils vont l'acheter, ils sont sortis tout à l'heure et je crois qu'ils sont avec le notaire de la ville. Je suppose qu'ils n'ont plus qu'à finaliser la transaction avec l'avocat du propriétaire qui est à Wakefield.

---

1. *Arrow-view* : la vue de la flèche.

Cette fois, la nouvelle était trop choquante et incroyable pour que Debbie Moss ne sorte pas de son apathie :

— L'acheter ? s'écria-t-elle.

— Oui et c'est pas tout. Tu sais que le type du FBI qui enquête sur les meurtres dort chez moi ! Eh bien lui aussi agit bizarrement. Quand les deux grands types effrayants m'ont posé des questions sur le manoir de Arrow-view, je l'ai vu passer dans le vestibule, la porte était entrouverte. Les deux types lui tournaient le dos donc ils n'ont pas pu le voir, mais je crois bien qu'il est resté sur le palier à les écouter avant de sortir discrètement.

— C'est son métier d'écouter et de soupçonner, c'est plutôt normal.

— Peut-être, mais je suis sûre que lui aussi il doit les percevoir comme moi. Ce sont des gens pas normaux, et crois-moi des étrangers j'en ai vu, alors je m'y connais lorsqu'il s'agit de juger quelqu'un ! Et eux sont *différents* de nous.

Debbie ne répondit pas, elle était retournée à ses rêveries.

— Debbie, tu es toujours là ?

Debbie Moss reprit le téléphone qui avait glissé dans son cou et dit :

— Oui, mais je dois te laisser, j'ai un bouillon de légumes sur le feu, on se rappelle, O.K ?

Elle raccrocha et s'absorba tout entière dans la diffusion d'une série télé.

Josie Scott fit de même, et vérifia une nouvelle fois que la Mercedes n'était pas revenue. À présent il fallait éviter le regard de dément de l'homme à la balafre. Car elle en était convaincue, s'il plongeait ses yeux dans les siens, il saurait tout ce qu'elle avait fait. Il saurait et après... après il deviendrait cruel, et Josie se perdrait dans ses yeux.

4.

À dix-sept ans Billy Harrisson avait toujours rêvé d'être célèbre, et ce lundi matin lui permit d'exaucer son vœu.

Billy jouait au football dans la modeste équipe d'Edgecombe, il était *quaterback*, et se devait de montrer l'exemple au reste de l'équipe. Tous les matins il allait faire son jogging avant d'aller au lycée. Il courait sur la 4e rue et montait la butte qui lui permettait d'accéder au terrain vague, en faisait le tour et retrouvait la 5e rue qu'il empruntait et ainsi de suite jusque chez lui à Dover Street. Ce matin-là vers sept heures, le soleil n'était toujours pas levé, et il hésita à passer par le terrain vague, le chemin étant chaotique il risquait de se tordre une cheville. Mais l'habitude fut trop forte et ses pieds le guidèrent le long du parcours quotidien.

Lorsqu'il passa à l'orée de la forêt, une ombre sortit des frondaisons épaisses et bondit sur Billy.

Billy était sportif, il se débattit rageusement, et pendant une seconde il crut même avoir le dessus jusqu'à ce qu'il sente le couteau s'enfoncer dans la chair de son abdomen.

Billy Harrisson avait toujours rêvé d'être célèbre, et il le devint. En effet, la découverte du corps d'une nouvelle victime de « l'Ogre de la côte Est » attira bon nombre de journalistes. Les chaînes de télé diffusèrent la photo du jeune garçon comme celle d'un martyr pour la mémoire duquel l'information devait se battre. Mais personne dans tout le pays ne vit les visages des cinq précédentes victimes.

*

Sean et Zach posèrent leur plateau-repas sur la table et s'assirent au côté de Tom et Lewis. La caféteria du lycée résonnait des coups de couteaux et de fourchettes en inox et des multiples conversations des étudiants.

— Je me demandais, commença Lewis, si vous saviez pourquoi on fabrique les châteaux d'eau en hauteur alors qu'ils sont laids à mourir ? On ferait mieux de les enterrer !

— Tu nous l'as déjà demandé, remarqua Zach, et on ne savait pas.

— Ah bon...

Lewis afficha un air très déçu. Sean qui le connaissait bien, savait qu'il en était souvent ainsi avec lui. Lewis se prenait de passion pour des petites choses pas vitales, mais qui atteignaient chez lui une importance capitale.

Meredith arriva derrière Sean et posa son plateau et son sac à dos plein de livres et de classeurs à côté de Tom.

— Je vous dérange pas ?

Tous l'invitèrent à se joindre à eux. Elle s'assit et retira ses lunettes pour se masser les paupières.

— Fait chier, je viens de me taper un D en expression écrite. J'en ai plein le cul de ces cours, gronda-t-elle.

Elle avait des poches sous les yeux, de lourds cernes violets.

— Je me mêle peut-être de ce qui ne me regarde pas, mais si tu dormais un peu plus ça pourrait t'aider à te sentir mieux, dit Sean.

Elle remit ses lunettes, se servit un verre d'eau à l'aide du broc en métal émaillé et avoua d'un ton las :

— J'aimerais bien, mais je fais des cauchemars presque toutes les nuits.

Tom lui mit la main sur l'épaule et elle se contracta aussitôt.

— Hey, je ne te veux pas de mal ma petite poupée ! dit-il en imitant la voix de Robert Mitchum.

— Désolée je suis trop nerveuse, ça va me passer.

Zach eut un regard compatissant pour la jeune fille.

— Je sais ce que c'est, le soir tu finis par ne plus oser t'endormir. Ça m'est arrivé l'année dernière.

Il y eut un silence gêné, et les cinq adolescents se mirent à manger. Puis Tom, qui n'aimait pas trop les silences, lâcha :

— Vous avez entendu parler du type bizarre qui se balade à Edgecombe ?

— Je sais pas si c'est un sujet adéquat pour plaisanter. Ce salopard a fait assez de victimes comme ça ! rétorqua Meredith.

— Non pas le tueur mais le mec qui se balade dans les rues en posant des questions aux ados de mon quartier.

Zach leva le nez de son assiette.

— C'est quoi cette histoire ? demanda-t-il.

— Je sais pas trop, mais je suis sorti après avoir mangé hier soir et j'ai discuté avec Doug Ryan. Il m'a dit qu'un type flippant est venu lui poser des questions alors qu'il s'amusait devant chez lui.

— Quel genre de questions ? demandèrent en même temps Sean et Lewis.

— Apparemment il cherchait des jeunes qui « font des choses insolites », c'est l'expression qu'il a employée avec Doug.

— Il a dit pourquoi il les cherchait ? interrogea Zach, méfiant.

— Non, reprit Tom, il a juste dit qu'il souhaiterait les voir. Doug m'a dit qu'il ne voyait pas où le bonhomme voulait en venir, mais à la façon dont Doug parlait, je crois que le type lui a flanqué une sacrée frousse.

Zach soupira.

— Ça ne me dit rien qui vaille cette histoire, fit-il. Comme par hasard au moment où on fait les cons avec une force... occulte, un mec erre dans la ville en cherchant des jeunes qui se vanteraient de voir ou faire des choses extraordinaires.

— Personne n'a parlé de ce qu'on a fait à quiconque ? demanda Tom.

Lewis bredouilla.

— Quoi ? T'as parlé de ça avec du monde ? s'écria Tom.

— Juste avec Gregor, mais... il a l'air sympa s'excusa le garçon.

— Gregor n'a pas le profil de la balance. Il a l'air intéressé par ce qu'on a fait, mais j'ai confiance en lui, confia Sean.

— Moi aussi ce petit mec m'inspire, avoua Tom, *Gregor-la-Tête a un bon karma,* plaisanta-t-il en faisant la voix d'un moine tibétain.

— On peut savoir ce que tu as pour avoir une telle pêche aujourd'hui ? demanda Meredith.

— Je crois que je préfère rire de tout ce qui nous arrive plutôt que d'en pleurer.

— Que les choses soient claires, prévint Zach, à partir de maintenant pas un mot de tout ça, pas même aux bons amis, on le garde comme un secret vital !

Tous approuvèrent. Tom allait ajouter quelque chose lorsque le haut-parleur cracha une flopée de parasites et que la voix du proviseur emplit le grand réfectoire et tous les couloirs et salles du lycée :

« C'est Mr Dasher qui vous parle. Mes enfants (c'est ainsi qu'il s'adressait toujours à ses « *ouailles* » comme il les appelait en son for intérieur) un implacable drame marche dans les pas du précédent... Tous ensemble nous allons devoir nous serrer les coudes dans cette nouvelle mise à l'épreuve. La vie a décidé de nous ôter le jeune Billy Harrisson, très probablement victime du meurtrier qui sévit dans notre ville. Le maire et moi avons donc conclu qu'il était préférable de suspendre exceptionnellement les cours et ce pour une période indéterminée. »

Une clameur mitigée de joie et de bouleversement envahit la cafétéria.

« Je vous demande de bien m'écouter, vous êtes tous des proies faciles pour ce maniaque, par conséquent soyez vigilants. Vous n'avez plus à sortir de chez vous tôt le matin pour venir au lycée, alors restez chez vous, formez des groupes de travail en pleine journée pour ne pas prendre de retard sur le programme. Un courrier vous parviendra très rapidement pour établir clairement la situation. D'autre part, je réclame une minute de silence à la mémoire de votre camarade et ami Billy Harrisson. »

Tout le monde se tut et il n'y eut plus que quelques murmures fugitifs. Lorsque la minute fut écoulée, le haut-parleur grésilla une dernière fois :

« Merci de votre attention. »

Sean connaissait Billy, tout comme ses compagnons. C'était un garçon qu'ils avaient vu à certains matchs, une sorte de coqueluche pour les élèves et les professeurs. C'était lui aussi qui avait appris à Sean le rituel du tapis et du verre pour le spiritisme. Quelqu'un d'apprécié et d'envié.

Sean et ses compagnons se regardèrent et ils n'osèrent plus rien dire, pas même Tom, jusqu'à ce que leur repas soit fini.

*

Le soir, Sean dîna vers dix-neuf heures trente et monta dans sa chambre aussi vite que possible, faisant l'impasse sur le dessert pour ne pas rester cinq minutes de plus à table. L'ambiance familiale s'était très largement dégradée depuis six jours, depuis que son père l'avait surpris à rentrer en pleine nuit par la fenêtre. Phil Anderson se faisait du souci pour son fils, il ne pouvait s'empêcher de penser que cela faisait peut-être des années que son fils le bernait ainsi, et toute cette *Confiance* (si prestigieuse à ses yeux) qu'il avait mise en Sean menaçait de s'évaporer.

Du coup les repas s'effectuaient en grande partie dans l'absence de conversation, avec la télé pour meubler tout cela. Sur la chaîne régionale, on parlait beaucoup d'Edegecombe, montrant des images de la petite ville. Philip L. Peckard, le maire, avait même fait une déclaration aux journalistes, annonçant qu'il était confiant sur l'avancée de l'enquête.

Sean referma la porte de sa chambre et alluma la lumière. Il faisait déjà bien nuit. À présent le soleil se couchait aux environs de dix-huit heures, laissant à la nuit sa grande part hivernale. Il mit la radio et s'allongea sur son lit, feuilletant un magazine de bandes dessinées.

Sean se leva pour éteindre sa radio. Malgré son jeune âge il avait eu du mal à se remettre de ses folles nuits de la semaine dernière, et il préféra se coucher tôt. De toute façon mieux valait dormir que de rester à se morfondre au fond de sa chambre.

Vers vingt et une heures il éteignit sa lampe, et les ombres de la chambre s'allongèrent jusqu'à la couvrir de leurs manteaux sombres. Il commença à s'endormir, enfoncé sous la couette. Depuis qu'il était petit, Sean avait l'habitude de se plonger entièrement sous les draps, y compris la tête. Ainsi, si quelques monstres venaient à passer par là, avec un peu de chance ils ne verraient qu'un lit et pas d'enfant à dévorer. Il se laissait un petit trou pour respirer et accessoirement pour voir, des fois que le monstre en question soit doué d'un odorat précis et pas sujet au rhume, cela lui permettrait de se glisser contre le mur et de tenter une retraite en passant sous le lit.

Heureusement cette situation ne s'était jamais présentée.

Mais à présent c'était différent. Sean avait vu de ses propres yeux chez le vieux O'Clenn ce qu'on ne pouvait qualifier autrement que de *monstre*, et cela changeait tout.

Quelque chose tomba dans le dressing. Comme une peluche ou un manteau qui se détache de son cintre.

Sean rouvrit les yeux. Il s'était endormi. À travers la mince fente qu'il s'était laissée pour respirer, il regarda vers la porte coulissante de sa penderie. Il ne vit rien.

De nouveau, il y eut un frottement, comme si quelqu'un s'amusait à passer entre les chemises qui pendaient sur les cintres. Sean voulut se lever pour aller voir, mais aussi vite il se souvint de ses expériences extraordinaires de ces derniers jours et se ravisa. Et si c'était un esprit démoniaque ?

Cette fois un objet plus lourd tomba derrière la porte coulissante. Au bruit, Sean l'identifia comme étant le carton entreposé au-dessus des étagères, celui dans lequel on rangeait les vêtements chauds pour l'hiver. Puis Sean entendit distinctement que l'on traînait le carton en arrière comme pour dégager la porte.

Quelqu'un se trouvait dans son dressing, à peine à quatre mètres de lui !

Sean eut un frisson d'angoisse. Il remonta ses jambes tout contre lui, et recula dans le lit jusqu'à se trouver avec le dos contre le mur. Sa conscience lui criait de se lever en un bond et de s'enfuir de la chambre en courant. Mais quelque chose au fond de son âme lui conseillait de rester sans bouger, que peut-être s'il ne bougeait pas, *ce qui était dans le dressing* ne le remarquerait pas.

Sean enfonça bien sa tête dans son oreiller, et pressa la couette tout autour de son corps afin d'être sûr qu'il n'y avait pas de trou par lequel la chose pourrait le repérer et s'infiltrer. Enveloppé dans son cocon protecteur, il était prêt.

Il y eut du mouvement dans la grande penderie, on gratta le morceau de moquette qui ornait le sol, comme le ferait un taureau avant de charger, et il y eut un grognement sourd, un grondement rauque d'animal sauvage. Mais Sean fut certain en une demi-seconde qu'aucun animal sur terre ne grognait de la sorte.

À ce moment, deux yeux rouges épouvantables apparurent dans l'interstice des lattes de la porte coulissante.

5.

L'autobus Greyhound se remit en route et le shérif Hannibal put contempler les passagers qui en étaient descendus. Il
reconnut Roy Darmon le fleuriste, la vieille Madame Cloth,
et un jeune homme très bien habillé qu'il ne connaissait pas.
Mais le plus étrange était sans nul doute le dernier personnage : un homme d'assez haute taille, vêtu d'un pantalon en
cuir, de bottes de motard, d'une chemise en soie noire et
d'un long manteau noir, fendu jusqu'au bas du dos et qui
prenait le vent en s'agitant comme une cape. L'homme avait
un trentaine d'années, les cheveux colorés en blond, dont les
racines noires dépareillaient grandement. On aurait pu sans
nul doute penser que pour se coiffer il se faisait exploser un
pétard dans les cheveux. Il portait un sac en toile aussi « jo-
vial » que le reste de sa tenue.

Benjamin se pencha vers Glenn Fergusson qui était à ses
côtés.

— Ne me dites pas que c'est lui votre grand sorcier !

— L'habit ne fait pas le moine, s'entendit-il répondre.

L'homme en noir traversa la rue en regardant tant en l'air
que sur la route, il s'approcha de l'agent du FBI et lui tendit
la main.

— J'ai cru comprendre que vous aviez besoin de mes services, dit-il d'une voix agréablement chaude.

— Plus que jamais. Ezekiel, je vous présente le shérif
d'Edgecombe, Benjamin Hannibal. Benjamin, voici Ezekiel
Arzabahal.

Benjamin lui serra la main et sentit à son contact une

bague à l'auriculaire. D'un rapide coup d'œil il l'inspecta. C'était une bague en or sertie du Scarabée sacré Egyptien.

— Mon porte-bonheur, annonça Ezekiel en montrant la bague du menton.

Le shérif esquissa un bref sourire, et tendit le bras vers son office qui se trouvait vingt mètres plus loin sur le même trottoir et proposa :

— Si nous allions à mon bureau, je pourrais vous offrir un bon café et quelques doughnuts succulents ?

— Ça n'est pas de refus, je reviens de New York où j'ai été contraint de désenvoûter une pauvre femme qui se croyait possédée par un démon obsédé par le sexe ! Vous imaginez l'affaire ? J'ai dû sauter dans le car sans même me restaurer. Heureusement nous avons fait une petite pause à mi-chemin, mais si votre café est bon j'en prendrai volontiers une tasse.

En voyant la mine contrariée du shérif, Ezekiel ajouta :

— Eh oui shérif, mon travail passe aussi par du folklore, tant pour vivre que pour satisfaire les lubies névrotiques des gens. Si cela peut les rassurer et leur éviter de dépenser une fortune en plusieurs années de psy, je ne suis pas contre. J'appelle ça de l'alimentaire-humanitaire en ce qui me concerne...

— Pardonnez-moi d'aller droit au sujet, mais vous êtes vraiment une espèce de sorcier ?

Benjamin Hannibal avait vu ses croyances s'effondrer en moins d'une semaine. Il avait été la victime d'un phénomène inexplicable. Au plus profond de lui il savait qu'aucune théorie rationnelle ne pourrait expliquer ce qu'il avait ressenti dans l'air tout autour de lui ce jour-là. Ce malaise et puis ces chocs venus de nulle part. De plus ce que Glenn Fergusson lui avait dit sur celui qu'ils cherchaient était trop précis pour être faux. Glenn était un homme austère, peu loquace mais il respirait la franchise, et il en savait trop sur le tueur pour que ses dires à propos de la magie soient considérés comme des fadaises. Et puis il y avait eu Jefferson Farmer auquel il avait rendu visite à la maison de retraite Alicia Bloosbury. Là on lui avait appris que Jefferson ne pourrait lui être d'aucune aide car il était atteint de la maladie d'Alzheimer. Benjamin avait tout de même insisté pour le voir, et on l'avait présenté à un vieux monsieur au regard insouciant de gamin. Il lui avait longuement parlé, essayant de lui raviver la mémoire, lui rappelant qu'il était revenu de Corée en mars 1952 après avoir été blessé par balle à la jambe. Mais rien n'y fit. En désespoir de cause, Benjamin s'était levé et par dépit avait lâché :

— Si vous ne pouvez pas vous souvenir de votre propre nom, pourquoi je m'acharnerais à vous demander ce que vous savez d'une fusillade qui a eu lieu il y a plus de quarante ans à Edgecombe !

Un voile avait obscurci la gaieté qui habitait les yeux du vieil homme, et la chair de poule avait envahi ses avant-bras. Benjamin s'était rassis et avait demandé lentement :

— Vous... vous rappelez ? Deux hommes qui se sont tiré dessus devant vous avant de tomber à l'eau.

Soudain, le visage de Jerfferson Farmer n'eut plus rien d'un enfant, tout dans ses traits et dans son regard ne reflétait plus que la fatigue et la lassitude. Il avait dit d'une petite voix éraillée :

— Celui qui était bien habillé est tombé en premier dans la rivière, puis ce fut l'autre. Celui qui avait des yeux bleus effrayants ; après avoir poussé son ennemi il est lui-même tombé à l'eau. Ils sont tombés et ont disparu.

Benjamin eut la certitude que cet homme aux yeux bleus était le même que celui qui en 1959 avait été arrêté à Wakefield, en 1970 à Bridgeport, puis en 1981 à Newark et plus récemment à Reston. C'était le même salaud qu'il avait vu et affronté dans les sous-sols de l'usine, c'était *yeux-bleus*. Ce salopard qui tuait des enfants à Edgecombe depuis presque un mois. Sa raison balaya en un instant toute explication logique, et accepta par la même occasion toutes les théories les plus folles concernant l'existence des sciences occultes. *Yeux-bleus* avait traversé plus de quarante années sans prendre une ride d'après les descriptions ou les photos des rapports de police. Et surtout il manipulait la *magie*. Benjamin en avait été témoin.

La voix d'Ezekiel le sortit de sa petite rêverie :

— Je ne me considère pas comme un sorcier, mais plutôt comme un itinérant de l'occulte.

Benjamin hocha la tête et demanda :

— Mais vous n'allez pas faire des trucs dingues dans ma ville, n'est-ce pas ?

— Rassurez-vous, la discrétion est pour moi ce que mon look est aux rockers : un élément indispensable et indissociable de la réussite.

Ils marchèrent jusqu'au bureau du shérif.

Ezekiel savoura un bon café chaud, l'agent Fergusson commença à lui faire un exposé complet de la situation. Ezekiel se cala bien au fond du fauteuil, croisa ses mains sur son ventre et se lécha les gencives pour les nettoyer des morceaux de doughnut encore collés. Pendant un instant Benjamin crut que le sorcier allait s'endormir, mais au contraire il se mit à couper de plus en plus régulièrement Glenn dans son rapport, pour lui poser des questions assez particulières. « Quelle heure était-il précisément quand le tueur a frappé le shérif ? », « Y avait-t-il de l'électricité statique dans l'air ? » et tout une batterie de questions aussi étranges qu'inutiles, aurait supposé un profane. Benjamin intervenait de temps à autre pour répondre ou pour compléter les dires de l'agent du FBI, mais dans l'ensemble il observait Ezekiel qui écoutait en fronçant les sourcils.

— Pour finir, nous avons le rapport du labo concernant les objets trouvés dans le repaire du tueur, exposa Glenn. Il n'y a, hélas, pas grand-chose à en dire. Il y a des traces de sang, celui de Tommy Harper et celui de Warren King, les empreintes de ce salopard, qui correspondent avec celles du type arrêté à Newark et à Reston, hélas les empreintes n'ont pas été relevées à Wakefield en 1959 ni à Bridgeport en

1970. Dans aucun des cas son identité n'a pu être établie, nous ne savons donc pas de qui il s'agit.

— J'aimerais avoir accès à l'un des objets trouvés, demanda Ezekiel.

Benjamin commença à objecter :

— Désolé mais il s'agit de pièces à conviction, et nous ne pouvons pas les utiliser comme ça, encore moins pour qu'un civil les examine, ce serait...

Glenn le coupa :

— J'avais paré à cette éventualité en subtilisant un objet de moindre taille, dit-il en sortant de sa veste un petit bougeoir.

Le shérif Hannibal en resta bouche bée.

— Navré, Shérif, que mes méthodes ne soient pas toujours très orthodoxes, mais j'ai appris avec le temps que la procédure habituelle pouvait s'avérer une entrave au bon déroulement de l'enquête. Surtout lorsque j'ai avec moi une aide aussi précieuse que monsieur Arzabahal.

Glenn posa le bougeoir sur le bureau. C'était un bougeoir en argent terni, il était entièrement piqué, moucheté de nombreux petits points noirs. Très simple et sans décoration, il était recouvert par endroits de longues coulées de cire solidifiée. Glenn le tourna et montra à Ezekiel le dessous de la base de l'objet. Une étoile satanique était gravée dans un cercle.

Ezekiel médita quelques secondes en inspectant le bougeoir.

— Auriez-vous l'amabilité de fermer les stores, s'il vous plaît Shérif, demanda-t-il.

Benjamin se leva et entreprit de fermer les stores vénitiens aux fenêtres, plongeant la pièce dans la pénombre.

— Je ferai tout ce que vous me demandez, pourvu que vous nous aidiez à coincer ce type rapidement. Hier j'ai passé plus de temps avec le maire, à fuir les journalistes, et à réconforter les parents d'Edgecombe qu'à mener mon enquête, qui vegète de toute façon. Je sais, Mr Fergusson, qu'il s'agit de *votre* enquête, mais soyez certain que ma tête volera également si ce salopard continue à sévir ! Alors si vous avez une solution miracle pour nous filer un petit coup de main ce sera avec joie !

— Ce que je vais faire n'a rien d'un miracle, prévint Ezekiel.

Glenn, qui avait vu l'énervement dans les yeux du shérif, lui tapota amicalement l'épaule.

— Nous allons l'avoir, et nous l'expédierons en taule pour le restant de l'éternité ! Croyez-moi ! confia-t-il.

Ezekiel prit son sac et en sortit une petite vasque en métal et une large boîte en bois. Il souleva le couvercle de la boîte, en extraya un jeu de cartes toutes craquelées et un sachet plein de poudre brune et d'herbe odorante. Il répartit le contenu du sachet dans la vasque et la posa sur le côté.

Voyant les vieilles cartes, Glenn Fergusson ne put s'empêcher de s'étonner à haute voix :

— Je croyais qu'elles avaient brûlé ! Je les ai vues s'enflammer !

Ezekiel eut un léger sourire, et commença à disposer les cartes en équilibre les unes contre les autres, comme pour faire un château de cartes en pyramide.

— Je ne sais pas si c'est bien le moment de se divertir, lança Benjamin.

— Faites preuve d'un peu de patience.

— Écoutez, s'énerva le shérif, je ne sais pas si le prochain gosse qui va se faire étriper appréciera cette patience ! Le temps tourne et malheureusement il ne joue pas de notre côté. Nous serons bientôt échec et mat si nous ne nous activons pas...

— Si le jeu est en notre faveur, alors il nous dévoilera la carte qui représente parfaitement votre tueur, répliqua calmement le sorcier, et connaître la nature de son adversaire c'est jouer avec les blancs.

— Et si les cartes ne sont pas en notre faveur ? rétorqua le shérif.

Ezekiel ne répondit pas et continua à superposer ses cartes jusqu'à ce qu'il n'y en ait plus que deux au sommet, se soute-

nant mutuellement dans un équilibre précaire. Il prit un briquet, et alluma la poudre dans la vasque qui s'enflamma d'un
coup. Des flammes vertes montèrent en crépitant. Ezekiel
plaça la vasque au centre du bureau, juste devant le monticule fragile de cartes. Il prit dans sa main gauche le bougeoir,
et de sa main droite il tira de la boîte en bois une longue
aiguille couleur or. Il la manipula avec les doigts d'une main
et plaça sa pointe sur le bout de son index. Lorsqu'il la lâcha
elle tint parfaitement en équilibre. Dans un premier temps,
Benjamin supposa que la pointe était un peu enfoncée dans
une des premières couches de la peau, ce qui aurait expliqué
qu'elle tînt si bien. Mais il dut se rendre à l'évidence lorsqu'elle se mit à osciller d'abord faiblement puis plus vite jusqu'à ressembler à des palpitations cardiaques : l'aiguille tenait
toute seule.

Benjamin allait dire quelque chose, mais Glenn le prit de
vitesse et lui fit signe de se taire.

Les flammes vertes dansaient macabrement dans la vasque,
dessinant sur le visage d'Ezekiel des ombres envoûtantes. Le
sorcier avait les yeux clos, et l'air très concentré. Par moments
on voyait un muscle se contracter et une pommette se soulever ou l'arcade sourcilière trembler. La pièce, qui était éclairée d'un soupçon de la grisaille extérieure qui passait sous un
store et du petit braséro vert, s'emplissait à présent d'une
pesanteur nouvelle, de l'électricité alourdissait encore plus
l'atmosphère. L'air en était si chargé qu'on pouvait presque
l'entendre crépiter et bourdonner. Le shérif Hannibal crut
même voir un minuscule éclair bleu d'électricité statique
dans un recoin du bureau.

Ezekiel pencha la tête en arrière et se mit à parler. D'une
voix lente et atone il déclara :

— Il ne connaît pas son propre nom, il erre dans la vie,
il ne se souvient de rien, il répond à ses pulsions. Et ses
pulsions l'appellent ici, à Edgecombe... Il cherche à servir
une force très puissante, une force qui se tapit dans *sa tanière*.
Il cherche cette tanière, et il va bientôt la trouver. *La tanière*

de la Bête. Et cette tanière est... est une flèche noire dressée vers les cieux. »

Puis Ezekiel poussa un gémissement de douleur. Les flammes vertes s'éteignirent d'un coup, et le château de cartes s'effondra immédiatement ainsi que l'aiguille. Benjamin se rapprocha du bureau, prêt à venir en secours à Ezekiel.

Glenn demanda :

— Ezekiel ? Vous allez bien ?

Un briquet s'alluma, et ils purent contempler le visage du sorcier qui regardait la table d'un air inquiet tout en l'éclairant de sa maigre flamme. Soudain ses yeux s'agrandirent, Glenn et Benjamin suivirent son regard jusqu'au tas de cartes éparpillées sur le bureau.

Elles étaient toutes retombées face cachée, toute sauf une.

La carte, l'arcane comme on l'appelait, au numéro XIII était retournée face à eux. Elle représentait un squelette avec une grande faux marchant sur une planète déserte.

— C'est « l'Arcane sans nom » messieurs, l'arcane XIII, le symbole de la non-vie, dit Ezekiel d'une voix sourde.

*

Glenn Fergusson avait très vite fait le rapprochement, il avait percé à jour cette étrange vision d'Ezekiel. Le hasard y avait grandement contribué, lui permetant d'écouter certaines conversations entre sa logeuse et les deux types louches qui venaient d'arriver. C'était au cours d'une de ces conversations qu'il avait entendu parler de cette fameuse maison.

Glenn avait laissé Ezekiel et le shérif pour qu'ils fassent plus ample connaissance, et pour qu'ils poursuivent l'enquête. Mais si tout se passait bien, en ce début d'après-midi toute l'affaire serait résolue. Le plan de Glenn était simple, il allait à cette antique demeure, trouvait le tueur et s'il y était, lui plantait une balle de *Glock* entre les deux yeux. Il comptait sur la surprise, à lui seul il pourrait plus facilement se cacher et tomber sur le tueur au moment où celui-ci ne s'y attendait pas. La manière forte, à plusieurs du moins, n'avait pas franchement réussi jusqu'à présent. Restait à espérer que les deux hommes qui voulaient acheter la maison n'aient pas fait fuir le tueur, ça n'était pas évident.

Aller là-bas, trouver ce salopard de meurtrier d'enfants, le descendre et envoyer d'une manière ou d'une autre le shérif afin qu'il trouve le corps et récolte les médailles. Celui que l'on surnommait l'Ogre ne pouvait pas être arrêté, non plus qu'il ne pourrait être jugé et condamné. Ce type s'échappait d'une cellule au fond d'un poste de police plus facilement que Houdini ne se défaisait d'une paire de menottes. L'agent Fergusson n'agirait pas par altruisme en voulant faire de Benjamin Hannibal le héros de l'affaire, il souhaitait surtout que les caméras se braquent ailleurs que dans sa direction. Trop d'éléments dans ce dossier provenaient de situations inexplicables, Ezekiel ne pouvait en aucun cas être cité, il suffirait que le shérif fasse une ronde et tombe sur le corps. On ne chercherait pas longtemps le coupable du meurtre d'un tueur en série comme celui-ci.

Glenn mettait en ordre tous les détails de l'affaire, préparant tout à l'avance, il lui fallait éviter à tout prix l'imprévu.

Après avoir parcouru pas loin d'un kilomètre en direction de Narragansetts Pier, Glenn vit sur sa droite se dessiner à l'horizon la silhouette menaçante d'un manoir. Il chercha une piste ou un sentier qui partirait en sa direction et découvrit un chemin envahi de hautes herbes.

Il passa devant, sans même ralentir. La maison était loin, et il douta que quelqu'un pût le remarquer, mais il préféra ne prendre aucun risque. Il tourna à gauche sur une route boueuse deux cents mètres plus loin et gara la voiture de location sur le bas-côté.

Fergusson marcha jusqu'au chemin, il se baissa et se faufila entre les hautes herbes, les buissons et les arbres qui formaient les friches s'étalant sur plusieurs centaines de mètres avant la maison.

Il déboucha finalement dans une clairière. Au centre s'élevait la colossale bâtisse au revêtement noir. Deux tours s'érigeaient à l'ouest et à l'est, comme des géants montant la garde. Le vent maritime soufflait assez fort, car derrière la maison s'étendait l'océan au pied de la falaise. Porté par de violentes rafales, Glenn pouvait discerner le fracas des vagues sur les rochers, vingt mètres plus bas. Les fenêtres du rez-de-chaussée étaient toutes protégées par des planches clouées, barrant l'accès. À l'étage il n'y avait que les volets clos, mais il fallait escalader quatre bons mètres à même le bois. C'était faisable, mais cela risquait d'être bruyant si le bois se mettait à grincer ou à craquer, et une fois en haut encore faudrait-t-il ouvrir un volet. Glenn préféra faire le tour du manoir avant de prendre une décision.

Il arriva de l'autre côté, et s'arrêta à l'angle pour inspecter. Au-delà s'étendait une terrasse dont les dalles étaient en grande partie recouvertes de végétation, puis il y avait une barrière en bois, en partie détruite, et le vide. Le bruit des vagues venant s'empaler sur les récifs était plus fort ici, plus violent. Glenn tourna la tête et découvrit le versant est de la bâtisse. Il y avait une sorte de rotonde octogonale dont l'un des pans était rattaché à la maison, cinq de ses huit murs étaient recouverts d'une large vitre qui formait une gigantesque baie vitrée à travers laquelle on ne discernait que le noir. Les larges planches qui avaient servi à la couvrir gisaient à présent sur les dalles de la terrasse. Glenn s'approcha en catimini et constata que les planches avaient été arrachées de fraîche date.

Il ne doit pas être très loin, songea-t-il.

Il continua d'inspecter les environs et découvrit que les fenêtres entre la rotonde et la tour avaient également été débarrassées de leurs planches. L'une d'entre elles avait du jeu dans son mécanisme de fermeture. Glenn força un peu et souleva la partie inférieure de la fenêtre à guillotine. Il jeta un long regard à l'intérieur pour s'assurer qu'il n'y avait personne et enjamba le rebord.

Dedans il faisait encore plus frais qu'à l'extérieur, une odeur de poussière et de vieille cire régnait ici, au côté de l'humidité. La maison était meublée. Des meubles poussiéreux, parfois antiques, parsemés d'objets désuets.

Il se déplaça jusqu'à la porte et la poussa tout doucement. Il y avait un couloir et d'autres portes.

Son cœur battait lentement mais avec une force étourdissante. Glenn le sentait résonner à ses tempes. *Du calme, vieux. Tu connais la chanson, n'est-ce pas ? On garde tout son calme.*

Glenn fit craquer ses doigts pour se détendre un peu. Il jeta un coup d'œil plus attentif dans le couloir.

Repérer les lieux et trouver le tueur s'il était là risquait d'être plus fastidieux qu'il ne l'avait prévu de prime abord. La maison devait comporter une multitude de pièces à chaque niveau et elle faisait bien trois étages, sans compter qu'il avait semblé à Glenn qu'il y avait des paliers intermédiaires d'après les fenêtres, cela risquait d'être long.

Il inspira un grand coup et sortit son arme du holster puis s'engagea dans le couloir, le suivit jusqu'à un coude et déboucha dans un très vaste salon. De nouveau, il y avait plusieurs portes, et sur sa gauche se trouvait l'entrée de la rotonde.

De la sueur commençait à lui humidifier le front. Glenn épongea ce qu'il savait être le résultat d'un stress trop intense. Cette maison tout entière le mettait mal à l'aise. *Calme-toi !* Son cœur commençait à battre plus intensément. *Allez, c'est pas le moment de flancher.* Il regarda tout autour de lui et, silencieusement, il traversa le salon.

Une voix grave et autoritaire emplit l'air poussiéreux :

— Tiens donc, nous avons un visiteur !

Glenn fit volte-face immédiatement, brandissant son arme vers l'homme. Le coup manqua de partir sous la nervosité de l'agent spécial.

Il n'y avait rien de sympathique dans cette voix, rien d'engageant qui eût pu inviter à se détendre un moment. Au contraire son intonation était stricte et peu rassurante.

Dans l'encadrement d'une porte, il vit un homme chauve et posa ses yeux immédiatement sur la longue cicatrice qui barrait son visage.

— Je m'attendais à votre visite certes, mais dans un délai

bien plus lointain je ne vous le cacherai pas, dit-il. Vous êtes l'agent du FBI qui rôde en ville, n'est-ce pas ?

Glenn voulut subitement tirer sur l'homme. Une pulsion instantanée lui conseillait de faire feu sur cet individu qui ne se formalisait pas de voir un pistolet braqué sur lui. Il sentait un danger flotter dans la pièce comme un filet tendu au-dessus de sa tête, prêt à fondre sur lui et à l'enserrer de ses mailles épaisses. Mais Glenn se concentra pour garder son calme. Il baissa son arme.

— Oui, répondit-il plus faiblement qu'il ne l'aurait souhaité. Et vous, qui êtes-vous ?

Un rictus cruel sourdit aux lèvres de l'homme à la cicatrice.

— Je m'appele Korn. Vous me pardonnerez d'être aussi direct, mais à mon âge les courbettes et autres politesses deviennent une perte de temps. Alors autant être franc, comme tôt ou tard vous allez me nuire, lorsque mes agissements deviendront trop... *voyants*, il est tout aussi bien que vous soyez venu plus tôt. J'ai de quoi vous *amuser*. Vous êtes sur ma liste.

— Quelle liste ? Et de quoi parlez-vous ?

Glenn serra la crosse de son automatique plus fort. Son souffle s'accéléra. Qui était cet homme ? Et pourquoi parlait-il si étrangement ? Glenn s'apprêta à reprendre l'homme à la balafre comme point de mire. Au moindre geste suspect, il brandirait son arme.

Cette fois le sourire qui apparut sur le visage de Korn glaça le sang de l'agent du FBI.

— N'avez-vous jamais rencontré de *Guetteur* ? demanda Korn avec un air de condescendance.

Glenn fronça les sourcils et déglutit péniblement tandis que Korn ferma les yeux en levant les bras comme un messie.

Soudain l'air fut chargé d'électricité, et un bourdonnement languissant s'éleva. Glenn Fergusson vit l'air devant lui s'altérer et se brouiller comme l'onde de chaleur au-dessus des routes de bitume quand il fait très chaud. L'air semblait danser sous ses yeux, et l'émanation commença à prendre une forme.

Une forme presque humaine.

De deux mètres cinquante de haut, sa transparence rendait difficile toute autre description précise, mais il sembla à Glenn qu'elle avait des griffes énormes à la place des mains. Sa tête n'avait pas la silhouette d'un homme, plutôt d'un de ces dinosaures carnivores, et la seule chose que Glenn vit clairement apparaître fut ses deux yeux rouges incandescents. Il avait devant lui un monstre fait de gaz virevoltant, comme un tressautement localisé de l'air.

La créature gronda. Un cri lugubre.

Glenn fit feu.

Deux coups de tonnerre s'envolèrent dans le hall, se répercutèrent dans tous les couloirs et toutes les pièces du manoir.

La créature ne bougea pas. Il n'y eut pas non plus de traces d'impact ou de dégât apparent.

Les yeux rouges s'illuminèrent de rage et la créature de vapeur se précipita sur lui. Glenn se lança sur la droite pour esquiver le coup. Il roula sur un large tapis, et heurta une table basse. La créature était déjà face à lui.

Il tira de nouveau. Sans plus de résultat. Il eut tout juste le temps de renverser la table devant lui, la dressant comme un bouclier.

Puis un heurt effroyable propulsa Glenn Fergusson deux mètres plus loin. Il eut le souffle coupé et se redressa péniblement. Il perçut les vibrations du monstre dans son dos et roula sur le côté. Haletant et suant de peur, il eut un regain d'espoir en voyant la baie vitrée de la rotonde droit devant lui. Il risquait de se déchirer les chairs en passant au travers, mais c'était ça ou la mort avec cette... cette horreur. À moins que...

Le grondement du monstre l'avertit qu'il était tout proche et Glenn bondit en avant. Il se mit à courir vers la baie vitrée et visa la large vitre.

Il allait presser la détente lorsque le bras du monstre coupa l'air devant lui. Dans la demi-seconde qui suivit sa main qui tenait le pistolet tomba sur le tapis avec un son mat. Glenn hurla de rage, plus que de douleur. Il trébucha, tant sous l'effet de la douleur qui sourdait que de la surprise, et s'effondra de tout son long.

Le monstre grogna comme pour répondre, et se jeta sur l'agent fédéral.

Glenn fut écrasé par une pression démesurée, puis tout son ventre se mit à le piquer comme s'il s'était engourdi en une seconde. Glenn hurla et se débattit en frappant à l'aveuglette. La pression se relâcha et il se mit à ramper sur un mètre, avant de se mettre à quatre pattes et d'entreprendre de rejoindre la rotonde. Ses viscères émirent un son flasque et liquide alors qu'ils se répandaient lentement sur le sol. Un rugissement de rage et d'agonie s'étrangla dans la gorge de l'agent spécial.

Enfin il y eut un effroyable craquement et il sentit une poigne de fer se refermer sur sa colonne vertébrale et la tirer vers l'extérieur.

*

La veille au soir, Sean, terrorisé sous sa couette, assistait à l'apparition des deux yeux rouges derrière la porte de son dressing.

La même peur viscérale qu'il avait ressentie chez O'Clenn s'empara de lui. Les yeux incandescents bourdonnèrent. Sans même pouvoir s'en empêcher, ses membres se mirent à trembler. Cela commença avec les doigts puis très vite les tremblements se propagèrent vers les bras, les jambes et ce fut bientôt tout son être qui frémissait. Il réussit néanmoins à s'approcher du bord, avec un espoir plus qu'une idée pour se protéger. Sean posa ses pieds sur l'armature en fer du bout du lit. Il se blottit contre le mur, et poussa à l'aide de son dos en contractant ses jambes afin que le lit recule un peu. Les pieds du châlit grincèrent en frottant sur le parquet et un espace s'ouvrit entre le bord du lit et le mur. Dans le dressing, il y eut un frottement, comme une carte à jouer balayée lente-

ment par les sillons d'une roue de vélo, bien que Sean assimi-
lât ce bruit à une griffe énorme qui frotterait contre les lattes
de la porte coulissante. Le jeune garçon se laissa passer par-
dessus le matelas, se glissant contre le mur. Après s'être assuré
que toute la couette était descendue avec lui, il repoussa le
lit bien contre la cloison.

Il s'entoura ensuite de la couverture et ne laissant qu'un
tout petit espace pour respirer de l'air frais et pour voir, il
s'installa de manière à avoir vue sur le dressing. Il entendit
alors la voix de son père résonner dans sa tête :

« *Sean, à quinze ans se cacher sous le lit ! Non mais franchement, tu trouves ça normal toi ? Grandiras-tu un jour ?* »

Le grondement sourd de la créature le tira de sa méditation. Elle semblait baisser d'intensité, les yeux rouges
n'étaient plus aussi puissants qu'auparavant.

— On dirait qu'elle n'a pas assez de puissance pour se
matérialiser, murmura-t-il.

Comme pour confirmer ses dires, il y eut un couinement,
on aurait dit un chien se coinçant une patte dans la porte,
et les yeux rouges disparurent. La tension électrique qui
régnait dans la pièce s'apaisa jusqu'à se dissiper complètement.

Puis la nuit avait retrouvé sa quiétude.

Le lendemain, Sean s'était levé avec le soleil, un peu avant
huit heures et avait mangé des céréales devant la télé. Il avait
du mal à réaliser ce qui lui était arrivé la veille. Il avait peu
dormi et avait fait des cauchemars effrayants. En fait, il
n'était pas tout à fait sûr que cela était *vraiment* arrivé. Pourtant ça n'avait pas la consistance fugitive d'un rêve. Et puis
il s'était tout de même éveillé *sous* son lit. Il ne s'était tout
de même pas mis là en dormant !

Vers neuf heures et demie il appela Lewis et lui proposa
de se retrouver au ponton, ce que l'adolescent un peu fort
accepta aussitôt. Ne pas avoir cours était un plaisir, mais des
vacances impromptues et inattendues étaient toujours source
d'ennui dans un premier temps. Il fallait que la routine se
mette en branle, et après tout, mieux valait être chez soi à ne

pas savoir quoi faire que sur les chaises de la classe de Mlle Lorenz à travailler...

Sean prit une douche, s'habilla et partit avec son vélo en direction de Main Street.

Le ponton était un ancien bateau fluvial à fond plat qui avait été amarré le long du petit quai du parc, et qui n'en avait plus jamais bougé en dix ans. À présent c'était un simple prolongement du jardin municipal où tout le monde venait s'asseoir pour prendre l'air, en particulier les couples d'amoureux.

Sean accéléra pour monter sur la passerelle qui permettait d'accéder au pont supérieur et déposa son vélo contre une pile de cordages moisis. Lewis n'était pas encore là.

Il alla s'asseoir sur un coffre en bois qui avait autrefois contenu les gilets de sauvetage, et contempla le Pocomac qui coulait à ses pieds comme un ruban de soie qui défile. Les yeux rouges de la créature flottaient non loin dans les méandres de sa pensée, mais il ne voulait en aucun cas faire resurgir ce souvenir nauséeux.

— Ça va Sean ? demanda une voix derrière lui qu'il connaissait bien.

Lewis était debout, avec son pantalon en velours beige, celui qu'il préférait, et son blouson Teddy avec les manches en cuir.

— Il fait froid, pas vrai ? s'exclama-t-il.

Sean hocha vigoureusement la tête.

— Tu l'as dit !

Lewis, qui connaissait son ami depuis longtemps, perçut quelque subtil changement dans son expression.

— Qu'est-ce qui ne va pas ? demanda-t-il.

Sean se mordilla la lèvre inférieure. Lewis lui mit la main sur l'épaule et s'assit à ses côtés sur le vieux coffre.

— Dis-moi, qu'est-ce qui te rend si... morose, comme dirait mon père ?

Sean déglutit bruyamment.

— J'ai... j'ai l'impression qu'on a fait une grosse connerie.

Je crois que nous n'aurions pas dû nous mêler de toute cette histoire de livre et d'esprits...

— Moi je le dis depuis le début ! Mais on ne m'écoute jamais, lança Lewis.

Le silence retomba jusqu'à ce que Sean, après avoir pris son élan, avoue :

— J'ai le sentiment que quelque chose se tisse dans l'air, tout autour de nous, que quelque chose se prépare, et que nous en sommes en partie responsables.

Il laissa s'écouler un temps avant d'ajouter, comme le ferait un comédien au théâtre pour donner plus d'effet dramatique à sa dernière réplique :

— Et ça me fait terriblement peur.

Lewis, qui en un sens partageait la sensation de son camarade, tressaillit. Depuis le début il ne voyait pas cela comme une source de divertissement, plutôt comme une source d'ennui. Et on partageait enfin son appréciation, mais il était trop tard.

— Lewis ?

Celui-ci tourna la tête pour voir son ami dans les yeux.

— Tu voudrais pas dormir chez moi ce soir ?

— Bien sûr, pas de problè...

— Attends avant d'accepter, il faut que je te dise quelque chose. Un truc qui risque de te faire renoncer.

Sean lui raconta sa soirée, emmitouflé dans sa couette à guetter l'éventuel retour des yeux rouges, et à mesure qu'il en parlait il prit conscience que cela n'avait rien eu d'un rêve. Rien.

— Tu comprends, c'est comme s'il n'avait pas eu assez d'énergie pour se matérialiser plus longtemps. Et il s'est évaporé comme il était arrivé sans doute. Alors cette nuit s'il revient, je voudrais bien ne pas être seul...

— Tu voudrais pas plutôt qu'on aille dormir chez moi ? proposa Lewis pas très rassuré.

— Non, je veux être là si ce truc devait se manifester de nouveau, je veux comprendre ce qui se passe. Et je ne veux pas laisser le Khann sans surveillance.

Lewis hocha lentement la tête pour montrer qu'il saisissait la démarche de son ami, et répondit finalement :

— T'as une autre grosse couette ?

Ce qui fit sourire Sean.

Quand le soleil se coucha, aux alentours de dix-huit heures, les deux garçons étaient prêts à livrer une guerre entière à eux seuls. Ils avaient passé leur après-midi à préparer leur nuit, dressant la liste de ce dont ils auraient besoin, et envisageant les stratégies d'observation possibles, comme deux généraux du haut d'une colline surplombant le champ de bataille.

Après avoir pris un léger dîner — au grand regret de Amanda Anderson qui trouvait que le faible appétit de son fils reflétait une santé fragile — les deux adolescents montèrent dans la chambre.

Parmi les jouets que Sean avait remisés au grenier se trouvait une tente indienne avec son armature en plastique et sa toile en synthétique. Se souvenant de cette armature, Sean était descendu la chercher dans l'après-midi, et avec Lewis ils avaient assemblé les premières barres de plastique fragile. Ils avaient placé la base de l'armature sous la couette du lit de Sean et avaient à présent à leur disposition, une cabane-Q-G.

Sean se glissa sous la couette.

L'armature en plastique soutenait la couette sur un diamètre de quatre-vingts centimètres et la montait à quarante centimètres de haut. C'était largement suffisant. Lewis le rejoignit avec des barres chocolatées dans les mains.

— J'ai des Snikers, des Baby Ruth et même un paquet de M&M's, on devrait pouvoir tenir un siège ! dit-il tout joyeux.

— Au moins... ironisa Sean.

Le lit avait été poussé le plus loin possible du placard, contre le mur ouest, celui avec la fenêtre. Cela ne plaisait pas tout à fait à Sean qui se voyait encore plus éloigné de la porte de sa chambre qu'à l'accoutumée, mais c'était préférable plutôt que d'être tout proche du dressing.

— Lewis, t'as pas éteint la lumière de la chambre.

— Oh merde ! Tu crois vraiment que c'est nécessaire ? Faudrait pas qu'on la laisse, on verrait mieux en cas de pépin ?

— Non, on fait comme si de rien était.

Lewis soupira et recula sous la couette jusqu'à sortir. Il se prit les pieds dans le paquet de coussins qu'ils avaient entreposés au pied du lit, c'était Sean qui avait voulu prendre tous les coussins de la maison pour être sûr d'avoir les pieds protégés et au chaud. Et il fonça vers la porte à l'autre bout de la pièce, pour éteindre la lumière et revenir en courant jusqu'au lit et sa relative sécurité.

Une fois sous l'armature avec Sean il prit la lampe torche et l'alluma.

— On va au poste d'observation ? demanda-t-il.

Sean leva son pouce en guise de consentement. Ils rampèrent sur vingt centimètres, la couette n'étant plus soutenue par l'armature en plastique elle leur tombait sur la tête. Ils débouchèrent sur le bout du lit. Sean aménagea un minuscule orifice dans la couette afin de voir, et Lewis en fit de même.

— Coupe la lampe ! ordonna Sean.

Ce que fit Lewis.

— J'étais en train de me dire que si un de tes vieux ouvrait la porte maintenant, il nous prendrait pour des cinglés.

Lewis alluma la lampe, sortit sa main de sous la couette et pointa le faisceau lumineux sur la porte du dressing qui n'avait en rien changé par rapport au reste de la journée. Il éteignit.

Une heure et demie plus tard, Lewis finissait les derniers M&M's et Sean lisait une mésaventure de Garfield qu'il avait introduite dans le Q-G en sortant un bras de la couette pour attraper l'illustré sous le lit. Il était vingt et une heures trente.

— Tu comptes... y aller... à la soirée de... Johanna Simons

demain soir ? interrogea Lewis entre deux bouchées croustillantes.

— Oui, il y aura presque tout le monde.

— Tous les potes tu veux dire ?

— Une bonne partie en tout cas, et du monde du lycée.

— Ça va être sympa, conclut Lewis, songeur.

Vers vingt-trois heures Sean réveilla Lewis qui s'était assoupi.

— Quoi ? marmonna-t-il en sortant de sa léthargie.

— Chut, tais-toi un peu. J'ai cru entendre du bruit dans le dressing.

Cette supposition termina de réveiller complètement Lewis, qui se redressa sur ses coudes et s'empara du lance-pierre qu'il avait apporté.

— Attends, on n'en est pas encore là, lui dit Sean. Je vais au poste d'observation, ajouta-t-il comme s'il s'agissait d'une plate-forme haut perchée dans un arbre à quelques mètres de là.

Il se glissa en avant sur vingt centimètres. Il souleva un morceau de couette et inspecta en direction du dressing.

— Passe la lampe, on voit pas grand-chose, dit-il.

Lewis n'eut qu'à tendre le bras pour la lui donner. Sean alluma et observa l'extérieur. Rien n'avait bougé, la porte était identique.

— Alors qu'est-ce qu'il y a ? demanda anxieusement Lewis.

— Rien, mais on ne sait jamais. Si ça se trouve le truc dans le placard est sorti et a refermé derrière lui.

— Tu crois vraiment qu'un monstre penserait à faire *ça* ?

— Écoute, dans les films en tout cas, les gens meurent parce qu'ils ne sont pas assez prudents, eh bien moi je ne veux courir aucun risque.

Lewis approuva cette idée et frissonna en repensant à toutes les atroces façons de mourir qu'il avait vues ces derniers temps dans des films. Il secoua la tête, il fallait penser à autre chose.

Tout d'un coup, Lewis lui tapota l'épaule et demanda :

— Je me demandais, le Khann, tu l'as mis où ?

— Là où j'avais dit que je le mettrais : dans le coffre de mon père. Il ne s'en sert jamais alors j'ai profité de l'occasion pour le rentabiliser.

— Oui mais il est *où* ce coffre ?

— Dans son bureau de l'autre côté du...

Sean s'interrompit. Il avait l'index pointé en direction du dressing alors qu'il voulait montrer où se trouvait le coffre. *Il est juste derrière mon dressing ! Dans le mur.* Et il comprit. Il sut alors pourquoi le monstre venait là, chez lui, apparaissant dans le dressing de sa chambre avec ses yeux rouges et sa fureur meurtrière.

*

Non loin de là, dans une haute pièce au deuxième étage d'une énorme maison sinistre, Korn décrochait le téléphone cellulaire qu'il avait dû se contraindre à prendre. Il se tenait devant un vitrail magnifique, tout de bleu, de violet, et de rouge. Sa lourde voix résonna dans les couloirs froids, dans les escaliers de pierre et même jusqu'aux caves voûtées du manoir d'Arrow view.

— Bilivine ? Que voulez-vous ?

À l'autre bout du fil, la jeune femme aux yeux bleus s'alluma une cigarette.

— Il y a du mouvement chez les Guetteurs. Ils sentent le Livre. Ils sont énervés par sa présence qu'ils ne peuvent localiser.

— Comment ça ils ne peuvent pas ? Le Livre n'a pas été utilisé de nouveau ?

— Non, pas encore. L'un d'entre eux semble sentir des vibrations à l'ouest dans la ville mais elles sont diffuses.

— Bien envoyez-le là-bas. Laissez-le s'exciter un peu dans le monde des mortels, peu importe les dégâts qu'il occasionnera, il nous en apprendra peut-être un peu plus sur la localisation exacte du Livre.

La jeune femme hésita, puis expliqua :

— Maître, je ne pourrai pas tenir la brèche ouverte très longtemps, j'ai déjà essayé hier mais je n'ai pu la maintenir plus de quelques secondes.

— Bilivine, dit-il très calmement, ce qui n'était jamais bon signe. Je veux que le Guetteur ait le temps d'arpenter notre monde pour en savoir plus, s'il croise le chemin de quelqu'un eh bien tant pis pour cette personne, peut-être que le décès d'un des leurs nous permettra de localiser le groupe d'adolescents... Êtes-vous toujours formelle, il s'agit bien d'adolescents ?

— Catégorique. Lorsque la brèche a été ouverte les guetteurs ont senti cette énergie propre à l'entre-deux âges.

— Alors épuisez-vous s'il le faut, tuez-vous au travail mais laissez au Guetteur le temps de trouver ce qu'il cherche ! Suis-je clair ?

— Très. Je vais faire de mon mieux, dit-elle avec amertume.

— Une dernière chose.

Korn expliqua à Bilivine ce qu'il attendait d'elle et lorsqu'il eut fini, il raccrocha sans laisser à la jeune femme le temps d'émettre la moindre objection.

Il se tourna vers la bibliothèque poussiéreuse où se tenait Tebash, son fidèle homme de main.

— Souhaitez-vous vous servir de l'Ora ce soir, maître ?

— Non Tebash, je suis fatigué. Bilivine se charge de tout.

Il s'assit dans un fauteuil en cuir, devant le large bureau en merisier et ajouta :

— Il est dommage que nous ne soyons pas en ville ce soir, il va y avoir des cris, de longs cris dans la nuit.

*

— C'est pour le livre qu'il vient ! s'écria Sean.

Lewis fronça les sourcils.

— De quoi tu parles ?

— Mais si, c'est logique ! Le livre est dans le coffre qui se trouve juste derrière le dressing. Le monstre doit le sentir dans le mur et il apparaît ici plutôt que dans le bureau, il ne doit pas avoir conscience de la porte du coffre. Pour lui le livre est dans le mur un point c'est tout.

— Alors avec un peu de chance il ne devrait pas s'en prendre à nous ? avança timidement Lewis.

— Je ne voudrais pas te refroidir mais quelque chose me dit qu'il ne faut pas trop y compter. De toute façon si cette chose vient pour s'emparer de notre livre on ne va pas la laisser faire !

Lewis fut presque surpris de s'entendre approuver.

Sean se souvint tout d'un coup d'un film avec Arnold Schwarzenegger où il était traqué par un monstre et qu'il se fabriquait un repaire avec plein de pièges autour pour être alertés dès que la créature s'approcherait.

— On va faire un piège, dit-il.

— Un piège ?

Sean réfléchit au meilleur moyen de dresser un piège dans lequel la créature ne manquerait pas de se prendre les pieds si elle venait à se rapprocher du lit. Il fallait faire vite car elle pouvait surgir d'un moment à l'autre et Sean ne voulait pas tomber nez à nez avec elle pendant qu'il installerait le dispositif.

— Mes figurines ! dit-il comme s'il s'agissait là de la clef d'une énigme ancestrale.

Lewis le regarda ramper hors de la couette en se demandant quelle mouche l'avait piqué. Sean sortit du lit et marcha précautionneusement jusqu'au milieu de la pièce. Le problème était que sa caisse de figurines se trouvait dans la penderie du dressing. Il inspira profondément et s'approcha de la porte coulissante. Il posa la main sur la poignée en laiton et écouta attentivement. Lorsqu'il fut certain qu'il n'y avait pas le moindre bruit derrière, il fit coulisser la porte sur le côté. Il n'y avait pas de trace de monstre dans le dressing, seulement la quantité de cartons, caisses et vêtements sur cintres ou dans les placards et quelques peluches qui ne pouvaient pas finir leur jour au grenier par risque de moisir. Il pénétra dans la petite pièce tout en longueur, passant du parquet frais de sa chambre au morceau de moquette posé dans le dressing comme un tapis. Il déplaça un carton et s'empara de la caisse de plastique bleu qui contenait ce qu'il cherchait. Il sortit et prit soin de refermer la porte — cela lui laisserait un instant de répit pour qu'il puisse atteindre le lit si la créature apparaissait maintenant. Il poussa la caisse sur le parquet et en sortit toutes les figurines Star Wars et GI's Joe qu'il trouva. Puis il poussa la caisse presque vide dans un coin, et entreprit de disposer les petits bonshommes debout, un peu partout dans la pièce.

Lewis qui le regardait faire depuis le poste d'observation du lit, juste un doigt dépassant à l'air libre, lança dans un souffle :

— Qu'est-ce que tu fous bordel ? C'est pas le moment de faire le con avec ça !

Sean ne répondit pas et poursuivit sa disposition. On aurait dit un étalagiste préparant avec méthode les vitrines de Noël d'un grand magasin. Il s'arrêtait parfois pour contempler l'ensemble et enjambait des figurines pour venir en placer une nouvelle, là où il y avait des trous.

— Mais reste pas là, Ducon, l'invectiva Lewis, tu veux vraiment te faire tuer !

Sean avait disposé plus d'une trentaine de bonshommes en plastique et il ne lui en restait qu'une dizaine.

— Comme ça, s'il sort de la penderie on l'entendra s'approcher, il ne pourra manquer de renverser quelques personnages, expliqua Sean.

Mais Lewis ne l'écoutait pas. Derrière Sean, la porte du dressing commençait à coulisser lentement, dévoilant le noir absolu qui y régnait.

Lewis voulut prévenir son ami mais aucun mot ne sortit de sa bouche. Sean restait immobile sans s'apercevoir de quoi que ce soit, le dos tourné à la porte qui s'ouvrait. Lewis était pétrifié par ce qu'il voyait pour la première fois : deux yeux rouges brillant dans le noir à presque deux mètres de haut. La porte était pratiquement ouverte au maximum, et Sean ne remarquait rien de ce qui se tramait à un mètre derrière lui.

Jusqu'à ce qu'une figurine ne tombe.

Elle ne vacilla pas, elle s'effondra d'un coup. Sean fit volte-face et voyant la porte grande ouverte il écarquilla les yeux. Un grondement caverneux s'éleva du dressing, et Sean qui avait déjà été confronté à deux reprises à ce type de créature ne demanda pas son reste : il fit trois enjambées entre les figurines et sauta sur le lit.

C'est en pénétrant sous la couette qu'il réalisa à quel point c'était un abri dérisoire. Autant se cacher sous une feuille de papier. Il se colla à Lewis qui regardait du bout du lit l'apparition sortir du dressing. Il le rejoignit dans ce qu'ils avaient appelé leur poste d'observation où ils se trouvaient en sécurité quelques minutes plus tôt. À présent ça n'était plus que le bout du lit, où l'on se sentait extrêmement vulnérable.

Les yeux rouges sortirent du dressing. Curieusement il n'y avait pas de corps en dessous, c'était comme s'il n'y avait que deux lueurs ardentes flottant dans les airs. Mais un signal d'alarme retentit dans la tête de Sean, il ne fallait pas se laisser berner, cette *chose* n'était peut-être pas visible, mais ses dégâts le seraient sûrement !

Des figurines commencèrent à tomber sur le sol, s'effondrant tout d'un coup comme sous la pression du Doigt Divin.

— Elle vient vers nous ! déclara Sean.

Les figurines s'écroulaient en direction du lit. En voyant les personnages renversés sur le parquet, Sean eut le sentiment qu'il regardait dans le sillage de la Mort.

Il prit Lewis par le poignet et voulut l'entraîner hors du lit, mais l'adolescent resta immobile, paralysé.

— Viens, Lewis, faut pas rester là, il vient vers nous ! s'écria Sean.

Mais Lewis n'entendait rien. Il ne pouvait détacher ses yeux de cette forme mystérieuse. Elle était si effrayante qu'il ne pouvait que se perdre dans sa contemplation pour ne pas hurler.

Sean regarda tout autour de lui et trouva la gourde de scout de son frère, il la déboucha et jeta une partie de son contenu au visage de Lewis. Celui-ci se sentit couvert de Coke diet ; il cligna des paupières. Il réalisa la gravité de la situation et entreprit de se lever. Sean l'attrapa par le bras et ils se ruèrent hors du lit, tombant lourdement sur le parquet, au pied du bureau.

Au rez-de-chaussée, assis dans leur canapé confortable, Phil et Amanda regardaient un film sur le nouveau système qu'ils venaient de s'offrir. Un ensemble télé-rétroprojecteur et un amplificateur Dolby-prologic avec cinq enceintes. Lorsque les deux garçons tombèrent sur le parquet juste au-dessus, Phil et Amanda prirent ce nouveau bruit comme l'un des nombreux effets arrière de l'installation sonore. C'était un bon film d'action, rythmé par de très grosses explosions qui emplissaient tout le living de ses basses, et ils étaient aux anges de se retrouver au milieu de tout ce *cinéma*. En plus, une scène d'action particulièrement impressionnante commençait.

Ils s'enfoncèrent dans le canapé et apprécièrent le spectacle...

Sean releva péniblement la tête, il s'était fait mal aux cervicales, et vit le matelas de son lit se soulever et retomber dans un déchirement de draps. Il y eut un nouveau grondement. Les yeux incandescents se tournèrent vers le bureau et descendirent vers les adolescents. La créature émit un léger grognement que Sean interpréta aussitôt comme une satisfaction monstrueuse.

— Je crois qu'il faut qu'on se casse. Tu peux atteindre la porte en courant ? demanda-t-il à Lewis.

— Je sais pas, il y a bien quatre mètres et cette bestiole me paraît nettement plus rapide que moi.

Les yeux de la créature diminuèrent tout d'un coup en

intensité, puis revinrent à leur stade initial, ce fut comme une baisse de puissance.

— Il fait comme hier, je crois qu'il ne pourra pas rester là longtemps ! murmura Sean.

Il vit alors les figurines s'effondrer dans leur direction.

— Fonce vers la porte ! ordonna-t-il.

Lewis se tourna et commença à s'enfuir à quatre pattes. Sean lui poussa les fesses et gronda :

— Bouge ! Debout vite !

Mais Lewis était incapable de se lever, il sentait que ses jambes ne tiendraient jamais le poids de son corps, c'était comme si la peur les avait remplies de paille. Cette idée se développa dans son esprit et il se dit qu'il allait mourir parce que ses jambes étaient fourrées de paille, comme l'épouvantail du Magicien d'Oz. Il allait mourir découpé et dévoré par la méchante sorcière de l'ouest, sans avoir atteint le Palais d'émeraude.

Sean comprit qu'ils ne pourraient jamais franchir la porte avant la créature, et il s'arrêta. Il se tourna et dit en regardant les yeux brillants.

— Hey ! Gros naze, c'est le Khann que tu veux ? Ça tombe bien, c'est moi qui l'ai ! Alors viens me chercher !

Sean perçut comme une infime variation dans les yeux rouges, ils devinrent encore plus rayonnants pendant un instant. Les yeux le regardèrent et s'approchèrent en grondant. Lorsqu'ils furent tout près, Sean crut distinguer dans la pénombre ce qu'il prit pour de l'air chaud. Du moins cela en avait l'apparence, cela ressemblait à ce qu'il avait vu en prenant l'avion lorsqu'il était parti voir son frère à New York en janvier. C'était cette espèce de variation de l'air derrière le réacteur qu'il avait aperçue par le hublot avant de décoller. Le monstre était constitué de cet air tourbillonant.

Il sentit sa présence à côté de lui, cette électricité oppressante, et bondit droit devant lui en espérant que la créature était immatérielle ou qu'elle avait au moins des jambes entre lesquelles il passerait. Il n'y eut aucun choc comme il s'y attendait mais il frôla quelque chose, une source de chaleur. En fait il passa *entre* deux sources de chaleur, en plein dans un halo d'électricité qui lui piqua les yeux et lui fit se lever les cheveux et les quelques poils de son corps pubère. Il atterrit à côté de son lit. *Retour à la case départ*, pensa-t-il.

Lewis se recroquevilla, se boucha les oreilles et sans savoir pourquoi il commença à chanter ce que Judy Garland avait interprété plus d'un demi-siècle plus tôt.

— *Somewhere over the rainbow, way up high...*

Sean entendit la voix de son ami s'élever et son souffle s'accélera. *Merde, voilà que Lewis pète un plomb !* Il n'avait pas besoin de ça. Vraiment pas besoin. Les yeux rouges s'étaient tournés et le fixaient de nouveau. Sean se tourna, grimpa sur le lit et s'empara de la couette. Il calcula son coup et balança le couette par-dessus le lit dans les airs. Lorsqu'elle retomba sur la créature, Sean eut un frisson d'horreur.

Le corps qui apparut grâce au poids des draps, faisait presque deux mètres de haut, tout maigre avec une petite tête à la machoire proéminente, et avec de très longs bras. À la réflexion les bras n'étaient peut-être pas si longs, mais tout simplement terminés par d'immenses griffes pareilles à des serres coupantes. Sean loua le ciel qu'il n'ait entrevu que la silhouette du monstre et aucun détail car il le pressentait, son visage, s'il en avait un, devait être horrible.

La couette s'ouvrit en deux, comme si une lame de rasoir géante la fendait en son milieu. Sean frémit. Sur sa droite la voix de Lewis continuait de s'envoler sur les notes de la mélodie imaginaire.

— *...and the dreams that you dare to dream really do come true...*

Le grognement qui parvint du monstre n'était plus seulement bestial, cette fois il était las et voulait en finir. Sean regarda tout autour de lui, cherchant parmi leur paquetage sous l'armature de leur ancien abri quelque chose qui pourrait lui servir. Il prit des talkies-walkies et les lança sur le monstre. Ils stoppèrent leur course dans l'air tout d'un coup et tombèrent droit sur le parquet.

En bas, Phil et Amanda rirent de bon cœur quand le méchant du film se prit un coup de porte dans le nez, coup de porte qui résonna étrangement sur leur plafond.

Sean se mit à prendre et à lancer tout ce qu'il trouvait, jumelles, gourde presque vide, et saisit le lance-pierre. Il chargea une bille en fer puis tira l'elastique et lâcha. La bille traversa la chambre et stoppa sa course dans l'air en atteignant l'air vibrant de la créature ; et comme tout le reste, elle tomba sur le sol et roula.

La créature était à présent à moins de deux mètres. Sean sentait la fin arriver. Il prit le sac de billes et le lança rageusement au visage de l'immondice qui ne cilla pas. Le jeune garçon comprit alors qu'il ne pouvait plus rien faire, il se colla au mur et attendit la morsure froide et douloureuse — *car ça va être douloureux, ça tu peux en être sûr mon garçon !* dit une voix dans sa tête. La créature aux yeux rouges arriva devant le rebord du lit. Sean perçut un mouvement dans l'air, le bras du monstre qui se lève devina-t-il, et ferma les yeux.

Il entendit une succession de petits chocs. Comme si l'on frappait sans arrêt dans un punching-ball rempli d'eau. Il reconnut immédiatement ce bruit et ouvrit les yeux. Dans l'obscurité de la chambre il eut du mal à voir que Lewis se tenait debout dans l'encadrement de la porte du dressing, mais il savait déjà ce qu'il tenait dans les mains. C'était son pistolet de paint-ball et le bruit provenait de la cartouche à air comprimé qui se vidait pour expédier les billes de peinture droit sur le monstre.

Elles s'écrasèrent les unes après les autres sur la créature faite d'air, recouvrant ses formes d'une pellicule de peinture multicolore. Le monstre grogna. Sean vit clairement que la lumière dans ses yeux baissait en intensité et fit signe à Lewis de continuer. L'atmosphère changea tout d'un coup autour de lui, comme si on fouettait l'air avec une épée, et Sean se laissa tomber sur le matelas sans réfléchir. Il perçut juste au-dessus de lui qu'une forme longiline tranchait l'air. *Les griffes de cette saloperie !* Il remercia son intuition qui lui avait coupé les jambes.

Lewis continuait à tirer comme un forcené, propulsant les billes de peinture sur l'ignominie.

Il y eut un nouveau grondement alors que le « torse » du monstre commençait à se dessiner au grand dégoût de Sean, et d'un coup, les yeux disparurent. La peinture s'écrasa instantanément sur le sol en une bouillie informe. Dans un ultime grognement, la créature disparut entièrement, et Sean sursauta. Il lui avait semblé qu'au plus profond du râle de la chose, il avait entendu le cri de rage et d'épuisement d'une... d'une femme.

Lewis tomba à genoux. Il sifflait en respirant comme s'il avait de l'asthme alors qu'il n'avait jamais été sujet à ce mal.

— Ça va, Lewis ? demanda lentement Sean en train de se remettre de ses émotions.

L'autre se contenta de lever le pouce en signe d'acquiescement.

De l'autre côté de la porte la voix de Phil retentit :

— Nous allons nous coucher, vous feriez bien d'en faire autant. Et Lewis, quand tu joues au sorcier tâche de ne pas hurler, pas quand il est onze heures passées !

Sean contempla son matelas transpercé, sa couette fendue en deux et la peinture sur le sol au milieu des jouets éparpillés et lâcha :

— Je sais pas comment je vais expliquer ça à mes parents !

6.

Sean et Lewis s'étaient levés très tôt pour entamer un rangement et nettoyage qui promettait d'être fastidieux. Ils avaient frotté et gratté le parquet jusqu'à ce qu'il ne reste plus de peinture. Heureusement, les paint-balls n'utilisaient que de la peinture relativement simple à faire partir. Ils avaient ensuite rangé toutes les figurines qui jonchaient le sol.

— N'empêche, je ne me souvenais pas que t'en avais autant ! s'étonna Lewis.

— Ce sont mes... c'était, corrigea Sean, mes préférées quand j'étais môme.

— Ouais je me souviens bien qu'on s'amusait avec, mais je croyais que t'en avais moins.

Quand la montre à quartz de Lewis sonna ses deux coups de neuf heures, la chambre brillait comme un sou neuf. Il ne restait plus qu'à trouver une explication pour les parents à propos de la couette fendue en deux, ainsi que de l'entaille profonde au milieu du matelas.

Sean avait eu tout le loisir d'y penser durant la nuit, Lewis et lui avaient longuement parlé avant de se coucher avec une couette ouverte de tout son long. Lewis s'était excusé d'avoir perdu les pédales, et Sean l'avait remercié de lui avoir sauvé la vie.

— Mais c'est tout de même bizarre que la créature se soit dissipée après s'être fait asperger de peinture ! Je pensais que les monstres craignaient l'argent, l'eau bénite ou le feu à la rigueur, mais pas la peinture ! avait-il dit.

Lewis lui avait raconté comment il s'était imaginé dans le monde d'Oz, et qu'il avait déconnecté de la réalité. Il avait eu alors comme une décharge et la crosse du pistolet paint-ball lui était apparue, dépassant d'un carton. Lorsqu'il avait fait feu, il était dans un état second, il voyait les yeux rouges mais les assimilait à ceux de la sorcière et il avait tiré, persuadé qu'elle fondrait sous ses coups.

— En un sens c'est ce qu'il a fait, il a fondu, fondu dans le néant ! s'était exclamé Sean.

Puis ils s'étaient confié l'un à l'autre, Lewis principalement, que cette vision de cauchemar avait profondément touché. À force de murmure dans l'obscurité, Lewis s'était endormi mais pas Sean. Il avait pensé. Pensé à tout ce qu'ils avaient fait ces derniers jours, et plus il remuait ses souvenirs plus il se sentait mal, un poids lui écrasant le cœur.

— Bon alors, comment on fait pour la couette ? demanda Lewis.

— J'y ai réfléchi. Il y a un vieux clou qui servait à accrocher mon diplôme de natation, mais le cadre est tombé un jour et s'est brisé, on ne l'a jamais remplacé. Ça fait trois mois que mon père dit qu'il va retirer le clou du mur avant que quelqu'un ne se blesse, mais il ne l'a pas fait. Je dirai qu'on a un peu trop chahuté et que la couette s'est accrochée au clou puis s'est déchirée quand on a tiré.

— C'est un peu tiré par les cheveux, mais j'imagine qu'on n'a pas mieux...

— Pour le matelas, je vais mettre le drap à la poubelle et en changer, avec un peu de chance ils ne verront rien jusqu'à ce que je récupère le lit à deux places de Sloane.

Lewis approuva de la tête.

— Ensuite, reprit Sean, on va voir Zach, Meredith et toute la bande pour les prévenir de ce qui s'est passé. J'ai le sentiment qu'une sorte de compte à rebours s'est déclenché, et je ne sais même pas contre quoi, mais il faut éclaircir notre situation.

C'était dans l'air, il le sentait, et tous les membres de leur petite bande y étaient sensibles, mais nul ne pouvait expli-

quer de quoi il s'agissait. C'était profond en eux, une sensibilité ancestrale, qui remontait à une époque reculée, un
atavisme lointain de l'esprit qui refaisait lentement surface.

*

Aaron Chandler lança sa bière vide vers les deux poubelles
en fer-blanc, et les manqua. Il pesta pour le principe, mais il
avait l'habitude désormais. Il n'y avait que Stuart Cabbleton
pour réussir presque à tous les coups, ce type était un sacré
veinard. Pas comme lui, Aaron Chandler, 21 ans à la fin
de l'année et pas de travail, une famille de poivrots et pour
couronner le tout, pas de pognon ! Il lui restait quoi ? Une
bonne santé, une gonzesse avec un cul encore pas trop bouffé
par la graisse, et... et rien d'autre. Peut-être l'espoir. L'espoir
de quoi ? de voir ce merdeux de grassouillet et le frangin de
Sloane Andersson mordre la poussière ? Ce serait déjà pas si
mal. Lloyd disait que le petit gros habitait pas loin d'ici, que
son père bossait pour Baisley's Co sur le port. Il ne serait pas
difficile de mettre la main dessus mais celui-là serait pour
Lloyd, en souvenir du coup de paint-ball dans les couilles.
Aaron voulait le frangin de l'acteur, il lui ferait payer l'humi-
liation de rentrer chez soi couvert de peinture et d'ecchy-
moses. Ce petit salaud allait le regretter sacrément. Il
s'occuperait ensuite de l'apprenti GI's, ce fils de pute qui lui
avait mis un coup dans les couilles sous le vieux pont alors
qu'il était bourré. Lui aussi aurait mal mais ce serait plus
facile, *il savait déjà où il habitait.* Et tant qu'il y serait, il
choperait Zach, il avait des comptes à régler avec cette poule
mouillée qui traînait avec les larbins de service. Aaron tendit
la main vers le carton de bières et en reprit une canette.
Bientôt il aurait sa vengeance, bientôt il leur ferait mal à
tous. Il allait leur montrer qui était le plus fort ici, qui était
le maître. Bande d'enculés !
Mais avant ça il devait vérifier quelque chose. Depuis deux
jours un type louche posait des questions aux ados du coin.
D'après ce qu'il en savait, le mec cherchait des adolescents

qui *agiraient bizarrement.* C'était la question qu'il posait souvent.

— Tu n'aurais pas vu des *adolescents* qui agiraient bizarrement ces derniers temps ? Des jeunes personnes qui te sembleraient se comporter différement, peut-être même qu'ils parlent des *trucs étranges* qu'ils feraient, non ?

Apparemment ses investigations n'avaient rien rapporté de concluant puisque Aaron voyait souvent sa grosse Mercedes se balader dans Edgecombe. Ce type risquait de s'attirer les foudres des mères de familles, s'il continuait à interroger tous les puceaux de la ville.

Des adolescents qui agiraient bizarrement.

Aaron sourit. Lui il en connaissait. Vendredi soir dernier il avait baisé Joséphine Emerson dans sa bagnole, et alors qu'il lui réglait son compte, il avait vu passer dans la rue quatre morveux. Zach, celui qui se prenait pour un GI's et qui habitait près de chez Lloyd, le petit gros et le frère de Sloane. La brochette complète des connards qu'il devait expédier sur la lune. Il avait bien failli virer Joséphine pour mettre le moteur en route et leur rouler dessus, mais elle avait un sacré cul la petite. Il avait laissé tomber les quatre cons — pour la soirée du moins — et s'était remis à s'occuper de sa régulière avant qu'il ne débande complètement.

À présent, il regrettait amèrement de ne pas avoir cédé à sa première idée. Mais surtout il avait trouvé des adolescents qui *agissaient bizarrement.* Qu'est-ce qu'ils foutaient dehors alors qu'il pleuvait comme vache qui pisse, en pleine nuit ? Stuart disait qu'il les avait vus dehors avec une gonzesse un autre soir. Aaron aurait parié que c'était eux que recherchait le mec à la Mercedes noire.

Il rota à deux reprises, et dit à voix haute :

— Je sais pas ce qu'il vous veut, mais une chose est sûre : il peut compter sur moi pour l'aider à vous choper s'il s'agit de vous faire mal.

Aaron but d'une traite ce qui restait dans la canette et se leva. Il devait trouver le type louche et lui parler.

*

Ils s'étaient donné rendez-vous au pied du château d'eau, derrière l'église catholique. Zach, Meredith, Tom, Eveana et même Gregor, le nouveau venu que Lewis avait appelé. Sous la haute colonne d'un rouge délavé — Lewis plaisantait souvent sur la taille et la couleur ignoble du bâtiment — Zach se fumait une cigarette qu'il avait mendiée à un passant en venant.

Il observa Eveana qui discutait avec Gregor, ils étaient venus ensemble dans la voiture de Mr O'Herlihy. Son regard passa à Tom qui soupirait d'entendre pour la centième fois Lewis demander pourquoi est-ce qu'on construisait les châteaux d'eau en hauteur et non pas sous terre pour cacher leur difformité. Et il vit Sean arriver, il était en retard (les déboires avec sa mère concernant la couette avaient duré plus longtemps qu'il ne l'avait prévu).

Le visage du garçon était moins gai que de coutume, il semblait soucieux.

Bienvenue au club ! pensa Zach.

Tom, qui avait essayé en vain de soutirer à Lewis la raison de leur « réunion », se précipita vers lui.

— Qu'est-ce qui se passe ? demanda-t-il. On t'a piqué le bouquin ?

Sean secoua la tête et soupira.

— Désolé de vous rassembler tous comme ça, je crois qu'il faut qu'on parle. La situation est assez critique.

Il eut un rapide coup d'œil vers Lewis qui approuva d'un hochement de tête.

Il fit signe à Zach de se rapprocher.

— Je crois qu'on s'est tous mis dans la merde, reprit-t-il. Peut-être pas toi Gregor, et il est encore temps de te tirer pour t'éviter des ennuis.

— Quel genre d'ennuis ?

— Du genre coriace et qui t'attaque la nuit.

À cette remarque, Tom sursauta et Eveana inspira bruyamment.

— Désolé de vous le dire comme ça, je crois qu'en jouant avec le livre on a réveillé quelque chose, et ce truc qui nous a poursuivis, Tom et moi, m'a encore attaqué la nuit dernière avec Lewis.

— Tu veux dire une sorte de démon ? demanda Meredith.

— Je n'en sais rien mais c'est puissant. Lewis l'a fait partir, j'espère juste que ce n'est pas momentané parce que s'il revient je...

Il s'interrompit, troublé et réalisa qu'il tremblait.

— Hey, mon pote, dit Zach en s'approchant et en lui passant la main dans le dos comme pour le réchauffer, faut pas te mettre dans cet état-là, on va pas te laisser dans la merde. On est là !

— Je crois que..., reprit Sean, je crois que je ferais mieux de vous raconter ce qui s'est passé ces deux dernières nuits.

Zach lui tapota amicalement le dos et l'invita à poursuivre.

Sean commença d'une voix lente et rauque, l'émotion le tenaillant, puis son discours devint plus fluide et sa voix plus posée. Il exposa comment la créature était apparue dans son placard le lundi soir, et comment elle avait disparu presque aussitôt. Puis il en vint à la nuit précédente et leur observation du dressing depuis le lit, et il narra tout en détail jusqu'à ce que Lewis ait tiré sur le monstre. Il omit volontairement le passage où Lewis avait perdu les pédales pour le remplacer par un Lewis qui était allé dans le placard pour prendre le pistolet paint-ball.

— Tu veux dire que ce truc craint la peinture ? fit Tom.

— J'ai moi-même du mal à le croire, c'est pourtant ce qui s'est passé.

— Il doit y avoir une autre explication, c'est pas possible, objecta Zach.

— Ouais, eh bien en attendant de la trouver ton explication, moi je vais me balader en ville avec mon paint-ball, et s'il lui prend une envie de croquer du militaire à ce monstre, je lui redécore la gueule ! annonça Tom.

Eveana leva les mains devant elle pour calmer les esprits.

— Organisons-nous au lieu de jouer les Rambo ! Ce soir tout le monde vient à la soirée de Johanna Simons ?

— Je ne connais pas cette fille, c'est sûrement pour cela que je n'y suis pas invité, émit timidement Gregor.

— Gregor, je voudrais pas te chasser, mais il est encore temps pour toi de te tirer et de ne pas être mêlé à nos problèmes. T'es le seul ici qui n'était pas présent lors de la séance de spiritisme, t'as donc toutes tes chances de rester hors de ça. Des emmerdes *magiques*, crois-moi, ça colle aux fringues encore plus que du chewing-gum ! avertit Sean en grimaçant.

— J'en suis pleinement conscient, mais sur un point de vue scientifique c'est une expérience que je ne peux pas laisser passer. Toutes les grandes expériences recèlent une part de danger, et je suis prêt à accepter cette clause dans le contrat.

— De quel contrat il parle ? chuchota Lewis.

— C'est une métaphore, andouille, lui répondit Eveana.

— Et puis ma curiosité me taraude fortement pour être franc, ajouta Gregor en réajustant ses lunettes sur son nez. Évidemment je ne veux pas m'imposer, si vous ne voulez pas de moi, je n'insisterai plus.

— Je crois que ce serait préférable dans ton intérêt, commença Sean.

Zach le coupa :

— Laisse-le, s'il veut faire partie du groupe ça ne me dérange pas, il est pas con, il a compris les dangers et les accepte, qu'est-ce que tu veux de plus ?

— Lui épargner des nuits blanches d'angoisse et peut-être bien pire encore...

— Qui est-ce que ça dérange que Gregor se joigne à nous ? demanda Zach en regardant les autres.

Personne ne dit rien.

— Comme ça c'est réglé. Et pour l'invitation de ce soir, c'est moi qui t'invite, Gregor, t'es le bienvenu, Johanna ne pourra pas me refuser ça.

Eveana gloussa.

— Voyez-vous ça ! Monsieur a ses entrées dans la société.

Zach lui lança un regard noir.

Sean prit Gregor à part :

— Ne crois pas que c'est contre toi, mais je voulais t'éviter de vivre ce qui m'est arrivé... enfin, tu fais comme tu le sens.

Gregor ne trouva rien à répondre, considérant qu'il avait déjà exprimé tous ses arguments. Sans pour autant être d'une nature naïve, il avait pris toute cette histoire pour argent comptant. L'éventualité d'un *au-delà*, bien qu'improbable, se devait d'être vérifiée scientifiquement si la possibilité s'offrait à lui. Dans le plus probable des cas il pourrait démontrer à tous qu'il ne s'agissait que d'un phénomène naturel. Les émissions de gaz, ou les ondes hertziennes avaient souvent été à l'origine de phénomènes dits paranormaux. Restait à présent à découvrir ces fameux phénomènes.

— Bon, pour en revenir à ce soir, dit Eveana, on se voit tous là-bas, Gregor tu viendras avec moi, mon père nous accompagnera. On se débrouille pour tous dormir avec quelqu'un, ça vous va ? Comme ça si ce... *truc* décide de s'en prendre à l'un d'entre nous, nous ne serons pas seuls.

— Sauf qu'on est sept ! remarqua Lewis.

— Moi je peux pas dormir avec vous les filles, dit Tom en souriant. Demain je dois me lever à six heures pour aller avec mon père à Providence. Il m'emmène au bureau d'information et de recrutement de l'armée.

Eveana chassa sa remarque du plat de la main et dit :

— Il me semble évident que par décence, Meredith et moi ne pouvons que dormir ensemble. Cela posera-t-il un problème si tu m'invites ? demanda-t-elle à l'autre fille du groupe.

— Pas le moins du monde, ma mère ne s'en rendra même pas compte, répondit-elle avec une pointe de cynisme.

— Parfait, et vous les garçons qui va chez qui ?

Lewis répondit en premier :

— Moi je suis chez Sean.

Zach regarda le groupe et constata que seul Gregor n'avait pas encore choisi.

— Il semblerait que nous soyons ensemble, dit-il à l'adresse du jeune garçon noir.

À vrai dire cela ne l'enchantait guère de devoir passer la nuit en compagnie de ce génie. Il ne le connaissait quasiment pas, et n'avait sensiblement pas les même pôles d'attractions. Sean lui fit un clin d'œil l'air de dire : *Tu le voulais dans la bande, tu l'as même avec toi pour dormir, génial, non ?*

Gregor regarda sa montre, et alla s'asseoir contre le château d'eau.

— Ça ne va pas ? lui demanda Lewis.

— Si, si. C'est l'heure de ma dextro. Je la fais tout le temps à heure précise comme ça c'est régulier.

— Ta quoi ? grimaça Tom.

— Ma dextro. Je suis diabétique et je dois me faire une injection avant chaque repas.

Tous se regardèrent, étonnés. Gregor sortit de sa poche intérieure de veste un appareil semblable à une grosse calculette plate. Il prit également un stylo de prélèvement sanguin, dont il avait pris soin de changer la lancette avant de partir. Il posa sur ses genoux l'appareil à dextro ainsi qu'une bandelette qui ressemblait fort à un simple pansement. Il introduisit la bandelette dans l'appareil puis s'inspecta les doigts pour ne pas reprendre celui qui avait servi au matin et se préleva une goutte de sang à l'aide du stylo. Il déposa la goutte sur la bandelette, et attendit en se suçant le doigt.

— Normalement, che devrais déchinfecter mais chai pas che qui faut, dit-il en suçant son majeur.

Puis l'étrange calculette se mit à sonner, émettant des bips incessants. Gregor la prit et lut ce qui était inscrit sur le cadran.

105 mg/dL

— C'est bon, encore un instant et je suis à vous.

Il sortit une seringue hypodermique et un flacon d'insuline, puis mesura en aspirant le produit avec la seringue et se fit la piqûre dans le bras gauche.

— Normalement je me pique dans la cuisse, c'est plus pratique, mais je ne vais pas baisser mon pantalon ici.

Les six autres l'observaient abasourdis, la mâchoire pendante. On pouvait lire sur le visage de certains du dégoût et sur d'autres une profonde inquiétude.

En voyant les visages décomposés de ses nouveaux amis il les rassura :

— Ne vous en faites pas, c'est pas dangereux, ni même contagieux, et je n'ai pas mal, c'est juste une question d'habitude.

— Et tu as ça depuis longtemps ? demanda lentement Meredith.

— Depuis que je suis tout petit.

— On ne peut pas être un génie et être en plus physiquement parfait, plaisanta Tom dont l'humour ne plut à personne.

— Si nous retournions à la civilisation, proposa Eveana en montrant la chemin qui partait au pied de la butte vers la rue, trente mètres plus loin.

Gregor rangea ses affaires dans ses poches, Lewis comprenait mieux maintenant pourquoi il avait une veste si grande avec autant de poches, et toute la troupe dévala la pente de terre jusqu'au chemin.

Ils marchèrent entre les bosquets de ronces et débouchèrent sur la 4e rue, à côté de l'église du père Apperton.

— On se retrouve chez Johanna ce soir alors ? se renseigna Lewis.

— Exact, et tu préviens tes parents que tu ne dors pas chez toi. Ça devrait les rassurer de savoir qu'on sera toujours par deux en plus d'être conduits et ramenés en voiture, affirma Eveana. On prévient tous nos parents, et vers dix-neuf heures on se retrouve pour la petite fête.

Lewis allait partir dans la direction opposée au reste du groupe quand le moteur d'une voiture ralentit à leur côté.

C'était une Oldsmobile bleu foncé, bien lustrée, comme neuve. Une femme d'une trentaine d'années était au volant ; de type eurasienne elle était très belle avec ses cheveux tombant sur ses épaules et élégamment vêtue d'un tailleur gris sur un chemisier blanc. Elle baissa la vitre de sa portière.

— Excusez-moi, dit-elle, vous avez une seconde à m'accorder ?

Les adolescents se considérèrent, attendant que l'un d'entre eux prenne la parole. Ce fut finalement Zach qui répondit, assez sèchement :

— Désolé, on n'a rien à dire aux journalistes !

Le moteur s'arrêta.

— Je crois qu'il y a une méprise, jeune homme, dit-elle en sortant une carte de son portefeuille, je travaille pour le gouvernement.

Elle exhiba sa carte et tous virent le sigle distinctif de la CIA.

Zach recula d'un pas, comme si la carte risquait de le contaminer par un étrange virus.

— Je suis désolé, bafouilla-t-il. C'est qu'il y a plein de journalistes en ville et ils ne cherchent qu'à faire du sensationnel, on vous a pris pour l'un d'entre eux.

— C'est fort excusable, admit-elle.

— Vous êtes là pour enquêter sur les meurtres ? questionna Tom.

— Non, pas tout à fait. Je recherche des jeunes personnes, dans votre genre, qui se vanteraient de faire des choses *étranges*.

Elle insista sur ce dernier mot.

— Comment ça étrange ? voulut savoir Meredith.

— Vous savez, un peu « loufoques », comme... la magie et toutes ces choses. Je sais que ça peut paraître saugrenu mais c'est extrêmement important...

Zach parcourait son visage et son corps avec les yeux, elle avait un côté typé qui l'excitait affreusement. *Hawaï ?* se demanda-t-il.

Sean, qui était resté en retrait pendant tout le début de la conversation, s'approcha.

— Et *ils* ont fait quelque chose de mal ? dit-il.

La femme montra ses dents parfaitement implantées et bien blanches en souriant.

— Non, pas du tout, mais nous devons leur parler, c'est

extrêmement important. Alors, vous auriez une idée des personnes que je recherche ?

Tous secouèrent la tête sans même hésiter. Seul Tom ne fit rien. Il aurait bien tenté sa chance, en se confiant à cette femme, fort jolie en plus, après tout elle était de la CIA, non ? Avec un peu de chance, en lui expliquant tout, il s'attirerait les faveurs de l'organisme, et sa carrière était toute tracée. Mais en entendant tous ses amis nier, il ne put les trahir et il décida d'oublier cette idée d'association. Pour le moment du moins. Peut-être que plus tard... Il secoua la tête.

— Tant pis. Si vous avez la moindre idée, ou un souvenir qui vous revient rappelez-moi à ce numéro.

Elle tendit à Sean une carte avec inscrits son numéro de téléphone cellulaire et son nom : Mlle Natacha Tiehe.

— Nous n'y manquerons pas, répondit-il.

La voiture redémarra et s'éloigna pour disparaître au bout de la rue.

— La vache ! s'écria Lewis. C'est carrément la CIA qui nous recherche ! Je crois qu'on s'est vraiment mis dans la merde ce coup-ci.

— Qu'est-ce que le gouvernement vient faire dans cette histoire ? fit Eveana.

Tom secoua la tête.

— Non, le hic, c'est qu'on devient des personnes très demandées. Rappelez-vous en début de semaine quand je vous ai parlé de mon pote Doug Ryan à qui on avait posé le même genre de question. Sauf que c'était un mec, un grand type effrayant et il n'était pas du gouvernement celui-là ! C'est comme s'il y avait une guerre entre deux clans et qu'au milieu il y aurait nous autres, égarés par hasard sur le champ de bataille !

— Si vous voulez mon avis, on ferme nos gueules et on attend que l'orage passe, exposa Zach.

Aucun d'entre eux ne trouva quoi dire, et Zach ajouta :

— On se tait, et on regarde un peu comment les choses évoluent. Ensuite on prendra une décision concernant la CIA et toute cette merde. Ça vous va ? Sean ?

Sean approuva, et les autres firent de même, bien que la plupart auraient souhaité pouvoir demander conseil à une personne plus à même de comprendre ce qui se passait, à un agent de la CIA par exemple.

— En attendant je conserve la carte de Natacha Tiehe, dit Sean.

Ils rentrèrent à leur domicile respectif, moins enjoués qu'ils ne l'étaient auparavant à l'idée d'aller faire la fête ce soir.

7.

Les premières voitures arrivèrent aux alentours de vingt heures. Les parents s'arrêtaient face au petit jardin qui s'avançait devant la maison des Simons, et y restaient jusqu'à ce que leur progéniture ait bien franchi la porte d'entrée. Il y eut ainsi un ballet de phares blancs et rouges dans la 5e rue pendant presque une heure. La soirée était sous haute surveillance compte tenu des circonstances, et bien des parents s'y opposèrent, néanmoins le besoin de gaieté l'avait emporté.

Sean arriva vers vingt et une heure heures, il avait insisté pour s'y rendre à pied, mais sa mère ne céda pas. La présence des journalistes dans les rues rappelait à tous combien le cauchemar du tueur était bien réel. Ils passèrent prendre Zach, Meredith ainsi que Lewis et tout ce petit monde ne fut pas lâché avant d'avoir atteint la boîte aux lettres de la famille Simons. Mrs Simons et sa fille avaient passé l'après-midi entier à tout préparer. Des lampions de feutres de toutes les couleurs étaient suspendus entre les arbres et le toit de la petite maison. Une grosse citrouille vidée avec une bougie à l'intérieur souriait sinistrement en équilibre, pendant à son fil à côté de la porte d'entrée. Ça avait été une idée de Johanna qui voulait rappeler à tous qu'Halloween approchait ! C'était pour réconforter ses amis, mais l'effet fut plutôt inverse ; bon nombre frissonnèrent en passant à côté de Jack la lanterne et ils furent plusieurs à imaginer que le tueur qui rôdait par ici pourrait bien avoir une tête de citrouille.

Sur le carton d'invitation était écrit qu'il fallait se couvrir car la fête avait lieu tout autant dans le jardin qu'à l'intérieur.

Mais étrangement il ne faisait pas très frais ce soir de la mi-octobre, et une simple veste par-dessus un sweat-shirt suffisait amplement.

Quand ils arrivèrent, Sean et ses amis furent surpris du panaché de couleurs qui décorait tant les murs et le jardin de derrière que les tables où les bonbons et sodas attendaient d'être consommés.

Tom, qui venait tout juste d'arriver (c'était le seul de toute la soirée à être venu à pied et de surcroît à être passé par le vieux pont en bois !), lança :

— On peut dire qu'ils font les choses en grand dans la famille !

Il avait les yeux braqués sur Johanna Simons et son mètre quatre-vingts pour seize ans.

Sean lui donna un coup de coude amical dans les côtes.

— Je sais pas pour vous, mais moi je ne compte pas laisser toute cette nourriture sans l'honorer, ça ne se fait pas, assura Lewis.

Et il partit en direction du banquet.

Sean se tourna pour voir ce que faisaient Meredith et Zach. La première attendait à l'entrée du salon, se dandinant d'une jambe sur l'autre avec l'air de quelqu'un qui s'ennuie, alors que le second scrutait minutieusement les invités à la recherche, Sean en était sûr, d'Eveana.

— Elle est pas encore arrivée, dit-il.

Zach fit celui qui ne comprenait pas de quoi on parlait, et alla se chercher un verre de soda.

Sean se servit un verre de jus d'orange et en prit un second qu'il apporta à Meredith.

— Merci. Tu connais tout le monde ici ? demanda-t-elle.

— Une bonne partie. Les autres sont pour la plupart des élèves du lycée Whitman, mais je ne les fréquente pas.

— Et c'est parti pour la musique ! clama quelqu'un derrière eux.

Le cri de James Brown déchira l'air à côté de Lewis qui s'était adossé à l'une des deux grosses enceintes du salon, et le garçon sursauta si fort qu'il crut que son cœur s'était arrêté. Tom manqua de glisser par terre tellement il riait.

— C'est... c'est la première fois que je viens à une soirée comme ça, dit Meredith.

— C'est vrai ? Il faut fêter ça ! déclara Sean. Et si on portait un toast ?

Meredith eut tout d'un coup la nausée, elle crut qu'elle allait s'effondrer dans le sofa. Le mot *toast* avait ranimé des souvenirs et des cauchemars récents dans sa mémoire, et elle crut presque pouvoir sentir l'odeur de pain qui brûle.

— Ça va ? s'inquiéta Sean. J'ai dit quelque chose qu'il fallait pas ?

Meredith lui fit signe que tout allait bien, et respira un grand coup.

— Ça te dérange pas si on va prendre l'air un instant ? dit-elle.

Sean poussa la porte vitrée conduisant au jardin de derrière, et ils marchèrent vers le fond pour être plus tranquilles.

Le jardin de derrière avait été décoré tout comme le devant de la maison, lampions de couleurs avec bougies à l'intérieur, et quelques têtes de citrouilles. Une quarantaine d'adolescents discutaient en groupes.

Sean et Meredith marchèrent vers le fond de la pelouse, passant entre deux petits arbres et s'assirent sur un monticule de bûches de bois.

— Ça va aller ? demanda Sean.

— Oui, c'est bon. J'ai juste eu un petit vertige, mais c'est passé.

— J'espère que t'as rien de grave.

Meredith resta songeuse. *Non,* eut-elle envie de répondre, *rien que des cauchemars qui me traînent dans l'esprit et me bouffent la vie.* Mais le courage lui manquait pour en parler et, cruellement, les mots ne sortaient jamais tout seuls dans ces moments-là.

Sean observa les adolescents qui s'amusaient plus loin. Il ne put s'empêcher de faire l'analogie entre les groupes de garçons et de filles et des grappes de raisin. Ils parlaient entre grappes, s'échangeant par moments des grains entre groupes. Il y avait du raisin blanc, du plus foncé — à la limite du noir — et même du jaune. Toutes ces grappes faisaient partie d'un vaste champ, la plupart ne se croiseraient jamais, mais tous finiraient de la même façon. Il était amusant de se dire qu'en fonction de là où il avait poussé, un raisin aurait une saveur différente, amer, piquant, doux, il y en avait pour tous les goûts. Finalement les hommes sont du raisin, se dit Sean, cultivé dans d'immenses champs à pousser que l'on appelle pays, région, ville ou maison ; on vient tous de la même terre et on pousse tous de manière plus ou moins similaire, mais on n'a pas les même goûts.

— Ça ne te fait pas un peu peur ce qui nous arrive ? demanda Meredith.

— Tu veux dire les trucs en rapport avec le Khann, les monstres et tout ça ?

Meredith acquiesça.

— Si. Ça me fout même une sacrée trouille, c'est comme si on avait ouvert une porte qui était fermée depuis très long-temps...

— Et qui contiendrait des secrets oubliés que l'homme ne devrait pas ressortir, le coupa Meredith.

— Oui c'est ça ! s'exclama Sean. Toi aussi tu as cette impression ?

— Je pensais que c'était un sentiment que mon esprit inventait, comme une mise en garde que je me serais faite à moi-même.

— Il semblerait que non. Écoute, je ne sais pas si on en est tous bien conscients dans le groupe, je veux dire que j'en ai discuté avec Lewis et Zach et ils sentent vaguement quelque chose mais cela reste très flou, et ils ne...

— Ils quoi ? demanda lentement Meredith.

— Ils ne font pas de cauchemars.

— Tu veux dire que toi, tu fais des cauchemars ? questionna la jeune fille comme s'il s'agissait là d'une bonne nouvelle.

— Depuis que nous avons fait cette séance de spiritisme.

Elle retira ses lunettes et commença à les essuyer machinalement avec son sweat-shirt.

— Moi... moi aussi, dit-elle en déglutissant bruyamment. Des cauchemars atroces. Ça me rassure, je me sens moins seule, et surtout moins folle.

Sean se leva et commença à faire les cent pas en tournant en rond.

— Il semblerait que certains d'entre nous soient plus sensibles que d'autres, toi et moi par exemple alors que Lewis et Zach n'y sont pas trop réceptifs. Il faudrait voir avec Eveana ce qu'il en est à son sujet.

— Et Gregor ?

— Je ne pense pas qu'il soit mêlé à ce qui nous est arrivé, répondit Sean, c'est pour ça que je voulais qu'il s'en tienne à distance. C'est comme si c'était contagieux, s'il traîne trop avec nous, ce fluide qui attire ou lie les phénomènes étranges s'imprégnera de son odeur et ce sera pareil pour lui ensuite.

— Il a fait son choix. Si on allait en parler avec les autres ?

Sean lui tendit la main pour l'aider à se relever, et ils prirent la direction de la maison, en marchant entre les grappes de raisin multicolores.

Lorsqu'ils arrivèrent, Eveana et Gregor furent accueillis par Lewis et Tom qui se racontaient leurs souvenirs de partie de paint-ball. La présence de Gregor qui n'était pas invité passa sans aucun problème. Certes quelques adolescents se demandèrent qui était ce jeune noir à lunettes qu'ils n'avaient jamais vu auparavant, mais les suspicions s'arrêtèrent là.

Meredith, suivie de Sean, entra dans le salon et s'approcha de Lewis, Tom et Gregor qui discutaient ensemble.

— Hey Sean ! dis Lewis. Tu sais quoi ? Gregor s'y connaît tellement en informatique qu'il est capable de concevoir des logiciels ! Tu te rends compte ?

— Des logiciels simples, compléta modestement Gregor.

— Super, répondit Sean assez froidement. Faut qu'on se parle tous. Où sont Zach et Eveana ?

— Ils sont sortis il y a deux minutes. Je crois qu'on les reverra pas de la nuit, gloussa Tom en emboîtant ses doigts les uns dans les autres et en répétant le geste.

— Tu crois ? s'inquiéta Gregor. Parce que j'ai dit à mes parents que je ne rentrais pas de la nuit, je devais dormir chez Zach.

— Et Eveana était censée dormir chez moi, dit Meredith.

— Là tu rêves ! plaisanta Tom, je crois qu'elle a trouvé plus attrayant que toi et ton moteur de motocyclette !

Sean soupira bruyamment.

— Bon, si jamais ils ne réapparaissent pas dans une heure, on change les dispositions pour dormir.

— Écoutez, on n'a qu'à tous dormir chez moi, j'ai des duvets et vous irez sur la moquette, au moins on sera tous ensemble, proposa Meredith.

— Moi, si j'étais vous les mecs, j'irais pas dormir chez cette sorcière !

— Ta gueule Tom ! lui répondit-elle alors qu'il se tordait de rire.

— Ça me paraît plus pratique. J'appellerai mes parents pour qu'ils viennent nous chercher tout à l'heure et je les préviendrai, dit Sean.

Tom s'appuya sur les épaules de Sean et Lewis et déclara :

— C'est pas que je vous aime pas, mais je dois me sauver, j'ai un entretien avec le bureau de l'Oncle Sam demain matin, et je voudrais pas avoir les yeux dans le cul à mon réveil, alors *ciao* !

Se tournant vers Gregor et Lewis il ajouta :

— Vous, venez pas vous plaindre de vous être fait couper le kiki par Meredith la sorcière, je vous aurais prévenus !

Et il tapa dans leur dos avant de disparaître.

Zach entraîna Eveana de l'autre côté de la rue, vers un monticule couvert d'herbe. Une fois en haut, ils contemplèrent la forme sombre des deux collines jumelles qui gardaient l'entrée d'Edgecombe. De l'autre côté de la petite butte sur laquelle ils se trouvaient, commençait une forêt qui s'étendait vers l'ouest, et vers le sud.

Zach montra la colline jumelle qu'ils avaient en face d'eux. La lune semblait posée sur l'escarpement rocheux du sommet.

— Il paraît qu'au sommet de celle-ci il y a une grotte d'où jaillit la source de la Sharpy.

— On devrait l'entendre tomber, non ?

— Non, la colline est trop loin et trop haute. Et puis elle est couverte de végétation. Le feuillage des arbres étouffe le bruit.

Zach sortit de sous son tee-shirt une serviette de bain et l'étala sur l'herbe.

— Assieds-toi, je t'en prie.

— Mais d'où sors-tu ça ?

— Je l'ai empruntée dans le cellier des Simons.

Eveana esquissa un léger sourire et s'assit. Zach se tourna et extraya quelque chose de sous sa veste en cuir.

— Le jus d'orange ne convient pas à tant de douceur, il faut quelque chose de plus délicat pour toi. Comme du champagne par exemple.

Il exhiba fièrement une bouteille de champagne français, Pommery.

— Mais où as-tu pris ça ?

— Dans le cellier aussi.

— Non Zach, on ne peut pas leur boire leur bouteille, si ça se trouve c'est celle qu'ils réservaient pour ce soir !

— T'en fais pas, il y en avait plein d'autres, et puis j'irai la remplacer dès demain, je te le jure.

Il lui fit un clin d'œil.

— Je t'assure que je la remplacerai dès demain matin.

Eveana resta sceptique puis céda.

— D'accord, ouvre-la.

Zach fit sauter le bouchon de liège.

— L'ennui c'est que je n'ai pas trouvé de coupe de champagne !

La mousse surgit et il tendit la bouteille à la jeune fille.

302   *Maxime Williams*

— *À vous l'honneur mademoiselle*, dit-il en français.

— Tu parles français ? s'étonna-t-elle.

— Non, c'est mon oncle qui m'a appris ça.

Il se garda bien de lui raconter le contexte, car Denzel Hillingford le lui avait appris autour d'un poker en disant que pour séduire les femmes il n'y avait rien de mieux qu'un peu de français.

Elle prit la bouteille et y but directement au goulot. Eveana la manipula trop brusquement après avoir bu si bien qu'un jet de mousse lui aspergea le bas du visage. Zach lui prit la bouteille des mains et ils éclatèrent de rire ensemble.

Lorsque l'hilarité se fut calmée Zach dit doucement :

— C'est dommage que nous ne soyons pas un peu plus haut, on aurait pu voir la mer, et le phare d'Edgecombe s'y refléter.

Ils s'étaient allongés et contemplaient les étoiles qui apparaissaient par intermittence entre les nuages. La bouteille de champagne se promenait de l'un à l'autre. Ils échangèrent quelques mots sur leur joie de vivre des moments si originaux et Zach se redressa à côté d'elle, sa tête en appui sur sa main.

Eveana regarda Zach poser la bouteille de champagne à côté de la serviette sur laquelle ils étaient allongés, et se sentit légère. Il lui avait apporté avec un peu de simplicité et une dose d'espièglerie une part de rêve. Et c'est ce qu'elle aimait. Avec Zach elle savait que, quoi qu'elle ait à lui reprocher il la ferait rêver, c'était son monde à lui.

Sans réfléchir plus longuement elle se pencha vers lui et chuchota :

— Zach, embrasse-moi.

Tom filait à toute vitesse sur le trottoir. Il alternait les zones d'ombre et de lumière en fonction des lampadaires. En sortant de chez Johanna Simons, Mrs Simons l'avait intercepté et lui avait demandé s'il était bien sûr que ses parents venaient le chercher. Il avait pris son air de petit garçon bien élevé et avait assuré qu'ils l'attendaient deux maisons plus loin s'étant certainement trompés de numéro. Il ne se voyait pas lui expliquer qu'il avait un père de nature trop confiante et une mère qui disait amen à tous les désirs paternels. Thomas Willinger senior avait décrété que son fils ne craignait rien, et qu'il pouvait marcher pendant dix minutes en pleine ville sans risquer quoi que ce soit, et qu'en plus il y avait un temps idéal pour un peu de marche ! C'était le genre d'homme qui n'achetait jamais de ticket pour la loterie nationale, et qui ne changeait jamais d'expression quelle que soit la situation. Il croyait en son fils et ne se faisait pas de soucis pour son avenir, tout comme il avait toujours su qu'il s'en sortirait lui-même.

Une fois dans la rue Tom, Thomas Junior de son vrai nom, avait hésité entre prendre Lawson Street jusqu'à Hollow Way ou Twin Hills Street, ce qui revenait au même. Se souvenant que la vieille maison du grand-père de Sean était dans cette dernière, Tom préféra s'abstenir de passer trop près. Les événements récents l'avaient déstabilisé et il n'était plus sûr de rien à présent. Passer tout près de la demeure où avait reposé le Khann pendant un bout de temps n'était pas la meilleure des choses à faire ! Pas à cette heure de la nuit et seul de surcroît.

Maintenant qu'il descendait Lawson Street il réalisa qu'il avait même une certaine appréhension à être dehors en pleine nuit.

Allons Marines ! Crois-tu qu'on te laissera accéder à l'élite si tu te mets à avoir peur du noir ? se dit-il pour se motiver.

Une autre voix, plus profonde celle-ci, et surtout plus sournoise lui répondit :

Seulement chez les Marines, ils ne savent pas qu'ils raisonnent faussement ! Ils croient et sont persuadés que les monstres n'existent pas ! Ils ont laissé leurs certitudes et leur perception d'enfant se faire raboter et absorber par la raison commune de la société adulte... Mais ils se trompent et toi tu le sais n'est-ce pas Tom ? Qu'est-ce que ferait un commando de Marines face à un monstre ? Hein qu'est-ce qu'ils feraient ?

Tom essaya de chasser la voix de sa tête. Il pensa à demain matin, et au bureau de renseignements de l'armée.

Il vit le recruteur derrière son comptoir avec les petits drapeaux tricolores « *Stars and Stripes* » de chaque côté du bureau. Un visage austère se poserait au-dessus de lui et crierait :

« Tu sais ce que ferait un commando entier de Marines face à un monstre, Thomas Junior ? Tu le sais ? Eh bien je vais te le dire. Ils fuiraient en hurlant ! ! ! AH AH AH AH... »

Il entendit le rire de dément résonner dans son esprit et secoua la tête vigoureusement.

— Cesse tes conneries dès maintenant ! dit-il à voix haute.

Il continua à marcher jusqu'à Hollow Way, puis emprunta le minuscule sentier de terre battue jusqu'au pont en bois. Tom pesta à plusieurs reprises de ne pas avoir pris de lampe torche. Que valait de passer par là et de gagner vingt minutes de marche si c'était pour tomber dans les eaux froides du Pocomac ? Il longea lentement le mur du vieux pont, tressaillant à chaque craquement du bois sous ses pieds. Il manqua de hurler en voyant une silhouette furtive se déplacer à ses côtés, dans le noir, jusqu'à ce qu'il l'identifie comme étant un chien errant, et il arriva enfin de l'autre côté, sain et sauf.

Dans la petite clairière, il remarqua l'épave d'une vieille Ford derrière le tronc affaissé. Une forme sombre bougea à l'intérieur.

Tom se figea.

Ça n'était pas un animal, beaucoup trop gros. Et... et *ça* avait bougé dès son apparition dans la clairière, *ça avait bougé comme pour se cacher derrière le tableau de bord* ! Tom respirait plus rapidement, il essaya de voir d'où il était ce qui était dans la voiture, mais il était trop loin. Il s'approcha à deux mètres de la Ford, de toute façon le sentier pour rejoindre l'impasse Tucson passait par ici, mais l'obscurité de la nuit l'empêcha de discerner quoi que ce soit.

Une branche se cassa derrière lui. Tom se retourna immédiatement.

Une haute silhouette se tenait dans l'entrée du pont couvert. Vêtue de noir, un grand manteau lui tombait sur les mollets. Elle avait les mains dans les poches et son crâne luisait sous la lune qui perçait au même moment entre les nuages. La silhouette leva la tête et Tom vit que c'était un homme...

... *terrifiant* pensa-t-il.

Une large cicatrice partait de son front jusqu'au bas de sa joue du côté droit. Et ses yeux étaient profondément enfouis sous les arcades sourcilières, comme une protection naturelle supplémentaire. Ses yeux brillaient d'un éclat abominable, la quintessence de cruauté illuminait ce regard froid et immuable.

— Alors jeune homme, on se promène tard dans la nuit ? dit l'homme d'une voix grave.

— Je... je rentrais chez moi... d'ailleurs mes parents vont se poser des questions, alors je vais...

L'intensité dans le regard de cruauté devint si forte que Tom ne put finir sa phrase. Il sut qu'il était en danger, un danger bien réel. Il devait fuir, fuir à tout prix.

Il recula d'un pas et se retourna, et dans la même foulée il se mit à courir en direction du sentier qui le conduirait vers la civilisation.

La porte de la Ford s'ouvrit subitement et Aaron en bondit sur Tom qui passait au même niveau. Ils tombèrent dans les herbes et roulèrent l'un sur l'autre. Tom essaya d'attraper ce qu'il put dans sa chute, et il ne trouva qu'une branche de bois mort. À peine s'immobilisa-t-il sur le sol qu'il fouetta l'air avec, jusqu'à atteindre Aaron sur le dos. Il y eut un gros craquement et Aaron cria. La branche s'était brisée.

— Petit morveux ! s'écria-t-il.

Il sauta sur Tom, et lui décocha une droite en plein visage.

Tom sentit sa lèvre inférieure exploser sous le choc et bientôt un liquide chaud lui coula dans la bouche et sur le menton.

— Amène-le-moi, dit l'homme chauve.

Tom se fit soulever par Aaron et traîner sur quelques

mètres. Il se tenait sur ses jambes mais son menton était appuyé sur son torse. Sa lèvre le lançait affreusement.

— Es-tu décidé à agir en personne bien éduquée ? Ou faut-il que ton ami t'ouvre aussi l'autre lèvre ?

Tom leva la tête vers la cicatrice, mais il se garda bien de regarder droit dans les yeux de l'homme en noir.

— Dis-moi, j'ai entendu dire que toi et tes compagnons vous faisiez des choses étranges ? N'est-ce pas ?

Tom n'avait plus peur, il sentait la douleur dans son corps, et avait l'impression que son esprit n'était pas dans son enveloppe charnelle, il était dans un état second. Il répondit avec un léger sourire :

— C'est vrai, moi et mes potes on pisse par le cul !

L'homme gronda, et Aaron exerça une forte pression sur son dos, lui enserra le cou d'un bras et commença à l'étrangler.

Tom essaya de se débattre, mais Aaron était nettement plus fort et plus puissant que lui. L'homme fit signe d'arrêter.

— Libre à toi de faire le malin, je ne crois pas que ce soit un choix fort judicieux compte tenu de ta position !

— C'est... c'est la... levrette... ma préférée...

L'homme soupira et Aaron lui assena un violent coup de poing entre les omoplates. Tom gémit sous la douleur et Aaron le reprit par les aisselles pour le soutenir et l'immobiliser.

— Je veux savoir où est le livre que vous utilisez ! dit l'homme en se penchant plus près de son visage.

Cette fois Tom n'eut plus du tout envie de plaisanter, il perçut tout le mal qui se dégageait de cet individu, et pendant un instant, il crut qu'il avait le Diable en personne en face de lui. Il chuchota :

— Le Livre est si bien... planqué, que vous ne le trouverez jamais... d'ailleurs, je sais même pas où il est !

Il devina le regard puissant de l'homme sur lui. Il réfléchissait. Puis sa voix grave et autoritaire s'éleva :

— Bien. Je te crois, tu ne sais pas où il est. Tu ne m'es donc d'aucune utilité. Aaron, occupe-t'en.

Une alarme sonna dans l'esprit de Tom, et lorsque Aaron le lâcha pour le cogner, il se jeta sur le côté. Il entendit Aaron crier de douleur alors que son poing devait toucher l'homme en plein torse. Tom ne voulut même pas savoir ce qui s'était passé et il bondit en avant vers le sentier. Il sauta par-dessus le tronc d'arbre, et courut à toutes jambes dans les hautes herbes. Cette fois la peur était revenue, la peur de retourner entre les mains de cet abominable type. Cette pensée le fit frissonner et il accéléra du plus qu'il put. Il filait entre les hautes herbes et les arbres massés de part et d'autre du mince sentier. Encore quelques secondes et il atteindrait l'impasse Tucson, puis deux minutes et il serait dans Longway Street, en sécurité chez lui. Tom continuait de sprinter de toutes ses forces.

Il ne vit la masse imposante surgir des fourrés qu'au dernier moment, et ne put que lui atterrir droit dans les bras.

Un homme très grand et très carré le prit par la tête et par les poignets et le ramena dans la clairière. Tom se débattit, en vain. Le géant était d'une force colossale.

Lorsqu'ils arrivèrent à côté de l'homme à la cicatrice — qui n'avait pas l'air d'avoir encaissé le moindre coup de poing — l'armoire à glace en costume trois pièces le lâcha.

— Merci Tebash, je savais que je pouvais compter sur toi.

Korn prit Tom par le cou et le forçant à le regarder dans les yeux, il lui dit :

— Maintenant, je vais te montrer ce que *moi*, je sais faire.

Eveana se coucha sur le lit de Zach.

Après qu'ils se furent embrassés pendant une heure et que la main du garçon n'eut pas osé la caresser une seule fois — sa réputation de dur n'était peut-être pas aussi fondée qu'on le disait ! — Eveana lui avait demandé de l'emmener chez lui. Dans sa tête les pensées tourbillonaient. Elle savait qu'elle avait dix-sept ans, et qu'elle ressentait quelque chose pour ce garçon, et s'obligeant à ne pas trop y penser elle avait cédé à ses pulsions plutôt qu'à ses craintes. Elle voulait que ce soit lui. Cette nuit. Ils se connaissaient de vue depuis longtemps mais intimement que depuis quelques semaines, et cela n'avait pas d'importance. Ce serait cette nuit, la première fois, avec Zachary. Il était doux, et à en croire les ragots, assez expérimenté, mais surtout il la faisait craquer. Avec lui elle partait dans un autre univers, celui du rêve et du laisser-aller, un monde de lumière et d'ombre mais peuplé d'étoiles si brillantes et si proches qu'elles lui promettaient beaucoup de merveilles pour les jours à venir.

Zach n'avait pu cacher son étonnement, et lorsqu'il avait essayé de lui faire comprendre que c'était la première nuit qu'ils passaient ensemble et qu'il ne voulait surtout pas la brusquer, elle eut la certitude de vouloir faire l'amour avec lui ce soir, sans plus attendre. Il n'y aurait pas de longues conversations pour préparer leur Première Fois, pas de longues attentes et d'hésitation noyée d'appréhension, pas de délibérations interminables avec elle-même pour savoir s'il devait être le bon ou si elle devait attendre d'être encore plus vieille. Ce serait cette nuit, et après... après on verrait.

Elle était étendue sur les draps, à moitié nue, frissonnant malgré la chaleur qui régnait dans la pièce, perdue dans la tentation et la peur de lui dire : viens en moi. L'excitation et l'appréhension se partageaient son esprit.

Zach se posa délicatement sur sa peau.

Tom vit Korn se reculer et agiter les doigts frénétique-ment. Il ouvrit la bouche et lança des incantations en une langue étrangère. De sa gorge sortait un son grave, on aurait dit plusieurs personnes parlant en même temps sur un ton de contrebasse.

Et Tom se sentit soulever.

Pas par Tebash, ni par Aaron — celui-ci gisait sur le sol en se tenant une main ensanglantée et regardait la scène bouche bée.

Il se soulevait par le biais d'une force extérieure. Il s'en-volait.

Korn fit un geste brusque avec une main et Tom hurla.

Les os de son bras droit venaient de se briser, tous, de l'auriculaire à la clavicule.

Zach s'immisça en elle. C'était un mélange de douleur et de curiosité. Elle avait quelque chose *en elle*. Il s'enfonça encore un peu et elle serra les dents. Elle était toujours aussi déterminée. Et puis la douleur n'était pas très forte, elle avait fait sept ans d'équitation et Martha Leister lui avait dit que son hymen s'était déjà déchiré, c'était fort probable. Avec un peu de chance elle ne saignerait donc pas. Elle préférait éviter la honte que lui procurerait la vision de quelques gouttes de sang sur les draps blancs, elle se sentirait gênée. Zach lui caressa le visage et l'embrassa, ils firent l'amour en se regardant, et Eveana se mit à sourire.

Lorsque Zach s'arrêta et se mit sur le côté en l'embrassant, elle comprit qu'une transformation subtile s'était produite en elle, elle avait changé. Elle sut que s'il y avait du sang sur les draps, elle n'en serait pas gênée, elle sut également que le regard du jeune homme sur les courbes de son corps ne la complexerait plus. Elle se sentait légère, et heureuse. L'acte en lui-même n'avait rien eu d'extraordinaire, ça avait été plutôt une curiosité, pas de vraie douleur, ni un plaisir intense, seulement cette sensation de bien-être dans son esprit. Mais c'était un tout. Elle avait franchi une grande étape de sa vie de femme, et l'homme dont le souffle chaud lui baignait le cou était celui qu'elle désirait.

— Ça va ? demanda Zach un peu inquiet, tu as l'air pensive.

Elle tourna la tête, sourit et fit signe que oui, elle allait bien, et lui baisa le front. Il enfouit sa tête contre son épaule.

Eveana remarqua comme les rôles s'étaient inversés. Il l'avait cajolée et rassurée tout à l'heure, à présent c'était dans ses bras à elle et ses baisers à elle qui apaisaient le garçon. Elle soupira de satisfaction et s'endormit paisiblement.

Les hurlements de Tom, mêlés à ses gémissements se transformèrent rapidement en mugissements d'agonie. Ses cris ressemblaient plus aux râles d'un phoque qui se fait dépecer vivant. Les larmes lui coulaient sur les joues et il pria pour que tout s'arrête.

Korn le leva encore plus en agitant ses doigts et le fit se tourner. Tom était face au toit du pont. Il fut projeté en avant, et il discerna au dernier moment sur quoi Korn l'envoyait : deux longues barres d'acier transversales qui dépassaient de l'armature, comme deux cornes.

Lorsqu'il les vit se rapprocher de son torse, il essaya de les attraper pour accélérer la chose, mais le choc fut instantané et Tom n'eut que le temps d'agiter les jambes convulsivement avant d'inspirer une dernière fois.

8.

— Je pense que tout dans le monde n'est qu'une question d'équilibre, affirma Gregor. Un plaisir quelque part, un malheur ailleurs. C'est une gigantesque balance de bien et de mal qui ne doit jamais pencher plus d'un côté que de l'autre.

— Ah ouais ? Eh bien moi j'aimerais bien qu'elle se remette en équilibre pour moi, parce que la mienne de balance elle tangue sacrément du côté négatif ! lâcha Lewis.

Tous deux ainsi que Sean se trouvaient chez Meredith, allongés sur la moquette de la chambre dans des sacs de couchage. Meredith dominait cette petite assemblée de son lit.

— Vous croyez que Zach et Eveana ils... ils font ce que vous savez ?

La question de Meredith attira les regards des trois adolescents. Sean eut un petit pincement au cœur à l'idée de savoir Zach et Eveana ensemble, mais il s'avoua avec franchise que c'était plus normal ainsi. Lui n'aurait jamais pu approcher la jeune fille, en plus elle avait deux ans de plus que lui. Zach méritait d'avoir quelqu'un comme elle. Zach était un homme dur d'apparence mais sensible dans le fond. Quelqu'un sur qui il pouvait compter, il était *sincère*.

— À mon avis ils ne sont pas en train de tricoter ! lança Lewis.

— Foutons-leur la paix, intervint Sean, après tout, ça ne nous regarde pas.

Gregor approuva.

— Et si nous décidions plutôt ce que nous allons faire au sujet de *notre* livre, reprit Sean.

Meredith haussa les sourcils en signe d'ignorance.

— On commence par appeler un exorciste ?

— Sérieusement ! On ne va pas rester comme ça, à attendre qu'un de ces monstres nous découpe en petits morceaux ? s'énerva Sean.

Ils envisagèrent différentes possibilités, mais aucune ne satisfit le groupe. Finalement, il fut décrété que le livre resterait à l'abri jusqu'à ce qu'ils puissent en discuter plus longuement avec les trois autres personnes concernées. Meredith avait clos la discussion à se sujet en expliquant qu'ils étaient un groupe de sept, et qu'ils devaient délibérer avec les sept, sans casser le cercle.

Quand la dernière lampe fut éteinte, ils restèrent tous à contempler les étoiles par la fenêtre, les astres brillants qui s'amusaient à cache-cache avec les nuages. Tous pensaient à l'apparition des créatures aux yeux rouges, plus particulièrement Sean et Lewis qui ne trouvèrent le sommeil que bien plus tard.

*

Korn avisa Aaron qui se tenait sur le sol, la bouche béante après ce qu'il avait vu arriver à Tom.

— Relève-toi, seuls les chiens et les insectes vivent à même le sol !

Aaron eut un gémissement de peur quand il fut tiré de ses pensées. Il se mit debout en grimaçant.

Korn alla vers Tebash. Ce dernier regardait le corps embroché du jeune garçon qui se vidait de son sang et dit :

— Doit-on débusquer ses amis et les faire parler, maître ?

— Non. Les trouver ne sera pas bien difficile, bien que je me méfie de ces morpions, ce qui m'inquiète c'est qu'ils aient bien caché le Livre. J'ai vu de la sincérité dans les yeux de celui-ci (Korn eut un geste de mépris vers Tom) quand il m'a dit que le Livre était bien dissimulé.

Tebash sortit un mouchoir en soie et le tendit à Korn.

— Que doit-on faire alors ? demanda-t-il.

— Nous allons les presser lentement comme une orange, et lorsque la pulpe se sera progressivement échappée de l'enveloppe de peau, nous l'écraserons et la jetterons. Entre-temps nous récolterons les indices qui nous conduiront jusqu'au Livre.

Une goutte de sang coula d'une de ses narines, il s'essuya avec le mouchoir. Il répéta l'opération lorsque du sang coula de son oreille.

Il se tourna et regarda Aaron qui contemplait toujours le corps de Thomas Junior Willinger. Korn avait des projets pour lui, il allait jouer le rôle du presse-orange, et il s'en accommoderait sans difficultés. Il était bien trop bête et méchant pour ça.

9.

Le lendemain fut un funeste jour pour les compagnons de Tom Willinger. Le corps fut retrouvé par Arnold Brooks qui cherchait son chien enfui depuis la veille au soir. Le shérif fut alerté et de nouveau la rumeur circula comme quoi l'Ogre de la côte Est avait encore frappé.

Sean apprit la triste nouvelle en se levant, ses parents prenaient leur café matinal autour de la table de la cuisine, et un silence inhabituel se dressait entre les deux personnes. Il planait dans l'air ventilé de la cuisine, un poids extrêmement lourd, un fardeau que ses parents charriaient péniblement. Amanda avait levé la tête de sa tasse à l'arrivée de Sean et après avoir longuement hésité elle lui dit sans autre forme de préambule :

— Le docteur Clay a appelé ce matin, Sean. Thomas Willinger a été retrouvé ce matin, il était mort.

L'air de la cuisine se dissipa d'un seul coup comme si la hotte de ventilation s'était mise à l'aspirer frénétiquement, vidant la pièce de son oxygène. Sean inspira profondément, cherchant cette fraîcheur et cette légèreté dans l'air, mais il semblait impossible d'arracher à l'atmosphère une bulle d'oxygène, tout était soit vide, soit imperméable.

— Assieds-toi, lui avait dit sa mère en lui laissant sa place.

Sean ne l'entendit pas, il voyait Tom marcher dans la nuit et deux yeux rouges se dresser lentement dans son dos.

— Comment... est-ce... arrivé ? demanda-t-il dès qu'il put remettre en marche ses poumons.

— Il... a... été... tué, murmura Amanda.

— Comment ?

Sa voix n'avait plus la moindre trace d'émotion. C'était comme si les sentiments s'étaient envolés d'un seul coup, chassés par une pensée nettement plus puissante. Une pensée qui prenait toute la place dans un esprit. Une pensée de vengeance. Une rage sourde qui ne se hurle pas dans l'air, plutôt une haine féroce qui coule dans le corps en brûlant comme le Styx en Enfer, prenant possession de ses moindres particules.

— Il a été... on lui a brisé les cervicales, dit Phil Anderson.

C'était la première chose qu'il avait trouvée. Il ne voulait pas que son fils sache que son ami avait été empalé en haut du vieux pont de bois. Phil réalisa qu'il avait instantanément classé et répertorié différents types de morts selon leur degré d'horreur afin d'en choisir une parmi les moins atroces, et il en eut la nausée.

Sean ne posa aucune autre question. Il savait pertinemment que l'on n'avait pas retrouvé le meurtrier.

Et si c'était le tueur qui sévit dans la région ? pensa-t-il. *Je fais une fixation sur les créatures aux yeux rouges mais si ça se trouve c'est ce salopard d'assassin !*

Sean ne pensait plus qu'à une chose : venger son ami. Faire mal à celui ou celle qui avait osé toucher Tom. Lui faire *mal* jusqu'à ce qu'il en pleure des larmes de sang !

Il monta dans sa chambre sans prendre de petit déjeuner, et quand il s'allongea sur le lit, ses propres larmes lui inondèrent les yeux, puis les joues.

Sean resta sur son lit pendant plus de quatre heures. Lorsqu'il fut saturé de penser et de pleurer, il se leva et alla jusqu'à son dressing. Il en ouvrit la porte brusquement. Il était difficile à imaginer qu'ici même s'était dressée une créature terrifiante deux nuits plus tôt. *En pleine journée les choses n'ont jamais le même reflet que la nuit,* disait souvent grand-père Anatole, *avant de connaître quelque chose il faut en avoir vu les ombres.*

Sean poussa du pied sa caisse de jouets et s'empara d'une boîte en fer qui reposait sur une étagère. Il s'assit par terre, sur le petit carré de moquette qui remplissait le dressing, et l'ouvrit.

Elle était pleine de photos. Il prit celles de sa famille et de ses différents anniversaires, retrouva une vieille photo de classe lorsqu'il était à l'école élémentaire Barney. Lewis était à côté de lui, et déjà à cet âge il était un peu enrobé, *mais toujours une tronche de joyeux luron*, songea Sean. Et il trouva ce qu'il cherchait. Une photo en couleur, pas de très bonne qualité, avec de mauvais contrastes et des couleurs trop appuyées. Dessus on voyait Lewis qui souriait de toutes ses dents, Tom qui brandissait son index et son majeur en signe de victoire et Sean souriant timidement.

C'était lorsqu'ils avaient fabriqué la cabane de l'île Jackson, tous les trois et Willy Clay. C'était ce dernier, le fils du docteur, qui avait apporté un de ces Kodak jetables que l'on trouve partout dans les grandes surfaces. C'était lui qui prenait la photo ce jour-là alors qu'ils faisaient les idiots dans la cabane toute fraîche. Tom avait les yeux pétillants sur le cliché, son visage brillait un peu, sous doute la mauvaise qualité de la pellicule, comme s'il avait un halo blanc. Mais surtout Tom avait l'air heureux. En observant la photo, Sean fut pris d'un irrésistible désir. Sans réfléchir plus longuement, il mit la photo dans son portefeuille, au côté de la carte de Natacha Tiehe de la CIA et se leva, enfila sa veste en jean et sortit. Il avait envie de retourner dans leur repaire à eux, là où ils s'étaient tant amusés, il avait besoin d'aller à l'île Jackson.

Sean frissonna. Il commençait à faire froid, peut-être que le Grand Régulateur des saisons avait enfin réalisé qu'on était en automne.

Il était assis dans leur cabane. Il promena son regard sur les murs de bambou, repensant aux nombreux moments de gaieté qu'il avait partagés avec Tom ici même. À chaque fois

Tom et lui s'étaient quittés avec un vague salut dans le vent comme il venait de le faire hier soir, sans s'imaginer une seule seconde qu'ils ne se reverraient plus jamais.

Sean laissa ses yeux dériver dans le décor de la cabane, admirant la pile de magazines qui prenaient l'humidité dans un coin, le petit trou sous un des murs qui permettait de prendre les bouteilles plongées dans l'eau de la rivière pour les refroidir, la table en pneu, le...

Sean revint à la table improvisée au centre de la pièce. Sous un des deux pneus dépassait un morceau de papier, on aurait dit une photo découpée dans un magazine ou bien une... *une carte représentant une femme nue !* pensa-t-il. Il se pencha et tira sur le coin qui dépassait. C'était effectivement une des cartes érotiques que Tom avait apportées et qui avaient été récemment volées.

— Qu'est-ce que ça veut dire ? dit-il.

Les cartes avaient disparu à leur dernière visite, quelqu'un s'était introduit dans *leur* cabane et les avait piquées.

Comme lorsqu'un nom que l'on a cherché à se rappeler toute la journée et qui revient d'un coup alors que l'on n'y pense plus, Sean fit le rapprochement. L'idée tomba dans le fil de ses pensées comme un pavé dans une mare.

Après l'intervention de la police et du FBI à l'usine, les journalistes avaient expliqué que l'Ogre de la côte Est devait se terrer quelque part dans une grange, ou une cave. Mais qu'y avait-il de mieux qu'une cabane planquée dans les bois ? Le tueur avait massacré Billy Harrisson à l'orée de la forêt, et les friandises qu'ils avaient laissées ici avaient été mangées !

Soudain tous les bruits de la forêt parurent suspect à Sean.

Il ne se sentait plus du tout à l'abri derrière les murs, au contraire, lui ne voyait rien à ce qui se passait au-dehors, *autour de la cabane,* alors que celui qui attendait à l'extérieur savait tout de ses gestes. Son abri devenait une cage.

Sean se leva et s'approcha de la porte. Au-delà de la mince porte de bois, les bruissements des branches et le grincement des arbres le paniquaient. Derrière chaque son pouvait être caché le bruit d'un homme se rapprochant.

Sean entrouvrit doucement la porte et inspecta l'extérieur.

Le tronc massif du gros chêne qui poussait au milieu de l'île lui obstruait une bonne partie de la vue. Néanmoins il pouvait voir un bout de la cascade au loin, un large morceau de la passerelle qui surplombait l'île et les berges couvertes de végétation. La forêt avait, en définitive, cédé à la pression de la saison. Elle commençait à se laisser engloutir dans le système usuel et les feuilles au cœur des bois entamaient leur processus de rougissement. Mais elles en étaient aux balbutiements et restaient solidement accrochées à leurs branches. Il était donc encore plus simple de s'approcher sans faire de bruit, le sol était en partie dégagé. Sean referma la porte derrière lui, et écartant les nombreuses fougères couleur rouille il marcha en direction de l'échelle qui devait être dissimulée quelque part sous la passerelle.

Sean était à mi-chemin entre celle-ci et la cabane quand Il apparut sur la passerelle.

Il sortait d'un sentier tellement peu utilisé qu'il était en grande partie recouvert de verdure, et Il s'engagea sur la passerelle de fer usée et rouillée.

Sean tourna la tête dans tous les sens à la recherche d'un moyen de se protéger, et se glissa derrière le chêne, sous un toit végétal de fougère à l'abri d'un buisson odorant. Il était allongé au côté opposé que l'on devait normalement prendre pour atteindre la cabane en passant à côté du chêne.

L'homme qu'il avait à peine vu marcha jusqu'à surplomber l'île, et se laissa tomber sur la terre, trois mètres plus bas.

Bordel de merde, il est en bas avec moi maintenant ! paniqua Sean.

Dès qu'il en avait discerné l'ombre il avait su que c'était lui. Sa présence tout entière respirait le mal. Sean avait à peine vu ses longs cheveux blonds, mais c'était comme si tous les oiseaux s'étaient arrêtés de chanter d'un seul coup. Il n'avait pas besoin de l'observer longuement pour savoir ce qu'il était. Un monstre.

Sean se recroquevilla dans les fougères. L'Ogre, comme l'appelait les journalistes, se mit à renifler fortement.

Bon sang, ne me dites pas que ce type va me sentir !

L'appellation d'Ogre ne lui parut alors plus saugrenue du tout, il en avait toutes les caractéristiques, ne manquaient plus que les bottes de sept lieues.

Il leva la tête assez haut, comme pour regarder le ciel sauf que ses yeux étaient fermés, et huma l'air.

Shérif, pourquoi vous n'êtes pas là quand on a besoin de vous ?

L'Ogre baissa la tête et soupira longuement. Puis se mit en route, vers Sean.

*

En début d'après-midi Lewis écoutait la radio dans sa chambre. Il se reposait après la nuit assez courte qu'il avait passée — sans compter la précédente et ses émotions à vous couper le sommeil jusqu'à la fin de vos jours ! Le téléphone avait sonné, c'était Josh Adams, son cousin qui appelait pour lui annoncer la terrible nouvelle.

Derrière, la radio crachait un vieux tube du *Spencer Davis Group*. Lewis s'assit sans même s'en rendre compte alors que le choc arrivait jusqu'à son esprit.

— Allô ? allô Lewis ? Hey Lewis t'es toujours là ?

Lewis reprit le combiné qui lui était tombé des mains et répondit d'une voix sourde :

— Oui, je suis là.

— Je voulais te le dire, je sais que c'est dur, mais il faut pas se laisser aller vieux. Tu vas bien ?

— Oui.

— Non parce qu'on ne sait jamais. Ce matin il paraît que Willy Clay a fait une crise de nerfs en apprenant ça, t'imagines ?

Lewis pensa aussitôt à Sean, Sean avec qui il avait passé tant de temps ces dernières années et qui l'avait toujours couvert pour le rendre moins ridicule dans certaines situations. Il avait toujours été là pour le réconforter lorsque ça n'allait pas. Il se dit que Sean, s'il ne le savait pas encore, apprendrait la nouvelle et que ça lui mettrait un sacré coup au moral. Depuis quelques jours il prenait très à cœur tout ce qui arrivait à ses camarades, comme si c'était de sa faute. On ne pouvait pas contrôler le bouquin, et alors ? Il n'en était pas responsable, qu'il soit à sa famille ou à celle d'Angleterre aussi royale fut-elle.

— Lewis ? t'es sûr que ça va ?

— Oui, oui, je dois te laisser, à la prochaine.

Il raccrocha sans plus ample commentaire.

Tom était mort. Assassiné.

Lewis s'empressa de mettre un blouson, il enfila son bonnet et sortit à toute vitesse pour aller chez Sean.

Il n'y avait personne chez les Anderson. Lewis, déçu et inquiet fit demi-tour et marcha le long de Lawson Street. De la buée s'envolait de sa bouche tels des petits fantômes s'envolant hanter les cieux. Il enfourna ses mains dans les poches de son blouson rembourré à la plume d'oie.

— Il commence à faire froid, dit-il tout seul.

En passant le carrefour avec la 2ᵉ rue, il perçut un violent mouvement d'air sur sa gauche, mais il était déjà trop tard pour réagir.

Il reçut le coup de poing en plein sur l'oreille, et s'effondra sur le bitume du trottoir. Aaron se tenait fièrement au-dessus de lui, comme un gladiateur victorieux qui pose le pied sur sa victime, au centre de l'arène.

— Ça fait mal, hein ? Bah dis-toi que c'est que le début.

Et il lui projeta son pied dans le ventre. Lewis étouffa un gémissement.

— Alors, on couine, gros tas ? Tu vas pas te mettre à chialer comme ton pote hier soir ?

La stupeur illumina le visage de Lewis et pendant une seconde il ne sentit plus la douleur.

— Quoi ? T'es surpris que j'aie été là quand ton pote s'est fait embrocher comme un poulet ?

Aaron cracha sur Lewis et lui assena de nouveau un coup de pied dans la cuisse. Lewis cria sous le choc.

Une femme qui était dans son salon pour regarder un soap-opéra interminable, vit Aaron frapper Lewis. Elle courut jusqu'à sa fenêtre et cria en direction de Aaron :

— Arrête ça tout de suite, laisse ce pauvre garçon tranquille ou j'appelle la police !

Aaron, qui allait lancer son pied en plein dans le visage de son souffre-douleur, s'immobilisa. La voisine, galvanisée par l'impact de son intervention ajouta :

— File de là espèce de voyou ! Avant que je n'appelle le shérif !

Aaron qui avait repéré ce coup-ci d'où provenait la voix se tourna vers la femme et hurla :

— Retourne donc dans ta baraque toi, sinon je vais venir te faire ta fête ce soir, je vais t'enfoncer tous les outils de ton connard de mari dans la chatte après lui avoir fait sucer ma bite ! T'as compris ?

La voisine fit un bond en arrière, et s'empressa de fermer la fenêtre et de verrouiller la porte.

Cette fois-ci, il n'y eut aucun *deus ex machina* pour empêcher Aaron d'écraser à coups de pied le visage de Lewis.

*

L'Ogre faisait de grands pas dans la haute végétation de l'île, il fonçait droit sur Sean. Ce dernier demeurait incapable de faire quoi que ce fût, l'île était trop petite pour essayer de fuir, et sa seule alternative était de se jeter à l'eau, mais là encore, l'Ogre devait être meilleur nageur que lui, compte tenu de l'âge. L'Ogre n'était plus qu'à quatre mètres.

Et il tourna.

Il disparut derrière le chêne.

Sean retenait son souffle. *Est-il possible qu'il...*

Il réapparut à gauche du jeune garçon, à proximité de l'entrée de la cabane, et y entra. Sean soupira en prenant soin de ne pas faire de bruit. *Il ne m'a pas vu... il ne m'a pas vu !*

Son cœur battait à tout rompre, et il eut l'impression de sentir son sang circuler dans sa tête. Il entendit l'Ogre grogner dans l'abri de bambou. Sean avisa la distance à parcourir pour atteindre l'échelle qui gisait dans les fougères.

C'est le moment ou jamais de te faire la malle. Prouve que t'as des couilles.

Il vérifia attentivement la distance à franchir. Il ne fallait pas se tromper.

Et puis qu'est-ce que ça peut bien foutre de prouver que j'en ai, tout ce qui compte c'est que je m'en sorte vivant !

Sean s'extirpa de sa cachette de fortune et posant délicatement ses pieds dans les liasses d'herbes il s'approcha de l'échelle. Aucune trace de mouvement derrière lui, c'était bon à savoir. Lorsqu'il fut assez près pour la toucher, il souleva l'échelle et la posa doucement contre la passerelle.

— Je le savais qu'il y avait quelqu'un !

Sean se retourna et vit l'Ogre devant la porte, montrant ses dents luisantes. Sans chercher à comprendre, il s'agrippa à l'échelle et monta à toute vitesse, il entendit dans son dos que l'Ogre se mettait à courir.

— Attends petit, je ne te veux pas de mal !

Sean s'agrippa jusqu'à la passerelle.

Ben voyons ! Je suppose que Judas, avant d'envoyer le Christ sur la croix lui a dit quelque chose du même genre...

Une fois en haut, il alla pour s'enfuir lorsqu'il eut une idée. Il prit l'échelle et la poussa de toutes ses forces vers l'eau de la rivière.

— ESPÈCE DE MICROBE !!! JE VAIS T'ARRACHER LES PAUPIÈRES AVANT DE TE FAIRE BOUILLIR !!!

Sean ne prit pas le temps de regarder son poursuivant, le ton de sa voix lui suffisait largement. Il s'enfuit à toute vitesse vers la berge.

En posant le pied sur la terre il risqua un rapide coup d'œil pour voir ce que faisait l'Ogre.

Il manqua de s'écrouler tant la stupéfaction le saisit. L'Ogre était juste derrière lui, sur la passerelle, à cinq mètres.

C'était comme si les trois mètres à franchir pour monter sur
le petit pont d'acier n'avaient pas existé. Il avait dû faire un
saut en hauteur prodigieux, *surhumain*.

Sean hurla de rage en s'élançant en avant de toutes ses
forces. Quoi qu'il arrive il ne voulait pas finir entre ses mains.
Pas cette ordure qui avait tué Tom, pas sans lui avoir fait
payer le prix pour ça.

Un autre hurlement déchira l'air, mais cette fois ce n'était
pas Sean, ni l'Ogre d'ailleurs. C'était le cri de guerre d'une
Winchester.

Un homme se précipitait vers la rivière en maugréant,
l'arme au poing. Sean reconnut le vieil ermite qui habitait
non loin, à qui ils avaient plusieurs fois subtilisé des babioles.

— Cette fois bande de salopards vous êtes tous cuits,
m'en vais vous griller les fesses et vous ramener à vos parents
par les oreilles !

Sean vit par-dessus son épaule l'Ogre qui ralentit et qui
partit dans une autre direction, par un sentier plus dense.
Pendant une seconde il lui sembla que l'Ogre l'avait regardé,
et qu'il lui avait fait un clin d'œil.

Sans perdre plus de temps il se remit à courir aussi vite
que possible, et remercia le vieil ermite de cette intervention
qu'il aurait pu qualifier de divine.

Il déboucha du terrain vague cinq minutes plus tard, les
poumons en feu. Mais il ne s'arrêta pas pour autant. En
descendant Cheister Street il y eut un rugissement de moteur
et Sean fit un bond spectaculaire. Mais ce rugissement-ci
n'était pas pour lui, il provenait d'une rue adjacente.

*Encore un roi du volant qui se prend pour un pilote et qui
finira ses jours dans une chaise roulante à payer une pension à
la famille des victimes de son bolide.*

Il rentra chez lui et découvrit dans son salon un message
de sa mère qui lui disait qu'ils étaient chez les Willinger pour
les aider dans leur épreuve. La note stipulait qu'il y avait du
poulet dans le frigidaire pour le dîner.

Sean laissa le mot lui échapper des mains et finir sa course sous la table. Il se laissa choir dans le canapé.

Lorsqu'il eut repris son souffle il fit le point sur ce qui venait de lui arriver.

Cet homme a accompli un saut de trois mètres comme s'il s'agissait de trente centimètres !

Bien qu'il ne l'ait pas vu faire, ça ne pouvait être qu'un saut. Il avait été trop rapide, il n'y avait qu'en sautant qu'il avait pu monter aussi vite sur la passerelle. Mais c'était tout simplement *impossible*.

Qu'est-ce qui est impossible, Sean ? Que les esprits des morts parlent ? Que les monstres surgissent avec leurs yeux rouges dans les placards ? Pourtant, tout ça il l'avait vu concrètement, et *c'était possible*, son matelas s'en souvenait.

— O.K., tout ça c'est parce que j'ai fait joujou avec un bouquin et que je n'aurais pas dû. Mais si je m'en voulais et si je voulais que tout redevienne comme avant ? Hein ? Ça serait possible *ça* ?

Sean ne savait pas à qui il s'adressait, à Dieu s'il existait et s'il voulait bien l'entendre. *Pourquoi pas, s'il peut me renvoyer quelques jours plus tôt, je veux bien croire en lui.*

Sean souleva le combiné. Il n'y avait pas eu de réponse en lui, pas de rayon de soleil féerique ni de signe quelconque d'un message divin. Soudain il réalisa à quel point il était stupide de croire à une autre personne dans sa tête. C'était certainement à cause de la fatigue. Tout simplement la fatigue.

Et si jamais le shérif se pose des questions sur ce que nous faisons tous ensemble la nuit ? Ça se trouve, des commères perchées à leur fenêtre nous ont vus sortir les soirs, et elles ont appelé le shérif et...

Sean reposa le combiné. Il avait une meilleure idée. La jeune femme de la CIA avait été franche avec eux. Certes ça avait été bref comme discussion, mais elle ne s'était pas cachée de travailler pour le gouvernement. Et il y avait un plus dans ses yeux qui disait à Sean qu'elle en savait beaucoup sur ce qui se passait à Edgecombe.

— Où ai-je mis sa carte ? Ah oui, avec la photo de Tom.

Sean mit la main à sa poche arrière de jean pour prendre son portefeuille et ne trouva rien. Il vérifia toutes ses poches et inspecta le canapé, mais ne trouva rien. Il l'avait perdu.

Il avait perdu son portefeuille avec tous ses papiers et la carte de l'agent gouvernemental.

*

Lewis avait du sang plein la bouche.

— Ecoute-moi bien, gros tas de merde, avertit Aaron. Tu vois la belle bagnole là ? (Il tendit la main vers une Ford rouge qui était garée à quelques mètres.) C'est un cadeau de mes nouveaux amis, et comme je suis pas vache, je vais t'en faire profiter. Lève-toi.

Lewis marmonna faiblement.

— J'ai dit LÈVE-TOI !

Aaron l'empoigna par son blouson et le força à se relever. Lewis se tint à une borne d'alimentation en eau que les pompiers utilisaient en cas d'incendie.

— Tu vois la longue portion de rue qu'il te reste avant d'atteindre la 4ᵉ rue ? Je vais te laisser courir droit devant, et dans exactement une minute je grimperai dans ma nouvelle tire et je mettrai les gaz pour te suivre et te rouler dessus si t'es pas capable d'avoir disparu, on se comprend bien ?

— Je... peux... pas, essaya d'articuler Lewis.

— C'est plus mon problème, il te reste 56 secondes.

Lewis était incapable de partir en courant. Il avait mal à l'oreille, au bas du ventre et à la mâchoire, mal à en pleurer.

— Dépêche-toi la tapette, plus que 50 secondes.

Lewis regarda vers le bout de la rue. Il y avait bien deux cents mètres. Mais à mi-chemin il y avait la 3ᵉ rue qui passait perpendiculairement. C'était une chance à tenter.

Pour quoi faire ? Une fois dans la 3ᵉ rue, tu crois qu'il va s'arrêter en disant « ah ben mince alors tu m'as bien eu, je te laisse rentrer chez toi » !

— Dans 45 secondes, tes yeux décoreront ma calandre avec les moustiques écrasés.

Cette dernière image, évoqua à Lewis plus de répulsion pour être rabaissé à un simple moustique que pour le fait d'être écrabouillé. Il se lança en avant tout de même. Il fallait tenter le coup.

Il poussa sur les muscles de ses cuisses et grimaça sous la douleur, Aaron lui avait lancé un bon coup de pied dans la cuisse, et Lewis ne put que courir en boitant légèrement. Il entendit Aaron éclater de rire dans son dos.

— Cours, gros tas ! Cours ! Je serai bientôt à tes fesses et tu sentiras la chaleur de mon moteur !

Lewis courait de toutes ses forces, se vidant de son énergie. Il distinguait les boîtes aux lettres identiques qui filaient sur les côtés, il voyait les palissades en bois, peintes en blanc, défiler de part et d'autre de ses yeux, et son souffle haletant rythmait le tout. Il poussa encore plus sur ses jambes, il crut qu'elles allaient imploser s'il poursuivait son effort, mais n'en eut cure. Il pensait surtout à Aaron qui attendait de tourner une clef et de faire hurler le moteur de son engin pour venir lui rouler dessus.

Lewis se demanda se qu'on pouvait bien ressentir lorsqu'on se faisait rouler dessus. *Rien que des choses que tu ne voudrais pas sentir ! se dit-il. D'abord le pare-chocs qui te frappe violemment les mollets et qui te déséquilibre. Ensuite tu t'écroules en hurlant sur le bitume et la plaque d'immatriculation doit surgir comme le zoom soudain d'une caméra et s'encastrer dans ta tête. Puis les roues commencent à t'agripper et te tirent sous le monstre, et c'est un coup un bras, un coup une jambe qui se font broyer et écraser si fort que les chairs explosent sous la peau. Et puis pendant ce temps-là, ta tête et ton torse sont percutés de plein fouet par l'essieu et ils explosent sous le choc.*

Ce spectacle écœurant le motiva d'autant plus, il donna tout ce qu'il lui restait de combativité, se propulsant en avant.

Quelqu'un qui aurait été à sa fenêtre aurait été surpris de constater qu'un garçon de si bonne corpulence pouvait courir si vite. Mais les habitants du quartier n'étaient pas chez eux, et ceux qui y étaient restèrent loin de toute l'agitation de la rue. Une seule pensée leur traversant l'esprit à ce sujet : *cela ne les concernait pas.*

L'intersection avec la 3ᵉ rue n'était plus loin, plus qu'une vingtaine de mètres. Une portière claqua au loin et Lewis ne put s'empêcher de frémir. Il ne lui restait plus que quelques mètres à parcourir quand le moteur de la Ford se mit à rugir. Un mugissement furieux qui faisait crépiter le pot d'échappement. Dans un crissement de pneus, le véhicule se lança en avant et bondit du trottoir à la rue.

Lewis, transpirant par tous les pores de la peau, sentait la fin arriver, il n'en pouvait plus et la lutte était de toute manière désespérée. Tout ce que Aaron voulait c'était s'amuser un peu avant de lui passer sur le corps avec sa voiture vociférante. Il lui vint alors une idée : il n'avait qu'à tenter de sauter par-dessus une des palissades et s'abriter dans un jardin.

Aaron défoncera sans aucun remords la clôture en bois et me roulera dessus quoi qu'il arrive !

À quoi bon lutter ? Lewis ralentit alors que le rugissement de la Ford se rapprochait dangereusement. Il allait s'arrêter, attendre une poignée de secondes et se faire faucher par le véhicule rouge qui était lancé à sa poursuite lorsqu'il entendit un bourdonnement aigu qui s'approchait. On aurait dit un moustique géant pris de ratés intermittents. Le bruit provenait de la 3ᵉ rue, et Lewis y arrivait quand déboucha devant lui en dérapant une moto rafistolée de toutes parts à laquelle on avait soudé un side-car artisanal. Meredith se tenait au guidon, elle lui cria :

— Monte, vite !

Malgré l'apparence peu engageante du side-car, Lewis s'y engouffra sans plus réfléchir et déjà Meredith mettait les gaz. La moto commença à avancer lentement, le poids à tirer paraissait bien au-dessus de ses capacités. Ils étaient au milieu de la route, essayant de la couper dans sa largeur pour atteindre l'autre portion de la 3e rue, mais la Ford rouge fonçait droit sur eux, elle n'était plus qu'à quelques dizaines de mètres, lancée à toute vitesse et hurlant sa rage par tous les pistons de son moteur.

— Plus vite, à fond ! s'écria Lewis que la vision de la voiture s'approchant terrorisait.

— Je fais ce que je peux, mais elle est toujours un peu longue au démarrage ! cria Meredith tandis que la peur commençait à la gagner.

La voiture était maintenant si proche que Lewis put distinguer clairement Aaron au volant. Ses yeux étaient exorbités sous la fureur et le plaisir, il grimaçait affreusement, montrant ses dents supérieures, il ressemblait à un dément. *On dirait Cruella D'enfer dans les 101 dalmatiens !* La comparaison lui avait sauté aux yeux aussi simplement qu'on appuie sur l'interrupteur qui allume la lumière d'une pièce.

La moto prenait un peu plus de vitesse à chaque seconde, mais Lewis sut qu'ils n'auraient pas le temps de disparaître dans la rue adjacente avant d'être percutés.

Ils étaient trop lents, et lui trop rapide.

Ils allaient mourir ici, en fin d'après-midi au mois d'octobre, et certainement personne ne saurait que c'était Aaron qui avait fait le coup, tout comme il avait participé au meurtre de Tom.

La voiture se fit si proche que Lewis crut disparaître sous son ombre, il ferma les yeux.

Lewis ne perçut qu'un simple heurt, mais ne s'en étonna pas, par contre il se sentit soulevé et propulsé au loin dans les airs. Il se protégea la tête avec les bras et attendit un instant la douleur fulgurante qui ne manquerait pas de le terrasser lorsqu'il toucherait le sol.

Mais il ne toucha pas le sol.

Tout autour de lui l'air se faisait de plus en plus cinglant, et il perçut le bourdonnement du moustique géant. Il ouvrit les yeux.

Ils étaient dans le side-car et filaient comme le vent.

La moto avait finalement accepté de charrier son fardeau, et après avoir cahoté elle s'était élancée en avant d'un bond, sa vitesse croissant. La voiture d'Aaron était passée juste à côté, manquant la roue arrière de quelques centimètres et Aaron avait pilé de toutes ses forces pour faire marche arrière, ce qui leur permit de prendre de l'avance.

— C'est parti ! lança Meredith en se couchant sur le réservoir et en levant la tête à la manière des pilotes de moto de course.

Lewis retira ses bras qui lui protégeaient la tête et un soupçon de sourire se dessina sur son visage.

La moto fila à pleine vitesse dans la 3ᵉ rue. Lewis se retourna et vit qu'Aaron s'engageait à leur poursuite, reprenant de la vitesse en écrasant l'accélérateur.

— Plus vite ! Il est derrière nous ! avertit Lewis.

— On est à fond !

— Quoi ? C'est ça ton bolide ?

— Tu veux peut-être descendre pour pousser ? C'est juste une petite cylindrée ! répondit Meredith.

Lewis frappa de dépit le devant du side-car où il était assis, et crut qu'il avait cassé quelque chose quand il se mit à trembler de toutes ses vis. La moto s'éloigna de la chaussée mal entretenue et fit un vaste écart pour pouvoir tourner à gauche sans avoir à trop freiner. Dans le virage, il y eut bon nombre de grincements inquiétants et de couinements guère plus rassurants, mais rien ne céda. Meredith remit les gaz en direction de Williamson Way, et du terrain vague. La Ford les suivit dans un grincement de pneus insupportable, raccourcissant la distance entre eux deux, seconde après seconde.

— Tu ne vas tout de même pas aller au terrain vague ? gronda Lewis.

— Il finira par nous rattraper dans les rues de la ville, tandis que là on est sûrs d'avoir l'avantage ! cria-t-elle par-dessus le vrombissement du moteur.

— C'est pas là que vous avez cassé le side-car avec Sean et Zach ? voulut savoir le jeune garçon.

Meredith hocha la tête, et Lewis se cramponna encore plus fort à la tôle de sa nacelle.

La Ford n'était plus qu'à une vingtaine de mètres, et Meredith tourna brusquement dans Williamson Way. La terre et les cailloux freinèrent considérablement leur progression. Aaron s'engagea à leur suite en klaxonnant. Il était hystérique tellement il n'en pouvait plus d'en finir avec eux, il attendait l'instant où il entendrait leur colonne vertébrale craquer sous ses pneus, il était persuadé qu'il en jouirait dans son pantalon. Dès que Meredith dépassa la butte qui encadrait la route et le terrain tout entier du côté de la ville, elle tourna et sortit du chemin pour s'engager entre les herbes, les buissons et les pierres.

— Pas par là ! s'écria Lewis, c'est le pire du terrain, c'est plein de grosses pierres et de détritus !

Meredith fit comme si elle n'avait pas entendu. Elle savait pertinemment que c'était le moins praticable et c'était justement ça qu'elle recherchait. Il lui fallait maintenant la dextérité suffisante pour manœuvrer à pleine vitesse entre les obstacles.

Une pierre grosse comme une enclume apparut devant ses roues et elle réussit à l'éviter au dernier moment. Le side-car à ses côtés n'allait pas lui simplifier la tâche.

Aaron fit exécuter à son véhicule un virage spectaculaire et traversa les buissons qui bordaient Williamson Way pour s'engager à la suite des deux fuyards. La voiture s'envola sur trois mètres et le moteur continua à rugir pendant le saut. En retouchant le sol un nuage de poussière s'envola sous le véhicule.

Meredith passa entre deux bidons si rouillés qu'on aurait pu penser qu'ils saignaient. La moto et sa nacelle passèrent tout juste entre les deux, et Lewis serra encore plus fort le rebord.

Il jeta un coup d'œil par-dessus son épaule et vit la Ford se soulever en passant sur une grosse pierre et dans la seconde qui suivit elle rentra de plein fouet dans les bidons qu'elle projeta dans les airs avec un bruit de verre cassé.

— Dépêche ! Il est juste derrière et il est sacrément furax ! dit Lewis en se cramponnant.

Meredith entama un parcours d'esquive et d'adresse, évitant les nombreuses pierres de grosse taille. Elle tournait tantôt à droite tantôt à gauche, parfois elle devait lâcher l'accélérateur et tourner au dernier moment, puis réappuyant sur la poignée elle fonçait entre les autres pièces du parcours. On aurait dit un skieur qui descendait le slalom géant durant les jeux olympiques, *un skieur et son bobsleigh !* corrigea Meredith intérieurement.

La voiture derrière percuta les obstacles sans aucune velléité de les éviter. Le pare-chocs commençait à ressembler au visage d'un boxeur après dix rounds de combat acharné.

Meredith voulant éviter un trou, ne vit pas une pierre qui était sur le côté et la nacelle la percuta de plein fouet. Le choc fut violent et la pierre explosa en une centaine de particules, Lewis fut aspergé de miettes et cria son mécontentement. La voiture rouge n'était plus qu'à cinq ou six mètres derrière.

Et puis il y eut un trou. Ou plutôt une dépression. C'était tout le terrain qui s'affaissait de plus d'un mètre. Il était trop tard pour tourner sans risquer de se renverser et qu'Aaron leur roule dessus.

La moto s'envola et dans les airs Meredith aperçut à quelques mètres de ce qui serait leur point d'atterrissage — s'ils atterrissaient et ne s'écrasaient pas ! — un mur de fondation d'un petit bâtiment qui n'avait jamais été achevé. Le mur faisait cinquante centimètres de haut, il était donc infranchissable, et ils s'écraseraient dessus s'ils ne l'évitaient pas. Par chance, il y avait au milieu un trou pour ce qui aurait dû être la porte d'entrée.

La chute fut courte, mais terrifiante. Lewis serrait si fort les côtés de sa nacelle que ses articulations en étaient toutes blanches. Meredith retint son souffle pour l'atterrissage. La moto frappa le sol sèchement et il y eut un bruit sourd de métal qui cède. Immédiatement Meredith donna au guidon l'impulsion nécessaire pour tourner et passer par le trou entre les deux murets, puis elle remit droit ses lunettes. Le side-car passa tout juste, râclant un peu du côté de Lewis. Meredith vérifia ensuite que la nacelle était toujours bien accrochée. Une des deux barres de maintien avait cassé. S'ils encaissaient encore un choc Lewis partirait dans un sens et elle dans l'autre.

Ils entendirent dans leur dos le moteur qui restait en suspens dans l'air, Lewis se retourna et vit la voiture tomber derrière eux. Avec sa vitesse nettement supérieure elle tomba plus loin. Droit dans le muret, faisant exploser les pierres dans toutes les directions. La collision fut si forte que Lewis crut qu'un avion de chasse passait le mur du son au-dessus de leurs têtes avant de s'aplatir sur une fortification invisible, comme une mouche sur un carreau. La tôle de la voiture se froissa en de multiples endroits, le capot se plia et le pare-brise se stria en trois parties.

Mais la voiture passa par-dessus les débris et continua sa folle virée en leur direction.

Meredith tourna à fond la poignée des gaz et ils reprirent de la vitesse.

Derrière, la voiture commençait à ralentir, il y avait un grincement odieux, l'essieu avant frottait contre la terre. Dans un claquement assourdissant la voiture s'immobilisa.

Le side-car n'en attendit pas plus et il décrivit un large demi-cercle avant de rentrer à pleine vitesse vers Williamson Way. En passant à bonne distance de « l'épave », Lewis distingua clairement Aaron qui était affaissé sur le volant, K.O. pour le compte.

Le side-car bourdonna et disparut le plus vite possible.

Meredith et Lewis n'échangèrent pas le moindre mot jusqu'à ce qu'ils arrivent devant chez lui où il la remercia en la prenant dans ses bras. Ce geste lui aurait paru en d'autres circonstances d'une stupidité alarmante, mais il était à bout de nerfs et ne pensait plus avant d'agir. C'était l'instinct de survie qui continuait encore de contrôler son corps, tout n'était qu'analyse de la situation et action, pas de réflexion entre. Il la remercia à une dizaine de reprises et rentra chez lui. Il monta dans sa chambre, satisfait de ne pas croiser de membre de sa famille, et il se mit à pleurer. À pleurer tout ce qu'il pouvait. Il avait eu peur, et ses nerfs avaient un grand besoin de se lâcher.

*

Il était cinq heures passées, le soleil s'était couché lentement au-dessus de l'océan, plongeant dans l'ombre les collines boisées à l'est d'Edgecombe. Sean avait vérifié sans grande conviction si son portefeuille n'était pas quelque part dans la maison. Il ne trouva rien. L'affolement commença à s'emparer de son esprit quand il songea qu'il pouvait très bien l'avoir perdu dans la cabane auquel cas l'Ogre ne manquerait pas de le trouver. Il essaya de se rassurer en se disant qu'il était plus probable qu'il l'ait perdu en courant dans les bois, ce qui rendait peu envisageables les chances qu'il soit retrouvé par le tueur. Mais Sean n'était pas rassuré, il alla au téléphone du salon et ouvrit le répertoire à W.

« Famille Willinger, Thomas, Camellia et Tom », lut Sean. Le numéro de téléphone figurait ensuite. Sean allait le composer pour demander à ses parents de rentrer lorsqu'on frappa à la porte de derrière.

Habituellement c'était Lewis qui frappait à la porte de la cuisine, toute autre personne sonnait à la porte principale. Sean reposa le combiné et entra dans la cuisine. Il prit appui sur l'évier et se pencha en avant jusqu'à coller son visage au carreau de la fenêtre pour voir qui attendait sur le perron. L'obscurité nocturne commençait à être épaisse et il ne voyait pas bien. Il allait pour descendre de son promontoire et ouvrir la porte lorsqu'un visage se colla juste de l'autre côté de la vitre.

Il le reconnut immédiatement, et son cœur se mit à battre si fort qu'il crut qu'il faisait une crise cardiaque.

C'était l'Ogre en personne, et à un demi-centimètre à peine de ses propres yeux, un œil d'un bleu intense l'observait. Le tueur avait le visage écrasé sur le carreau. Sean cria de peur et d'horreur et se jeta en arrière retombant sur le linoléum de la cuisine. L'Ogre souriait.

Il leva la main et agita doucement quelque chose de carré et noir devant la fenêtre. C'était le portefeuille de Sean. Il l'ouvrit et montra la photo de Tom, Lewis et Sean, puis la carte d'identité du jeune garçon.

Il ouvrit la bouche et articula très grossièrement afin que Sean pût lire sur ses lèvres :

— Dommage !

La respiration de Sean s'accéléra.

— Je vais te trancher les couilles et je vais te faire cuire la gueule dans la chaudière de tes parents ! ajouta-t-il plus fort. Sa voix sonnait étrangement au travers de la fenêtre, comme s'il avait été enfermé dans une boîte en plastique. On aurait dit un gamin de trois ans dans le corps d'un adulte de trente. Il ouvrait les yeux en grand et s'extasiait bêtement.

Sean se redressa et fit demi-tour, il courut droit vers la porte d'entrée. Il traversa le salon à pleine vitesse et s'arrêta juste devant la grande porte.

Non ! C'est exactement ce qu'il doit attendre de toi ! pensa le garçon. Il posa la main sur la poignée, puis tourna le verrou et monta au premier en franchissant les marches quatre à quatre. La porte de la cuisine était toujours fermée. Il ne pouvait pas pénétrer dans la maison à moins de briser un des carreaux, mais les voisins, les Norton, ne manqueraient pas de l'entendre. Sean se précipita sur le téléphone dans le bureau de son père. La ligne était coupée.

— Merde ! s'exclama-t-il, aussi furieux qu'apeuré.

Il s'immobilisa, aux aguets, écoutant s'il ne pouvait discerner aucun bruit provenant du rez-de-chaussée. Il y eut quelques craquements mais ça pouvait tout être, du chauffage qui fait bouger le plancher au pas sur le bas des marches.

Sean fonça jusqu'au débarras, il fouilla dans les cartons et entre les machines à sécher le linge et celle à laver. Il poussa tout ce qui le gênait et trouva enfin ce qu'il cherchait : une vieille batte de base-ball en bois. Il retourna dans le couloir sur la pointe des pieds.

Les marches de l'escalier grinçaient.

Sean longea le mur qui menait à l'escalier, et se posta juste en haut de celui-ci, prêt à expédier sa batte droit dans les genoux de celui qui montait.

Il se rapprochait.

D'après les grincements il était presque au sommet.

Sean avala sa salive et se prépara à frapper de toutes ses forces. L'ombre du tueur s'étira sur le sol, grande silhouette voilant de noir ce qu'elle recouvrait et qui s'avançait vers... le déclic se fit dans l'esprit de Sean : l'ombre s'étirait vers l'escalier, le tueur était donc... *derrière lui* !

Sean fit volte-face et lança sa batte dans les airs, frappant à l'aveuglette. L'Ogre qui s'approchait en effet par-derrière Sean lorsqu'il s'était retourné fut surpris et ne vit la batte arriver que trop tard. Il la prit en plein estomac. Il hurla en mettant un genou à terre. Sans plus attendre Sean se prépara à dévaler les marches jusqu'à s'enfuir dans la rue. Mais dès qu'il se fut retourné une force incroyable le poussa dans le dos et le propulsa quatre mètres plus loin contre la plante verte au pied de la fenêtre.

Pendant la demi-seconde que dura son vol plané, Sean fut persuadé que l'Ogre n'avait pas pu le toucher, il était à genoux en train de souffrir, et pourtant *quelque chose* venait de le propulser en avant ! Une force énorme.

— Petit morveux, lança l'Ogre. Je vais te rôtir les couilles !

Sean se redressa péniblement. Il vit la silhouette du tueur aux yeux bleus venir dans sa direction. En se relevant Sean s'appuya à la plante verte et à son bac de terre auquel il subtilisa discrètement une poignée d'engrais. Quand l'Ogre fut à portée il lui lança la terre enrichie au visage, espérant toucher les yeux. Tout ce qu'il récolta fut un hurlement de rage du tueur qui fit un pas sur le côté pour esquiver la terre et attrapa d'un geste rapide, *trop rapide pour être humain*, Sean par les cheveux et le souleva.

Sean se débattit en criant de douleur. Repensant à Tom, il redoubla d'énergie.

— Espèce d'enculé t'as tué mon ami ! sanglota-t-il en lui lançant son pied dans le genou.

Mais l'Ogre ne fléchit pas. Au contraire il affichait une profonde satisfaction. Il sortit de sa poche un long couteau effilé.

— À mon tour de m'amuser maintenant, dit-il d'une voix d'enfant.

Il reposa Sean et le tenant d'une main par les cheveux il approcha la lame de son torse. Sean bloqua des deux mains le bras qui tenait le couteau. L'Ogre se mit à rire, un rire profondément malsain, un rire de fou. Et la force du bras s'accentua si intensément que Sean vit ses propres bras revenir vers lui, avec la lame pointée sur son cœur. Sean cria et poussa de toutes ses forces sur le bras. C'était en vain, l'Ogre avait une force prodigieuse, tout comme sa vitesse. Après tout il avait sauté sur la passerelle comme s'il s'agissait de monter une marche, et il venait de pénétrer par une fenêtre du premier étage sans faire de bruit, et certainement sans échelle, Sean en aurait mis sa main à couper. Alors à quoi bon se battre contre une force pareille, quoi que l'on fasse il aura l'avantage. Sean commença à desserrer son emprise sur le bras et il sentit la lame pénétrer son sweat-shirt. D'un instant à l'autre elle percerait ses chairs et tout s'arrêterait. Il n'en pouvait plus, et il n'opposa presque plus de résistance au couteau.

Sean sentit la lame froide entrer en contact avec sa peau et serra les dents en pleurant.

Il ne se posait plus la question de savoir ce qui l'avait poussé quelques secondes plus tôt, car l'Ogre n'était pas seulement très fort et très rapide, il était aussi un peu magicien... C'était un monstre, une entité incarnée du Mal et des pouvoirs maléfiques, c'était une...

— Lâche-le immédiatement, dit quelqu'un dans son dos.

La lame stoppa sa course mortelle et l'Ogre se tourna. Sean se laissa tomber par terre et vit son providentiel sauveteur, il n'en crut pas ses yeux.

C'était un vieux monsieur qu'il avait entraperçu à plu-

sieurs reprises sans jamais vraiment le voir. C'était Georges
O'Clenn.

Le visage de l'Ogre perdit toute sa gaieté. Les deux
hommes se fixaient sans ciller. O'Clenn esquissa un geste
rapide des doigts et le couteau de l'Ogre lui fut arraché des
mains et alla se placer droit dans la main du vieux monsieur.
L'Ogre grogna comme une bête sauvage. Et dans un mouvement ahurissant de fulgurance il se retourna et traversa la
fenêtre pour disparaître dans la nuit. Sean eut l'impression
que la fenêtre avait éclaté juste avant que l'Ogre ne la touche
mais il n'en était pas sûr.

Georges O'Clenn parut satisfait et Sean discerna ce qui
devait être un long soupir de soulagement.

Le vieil homme se pencha au-dessus de lui et l'aida à se
relever. La porte du bas claqua et les voix de Phil et Amanda
Anderson parvinrent jusqu'à eux.

— Je... je ... balbutia Sean.

O'Clenn l'interrompit en lui posant un doigt sur les lèvres.

— Viens demain chez moi avec tes amis, après le déjeuner. Je vous expliquerai ce qui se passe.

Les yeux fatigués du vieillard se posèrent sur ceux de Sean.

— Je suppose que tu veux comprendre ce qui arrive à
cette ville ? N'est-ce pas ?

Sean hocha timidement la tête.

— Alors venez chez moi, vous savez où c'est maintenant.

Il lui adressa un sourire malicieux et Sean n'eut pas envie
de nier quoi que ce soit. Si O'Clenn le lui avait demandé il
aurait même signé des aveux complets sur leur cambriolage
nocturne.

O'Clenn lui mit une main sur l'épaule et dit calmement :

— Je ne vous veux aucun mal. Je ne suis pas votre
ennemi, mais je pourrais le devenir si vous agissiez stupide-
ment, alors je compte sur vous.

Il fit un clin d'œil à Sean et sauta par la fenêtre à son tour.

Sean resta sans bouger jusqu'à ce que ses parents montent
et appellent le shérif.

10.

Benjamin Hannibal pressait, étirait et écrasait inlassablement la boule de matière rouge qu'il tenait entre ses mains. Cela ressemblait à de la pâte à modeler enveloppée dans une pellicule indestructible de plastique. Le genre de cadeau que l'on offre aux gens stressés, surtout à ceux qui viennent de s'arrêter de fumer et qui ne veulent pas se jeter sur la nourriture en guise de palliatif. On appelait ça un Mr Squeeze d'après Sherelyn Moss qui l'avait offert au shérif pour lui éviter de se ronger les ongles « en périodes de stress intense » comme elle disait. C'était bien pratique pour se défouler.

Assis sur une borne d'amarrage du port, Benjamin observait au loin les ombres presque invisibles des tankers et autres navires de gros tonnage qui entraient et sortaient de la baie de Narragansett. Sur sa droite des hommes déchargeaient un petit chalutier de ses caisses de poissons frais.

Les événements lui filaient entre les doigts. Voilà ce qu'il se passait à Edgecombe. Il était le shérif et n'était pas capable de maîtriser la situation et pire que tout il n'était pas en mesure de la comprendre, et c'est ce qu'il détestait par-dessus tout. Billy Harrisson en début de semaine et Thomas Junior Willinger maintenant, mais quand est-ce que tout ça s'arrêterait ?

Quand tu feras ton boulot, mec.

Il chassa cette petite voix de son esprit, la petite voix qui nous met mal à l'aise en nous rappelant toujours nos faiblesses, la petite voix du péché, qui vient nous narguer après avoir fauté.

Les cohortes de journalistes s'étaient dissipées vers d'autres mondes plus riches en drames (si cela existait...) et il ne restait plus que quelques envoyés spéciaux qui guettaient un éventuel retour sanglant de l'Ogre de la côte Est. La mort de Thomas Junior avait été tenue confidentielle, et l'était encore à peu près pour l'instant, mais Benjamin n'était pas dupe et savait que d'ici peu, la presse apprendrait le nouveau décès.

Cette nouvelle victime donnait beaucoup de fil à retordre au shérif. En effet il n'y avait aucune trace des signes particuliers que l'Ogre, ou le magicien comme l'appelait Glenn Fergusson, laissait normalement sur ses victimes. Pas de symboles ésotériques gravés sur le corps, pas de marques de strangulation ou d'éventration. Par contre il y avait de nombreux os cassés — Benjamin attendait le rapport complet du médecin légiste à ce propos — et le corps avait été empalé à plus de trois mètres du sol ! De là à penser qu'il s'agissait d'un autre meurtrier il n'y avait qu'un pas à franchir.

Et Glenn Fergusson qui ne se montrait pas. Benjamin ne s'en était pas formalisé dans les premiers temps, après tout le personnage était suffisamment excentrique pour mener son enquête ou disparaître comme ça pendant 48 heures. Mais il savait également que c'était le genre d'homme à prévenir au bout d'un certain laps de temps, afin d'éviter d'inutiles soucis. Et il avait disparu depuis maintenant trois jours. Il avait laissé le shérif et Ezekiel le mardi après-midi, et ce vendredi matin on restait sans nouvelles de sa part. Ezekiel avait tenté de le localiser avec une carte de l'État et son pendule, mais le pendule avait oscillé si fort que le sorcier avait interrompu la séance immédiatement et restait terré dans sa chambre chez Josie Scott depuis. D'ailleurs elle non plus n'avait plus de nouvelles de l'agent du FBI et s'en inquiétait. La veille, Benjamin avait jugé qu'il était temps d'en informer les autorités compétentes et il avait appelé directement à Washington D.C. le bureau central du FBI. On lui avait passé un certain Swan Polinski, le collègue de Fergusson. Celui-ci avait expliqué au shérif Hannibal que c'était assez courant chez Glenn de disparaître pendant trois-quatre jours pour une enquête, c'était la preuve qu'il avait une piste. Cependant si le shérif n'avait pas de nouvelles dimanche matin, alors il devait le rappeler et il viendrait pour ouvrir une enquête personnellement. La légèreté avec laquelle Polinski prenait tout cela incommoda le shérif qui s'était attendu à plus d'égards et d'inquiétude de la part de son collègue. Polinski en profita pour informer Benjamin qu'une cellule de crise avait été montée en urgence au Bureau et qu'ils se préparaient à débarquer à Edgecombe. L'histoire du tueur commençait à prendre beaucoup trop d'ampleur, et c'était tout le matériel disponible qui s'apprêtait à prendre la route de Rhode Island, hélicoptères compris ainsi que pas moins de sept agents et six auxiliaires. La météo annonçait une tempête importante sur le nord-est des États-Unis donc ils différaient quelque peu leur départ, mais ce n'était plus qu'une question de jours.

Quatre victimes en moins d'un mois. Il était temps que le FBI envoie autre chose qu'un unique agent, aussi spécial soit-il !

Il flottait autour de cette histoire un curieux voile de mysticisme qui perturbait tout, à commencer par l'enquête. Les gens devenaient incapables d'agir pleinement, comme s'ils s'étaient embourbé l'esprit dans une toile d'araignée et que sa morsure les rendait amorphes, attendant l'inéluctable finalité, tragique probablement.

Benjamin regarda sur sa droite, par-dessus le chalutier et ses marins fatigués, et contempla le phare d'Edgecombe.

Il souffla longuement, comme pour évacuer le surplus d'angoisse qui l'affaiblissait, réduisant sa force de réflexion à l'état de fossile. Il chercha à faire le jour dans ses pensées et à trouver une solution à ses problèmes. Sa soirée chez les Anderson lui revint en mémoire.

Le petit Anderson avait bien failli s'ajouter à la liste des victimes. Sherelyn l'avait appelé en urgence hier soir pour se rendre chez Philip Anderson car son fils venait de se faire agresser par ce qui semblait être l'Ogre en personne. Le gamin était superficiellement blessé sur le torse, rien de bien grave. Il avait fait preuve de courage, il avait lutté et les coups répétés de batte de base-ball avaient fait fuir son assaillant. Ce gosse avait des tripes. Le magicien s'était enfui en se défenestrant, et pourtant l'officier Piper et Steve Allen n'avaient pas trouvé la moindre trace de sang parmi les débris. Ça n'était qu'à moitié surprenant, ne qualifiait-il pas le tueur de *magicien*. Ce qui l'était beaucoup plus c'était qu'un adolescent de quinze ans ait fait fuir ce type sans qu'il n'ait recours à sa *magie* pour éradiquer le problème. Il ne s'était pas gêné pour le faire avec lui-même lors de leur confrontation dans le sous-sol de l'usine.

Sean avait fait preuve de beaucoup de sang-froid, peut-être d'un peu trop même. Benjamin le soupçonnait de cacher quelque chose.

— Il avait l'air de réfléchir pour reconstituer la scène, dit-il faiblement.

Il resta là, les yeux perdus dans l'écume des vagues.

— Ça ne va pas, Shérif ? demanda quelqu'un à côté de lui.

C'était un vieil homme aux cheveux blancs ébouriffés, au visage sévère et marqué par les assauts du temps. Il fixait Benjamin de son regard perçant. Ce dernier le reconnut aussitôt. C'était le révérend Murdock, qui guidait la congrégation baptiste de la ville.

— Si, si. C'est... toute cette agitation, ça me perturbe un peu, mais ça va aller.

Le shérif le gratifia d'un sourire rapide et se leva.

— J'espère que Dieu veille sur ses brebis, car le prédateur est proche. Je sens le Mal qui se dissémine dans nos rues et nos foyers. Priez, shérif Hannibal, priez pour le salut de nos âmes, cela ne manquera pas d'éclairer votre route.

Benjamin hocha la tête.

— Je n'y manquerai pas, au revoir révérend.

Il monta dans sa jeep et mit le contact.

— Je n'ai jamais pu supporter ces sermons, qu'ils soient baptiste ou catholique... dit-il entre ses dents.

Mais il devait bien s'avouer une chose : lui aussi avait cette impression qu'une tache funeste recouvrait peu à peu la ville. Et une bouffée d'angoisse le submergea.

*

Sean avait donné rendez-vous à toute la bande devant chez Eveana. Il retrouva Lewis dans Stewtson Avenue comme convenu et celui-ci lui fit le récit de sa course-poursuite avec Aaron et comment Meredith avait héroïquement sauvé leurs peaux. Sean ne préféra pas mentionner l'épisode du tueur, pas encore du moins.

Ils arrivèrent devant la belle et grande maison blanche de Eveana, ils étaient un peu mouillés — un crachin discontinu tombait depuis midi. Tous les autres les attendaient silencieusement, même Gregor était présent.

Zach tenait Eveana par la taille. Meredith nettoyait ses lunettes couvertes d'un film transparent d'humidité. Quand Sean fut à portée de voix elle dit :

— On peut savoir pourquoi c'est ici impérativement qu'on devait se retrouver ? C'est histoire de nous faire marcher pendant vingt minutes sous la flotte ?

Sean resta en retrait du groupe et chercha ses mots.

— Voilà je sais pas si ça vous plaira mais nous avons un *truc* à faire.

— C'est quoi un *truc* ? demanda Lewis.

Zach lui mit la main devant la bouche.

— Laisse-le parler.

— Nous devons aller chez Georges O'Clenn, reprit Sean.

— Quoi ? s'exclama Zach. Tu veux qu'on aille chez ce type en pleine journée ? Ne me dis pas qu'il est venu te piquer le bouquin à toi aussi ?

Sean secoua la tête.

— Non, mais c'est important que nous nous rendions chez lui. Peut-être pourrions-nous en discuter sur le chemin ?

— Attends une seconde je n'ai pas l'intention d'aller chez lui comme ça sans savoir pour quelle raison, pas après ce que j'y ai vu ! s'indigna Eveana.

Sean soupira profondément.

— Très bien, puisque la petite pluie qui tombe ne vous

dérange pas, laissez-moi vous raconter ce qui m'est arrivé hier soir.

Sean entama son récit par la visite à la cabane de l'île Jackson et l'acheva sur le mensonge qu'il avait dû fournir au shérif pour ne pas lui dire que le vieux O'Clenn était venu. Il passa une main sur son torse, là où son pansement le démangeait.

— Le salaud qui a brisé les cervicales de Tom a essayé de s'en prendre à moi... dit-il d'une voix vibrante d'émotion.

— Non, intervint Lewis. C'est Aaron qui a assassiné Tom, il me l'a confié avant d'essayer d'en faire autant avec moi. Et désolé d'être aussi rude mais c'est pas les cervicales qui ont été brisées, c'est son bras et Tom est mort empalé sur le toit du pont...

— Quoi, cette espèce de...

Zach s'arrêta, il était furieux. Il crut même qu'il allait dévaler toute la rue de Bellevue jusque chez Aaron pour lui enfoncer le visage dans de la merde, mais la colère baissa comme elle était montée.

Gregor objecta :

— Je sais que ce garçon a l'air d'être fou d'après ce que vous en dites, mais l'est-il suffisamment pour aller jusqu'à commettre un meurtre ?

— Il a déjà essayé sur moi, dit Lewis.

Et il a fait déjà de terribles choses, songea Zach en frissonnant.

— À mon avis ce qui n'a été qu'un jeu pour lui dans un premier temps, annonça Meredith, a échappé à son contrôle et lui monopolise l'esprit.

Gregor lança :

— Alors il faut prévenir le shérif, on ne peut pas laisser un fou pareil en pleine liberté !

— Je suis d'accord, il ne s'agit plus de petite escarmouche à présent, les autorités doivent s'en mêler sans quoi quelqu'un va y rester, assura Eveana.

— C'est déjà le cas, rétorqua sèchement Sean.

Il s'en voulut aussitôt d'avoir ouvert la bouche.

— Bon, on va pas rester ici à attraper froid. On va chez

O'Clenn, après ce qu'il a fait pour toi Sean, je doute que ce qu'il ait à nous dire puisse nous faire du mal. Ensuite on ira tous les six au bureau du shérif, ça vous va ?

Ils approuvèrent tous, et se mirent en marche dans la foulée.

— Mais pourquoi fait-il ça ? demanda Gregor.

— Tu veux dire pourquoi Aaron cherche à nous tuer ? détailla Sean.

Gregor acquiesça.

— Je pense que c'est parce qu'il est devenu complètement taré. Depuis qu'il est petit il a toujours été un peu dingue, mais comme ces derniers temps sa route a croisé la nôtre et qu'on ne s'est pas laissé faire, je suppose qu'il a les plombs qui ont sauté. Je pense qu'il est temps de le faire enfermer, il est devenu incontrôlable et dangereux. Reste à convaincre le shérif.

Sean était en partie satisfait, Aaron devait payer, et payer très cher ce qu'il avait fait à Tom. Pourtant quelque chose clochait, il ne voyait pas Aaron tuer Tom en l'empalant sur le toit du vieux pont.

Il secoua la tête pour chasser toutes ces visions de douleur et rattrapa ses amis.

Ils sonnèrent au portail noir de la grande bâtisse de Georges O'Clenn. Une fenêtre s'ouvrit et une main les invita à entrer.

Une fois le portail franchi, Zach allait passer par-derrière, comme ils l'avaient fait sept jours auparavant, mais Sean lui tira la manche vers l'entrée principale.

La porte s'ouvrit sur un vieil homme aux cheveux blancs avec une moustache fine parfaitement taillée et au visage tavelé d'éphélides.

— Je vous en prie, entrez, j'ai préparé un peu de thé, en prendrez-vous ?

Ils secouèrent tous la tête sauf Eveana :

— Avec plaisir.

Lewis la fustigea du regard, et dès que O'Clenn lui tourna le dos il essaya de faire comprendre à la jeune fille que le thé serait peut-être empoisonné.

— Suivez-moi.

O'Clenn les guida jusqu'au grand salon en velours rouge et aux meubles luxueux. Dans l'immense cheminée brûlaient deux bûches de grande taille. Il s'approcha d'un fauteuil en cuir qu'il disposa à côté de l'âtre et dit en montrant un long canapé :

— Vous qui êtes jeunes, prenez le canapé et disposez-le près du feu, que vous puissiez vous réchauffer.

Zach, Sean et Lewis s'activèrent à placer le long canapé de cuir comme demandé. Georges invita le groupe à s'asseoir. Tous se précipitèrent sur le canapé, si bien qu'ils tenaient à cinq dessus, Eveana sur les genoux de Zach, et Meredith entre Gregor et Lewis. Sean qui n'avait pas bougé s'installa tout seul sur un fauteuil en face du feu avec ses amis à droite et le vieux monsieur à gauche.

O'Clenn s'assit et prit la théière sur la table basse, il remplit deux des huit tasses du plateau et en tendit une à Eveana.

— Pardonnez-moi d'être aussi direct mais pourquoi nous avez-vous fait venir ici, Mr O'Clenn ? demanda Sean.

O'Clenn leva les yeux de sa tasse fumante.

— Tu l'as échappé belle hier soir, dit-il simplement.

— Oui, et je vous en suis reconnaissant, mais que faisiez-vous chez moi ?

— Je venais te parler, jeune homme. Sais-tu pourquoi celui que l'on appelle l'Ogre était dans ta demeure ?

Sean hocha la tête.

— Il a trouvé mon portefeuille dans les bois, il est venu me le rendre et s'accorder un petit... bonus.

O'Clenn but une gorgée de thé et reposa la tasse. Il regarda tour à tour les six adolescents.

— Il se passe d'étranges phénomènes à Edgecombe, ne trouvez-vous pas ?

Zach rebondit immédiatement sur les propos du vieil homme :

— Comme des hommes mystérieux qui s'introduisent illicitement chez des jeunes filles ?

Un sourire se dessina sur le visage de leur hôte.

— Je n'ai pas l'impression que vous vous soyez gêné pour en faire de même et me rependre le Livre.

— Il est à *nous* ! répondit Sean.

— Je ne pense pas. N'est-il pas signé de la plume d'une.. *Confrérie* ?

Sean tourna la tête vers Eveana, c'était elle qui avait lu quelques pages du Khann, mais rien que le mot confrérie éveillait un vague souvenir tout autant que de la méfiance chez le jeune garçon.

— Pour être plus précis, la Confrérie des Arcanes, ajouta O'Clenn avant que Eveana ne puisse répondre.

— Vous connaissez ces personnes ? demanda Meredith.

Le sourire de O'Clenn redoubla d'intensité.

— En quelque sorte, oui.

Lewis ne pouvait s'empêcher de vérifier si la créature dont ses amis lui avaient parlé n'allait pas surgir de la mezzanine au-dessus de sa tête et dévaler les marches jusqu'à eux. Il ne pourrait pas supporter de voir une nouvelle apparition, une seule avait suffi à le dégoûter des films d'horreur et de dormir seul.

— N'aie crainte, cette chose que vous avez vue chez moi cette nuit-là, ne vit pas là.

Lewis fit un bond et manqua de peu de renverser la tasse d'Eveana sur le magnifique tapis. Le vieux avait lu dans ses pensées ou quoi ? Il questionna timidement :

— Vous savez, ce que... c'est ?

— C'est un Guetteur. Il a senti le mouvement du Livre et s'est précipité sur vous, c'est ce que je suppose.

Les questions se bousculèrent dans la tête de Sean il allait ouvrir la bouche, mais Zach le devança :

— C'est le même machin qui a attaqué Sean et Lewis ?

— Je ne saurais pas trop vous répondre, mais il y a de fortes probabilités pour que ce soit le cas.

— Ouais, mais maintenant on sait qu'ils craignent la peinture, dit fièrement Lewis, pas vrai Sean.

O'Clenn leva la main en signe d'attention et demanda :

— La peinture ? Je serais curieux d'entendre ça.

Lewis fit un rapide résumé de l'aventure en question et Georges O'Clenn rit de bon cœur lorsqu'elle fut finie.

— Si vous nous expliquiez enfin de quoi il s'agit, s'impatienta Sean, ce livre si mystérieux soit-il, il appartient à mon grand-père, n'est-ce pas ?

— Tu as raison, le temps presse, mais avant de répondre à cela je dois vous raconter une bien curieuse et longue histoire. Je vous conseille de vous caler confortablement dans vos coussins et d'écouter attentivement, c'est un peu compliqué.

Il but une autre gorgée de thé, se racla la gorge et commença.

— Il y a de nombreux siècles de cela des druides celtes formèrent un ordre indépendant, ils le nommèrent « La Confrérie des Arcanes ». Nul ne sait d'où ils tiraient leur secret. On murmurait autrefois qu'ils provenaient de « la nuit des temps », mais quoi qu'il en soit, ces druides détenaient les clefs des pouvoirs humains. Ne vous êtes-vous jamais demandé si dans tous ces faits surnaturels dont les médias nous gavent il ne pouvait pas y en avoir de réels parfois ?

Gregor excepté, ils approuvèrent tous.

— Eh bien c'est le cas. De nos jours, les scientifiques se plaisent à répéter que nous n'utilisons qu'une infime partie des capacités de notre cerveau, je crois que le chiffre actuel est de l'ordre de 30 % à peine de ses facultés. Mais que se passerait-il si certaines personnes arrivaient à se servir des 70 % restants ? Des hommes et des femmes capables d'utiliser 100 % des facultés de leurs cerveaux.

— Ils deviendraient des dieux, avança Lewis.

— Pas tout à fait, dit O'Clenn amusé, quoique aux yeux de certains ce ne serait pas bien loin, tout dépend de la notion que l'on a d'un dieu. En fait ces personnes accéderaient à une autre perception, un état second qui leur ouvrirait l'accès à ce que l'on a communément désigné comme Magie. Sous ce nom générique se cache l'ensemble des phénomènes que l'homme ne peut expliquer concrètement.

Pourtant la Magie est un élément naturel et précis. La télékinésie par exemple, l'art de faire bouger les objets dans l'air, est l'un des nombreux aspects de la Magie. Ou encore la télépathie, bien que cela soit extrêmement difficile et réservé aux meilleurs.

— Vous voulez dire que ces druides possédaient ces dons ? interrogea Gregor assez sceptique.

— Laisse-moi rentrer dans les détails, tu vas comprendre. Mais il ne s'agit pas de dons, c'est en *nous tous*, en chaque homme et chaque femme que la nature enfante. C'est parfois à fleur de peau et pour d'autres si profondément enfoui dans des gènes ancestraux qu'ils n'auront jamais la capacité de s'en servir, mais nous en sommes tous dotés, c'est *naturel*. Cette faculté de se servir de ces pouvoirs est immanente à l'homme.

— Et les esprits des morts ? Ils existent vraiment ? demanda Meredith assez effrayée à l'idée que la réponse puisse être positive.

— J'y viens.

O'Clenn observa les flammes dansantes dans l'âtre.

— Le monde, et l'univers devrais-je dire, sont liés par une énergie extrêmement puissante qui donne sa force vitale à toute chose, son électricité en quelque sorte. Ce fluide immatériel, les druides l'appelèrent l'Ora. L'Ora transite par toute chose, vous connaissez les grands règnes terrestres ? L'animal — entendons par là les bêtes —, le végétal, le minéral et l'humain. Bien que cette classification ne s'emploie plus beaucoup aujourd'hui je la trouve très juste, très proche de l'Ora. L'Ora est le cinquième règne, celui qui les lie tous entre eux. La force équilibrante et toute-puissante de l'univers. Lorsqu'un être humain meurt, son esprit se dissipe dans l'Ora, il rejoint l'immensité de l'univers, il n'est plus rien et tout en même temps. Il perd son individualité au profit de l'entité universelle.

— On n'a plus conscience de rien alors ? demanda Eveana.

— Je ne pense pas, en effet, mais je n'ai pas la réponse à l'impossible. La mort reste inconnue.

— Mais il y a pourtant un monde où les morts vont, s'exclama Lewis, nous sommes entrés en contact avec eux lors d'une séance de spiritisme !

— Oui, il en existe un, c'est vrai, dit gravement O'Clenn. Parfois il arrive que pour des raisons encore inconnues, l'esprit du mourant ne se dissipe pas, et il se met à errer à travers l'Ora. Le mort conserve sa pensée et une partie plus ou moins grande de sa mémoire. Il devient une espèce de fantôme. Je ne sais pas si je dois dire heureusement ou pas, mais ils restent emprisonnés de l'Ora et ne peuvent pas venir perturber le monde des vivants, sauf en de rares occasions. Cela reste vague et beaucoup de choses sont inexplorées. C'est mieux ainsi.

— C'est le purgatoire en quelque sorte ? proposa Eveana.

— Le purgatoire est l'antichambre du Paradis ou de l'Enfer, alors que là il n'y a ni l'un ni l'autre au bout du tunnel, si jamais il existe une finalité à cet état, ce que j'ignore.

» Vous imaginez donc des hommes capables de maîtriser toutes les facultés de leurs cerveaux et de leurs corps, et qui, pour cela, utilisent l'Ora. Ils peuvent faire se déplacer un objet sans le toucher, allumer un feu d'un coup d'œil et bien d'autres choses encore. Ainsi ils peuvent, en utilisant l'Ora, approcher ce monde des morts, et venir les perturber.

— Les perturber ? s'étonna Zach.

— Imagine que tu étais très riche et que soudain tu te retrouves très pauvre, si des riches venaient exhiber leur richesse devant toi tu n'apprécierais pas, non ? Parce que cela te rappellerait trop ce que tu as eu et ce que tu n'as plus. C'est pareil pour eux, ils sont morts mais n'ont pas eu accès au repos éternel, alors quand un vivant pénètre leur monde cela les rend fous. C'est pourquoi la Confrérie des Arcanes déclara qu'il était interdit de rentrer en contact avec les morts, par respect.

— Alors toutes les séances de spiritisme que les adolescents font dans le monde ne sont pas... *bonnes* ? s'inquiéta Lewis.

— Heureusement, il y a au moins 95 % de ces *divertisse-*

ments qui ne donnent rien, c'est plus souvent une vaste escro-
querie ou de l'autosuggestion tout comme les milliers de
médiums qui sillonnent le monde. Les vrais utilisateurs de
l'Ora sont si rares que vous n'en avez sûrement jamais croisé.

» Mais revenons à nos druides. Au VIIᵉ siècle, deux cents ans
après avoir fondé la Confrérie, constatant que leur savoir s'étio-
lait à mesure que les générations se le transmettaient, ils décidèrent de rassembler toutes leurs connaissances au sein d'un livre
sacré qui deviendrait leur ouvrage de référence.

— Le Khann, murmura Sean.

— Mais le livre que nous avons trouvé n'a pas treize siècles ! objecta Eveana.

— Parce qu'il fut décrété que le Livre serait recopié tous
les siècles afin de rester lisible en permanence et qu'il puisse
être lu par ses contemporains. Il a ainsi été écrit en plus de
six langues différentes selon le pays où s'installait la confrérie
au cours des siècles et recopié à douze reprises.

— Treize corrigea Gregor.

Georges garda le silence un instant avant d'insister.

— Non douze fois, celui que vous avez date de 1869, la
copie de se siècle-ci n'a pas pu être réalisée.

— Pourquoi ? demandèrent de concert Sean et Eveana.

O'Clenn regarda le feu et inspira intensément.

— Au XIVᵉ siècle il y a eu une scission dans la Confrérie.
L'Inquisition faisait rage à cette époque, les émissaires du
pape torturaient et brûlaient tout ce qui ressemblait de près
ou de loin à un sorcier. De nombreuses personnes furent
déclarées hérétiques et massacrées. Certains druides demandèrent à ce que leur savoir soit divulgué aux hautes instances
papales pour qu'ils comprennent qu'il fallait arrêter le car-
nage. Mais la majorité du conseil druidique refusa, jugeant
trop aléatoire et risqué de divulguer de pareils secrets, d'autant plus qu'ils remettaient en cause l'existence même de la
religion. La Confrérie était en permanence formée de
7 membres, 3 de ces druides quittèrent l'ordre et allèrent à
la rencontre des émissaires du pape.

Maxime Williams

Le feu crépita et une pomme de pin éclata dans la cheminée.

— La rencontre eut lieu en France, en Auvergne. Les trois druides révélèrent une grande partie de leurs secrets aux trois émissaires du pape et prouvèrent avec leur Magie la véracité de leurs dires. Les émissaires furent initiés à cet art étrange, et une nuit, les trois druides furent assassinés. Sur ordre des émissaires du pape.

» Ces trois hommes crapuleux venaient de découvrir la quintessence du pouvoir, et ils décidèrent de le garder pour eux. Comme bien souvent. Combien de découvertes si bénéfiques pour l'humanité sont restées dans l'ombre pour assurer le maintien et la puissance d'une poignée d'hommes ?

— Vous voulez dire que les trois hommes de Dieu, les représentants du pape ont fait assassiner les trois druides ? répéta Eveana qui avait du mal à s'imaginer pareil acte de barbarie de la part de fidèles du pape.

O'Clenn hocha sombrement la tête.

— Ils se fixèrent comme nouveau but de retrouver la trace des autres druides et de s'emparer du Livre afin de percer tous les secrets du pouvoir, ils voulaient pénétrer les *arcanes de la connaissance.*

— Quand les trois druides sont partis, la Confrérie a choisi de les remplacer pour être de nouveau sept, ou ils sont restés à quatre ? questionna Gregor qui cherchait à relever une erreur ou une incohérence dans le discours du vieux monsieur.

— Il existe dans la Confrérie ce que l'on appelle le rituel de l'Initié. Chacun des sept membres doit trouver un homme ou une femme dont le potentiel à utiliser l'Ora sera suffisamment important pour pouvoir l'initier à cet art rapidement. Quand un druide sent sa fin approcher, il contacte cette personne que l'on appelle les *Caecus.* Une fois que les secrets de l'Ora lui sont divulgués il devient un initié jusqu'à devenir un druide à part entière à la mort de son mentor. Les druides vivent bien plus longtemps que les autres humains, et n'ayant jamais à prendre part à un conflit physique, leurs morts ne sont normalement que naturelles. Les *Caecus* restent le secret de leur mentor, il est d'usage de repérer un humain susceptible d'être un bon druide et de faire en sorte qu'il reste secret. Ainsi lorsque les trois druides furent assassinés, ils emportèrent dans leur tombe le nom de leur *Caecus*. Et la Confrérie resta composée de quatre membres.

— Mais cet homme ou cette femme choisi, le *Caecus*, il accompagne partout le druide durant sa vie ? demanda Lewis.

— Non. Il ne sait rien, pas même que quelqu'un suit sa vie de loin et l'observe. Et comme les druides peuvent vivre très longtemps, de nombreuses personnes meurent sans s'être doutées un seul instant qu'elles avaient été choisies pour devenir un druide si celui qui les observait venait à défaillir. Moi-même j'ai choisi un *Caecus* autrefois, et il n'a jamais su que sa vie avait été proche de basculer.

— Vous ? s'étonna Sean.

— Vous... vous êtes un de ces druides ? demanda Meredith.

O'Clenn porta sa tasse à ses lèvres et lorsqu'il la reposa sur la table basse, il dit d'une voix tendue et nerveuse :

— Oui, j'ai été l'un de ces druides. J'étais un simple employé dans une usine de traitement du lait, jusqu'au jour où un mystérieux personnage est venu me voir. Dès lors je suis devenu un initié et ma vie a été bouleversée. Il y a quelques dizaines d'années la personne que je m'étais choisie pour me succéder est morte, j'ai dû en trouver une autre comme je l'avais déjà fait maintes fois. C'était en 1951. En ce temps, la Confrérie était installée à Edgecombe. Zehus, le doyen de notre groupe, avait élu quartier général dans le vieux moulin abandonné, celui qui se trouve dans la forêt. Il y a une trappe cachée qui menait à notre repaire. Là était entreposé le Khann.

— Et les trois émissaires du pape, ils étaient morts, n'est-ce pas ? sonda Lewis.

O'Clenn posa ses yeux étrangement pétillants sur lui.

— Non. Leur leader s'appelait Korn, le noir émissaire. Il s'obstina à percer les secrets de l'Ora tout seul, en partant des quelques bases que les druides assassinés lui avaient incul-

quées. Il perça les secrets de la longévité, et perdura au travers
des siècles, s'enrichissant de connaissances nouvelles à chaque
décennie. Korn ne respectait rien, à la mort de ses deux acolytes du Vatican, il choisit lui-même de nouveaux initiés et
il continua ainsi afin de s'assurer d'avoir le contrôle de ses
disciples. Mais le pire fut lorsqu'il pénétra le monde des
morts. Le Royaume comme nous l'appelons. Il viola ces fron-
tières et, utilisant son esprit puissant, il asservit plusieurs des
êtres qui y erraient. Ils devinrent les Guetteurs. Étant plongés
dans le monde de l'Ora en permanence, ces esprits-morts
avaient pour mission de signaler à Korn tout mouvement
dans l'Ora dû à des manipulations extérieures. C'est comme
cela qu'il retrouva la trace de Zehus, de Pharas, de Kleon et
de moi-même. Mon nom de druide était Clenon.

— Anagramme de O'Clenn, notifia Gregor à qui le petit
jeu de lettres n'échappa pas.

O'Clenn hocha la tête et poursuivit :

— En 1952, Korn localisa notre repaire et fit fondre sur
nous ses deux sbires. Les événements s'enchaînèrent si vite
que je dus m'emparer du Khann et m'enfuir avec tandis que
mes camarades repoussaient l'attaque ennemie. Ashber, l'un
des hommes de Korn me donna la chasse. Au terme d'une
course-poursuite effrénée, je pus semer Ashber, momentanément du moins, et le seul endroit qui me vint à l'esprit pour
dissimuler le Khann, fut chez mon *Caecus*. Il me vit pour la
première et la dernière fois de son existence, mais j'obtins
tout de même la promesse que le Livre serait caché et que
personne n'y aurait accès. Et je disparus. Ashber me tomba
dessus et cela se solda par une fusillade au cours de laquelle
je le touchai mortellement, pourtant il réussit à m'emporter
avec lui dans les eaux du Pocomac. Je me suis réveillé entre
deux rochers, sur une plage près de la ville. Mon premier
réflexe fut de vouloir retrouver Zehus et mes amis, mais je
réalisai bien vite que nous avions là une opportunité de
mettre le livre sacré à l'abri de Korn pour très longtemps.
Tous me croyaient mort, et j'étais le seul à savoir où se trouvait le Khann. Les mois qui suivirent me permirent de m'ins-

taller ici sous le nom de Georges O'Clenn et de surveiller mon ancien *Caecus*, qui détenait sans le savoir les secrets du pouvoir absolu. Voilà pourquoi la treizième copie du Khann n'a pas pu être effectuée.

— Mon grand-père Anatole, dit calmement Sean, comme s'il l'avait toujours su. C'était lui votre *Caecus* !

O'Clenn allait répondre lorsque Lewis clama :

— Moi je veux bien admettre que je ne suis pas un génie mais je ne comprends rien à ces histoires de pouvoir absolu, c'est quoi ce pouvoir ?

Georges O'Clenn se lissa la moustache et expliqua :

— Imagine que l'on t'apprenne à utiliser l'énergie invisible qui relie toutes choses sur terre, une énergie si puissante et si vaste qu'elle englobe même le non-concret tel que la pensée. Avec cet apprentissage tu pourrais faire ce que tu veux avec juste de la concentration. Soulever un piano et le mettre dans la pièce d'à côté ? Pas de problème. Lire dans la pensée de ton voisin ? Un jeu d'enfant. Voilà tout ce que le Khann peut t'apprendre à faire, il faut juste de l'expérience ensuite et te voilà extrêmement puissant. Maintenant imagine-toi ce qu'un être cupide et infâme pourrait faire de ce pouvoir. Prendre toute l'énergie d'un arbre ou d'un homme, et le faire mourir. Manipuler une personne et la forcer à faire des choses qu'elle ne veut pas faire. Et bien d'autres choses encore. Korn est ce type d'homme. Mauvais. Pour le moment ses pouvoirs sont limités car il n'a pas eu accès au Livre mais il est tout de même très dangereux. L'Ora permet d'accomplir tout ce que l'on veut, ou presque, son pouvoir est quasiment illimité. Et vous en avez été témoins. N'est-ce pas Lewis ?

L'interpellé sursauta.

— Moi ? Euh... non je crois pas.

— Oh si ! Cet incident avec le Guetteur qui s'est soldé par sa disparition. Ça c'est un bon exemple. Je suppose que la peur t'avait plongé dans un état second, tu n'étais plus tout à fait maître de toi, tu réagissais instinctivement, et lorsque tu t'es mis à tirer de la peinture sur le Guetteur, ton esprit était si bouillonnant qu'il a atteint une sorte de contact avec l'Ora.

Tu ne savais pas pourquoi, mais tu étais persuadé que la peinture le ferait fuir, tu croyais pleinement et entièrement en ce que tu faisais, et tu as utilisé l'Ora. C'est l'Ora qui a chassé le Guetteur, tu aurais pu tout aussi bien le couvrir de chewing-gum ou de plomb, le résultat aurait été le même.

Il y eut un long silence que seul le feu dans la cheminée osait briser par ses crépitements. Puis Eveana demanda :

— La Confrérie existe toujours ?

— Je n'ai plus entendu parler d'elle depuis cette année 1952, mais je le pense, oui. C'est probable à moins que Korn ne les ait tous éliminés.

— Vous n'avez jamais essayé de les recontacter ? s'étonna Zach.

— En étant tenu pour mort par tous, je suis plus à même de protéger le Livre. Mais il existe un moyen de les contacter. Deux à vrai dire. À cette époque nous avions un point de rallie-ment avec presque toujours une permanence, c'était dans un vieux bâtiment à l'angle de McKenzie Street et de Warwick Street à Boston. Mais je ne sais pas si cela existe encore.

— Et l'autre moyen ? interrogea Meredith.

— Beaucoup plus dangereux mais plus précis. Par le biais de l'Ora, il est possible de rentrer en communication avec la Confrérie. Une sorte de télépathie. Mais les Guetteurs peu-vent le sentir, et s'ils le savent, Korn le sait. Tout comme ils ont perçu votre incursion dans leur monde lors de votre petite séance de spiritisme.

— Comment en savez-vous autant sur nous ? intervint Sean.

— Je suis à l'écoute de l'Ora moi aussi, mais je n'inter-viens pas. Je surveille cette maison au 221 de Twin hills Street depuis plus de quarante ans, il m'a été facile de vous repérer.

Sean ne fut pas surpris d'entendre parler ainsi de la maison de son grand-père. Depuis plusieurs minutes il commençait à mettre toutes ces choses en ordre dans sa tête et son grand-père apparaissait clairement comme étant le Caecus que O'Clenn s'était choisi autrefois.

— Tout comme j'ai suivi cette demoiselle jusque chez elle ce soir-là, afin de reprendre le Khann, poursuivit O'Clenn. Le Guetteur qui vous a attaqués chez moi la nuit où vous êtes venus me reprendre le Livre, a dû sentir une force anormale par ici et il s'est matérialisé. Le problème est qu'ils ne peuvent pas le faire seuls. Il leur faut l'aide d'un soutien extérieur, un vivant qui se concentre pour leur ouvrir une brèche. Sauf à de rares exceptions...

O'Clenn s'arrêta. Ses yeux brillaient.

— Vous voulez dire que parfois l'esprit des morts peut franchir tout seul la barrière de nos deux mondes et s'adresser à nous ?

— Oui, cela leur demande une force prodigieuse, mais c'est possible, bien que rare. Le reste du temps ce sont les vivants qui ouvrent cette brèche. Vous par exemple lors de votre séance de spiritisme. C'était une petite brèche, courte, mais un esprit a pu pénétrer notre monde pendant quelques instants.

Tous ceux qui avaient été là durant cette fameuse soirée repensèrent à Tom et à cette voix ignoble qui était sortie de sa bouche.

— Ne le prenez pas mal, monsieur, mais j'ai du mal à concevoir que tout ce que vous dites puisse être vrai, affirma Gregor, assez sûr de lui.

O'Clenn le fixa.

— Et que crois-tu que ce soit, ça ?

Celui qui autrefois s'était appelé Clenon ouvrit sa main et des éclairs bleus jaillirent de sa paume pour venir se déposer en crépitant sur le bout de chacun de ses doigts. Les arcs de cercle, semblables à la foudre, tremblaient frénétiquement dans sa main, projetant dans le salon une lueur spectrale.

Il ferma le poing et les éclairs disparurent.

Gregor avait la mâchoire pendante.

— Je suis... sûr... qu'il y a... une explication logique à cela, arriva-t-il à articuler.

Les autres qui n'en étaient pas à leur première expérience fantastique furent tout de même impressionnés. O'Clenn souriait.

— Pardonnez-moi ce tour, mais il me démangeait de lier le concret à la parole, dit-il amusé.

Sean prit son inspiration et se lança :

— Monsieur O'Clenn, commença-t-il, lorsque vous êtes intervenu hier soir, j'ai eu le sentiment que vous connaissiez le tueur. Vous savez qui il est n'est-ce pas ?

Le vieil homme resta là à réfléchir puis baissa lentement les paupières et la tête en signe d'acquiescement.

Il ouvrit la bouche pour parler, mais aucun son n'en sortit. Ses yeux s'agrandirent et immédiatement les adolescents regardèrent par-dessus leurs épaules.

L'air bougeait.

Des vapeurs se tordaient, pareilles à ce halo qui survole les routes lorsqu'il fait très chaud. Sauf qu'il avait une forme parfaitement définie. De presque deux mètres de haut, c'était une silhouette humanoïde avec... deux yeux rouges au sommet.

Un grondement caverneux en jaillit.

Les six adolescents se mirent à hurler et allaient se lever lorsque le monstre bondit.

Le fauteuil dans lequel se trouvait Georges O'Clenn se renversa et le cri du vieil homme fendit l'air. Les adolescents hésitèrent tous sur ce qu'il fallait faire, fuir ou tenter de prêter secours à l'ancien druide. Des éclairs bleus jaillirent des doigts de O'Clenn et déchirèrent l'air jusqu'à la forme vaporeuse qui se tenait au-dessus de lui.

Il y eut un bruit de choc écœurant. Comme un paquet de draps mouillés que l'on laisse tomber sur du bitume.

Les éclairs bleus irradièrent toute la créature — le Guetteur comme l'avait appelé O'Clenn — et elle disparut aussitôt. La tension électrique s'évapora également. Sean se précipita sur le vieil homme.

Il respirait fort, du sang lui coulant par la bouche jusqu'au menton. Sa chemise était maculée de sang. Sean n'osa imaginer ce que le Guetteur avait fait. Le tissu vibrait et se tendait par endroits, comme si les côtes sortaient des chairs pour venir soutenir la chemise tel un piquet de tente. Les autres arrivèrent derrière Sean.

— Ô mon Dieu ! s'exclama Eveana.

Sean se tourna vers le groupe.

— Trouvez un téléphone, dit-il, appelez une ambulance.

— Inutile... murmura O'Clenn. Rendez le... Livre... à la... Confrérie.

Il sifflait atrocement en respirant, l'air avait du mal à remplir ses poumons.

— Partez... d'ici... vite.

— Mais non, on va vous trouver un bon médecin vous...

— Non... vite, le Livre... J'ai été ... stupide... d'employer la magie... les Guetteurs veillent et attendent... soyez prud...

Le souffle s'écoula tout seul de sa bouche alors que ses yeux s'immobilisèrent à jamais.

— J'a... j'arrive pas à le croire... lâcha Gregor.

Sean se redressa. Les yeux d'Eveana étaient rougis, Zach la tenait dans ses bras ; Lewis se tenait la bouche comme s'il avait peur que sa langue ne tombe ; Meredith retira ses lunettes comme l'on retire son chapeau par respect pour le deuil du mort ; et Gregor restait debout sans rien faire, juste en fixant le corps livide.

— Je crois qu'on devrait faire ce qu'il nous a dit, et partir immédiatement, proposa Sean.

Personne n'insista et on n'appela aucune ambulance, pas plus que la police ; ils sortirent de chez O'Clenn et marchèrent silencieusement jusque chez Eveana.

*

Pete travaillait à la maison de retraite Alicia Bloosbury depuis plus de trois ans. Jamais il n'avait encore eu une journée pareille. Cela avait commencé dès deux heures du matin avec l'équipe de nuit qui avait dû expédier Mrs Moldwell à l'hôpital de Wakefield à cause d'un bassin cassé lors d'une chute de lit. Puis à cinq heures c'était le vieux et d'habitude si gentil monsieur Robinson qui avait pénétré la chambre d'une autre patiente et qui avait voulu concrétiser ses avances. En arrivant ce matin à huit heures, Pete avait débuté avec Connie Di Macchio qui avait fait une chute de tension si subite et si forte qu'ils crurent qu'elle partait. Par sécurité elle fut envoyée également à l'hôpital de Wakefield. Au déjeuner Polly Anders s'était étouffée avec du pain et Willem Jordansen avait eu une réaction virulente aux anchois. C'est du moins ce qu'il apparaissait à première vue.

Pete traversa la grande salle et ferma la baie vitrée, il faisait bien trop froid dehors pour laisser cette satanée porte-fenêtre ouverte. Un coup de vent dans la salle commune et c'était dix patients de malades dont quatre qui y restaient. En se retournant Pete vit ce cher Monsieur Farmer assis à côté d'Anatole Prioret.

Alzheimer ! Ça les transforme en gosses, songea Pete. *Le meilleur des cachets que la vie ait inventé pour faire digérer la pilule de la mort*, se dit-il en souriant. *On finit comme on a commencé : dans l'insouciance des gamins.*

Pete s'approcha de Jefferson Farmer. Lui qui ne réagissait plus à rien, et qui pourtant avait parlé avec le shérif. Cela demeurait un grand mystère. Pete aurait donné n'importe quoi pour être là, mais il n'y avait pas de témoin pour relater précisément ce qui s'était passé et le shérif n'avait pas voulu s'éterniser là-dessus, il était mal à l'aise. Pete posa sa main sur l'épaule du vieux monsieur.

— Où je suis ? demanda ce dernier.

— Vous êtes à la maison de repos Alicia Bloosbury, Mr Farmer.

— Ah bon ! Et j'ai une chambre pour moi tout seul ?

— Oui Mr Farmer, la même depuis deux ans et demi.

— C'est bien alors.

Pete acquiesça.

— Monsieur Farmer, vous voulez bien me suivre jusqu'à votre chambre ?

— C'est bien alors.

Pete observa Jefferson.

— C'est bien alors.

Ses yeux étaient voilés, il se mit à répéter sans arrêt la même phrase, agitant nerveusement la tête.

— C'est bien alors.

— Merde ! s'exclama Pete.

Il siffla vers l'infirmière proche de l'entrée de la salle commune.

— On a une crise cardiaque ! Appelle le médecin, vite !

La chaise roulante d'Anatole Prioret se mit à trembler. Pete qui s'affairait sur Jefferson Farmer jeta un rapide coup d'œil. Anatole regardait fixement devant lui, sa mâchoire était crispée, sa main gauche tremblait et son bras était aussi tendu qu'une corde d'arc prête à se rompre.

— Oh bordel !

Il releva la tête et cria en direction de l'infirmière :

— Vite ! On a deux crises cardiaques ! Vite ou on va les perdre !

*

Ils étaient dans le garage de chez Eveana.

Zach tenait la jeune fille par la main. Sean avait calmé Gregor qui n'arrivait pas à concevoir que tout ce qu'il avait entendu pouvait être vrai. Lewis et Meredith ne disaient rien. Puis Sean les regarda un par un.

— Je sais pas pour vous, mais moi je suis un peu paumé.

Eveana se dégagea de l'étreinte de Zach.

— Georges O'Clenn a été clair, dit-elle, le livre ne doit pas tomber entre les mains de cet homme... Korn.

— Résumons si vous le voulez bien, intervint Zach. Il y a près de mille cinq cents ans des druides forment un groupe de potes et ils appellent leur bande la Confrérie des Arcanes. Deux cents ans plus tard ils décident d'écrire tout ce qu'ils savent sur leurs pouvoirs dans un bouquin, livre que nous avons en notre possessions d'ailleurs. Au quatorzième siècle la bande de potes se scinde en deux, ceux qui veulent tout déballer au monde, au moins au pape en tout cas et ceux qui jugent cela trop dangereux. Je suis bien clair ?

Les autres acquiescèrent.

— Parfait. Donc ils se séparent. Trois druides vont voir les amis du pape et se font tuer après avoir déballé quelques tours bien choisis alors que les émissaires du pape décident de devenir de sacrés salauds, surtout leur chef qui est le seul survivant des trois. Hey mais attendez, ça veut dire que ce type-là... Korn, aurait presque sept cents ans ! ! ! ! Il nous a pris pour des cons ou quoi ce O'Clenn ?

— Tu ne devrais pas dire ça, Zach, lança Meredith. Moi au contraire je trouve ça logique. Ce Korn n'a eu qu'un apprentissage succinct du pouvoir et de la manipulation de l'Ora et pourtant il semble être redoutable, parce qu'il apprend depuis longtemps, très longtemps. Il a percé les secrets d'une longévité exceptionnelle.

— En gros c'est un vampire, proposa Lewis.

Personne n'eut envie de rire, l'image si elle était désuète n'inspirait néanmoins pas le rire, car c'était ce que ce Korn semblait être. Un vampire moderne. Buvant l'énergie du monde et agissant contre la nature et l'humanité.

— Vous vous rappelez ce que Tom nous avait confié, dit Sean, à propos d'un mec qui se baladait en ville en posant des questions aux jeunes, ça ne vous rappelle pas quelqu'un ?

— La nana de la CIA ! s'écria Lewis.

— Exact. Comme deux clans qui recherchent la même chose. La Confrérie des Arcanes et le groupe de Korn par exemple.

— Le type était effrayant, à ce qu'on disait, coupa Eveana, il pourrait correspondre à Korn ou à l'un de ses sbires.

— Ouais, auquel cas nous pourrions compter sur cette femme qui doit être autant de la CIA que moi je suis un extraterrestre. Le problème c'est que j'ai perdu sa carte. Elle était dans mon portefeuille et l'Ogre me l'a pris.

Zach pesta.

— Au moins on sait qu'il faut qu'on rende ce livre à la Confrérie pour que la merde arrête de nous tourner autour. Maintenant reste à trouver la Confrérie en question, et surtout à éviter Korn, dit Sean.

— Et on s'y prend comment ? demanda Meredith.

— D'abord on progresse dans la lecture du livre.

Tous fixèrent Sean.

— Sean, O'Clenn nous a décrit ce grimoire comme le gardien de secrets formidables, je ne sais pas si c'est le genre de truc que n'importe qui peut lire, dit Eveana sur le ton de la confidence.

— C'est pour ça que c'est toi qui vas poursuivre la lecture, dit le garçon.

— Pardon ?

— Tu m'as bien compris. C'est toi qui as commencé à le lire, alors c'est toi qui vas continuer. Eveana, tu es la plus âgée, la plus mûre et la plus cultivée de nous tous, je pense sincèrement que si quelqu'un doit lire le Khann ici, c'est toi. Et puis, peut-être qu'il ne faudra pas en lire beaucoup plus, peut-être que quelques chapitres suffiront à nous éclairer sur la méthode à suivre pour contacter la Confrérie.

Zach s'insurgea :

— Tu veux dire que tu veux les aborder par le biais de l'Ora ? Tu te rappelles ce que O'Clenn a dit à ce propos ? Les Guetteurs vont nous sentir, et Korn aussi.

— Je ne vois pas d'autre solution, répondit Sean, et je ne suis pas pour rester à attendre que Korn nous retrouve et nous arrache le livre des mains, voire pire.

— O'Clenn a parlé d'un lieu où il y avait en permanence quelqu'un de la Confrérie, à l'angle des rue McKenzie et Warwick à Boston. On pourrait tenter d'y aller, proposa Zach.

— Georges O'Clenn nous a dit que cela remontait aux années 50, ça n'existe probablement plus, Zach ! Tentons le rituel et nous perdrons moins de temps, si jamais cela ne marche pas, l'un d'entre nous ira à Boston.

Personne n'osa ajouter quoi que ce soit. Lewis et Greg qui étaient restés en retrait du débat préférèrent ne pas mêler.

— D'accord, finit par dire Eveana. Je vais lire le K en espérant y trouver une solution. Mais si jamais ces créatures aux yeux rouges débarque chez moi ? comment ?

— Tu lui balances un pot de peinture à la gueule et t'y crois très fort ! lança Lewis.

Personne d'autre que lui ne trouva cela drôle.

— Viens dormir chez moi, proposa Zach.

— Non, pas deux soirs de suite, mes parents vont se poser des questions. Non je crois qu'il va falloir que l'on croise les doigts pour que je passe la nuit tranquillement.

Sean fronça les sourcils, cela ne lui plaisait pas, mais que faire d'autre ? Le temps pressait, chaque jour et chaque nuit qui passait risquait de voir surgir une créature presque invisible ou Korn en personne.

— Bien, dit-il, Lewis, Meredith et Zach vous allez chez le shérif, vous lui parlez de Aaron. Eveana, Gregor et moi on va chercher le livre chez moi. On se retrouve tous demain matin sur le ponton dans le parc.

— Je préférerais être avec Eveana, dit Zach, c'est juste une question de... sécurité, je me sentirais plus rassuré.

— Je comprends mais nous devons équilibrer les groupes, Gregor et Eveana habitent à côté l'un de l'autre ils pourront rentrer ensemble, et le livre est chez moi. Rassure-toi je demanderai à mon père de les raccompagner, après ce qui m'est arrivé hier soir il ne pourra pas refuser.

Zach émit quelques objections mais il se plia à la décision de son ami.

En ce vendredi d'octobre, Sean Anderson malgré son jeune âge venait de prendre en main les rênes de leur petit groupe. Il avait dicté et dirigé les opérations à venir sans se poser la question de savoir si ce serait bienvenu de sa part. Il l'avait senti ainsi, poussé par une force étrange qu'il n'avait encore jamais ressentie, une puissance bienfaisante qui rayonnait quelque part au fond de lui... mais pas de lui.

*

3ᵉ PARTIE

« L'humanité est immense, la réalité a des myriades de formes. [...]
L'expérience n'est jamais révolue, jamais limitée. C'est une immense sensibilité, une sorte d'énorme toile d'araignée tendue dans la chambre de la conscience, captant dans sa trame chaque molécule en suspension dans l'air. C'est la véritable atmosphère de l'esprit. »

Henry James

1.

Les nuages s'amoncelaient au-dessus d'Edgecombe, plongeant ses rues dans une pénombre de fin de journée. Il n'était pourtant que neuf heures du matin. Quelques oiseaux chantaient dans le grand parc municipal. Le Pocomac glissait lentement et inexorablement vers l'océan. Et le navire à fond plat accosté au quai du parc attendait dans la quiétude que les premiers promeneurs lui grimpent dessus.

Une silhouette un peu forte apparut entre deux arbres puis monta sur le pont principal du bateau. Lewis inspecta le pont pour vérifier qu'il n'y avait personne et s'assit sur une caisse en bois. Meredith et Zach arrivèrent dans la minutes suivante, suivis de près par Gregor et Eveana. Cette dernière avait de larges cernes violets sous les yeux.

— Tu t'es battue ou quoi ? lui demanda Lewis

— Non, j'ai simplement passé ma nuit à lire, répondit-elle amusée.

Zach la prit dans ses bras.

— Je me suis fait du souci pour toi toute la nuit, ça s'est bien passé ? dit-il.

Une mèche rousse se prit dans le vent et fouetta le visage de Zach, Eveana rigola et rassura son amant. Les Guetteurs ne s'étaient pas manifestés, ils avaient sûrement perdu leur trace, pour l'instant du moins.

— Sean n'est pas encore là ? s'étonna Zach.

Le garçon arriva quelques minutes plus tard, abattu. À vingt heures trente hier soir, le téléphone des Anderson avait sonné pour annoncer qu'Anatole venait de faire un infarctus.

Son état s'était stabilisé, néanmoins il était toujours inconscient. Amanda et Phil Anderson étaient partis ce matin
même pour le voir, Sean avait refusé. Il ne voulait pas voir
son grand-père comme ça. Il avait le sentiment que de lui
parler dans cet état ce serait garder une image de déchéance
de son grand-père, lui qui avait toujours symbolisé la force
intellectuelle même. C'était déjà bien assez cruel comme ça
de le voir dans sa chaise roulante.

— Ça va mec ?

Zach lui mit la main sur l'épaule.

Sean fit signe que oui. Il n'avait pas envie d'en parler. À
vrai dire il ne savait s'il *pourrait* en parler sans s'effondrer, et
il préférait ne pas le savoir.

Il s'approcha d'Eveana et lui dit :

— Tu as eu le temps de lire un peu ?

— Ça ne se voit pas ? demanda la jeune fille en montrant
ses cernes. D'ailleurs j'ai de nombreuses choses à vous dire.
Si vous pouviez voir mon cerveau, je suis sûre qu'il est en
ébullition !

— Installons-nous et nous t'écoutons.

Tous les six se trouvèrent une place entre deux cordages
moisis ou une caisse de bois, et ils s'assirent, prêts à écouter
ce qu'Eveana avait à leur transmettre.

— J'aime autant vous prévenir, c'est assez dingue comme
truc. Bien. Vous vous rappelez ce que le vieux O'Clenn nous
a dit sur l'Ora ?

— Que c'est l'énergie qui lie toutes choses dans l'univers,
qu'elle filtre au travers de tout, vivant ou pas, énonça Gregor.

— Oui. Eh bien cette Ora est formée d'une force inexpri-
mable mais aussi de l'âme des morts en quelque sorte. Quand
une personne meurt son corps se désagrège tout comme son
esprit se dissipe dans l'immensité de l'Ora.

— O'Clenn nous l'avait dit ça aussi, avertit Sean.

— Oui mais je préfère que les choses soient claires dans
nos têtes. Vous n'avez jamais eu l'impression d'un « déjà vu »
lors d'une situation particulière, ou encore de connaître une
maison dans laquelle vous n'avez en fait jamais mis les pieds ?

Lewis, enthousiaste, ajouta :

— Comme lorsqu'on fait quelque chose pour la première fois et que pourtant on a la sensation de l'avoir déjà fait ? Alors ça oui, et pas qu'une seule fois !

— D'après le Khann, expliqua Eveana, c'est en fait notre esprit qui capte des volutes d'Ora qui traînent par là. Des parcelles d'émotions qui appartenaient à d'autres personnes, mortes à présent, et qui filtrent jusqu'à notre intellect. Des résidus de sensations de gens décédés qui flottent dans l'Ora et que nous captons inconsciemment, nous les appropriant.

— Tu crois vraiment à ça ? interrogea Gregor.

— Après tout ce que j'ai vu, je pense pouvoir dire oui. Et cette explication me plaît assez. Je ne vais pas m'attarder sur toutes les explications de ce genre de phénomènes car nous y passerions la journée, mais c'est assez vaste, et pourtant tout s'explique et tout concorde.

Meredith inspira profondément, comme pour enfouir loin en elle le sanglot qui lui montait dans la gorge. Lewis aventura timidement sa main sur celle de la jeune fille qui ne fit rien pour l'en empêcher.

Sean contempla Meredith avec compassion. Il aurait bien voulu la rassurer de quelques mots bien choisis, mais il n'en trouvait pas. Finalement il se tourna vers Eveana.

— Tu n'as rien trouvé sur la Confrérie des Arcanes ou sur Korn ?

— Si. Plus ou moins. Après le massacre des druides, Korn et ses acolytes ont quitté les ordres du Vatican pour suivre leur quête du Khann qui leur donnerait la toute-puissance. Ils ont fondé l'Arcane sans nom. C'est le nom de leur groupe de dissidents. En hommage à la carte du tarot que l'on appelle l'arcane XIII, celle qui est le symbole du néant, de la mort.

— Comme c'est joyeux, ironisa Zach.

— D'ailleurs, reprit Eveana, j'ai appris que le tarot pouvait être un véritable élément de divination. En fait les cartes servent de médiateur entre l'Ora et nous. Elles sentent les effluves de tel ou tel danger, ou bien de création pour une naissance, etc... Et elles nous les transmettent. Évidemment il faut que celui qui tire les cartes ait un potentiel à se servir de l'Ora très fort et à fleur de peau, mais en tout cas cela semble fonctionner plus ou moins bien... Il en va de même avec la plupart des artefacts de ce que l'on appelle la magie. Avec l'Ora qui ressent tout et qui passe dans tout, ses utilisations sont quasi infinies.

— Et pour joindre la Confrérie ? Tu n'as rien trouvé pour le moment ?

— Eh bien... (Eveana hésitait à proposer son idée, de peur d'être prise pour une idiote.) J'aurais bien une idée, mais c'est un peu...

— Un peu quoi ? s'impatienta Sean.

— Un peu risqué et peut-être présomptueux de nos capacités. En fait je crois avoir compris le principe de base de l'Ora. Si nous organisions une cérémonie, un peu comme une séance de spiritisme, peut-être que l'on pourrait entrer en contact avec eux. Bien sûr, il est ici hors de question d'entrer en contact avec les morts, mais de rester sur un plan spirituel, comme pour entrer en télépathie avec d'autres personnes. La cérémonie en soi ne sert à rien, mais nous ne savons pas utiliser l'Ora, et ce sera pour nous une manière de nous mettre en condition, d'ouvrir nos esprits.

— Tu crois vraiment que cela peut marcher ? demanda Meredith.

— Oui. Il faut que nous y croyions vraiment, et si nous mettons en place tout un cérémonial pour nous faciliter la tâche je pense que cela peut marcher.

— O.K., peux-tu te charger du cérémonial en question ? questionna Sean.

Eveana approuva.

— Parfait, si O'Clenn ne s'est pas trompé il y a fort à parier que Korn sentira notre petite incursion sur le plan de l'Ora, il faudra donc que certains d'entre nous ne prennent pas part au rituel et fassent le guet.

— Moi, se proposa Zach.

— Très bien, dit Sean. Eveana et moi nous nous occuperons du rituel, je ne saurais l'expliquer mais quelque chose me dit qu'il faut que je le fasse. Nous serons isolés pour être tranquilles.

— Et si vous tombez en transe comme Tom l'avait fait, qui s'occupera de vous ? s'inquiéta Lewis.

Le souvenir de leur ami décédé leur pinça le cœur à tous.

— Gregor ? Que penserais-tu de nous surveiller, cela pourrait peut-être finir de gommer ton scepticisme quant à toute cette histoire de pouvoir extraordinaire, non ?

— Après ce qui s'est passé hier soir, je ne peux pas rester insensible à tout cela, un homme est mort devant moi ! Si vous ne m'en aviez pas dissuadé hier, j'aurais appelé le shérif !

— Le shérif ne peut rien pour nous aider, au contraire ce serait un problème de plus pour nous, intervint Zach. Déjà hier soir cela nous a pris deux heures pour lui expliquer que Aaron était devenu fou. Il a lancé un mandat d'arrêt à son nom, à l'heure qu'il est Aaron est peut-être sous les barreaux.

Sean soupira.

— Une dernière chose, dit Eveana, je pense qu'il serait bien pour nous, de faire le rituel en hauteur, pour symboliser l'élévation.

— À quoi bon se faire chier puisque tu l'as dit toi-même, le rituel ne sert à rien en soi, c'est juste une aide psychique, grogna Meredith.

— Parce que nous ne savons pas nous servir de l'Ora, et qu'il nous faudra un maximum d'aide pour nous mettre en condition. De toute façon je ne suis même pas sûre du résultat !

— Et où on va la trouver cette hauteur ? demanda Gregor. Je vous préviens, c'est impossible chez moi.

Tous cherchèrent en silence où ils pourraient faire leur cérémonie, il fallait que ce soit un des points les plus élevés de la ville et si possible à l'abri des intempéries.

Lewis s'exclama :

— Mais oui ! Je sais ! Le père de Josh, mon cousin, est le gardien du phare, c'est lui qui s'occupe de son entretien, je pourrais sûrement lui piquer les clés et en faire un double !

— Il n'y est pas la nuit ? voulut savoir Sean.

— Non, tout est automatique, en cas de problème c'est une alarme qui se déclenche chez lui, il faudra juste ne rien toucher.

— Alors c'est parfait, Lewis tu te débrouilles pour faire un double des clefs, Eveana tu prépares le rituel, Zach, Meredith et Gregor vous allez rassembler ce dont Eveana aura besoin. Ça vous va tout le monde ?

Ils hochèrent la tête.

— On se retrouve sous le château d'eau ce soir vers vingt heures, prévoyez de quoi manger et dormir, à mon avis la nuit va être longue.

*

— Comment ça il est mort ? s'exclama Benjamin Hannibal.

— Eh bien, je vous l'ai dit, je le sais, l'agent Fergusson est mort, répondit froidement Ezckiel.

Benjamin était fatigué de tous ces tours de passe-passe, il n'en pouvait plus de chercher des hommes qui se volatilisaient sur un claquement de doigts.

— Que les choses soient claires, si vous ne pouvez pas m'en dire plus, je ne vois pas pourquoi je devrais vous prendre au sérieux. Fergusson vous appréciait peut-être beaucoup, mais moi j'ai besoin de concret, de matériel pour appréhender la situation, alors soit vous m'expliquez ce qui se passe ici, et comment vous faites tous vos tours, soit vous quittez la ville.

Ezekiel cessa de mâcher son chewing-gum et se pencha vers le shérif.

— Au regret de vous décevoir, la magie ne s'apprend pas dans les livres d'école. Je n'ai encore jamais vu de livre qui détaillait avec précision ses mécanismes complexes, je sais juste que certaines personnes se découvrent parfois des dons pour ces choses-là. C'est mon cas, Shérif. Quand j'étais gosse, un des enfants du quartier a disparu en pleine journée. Tout

le monde a cru qu'il s'était perdu dans la campagne environ-
nante ou qu'il avait fugué. Moi je jouais paisiblement avec
mes soldats en plastique et j'ai eu cette espèce de flash. J'ai
vu le gamin en question en train de hurler dans une cave
noire, et j'ai vu Armand Dasher, un de mes voisins, qui lui
faisait des trucs dégueulasses. Trois jours plus tard on retrouvait le cadavre du gamin dans une décharge de la région, il
avait été violé. Armand Dasher a été arrêté, et incarcéré, ce
type que personne n'aurait soupçonné avait laissé ses
empreintes sur un bout de vêtement. Moi je l'ai su dès les
premières heures, comme ça, tout d'un coup ça m'est apparu
devant les yeux.

» Alors ne venez pas me demander comment ça marche,
parce que je n'en sais pas plus que vous, je tire les cartes,
j'utilise un pendule ou j'interprète mes visions, mais je n'ai
pas la moindre idée du fonctionnement de tout ça.

» La seule certitude que j'ai, c'est qu'il y a des forces très
puissantes à Edgecombe, et c'est pas pour me rassurer. Vous
voulez que je quitte la ville ? Très bien, c'est parfait pour
moi, il y a ici un climat de mort qui me rend mal à l'aise.
Demain je ne serai plus là.

Le shérif sortit l'un des stylos qui étaient accrochés à sa
poche de chemise et se mit à le faire tourner machinalement
entre ses doigts.

— Je suis désolé. J'ai été un peu rude, je vous dois des
excuses. Ezekiel, je ne vous cacherai pas que la situation
m'échappe complètement.

Le sorcier vêtu de cuir lui rendit son regard amical. Benjamin était conscient que sans Ezekiel, la situation serait plus
dramatique encore, et il s'empressa de calmer son énervement ; Ezekiel ne devait pas faire les frais de son impuissance
à comprendre les événements.

— Vous avez raison en disant qu'il se passe des choses
étranges à Edgecombe. Je suis shérif depuis sept ans et je n'ai
encore jamais vu ça. J'ai un tueur d'enfants qui est impre-
nable, et le FBI qui n'envoie toujours personne d'apte pour
faire face à la situation. Et voilà en plus qu'un des jeunes de

la ville tente d'écraser un gamin. Je savais que Aaron Chandler me poserait des problèmes un jour ou l'autre, mais ça tombe au mauvais moment. Il n'est plus chez lui, il est introuvable ce petit con. Vous ne pourriez pas m'aider à lui mettre la main dessus par hasard, dit-il en plaisantant.

— Je suis désolé, Shérif, mais Edgecombe est noyé sous une force étonnante, mon pendule se met à vibrer et à tournoyer dans tous les sens à chaque fois que je m'en sers. C'est peine perdue.

Benjamin posa son stylo sur la table et se prit la tête entre les mains.

— Qu'est-ce que je suis supposé faire maintenant ? Attendre la prochaine victime de l'Ogre et laisser cette ordure filer dans le vent ? Je suis las de tout ce merdier.

Il entendit Ezekiel se frotter nerveusement les mains, et le sorcier dit :

— Shérif, parfois il m'arrive de penser que si j'avais dit à mes parents ce que j'ai ressenti le jour de l'enlèvement du gosse, il aurait été sauvé à temps. Vous comprendrez pourquoi Glenn Fergusson m'a mis sur l'affaire, il savait que je l'aiderais, quoi qu'il m'en coûte. Si un salaud veut s'en prendre aux enfants, je ne vais pas partir comme ça. Oui j'ai peur de ce qui se prépare, mais si vous me le demandez, je resterai et à nous deux nous allons coincer ce fils de pute.

Benjamin sortit la tête de ses mains et observa Ezekiel.

C'était un type curieux, un look de rocker, et une passion pour un domaine qualifié tantôt de stupide tantôt de dangereux. Il vivait de l'occultisme, et il avait dû voir pas mal de choses traumatisantes, pourtant il n'en restait pas moins humain. Il avait ses faiblesses, ses craintes d'enfant et sa force d'homme. Benjamin lui fit un signe de tête qui voulait dire merci.

— Alors, dit-il, qu'est-ce qu'on a pour commencer ?
Ezekiel réfléchit et avoua :

— Pas grand-chose je dois l'admettre. Un tueur, et apparemment six victimes, et un agent du FBI — un ami en l'occurrence — qui a disparu. Pardonnez-moi d'insister, mais qui est mort, je le sens.

Le shérif tapa du pied contre le sol, comme pour jouer de la batterie. Il était énervé à en suer de la caféine.

— Bien, reprenons, si Glenn Fergusson n'est pas revenu c'est qu'il a forcément trouvé quelque chose. Reste à trouver quoi, et où. Il a disparu mardi après-midi, on est d'accord ?

Ezekiel hocha la tête.

— Il semblerait que ce soit vos indications qui l'aient mis sur une piste. Vous pouvez me répéter ce que vous nous avez dit ce jour-là.

— C'était très vague, même pour moi. Il semblerait que votre tueur soit un peu débile, il ne sait pas qui il est, ni ce qu'il fait. Dans ma vision, j'ai ressenti ce qu'il est : c'est le vide animé de simples pulsions auxquelles il répond sans se poser trop de questions. Comme un animal.

— Est-il possible que ce soit un amnésique ?

— Oui, ça expliquerait qu'il ne sache pas qui il est et d'où il vient. Mais il recherche quelque chose, ce qu'il appelle la *tanière de la Bête*. Elle est symbolisée par une flèche noire dressée vers les cieux.

— Une flèche noire dressée vers les cieux ? répéta le shérif en réfléchissant. Comme le clocher d'une église. L'église catholique d'Edgecombe est en bois blanc, par contre celle du révérend Murdock est en pierre et pas franchement très claire, elle date du début de la colonisation de la région, au XVIIIe siècle. Ça pourrait faire l'affaire ?

— Je suppose oui.

— Que sait-on d'autre sur lui ?

— Rappelez-vous la carte qui nous a appris sa nature, Shérif.

— Le squelette qui marche sur une planète aride, la carte XIII si je me souviens bien.

— Oui, c'est l'Arcane XIII, cette lame de tarot est le symbole de la non-vie.

— Vous voulez dire que notre homme est mort ?

— S'il faut en croire les cartes, c'est ce qu'il faut penser en effet. Il n'est pas vivant comme vous et moi l'entendons en tout cas.

— Ezekiel, prenez vos affaires, nous allons à l'église baptiste.

— Rien que nous deux ? Vos hommes ne viennent pas ?

Benjamin Hannibal se leva et prit son chapeau.

— La dernière fois, ce salopard a déjoué la surveillance de tous les hommes que nous avions mis en place, aujourd'hui je préfère jouer la carte de la discrétion. Et puis Piper et Steve Allen recherchent Aaron Chandler, je préfère qu'ils ne se mêlent pas trop de cela, je ne suis pas sûr qu'ils puissent rester de marbre face aux petits tours que l'Ogre pourrait nous jouer, si toutefois il est là-bas. À ce propos, si nous tombons dessus, est ce que vous pourrez contenir sa magie ? Parce que tant qu'il se servira de ses pouvoirs, je ne pourrai lui mettre la main dessus facilement.

Ezekiel réfléchit puis avoua :

— Pour être honnête, je ne sais pas. Il semble manipuler cet art avec connaissance et habileté. Moi je suis comme un pèlerin en terre païenne. Je me sais sensible à ce *monde étrange*, mais je n'en connais pas les rudiments. Peut-être qu'une fois face à lui je saurai ce qu'il faut faire, ça n'est qu'une supposition. Un espoir, s'empressa-t-il de corriger.

*

Le vent soufflait fort entre les collines de la région. Les branches des arbres s'agitaient comme des pantins aux fils invisibles. Par moments les nuages noirs laissaient échapper un grognement caverneux, semblable au cri rauque d'un dragon titanesque.

À vingt heures ce soir-là, la population d'Edgecombe s'était calfeutrée dans ses domiciles bien chauds. On terminait de dîner, on regardait la télé ou l'on couchait les enfants, certains couples entamaient leur dispute du soir alors que d'autres commençaient à s'embrasser langoureusement.

À vingt heures ce soir-là le shérif Hannibal se posait devant la télé avec son plateau-repas constitué de plat congelé, cuit au micro-onde. Il espérait oublier sa déception du jour devant le film du samedi soir. L'église baptiste s'était avérée tout ce qu'il y avait de normale, aucune trace ni d'effraction, ni d'une présence indésirable. Ils y étaient restés pendant six heures d'affilée avec Ezekiel jusqu'à ce que le sorcier avoue ne rien *sentir* dans les lieux.

À vingt heures ce soir-là, une ombre se propageait entre les arbres en regardant les lumières des maisons. Elle s'imaginait au chaud dans une *famille*, et envia ces gens normaux qui forment le monde. Elle exhiba des dents jaunes en souriant et en évoquant les plaisirs très *particuliers* auxquels elle pourrait se livrer si elle aussi était dans une *famille* ce soir...

À vingt heures ce soir-là, six adolescents se retrouvèrent sous la masse sinistre du château d'eau.

Le vent ébouriffait leurs cheveux pendant que la menace de l'orage grondait tout autour d'eux.

Sean s'approcha de Lewis.

— T'as eu les clefs ? lui demanda-t-il.

— Ouais !

Lewis sortit une longue clef de sa poche.

— Et un double, un ! Ni vu ni connu, Josh m'a filé un coup de main pour la piquer. Le plus dur a été de le convaincre de ne pas venir ce soir.

Ils étaient obligés de parler assez fort pour couvrir le souffle puissant du vent.

— Tout le monde a trouvé un bon prétexte pour ne pas rentrer de la nuit ? voulut savoir Sean.

Tous répondirent par l'affirmative.

— Alors on peut y aller.

Ils descendirent la petite butte du château d'eau et Lewis allait ouvrir la bouche quand Sean le devança :

— Si c'est pour me demander pourquoi on construit les châteaux d'eau en hauteur, pour la vingtième fois Lewis : J'EN SAIS RIEN !

Il avait surarticulé les derniers mots.

— C'est juste que je me demande...

Zach, Meredith et Eveana rirent du ton dépité que Lewis avait employé.

Ils rejoignirent la 4ᵉ rue et la remontèrent dans la nuit jusqu'à ce qu'ils arrivent près du port. Là, ils tournèrent sur la droite, longèrent un mur de cyprès et allumèrent les lampes torches pour s'engager sur le sentier herbeux. Sur sa gauche, Sean pouvait voir la façade ouest de la maison de retraite où grand-père Anatole était alité, inconscient. Il réprima un violent spasme de tristesse et se força à détourner le regard.

— J'espère que tout le monde a la forme parce qu'il va falloir qu'on se tape l'escalier aux mille marches, clama Zach.

— Gregor, ça ne va pas te poser de problème avec ton diabète ? s'inquiéta Lewis.

— Non, normalement je peux le faire sans problème, mais je suis pas ce qu'on pourrait appeler un grand sportif, alors il serait sympa de ne pas aller trop vite...

— T'inquiète, le rassura Zach. On a des femmes avec nous, alors on risque pas de foncer !

Il ponctua sa phrase d'un sourire narquois à l'adresse des deux demoiselles du groupe.

— Les femmes, elles seront en haut quand toi tu cracheras tes poumons à la vingtième marche ! professa Meredith.

La petite file progressa entre les buissons en direction de la colline jumelle où se dressait le phare. Les trois lampes torches qu'ils avaient emportées promenaient leurs rayons blancs alentour, montrant la voix à suivre. Le fracas de la mer s'écrasant avec force sur les récifs leur parvint peu à peu. Ils n'étaient plus qu'à une centaine de mètres de l'océan, bien qu'ils ne le voyaient pas. Seul l'écho du ressac et des vagues frappant violemment la roche les entourait, c'était comme si la mer n'existait pas vraiment, qu'elle était là et en même temps absente, dans une autre dimension.

Les premières gouttes de pluie tombèrent alors qu'ils n'avaient pas encore atteint les mille marches.

En quelques minutes ce fut un véritable déluge. Eveana prit le gros sac à dos qu'elle avait emporté et le mit au-dessus de sa tête, très vite les autres adolescents qui avaient un sac avec leur duvet en firent de même.

Ils arrivèrent trempés au pied des mille marches taillées dans la pierre de la colline.

La troupe grimpa pendant une demi-heure, tirant sur leurs cuisses et haletant dans de gros nuages de buée. Par moments un flash lumineux balayait l'air au-dessus de leur tête puis il disparaissait aussitôt. La pluie tombait toujours aussi drue quand ils gravirent la dernière marche.

Meredith se planta au sommet et posa ses mains sur ses genoux, exténuée.

— Je... retire... ce que... j'ai dit... tout à l'heure, souffla-t-elle.

Le phare se dressait devant eux, sur huit mètres de haut, peint avec des bandes blanches et noires.

— On y est... Eveana et Gregor, on monte, les autres je compte sur vous pour nous sortir du pétrin si Korn ou autre chose arrive.

Sean posa son sac par terre et en tira un talkie-walkie d'enfant. Il le tendit à Zach.

— Tiens, Gregor aura l'autre, en cas de problème tenez-nous au courant.

Zach prit le petit émetteur-récepteur et le fourra dans sa ceinture.

— Faites gaffe, O.K. ? On ne sait pas de quoi est fait ce monde... de l'Ora, dit-il en passant sa main dans les cheveux d'Eveana.

La jeune fille trouva ce geste attendrissant, et elle n'eut d'un coup plus du tout envie d'être là sous la pluie. Elle aurait souhaité être avec Zach sous une couverture chaude et faire de nouveau l'amour avec lui, pour goûter et se faire un avis plus consistant sur la chose.

— Promis, déclara-t-elle.

Les trois qui devaient entrer dans le phare s'approchèrent de l'entrée et Lewis les accompagna pour leur ouvrir la porte.

Zach plongea son regard dans la masse noire qui s'étendait vers l'est, là où devait se trouver l'océan, cent mètres plus bas. Il ne vit rien. Quand le rayon du phare éclaira dans cette direction, tout ce qu'il put distinguer fut les ténèbres zébrées de traits obliques.

— Je suis sûr que même au purgatoire il ne pleut pas comme ça ! murmura-t-il.

Il se retourna et vit Lewis et Meredith qui attendaient.

— C'est pas tout ça mais on a du boulot ! dit-il. Je propose qu'on fasse le tour vite fait du phare, on repère tous les accès à ce foutu plateau, et ensuite on se poste tous à des points stratégiques, comme ça si quelqu'un arrive on le verra venir. Ça marche ?

Lewis et Meredith hochèrent la tête.

— Alors c'est parti, on n'a pas de temps à perdre.

Ils rentrèrent leurs têtes dans leurs épaules et entamèrent le tour de la petite esplanade. Trois ombres courbées dans la tempête.

La lampe de Sean éclaira la porte du haut.

— Derrière il y a le projecteur, tu es vraiment sûre qu'on a besoin d'aller tout en haut ?

Eveana fit signe que oui.

— Soit on fait tout à fond, soit on ne fait rien.

Sean haussa les sourcils et poussa la porte. Le ronronnement du moteur électrique le surprit. La pièce était ronde, de bien six mètres de diamètre. Au milieu il y avait un cylindre rouge d'où émanait le bourdonnement. Il montait vers le plafond, et trois mètres plus haut se trouvait le projecteur tournant. Gregor siffla d'admiration.

— Ouah ! Je n'étais jamais venu dans un phare avant, c'est impressionnant.

Tout autour les murs n'étaient que du verre. Une porte vitrée donnait accès au chemin de ronde qui tournait autour du bâtiment.

— En plus il y a même un balcon ! dit-il amusé.

— T'auras tout le temps d'aller y jeter un coup d'œil à condition de vérifier qu'on n'est pas en train de faire une crise d'épilepsie ou un truc bizarre, annonça Sean.

Voyant la force avec laquelle tombait la pluie sur le balcon circulaire et sur les carreaux, Gregor n'eut aucune envie d'aller y faire un tour. Il eut plutôt une pensée pour ses trois compagnons qui étaient dehors.

Eveana considéra le haut cylindre rouge au milieu de la pièce et chercha un endroit pour s'installer.

— L'avantage c'est qu'on n'aura pas la lumière dans les yeux, dit-elle.

Heureusement ! pensa Sean, *on serait aveugle sinon !*

Eveana sortit de son sac à dos le livre à la couverture de cuir antique.

— Tu l'as apporté ici ! gronda Sean.

— Oui, il est nécessaire au rituel, répondit-elle aussitôt sur la défensive. C'est toi qui m'as demandé de préparer la cérémonie, alors ne viens pas me le reprocher.

Sean soupira en lançant sa main dans l'air, signifiant qu'il abandonnait la lutte. La jeune fille prit un cône d'encens qu'elle sortait également de son sac et l'alluma. Elle disposa trois bougies en triangle et invita Sean à s'asseoir en face d'elle. Entre eux était posé le Khann.

— Et moi je fais quoi exactement ? demanda Gregor.

— Tu vérifies que nous ne délirons pas trop et tu restes en contact avec Zach.

Sean lui lança l'autre talkie-walkie.

— Maintenant plus un mot. Merci.

Gregor voulut obtenir des précisions mais Sean était déjà assis en face d'Eveana et écoutait ce que la jeune fille avait à lui dire.

— Tu vas poser tes mains dans les miennes, expliqua-t-elle, et tu fermeras les yeux. Tu dois faire le vide en toi. Détends-toi au maximum. Concentre-toi sur les battements de ton cœur jusqu'à ce que tu ne perçoives plus qu'eux. Tu dois sentir ton sang circuler sous ta peau, et sentir le mien te frôler la paume de main. Ensuite tu te concentreras sur ma voix et feras ce que je te dis. Et n'oublie pas. Toute cette mise en scène ne sert qu'à nous mettre dans l'ambiance, le vrai pouvoir ne vient que de *toi*.

— D'accord, je suis prêt.

Ils se prirent les mains et fermèrent les yeux.

Il y avait deux possibilités pour accéder au phare. Le chemin avec les marches et une petite route à l'opposé, celle-là même que Erik Adams, le gardien, prenait tous les jours pour vérifier le fonctionnement du phare.

Lewis était caché en haut, derrière un tronc d'arbre. Il guettait la moindre trace de mouvement. Par chance il pouvait distinguer le coude que la route faisait beaucoup plus bas sur une minuscule colline. C'était l'entrée de la route du phare. Au-delà filait la route nationale conduisant à Scarborough Hills.

Meredith, elle, se trouvait derrière un rocher au sommet du sentier des mille marches. La vue n'était pas bonne, les arbres bordant le chemin l'empêchaient de voir très loin. Zach faisait d'incessants allers-retours entre les deux positions pour s'assurer que tout allait bien.

Quand la pluie redoubla de virulence, Lewis ne vit plus qu'un mur noir là où se tenait la route. Restait à espérer que si une voiture prenait ce chemin, elle aurait les phares allumés sans quoi il ne la remarquerait qu'une fois sous son nez.

Zach arriva dans son dos.

— Gregor vient de me dire qu'ils avaient commencé le rituel, dit-il en reprenant son souffle.

— Tu crois que c'était une bonne idée, fit Lewis, pas rassuré.

Zach observa au loin vers la route. De ses longs cheveux noués en catogan s'était échappée une mèche que la pluie avait collée à son visage. Les gouttes d'eau lui ruisselaient depuis le front jusque dans le cou.

— J'espère, Lewis. J'espère.

Tout deux levèrent la tête vers le phare et virent le puissant faisceau blanc apparaître et balayer l'horizon en silence.

Comme le lui avait dit Eveana, Sean était concentré sur les battements de son cœur.

Torp-torp.

Depuis quelques minutes maintenant il faisait abstraction de tout ce qui l'entourait. Il n'y avait plus que ses palpitations cardiaques. Rien d'autre qu'un obsédant bruit de pompe.

Torp-torp.

Torp-torp.

Il avait fait le vide dan son esprit, il repliait toute sa conscience sur la perception de son propre corps. Ses oreilles n'écoutaient plus le bourdonnement du projecteur ni le martèlement de la pluie sur les murs de verre, mais les mouvements de ses organes. Sa peau n'était plus sensible au froid ou à l'humidité mais s'efforçait de capter ce qui se passait sous l'épiderme. Il avait introverti ses sens.

Torp-torp.

Torp-torp.

Torp-torp.

Ses mains commençaient à le démanger. Il y sentait des engourdissements, des picotements et surtout une désagréable impression que des centaines de fourmis lui couraient sous la peau.

Ça y est ! Je sens mon sang circuler !

Cet engourdissement se propagea dans tout son corps remontant le long de ses bras, envahissant ses épaules puis son torse, descendant vers les membres inférieurs. Très vite le picotement s'étendit jusqu'à l'intégralité de son corps. C'était à la fois insupportable et en même temps excitant. Il avait une envie folle de se lever d'un coup et d'ouvrir les yeux en se secouant afin de chasser l'engourdissement qui lui prenait tout jusqu'aux paupières. En même temps c'était tout simplement jouissif. Ça l'enivrait, partageant chacune des terminaisons nerveuses de son corps entre la douleur et le plaisir. Il errait dans un parfait équilibre entre les deux. Si la sensation avait penché à peine plus d'un côté que de l'autre il se serait mis à crier de joie ou à hurler de souffrance.

Les mains d'Eveana se firent plus présentes sous les siennes, et le mouvement du sang de la jeune fille effleura sa perception. Il sentit le même partage entre jouissance et supplice chez sa partenaire et son sexe se durcit. En face de lui, Eveana laissa échapper un léger gémissement.

Et leur perception se bouleversa.

Ils franchirent la barrière des limitations de leurs cerveaux et découvrirent un autre monde.

Lewis enfouit ses mains dans les poches de son blouson Teddy en cuir. Depuis combien de temps était-il ici à attendre ? Quinze minutes ? Vingt minutes ? Peut-être plus. Il commençait à avoir froid, et la pluie s'immisçait doucement sous ses vêtements. Zach était reparti voir Meredith, et il repasserait par là d'ici une ou deux minutes, ils pourraient discuter un peu et ça serait déjà quelques instants pendant lesquels il ne penserait pas au froid. Et puis peut-être que Lewis oserait demander à Zach de lui faire goûter une cigarette. Avec un peu de chance il en aurait une sur lui et il pourrait la lui faire essayer malgré la pluie. Ensuite il lui...

Au travers de l'écran de pluie qui coupait le phare du reste du monde, Lewis vit distinctement deux lumières percer l'obscurité. Une voiture s'engageait sur le chemin, et entamait sa montée.

— Oh merde, lâcha Lewis.

Il sortit ses mains des poches de son blouson et se mit à courir pour trouver Zach.

— Merde de merde, continua-t-il.

Les choses se compliquaient salement. Jusqu'ici, il y avait un côté exaltant à l'entreprise qui l'amusait, comme lorsqu'on pénètre une vieille maison abandonnée alors que c'est interdit. Mais tout d'un coup la situation avait perdu de son ludisme. Les phares blancs du véhicule avaient rappelé à Lewis que ceux qui les recherchaient ne s'amusaient pas, eux. Ils pourraient même tuer.

En voulant accélérer Lewis rentra de plein fouet dans Zach, et ils s'effondrèrent dans la boue.

— La vache, Lewis, qu'est-ce qui te prend ? Regarde ça ! En plus d'être trempé je suis maintenant dégueulas...

— Y a une voiture qui monte par ici ! articula Lewis entre la peur et l'essoufflement.

Zach écarquilla les yeux.

— Fallait le dire !

Il se leva et chercha le talkie-walkie qui lui avait échappé des mains en tombant.

— Toi tu vas prévenir Meredith, ordonna Zach.

Lewis se releva et fonça vers les rochers près du sentier.

— Où diable est cet appareil, s'énerva Zach.

Il finit par mettre la main dessus. Le compartiment des piles était ouvert. Un fil rouge et un fil noir en pendaient avec un peu de boue. Les piles étaient visiblement tombées également.

— C'est pas vrai ! pesta Zach.

Il toisa le phare rapidement et jeta le talkie-walkie au loin. Il aurait plus vite fait de grimper directement là-haut que de chercher les piles, de les nettoyer et d'espérer que l'appareil remarche. Il courut vers la porte d'entrée et cria à l'adresse de Lewis et Meredith :

— Je monte prévenir les autres ! Préparez-vous à filer à toute vitesse !

Sean et Eveana ne sentirent plus leur corps, c'était comme si un poids énorme qu'ils charriaient depuis toujours venait de leur être enlevé. Ils ne voyaient plus la pièce circulaire où ils se trouvaient, mais ils la *percevaient* autour d'eux. Tout comme ils perçurent la présence de leurs amis très proches. Et plus loin ils discernaient la force de centaines d'êtres vivants.

Il leur sembla qu'un œil énorme se tournait soudain vers eux et les fustigeait, mais cette sensation se dissipa immédiatement.

« *Sean.. ?* »

La voix d'Eveana lui pénétra l'esprit comme un couteau. En une fraction de seconde il sut qu'elle venait de rentrer dans sa tête, dans sa mémoire, au plus profond de sa pensée. Elle avait à présent conscience de quelques-uns de ses secrets, de ses peurs et aussi de ses désirs.

Sean se concentra sur cette présence qu'il devinait toute proche. Et il pensa très fort à une phrase :

« *Je suis là.* »

Immédiatement après s'être focalisé sur la présence de la jeune fille, il y eut un flash. Pareil à un flash d'appareil photo qui lui aurait aveuglé *tous* les sens pendant un instant. Et il entra dans l'intimité de la jeune fille.

Il était dans son esprit, avec elle. Il baignait dans la pensée de son amie. Il ne vit aucune information comme un document qu'on laisse traîner sur le bureau et que quelqu'un aperçoit, mais il sut des choses. Il sut aussitôt qu'elle avait couché avec Zach, qu'elle était excitée par cet acte et en même temps effrayée, il sut même qu'elle avait eu autrefois un chien du nom de Shakespy.

« *Sean, tu violes mes secrets !* »

Sean eut honte de ce qu'il faisait et coupa aussi vite sa volonté de pénétrer la conscience de la jeune fille.

« *Sean, je crois qu'il suffit de penser très fort ce que tu veux dire et cela suffit à ce que je le sache, d'accord.* »

Sean lança un oui dans l'espace des perceptions qui l'entourait.

« *Tu sens le monde qui nous entoure ?* » demanda Eveana

« *Oui. J'ai l'impression que si je me concentre sur quelqu'un de précis je n'aurai plus qu'à lui glisser à l'esprit ce que je veux lui dire.* »

« *C'est merveilleux comme sensation, je me sens si légère.* »

Sean essaya de percevoir plus loin vers le nord. Il découvrit alors que son esprit voyageait dans cette direction. Il eut conscience que des milliers d'esprits s'agitaient au-dessous de lui.

« *Je suis au-dessus d'Edegcombe !* » s'écria-t-il.

La voix d'Eveana lui parvint bien moins distinctement cette fois. On aurait dit qu'elle parlait dans un long tuyau et que Sean se trouvait à l'autre bout.

« *Attends-moi, nous devons rester ensemble.* »

Sean souhaita s'immobiliser et il s'arrêta.

« *Que fait-on maintenant ?* » dit-il.

« *On se concentre vers le nord, vers Boston et on cherche un esprit qui nous attire en particulier, cela me paraît la meilleure des démarches.* »

Ils firent ainsi et sans ressentir ni fatigue ni temps ils virent un paysage étrange filer à toute vitesse sous leurs perceptions. Ici il n'y avait pas de pluie non plus que de froid ou chaud. C'était juste une immensité sombre dans laquelle reposaient des millions de points lumineux, les hommes et femmes de ce monde. Certains étaient très intenses, d'autres presque invisibles, Eveana en déduisit que cela devait traduire la sensibilité de chacun à l'Ora. Les druides devaient passer par là pour choisir leur successeur, leur *Caecus*.

Ils se rapprochèrent d'une agglomération de points lumineux, il y en avait des millions.

« *Ça ne va pas être simple !* » pensa Sean si fort qu'Eveana l'entendit dans la même seconde.

« *Sean je voudrais te demander de ne pas parler de ce que nous avons fait en tout premier. Que cela reste notre secret. Tu comprends ?* »

Sans qu'il ne réponde quoi que ce soit, elle sut qu'il partageait son besoin de garder les détails de cette expérience pour eux seuls, c'était trop personnel.

Eveana avait trouvé l'expérience assez forte et très intime. Sean avait partagé ses émotions et elle aussi avait pénétré l'esprit du garçon et cela la mettait mal à l'aise. Elle avait l'impression d'avoir fait l'amour avec lui. C'était comme s'ils avaient fait l'amour mais pas physiquement, plutôt mentalement, là on ne pouvait pas tricher. Ils s'étaient partagés. Heureusement qu'ils ne s'étaient pas pénétré l'esprit en même temps pensa-t-elle car elle aurait certainement connu un plaisir qu'elle ne vivrait jamais plus. L'osmose parfaite, l'entière connaissance de l'autre pendant que l'on se donne tout entier soi-même. Elle songea pendant un instant à apprendre à Zach à le faire pour qu'ils puissent s'y adonner en faisant l'amour, mais elle renonça aussitôt. Ce monde était dangereux. Elle sentait qu'un esprit aurait vite fait de s'y perdre et de ne plus retrouver son corps, ou de ne plus arriver à le réintégrer. Et puis il y avait cette présence énorme qu'elle avait sentie se précipiter au-dessus d'elle lorsqu'elle avait découvert ce monde. Présence qui s'était aussi vite dissipée. Cela ne lui faisait pas augurer de bonnes choses.

Elle allait proposer à Sean de commencer à sonder la « ville de lumière » lorsqu'il y eut une douleur atroce dans sa pensée. Elle sentit Sean hurler également. Tel un larsen qui jaillit d'un amplificateur de guitare, un voile de lumière blanche accompagné d'un son strident leur avait déchiré l'esprit.

Le calme revint.

Très momentanément hélas, car il y eut la même stridence mais encore plus forte cette fois et le battement de leur cœur revint au premier plan de leur perception. Il battait très vite et très fort, et ne devint plus que le seul son audible. Tout le reste se figea.

Ils étaient plongés dans le noir absolu avec les basses étouffantes de leurs cœurs.

Puis une sorte de courant d'air fouetta leur esprit, glacial et brûlant.

Sean et Eveana eurent alors mal dans tous leurs membres quand ils réintégrèrent leurs corps. Ils laissèrent échapper un cri de douleur, au bord des larmes, et s'écroulèrent sur le sol.

Ils ouvrirent les yeux et virent Gregor et Zach qui tentaient de les réveiller. On aurait dit que Zach venait de plonger tout habillé dans une piscine.

— Il... il pleut tant que ça dehors ? murmura Sean.

Gregor et Zach se regardèrent, et si la situation n'avait pas été si dramatique ils auraient hurlé de rire.

Du sang coulait du nez et des oreilles de Sean et Eveana.

— Vous m'entendez ? demanda Zach avec empressement. Il faut qu'on se barre d'ici tout de suite, une voiture monte. Hey, vous m'entendez ?

— Oui, mais ne crie pas s'il te plaît, répondit Eveana en se redressant. Ça va, Sean ?

Le garçon acquiesça et se leva tout doucement, aidé de Gregor.

— Va pas falloir qu'on aille trop vite, j'ai l'impression que mon corps ne répond pas aussi bien qu'avant.

— Moi aussi, confirma Eveana. J'ai l'impression d'être... un nouveau-né.

— On va vous aider, mais on ne peut pas se permettre d'attendre plus longuement, affirma Zach.

Il rangea le Khann dans le sac à dos et le prit sur ses épaules, puis aida Eveana à se lever et ils foncèrent vers la porte de l'escalier. Gregor soutenait Sean comme le blessé d'une guerre de tranchées.

— Je mettrais ma main à couper que s'ils nous ont repérés c'est grâce à cet œil gigantesque qui nous a observés à notre arrivée dans ce monde, dévoila Sean.

— De quoi tu parles ? demanda Zach en descendant les premières marches avec Eveana appuyée à son épaule.

Sean ne répondit pas mais Eveana partagea le même sentiment et cela ne lui plaisait guère.

Ils accélérèrent leur descente.

Après avoir prévenu Meredith, Lewis traversa l'étendue dégagée où le phare avait été construit et rejoignit le haut de la route. Sa comparse vérifiait que personne n'arrivait par le sentier qui était à présent leur seule voie pour fuir.

Lewis vit la voiture qui se rapprochait, elle serait là dans moins d'une minute. C'était une Mercedes, probablement noire, et elle fonçait à vive allure.

— Bon sang, ça tu peux en être sûre, c'est pour nous ! dit Lewis à voix haute

Il guetta l'entrée du phare pour voir si Zach et les autres ne descendaient toujours pas et s'impatienta.

— Dépêchez-vous ! Dépêchez-vous bordel ! La voiture sera bientôt là !

Mais personne ne surgissait par la petite porte. Lewis entendait désormais l'accélération de la voiture. Elle se rapprochait.

La porte du phare s'ouvrit, Zach en sortit en soutenant Eveana, Gregor aidait Sean à marcher.

— Allons bon, qu'est-ce qui leur arrive encore ? murmura Lewis.

Il partit en courant vers ses amis.

— Faut filer à toute vitesse, dit-il, la bagnole est presque là !

Sean fit signe à Gregor qu'il pouvait marcher et Gregor le lâcha. Meredith rejoignit le groupe.

— Apparemment personne dans le sentier, la voie est libre, annonça-t-elle.

Tous les six se précipitèrent vers les roches qui marquaient l'entrée du chemin et des mille marches, et ils s'engouffrèrent dans la piste en pente. Ils n'avaient pas atteint le couvert des premiers arbres que le rugissement d'un moteur puissant déchira l'air derrière eux. Les phares de la Mercedes les éclairèrent vivement alors qu'ils commençaient à dévaler le sentier. Gregor qui fermait la marche entendit la voiture piler juste à côté des rochers avant qu'ils ne disparaissent en tournant derrière une montagne de conifères.

Eveana menait la fuite, sautant par-dessus toutes les ombres noires qu'elle discernait, sans prendre de risque, la seule lampe torche d'allumée se trouvait dans les mains de Lewis et il était à au moins cinq mètres derrière. Le contrecoup du réveil forcé s'estompait peu à peu et maintenant qu'elle courait sous la pluie et en plein air, elle respirait mieux et sentait bien tous ses membres et ses muscles.

Une ombre massive surgit soudainement des fourrés et l'attrapa par le bras, lui arrachant un cri de surprise autant que de douleur.

Meredith, qui suivait, aperçut un homme étonnamment

carré en costume trois pièces. Elle ne chercha pas à en savoir plus et elle balança son poing de toutes ses forces dans le visage de l'homme de main de Korn. L'élan l'emporta si bien que Tebash ne vit pas le coup venir et prit le poing en pleine mâchoire.

Meredith hurla sous l'effet de la douleur alors que quelque chose craquait sous sa main. Son élan l'entraîna dans la pente sur encore quelques mètres et elle roula dans la boue, manquant de peu de perdre ses lunettes.

Zach, qui avait entendu le cri de sa dulcinée, ne fit pas dans le détail. Il bondit, genoux en avant alors que Meredith s'effondrait un peu plus bas.

Tebash ne s'était pas attendu à ce déferlement de coups, et il prit les genoux de Zach dans l'estomac. La douleur lui fit lâcher Eveana.

Ne lui laissant aucun répit, Sean ramassa un bâton qui traînait sous ses pieds et le brisa sur l'épaule de Tebash qui mit un genou à terre.

Zach prit Eveana par le bras et la tira vers la pente. Sean, Lewis et Gregor détalèrent également à plein régime. Peu leur importait de se laisser entraîner par leur vitesse, du moment qu'ils soient loin lorsqu'ils n'auraient d'autre alternative que de tomber pour s'arrêter. Meredith se redressa et bondit en avant. Ils fuyaient tous les six comme des lièvres traqués par un loup. Lorsqu'il y en avait, les marches fusaient sous leurs pieds, le reste du temps ils faisaient tout leur possible pour ne pas glisser dans la boue. Au détour d'un virage, Sean qui allait plus vite que les autres ne put ralentir en voyant apparaître une volée de dix marches, il sauta.

Il retoucha le sol deux secondes plus tard et ses talons claquèrent sous l'impact, puis, emporté par sa vitesse il rentra de plein fouet dans une petite barrière en bois qui gardait le bord du sentier dans un virage. Elle craqua sous le choc. Le garçon cria lorsqu'il vit que la barrière se dérobait sous son poids. Au-delà du morceau de bois se trouvait une falaise de quarante mètres de haut et des récifs pointus pour tout accueil en bas. Sean se sentit basculer dans le vide. Ses mains cherchèrent désespérément du solide pour se rattraper mais elles ne fouettèrent que de l'air. C'en était fini.

Il tomba.

Il tomba en avant, la tête la première.

Le bout de ses pieds touchait encore le sol lorsque Zach le retint par sa ceinture.

— Reste avec nous toi, on t'a pas permis de te sauver par là !

Il y eut une déflagration très puissante dont l'écho se perdit au-dessus de l'océan.

Zach banda tous ses muscles et tira Sean en arrière.

— C'était le tonnerre ou un coup de feu ? demanda Eveana.

— Je sais pas et je tiens pas à le savoir, confia Gregor.

Sean n'en croyait pas ses yeux, il crut bien qu'il allait s'affaler tant ses jambes lui parurent cotonneuses. Il s'était vu mourir.

— Allez, on fonce, s'écria Zach, allez Sean, tu te reposeras plus tard.

Il poussa Sean dans le dos et celui-ci se mit à courir machinalement. Il ne prêtait même plus attention au paysage qui défilait, il ne revoyait que le vide et les récifs plus bas. Il n'entendait même plus le souffle de sa respiration non plus que le vacarme de l'orage.

Ils dévalèrent le sentier pendant encore cinq minutes et longèrent les cyprès de la maison de retraite, signe qu'ils arrivaient à la 4e rue.

Une ombre se dressait au milieu du chemin, juste avant de déboucher sur le trottoir.

Zach arrêta de courir et tendit les bras pour empêcher ses amis de le dépasser.

— Il y a quelqu'un, dit-il, méfiant.

L'ombre marchait lentement, d'un pas mal assuré, elle paraissait effrayée.

— Il y a quelqu'un ? demanda une voix de femme. Je sais qu'il y a quelqu'un, je vous ai entendus, sortez de l'obscurité.

— Qu'est-ce qu'on fait ? chuchota Lewis. On va pas attendre ici, si ça se trouve l'autre malabar nous suit...

— Attendez, je connais cette voix... rapporta Zach comme pour lui-même. Mais oui !

Il sortit de l'ombre et s'approcha de la silhouette.

— Mlle Tiehe ? Ça n'est que nous.

Natacha Tiehe se tourna de façon à être de face et recula jusqu'à ce que Zach arrive dans le peu de lumière que projetait un lampadaire lointain.

— Vous ? Que faites-vous dehors à cette heure et avec un temps pareil ? dit-elle, encore un peu suspicieuse.

— Je pourrais vous demander la même chose, répondit le jeune homme.

— Moi c'est mon boulot. Vous m'avez l'air essoufflé, que se passe-t-il ?

Zach se tourna vers l'ombre où était caché le reste de la bande.

— Pourriez-vous nous rendre un gros service et nous déposer un peu plus loin ? interrogea-t-il. Nous avons peut-être quelques petites choses à vous dire...

Zach fit signe à ses amis de s'approcher. Les cinq sortirent du sentier et se mirent dans la lumière.

Natacha Tiehe ne cacha pas son étonnement en voyant la bande au complet l'entourer.

— C'est assez urgent, compléta Eveana en se dandinant comme si elle avait envie de faire pipi.

L'agent gouvernemental Tiehe se tourna vers la rue et fit un signe de main.

— Je vais vous faire monter dans le van, vous tiendrez tous comme ça.

Un vieux van Ford aussi gris que rouge de rouille se mit en marche et approcha.

— Vous rencontrerez mon partenaire par la même occasion. Mais puis-je savoir pourquoi êtes-vous pressés de filer ?

Au même moment il y eut un crissement de pneus au loin et un pot d'échappement qui tonna. Cela provenait de la route nationale du sud, la même qu'emprunterait un véhicule venant du phare jusque dans la ville.

— On vous expliquera mais faut vraiment pas rester ici, insista Zach.

Le van s'immobilisa à côté et Natacha ouvrit la porte latérale pour faire monter toute la bande. Elle referma et monta à l'avant, du côté passager. Une grille empêchait la connexion entre la cabine du conducteur et l'arrière du véhicule et un rideau était tiré pour couper toute lumière.

Le van se mit en route.

— Vous pourriez pas ouvrir le rideau, s'il vous plaît, demanda Lewis qui n'aimait pas trop être dans le noir.

— Bien sûr.

Natacha tira sur le tissu et ouvrit suffisamment pour pouvoir contempler le visage des adolescents.

— Vous en faites une tête ! dit-elle en souriant.

— C'est qu'on aimerait bien que la voiture que vous avez entendue ne nous rattrape pas, expliqua Lewis.

— Oh, c'est ça ? Ne vous faites aucun souci, ça n'est plus un problème...

— Comment ça ? sonda Zach.

Dans un premier temps il avait envisagé de lui confier toute l'affaire ; après tout si elle était vraiment de la CIA, alors peut-être que toute cette histoire de livre et de magie ne deviendrait plus leur problème. Et puis si elle ne travaillait pas pour le gouvernement et qu'elle faisait partie de la Confrérie des Arcanes comme l'avait soupçonné Sean, cela reviendrait au même. Ils seraient bientôt débarrassés du livre et donc des problèmes qui allaient avec. Mais là, elle commençait à devenir de plus en plus étrange, et Zach commençait à ne plus trop l'apprécier...

— Au fait je ne vous ai pas présenté mon partenaire, dit-elle en tirant le rideau encore plus.

Le chauffeur leva la tête vers le rétroviseur central.

C'était Aaron Chandler, il souriait cruellement en regardant les six proies qu'il transportait.

— Oh merde ! s'exclama Lewis, je veux descendre d'ici.

— Ça, ça me paraît impossible, annonça sèchement la femme.

Lewis regarda la porte latérale du van et inspecta les portes arrière.

Il n'y avait pas de poignée.

*

Le van roula pendant dix minutes, les dernières secondes furent particulièrement cahoteuses lorsque le véhicule prit le chemin marécageux qui menait de la route goudronnée au manoir d'Arrow-view.

Natacha Tiehe ou quel que soit son vrai nom, avait tiré le rideau pour plonger les adolescents dans une pénombre inquiétante. Zach tenait Eveana dans ses bras pour la rassurer, Gregor et Lewis s'étaient assis contre les parois du camion et attendaient, et Meredith se massait soigneusement le poing qui avait frappé Tebash. Dans la tête de Sean tout s'embrouillait. Son expérience de l'Ora, n'étant qu'un début, était déjà très traumatisante, à cela il fallait ajouter l'adrénaline causée par la fuite et surtout la frayeur qu'il s'était faite en manquant de tomber de plus de quarante mètres. Et puis grand-père Anatole qui avait fait une crise cardiaque... C'en était beaucoup pour une même soirée, surtout pour un adolescent qui venait de passer les quinze jours les plus fous et les plus mouvementés de son existence. Il se recroquevilla sur lui-même et se mit à pleurer. Il n'aurait su expliquer pourquoi. Les larmes montaient et il ne pouvait pas les réprimer, son corps ne lui répondait plus et il se lâchait, il s'abandonnait et cela faisait du bien.

Eveana donna à Zach un petit baiser et quitta le réconfort de ses bras pour aller vers Sean.

Elle lui passa un bras autour des épaules et le serra contre elle.

— Allez, laisse-toi aller un bon coup, tu verras ça ira mieux ensuite, murmura-t-elle.

Sean releva la tête, des larmes tombaient et dégoulinaient de ses genoux le long de ses cuisses.

— Je... sais... même pas... pourquoi je chiale... tenta-t-il d'articuler.

— Et alors ? dit doucement Eveana. Depuis quand a-t-on besoin d'un prétexte pour pleurer ?

Sean la regarda, ses yeux brillaient d'un éclat cristallin.

— Tu parles d'un mec, hein !... Je chiale comme une gamine... voilà l'homme ! sanglota-t-il.

Eveana lui passa la main dans les cheveux.

— Hey, je te trouve bien intolérant avec toi-même. Pourquoi ne pourrais-tu pas pleurer ? Tu crois qu'il y a ici quelqu'un qui n'a jamais pleuré ? Tu crois que quelqu'un ici peut assurer qu'il ne repleurera jamais plus de sa vie ? Ça m'étonnerait. Si l'homme a été doté d'un instrument aussi beau que les larmes c'est tout de même pour s'en servir un tant soit peu, et pas seulement durant les premières années de son existence... tu ne crois pas ?

Sean baissa la tête.

— ... Si. Mais... je croyais être au-dessus de... ça.

Eveana secoua la tête tendrement, comme une mère.

— Pourquoi cherches-tu à t'inventer un genre, sois toi-même, les gens sont tellement plus originaux lorsqu'ils sont naturels !

Meredith, Lewis, Zach et Gregor se regardèrent en silence, réfléchissant aux propos d'Eveana pour eux-mêmes.

Sean fit signe qu'il avait compris. Il allait ajouter quelque chose mais le van s'arrêta.

La porte latérale s'ouvrit, alors que la Mercedes noire se garait à côté. Korn en sortit, sa cicatrice et ses yeux brillants de malignité firent frémir les adolescents. Tebash émergea également de la voiture, il se massa la mâchoire et l'épaule en regardant les visages pas rassurés qui l'observaient depuis l'intérieur du camion.

— Sortez, commanda la femme.

Lentement ils s'exécutèrent.

— Je vois que nous avons eu raison de faire appel à vos services, Bilivine, dit Korn à la femme en tailleur.

— Agent de la CIA ! ricana Zach en passant devant elle, et dire que je commençais à avoir confiance en vous !

— Première leçon, répondit-elle en s'approchant de lui, ne jamais faire confiance à autre que soi-même.

Elle s'approcha si près de son visage qu'Eveana crut qu'elle allait l'embrasser, au lieu de quoi elle planta ses yeux dans ceux du garçon et lui fit un sourire charmeur. Son côté typé Hawaïen ou tropical lui donnait une certaine bestialité sexuelle qui n'aurait pas laissé indifférente la majorité des hommes de la planète, mais Zach rétorqua sèchement :

— Heureusement que vous ne dictez pas les préceptes du monde, sinon on deviendrait vite une espèce en voie de disparition !

— Oh mais ne t'inquiète pas, nous dicterons bientôt les commandements, il n'y en aura pas que dix ! dit Korn avec le sourire.

Il posa la main sur le sac à dos que le garçon tenait. Zach fit un geste pour l'en empêcher. Aussitôt, une phrase dans une langue inconnue surgit de la gorge de l'homme à la cicatrice, il avait une voix monstrueusement déformée, comme un démon des enfers.

Zach fut projeté en arrière contre le van et lâcha le sac. Korn continua et fit un geste de ses doigts. Un atroce sifflement mêlé à des gargouillis émergea de la bouche de l'adolescent alors qu'il tentait de reprendre sa respiration. Il porta ses mains à son cou.

— Arrêtez ! cria Eveana en fonçant sur son amant.

Tebash la rattrapa violemment par les cheveux et la tira en arrière, lui arrachant une poignée entière de mèches rousses alors qu'elle tombait sur le sol bourbeux.

— Espèces d'enflures ! lança Meredith qui allait se jeter sur Tebash.

Mais le regard de l'homme de main se posant sur elle l'en dissuada.

Zach commençait à trembler et ses yeux se révulsaient. Il

avait la bouche grande ouverte comme un poisson que l'on jette sur la moquette et que l'on regarde chercher son air jusqu'à l'asphyxie.

Aaron sortit du van en regardant Zach mourir à petit feu, cela lui plaisait beaucoup, vraiment beaucoup. Il avait décidément de la chance d'avoir rencontré Korn, qui se présentait comme l'émissaire d'une puissance divine. C'était un grand homme, un personnage très puissant, et il y aurait beaucoup à gagner à servir une créature si extraordinaire.

Korn se pencha et se saisit du sac à dos ou le Khann avait été rangé. Il l'ouvrit et ne trouva rien de plus qu'un duvet roulé en boule. Il se tourna vers les adolescents et demanda rageusement :

— Où est le livre ?

Ses yeux lançaient des éclairs de folie, les menaces des pires tortures se posaient sur l'esprit des jeunes gens qu'il toisait.

— Où est ce livre ? Répondez ! hurla-t-il.

Il y eut un coup de tonnerre et la pluie qui tombait en petites gouttes fines depuis qu'ils étaient sortis du camion se mit à devenir plus intense.

— Très bien, alors il mourra !

Korn se tourna vers Zach qui suffoquait.

— Laissez-le et vous aurez le livre, lança Sean.

En vérité il n'avait pas la moindre idée d'où se trouvait le Khann, il avait vu Zach le ranger dans le sac à dos et à présent il ne s'y trouvait plus, c'était à devenir fou. Mais il devait essayer quelque chose, sans quoi Korn tuerait son ami, Sean en était certain.

— Tu crois que tu peux me donner des ordres, vermine ?

Korn le fixa et Sean hurla, un hurlement proche du cri d'un nourrisson tellement la douleur le fit monter dans les aigus. Dans un horrible craquement l'auriculaire de Sean s'était déboîté.

Korn riait.

— Alors on croit toujours pouvoir me parler sans respect ? dit-il.

Sean, qui se tenait la main, affronta le regard de Korn et dit en gémissant :

— Il n'y a que lui qui sache où se trouve le Khann !

Puis Sean fixa Zach agonisant.

Korn regarda le jeune homme qui terminait de suffoquer et perdit son sourire. Il fit un geste rapide et Zach retoucha le sol avant de tomber la tête la première dans la boue.

C'était la seule solution que Sean avait trouvée pour sauver la peau de son ami. Mais hélas ça n'était un répit que de courte durée, à présent Korn allait s'en prendre à Zach jusqu'à ce que celui-ci n'en puisse plus.

Korn se tourna vers Sean.

— Tu as intérêt à dire vrai, car s'il ne sait pas où se trouve le livre, je te jure que je te tue dans la minute qui suit, sommes-nous clairs ? avertit-il.

Sean ne répondit rien, mais il ne put s'empêcher de déglutir. Il serra le poing et pressa sur son petit doigt avec sa main intacte. L'auriculaire se réemboîta dans un craquement de cartilage.

Korn se pencha au-dessus de Zach et murmura d'étranges phrases qui eurent pour effet de faire gémir le garçon et de le faire s'agiter. Eveana — qui gisait toute tremblante et pleurant dans la boue — regardait la scène avec dégoût.

Gregor inspira profondément et dit :

— C'est... c'est moi qui ai ce que vous cherchez.

Gregor qui tenait ses mains dans son dos depuis qu'ils étaient sortis du van, s'avança d'un pas. Coincé entre son duvet qu'il tenait par des sangles et son dos, le Khann attendait. Gregor l'avait pris du sac que Zach avait posé durant le voyage à l'arrière du camion, supposant qu'il serait plus sûr de le tenir caché plutôt que de le livrer à ces dingues. Mais la situation allait exploser s'il ne le rendait pas immédiatement, Sean et Zach y laisseraient certainement leur peau. Son petit tour n'avait finalement servi à rien.

Il sortit le Khann de son dos.

Le visage de Korn s'illumina.

— Tiens donc... dit Korn, il semblerait que vos sons de violons ne soient pas accordés ensemble...

Il s'empara du grimoire et ses yeux s'enflammèrent de satisfaction.

— ENFIN ! hurla-t-il en brandissant l'ouvrage au-dessus de sa tête tel un trophée sacré.

Zach leva la tête de la boue, il était livide et ses yeux étaient injectés de sang.

— Oh mon dieu, gémit Eveana en le voyant.

Korn se tourna vers Bilivine, Aaron et Tebash et ordonna :

— Rentrons, nous allons nous occuper de ces chers apprentis-sorciers...

Un rire guttural transperça la pluie et s'éleva dans les airs, accompagné par le tonnerre et les éclairs au-dessus de l'océan en furie.

Ils étaient dans un grand salon froid du manoir. Des bougies posées sur des candélabres pour toute lumière. Dehors l'orage battait à tout va, écrasant sa pluie sur les carreaux des hautes et très étroites fenêtres. Les six adolescents étaient assis sur deux banquettes recouvertes d'une étoffe rouge. En face d'eux, tout près de la colossale cheminée, se trouvait Korn, dans un fauteuil noir à dossier droit, semblable à un trône du moyen âge. Tebash était derrière eux, immobile, et Aaron se tenait à la porte principale de la pièce pendant que Bilivine se servait un verre de vin français à une table en chêne.

— Qu'allez-vous faire de nous ? demanda Sean.

Korn leva la tête du Khann qui était posé sur ses genoux. Il observa Sean puis les cinq autres.

— Probablement vous tuer.

Et il replongea dans le grimoire.

— Si je puis me permettre, vous avez le livre alors vous pouvez nous laisser partir, exposa Gregor.

Korn quitta des yeux son précieux livre et fixa Gregor. De sa cicatrice suintait un liquide translucide, à moins que ce ne soit l'eau de pluie qui séchait.

— Cela me paraît hors de question, jeune homme. Pas alors que je vais enfin atteindre mon but...

Zach qui reprenait ses esprits progressivement depuis cinq minutes voulut lancer quelques sarcasmes mais il découvrit que sa gorge lui faisait trop mal pour parler, c'était pire que l'angine blanche qu'il avait eue étant gosse.

Ce fut Sean qui réclama :

— Je serais curieux de savoir à quoi va vous servir ce livre... Vous maîtrisez bien assez l'Ora pour en avoir vraiment besoin je présume, alors pour quelle raison ?

Korn balaya l'assemblée jusqu'à poser son impressionnant regard sur Sean.

— Mais c'est pour le bien de l'humanité... mon petit.

Sean n'apprécia pas la façon dont Korn le regardait pas plus que le ton employé, il avait l'impression de faire face au loup déguisé en grand-mère du *Petit chaperon rouge*.

— L'homme, poursuivit Korn, s'est toujours trouvé le besoin vital de croire en une force supérieure. Une force qui ne le laisserait pas seul, abandonné dans l'univers, livré à lui-même. Une existence divine qui lui permettrait d'envisager le grand Inconnu de la mort avec moins d'anxiété. Et l'homme créa Dieu. Mais à force de prêcher dans le désert, sans jamais la moindre preuve, et en accumulant grâce à la... *science*, les invraisemblances de la religion et de ses dires, l'homme a fini par se désintéresser des dieux. En cette fin de siècle ou les sectes et groupuscules de pensée pullulent, l'humanité croit plus aux petits hommes verts ou aux pouvoirs de la spiritualité qu'en Dieu lui-même. N'est-ce pas triste ? Tant de *brebis égarées* qui vont se chercher une identité spirituelle dans toutes ces nouvelles Espérances. Mais ne serait-il pas temps pour une nouvelle croyance d'émerger ? Une foi nouvelle, adaptée aux besoins modernes, et en accord avec tous les autres grands principes de ce monde, une conviction religieuse qui accepterait toutes les autres fois car elle les expliquerait logiquement tout en les reléguant à l'état d'antiquité stérile. Une religion qui montrerait enfin à l'homme sa véritable place dans l'univers. Enfin, une religion non plus basée sur des légendes et des mythes, mais sur la réalité.

Korn laissa s'échapper un léger rire.

— Mais les hommes ne cherchent pas forcément la vérité, ils cherchent avant tout à se rassurer, vous ne pouvez pas détruire toutes ces croyances et mettre en place uniquement la vôtre ! Ce serait du totalitarisme spirituel ! remarqua Sean avec véhémence.

— Vous... vous comptez dévoiler à l'humanité les secrets de l'Ora ? demanda naïvement Lewis qui ne comprenait pas où Korn voulait en venir.

— Pas tout à fait...

Les flammes de la démence brûlaient dans ses yeux.

— En fait je vais donner aux hommes ce dont ils ont besoin, ce qu'ils veulent. Je vais leur donner un Dieu réel. Une entité concrète qui leur parlera et qui saura les écouter.

Lewis trouva que ce discours sonnait trop étrangement pour être sincère, il y avait quelque chose de trop démagogue dans ce qu'il disait et dans sa façon de le faire.

— Et comment comptez-vous vous y prendre, je croyais que les dieux n'étaient qu'une création subliminale des hommes, interrogea Eveana.

Le sourire de Korn lui déforma la cicatrice.

— Mais je ne vais pas *inventer* ce dieu, je vais *l'être* !

Le tonnerre ponctua ses derniers mots et fit trembler la maison tout entière.

— Le troisième millénaire sera l'ère d'une nouvelle religion, d'un sursaut de foi qui sera si suivie et si adulée qu'elle fera l'unanimité ! Voilà où intervient le Khann. Il va me permettre de comprendre et d'embrasser tous les pouvoirs de l'Ora, je vais pouvoir faire de moi un semi-dieu.

Ses traits étaient contractés à s'en rompre et l'aliénation suppurait de ses yeux. Cet homme est fou ! pensèrent communément les six prisonniers.

— En maîtrisant les pouvoirs et les rouages de la « création divine » qui sont expliqués dans le Khann, je vais faire de moi le seul et unique Dieu ayant vécu sur terre ! Je me présenterai comme le vrai Dieu de ce monde, et dans ma grande miséricorde je montrerai aux hommes l'étendue de mes pouvoirs ! Ne voilà-t-il pas une utilisation intelligente des pouvoirs de l'Ora ?

Meredith fit une grimace.

— Mais c'est pas vrai ! s'indigna-t-elle, vous allez vous faire passer pour un dieu par des pouvoirs que tous les êtres humains ont en eux !

— Tout juste ma chère, or ça, il n'y a que vous et moi qui le sachiez. Quand j'aurai acquis à ma cause des millions d'hommes et de femmes alors leur foi en moi deviendra si forte qu'elle en sera presque palpable. Et toute cette énergie croyant en moi fera de mon être, grâce à l'Ora, un vrai dieu ! Le seul et unique Dieu de ce monde qui soit réel, qui ait sa conscience à lui, qui ait le choix dans ses décisions, qui ne se soit pas inventé et tissé au cours des siècles à partir de légendes.

— N'empêche que vous garderez un point commun avec les dieux fantoches de notre ère, lança Sean. Vous ne serez Dieu que tant que les gens croiront en vous !

— Petit ingénu ! rétorqua Korn. Je serai alors éternel, l'être suprême et immortel, et tant qu'il y aura des hommes sur cette planète, je saurai les manipuler et leur montrer que j'existe... crois-moi, ils ramperont tous devant mes pouvoirs et tous croiront en moi et consolideront ma toute-puissance par la même occasion !

Korn ferma le livre en le faisant claquer.

— Assez parlé, j'ai beaucoup à faire, lundi approche et ce jour sera à marquer d'une pierre blanche, ce sera le jour où j'aurai acquis toute la connaissance et le savoir de l'Ora. Ce sera la naissance de Korn le semi-dieu qui prêchera sa parole et montrera sa puissance aux hommes à travers le monde, jusqu'à devenir un dieu, le seul et l'unique Dieu !

Il s'interrompit dans sa fougue délirante et soupira.

— Pour atteindre ce stade, je vais lire le Livre et préparer un petit rituel qui facilitera le passage d'un état à l'autre, et c'est là que vous intervenez. Oui, je vais en garder un ou deux pour un sacrifice — pas nécessaire, mais amusant — et lundi après-midi, alors que mon destin se scellera, l'Ora de deux d'entre vous ira se dissiper dans l'immensité de l'univers...

Il ouvrit les lèvres en une grimace cruelle qui se voulait être un sourire.

— Tebash et Aaron, montez-les dans une chambre et bouclez-les. Demain nous en choisirons deux qui resteront, les autres... Aaron s'en chargera, n'est-ce pas ?

Aaron se redressa, respirant fortement sous l'effet de la nouvelle, tout enfiellé qu'il était à l'idée de pouvoir disposer de quatre des adolescents. Avec un peu de chance il lui resterait une des deux filles...

Korn fit un signe de main qui voulait dire qu'il ne voulait plus les voir, et Tebash grogna aux adolescents de le suivre de gré ou de force.

Lorsque les captifs disparurent derrière une porte en bois, Bilivine s'approcha de son maître. Elle lui tendit un verre de vin, qu'il accepta.

— Pourquoi leur avoir tout dit ? demanda la séduisante femme.

— Parce que je voulais leur faire peur. J'aime ce picotement presque imperceptible que produit la peur des gens...

Il porta le verre à sa bouche.

— Faites comprendre aux Guetteurs qu'ils peuvent cesser leur surveillance pour le moment, ajouta-t-il. Il me tarde d'être lundi. La lune se lèvera vers 20 heures, il faudra que le rituel soit achevé à ce moment, je n'aime pas la manière dont la pleine lune influe sur l'Ora.

— Et pour la Confrérie ? N'avez-vous pas peur que ses derniers membres ne nous mettent des bâtons dans les roues avant que tout soit finalisé ?

— La Confrérie ? Non, ils ne se doutent de rien et si j'ai bien suivi ce que les gosses ont essayé de faire, leur contact télépathique n'a pas eu le temps d'aboutir. Faites-moi confiance, Bilivine, la Confrérie ne sait rien et dès lundi soir, elle ne sera plus jamais un problème pour nous...

*

Les pas de Tebash et d'Aaron s'éloignèrent dans le couloir.

— La porte est verrouillée ? demanda Sean sans grand espoir.

Lewis tourna la lourde poignée en fer mais la porte ne bougea pas. Tebash avait fermé à double tour.

Meredith ouvrit une fenêtre.

— Ici c'est pas la peine non plus, les volets sont fermés par un cadenas, dit-elle.

À peine leurs deux gardes disparus qu'une volonté commune de s'échapper d'ici s'était emparée du petit groupe. Ils ne voulaient pas servir la cause vaniteuse d'un sinistre fou en mourant ici. Ils avaient été enfermés dans une pièce vide du premier étage. Zach se reposait contre un des murs pendant que ses amis s'affairaient à trouver un moyen de sortir.

— Quoi qu'on fasse je suis d'accord si cela peut nous soustraire à ces dingues ! confia Gregor.

— T'en fais pas on va se tirer d'ici, le rassura Sean.

— Zach, ça va ? demanda Eveana qui se faisait du souci pour son ami.

Elle était couverte de boue séchée, et comme ses compagnons, ses vêtements encore mouillés lui collaient désagréablement à la peau.

— Oui, attesta-t-il d'une voix enrouée, j'ai juste un peu mal à la gorge et à la tête.

Il avait mal à s'en taper la tête contre les murs ! Il aurait donné n'importe quoi pour que ça s'arrête, mais il préférait ne rien laisser paraître, il y avait assez de raisons pour s'inquiéter comme ça pour qu'il en rajoute une.

— Zach, tu pourrais crocheter la porte ou le cadenas des volets ? voulut savoir Sean.

— Avec quoi ? Avec mes dents ? J'ai rien pour les ouvrir...

Le silence de la déception tomba dans la pièce. Seul le fond sonore de la pluie contre le volet meublait l'atmosphère. Soudain Gregor se leva et consulta Zach :

— Pour l'ouvrir il te faudrait quoi ?

— Deux tiges très fines et solides. Pourquoi ? Tu vas nous sortir ça de ton chapeau de magicien ?

Gregor repoussa ses lunettes sur son nez.

— Presque, dit-il. J'espère juste que ça pourra convenir.

Il fourailla dans sa poche intérieure de blouson et sortit son appareil à Dextro ainsi que le stylo de prélèvement sanguin.

— Il y a des fois où c'est pratique d'être diabétique, déclara-t-il.

Il prit le stylo de prélèvement sanguin et en dévissa le capuchon d'où il extirpa la lancette pointue qui servait normalement à piquer le doigt. Puis il prit ce qui ressemblait à une paille de fast-food encore protégée par son emballage de papier et déchira l'extrémité. Il en sortit une lancette toute neuve.

— Pour des raisons évidentes d'hygiène et de sécurité, je dois changer la lancette à chaque utilisation, ce sont les seules que j'aie sur moi, mais ça devrait suffire, non ?

Zach contempla les deux tiges fines, pointues et solides que Gregor lui présentait.

— Tu parles si ça suffira, c'est une véritable trousse de cambrioleur ton matos ! s'enthousiasma Zach.

Il se releva péniblement et se dirigea vers la porte. Sean lui attrapa le bras.

— Ça serait pas mieux de filer par la fenêtre ? On éviterait de tomber sur le molosse de Korn ou sur Aaron, proposa-t-il pas tout à fait sûr de lui.

— Ouais, t'as pas tort.

Zach fit demi-tour et inspecta le cadenas qui fermait les lourds volets. Cela risquait de prendre un peu de temps, mais c'était faisable. Il enfonça les deux tiges dans la serrure et se mit à l'ouvrage.

— On ne peut pas laisser le livre entre leurs mains, protesta Eveana, pas avec ce qu'ils projettent de faire.

— Si on reste ici, on ne sera pas à même de faire quoi que ce soit pour empêcher ce fou de mettre son plan à exécution, il faut qu'on se barre, on verra ensuite ce qu'on pourra faire, affirma Sean.

— Il a raison, Evi, dit Meredith en lui posant une main sur l'épaule.

Eveana en resta bouche bée. C'était la première fois que Meredith montrait du réconfort ou un semblant d'affection à son égard. De plus, qu'elle emploie le diminutif que sa grand-mère utilisait pour l'appeler la surprit également, elle lui avait dit à leur première rencontre qu'elle pouvait l'appeler ainsi, mais Eveana pensait qu'elle l'avait oublié depuis le temps.

— On se sauve lâchement maintenant pour aller chercher la cavalerie, et gagner plus tard, insista Lewis.

Eveana fit signe qu'elle capitulait.

— Très bien, mais promettez-moi qu'on ne va pas laisser ce taré agir à sa guise, sollicita-t-elle.

— T'en fais pas pour ça, dit Sean pensivement.

Il y eut un déclic métallique et Zach se tourna vers eux, visiblement content de lui, le cadenas à la main.

— La voie est libre.

Ils attendirent que le ciel gronde pour donner un coup dans les volets qui — comme ils s'y étaient attendus — grincèrent lourdement. Le sol était à environ quatre mètres plus bas.

— Oh ! c'est haut ! s'étonna Lewis.

— Mais non ! En se suspendant par les mains au rebord on gagne déjà toute notre taille, et puis la pluie aura rendu le sol assez spongieux pour amortir le coup, expliqua Zach.

— Ouais, pour toi qu'es grand ça va, mais Gregor et moi on n'est pas ce qu'on pourrait appeler des géants, figure-toi et...

— Lewis ? fit Sean qui le connaissait bien et pouvait se le permettre. Ta gueule !

— C'est toujours la même chose, on peut jamais discuter avec vous, marmonna-t-il.

— Zach, dit Sean, tu passes devant pour nous montrer et les filles suivront...

— C'est bon, ta galanterie du siècle dernier tu peux l'oublier, déclara Meredith, je suis pas une trouillarde et je peux attendre.

Sean n'eut pas envie de polémiquer, et il approuva du menton.

Zach enjamba le rebord, puis se tourna pour être dos à l'extérieur et se laissa pendre par les mains pendant une seconde puis il se lâcha.

Il y eut un « *flotch* » et Zach cria d'une voix étouffée aussi bas qu'il le pouvait pour être entendu qu'il allait bien.

Eveana monta ensuite sur le rebord et sauta puis ce fut le tour de Gregor et de Lewis.

Évidemment Lewis Connelly qui aurait dû s'appeler Lewis LaMalchance dérapa sur le rebord rendu glissant par la pluie et s'effondra quatre mètres plus bas.

Sean se pencha en avant pour essayer de voir son ami, mais il ne distingua que des formes indéfinies et la pluie tombante.

— Merde, dit-il. Vas-y, Meredith.

— Tu en as assez fait comme ça, cette fois c'est moi qui te couvre les miches, alors *tu* descends.

Sean lut une telle détermination dans les yeux de Meredith qu'il n'insista pas. Elle au moins, il était convaincu qu'elle irait jusqu'au bout, elle ne laisserait pas Korn ébaucher ses plans de conquête du monde sans y mettre son grain de sel.

Il mit un pied sur le montant en bois et frissonna en repensant à cette vision de quarante mètres de chute suivie des récifs aiguisés. *Allez, il ne s'agit pas de quarante mètres mais de quatre mètres !* se dit-il pour se motiver. Il passa par-dessus bord et sauta.

La première chose que Sean fit en se relevant fut de chercher Lewis du regard. Il était à côté, les deux coudes en sang et entièrement couvert de boue. Sean comprit qu'il luttait pour que les larmes ne montent pas, et il lui fit un clin d'œil complice.

Meredith tomba à son tour.

— Bon, on se tire, ordonna Zach.

Il prit la direction de l'ouest, longeant la maison entre les arbres qui la bordaient.

— Mais qu'est-ce que tu fais ? s'étonna Gregor, la ville est par là, dans les bois.

Il pointa son doigt vers le sud.

— Mais les bagnoles sont par là, mec, reçut-il comme toute réponse.

Les autres décidèrent de le suivre, l'orage était assez puissant pour que le moteur d'un des véhicules passe inaperçu, du moins c'était un risque à prendre.

— Tu sais aussi faire démarrer une voiture sans les clefs ? demanda Lewis admiratif.

Zach ne répondit pas, trop concentré qu'il était à s'assurer qu'il n'y avait personne à proximité des deux engins. Lorsqu'il fut certain qu'il n'y avait pas de trace de Tebash ou autre, il sortit du couvert des ombres de la forêt et s'approcha du van.

— Pourquoi pas celle-là ? demanda Lewis en montrant la Mercedes, quitte à piquer une bagnole, autant prendre la plus belle.

— C'est toi qui déconnecteras le système d'alarme ? proposa ironiquement Zach en montrant le voyant rouge qui clignotait sur le tableau de bord.

Lewis s'en voulut de ne pas avoir mieux regardé avant de parler, et il eut de nouveau une boule qui se forma dans la gorge.

Zach ouvrit la portière du van côté chauffeur, par miracle elle n'était pas verrouillée. Il vérifia rapidement l'intérieur. À croire que Dieu existait vraiment, et qu'il leur filait un petit coup de pouce : les clefs étaient sur le contact.

Ils s'engouffrèrent tous dans le camion et Zach tourna la clef.

— Je savais pas que t'avais le permis, avoua Eveana.

— Moi non plus.

Il passa la marche arrière et ils virent l'immense maison sinistre se rapetisser

Zach mit un kilomètre à trouver les phares sur cet engin

de malheur, mais finalement ce que Aaron et Lloyd lui avaient appris en matière de conduite n'était pas si rouillé que cela dans sa mémoire. Curieusement il pensa qu'ils avaient réussi à s'enfuir grâce à tout ce que Aaron lui avait appris autrefois, et cette pensée le fit sourire.

Il était presque une heure du matin quand ils atteignirent Edgecombe.

— Arrête-toi, commanda Sean. Il faut qu'on discute.

Zach ralentit et se gara sur le parking de la pension de famille de Josie Scott, à l'entrée de la ville.

Sean, Meredith et Zach étaient devant, derrière le grillage Lewis, Gregor et Eveana se reposaient.

— Désolé d'être si abrupt mais je crois qu'il est hors de question que nous rentrions chez nous, dit gravement Sean en se tournant pour être vu par ses amis derrière.

— Pourquoi ? s'étonna Lewis, mes parents vont piquer une crise s'ils ne me voient pas demain !

Sean les considéra tous rapidement et exposa :

— Après nous avoir dévoilé tout son plan, Korn ne prendra pas le risque de nous laisser en liberté, pas un type dans son genre, je vous rappelle qu'il a plus de *600 ans* ! Je doute que nos foyers soient un abri pour nous, s'il y met les moyens ils nous retrouvera vite.

— Tu veux qu'on... *fugue* ? fit Gregor avec une grimace de dégoût. C'est tellement puéril comme attitude.

— Appelle ça comme tu veux, c'est notre seule chance de rester en vie.

Sean laissa passer une seconde et ajouta :

— Putain il ne s'agit plus d'un jeu ! Cette fois Korn nous tuera s'il nous trouve, vous comprenez ?

L'intensité venait subitement de monter dans ses yeux, il fixait ses compagnons avec une force qui en mit plus d'un mal à l'aise. Il avait le regard d'un homme mûr, de quelqu'un de déterminé, d'un *leader*

Plus personne n'osa parler, ils attendirent que Sean continue.

La pluie battait rythmiquement le pare-brise, et par moments on pouvait percevoir le grondement du tonnerre qui résonnait au-dessus de l'océan.

— Ça ne m'enchante pas non plus de devoir causer de la peine à mes parents, mais quelque chose en moi me dit que c'est notre seule chance de nous en sortir. Nous devons nous cacher et trouver une solution pour contrecarrer les plans de Korn.

— Et si on prévenait la police, proposa Lewis.

— Et on leur dit quoi ? Qu'un fou furieux qui s'échappera très facilement de taule s'apprête à devenir un Dieu en piégeant l'humanité ?

Sean passa d'un visage à l'autre.

Eveana le regardait droit dans les yeux, elle l'écoutait et éprouvait une certaine attirance pour lui, pas comme celle qu'elle ressentait pour Zach, non, c'était plus fort en un sens, c'était fraternel. Depuis qu'ils avaient partagé cette expérience dans l'Ora elle ressentait les émotions et les changements brusques d'humeur du garçon comme s'ils eussent été les siens. Une complicité les liait à présent, comme deux jumeaux qui se comprennent sans se parler.

Lewis et Gregor avaient les yeux dans le vague, regardant leurs pieds, pensifs et tristes de réaliser que ce que disait Sean était en fait la vérité.

Meredith le fixait, elle aurait préféré détourner les yeux, elle se serait sentie plus légère, bien mieux en fait si elle avait osé. Mais elle ne voulait pas détourner les yeux devant qui que ce soit, elle ne voulait pas fuir le regard d'un autre. Meredith Slovanich n'avait jamais baissé les yeux parce qu'elle prenait la place du père à la maison. Elle ne cherchait plus à vivre avec ses manques, elle les comblait en les devenant.

Et elle garda les yeux rivés sur ceux de Sean jusqu'à ce qu'ils passent à Zach.

Zach qui était le dur à cuire de la bande, l'idole de plus d'un garçon du lycée. Mais aussi le reflet d'une société d'illusion. Il montrait cette assurance que tant lui enviaient, il avait une grande gueule et savait s'en servir, et la vie paraissait si belle et simple quand elle glissait sur ses sourires. Seulement Zach n'était pas cela. Derrière cette carapace de « tout va bien, je suis zen et je suis cool » se cachait un jeune homme qui se torturait l'esprit entre ses démons du passé et ses craintes de l'avenir.

En voyant les mines perdues de ses cinq amis Sean eut l'impression qu'ils étaient ce groupe de gamins-voyous dans Peter Pan, *les enfants perdus* comme disait J.M. Barrie. Seulement eux, ils n'avaient pas d'arbre creux où se cacher, et ils leur fallait en trouver un très vite.

— Pour commencer, est-ce que quelqu'un n'est pas d'accord avec le fait qu'on se planque ? interrogea Sean.

Tous savaient qu'il avait raison, qu'ils ne seraient en sécurité nulle part avec des adultes, il leur fallait ne compter que sur eux-mêmes, et que surtout personne ne sache où les trouver.

— Bien, apparemment c'est bon pour tout le monde. Reste à trouver où se cacher ? Des idées ?

Ils réfléchirent à tous les lieux qu'ils connaissaient, mais la pluie incessante et le froid de l'automne qui commençait à mordre durant la nuit limitaient les possibilités.

— On est vraiment des *enfants-perdus*, murmura Sean pour lui-même.

— Quoi ? dit Lewis.

— Je disais juste qu'on est des *enfants perdus*, tu sais comme dans Peter Pan, les gosses qui ne veulent pas grandir et qui se cachent dans un tronc creux.

Les yeux de Lewis s'écarquillèrent.

— En voilà une idée ! dit-il avec une certaine joie.

Les autres le regardèrent interloqués, attendant qu'il se décide à préciser son idée.

— Si tu parles d'un arbre creux qu'on connaîtrait, je ne vois vraiment pas, dit Sean.

— On a pas d'*arbre* creux, mais on a une *maison* creuse !

Les autres ne comprenaient toujours pas où il voulait en venir, et Zach commençait à s'impatienter.

— Bon tu la craches ta planque, lança-t-il.

Lewis lui répondit par un regard vindicatif et finit par dire en prenant soin de ne plus s'adresser à Zach :

— Rappelez-vous ! Le vieux O'Clenn nous a parlé d'une planque qu'utilisait la Confrérie autrefois à Edgecombe. Il a parlé d'une trappe dans le fond du moulin abandonné, celui qui est dans les bois !

Lewis avait particulièrement aimé ce détail, et si une bonne partie du récit du vieux monsieur lui était passée au-dessus de la tête, la précision concernant la trappe ne lui avait pas échappé. Lewis avait toujours eu une passion pour les passages secrets et autres subterfuges d'un autre temps qui pourraient mener sur un trésor oublié.

— Tu sais que t'es pas si con qu'on pourrait le croire, lui lança Zach pour répondre à son indifférence.

— Va te faire foutr...

— Arrêtez ! ordonna Eveana. Sean, tu pourrais nous conduire jusqu'au moulin ?

Le garçon réfléchit un instant, visualisant le parcours dans sa tête.

— Oui, ça devrait aller. Mais je ne suis pas trop chaud pour y aller. Puis-je vous rappeler que le tueur se trouve peut-être dans les parages ? Je suis à peu près certain qu'il était terré dans notre cabane à l'île Jackson avant de m'agresser.

— On restera toujours ensemble, proposa Zach, si on est tous les six, il n'osera pas s'attaquer à nous, il n'est pas stupide à ce point. Et puis s'il essaye je ne vais pas me laisser impressionner par cette ordure, pas après tous les trucs aberrants qu'on a vus !

— Fais gaffe, avertit Sean, je sens que ce type n'est pas comme nous. Il a réussi à faire des choses incroyables avec moi, et je suis certain que s'il en avait eu le temps, O'Clenn nous aurait mis en garde contre lui.

Sean repensait au saut de trois mètres que l'Ogre avait dû

faire comme si de rien n'était, ou comment il avait fait exploser la fenêtre *avant* de la toucher pour s'enfuir de chez lui.

— De toute façon on n'a pas trop le choix, tu connais un meilleur abri ? demanda Meredith.

— Non, mais il ne faut pas oublier que Korn avait trouvé cette cachette dans les années cinquante lorsqu'il a essayé de s'emparer du Khann, peut-être s'en souviendra-t-il.

— Justement je pense qu'il n'y a pas mieux, assura Eveana, il ne pensera jamais à aller nous chercher dans l'ancien repaire de ses ennemis. Je propose que Zach nous conduise discrètement jusque chez nous, on se dépêche de laisser un mot à nos parents, on prend de la nourriture et des couvertures et on pourra filer. Si on se dépêche tout devrait bien se passer. Korn et ses comparses ne devraient pas remarquer notre fuite avant quelques heures.

— Mouais... grogna Lewis, on y va rapidement alors.

Zach acquiesça, remit le contact et entama sa tournée de la ville. À chaque fois il se garait assez loin de la maison, par sécurité. Ils firent un arrêt à toutes les maisons sauf à celle de Zach.

— Tu ne préviens pas tes parents ? demanda Gregor.

— Ils ne remarqueront même pas que je ne suis pas là, répondit l'intéressé en se concentrant sur la route.

Gregor eut du mal à ne pas poser d'autres questions au chauffeur de leur petite expédition, mais il réalisa concrètement et pour la première fois de son existence que tous les hommes ne partaient pas avec les mêmes chances dans la vie. Il observa Zach qui faisait comme si cela ne le touchait pas, mais ne dit rien. Il fallait le laisser tranquille, par respect.

Il jeta un dernier coup d'œil vers leur chauffeur et serra le nœud de son sac à dos en songeant que si Zach s'en sortait dans la vie, il ferait sûrement un grand homme. Un homme bien.

Ils abandonnèrent le van près du stade — il était plus sage de ne pas le mettre trop près du terrain vague et de la forêt pour ne pas éveiller les soupçons — et remontèrent la 4ᵉ rue. Ils avaient tous un paquetage sous le bras ou sur l'épaule et ils tirèrent les capuches des K-way qu'ils avaient emportés.

Une fois sous le couvert des arbres de la forêt, les gouttes se firent beaucoup plus rares, au profit d'une végétation peu rassurante. Elle paraissait être vivante, étirant ses racines et ses branches au plaisir de l'eau, craquant par-ci, bruissant par-là. Les deux lampes torches de la curieuse procession balayaient respectueusement de tous côtés dans un premier temps. Zach et Lewis qui les tenaient ne pouvaient s'empêcher de faire doucement, *comme s'ils avaient peur de perturber la nature*, remarqua Gregor, *de lui manquer de respect.* Encore plus étrange, le vent ne soufflait pas dans la forêt. Alors qu'il soufflait si fort en ville pour retourner les parapluies sur eux-mêmes, il n'y en avait pas une once ici.

En quelques minutes les adolescents découvrirent les premières volutes de brumes. Des nappes blanches flottaient à différentes hauteurs, à un mètre du sol et parfois à trois ou dix mètres.

Zach qui menait la troupe essayait tant bien que mal de suivre le sentier, le quittant pour un autre lorsque Sean le lui disait. Il éclairait devant lui la plupart du temps, braquant sa lampe sur les côtés quand un bruit anormal le titillait. Le rayon lumineux n'allait pas bien loin, dévoilant les quatre prochains mètres, le reste n'était que ténèbres sous cet immense dais végétal.

Lewis, qui marchait en avant-dernier — Meredith ayant décidé de fermer la marche —, distingua tout d'un coup une ombre sur sa gauche. Il braqua aussitôt sa lampe dessus et hurla.

Il fut si effrayé qu'il en recula trop vite et s'emmêla les jambes jusqu'à rouler dans les fougères humides. Il ne prit pas le temps de se relever et replaça sa lampe sur l'énorme créature qu'il venait d'apercevoir. Un monstre hideux qui les attendait patiemment entre les chênes et noyers du bois maudit.

Il était très grand, au moins quatre mètres de haut, et les regardait de ses multiples paires d'yeux.

— T'es con, Lewis, tu m'as fichu une de ces trouilles ! se plaignit Gregor.

Sean lui tendit la main pour l'aider à se relever.

— Ça n'est que le vieux totem indien, dit-il en hissant son ami.

Lewis scruta le monstre et vit qu'il était immobile, effrayant mais immobile.

— La vache c'est flippant comme truc, admit Gregor.

Les trois visages représentant trois stades de la douleur les plus inimaginables se dressaient dans la pierre noire, contemplant les adolescents.

— Je ne savais pas qu'il y avait ça dans les bois d'Edge-combe, s'étonna Eveana.

Zach lui prit la main et dit d'une voix sourde :

— Peu de personnes le savent, en général seulement les enfants qui jouent par là, mais ils l'oublient tous en grandissant, ça fait partie de la malédiction indienne.

— Quelle malédiction ? demanda Meredith.

— Une des nombreuses qui traînent encore dans la région et dont il est mauvais de parler, surtout en pleine nuit dans les bois. Ithaqua le Wendigo pourrait nous entendre.

— Ithaqua... ? chuchota Gregor.

— C'est un dieu indien effroyable, il arpente les forêts et dévore l'âme des hommes qu'il croise, expliqua Sean presque religieusement.

Zach jeta un dernier coup d'œil au totem et se remit en route.

Un hibou ulula pas très loin d'eux.

Ils marchèrent entre les nappes de brumes et l'obscurité de la forêt pendant encore dix minutes. De nouveau un hibou hua.

— Il nous suit ou quoi ? dit Gregor sur le ton de la plaisanterie bien qu'au fond de lui il n'eût aucune envie de rire.

— Non, il fait son boulot, dit Zach, il regarde où nous

allons pour s'assurer que nous ne dérangerons pas les esprits des indiens qui reposent dans la forêt.

— Quoi ? Mais qu'est-ce que tu racontes ? demanda Eveana, amusée par l'attitude très respectueuse de son petit ami.

— Vous ne savez pas que les hiboux servent l'esprit des indiens ? Cette région est truffée de sites sacrés, si nous avons le malheur d'en profaner un, je crois que nous serons très mal.

— D'où tu sais tout ça ? voulut savoir Lewis qui trouvait ça louche.

— Mon oncle Denzel Hillingford me l'a raconté. Il raconte peut-être beaucoup de conneries quand il est bourré, mais il y a un sujet sur lequel il ne déconne jamais : les morts et les indiens. D'autant plus quand il s'agit des deux en même temps.

En arrivant devant une bifurcation, Zach s'arrêta car Sean hésitait sur la route à suivre. Le hibou se posa juste devant eux, entre les deux chemins.

— Je te conseille de ne pas te planter de route, Sean, lança Zach en observant le rapace nocturne.

— T'es marrant toi, je suis pas retourné au moulin depuis des lustres ! Et puis la nuit c'est nettement différent. Pourquoi il ne nous montre pas le chemin à ne pas suivre ton piaf ? Il a qu'à se mettre au milieu d'un des sentiers et on prendra l'autre.

— Parce qu'il ne peut pas nous obliger à faire ou ne pas faire une action. Il est juste là pour prévenir, nous prévenir du danger qui rôde si nous foulons un sanctuaire, et prévenir le Wendigo si nous osons le profaner.

— Tu parles d'une aide ! Bon je crois que c'est par là, annonça Sean en montrant le sentier de droite.

— J'espère que tu ne te trompes pas...

Ils reprirent leur marche et rapidement des mares nauséabondes de vase se formèrent de chaque côté du sentier.

Lewis avançait en éclairant plus les hautes herbes sur les flancs que devant lui. Il marchait le plus rapidement possible lorsqu'il distingua une pâle lueur sur le côté. À plusieurs dizaines de mètres sur la droite se trouvait un hallier épais de buissonnants. Une clarté verdâtre semblait provenir d'au-delà de cet agglomérat de buissons infranchissables. C'était une lueur faible qui projetait des ombres longues et étirées, des ombres en mouvement, comme des corps qui danseraient. Puis il y eut une sorte de tam-tam lancinant accompagné par un bourdonnement qui s'amplifia jusqu'à devenir un chant indien. Et aussitôt la vision ainsi que le rythme des percussions disparurent.

Lewis secoua la tête et resta planté au milieu du chemin.

— T'as entendu ? dit-il à l'adresse de Meredith.

— Quoi encore ? s'inquiéta-t-elle.

Lewis scruta attentivement en direction de l'impressionnant hallier, mais ne voyant rien de plus que les ombres de la nuit il ajouta :

— Non rien, rien du tout.

Il se remit en route. Il était persuadé d'avoir entendu cette mélodie mystérieuse mais il ne voulait pas passer pour un idiot une fois de plus si personne d'autre ne l'avait perçue.

Quand ils passèrent à côté de grandes mares de vase qui stagnaient entre les arbres et de gros rochers, Sean s'écria joyeusement :

— C'est bon je reconnais, on est au marais, la Sharpy devrait être un tout petit peu plus loin.

En effet ils découvrirent au pied du coteau le petit torrent qui dévalait depuis sa source en haut de la colline jumelle occidentale, et juste au-dessus enjambant chaque berge, le moulin abandonné.

C'était une maison d'un étage, au toit encore en place bien que la végétation l'eût partiellement recouverte. Du lierre sauvage grimpait sur les murs et une grosse roue pourrie entretenait l'écume en refusant de tourner.

Après avoir fait le tour du bâtiment sur la berge où ils se trouvaient, ils décidèrent d'y pénétrer par une fenêtre brisée, les portes étant condamnées avec des planches. Eveana se déchira le mollet sur un clou rouillé et s'énerva après la pointe toute noire dans la nuit. Puis ils se mirent à chercher la trappe. Lewis la trouva dans un angle, sous un amas de planches pourries. Ils se mirent à trois pour la soulever pendant qu'un quatrième faisait levier avec une barre en fer trouvée dans les décombres. Elle s'ouvrit sur un escalier en bois. Zach s'approcha.

— Fais gaffe, le bois doit être vermoulu depuis le temps, prévint Sean.

— T'inquiète.

Zach descendit en prenant soin de ne pas passer au travers des marches. La pièce du bas était assez petite mais propre. Située au même niveau que la roue, l'eau de la rivière rendait les murs assez humides. Il y avait une table et quatre chaises, des étagères vides hormis une dizaine de grosses bougies et deux lits de camp de l'armée datant de la Seconde Guerre mondiale.

— Vous pouvez descendre, dit Zach.

L'odeur de poussière et de la moisissure que cause l'humidité était assez forte, on se serait cru dans une cave à vin.

Le reste du groupe rejoignit Zach et découvrit les lieux. On sortit les duvets et les couvertures, alluma les bougies et tout le monde s'installa. La nuit avait été longue, un peu comme toutes celles de ces derniers jours, et ils n'avaient plus qu'une envie : se reposer suffisamment pour avoir les idées claires le lendemain.

Un quart d'heure plus tard Sean soufflait la dernière bougie en pensant à son grand-père Anatole qui était encore inconscient dans un lit de la maison de repos, il se demanda s'il le reverrait jamais.

2.

Vers dix heures ce dimanche matin, Amanda Anderson enfila sa robe de chambre et mit ses pantoufles pour aller chercher de quoi grignoter au lit. Elle descendit l'escalier et entra dans la cuisine. En posant le plateau dans lequel elle comptait disposer des verres de jus d'orange et quelques gâteaux, elle découvrit un mot sur la table.

« *Papa, maman. Je sais que vous allez vous inquiéter, mais il faut que je m'en aille pendant quelque temps. Si tout se passe bien, je serai de retour lundi soir. Je suis avec cinq de mes amis, nous ne sommes donc pas des proies faciles pour les* rôdeurs malveillants, *ne vous en faites pas. Je sais que malgré tout ce que je pourrais dire vous vous ferez du souci mais je ne peux pas en dire plus. Je vous aime. Sean.* »

Elle laissa la bouteille de jus d'orange se déverser sur le linoléum, comme une baleine échouée qui se vide de son sang, et courut chercher son mari.

Chez les Connelly, puis les O'Herlihy, les Sawanu et dans la famille Slovanich, la même scène se reproduisit.

La première idée qui vint à l'esprit du shérif Hannibal quand toutes ces familles l'appelèrent, c'était que les gosses s'étaient engagés dans une vendetta sanglante contre Aaron Chandler. Le shérif n'avait pas voulu en faire de trop dans un premier temps, il voulait mettre la main sur Aaron et voir ce qu'il pourrait en tirer. Seulement le jeune voyou restait introuvable.

Pourtant dans cette idée d'expédition punitive, il y avait quelque chose qui ne collait pas. Pourquoi seraient-ils venus ici porter plainte pour aller ensuite trouver Aaron eux-mêmes ? S'ils savaient vraiment où Aaron était, ils auraient au moins passé un coup de fil au bureau pour prévenir les autorités, sinon à quoi bon porter plainte la veille ? Et puis il y avait ce délai. Ils disaient tous qu'ils rentreraient lundi soir, *si tout se passait bien*. Ça n'était pas qu'un détail, mais toute l'histoire qui clochait.

Il y avait décidément quelque chose de pourri dans le royaume d'Edgecombe.

Un fruit trop gâté qui semblait nuire au développement de l'arbre. Une infection qui commençait à toucher les autres fruits des branches et à les blettir.

Tout avait commencé avec ce tueur et ses victimes, puis Aaron qui perdait apparemment les pédales et maintenant c'était cinq gosses qui disparaissaient, et encore, il n'était pas sûr que Zachary Trent ne soit pas aussi du lot ! Il fallait agir, agir de toute urgence avant que ce ne soit toute la ville qui ne s'affaisse sous le poids de la gangrène.

*

Le soleil ne filtrant pas dans la pièce secrète, il n'y eut rien pour réveiller les adolescents qui dormirent jusqu'à onze heures.

Gregor ouvrit les yeux en premier et consulta sa montre qui avait la fonction « lumière ». Il décida qu'il était assez tard pour lever ses nouveaux amis et passa dans la fraîcheur des lieux de duvet en couverture pour secouer délicatement leurs bras. Il s'arrêta devant le lit improvisé de Zach et constatant qu'Eveana dormait tout contre lui il n'osa pas trop les toucher, ne sachant pas comment s'y prendre.

— Hey, les amoureux, il faut se lever, se contenta-t-il de dire.

À onze heures et demie ils étaient tous autour des bougies allumées, la trappe était ouverte pour donner un peu d'air frais à la pièce et ils mangeaient des biscuits en buvant du jus de fruit.

— On a de quoi manger pendant longtemps ? demanda Meredith.

— Avec tout ce que Eveana et Lewis ont apporté, il y a largement de quoi tenir jusqu'à demain soir, répondit Sean.

Ils s'étaient tous emmitouflés de couvertures et ressemblaient à des sherpas en plein Himalaya.

— Bon, au risque de passer pour une rabat-joie, je voudrais tout de même vous rappeler qu'on doit décider de ce qu'on va faire à propos du Khann, énonça Eveana.

Un silence entrecoupé des mâchoires broyant les biscuits tomba sur l'assemblée.

— Il n'y a pas beaucoup de choix, admit à contrecœur Sean. Il faut à tout prix contacter la Confrérie.

Avec toute l'agitation qui avait suivi la cérémonie de la veille, personne n'avait encore songé à demander comment cela s'était passé. Meredith, Zach et Lewis le firent de concert.

— Nous avons réussi à monter dans l'Ora, mais il nous aurait fallu encore plus de temps pour obtenir quoi que ce soit, relata Sean.

— Mais tu veux dire que c'est possible ? dit Gregor.

— Oui, et c'est même une expérience incroyable.

Il eut un regard complice avec Eveana.

— Alors on pourrait retenter le coup et vous laisser beaucoup plus de temps, proposa Lewis.

— Non, opposa immédiatement Eveana. Korn ou un de ces Guetteurs qu'il a asservis espionne ce territoire mystique. Si nous y retournons il saura tout de suite où nous sommes physiquement, il semble suffisamment fort pour remonter jusqu'à la localisation de nos corps.

— Elle a raison, hier il ne leur a fallu que dix minutes à partir du moment où Sean et Eveana se sont concentrés pour nous tomber dessus, fit observer Zach.

— Alors on fait comment ? s'impatienta Lewis.

— Il reste la solution de Boston. O'Clenn a dit qu'à l'angle des rues McKenzie et Warwick se trouvait un point de ralliement de la Confrérie, rappela Zach. Que l'un d'entre nous y aille et tente de les retrouver pour leur expliquer.

— C'est maigre comme indication, avoua Meredith.

— On n'a pas d'autre solution, intervint Sean. Moi je suis pour, mais il faut se dépêcher, Boston est à au moins deux heures de bus et le seul qui y part le dimanche s'en va dans trois quarts d'heure.

— On n'a vraiment pas d'autre solution ? demanda Eveana.

Tous la regardèrent, la réponse était claire.

— Alors qui s'y colle ? questionna Lewis.

— Moi, affirma Zach.

Il s'était levé.

— Je suis assez âgé pour ne pas éveiller de soupçons, et de plus le shérif ne doit pas être en train de me chercher dans toute la ville, je n'ai pas laissé de mot à ma mère hier. Je peux courir pour avoir le bus, j'ai juste un gros problème : l'argent pour le voyage, je n'en ai pas.

Gregor sortit son portefeuille de sa poche intérieure de blouson et en sortit deux billets de dix dollars et deux de cinquante.

— C'est tout ce que j'ai, désolé.

Les autres ouvrirent en grand les yeux.

— Tu plaisantes ? J'ai jamais eu autant de pognon en une seule fois ! s'exclama Lewis. Tu sors ça d'où ?

— Oh, j'ai un compte en banque que mes parents approvisionnent tous les mois, c'est pour m'apprendre à gérer mon argent. J'avais justement l'intention de réaliser mon premier gros achat, un nouveau modem pour mon ordinateur. Ça attendra encore un peu.

— T'en fais pas, dit Zach, le billet de bus ne devrait me coûter que dans les trente dollars aller-retour.

— Prends tout, tu te paieras une chambre d'hôtel. J'insiste. Dormir dehors et seul à Boston, c'est pas aussi sûr qu'ici à six, assura Gregor.

Zach prit l'argent que Gregor lui tendait et commença à faire son sac.

— Si jamais ça me prend plus de temps que prévu, dit-il, et si je ne suis pas de retour demain matin, alors à midi vous allez à la cabine téléphonique qui est à côté de l'arrêt de bus. Je vais prendre le numéro en partant. Demain à midi je vous appelle. Mais avec un peu de chance, je serai de retour dans la nuit avec des renforts de taille !

Une fois son sac sur l'épaule il embrassa Eveana et avant de monter les dernières marches et de disparaître il les regarda tous et dit :

— Souhaitez-moi bonne chance, je crois que ça ne va pas être si facile...

Un instant plus tard et ils n'étaient plus que cinq.

*

Le début d'après-midi surprit les adolescents assez rapidement, ils étaient restés dans leurs couvertures à se reposer ou à échanger leur point de vue sur tel joueur de la NFL ou sur le fait de vivre à Beverly Hills plutôt qu'à South Central L.A. En fait, ils avaient abordé tous les sujets qui leur passaient par la tête du moment qu'ils n'avaient aucun rapport avec les événements de ces derniers jours. Ils se détendaient physiquement et mentalement, et ils en avaient rudement besoin. Personne n'avait demandé à ce que ce soit ainsi, c'était une volonté tacite, mais commune.

Quatorze heures venaient de sonner à la montre à quartz de Gregor. Zach était parti depuis deux heures, il ne devait plus être très loin de Boston désormais. On entendait par la trappe ouverte la pluie tomber, le gros de l'orage était passé dans la nuit. À présent les adolescents s'ennuyaient. L'exiguïté de la pièce et sa vacuité n'arrangeaient rien à l'affaire, accentuant leur besoin de sortir, d'aller voir des têtes qu'ils connaissaient et de parler.

— Ça fait seulement quelques heures qu'on est là et j'ai déjà envie de sortir et de retourner en ville, lança Lewis.

Plusieurs regards convergèrent vers lui et approuvèrent. Seul Sean resta dans son coin sans rien dire, il était pensif. Il songeait à son grand-père Anatole qui était probablement dans son lit, toujours inconscient et qui attendait que sonne le glas. Peut-être était-il déjà mort ! Sean secoua la tête en signe de dénégation. Impossible ! Grand-père Anatole ne pouvait pas mourir sans que Sean l'ait vu une dernière fois. C'était inconcevable. Sean se mit à regretter de ne pas être allé le voir avec ses parents, quelle que soit l'image qu'il en garderait, cela ne pourrait pas être pire que de ne pas le revoir encore une fois.

— Tu ne te sens pas bien, Sean ? s'inquiéta Eveana.

Il leva les yeux vers elle.

— Je... je ne peux pas rester ici plus longtemps, je dois aller voir mon grand-père, je serai de retour avant le coucher de soleil, mais je dois y aller.

— Ça n'est pas sérieux ! fit savoir Meredith. Le tueur peut être dans les bois, à l'affût d'un moindre mouvement, et il y a fort à parier que le shérif soit à notre recherche en ville, c'est stupide.

— Je connais les bois depuis des années et je peux y semer quelqu'un, et pour rejoindre la maison de retraite je ne suis pas obligé de passer par des axes majeurs de la ville, je prends le risque.

En fait Sean savait pertinemment que s'il croisait l'Ogre dans les bois, toute la connaissance du monde en matière de sentier ne lui suffirait pas, pas avec un homme capable de se transformer en magicien à ses heures perdues. Il ne pouvait néanmoins pas rester ici alors que son grand-père était peut-être en train de vivre ses dernières heures.

— Je suis probablement inconscient, poursuivit-il, mais je veux le voir une dernière fois, qui sait ce qui nous attend ensuite.

— Alors, je viens avec toi, clama Lewis. Je ne te laisse pas faire le con tout seul, au moins en cas de pépin on sera deux !

Sean posa sur lui le regard le plus doux qu'il pouvait.

— C'est gentil et très courageux de ta part, Lewis, mais je ne préfère pas, je serai plus discret si je suis seul.

Il se redressa et rejeta les couvertures sur le sol puis enfila sa veste en jean qui avait partiellement séché durant la nuit.

Quand il s'en fut par le petit carré de lumière, les autres se regardèrent. Ils n'étaient plus que quatre.

*

Zach descendit du bus à peu près au même moment où Sean franchissait sans encombre le seuil de la maison de retraite. Il fut surpris de voir que le ciel était bleu parsemé de quelques nuages, mais rien de bien menaçant contrairement à Edgecombe. Il faisait juste un peu frais.

Il acheta à un clochard qui se disait un vétéran de « Nam » un petit plan de la ville à un dollar. Il chercha l'arrêt de bus qui lui fallait et fit le trajet de quinze minutes qui devait le déposer non loin de l'intersection entre McKenzie Street et Warwick Street. Il n'avait aucune idée de ce qu'il devrait faire ensuite, ni de ce qu'il allait dire s'il rencontrait un membre de la Confrérie. Durant les deux heures de bus depuis Edgecombe, il avait essayé d'échafauder un petit discours qui sonnerait juste tout en expliquant l'urgence de la situation. Mais il avait vite abandonné, sa toute relative expérience de la vie lui avait appris qu'il valait mieux ne pas se stresser à l'avance et improviser sur le moment, le résultat n'en serait que mieux. Restait à savoir comment ferait-il pour trouver la Confrérie. L'indication était maigre, un bâtiment à l'angle de McKenzie et Warwick Street. D'ailleurs il y aurait certainement quatre bâtiments, un pour chaque angle, comment allait-il s'y prendre ? Il décida de ne pas trop y songer, une voix au fond de lui lui disait qu'il devait y avoir une indication, il y aurait forcément un détail qui l'attirerait. Et Zach s'était toujours bien sorti des situations délicates lorsqu'il avait écouté cette petite voix, celle de l'instinct.

Il arriva à son arrêt et descendit. Il avait dix minutes de marche à faire. Il se lança dans McKenzie Street et guetta les noms des rues adjacentes. Le plan n'était pas clair et ce qui devait être Warwick Street sillonnait tellement qu'il avait peur de s'être trompé en la repérant sur le plan.

Dix minutes passèrent et à mesure qu'il se rapprochait de l'intersection entre les deux rues son cœur se rétrécit dans sa poitrine. Il arriva enfin à l'angle entre les deux rues et sa gorge se resserra avec le paysage.

Tandis que McKenzie Street se poursuivait tout droit, Warwick Street partait perpendiculairement sur la droite et s'enfuyait vers l'est. Il n'y avait donc pas le choix entre quatre bâtiments mais deux. Du moins c'est comme cela que les choses auraient dû se présenter. Il n'y avait en fait aucune construction digne de ce nom.

D'un côté se dressait un vieux château d'eau en brique rouge, massif et haut de plusieurs mètres, mais certainement pas susceptible d'accueillir un repaire de la Confrérie des Arcanes. En face il y avait un parc. À l'entrée se trouvait une plaque de bronze enclavée dans un bloc de pierre noire. Dessus était inscrit :

PARC MUNICIPAL JOHN T. HUXLEY,
INAUGURÉ LE 21 MAI 1982, EN L'HONNEUR DU MÉCÈNE ET PHILANTROPE QUI A TANT FAIT POUR LA VILLE DE BOSTON.

Zach contempla silencieusement la plaque commémorative. En 1982 avait été rasé le bâtiment qui abritait leur dernière chance, pour être remplacé par un magnifique jardin municipal.

Un engoulevent chanta et avec lui s'envolèrent les derniers espoirs de l'adolescent.

*

Sean ouvrit discrètement la porte d'entrée et se glissa dans le sas. Il jeta un coup d'œil dans le hall par la porte vitrée et attendit que l'infirmier de garde disparaisse pour pousser un des battants et traverser jusqu'à l'escalier. Il rejoignit la chambre d'Anatole sans croiser qui que ce soit.

Il poussa la porte et découvrit son grand-père étendu dans son lit.

Il était très pâle, exsangue à vrai dire. Des drains et des capteurs de toutes sortes semblaient jaillir de tout son corps. Une batterie d'appareils reposait à ses côtés sur un chariot, l'un d'entre eux émettait un bip lent et régulier.

Sean s'approcha doucement de son grand-père. Il prit une chaise qui servait habituellement à y déposer ses vêtements et la disposa au chevet du vieil homme.

Assis à côté de son grand-père, Sean lui posa la main sur le bras.

— Je suis là grand'pa, dit-il d'une voix émue.

Il n'y eut pas le moindre signe en retour. Anatole n'était pas vraiment là, dans cette pièce avec son petit-fils, il était loin, très loin luttant dans son propre corps.

— Je suis désolé de ne pas être venu plus tôt. J'avais un peu peur de te voir comme ça, je pense que tu comprendras.

Sean déglutit péniblement.

— J'ai réfléchi toute la nuit tu sais. J'ai réfléchi toute la nuit pour savoir ce qui me tracassait tant que ça à ton sujet. Et j'ai finalement trouvé.

Sean chuchotait presque, il parlait dans un souffle à chaque fois. Si quelqu'un avait été caché derrière lui à ce moment, il aurait perçu les variations dans sa voix à chaque fois qu'il manquait de pleurer.

— Il y a quelque chose que je t'ai caché, grand'pa. Tu te rappelles lorsque j'ai été dans ton grenier il y a deux semaines ? J'ai... (Il marqua une pause, plus pour se calmer que pour chercher ses mots.) J'ai trouvé quelque chose qui t'appartenait et je l'ai pris. Un objet simple et pourtant très important. Un vieux livre qu'un inconnu t'a remis en 1952 en te faisant jurer que tu le cacherais et ne t'en séparerais jamais. Je sais que ça doit remonter dans ta mémoire, mais ce genre d'incident ça ne s'oublie pas. Pas avec cet homme. Je suppose qu'il a dû faire une sorte d'hypnose instantanée pour que tu acceptes sans poser de question mais je pense qu'au fond de toi tu t'en souviens.

Sean crut sentir la main d'Anatole frémir très légèrement dans la sienne mais il n'en était pas sûr.

— Seulement depuis que j'ai ce livre, on peut dire que la situation ne cesse d'empirer. J'ai fait une belle bêtise hein ? Je m'en veux vraiment d'avoir fourré mon nez là-dedans.

Il posa sa tête contre la main du vieil homme et ferma les yeux.

Il revit ces quinze derniers jours. La course-poursuite avec Aaron dans les bois, tout ça à cause d'une racine qui avait agrippé le pied de Lewis, la séance de spiritisme où tout avait vraiment commencé, puis la mort de Tom. Tout lui défila devant les yeux, avec douleur et regret.

Il perçut une larme qui grossit au coin de l'œil, et la laissa se développer, grandir, devenir une belle goutte pleine de reflets multicolores, et finalement se décrocher pour rouler sur sa joue en laissant une imperceptible trace. La goutte tomba sur la main d'Anatole que Sean couvrait de son visage. Elle se dissipa.

Et Anatole parla.

Il est amusant de voir avec quelle minutie la nature se plaît à reproduire sans cesse le même schéma. Une larme que l'on pourrait comparer à un être humain qui grandit et qui se développe semblable à toutes les autres gouttes mais ayant pourtant ses propres reflets, qui un jour finit par quitter son nid, et fonce irrémédiablement vers sa finalité en laissant derrière elle plus ou moins de traces de son existence. Et enfin cette goutte qui disparaît en donnant la vie.

Anatole avait les yeux toujours fermés et sa voix s'éleva, douce mais inébranlable.

— J'ai fait un rêve. Un rêve dans lequel je te voyais, Sean. Une force maléfique rôdait autour de toi et se matérialisait. J'ai essayé de toute ma volonté de la repousser, j'ai vraiment donné tout ce que j'avais, mais elle était trop puissante. J'ai senti une forte douleur dans la poitrine et puis tout s'est arrêté. Le noir complet.

Sean ouvrit les yeux mais garda la tête posée en partie sur le lit. La main de son grand-père lui caressa les cheveux.

— On ne m'a jamais confié ce livre, dit Anatole calmement. Cet homme dont tu parlais ne m'a jamais adressé la parole. Pourtant j'ai senti sa présence à plus d'une reprise. Ta grand-mère, elle, ne semblait pas sensible à lui, le jour où il est venu et lui a confié le livre, elle l'avait oublié deux heures plus tard. Oui Sean. C'est à Lydia qu'il avait parlé ce jour-là, pas à moi, c'est à elle qu'il a confié le livre, et c'est elle qui l'a caché immédiatement. Je m'en souviendrai jusqu'à mon dernier souffle. Je lisais dans mon rocking-chair sur le devant de la maison pendant que Lydia bêchait son jardin à côté de la palissade. Il a débarqué précipitamment de nulle part, il a parlé à ma femme et lui a donné ce livre qu'il tenait sous un bras. Puis il s'est enfui. Lydia est rentrée aussitôt dans la maison et lorsqu'elle en est ressortie elle n'a jamais réussi à répondre à mes questions, elle ne voyait pas de qui je voulais parler. Elle ne se souvenait pas non plus du livre. Et je suis persuadé qu'elle disait la vérité. Souvent il m'est arrivé de sentir la présence de cet homme dans notre dos, mais je ne l'ai jamais vu pourtant. Avec les années, cela s'est dissipé.

Sean leva la tête du lit et regarda son grand-père qui ouvrit les yeux et le fixa.

— Je n'ai jamais su qui il était et ce qu'il voulait, et Lydia ne l'a jamais su non plus je pense.

Main dans la main ils se regardaient tous les deux comme d'éternels complices.

— Tu t'es mis dans un sacré pétrin on dirait, murmura Anatole. Tu as peur ?

Sean baissa la tête et fit signe que oui.

— Tu sais quelle est l'une des questions qui m'a le plus hanté quand j'avais vingt ans ? C'était de savoir quand serais-je un adulte. Y a-t-il un stade à franchir, une étape à surmonter ? Je voyais les années passer et je ne savais toujours pas ce qu'on attendait de moi *en tant qu'adulte*. J'ai trouvé la première réponse le jour où j'ai compris qu'il me fallait apprendre à surmonter toutes mes peurs, y compris celle-là.

Anatole serra la main de Sean.

— Je ne te demande pas d'être adulte, tu as bien tout le temps pour en arriver là, mais affronter ses craintes est la meilleure des solutions lorsqu'on est perdu. Crois-moi.

Sean inspira bruyamment, remplissant à fond ses poumons d'air, et en expirant il vit s'afficher une détermination dans son esprit qu'il ne se connaissait pas. Les propos de son grand-père avaient toujours un effet magique. Il allait empêcher Korn de mettre son plan à exécution, quoi qu'il lui en coûte. Il affronterait ses craintes.

Le silence qu'ils aimaient partager s'instaura, *le silence de réflexion* comme disait Anatole. Il n'y avait que le bip électrique du monitoring qui résonnait. Puis Sean demanda, curieux :

— Et la deuxième réponse ? Tu as dit que tu avais trouvé la première réponse, alors c'est qu'il y en a une deuxième.

Le sourire d'Anatole s'élargit.

— En fait il y en a eu trois. J'ai su que j'étais adulte pour la deuxième fois à la naissance de ta mère. Lorsque j'ai contemplé ma femme tenant dans ses bras ma fille, j'ai su qu'un long chemin que je n'ai jamais véritablement vu venait de défiler sous mes yeux. J'étais adulte car j'étais père et m'en sentais le courage. La troisième fois a été lorsque tes parents m'ont amené ici, dans cette maison de *repos*. À force de penser, j'ai alors réalisé que l'on n'était jamais *vraiment* adulte. Qu'il existerait *ad vitam aeternam* un soupçon de folie — peut-être un résidu de l'enfance — qui nous empêcherait d'être pleinement responsable comme un adulte devrait l'être, mais qui faisait notre originalité humaine. Quel que soit l'âge.

Le bip du monitoring s'accéléra un peu.

— Je crois que tu devrais te reposer, grand'pa. Je reviendrai te voir dès mardi, promis.

Anatole sourit, ses yeux pétillaient étrangement, comme si

lui savait quelque chose que le garçon ne savait pas. Et il acquiesça.

— Oh une dernière chose, grand'pa. J'ai une question bête à te poser, mais tu pourras sûrement y répondre...

Sean posa sa question et Anatole lui expliqua ce qu'il y avait à savoir sur le sujet. Cela prit moins de trente secondes.

Sean embrassa son grand-père sur le front et allait sortir quand une voix qu'il connaissait parfaitement émergea du couloir.

C'était sa mère.

Sean retira sa main de la poignée et se tourna tout affolé. L'armoire était bien trop petite pour qu'on s'y dissimule, et la salle de bains c'était trop risqué, il suffirait qu'on y aille pour prendre un peu d'eau et il serait découvert. Restait la fenêtre. Sean s'y précipita et l'ouvrit.

— Encore désolé, grand'pa, mais il serait bien que tu ne dises rien à personne sur ma présence ici, c'est...

— J'avais bien compris.

Il fit un petit signe d'au revoir à Sean.

Sean lui fit un clin d'œil et enjamba le chambranle.

Décidément les fenêtres depuis quelque temps ça commence à être une habitude ! se dit-il.

Il se laissa tomber au moment où la porte s'ouvrit.

*

Il avait passé les derniers jours à l'abri dans une grange abandonnée. Malgré les lapins qu'Il avait attrapés et l'eau du petit torrent, Il avait faim et soif. Mais par dessus-tout Il avait besoin de la Bête. La Bête qui venait enfin de se manifester. Et Il savait enfin où se trouvait sa tanière, sa vraie tanière. Bientôt ils seraient enfin réunis, tous les deux. Il marchait dans les bois, suivant un sentier lorsqu'Il en trouvait un, et se rapprochait à chaque minute un peu plus d'Elle.

Il y eut un bruit, une branche qui craquait et Il se cacha dans les fougères.

Un garçon arrivait. Un simple petit garçon arrivait vers Lui.

C'était lui ! Ce morpion qui Lui avait échappé l'autre jour à cause de cette présence qui L'avait effrayé. C'était la première fois qu'Il avait peur. Une peur très profonde qui Lui avait pris jusque dans le ventre. Une peur inspirée par ce visage d'un homme qu'Il connaissait. Mais qui était-ce ? Son identité restait enfouie très loin dans sa tête et Il n'arrivait pas à se souvenir. Il fit un effort et sa tête se mit à vibrer, à bourdonner comme si elle allait exploser de l'intérieur. Il se mit à hurler.

Sur le sentier, le garçon fit un bond, surpris et apeuré, puis il partit en courant.

Sa tête le lançait horriblement et Il abandonna, Il refusa de chercher à savoir qui était cet homme qui Lui inspirait méfiance et crainte.

Il se calma et lorsqu'Il reprit tout son calme, le garçon était déjà loin, et dans la direction opposée. Tant pis. Leurs chemins se recroiseraient bientôt, c'était irrémédiable. Ce garçon avait la marque de la Bête sur lui, et étrangement, elle semblait s'être accrue depuis leur dernière rencontre...

*

Le retour de Sean fut accueilli comme une délivrance pour les quatre autres qui se mouraient d'inquiétude. Il était en sueur, la pluie était bien trop fine pour l'avoir mis dans pareil état et il dut avouer qu'il avait couru en entendant un hurlement inhumain dans les bois. Il leur annonça le réveil de son grand-père et plus surprenant encore, le fait que le *Caecus* de O'Clenn ne fut en aucun cas Anatole comme il l'avait supposé, mais Lydia sa grand-mère. C'était sa grand-mère qui avait été choisie pour succéder à Clenon s'il lui arrivait malheur. Hélas la vie en avait décidé inversement.

Cette nouvelle relança les débats et ils parlèrent de ce que O'Clenn leur avait dit sur l'Ora, de Korn et ses plans machia-

véliques, puis de Zach et de leur impatience de le voir
revenir.

Quand le soleil se coucha, ils s'étaient allumé un petit feu
à côté de la trappe pour ne pas s'asphyxier, et ils dînaient de
sandwichs improvisés avec du beurre de cacahouète. La nuit
tomba, et lorsqu'ils se couchèrent pas un seul d'entre eux
n'hésitait dans sa volonté de stopper Korn. Ils étaient
remontés à bloc par les propos de Sean et ils espérèrent que
Zach leur rapporterait des alliés de taille au cours de la nuit.

Mais la nuit leur apporta bien autre chose.

*

Les anciens de la ville auraient pu le prédire si on avait
daigné écouter leur avis. Tous ceux qui avaient assisté au
cyclone Diane en 1955 ne purent trouver le sommeil, l'air
était bien trop chargé d'électricité. On se serait cru en plein
été, quelques minutes avant que n'éclatent ces orages magnétiques. Lorsque les boussoles se mettaient à tourner dans tous
les sens, et qu'il valait mieux éviter de toucher les métaux
tellement ils étaient saturés d'électricité. Ce genre d'orage
dont les scientifiques continuaient de nier l'existence dans le
nord-est des États-Unis, arrivait une fois par siècle à Edgecombe. Diane en avait été un bon exemple. Du moins à
Edgecombe. On murmurait qu'un homme s'était brûlé les
mains en poussant la porte en fer de sa cave. Et beaucoup
d'habitants avaient vu de leurs propres yeux ces éclairs d'électricité qui rampaient dans les rues de la ville. Comme des
bras aux mains griffues qui cherchent à attraper leurs victimes. Et Denzel Hillingford en avait vu lui ! Et il aurait pu
jurer à n'importe qui, fusse-t-il le Président en personne, que
ces éclairs *poursuivaient* les gens dans les rues. Pour de vrai !
Ces saloperies d'orages magnétiques n'étaient pas normaux,
oh ça non, pas à Edgecombe en tout cas, parce qu'ici, les
indiens avaient maudit la région !

Cela se produisait en plein été en général, lorsqu'il faisait
si chaud qu'on ne pouvait faire autrement que s'accorder une

sieste l'après-midi. Mais là on était en plein automne et il faisait frais, froid même. Pourtant il était là. Pas loin. Il attendait patiemment de pouvoir frapper quand la population serait endormie, au moment où il surprendrait le plus.

L'accalmie du dimanche n'avait en fait servi qu'à recharger les accus, et vers minuit, un vent surpuissant se mit à souffler, alors que le tonnerre grondait comme les canons du débarquement en Normandie.

Le cyclone approchait.

*

Les cinq adolescents ne dormirent presque pas, plus du tout à partir d'une heure du matin où la trappe se referma à cause du vent avec un bruit assourdissant et les réveilla tous. Dehors la tempête grondait comme un animal sauvage fondant sur sa proie. Ils se blottirent les uns contre les autres et la proposition de Lewis d'allumer une bougie fit l'unanimité. Ils attendirent ici jusqu'au petit matin.

À sept heures ce lundi 24 octobre, Zach n'était toujours pas rentré et la tempête soufflait si fort que même pendant l'après-midi la luminosité serait celle d'un crépuscule d'hiver.

Ils mangèrent et essayèrent de trouver des sujets de discussion pour se changer les idées, mais le vacarme à l'extérieur les rappelait sans cesse à l'ambiance sinistre. Eveana aida Gregor à bander la main de Meredith qui avait doublé de volume depuis le magistral coup de poing qu'elle avait lancé à Tebash. Onze heures arrivèrent enfin.

Ils avaient leur rendez-vous à midi à la cabine téléphonique. Zach devait appeler puisqu'il n'était pas rentré de la nuit.

Ils firent leur sac, et se préparèrent à affronter le courroux de la nature.

3.

Ils sortirent de leur abri souterrain et le froid les agrippa de toute sa force. Porté par un vent puissant, il s'immisçait partout, tournant autour des corps jusqu'à ce qu'un pli dans les vêtements lui permette de descendre le long des torses qui se mettaient alors à frissonner.

Le couvert végétal de la forêt protégea les adolescents jusqu'au terrain vague, mais lorsqu'ils débouchèrent du maigre sentier sur la vaste étendue déserte, ils restèrent bouche bée.

La violence du vent courbait tout sur son passage, arrachant les plus petites plantes sans aucune pitié. Mais le plus impressionnant était sans nul doute les nuages. Ils étaient gigantesques, bas, très bas, on aurait dit qu'ils frôlaient les toits de la ville, et ils filaient à toute vitesse depuis l'océan pour se perdre au-delà des collines de l'ouest. L'atmosphère semblait recouverte d'une pellicule bleue. La lumière du jour nimbait toute chose de cette même teinte céleste que le shérif Hannibal avait vue le jour où le corps de la première victime de l'Ogre avait été retrouvé à Edgecombe.

Aucun des cinq adolescents ne mentionna cette étrangeté, mais tous la perçurent comme le signe d'une sombre tragédie que la nature prophétisait.

Ils n'empruntèrent pas Williamson Way pour sortir du terrain, préférant escalader la butte et passer dans les taillis pour redescendre sur la 5e rue. Ils se firent aussi discrets que possible, se scindant en deux groupes pour marcher vers Main Street. En passant devant chez Johanna Simons, Eveana eut un pincement au cœur en repensant à sa première nuit avec Zach. Elle contempla la colline sur laquelle le garçon et elle avaient bu du champagne sous les étoiles. Elle fut soudain prise d'un implacable désir de revoir le garçon. Il lui manquait cruellement.

En arrivant en haut de Main Street, ils firent un long détour afin d'éviter le centre-ville mais durent rejoindre Stewtson Avenue, puisque la cabine téléphonique s'y trouvait. Ils s'approchèrent de l'appareil, emmitouflés dans leurs vêtements et luttant contre le vent pour marcher.

Il était midi pile lorsqu'ils arrivèrent.

— J'espère qu'on ne va pas attendre trop longtemps, on n'est tout de même pas très discret ici, lança Lewis à pleins poumons en regardant le poste de police qui était vingt mètres plus loin.

— Au cas où t'aurais pas remarqué, il n'y a personne d'assez fou pou sortir aujourd'hui ! railla Meredith contre une rafale violente

Il était vrai qu ils n'avaient croisé personne en chemin, pas même une voiture.

Ils attendirent pendant encore dix minutes sous les assauts répétés des bourrasques, jusqu'à ce que Sean décide de décrocher le combiné.

— Qu'est-ce que tu... commença Eveana en protestation. Sean l'interrompit.

— Évidemment, c'est coupé !

Il n'y avait pas la moindre tonalité. Au loin résonna un lourd craquement, comme un tronc d'arbre que l'on briserait en deux.

— Comment on fait ? demanda Gregor le plus fort possible afin que sa voix perse la cacophonie ambiante. Si Zach ne peut pas nous joindre et qu'on ne sait pas ce qu'il lui est arrivé, on ne va pas rester toute la journée à lutter contre la tempête tout de même.

Sean considéra ses compagnons gravement. La réponse s'imposait à lui avec une pesanteur incommensurable.

— Cet après-midi Korn fera le rituel qui lui permettra d'utiliser tous les secrets du Khann pour devenir ce prétendu dieu. Je ne vais pas laisser cela se passer comme ça, dit-il d'une voix qui tonna malgré le hurlement discontinu du vent.

— Et pour Zach ? s'inquiéta Eveana. Il lui est peut-être arrivé quelque chose...

— De toute manière nous ne pouvons pas le savoir, répondit sèchement Sean, je souhaite qu'il soit sain et sauf, mais je ne vais pas rester là à attendre une hypothétique nouvelle qui ne viendra peut-être jamais.

— Moi je t'accompagne, dit Lewis.

— La question n'est pas là, rétorqua Eveana, nous l'accompagnons tous ! Mais il faut savoir que allons nous jeter dans la gueule du loup sans même avoir le moindre coup d'avance ! Nous n'avons rien ni personne pour nous aider, et Korn est bien au-delà de nos forces !

Une rafale surpuissante lui fouailla le visage et elle dut se maintenir à un lampadaire pour finir sa phrase.

— Quelles que soient sa force et sa puissance, je préfère ne pas revenir que d'avoir laissé faire cette abomination. Car si dans quelques années j'entends parler d'un quelconque Messie tout-puissant, je crois que j'aurai du mal à ne pas disjoncter totalement, et là il sera trop tard, il sera intouchable.

— Même si tu trouvais une solution, tu en ferais un martyr aux yeux de tous ceux qu'il aura déjà enrôlés sous sa foi fallacieuse, ce qui ne serait pas mieux ! annonça Gregor.

Le silence qui suivit et les regards qu'ils échangèrent scellèrent le reste de leur existence.

Lewis avança timidement :

— Quitte à aller se battre, j'aimerais autant pouvoir prendre quelque chose chez moi.

— C'est trop risqué, si tes parents te surprennent, ils...

— Ils ne sont pas là ; mon père est à l'entrepôt et ma mère travaille chez les Connerman jusqu'à quinze heures. Ça ne prendra que trente secondes, et puis j'habite à côté, on ne perdra pas plus de dix minutes, allez quoi !

— C'est bon, on y va, accorda Sean.

Ils prirent la direction du port.

Un quart d'heure plus tard ils passaient au-dessus du Pocomac et prenaient la route de Narragansett Pier. Ils passèrent devant les « Portes du Paradis » qui marquaient le royaume de Bellevue et de son quartier chic. Puis longèrent la pension de Josie Scott et quittèrent la ville. La tempête les obligeait à marcher arqués, comme une troupe de mineurs dans les couloirs de leur galerie. Ils ne croisèrent pas une voiture, ni ne virent le moindre signe de vie. La ville était déserte, c'était une Edgecombe fantôme qu'ils laissaient derrière eux.

La route montait sur un flanc de colline, et était bordée par les arbres de la forêt, jusqu'à ce que le coteau sur leur droite soit trop escarpé pour qu'il puisse y pousser quoi que ce soit de gros. Il n'y avait qu'une margelle de pierre pour border la route et ils virent l'océan qui s'étendait quelques mètres plus bas et à l'infini vers l'horizon. Mais surtout ils virent ce qui approchait.

Un conglomérat de nuages noirs zébrant le ciel d'éclairs multicolores. Et surtout un tourbillon ténébreux qui montait de l'océan vers cette masse informe comme une spirale hystérique.

— Oh merde ! s'écria Meredith.

Le vent soufflait si fort qu'ils devaient presque crier pour s'entendre, mais cette fois ils pensaient si fort la même chose que ce que Meredith avait lâché leur sembla provenir à tous de leur propre bouche.

— Ne me dites pas que c'est un cyclone ! cria Eveana.

— Je crois surtout qu'on a intérêt à se dépêcher d'atteindre le manoir, sans quoi on n'aura plus besoin de se faire du souci pour notre avenir ! hurla Sean en réponse.

Ils se remirent en route, et malgré la force du vent qui les poussait ils accélérèrent la marche. Ils eurent du mal à quitter des yeux le monstrueux ouragan qui se dessinait au loin. Par intermittence ils percevaient le fracas houleux des vagues se déchiquetant sur la falaise.

Courbés pareils à des nains croulant sous leur fardeau, les cinq adolescents marchèrent pendant une heure sans rien dire, jetant un rapide coup d'œil à la tempête qui se rapprochait de minute en minute.

La pluie commença à tomber alors qu'ils virent se dresser entre les arbres d'un escarpement rocheux, les hautes tours du manoir d'Arrow-view.

— On y est presque, murmura Sean dont les mots s'envolèrent dans le vent.

— Il vaut mieux quitter la route, avertit Eveana, je pense qu'il serait plus prudent d'approcher la demeure par les bois.

Les autres approuvèrent et quand la route s'enfonça plus dans les terres, ils la quittèrent pour se réfugier dans la toute relative protection des bois.

Ils avançaient entre les hauts conifères qui bordaient la maison, écartant les branches rendues piquantes par leurs armadas d'aiguilles vertes. Lewis qui était en dernier regardait assez régulièrement derrière lui pour s'assurer que *rien* ne les suivait. Il n'employait pas le mot *personne* dans sa tête car il n'était pas certain que si la maison était surveillée ce soit par un humain. Il s'était plutôt attendu à croiser l'une de ces créatures presque invisibles qui l'avait agressé avec Sean. Lorsqu'il était ressorti de chez lui avec son fusil de paint-ball à l'épaule, les autres n'avaient pas arrêté de lui poser des questions sur l'usage d'une arme qui crachait de vulgaires billes de peinture, mais il ne répondit pas. Seul Sean s'était tu, ayant une petite idée sur la question.

Lewis passa son fusil de son épaule à ses mains et le maintint droit devant lui. La position qu'il adoptait pour marcher précautionneusement et son arme à la main lui firent penser à toutes ces parties de paint-ball qu'ils avaient faites dans les bois avec Sean, Tom, Josh, et même Warren. Deux étaient morts, et peut-être que la liste allait s'allonger dans les heures à venir. La situation n'avait plus rien d'amusant, et l'excitation qui lui plaisait tant dans ces après-midi de cache-cache ne se manifestait ici en aucune manière. Il ne ressentait à présent qu'appréhension.

Ils contournèrent un massif impressionnant de ronces et

s'attendaient à déboucher d'un instant à l'autre sur le manoir quand une odeur infecte les arrêta.

— Qu'est-ce que c'est que cette horreur ? s'indigna Gregor.

On ne lui répondit pas. Sean et Eveana qui étaient en tête se couvrirent la bouche de la main et se détournèrent aussitôt du chemin, un flot de liquide acide leur remonta à la gorge. Les trois autres qui suivaient ne tardèrent pas à découvrir ce qui leur avait inspiré pareil dégoût. Le corps en putréfaction d'un homme gisait dans un taillis. Les liquides méphitiques empestaient l'air malgré la présence du vent qui n'arrivait pas à chasser cette puanteur. Lewis allait hurler quand il vit que le corps *bougeait* par endroits. Son hurlement mourut dans sa gorge lorsqu'il comprit qu'il s'agissait en fait des vers qui se nourrissaient de la viande faisandée. Il se pencha dans les herbes et vomit. Gregor le tira par la manche.

— Ne reste pas à côté de ça, lui dit-il.

Ils attendirent que Lewis se sente mieux, bien qu'ils eussent tous besoin d'une petite pause.

Le vent avait redoublé de violence, autant que cela fût possible. Lorsqu'ils débouchèrent dans la clairière qui entourait le manoir ils virent passer devant leurs yeux plusieurs grosses branches charriées par le souffle de la tourmente. La pluie les inonda complètement dès lors qu'ils ne furent plus sous la frondaison des arbres. Il faisait vraiment sombre, les nuages étaient si noirs et si épais qu'on aurait cru que le soleil était couché depuis plusieurs minutes déjà.

— On doit rentrer dans la maison de toute urgence, d'un instant à l'autre nous serons au cœur du cyclone ! cria Eveana au travers du vacarme de la tempête.

Les volets des étages se mirent à taper contre le bois et la pierre de la sinistre demeure. Un coup de tonnerre monumental fit sursauter Lewis.

— Suivez-moi ! lança Sean.

Il se pencha en avant pour ne pas être trop visible et fonça jusqu'au mur le plus proche. Ils étaient au pied de l'imposante bâtisse. De là où ils se tenaient, la vue sur l'océan devait être magnifique en pleine journée d'été. Mais ce qu'ils virent à ce moment, ne les rassura ni ne les réconforta.

Un mur aussi noir qu'un corbillard se dressait au-dessus de l'océan, levant une vague de plusieurs mètres de haut, et tout ce petit spectacle au goût de catastrophe était tout proche de la côte. Partout le ciel se striait sous les éclairs et le grondement du tonnerre se répéta frénétiquement.

Sean s'arracha à la contemplation du spectacle funeste et se mit en tête de trouver un moyen de pénétrer dans la maison sans se faire remarquer. Il le trouva en la présence d'une fenêtre mal fermée. La même que Glenn Fergusson avait empruntée six jours plus tôt. Ils la trouvèrent en contournant la rotonde de bois et de verre qui était rattachée à la maison, tout près de la grande tour de l'est.

Gregor fila un coup de main à Sean pour la soulever pendant que Lewis montait la garde avec son arme au poing. Puis ils se hissèrent à l'intérieur, les uns après les autres.

— Et dire qu'on a tout fait pour fuir cette foutue baraque il y a à peine deux jours, marmonna Lewis en débouchant dans la pièce humide.

L'eau leur dégoulinait depuis les cheveux jusqu'aux baskets. Le tonnerre gronda si fort que la fenêtre en trembla. Sean crut bien qu'elle allait se désolidariser de ses joints pour se briser à leurs pieds.

— Je sais que ça va vous paraître stupide, mais je serais d'avis qu'on retire nos chaussures et tous les vêtements qui risquent de faire du bruit ou de nous gêner dans nos mouvements. Mais les baskets en priorité, avec l'eau elles vont couiner.

L'idée fut approuvée et ils se séparèrent de leurs chaussures et de leurs parkas. Meredith sortit un objet d'une des poches de son blouson et jeta ce dernier dans un coin de la pièce avec le reste de leur propriété.

— Qu'est-ce que c'est ? demanda Gregor en montrant l'objet que Meredith tenait dans sa main bandée.

— Mon assurance pour les coups durs, répondit Meredith en exhibant un poing américain.

— Je commence à vraiment te trouver bien pour une fille, chuchota Lewis, si on se sort de cette baraque pourrie, fais-moi penser à te proposer de faire un paint-ball avec nous...

— Quand tu veux !

Sean s'approcha de l'unique porte de la pièce. Il colla son oreille au montant et lorsqu'il fut sûr de n'avoir entendu aucun bruit — ce qui était difficile compte tenu de l'orage qui vociférait — il l'ouvrit.

Le couloir desservait plusieurs portes et faisait un coude à gauche alors qu'il s'arrêtait sur une lourde porte à double battant sur la droite. Sean opta pour cette direction et les quatre autres le suivirent sans poser de questions. Il sentait que c'était par là qu'ils devaient aller, il n'aurait pas su l'expliquer, c'était comme s'il avait déjà visité la maison entière dans une autre vie. Ils prirent encore toutes leurs précautions avant d'ouvrir l'un des battants et pénétrèrent dans un hall grandiose.

Toute en pierre la vaste pièce faisait penser à l'intérieur des châteaux du moyen âge, avec ses blocs de pierres apparentes, sa haute cheminée, ses tapisseries au mur et même son armure d'apparat dans un renfoncement mural. Mais le plus singulier était sans conteste le large escalier qui montait jusqu'à un palier sur le mur duquel était insérée une magnifique fenêtre circulaire en vitrail. Elle ressemblait aux rosaces spectaculaires que l'on trouvait le plus souvent dans les églises gothiques. Celle-ci mesurait bien deux mètres de diamètre, elle représentait un ange et un démon qui s'affrontaient sur fond de souffrance et misère humaines. De ce palier, l'escalier se scindait en deux parties diamétralement opposées, l'une montant vers l'intérieur du manoir, l'autre vers la tour de l'est.

Sean soupira.

— Bon, Lewis tu viens avec moi, on va monter voir un peu, les autres vous nous attendez ici sans bouger, O.K. ?

— Pourquoi on ne monte pas tous en même temps ? demanda Eveana que la perspective de se séparer ne rassurait pas.

— Parce que ça permet d'être plus discret, plus rapide et

de perdre moins de temps s'il n'y a rien à trouver là-haut, répondit Sean.

Il eut bien envie d'ajouter *et si on se fait prendre, on sera pas tous dans la même merde*, mais il s'en abstint.

Sean et Lewis gravirent les premières marches jusqu'au palier à la rosace où Lewis s'émerveilla devant la lumière colorée qui s'en échappait. Sean se décida pour l'escalier menant vers l'intérieur de la maison. La voix qui l'avait guidé jusqu'ici semblait disposée à se taire pour le moment.

Une bonne trentaine de marches de franchies et ils se retrouvèrent dans un couloir de pierre froid. D'antiques porte-torches en acier étaient suspendus aux murs. Le couloir se prolongeait sur dix mètres avant de tourner sur la gauche. Sean et Lewis le suivirent et découvrirent un autre couloir qui croisait celui-ci perpendiculairement.

— C'est immense ici ! s'exclama Lewis.

Sean, qui fronça les sourcils, lui fit signe de baisser d'un ton.

— Mais Sean, on va jamais se retrouver dans ce labyrinthe ! chuchota-t-il cette fois.

— De toute façon je ne sens rien d'anormal par là, ni bruit, ni incantation, rien. Rejoignons les autres.

Ils s'apprêtaient à faire demi-tour quand Sean remarqua un papier carré sur le sol. Il s'approcha, mit un genou à terre et découvrit une petite photo qu'il reconnut aussitôt.

— C'est pas bon signe, réussit-il à murmurer malgré la peur qui venait subitement de s'emparer de son corps.

Lewis regarda par-dessus l'épaule de son ami et reconnut également la photo où ils étaient tous les deux avec Tom à l'île Jackson.

— Elle était dans mon portefeuille que l'Ogre a pris, dit Sean sur le ton de la confidence. Il faut aller prévenir les autres qu'*il* est là.

Ils se redressèrent et allaient se retourner quand quelqu'un ou quelque chose grogna derrière eux.

Après le départ des deux « éclaireurs », Meredith s'était assise sur le banc en bois qui reposait contre un des murs. Gregor restait immobile, en bas des marches, guettant leur retour, et Eveana faisait les cent pas dans le hall.

— Et si on jetait un coup d'œil aux portes qui partent d'ici, ce serait déjà ça de fait ? proposa Eveana qui devait trouver un moyen d'apaiser sa nervosité.

— Et si tu commençais par te calmer, fit Meredith en guise de réponse.

Gregor recula lentement puis beaucoup plus vite, et enfin se tourna vers les filles et leur intima l'ordre de se taire en posant son index sur ses lèvres.

Lorsqu'il fut clair que quelqu'un descendait les marches de l'*autre* escalier — celui qui conduisait vers la tour — la panique s'empara des trois adolescents.

Une ombre s'étirait sur le palier intermédiaire.

— Merde, merde, merde, merde... psalmodia Meredith, cassons-nous !

Elle bondit de son banc et ouvrit la petite porte qui filait sous l'escalier, pensant qu'il s'agissait d'un obscur placard. Un escalier étroit, taillé à même la pierre descendait dans les ténèbres.

Elle fit signe à Gregor et Eveana de la suivre, et posa le pied sur les premières marches. Eveana referma la porte derrière elle, les plongeant dans l'obscurité la plus complète.

— On n'y voit rien, protesta Gregor.

— Tais-toi et descends, souffla Eveana.

Ils continuèrent à tâtons. Les marches étaient sacrément froides sous leur chaussettes mouillées, et ils aboutirent à une cave particulièrement humide à la forte odeur de renfermé. Une goutte d'eau arythmique tombait dans une flaque.

— Quelqu'un a une allumette ? demanda Gregor.

— Pas moi, murmura Eveana.

Meredith farfouilla dans ses poches et en sortit un petit paquet d'allumettes mexicaines. Elle fit coulisser l'intérieur et sentit sous ses doigts trois tiges.

— S'agit de pas rater son coup, dit-elle doucement.

Elle craqua la première et ils découvrirent qu'ils se trouvaient dans une cave voûtée, avec des gros tonneaux en bois posés horizontalement sur des cales. La cave se prolongeait sur la droite et...

L'allumette s'éteignit.

Meredith jura. Elle voulut prendre la deuxième mais son bandage ne lui permit pas d'assurer une bonne prise sur le paquet lorsqu'elle l'ouvrit, et il lui échappa.

— Merde ! J'ai fait tomber notre seule source de lumière...

Elle s'accroupit et commença à tâtonner tout autour d'elle.

La voix d'Eveana qui venait de son dos s'éleva doucement :

— Meredith, t'es où ?

— Juste devant toi, ne bouge pas le temps que je retrouve ce satané paquet d'allumettes.

Quelqu'un soupira dans la pièce. Un soupir rauque.

— Qui est là ? demanda aussitôt Meredith.

Comme personne ne répondait, elle entreprit d'activer ses recherches.

Il y eut un bruit de pas, un frottement de talon et puis plus rien.

Les mains de Meredith s'agitaient vivement sur le sol poussiéreux de la cave. Sa main gauche ne lui servait hélas pas à grand-chose, l'épaisseur du bandage diminuait beaucoup trop sa maniabilité.

Le silence était total, pourtant les trois adolescents perçurent tous que quelque chose bougeait autour d'eux. Devant, à droite ou à gauche, ils étaient incapables de le dire, mais il y avait quelqu'un qui était en train de s'approcher, peut-être même était-il tout près maintenant.

Meredith sentit un léger souffle sur sa joue.

Merde, dépêche-toi ! Dépêche-toi bordel !

Ses doigts s'arrêtèrent sur un petit bout de carton. C'était les allumettes. Elle s'empressa d'en extraire une et l'alluma.

Un visage surgit devant elle.

Pas Gregor ni Eveana, mais le visage d'un fou.

Il avait des cheveux blonds et longs et les yeux bleus d'un

enfant qui veut jouer, mais elle ne se méprit pas. Le genre de jeu auquel il voulait se livrer lui coûterait la vie, ça c'était certain !

Il souriait sadiquement, dévoilant ses dents jaunes qui fondirent sur elle à la manière d'une araignée sur sa proie engluée.

*

Benjamin Hannibal n'avait pu se résoudre à rester terré au poste de police, même si on annonçait une incroyable tempête. Alors qu'il roulait le long de Dover Street, le fax de son bureau cracha une dépêche urgente de l'Agence Nationale Météorologique le prévenant qu'un cyclone faisait route sur Edgecombe. Ce fut l'une des dernières nouvelles qui put être captée par la ville avant plusieurs heures.

Il sillonnait la ville depuis midi, et pendant que Sean et ses quatre amis franchissaient le Pocomac, le shérif Hannibal avait remonté Lawson Street, quelque cinq cents mètres plus loin à vol d'oiseau.

Benjamin inspectait les rues désertées d'Edgecombe dans l'espoir d'y trouver une trace des enfants disparus ou peut-être de Glenn Fergusson. Bien que s'il faille en croire Ezekiel, ils ne reverraient jamais plus l'agent du FBI. Benjamin n'arrivait pas à se faire à cette idée. Étant flic il aurait dû s'accoutumer au fait des morts violentes, principalement d'un représentant de l'ordre dans l' exercice de ses fonctions. Mais il ne pouvait s'imaginer Glenn Fergusson, si sûr de lui dans son costume sur mesure et avec ses cheveux bien coupés, en train de pourrir dans un fossé ou entre deux récifs. Il y avait quelque chose qui clochait entre ces deux images. Un antagonisme visuel et moral qui ne pouvait être le reflet de la réalité, pourtant... *Comment diable est-ce qu'un type qui semblait intouchable,* immortel *tellement il était confiant en lui, pouvait bien mourir comme ça ? La mort est-elle si perfide et si sournoise qu'elle frappe au dernier moment sans vous laisser pressentir qu'il faut vous hâter de « cueillir la rose » ?*

La mort est injuste.

Voilà ce qu'il en est.

Benjamin se mordit involontairement la langue en mâchant son chewing-gum.

Ça t'apprendra à philosopher ! Pour l'instant je vais surtout retrouver ces gosses et les ramener...

Benjamin ralentit. Il arrivait à la rue du port, et un arbuste fila devant lui, entraîné par le vent.

— Heureusement que tout le monde reste planqué chez soi, murmura-t-il.

Une sacrée tempête se préparait, il n'était pas prudent de rester dehors par un temps pareil. *Et les ados ?* pensa-t-il. *Ils sont peut-être dehors eux aussi ?*

Réfléchis une minute Benjamin ! Si tu t'obstines à les débusquer et que tu te fais coincer dans la tempête, la ville devra se trouver un autre shérif. Et puis il est fort possible que les gamins se soient abrités en voyant l'orage se profiler ! Rentre toi aussi, avant qu'il ne soit...

Cette fois ce fut un panneau immobilier, avec inscrit dessus en toutes lettres « À VENDRE » qui surgit du coin de rue en volant vers les entrepôts des docks. C'était un des panneaux que Louis de Laferre — le type de l'agence immobilière d'Edgecombe — accrochait à toutes les maisons dont il pouvait tirer sa commission.

Un panneau « À VENDRE »...

Une agence immobilière...

Benjamin stoppa sa jeep. Et le déclic se fit.

Ezekiel avait parlé d'une tanière où la Bête se terrait et cette tanière où se trouverait normalement l'Ogre était caractérisée par « *une flèche noire qui se dresse vers les cieux* ». C'était ce que le sorcier avait dit lors de son espèce de transe divinatoire. En voyant le panneau immobilier devant lui, Benjamin avait repensé à cette vieille maison noire à vendre sur la côte. Celle-là même qu'on appelait Arrow-view, la « vue de la *flèche* ». Il se mordit la lèvre en repensant à Sherelyn. Sherelyn Moss, sa secrétaire avait essayé de lui dire quelque chose de la part de sa sœur Debbie qui, elle-même, l'avait entendu de Josie Scott, enfin bref une de ces rumeurs comme il en circule toujours une flopée sur Edgecombe. Pourtant cette fois,

Benjamin s'en voulut de ne pas l'avoir écoutée. Sherelyn lui avait rapporté comment Josie Scott se faisait du souci au sujet de deux étrangers qui voulaient racheter Arrow-view. Qu'ils étaient *bizarres*.

Trop de choses concordaient pour que Benjamin croie en la coïncidence, il fit demi-tour et fonça jusqu'au poste de police où Ezekiel l'attendait.

Sur la route, Benjamin essaya de mettre de l'ordre dans ses pensées entrelacées. *Glenn vivait à la pension de Josie Scott, il est fort possible qu'il ait surpris une conversation entre ces deux hommes ou qu'il ait parlé avec Josie, il aura appris l'existence du manoir et aura fait le rapprochement dès que les mots étaient sortis de la bouche d'Ezekiel.*

Pourquoi-lui même n'avait-il pas fait le recoupement plus tôt, bon sang !

La jeep cherokee fit crisser ses pneus en s'arrêtant devant le poste de police. Sherelyn avait eu droit à un congé exceptionnel aujourd'hui, Benjamin dut donc s'abstenir d'utiliser la radio et descendit pour aller chercher le sorcier lui-même. Il devait faire vite, bientôt la tempête soufflerait si fort qu'il serait impossible de conduire. Mais un sentiment d'urgence plus profond encore l'avertissait que ce n'était pas seulement pour l'ouragan, comme un sixième sens qui lui aurait susurré à l'oreille qu'un danger approchait et qu'il fallait se dépêcher d'aller à Arrow-view.

Il ne prit pas le temps d'expliquer quoi que ce soit à Ezekiel, il se contenta de dire au sorcier de le suivre au pas de course et ils s'engouffrèrent dans la jeep qui redémarra en trombe.

— Mais enfin, qu'est-ce qui vous prend ? s'exclama Ezekiel.

— Je sais où trouver l'Ogre, et j'ai bien peur qu'il n'y soit pas seul. Ne me demandez pas ce qui se trame, je n'en sais rien. En revanche je sais ce que c'est que cette flèche noire dressée vers les cieux qui attire tant l'Ogre.

Ils roulèrent aussi vite qu'ils purent malgré les intempéries. La pluie s'écrasait sur le pare-brise avec une rage ahurissante, les essuie-glaces n'en pouvaient plus et même à plein régime ils ne suffisaient pas à y voir correctement.

— Ralentissez, Shérif, vous voulez nous tuer ? On n'y voit pas à plus de dix mètres !

Cette impression d'urgence qui dévorait le shérif se faisait de plus en plus forte à mesure que les secondes défilaient.

Un arbre tout entier s'effondra sur la route, juste sous leurs yeux, et dans la seconde qui suivit, il s'envola.

— Oh mon Dieu ! murmura Ezekiel, je crois que c'est un cyclone.

Il regardait sur la droite du véhicule et vit dans le grand flou gris où devait se trouver l'océan, une masse noire gigantesque surgir et avaler tout ce qu'elle trouvait sur son passage. C'était énorme, sinueux et hurlant de mille vents, et surtout c'était d'un noir d'ébène.

— Je n'ai jamais rien vu de pareil, dut avouer Ezekiel presque religieusement le nez collé à la vitre.

— Je crois que personne n'en a vu d'aussi colossal ! Du moins personne d'encore vivant, répondit Benjamin en accélérant.

Il se trompait, une poignée d'hommes et de femmes d'un certain âge aujourd'hui avaient déjà vu un cyclone du même acabit, les rares survivants de Diane.

La jeep prit un virage un peu sec à pleine vitesse et les roues arrière chassèrent. Benjamin ne freina pas et récupéra le contrôle du véhicule avant qu'il ne dérape et tombe vingt mètres plus bas. Le derrière du véhicule cogna lourdement dans le muret de pierre et repartit aussi vite.

Ezekiel soupira en se tenant au tableau de bord.

Plusieurs éclairs accompagnés de grondements considérables déchirèrent les cieux devant eux en s'abattant sur des arbres des escarpements de la côte.

La pluie diminuait tant leur visibilité que Benjamin loupa le chemin menant au manoir d'Arrow-view. Il dut faire une marche arrière et engagea les quatre roues motrices du véhicule pour ne pas s'embourber dans la mélasse boueuse. De nombreux éléments de végétation virevoltaient dehors, soulevés par la puissance des vents. Ils arrivèrent devant l'imposante demeure. Une Mercedes noire était garée devant. Benjamin tendit le doigt vers la plaque d'immatriculation.

— Tenez, regardez ça ! Ne voilà-t-il pas une étrange coïncidence ?

Sur la plaque était inscrit « ARCANE XIII ».

— N'est-ce pas la carte que nous avions tirée, le symbole de la non-vie ?

Ils ouvrirent les portières pour descendre et furent plaqués par la violence de la tempête contre la tôle de la jeep.

Au-dessus de l'océan, Ezekiel vit le buisson de la tornade s'élargir et soulever une énorme portion de la mer, à la manière d'un aspirateur titanesque qui aspirerait une nappe bleu et gris.

Le cyclone était presque sur Edgecombe et sa région.

*

Quand la deuxième allumette dévoila le visage de l'Ogre, Eveana hurla et se mit à remonter les marches aussi vite qu'elle le put, priant pour que ses amis puissent en faire autant.

Gregor vit le visage de dément fondre sur Meredith et fit un bond en arrière sous l'effet de la peur. Tout comme ses camarades il avait reconnu la description que Sean leur avait faite de ce dingue et l'identifia immédiatement comme étant le dangereux Ogre de la côte Est. Il trébucha sur une caisse et s'écroula sur un râtelier à bouteilles, se meurtrissant le dos.

La maigre lumière s'éteignit alors qu'Eveana hurlait en remontant et que Meredith encaissait la charge de l'Ogre en s'étalant de tout son long. L'allumette qui lui avait échappé des doigts s'était éteinte, et à présent elle ne voyait plus rien du tout. En tombant, l'Ogre l'avait lâchée mais elle sentit un mouvement juste à sa droite, et une poigne d'acier lui enserra la gorge. Elle essaya de se débattre, agitant les jambes dans tous les sens, et tenta d'attraper son agresseur, mais il était juste derrière. Les mains froides forcèrent sur sa trachée et Meredith se mit à paniquer, tremblant involontairement de tous les membres. Elle ne pouvait plus inspirer et ses poumons commençaient à manquer cruellement d'air, mais surtout cette pression sur sa gorge lui faisait horriblement mal. Des larmes de souffrance coulèrent sur ses joues et elle força pour essayer de respirer. Tout ce qu'elle obtint fut un ignoble sifflement, à la limite du raclement de gorge, mais pas une once d'oxygène. Elle défaillait.

Gregor s'appuya sur le râtelier pour se lever et entendit le raclement lugubre d'agonie. Il se dressa aussitôt et se déchira le bras sur un tesson de bouteille qui dépassait du râtelier. Cela lui donna une idée. Il tâta rapidement les casiers jusqu'à trouver des bouteilles pleines (pour rien au monde il n'aurait voulu savoir de quoi !). Il en prit une dans chaque main et se précipita en avant. Les spasmes de Meredith et le bruit que faisaient ses jambes en s'agitant frénétiquement sur le sol le guidèrent jusqu'à elle. Il ne voyait rien et risquait de frapper la jeune fille, mais au bruit qu'elle faisait, s'il ne se décidait pas rapidement il n'y aurait plus de Meredith à sauver dans moins d'une minute. Il leva la main droite et lorsqu'il buta contre le dos de quelqu'un il abaissa immédiatement et de toutes ses forces le bras. La bouteille s'écrasa sur le crâne de l'individu avant qu'il n'ait eu le temps de se retourner.

Entendant la profonde inspiration de Meredith qui suivit, Gregor jugea qu'il avait bien frappé l'Ogre et abattit sa deuxième bouteille qui se fracassa également avec grand bruit. Une odeur capiteuse de vin se diffusa dans l'air humide de la cave.

— Meredith ? Ça va, demanda-t-il. T'es là ?

Il n'y eut pas de réponse.

Eveana enfonça plus qu'elle n'ouvrit la porte et se précipita dans le hall. Elle se tourna pour faire face à la porte, angoissée à l'idée de ce qui allait en sortir. Personne ne vint.

Elle songea à faire un tour rapide des pièces environnantes pour trouver une arme et de la lumière mais comprit que le temps qu'elle y passerait serait fatal à ses compagnons. Tant

pis. Elle s'approcha de la porte, prête à redescendre leur prê
ter main-forte.

Quelqu'un surgit dans son dos et l'empoigna par les che
veux. Elle poussa un cri de surprise autant que de douleur et
essaya de se dégager. Eveana agita les bras dans tous les sens
et reçut un coup de poing en plein visage qui la sonna.

— Petite garce, tu vas venir avec moi.

Eveana avait la tête qui tournait mais reconnut néanmoins
la voix féminine de la soi-disant agent de la CIA que Korn
appelait Bilivine.

La pression qu'elle exerça sur son bras contraignit Eveana a
avancer dans un couloir. Bilivine la guida au travers du manoir
et la fit entrer dans une des nombreuses pièces. Aaron
Chandler attendait devant une petite console de jeux portative.

— Occupe-toi d'elle, Aaron, je vais mettre la main sur les
autres, lança Bilivine.

Elle poussa Eveana dans la pièce et la toisa.

— Car tu es venue, avec tes amis n'est-ce pas ? Ne t'en
fais pas pour toi, Aaron va prendre soin de ta petite personne,
pas vrai Aaron ?

Le regard qu'elle lança au voyou fit frémir Eveana, et tout
d'un coup, la jeune fille eut envie de crier.

*

Quand Lewis et Sean découvrirent les deux yeux rouges
qui apparaissaient dans le couloir qu'ils devaient emprunter
pour rejoindre leurs amis, ils abandonnèrent tout aussitôt
l'idée de redescendre par là. Un Guetteur était en train de se
matérialiser, leur coupant l'accès à l'escalier.

Sean tira Lewis en arrière.

— Restons pas là, cours !

Ils se tournèrent ensemble et détalèrent dans le premier
couloir venu. Ils couraient comme des fous, respirant fort,
peu leur importait d'être silencieux, tout ce qu'ils voulaient
c'était s'en sortir indemnes. La créature grogna dans leur dos.

— Il... nous... suit ? haleta Lewis.

Sean tourna la tête pour voir si le Guetteur les poursuivait et ce qu'il vit lui fit gagner encore plus de vitesse.

Le Guetteur s'était lancé à leurs trousses, les deux yeux rouges brillaient dans la pénombre du couloir, nimbés d'un voile de vapeurs étranges qui formaient son corps. Sean pensa que le monstre s'était mis à quatre pattes pour mieux courir, car les yeux étaient près du sol.

— Cours... ne regarde... pas derrière, répondit-il à Lewis.

Ils se gênèrent en passant un coude du couloir, et ils n'eurent que le temps de piler pour ne pas rentrer de plein fouet dans une porte.

Sean s'empressa de tourner la poignée. Elle était fermée à clef.

Le Guetteur arriva juste derrière et s'immobilisa. Avisant de la situation avant de se précipiter sur ses proies.

Lewis poussa Sean contre le mur et débloqua le cran de sécurité de la cartouche d'air comprimé de son fusil. Il visa la bête.

— Je vais t'en mettre plein la gueule ! cria-t-il et il ouvrit le feu.

Sean resta bouche bée, admirant le courage soudain de Lewis. Il comprenait où voulait en venir son ami ; il pensait que s'il avait déjà fait fuir un Guetteur avec de la peinture, il pourrait sûrement faire fuir celui-ci aussi. Il semblait oublier que la première fois, il était dans un état second qui lui avait permis de faire appel inconsciemment à l'Ora. Il avait cru en ce qu'il avait fait, il n'avait pas tiré comme ça avec un quelconque espoir, il avait tiré en sachant pertinemment que le Guetteur n'y survivrait pas. C'était *ça* qui avait fait fuir le monstre, bille de peinture, vraie balle, peu importe du moment qu'il se servait de l'Ora. S'il voulait que ça marche il devait recréer exactement le même état second que la peur avait façonné sur lui cette nuit-là.

Les billes de peinture s'écrasèrent sur le monstre en une multitude de petits « flocs », couvrant par la même occasion sa forme d'une pellicule de couleurs amalgamées. Il était grand et effrayant avec sa forme vaguement humaine, et ses membres très longs, *allongés pour mieux toucher et détruire* se dit Sean. Son visage tenait plus dans sa physionomie du dinosaure que de l'homme et Sean eut du mal à croire qu'il s'agissait là de l'esprit d'un mort revenu sur terre pour tyranniser sous les ordres de Korn. C'était pourtant bien le cas. Ce qui troublait encore plus Sean c'était que la créature ne semblait pas souffrir les attaques de Lewis, et comme pour confirmer cette théorie, elle se mit en marche vers le jeune tireur en grondant.

Un éclair illumina le couloir par le biais d'une fenêtre lointaine.

Lewis continuait de vider son réservoir de 60 billes, mais cela ne semblait pas affecter le Guetteur qui fondait sur lui.

Les propos de Georges O'Clenn lui revinrent en mémoire lorsqu'il leur avait parlé de l'Ora et de ses pouvoirs : « *C'est en nous tous, en chaque homme et chaque femme que la nature enfante. C'est parfois à fleur de peau et pour d'autres si profondément enfoui dans des gènes ancestraux qu'ils n'auront jamais la capacité de s'en servir, mais nous en sommes* tous *dotés, c'est* naturel. »

Lewis cessa de tirer et ferma les yeux.

Concentre-toi, retourne dans cet état de distance par rapport à la réalité, comme lorsque tu te croyais dans le royaume d'Oz.

Le souffle monstrueux du Guetteur fut sur lui. *Trop tard.*

Sean voulut agir et pourtant il resta pantois quand le Guetteur déchiqueta les chairs de Lewis.

Lewis ne cria pas, la douleur fut moins forte qu'il ne s'y était attendu, les griffes du monstre étaient bien trop acérées pour faire mal. Il pensa de toute ses forces à Oz, à l'épouvantail sans cervelle, au lion peureux, et à l'homme de fer qui voulait un cœur, et à cette ignoble sorcière qui l'avait attaqué et qui l'attaquait encore. Il entendit l'aboiement de Toto et entendit Dorothy chanter au loin avec le peuple des Munchkins. Puis il sentit les griffes lui labourer le corps, mais il ne s'effondra pas, il n'était plus là, plus dans ce monde en tout cas, son esprit n'était plus dans cet horrible manoir sinistre, il était à Oz. Et il pressa la détente.

*

Gregor attendit encore quelques secondes et redemanda :
— Meredith... t'es là ?
Il respirait si fort qu'il avait l'impression que tout le manoir l'entendait.
Quelqu'un grogna devant lui, sur le sol. On bougea même.
— Ça... va. J'suis là, répondit une voix grave et enrouée avant de tousser en gémissant.
— Non, c'est pas ta voix ça !
Gregor recula d'un pas et s'enfonça un bout de verre de la bouteille brisée dans le pied.
— AAAAH !
Il se mit la main sur la bouche.
— Gregor, qu'est-ce qui t'arrive ? Où est l'Ogre ? demanda la voix enrouée
Il sembla bien cette fois que la voix avait les mêmes intonations que Meredith, mais elle était plus grave, faible et hésitante comme quelqu'un qui viendrait de se...
Quel idiot ! se dit Gregor ! *Comme quelqu'un qui vient de se faire étrangler !*
— Meredith, je suis désolé, je ne t'avais pas reconnue. Attends un instant.
Il prit appui sur le mur à sa main gauche et leva son pied blessé pour en extraire le bout de verre. En tirant sur le fragment de bouteille il remercia la providence qu'il n'ait pas à voir ce qu'il faisait sans quoi il aurait certainement tourné de l'œil.
— Gregor, t'es toujours là ? demanda la voix enrouée de Meredith. Où est Eveana ?
— Présent, répondit le garçon en s'appliquant à ne pas casser le verre dans la plaie.
Ça n'était pas pratique, ne voyant rien il se guidait en fonction de la douleur.
— Elle est remontée quand cette ordure est apparue, elle doit nous attendre là-haut, persuadée qu'on est mort.
— Et l'Ogre où est-il ?

— Il est là, à mes pieds. Je crois qu'il a son compte. Pour un moment en tout cas j'espè...

Il ne finit pas sa phrase, interrompu par des vertiges. La blessure ne semblait pas aussi profonde pour causer pareils troubles, et il se doutait déjà de ce que ça pouvait bien être.

Depuis samedi soir, où il avait donné ses deux dernières lancettes à Zach pour crocheter la fenêtre, Gregor ne pouvait plus se faire de prélèvement sanguin pour son diabète. Il avait d'ailleurs assez peu d'insuline avec lui et avait décidé de se rationner pour tenir jusqu'à lundi soir sans retourner chez lui. Il s'était donc fait des injections en dosant un peu au hasard, se fiant à son habitude, mais il savait qu'il ne se soignait pas bien. À cela s'ajoutait la nourriture pas équilibrée du tout qu'ils ingurgitaient depuis deux jours et Gregor comprit qu'il en ressentait les effets à présent. Il devait se calmer et se faire une piqûre d'insuline.

— Gregor ? Un problème ? demanda Meredith de sa voix sourde.

— Faut que je sorte d'ici, je dois me faire une injection.

Il commença à chercher les marches. Son pied blessé lui faisait mal à chaque pas et il se résigna à ne le poser qu'un pas sur deux, se servant de son talon sur les autres pas. Il entendit Meredith tousser et se relever. Réalisant qu'elle aussi était en chaussettes il la prévint :

— Fais gaffe, il y a plein de bouts de verre par terre. Fais un détour pour rejoindre l'escalier.

— O.K., mais j'ai perdu mes lunettes ! grogna-t-elle. Je ne vais rien voir une fois en haut...

— Je t'en rachèterai si tu veux mais faut vraiment que je sorte.

Meredith se fit une raison et abandonna ses lunettes. Elle avait trop mal à la gorge pour s'inquiéter de ne pas voir parfaitement.

Ils arrivèrent tant bien que mal à remonter, et ce fut un soulagement incontestable que de se retrouver dans le hall a la rosace. La lumière aussi faible fut-elle leur fit un bien fou.

Dès qu'ils furent remontés Gregor s'assit sur le banc au

pied du mur. Dehors la tempête brisait tout, fouettant le manoir avec une force phénoménale. Le mugissement discontinu du vent filtrait jusqu'à eux, semblable à la plainte d'un incroyable fantôme.

Meredith se mit à chercher Eveana en plissant les yeux pour forcer sur sa vue diminuée et en se massant la gorge. Elle avait eu sacrément chaud. Elle s'était même vue mourir. Pourtant cela ne l'avait pas choquée outre mesure. Elle s'était débattue mais n'avait réussi à rien jusqu'à ce que Gregor n'intervienne. C'était une preuve de faiblesse pour elle et le prix en était sans appel. C'était Meredith, dure, même et surtout avec elle-même.

Elle sécha les larmes qui avaient coulé sur ses joues et ouvrit une porte. Bilivine apparut.

— Tiens donc ! dit la femme en tailleur en feignant la surprise.

Meredith fit volte-face aussitôt et se mit à courir.

Bilivine se concentra et dans la seconde suivante elle utilisait l'Ora pour renverser l'armure décorative dans les jambes de la jeune fille qui s'enfuyait et qui trébucha.

Gregor, qui venait de sortir de sa poche la seringue hypodermique sous plastique, se redressa mais un vertige terrassant le contraignit à se laisser choir sur le banc.

Bilivine s'approcha de Meredith qui ne bougeait plus, allongée entre les différentes parties de l'armure. Elle aurait bien utilisé l'Ora pour lui faire peur, pour la faire paniquer un peu mais Korn avait expressément demandé à ce qu'elle ne se serve pas de ses facultés, sauf urgence. Pas aujourd'hui où il avait besoin de toute la concentration nécessaire à l'apprentissage total des savoirs du Khann. Pour l'armure Bilivine avait agi presque spontanément, du moins c'est-ce qu'elle dirait à Korn s'il lui faisait des reproches.

Elle enjamba la cotte de mailles et le gantelet qui gisaient et voulut prendre Meredith par un bras. Cette dernière qui faisait la morte, lui balança sa jambe derrière le genou de manière à la déstabiliser et sauta sur ses pieds pour lui décocher une droite comme il lui était rarement arrivé d'en

mettre. Bilivine valsa jusqu'au mur et s'effondra sur le socle
où l'armure reposait une minute plus tôt.

Meredith sortit son poing américain et par pur vice en mit
un grand coup à la jeune femme. Un flot de bave gicla de sa
bouche.

Quoi qu'on en dise, ça fait du bien !

Elle se recula, satisfaite et vit alors Gregor qui tremblait et
transpirait sur le banc. Elle galopa jusqu'à lui et comprit qu'il
faisait une crise de diabète.

*

Sean assistait au funeste spectacle de la mort de son ami
sans pouvoir faire quoi que ce soit sinon attendre son tour.

Lewis avait fermé les yeux et n'avait pas crié une seule fois,
son sang s'était pourtant répandu en minuscules gouttelettes
sur le mur, mais aucun son ne sortit de sa bouche. Il avait
arrêté de tirer.

La cartouche d'air comprimé se mit soudainement à crépiter et il y eut un hurlement. Mais pas celui de Lewis, celui
du Guetteur.

Il beugla alors que les billes de peinture ne s'écrasaient pas
à sa surface, mais *pénétraient* la couche de peinture des tirs
précédents. Elles s'enfonçaient dans la créature.

Puis il y eut un coup de tonnerre comme un coup de feu
et le Guetteur disparut, laissant la peinture former un tas
ignoble sur le sol. Lewis s'écroula.

— Non, Lewis ! cria Sean.

Il se précipita sur son ami d'enfance et le tourna pour voir
son visage.

Lewis avait les yeux fermés, ses vêtements étaient complètement déchirés et Sean prit sur lui-même pour ne pas
détourner le regard des plaies ouvertes qui lui zébraient le
torse. Du sang bien rouge coulait sur le sol, contrastant désagréablement avec le gris froid de la pierre.

— Non, Lewis tu peux pas faire ça ! Lewis, reviens, je t'en
supplie, reviens, ouvre les yeux !

Mais Lewis était inerte, les cheveux coiffés à la brosse se mêlant au sang qui formait à présent une mare.

Sean retira son sweat-shirt et le posa sur les plaies sanglantes, espérant stopper l'hémorragie. Il avait vu ça dans des films et des séries ; si on le faisait à chaque fois c'est qu'il y avait une part de réel, alors il pressa son sweat-shirt contre le ventre de son ami.

— Lewis, je t'en prie reviens avec moi, je sais que c'est beau là où tu es, que c'est sûrement le pays d'Oz, mais t'as pas le droit de partir comme ça, c'est pas juste !

Sean tourna le sweat-shirt de manière à appliquer un côté sec, et en le manipulant il y eut un horrible bruit de succion. Lewis était exsangue, d'une pâleur fantomatique.

— S'il te plaît Lewis, murmura Sean, t'as pas le droit de me laisser tout seul dans cette galère, nous deux on va s'en sortir et on se fera des paint-balls dans les bois, comme avant... allez quoi, reviens !

Des larmes lui emplirent les yeux. Il ne savait plus quoi dire, ni que faire, il cherchait ce qu'il aurait pu lui raconter, espérant que Lewis l'entendait toujours, il voulait une histoire qui lui plaisait, quelque chose qui le rattacherait à la réalité.

— Lewis, tu sais quand j'ai été voir mon grand-père hier, avant de partir je lui ai posé une question et j'ai oublié de t'en parler, alors je suis désolé de t'avoir fait attendre si longtemps vieux, mais je sais enfin pourquoi les châteaux d'eau sont construits en hauteur... Tu sais c'est-ce que tu nous demandes tout le temps, tu les trouves si laids et tu ne comprends pas pourquoi on les fabrique tout de même en hauteur plutôt que de les enterrer. C'est à cause de la pression, Lewis. C'est pour avoir plus de pression qu'on bâtit ces cuves en hauteur. C'est con pas vrai ? Alors maintenant je t'en prie reviens avec moi, te laisse pas partir Lewis, bats-toi ! BATS-TOI !

Sean hurla de tous ses poumons et serra Lewis dans ses bras.

—Bats-toi, mon copain de toujours, sanglota-t-il, bats-toi pour qu'on puisse encore faire les crétins ensemble... s'il te plaît Lewis...

Sean sentait le sang chaud de Lewis contre son propre T-shirt et ses chaussettes trempaient également dans la petite mare tiède. Il serrait son ami contre lui à s'en étouffer. Et il lui passa la main dans les cheveux, comme un grand frère.

— S'il te plaît...

Sa voix était devenue presque inaudible sous l'émotion.

Et puis Lewis bougea. D'abord un bras et ensuite la tête. Il ouvrit les yeux à moitié et dit :

— Putain de... château d'eau... c'est moche.

Simple coïncidence ou caprice de la nature dans son éternel souci d'équilibre ? Alors que Lewis revenait à lui dans le couloir froid d'un manoir, Anatole Prioret s'éteignit au chaud dans son lit. Lassé de vivre depuis trois jours avec des drains et des sondes sur tout le corps, Anatole se laissa partir quand son cœur se mit à faiblir. Il aurait certainement pu lutter, et étant très solide, il s'en serait sorti, mais pour combien de temps encore ? Et pour quoi faire ? Alors quand le grand voile du mystère ultime passa à portée, Anatole se laissa glisser vers l'éternité, et il disparut.

Pete Palhio qui était de garde ce jour-là, découvrit le corps du vieil homme, et il resta près de cinq minutes à contempler ce patient décédé. Il avait vu plusieurs dizaines de morts dans le même genre — dans une maison de retraite c'était tout de même une finalité quasi quotidienne hélas ! surtout à l'approche de l'hiver — mais celui-ci avait quelque chose de différent. Quand Pete trouva enfin ce qui clochait, il tapota la main d'Anatole en souhaitant que, lorsque son jour à lui viendrait, il en serait de même.

Anatole souriait.

*

— ...j'ai besoin... d'insuline, dit Gregor entre ses dents claquantes.

Meredith lui prit la tête délicatement.

— Je ne sais pas faire ça, Gregor, il faut que tu me dises comment procéder.

— Pppp...prends la ssssseringue qui est est est partttt-terre.

Meredith inspecta sous le banc et trouva l'objet en question, elle le déballa de son plastique.

— Dddddans ma popopopoche intérrrrrieure, tenta d'articuler Gregor.

Meredith fouilla aussitôt dans la dite poche et en sortit un flacon d'insuline. Il devait rester de quoi remplir la seringue hypodermique.

— Quelle dose je mets ? demanda la jeune fille.

Elle planta l'aiguille dans le plastique du flacon et attendit le conseil de Gregor pour aspirer.

— Alors, quelle dose je mets ?

Pas de réponse. Meredith quitta la seringue des yeux et vit que Gregor papillotait des paupières, comme s'il était pris de convulsion.

— Oh ! Gregor, déconne pas ! Il faut que tu me dises quelle dose je mets ?

Une porte grinça dans son dos comme le rire perfide d'une sorcière.

Meredith jeta un coup d'œil par sûreté.

L'Ogre était sur le palier de l'escalier descendant à la cave. Meredith ne sut s'il s'agissait de vin séché ou de sang, mais ses cheveux et son visage étaient recouverts d'une substance aqueuse aux reflets roux.

Elle empoigna la seringue comme s'il s'agissait d'un couteau. Prête à bondir sur l'Ogre s'il bougeait dans sa direction. *Et la merde continue*, pensa-t-elle. Gregor tremblait de plus en plus à côté. *Laisse-moi une minute avec Gregor, et je te jure qu'après ça on sera que toi et moi, à main nue si tu veux, mais laisse-moi une minute pour m'occuper de lui...*

L'Ogre ne sembla pas entendre cette supplique mentale car il s'avança vers elle, un tesson de bouteille à la main.

— On va bien s'amuser tous les deux, dit-il de sa voix d'enfant malsain.

Meredith brandit la seringue devant son visage. *Non ! Ne l'utilise pas, si tu la casses, Gregor est foutu !*

— Oh, chouette ! Toi aussi tu as apporté un jouet, fit l'Ogre.

Il n'était plus qu'à quatre mètres.

Il la regarda droit dans les yeux et l'horreur jaillit.

Elle prit la forme d'une odeur. Une simple odeur de pain grillé qui chez la plupart des gens aurait mis les papilles en émoi, mais qui chez Meredith devint un calvaire. L'odeur l'enveloppa complètement, s'imprégnant dans ses vêtements et s'accentua jusqu'à devenir le parfum d'un toast qui brûle, qui se carbonise.

NON ! NON ! PAS ÇA ! JE VOUS EN SUPPLIE !

Elle revit son père qui sortait du four comme dans son cauchemar obsessionnel et elle crut bien que cette fois elle allait y laisser ce qui lui restait de raison. Elle allait s'abandonner à ce que cet homme voulait, peu importe du moment que ce cauchemar puisse la quitter.

Elle fit un pas dans sa direction et l'Ogre dévoila ses dents.

La porte à double battant s'ouvrit en grand et deux silhouettes firent irruption en trombe dans le hall. Le shérif et un autre homme, tout habillé en cuir. Le shérif braqua immédiatement son arme sur l'Ogre.

— Ne bouge plus toi ! Avise-toi de me refaire un de tes coups tordus et je te trucide sans sommation ! Suis-je clair ? s'écria Benjamin Hannibal.

Ezekiel considéra avec surprise la jeune fille et le garçon allongé sur le banc. Meredith secoua la tête et chassa machinalement l'odeur d'un geste du bras. Elle cligna des paupières et réalisa où elle se trouvait et que les dernières secondes avaient été une manipulation de l'Ogre. Elle se détourna de la scène et replanta l'aiguille dans le flacon d'insuline.

— Et puis merde, je lui mets tout, dans l'état où il est ça pourra pas être pire !

Elle vida le flacon et planta l'aiguille dans le bras noir du garçon après avoir chassé l'air.

— Maintenant je ne peux plus rien pour toi, mon ami, c'est à toi de faire le reste du boulot.

Elle lui posa la main sur le front. Il était moite et très froid.

Dans son dos la tension monta d'un cran.

*

Aaron lui donna une gifle qui la sonna encore plus.

Eveana était appuyée sur un vieux bureau du siècle dernier pour ne pas tomber. Il ferma la porte à clef et mit la clef dans sa poche de jean.

— À nous deux ma petite salope !

Eveana ferma la bouche alors qu'un peu de sang coulait sur ses lèvres et respira fortement par le nez.

— Je ne te conseille... pas... de me... toucher, lança-t-elle à moitié consciente de ce qu'elle était en train de dire.

Aaron fendit l'air à une vitesse démesurée, du moins pour l'esprit embrumé d'Eveana, et il plaça la lame de son cran d'arrêt sous sa gorge.

— La ramène pas trop ou je te saigne ! la menaça-t-il. Alors tu couineras comme une truie !

Il la poussa à s'asseoir sur le bureau, et de sa main libre commença à lui défaire la fermeture éclair de son pantalon.

— NON !

Elle se débattit mais il lui expédia une autre gifle qui l'assomma presque.

— Ta gueule ! Je vais te montrer une autre façon de couiner comme une truie !

Il lui déchira le pantalon avec son couteau et entreprit de baisser le sien.

*

L'Ogre avait peu conscience du danger en temps normal mais là il se sentait menacé. La pièce était trop vaste et le shérif trop proche pour qu'il tente de fuir d'un coup. Restait la solution de ces *choses étranges* qu'il arrivait à faire sans savoir pourquoi. À chaque fois cela lui faisait un peu mal à la tête et il se sentait souvent fatigué après avoir utilisé ce pouvoir, mais cela l'amusait, et puis ça l'avait sorti de pas mal de situations délicates.

Il inspecta le shérif et son acolyte, celui dont émanait une force comme la sienne. C'était lui qu'il fallait neutraliser en premier.

Les murs du manoir tremblèrent sous les assauts conjugués de la pluie et de l'ouragan. Le tonnerre gronda également, résonnant dans les couloirs.

Le shérif s'apprêtait à demander à Ezekiel ce qu'ils devaient faire pour neutraliser ce type. Il s'était précipité ici mais n'avait pas songé une seule seconde à la manière de coffrer l'Ogre sachant qu'il était capable de bien des tours.

Il n'eut pas le temps de se poser la question plus long-temps.

Quelqu'un déboucha dans la pièce.

— Mais qu'est-ce qui se pass...

Le shérif se retourna immédiatement alors que Tebash qui venait d'identifier les intrus se ruait sur lui. Il n'en fallut pas plus à l'Ogre pour sauter à la gorge d'Ezekiel.

Gregor qui revenait à lui vit les quatre hommes s'entre-déchirer et chercha Meredith qui tenta de le soulever.

— Viens, dit-elle dans l'urgence, on ne reste pas ici, il faut retrouver les autres.

Elle passa un des bras du garçon sur ses épaules et le souleva. Gregor rassembla toute son énergie et aida la jeune fille dans son effort pour le mettre debout. Son pied lui fit mal en même temps que son bras où il s'était déchiré à la cave.

— Allez, courage ! le motiva Meredith.

Ils foncèrent aussi vite que possible vers l'escalier, montèrent jusqu'à la magnifique rosace qui s'illumina d'un flash blanc pendant que le tonnerre éclata. Les quatre hommes se rouaient de coups en hurlant.

*

Sean n'en croyait pas ses oreilles, Lewis avait parlé.
Il le posa délicatement sur le sol.
— Sean... j'ai... mal.
Il avait dit cela avec un détachement impressionnant, comme si la douleur arrivait à son esprit sous la forme d'un simple message avec inscrit : « Tu as mal. » et non sous la forme de tiraillements et élancements vertigineux.
— Je sais, on va te sortir de là, laisse-moi juste un instant pour trouver une solution.
— T'as vu.... Je l'ai... bien eu... pas vrai ?
— Ouais Lewis, c'était géant ! Mais conserve tes forces, ne parle pas trop.
La pâleur de Lewis alarmait Sean dont l'esprit fusait à cent à l'heure pour trouver une solution en vue de sortir son ami de là et pour pouvoir s'occuper de Korn.
Cette solution se manifesta sous la forme de deux ombres murmurantes et boitantes. Meredith et Gregor apparurent dans l'angle du couloir.
— Vous êtes là ? s'étonna Sean. Venez vite, Lewis est blessé et...
Il vit Gregor que Meredith soutenait et la trace violette sur la gorge de la jeune fille.
— Merde alors, et où est Eveana ?
— Elle a disparu, répondit Meredith qui déposa Gregor aux côtés de Lewis en soufflant.
Un accès de fureur voila momentanément l'esprit de Sean. Il fixa Meredith dans les yeux.
— Tu peux t'occuper d'eux ? Je dois faire quelque chose d'urgent...
Il ne prit pas le temps de vérifier si Meredith était d'accord et il partit en courant.

Il fila dans les couloirs comme le vent qui s'engouffre dans un conduit de cheminée, fusant et longeant les murs. Il monta plusieurs escaliers sans jamais se poser la moindre question sur sa destination, une force extérieure le guidait. Cette même puissance qui avait été avec lui à plusieurs reprises depuis le rituel du phare ; il semblait à Sean qu'il avait ramené quelque chose avec lui de cette incursion dans le monde de l'Ora. Il gravit une volée de marches et poussa la lourde porte noire qui menait au sommet de la tour alors que l'ouragan se déchaînait à l'extérieur.

*

Eveana criait.

Elle sentit la lame du couteau sur sa gorge et malgré l'état de choc dans lequel elle était elle se demanda s'il n'était pas préférable de se faire enfoncer cette lame froide dans la gorge plutôt que de subir ce qu'il allait lui faire.

Aaron lui écarta violemment les cuisses.

Eveana gémit en implorant d'arrêter et elle sentit le sexe chaud du garçon contre le sien.

— Tu vas le sentir passer crois-moi ! dit-il d'une voix amère.

Elle essaya de se débattre une dernière fois mais il la brutalisa et l'immobilisa complètement. Elle chercha refuge dans une pensée réconfortante, et vit le visage de Zach qui lui parlait. Il lui disait de tenir bon, de lui parler, de lui crier où elle se trouvait.

Aaron lui enfonça les doigts rageusement dans la chair des cuisses et lui maintenait les jambes ouvertes.

Dans la tête d'Eveana, Zach hurlait avec rage qu'il arrivait.

Et soudain elle réalisa.

Elle comprit que ce n'était pas une image dans sa tête, mais la réalité. Zach hurlait dans les couloirs du manoir, il répondait aux cris qu'elle-même poussait depuis quelques minutes. Et elle hurla :

— ICI ! ZACH !

Aaron lui cogna la tête contre le mur.

— FERME-LA !

Il remit son pantalon alors qu'on enfonçait la porte avec fracas.

— M'en vais lui couper les couilles à ce merdeux, une bonne fois pour toutes !

La porte céda et Zach bondit dans la pièce, il tenait la masse de guerre dont il s'était servi pour enfoncer la porte — masse qu'il avait empruntée à une des armures du corridor. Il vit Eveana les jambes écartées sur la table et son sang ne fit qu'un tour, il hurla et lança la masse dans les airs vers Aaron.

Quand la lourde arme de guerre s'écrasa sur la poitrine du voyou il y eut un craquement horrible comme la carcasse d'un poulet qui se brise entre les mâchoires d'un chien. Aaron ne cria même pas, ses poumons meurtris ne le lui permirent pas, il tomba sur la pierre, du sang plein le tee-shirt.

Zach se précipita sur la jeune fille rousse, cacha sa nudité de son pantalon déchiré et la prit dans ses bras.

— C'est fini, je suis là, je suis là avec toi...

Elle éclata en sanglots alors que trois grandes silhouettes entrèrent dans la pièce, trois hommes d'un âge mûr, dont l'un portait une barbe grise et un pendentif où la lettre A était entourée d'un grand C.

*

La force et la masse de Tebash suffirent à emporter le shérif. Les deux hommes roulèrent sur le sol et s'empoignèrent vigoureusement, se meurtrissant les flancs de coups de coude et de genou.

Ezekiel n'avait pas vu l'Ogre bondir sur lui, il sentit le tesson lui déchirer le pantalon et lui ouvrir la cuisse. Par chance le cuir était assez épais pour que le verre ne puisse pas trop s'enfoncer dans ses chairs. Il lança son coude en plein visage de l'Ogre qui recula sous le choc.

En tombant, le shérif avait lâché son arme qui gisait à présent à deux mètres de sa main. Tebash était puissant et plus fort que lui, le corps à corps risquait de tourner court s'il ne la récupérait pas rapidement. Mais diable ce que ça pouvait être loin deux mètres lorsqu'on était immobilisé sur le sol ! Tebash lui expédia un crochet en pleine pommette et le shérif sentit sa joue éclater sous l'impact.

Ezekiel arma son deuxième coup de poing mais ne le lança pas. L'Ogre le fixait dans les yeux et il revit aussitôt une scène qu'il essayait d'oublier depuis des années.

C'était une cave lugubre avec un petit garçon que tout le monde cherchait et derrière le petit garçon se trouvait un homme. Cette vision, qui lui avait ouvert les portes du monde occulte dans sa jeunesse tout autant que celle du traumatisme, lui revenait à l'esprit avec une fraîcheur surprenante, terrassante en fait. Mais la vision s'altéra, et bientôt ce ne fut plus le petit garçon qu'il avait vu autrefois et qu'on avait retrouvé dans une décharge mais lui-même enfant. Et l'horrible voisin se transforma et prit les traits de l'Ogre.

« *Tu vois, dans toutes les villes et pour tous les âges il existe un Ogre, un Ogre qui n'attend qu'une victime pour se repaître !* » dit la voix enfantine de l'Ogre dans sa tête. Ezekiel hurla tout ce qu'il pouvait hurler.

Tebash leva la main pour frapper de nouveau et cette fois le shérif réussit à soulever suffisamment le mastodonte pour tourner la tête et les épaules afin que le poing de fer s'écrase sur la pierre. Tebash cria de rage et de douleur. Profitant de l'occasion, Benjamin mit toutes ses forces restantes dans son coup et décocha un uppercut juste sous le menton de Tebash qui bascula en arrière.

Benjamin rampa vers le pistolet pendant que Tebash empoignait la hallebarde de l'armure que Bilivine avait fait tomber un peu plus tôt.

L'Ogre le violait. La vision était si forte qu'elle se superposait à la réalité, Ezekiel ne voyait même plus le hall, il n'y avait plus que la cave sombre et l'Ogre dans son dos. L'Ogre ne le violait pas *pour de vrai*, du moins pas physiquement, mais mentalement. Enfonçant son sadisme toujours plus loin dans son intimité.

Et puis une substance chaude se répandit sur son torse, et la douleur lui jaillit du cou en même temps que la vision disparaissait.

Ezekiel vit l'Ogre au-dessus de lui, il entendit le shérif hurler et une détonation assourdissante, et ne vit plus que la rosace où un ange et un démon s'affrontaient pour le devenir de l'homme. L'Ogre se tenait au-dessus de lui, le tesson de bouteille sanglant à la main.

Ezekiel boula au pied des marches, et se vida de son sang. Il mourut devant un vitrail, assistant impuissant à la bataille qui opposait les forces de Dieu à celles de Satan.

Quand il posa la main sur le revolver, le shérif n'eut le temps de se retourner que pour voir arriver sur lui Tebash avec la hallebarde tendue en avant.

La pointe de la lance s'enfonça dans son ventre et il tira.

Tebash fut propulsé à deux mètres en arrière, tout le haut du crâne répandu un peu partout dans la pièce.

Benjamin Hannibal inspira de toutes ses forces sous l'effet de la douleur. Il tituba et se retint de justesse au mur le plus proche. Il lâcha son arme pour prendre la hallebarde à deux mains et l'extraire de son corps.

Il hurla.

La lance tomba en résonnant sur le sol et Benjamin Hannibal perçut du coin de l'œil l'Ogre qui s'enfuyait par l'escalier. Il reprit son arme et lorsqu'il la braqua en haut des marches, l'Ogre avait disparu. Il tomba à genoux.

Il posa sa tête sur la première marche et vit Ezekiel, les yeux livides et comprit qu'il était mort. Un spasme abdominal lui comprima la poitrine et il tomba inconscient sous le choc.

*

Sean se tenait sur le seuil de la pièce.

C'était une grande salle ronde, toute en pierre noire. Des bougies illuminaient les lieux, et Korn se tenait devant une large et haute fenêtre, le Khann posé sur un autel à côté. Des éclairs projetaient régulièrement leur flash blanc dans la pièce, allongeant l'ombre de l'homme à la cicatrice comme un monstre sur le sol.

— Ainsi tu es revenu, dit Korn qui eut du mal à dissimuler son étonnement. C'est inattendu tout autant que stupide.

— Je ne vous laisserai pas faire ça ! répliqua Sean. Vous êtes la lie de l'humanité, vos intentions sont ignobles !

Korn se mit à rire.

— Tu n'es qu'un gamin, pauvre minable...

Korn leva une main.

Sean s'était concentré durant toute son ascension au sommet de la tour, il avait cherché à se mettre en condition pour accéder au monde de l'Ora. Ce qu'il voulait par-dessus tout, c'était pouvoir se servir de l'Ora en étant conscient dans son corps. Utiliser la *magie* et bouger en même temps. Fort de son expérience du phare, il espérait en être capable.

Cela avait été présomptueux. Il vit Korn se concentrer en levant la main et en fit de même. Il voulait parer l'attaque du sorcier mais il n'avait presque aucune connaissance en la matière et faisait face à six cents ans de pratique.

Le coup fut rapide et sans pitié.

Son bras se brisa en plusieurs morceaux instantanément. Ce qui fusa hors de sa bouche tenait plus du rugissement que du cri. Un éclat fulgurant éclaira la pièce d'une blancheur spectrale et se dissipa dans le roulement de tonnerre qui suivit.

Sean tomba à genoux en agonisant. Il essayait malgré tout de se concentrer pour affronter Korn là où l'homme ne s'y attendrait pas. Mais il s'agissait d'une entreprise vouée à l'échec en temps normal, alors sous l'effet de la douleur... À moins de réussir à faire comme Lewis qui sous l'emprise de la souffrance avait décuplé ses facultés ! Mais cela tenait du miracle.

Korn éclata d'un rire lugubre, empli de fierté.

Il ferma le poing et Sean s'effondra sur la pierre. La main brisée en un odieux craquement.

— Meurs, avorton ! lança Korn en levant les bras et s'apprêtant à donner l'ultime coup.

— Arrête !

La voix qui venait d'emplir la pièce de sa force et de son assurance figea Korn dans son geste. L'homme qui accompagnait Zach se tenait sur le seuil, sa longue barbe couvrant le pendentif.

— Zehus ! s'exclama Korn, ébahi.

Le guide spirituel de la Confrérie des Arcanes se tenait à quelques mètres de lui, suivi de Pharas et Kleon et de deux de ces intolérables adolescents.

Il n'était pas difficile de comprendre la présence de la Confrérie ici, ces jeunes sangsues les avaient prévenus, mais comment avaient-ils fait pour les trouver ? La Confrérie était un ordre secret et très peu de personnes en connaissaient l'existence...

Peu importe ! Dans quelques minutes la Confrérie ne sera plus qu'une relique inutile de l'histoire.

Korn avait acquis suffisamment d'érudition au cours de ces dernières décennies pour se savoir capable d'affronter Zehus et de le défaire en combat singulier. Il lui fallait juste occuper Pharas et Kleon, contre les trois en même temps la partie serait plus serrée.

Zehus et ses deux condisciples s'avancèrent dans la pièce de manière à vérifier que personne d'autre ne les y attendait. Zach qui tenait Eveana dans ses bras les suivit. Quand ils virent Sean à genoux, le visage crispé en une effroyable grimace de souffrance, ils se précipitèrent vers lui.

Une dernière présence fit son entrée, à la grande stupéfaction des trois druides comme de Korn.

L'Ogre était en haut des marches et fixait le Khann avec convoitise.

— Enfin... la Bête ! murmura-t-il.

Korn n'en crut pas ses yeux, était-il possible que ce fût lui, cet homme qui l'avait servi autrefois et qui voulant s'emparer du Livre avait péri avec Clenon en tombant dans le Pocomac ? Cet ancien druide qui avait combattu la Confrérie avec ardeur avant de disparaître en 1952 avec le Khann.

C'était impossible, pourquoi n'aurait-il pas donné de nouvelles, pourquoi ne serait-il pas rentré après l'assaut infructueux ? Par peur de représailles ? S'était-il imaginé que Korn le tuerait pour ne pas avoir mis la main sur le Livre — ce que Korn avait déjà fait par le passé ? C'était improbable et pourtant il avait les traits de Ashber, son vassal.

— Ashber ? C'est toi ? voulut s'assurer Korn alors que la réponse lui sautait aux yeux.

L'Ogre le dévisagea, il connaissait ce visage, cette intensité effrayante dans les yeux. C'était... c'était...

Le bourdonnement s'amplifia dans sa tête et il se résolut immédiatement à ne pas y penser plus. Depuis longtemps maintenant qu'il errait sur les routes, de ville en ville il avait pris l'habitude de ne plus chercher à trop creuser dans les profondeurs de sa mémoire. C'était trop douloureux. Il avait erré ainsi au gré de ses envies, toujours vers le sud jusqu'au jour où il avait rêvé de la Bête. C'était venu tout seul, d'un coup comme une mauvaise grippe, un jour où il avait un peu trop abusé sur ces *choses étranges* qu'il pouvait faire en y pensant très fort. Et depuis il avait été guidé jusqu'ici pour retrouver son seul et unique Maître, la Bête qui trônait devant l'homme à la cicatrice.

Zehus contemplait Ashber avec étonnement, il n'avait jamais supposé qu'il eût survécu aux événements de 52. Et pourtant la vérité s'étalait sous ses yeux. Son esprit revint à Korn et il se concentra. Il fallait en finir.

Korn sentit que Zehus allait passer à l'attaque, il perçut aussi Pharas et Kleon qui se préparaient.

Le sorcier pernicieux ferma les yeux et brandit les mains vers les cieux comme un improbable messie.

— Je vous ordonne, peuple du Royaume, de m'obéir une fois encore et de descendre parmi les vivants !

Sa voix était caverneuse, similaire aux monstres des films d'horreur.

Deux Guetteurs apparurent devant Pharas et Kleon. Tous deux eurent un mouvement de recul, puis se concentrèrent, mobilisant leurs forces pour les chasser.

Korn et Zehus n'étaient plus que tous les deux ; un combat mental herculéen s'engagea.

Ashber-l'Ogre ne voyait plus que le Livre et il se précipita dessus.

Eveana fut plus rapide, se jetant sur l'autel et s'emparant du précieux grimoire. Ashber gronda et lui bloqua l'issue de tout son corps.

— Ne touche pas à ça toi ! hurla-t-il.

Eveana recula d'un pas et Zach prit son élan puis bondit sur Ashber. Sans même esquisser le moindre geste, l'Ogre-sorcier propulsa le jeune homme contre le mur, ce qui l'assomma. Les *choses étranges* étaient décidément bien pratiques ! Il fixa Eveana dans les yeux en s'approchant et manqua de trébucher sur la jambe de Sean. Il examina le garçon et reconnut celui-là même qui lui avait échappé chez lui et dans les bois. Cette occasion était inespérée et il souleva le jeune garçon par les cheveux.

Sean qui avait le bras et la main si meurtris ne gémit pas, mais il lança son pied de toutes ses forces dans le tibia de l'Ogre. Celui-ci ne cilla pas et lui décrocha un coup de poing à l'arcade sourcilière qui explosa. Un flot de sang chaud se répandit sur tout le visage de Sean, l'aveuglant.

— Je vais te tuer à coups dans la tête, petit, et après (Il tourna la tête vers Eveana qui était blottie contre une étagère poussiéreuse.) je m'occuperai de toi... et de la Bête.

Dans un entrelacs de lumières, de chaos et de puissances destructrices, Zehus et Korn s'affrontaient comme jamais. À n'en pas douter si les USA et l'URSS étaient entrés en guerre à la fin de la guerre froide, le conflit n'en aurait pas été plus impressionnant. Mais le combat que se livraient les deux

« hommes » était mental, ils se déchiraient dans un univers parallèle où leurs forces étaient décuplées, et où tout devenait possible pourvu que l'on ait les ressources psychiques suffisantes. Et à ce petit jeu Zehus se faisait vieux, même pour un druide qui avait percé les secrets d'une longévité extraordinaire. Il approchait de la fin et ses pouvoirs lui pesaient à présent comme un effort intense qu'il avait du mal à maîtriser. Heureusement, son expérience sans égale lui permettait de rivaliser avec Korn le furieux. Pourtant la lutte commençait à pencher vers le fanatique, il épuisait toutes les ressources de Zehus, livrant le grand druide à un état de désolation avancée. Son triomphe allait être total ! Il aurait acquis toutes les connaissances du Khann et pourrait jouer des clefs du monde, et la Confrérie détruite ne pourrait pas lui mettre de bâtons dans les roues !

Une satisfaction intense se lisait dans les yeux d'habitude si insensibles de l'Ogre. Il jouissait presque. Sean qui épongea tout le sang qui lui coulait dans les yeux, se dit que sa dernière heure était arrivée.

Toutefois une force qui vivait en lui depuis quelques jours lui assura que ce n'était pas le cas et elle remonta vers la surface.

D'abord lentement, puis de plus en plus rapidement, à vitesse exponentielle pour jaillir de son esprit.

Ce qu'il avait ramené de son expérience de l'Ora au phare, ou peut-être même de la séance de spiritisme, et qui n'avait cessé de l'aider en le guidant bondit hors de son cœur, de son âme et de tout son corps. Sean l'avait senti en lui, comme un conseiller secret et un ange gardien à la fois.

Une force singulière se défit de son être et fonça sur l'Ogre.

Sean sut ce que c'était au moment où elle effleura ses sens. Cette odeur suave et cette douceur dans la façon d'à peine toucher la peau pour la caresser fit saillir la vérité. C'était l'esprit de mamy Lydia. C'était sa grand-mère qui s'insinuait dans l'Ogre. Et qui s'enragea qu'on puisse faire autant de mal à des enfants. Elle était restée proche de Sean depuis sa mort et s'était immiscée en lui quelques jours plus tôt pour le protéger encore plus facilement. Depuis tout ce temps-là son esprit non dissipé dans les limbes de l'univers avait erré dans le seul but de protéger son petit-fils.

L'Ogre regoûta à ce sentiment de peur qu'il avait éprouvé le soir où O'Clenn avait sauvé Sean de ses griffes. Il y regoûta tant qu'il se mit à paniquer. Quelqu'un s'infiltrait en lui, ouvrant en grand les portes bien cloisonnées de ses craintes et frayeurs oubliées. La peur s'accumulait sans qu'il puisse ni la maîtriser ni la comprendre. Elle envahissait toutes ses facultés de raisonnement, elle coulait dans ses veines, et noyait ses organes sous son flot noir de terreur. Celui qui avait autrefois porté le nom de Ashber vit se répandre en lui comme une vague qui déferle sur une jetée, toutes les peurs qu'il avait infligées à ses victimes, toutes ces frayeurs qu'il avait vues et que ses sens avaient emmagasinées. Elles explosèrent avec leur cortège de hurlements, d'angoisses, de phobies et de pleurs. Son cœur s'accéléra tout d'un coup et sa tête bourdonna une dernière fois. La pire. Ses yeux s'enfoncèrent dans leurs orbites avec le même bruit qu'une botte que l'on extrait de la boue. Et son cœur implosa.

Il s'affala pareil à un pantin désarticulé.

La mâchoire d'Eveana tombait. Elle n'en croyait pas ses yeux.

Sean frissonna agréablement alors que le parfum de grand-mère Lydia lui montait le long de la jambe jusqu'à lui passer sur le visage pour s'immobiliser un instant et se perdre dans l'infini. Sean sentit qu'elle se dissipait à jamais dans le monde et il ne le savait pas encore mais ses effluves se mêlèrent à ceux de milliards d'autres. Ses essences fusèrent dans l'éternité, et quelque part, des volutes de ce qu'elle avait été retrouvèrent une chaleur depuis longtemps abandonnée. Celle d'Anatole.

Zehus faiblissait, son esprit allait bientôt lâcher. Il vibra de tout son être quand un esprit se dissipa non loin de lui, mais Zehus resta polarisé sur l'affrontement avec Korn. Son adversaire n'en fit pas autant, il détourna son attention une seconde sur cet élément qui pouvait bien être Pharas ou Kleon qui s'étaient débarrassés des Guetteurs et qui venaient à la rescousse du vieux maître. Terrible erreur.

Zehus profita de l'occasion inespérée pour fondre sur l'esprit diverti de Korn et lui infliger une lourde attaque. Malgré sa vigueur Korn en fut gravement ébranlé. C'était le moment de lancer le coup fatal. Il s'approcha de Korn, ils n'étaient plus qu'à un mètre l'un de l'autre, à la merci d'un simple coup de couteau. Zehus s'apprêta à frapper une dernière fois.

Aaron franchit la dernière marche en sueur. Son souffle lui brûlait les poumons et il avait manqué de tomber inconscient à plusieurs reprises pour arriver jusqu'ici mais il avait tenu. Il avait tenu en se répétant sans arrêt qu'il ne se laisserait pas partir comme ça. Zach allait le payer, et cher encore ! En chemin il avait manqué de peu de tomber sur le shérif qui prodiguait au petit gros les premiers soins. D'ailleurs le shérif lui-même était bien amoché ! La gonzesse au side-car était avec lui ainsi que le petit noir. S'ils n'avaient pas été si nombreux il aurait aimé s'occuper du grassouillet et de la fille, mais seul contre tous en même temps c'était trop risqué, surtout avec la poitrine qui lui crachait un feu d'enfer.

Dans un claquement de tonnerre digne d'un coup de feu démentiel les deux Guetteurs disparurent sous les efforts de Pharas et de Kleon, épuisés mais alertes.

Aaron vit Zehus qui lui tournait le dos. Il ne perçut ni Zach qui était derrière la porte, ni Korn qui était masqué par Zehus. N'ayant pas celui qu'il cherchait à se mettre sous la botte, il savoura à l'avance le plaisir qu'il allait tirer en écrasant la tête du vieux barbu contre la pierre. Il se rua en avant et fondit sur Zehus.

Zach vit l'ombre d'Aaron alors qu'il revenait à lui, il n'eut que le temps de bondir et de plonger sur Zehus.

Aaron tomba vers le druide.

Zach écarta les bras en fendant l'air et attrapa Zehus au

niveau des hanches. Son élan les entraîna tous les deux sur le côté.

Aaron vit Zehus disparaître devant ses yeux et poursuivit sa chute.

Sa tête s'enfonça dans le ventre de Korn qui ne s'attendait pas à une agression physique et qui était sans défense, trop concentré à lutter dans le monde psychique. Ils furent emportés par le choc et la grande fenêtre qui était derrière Korn se brisa sous l'impact. Immédiatement, une puissante rafale s'introduisit dans la pièce et lécha tous ses occupants.

Korn et Aaron restèrent en équilibre sur le rebord pendant une seconde qui leur parut une éternité et le vide les aspira.

Le cyclone étendit l'une de ses trompes annihilantes et les corps des deux hommes ne touchèrent jamais le sol. Pas pendant les deux heures qui suivirent. Leurs cadavres obéirent à la gravité à plus de cent kilomètres des côtes. Ils flottèrent un moment et s'enfoncèrent lentement dans les profondeurs abyssales.

*

Pendant que Benjamin Hannibal chargeait Lewis — dont l'état était grave mais stabilisé — dans sa voiture avec l'aide de Meredith et Gregor, Zehus se redressa et vit Zach qui lui tendait la main pour l'aider. Pharas et Kleon s'approchèrent de Sean qui se tenait le bras.

Le vent s'engouffrait en bourrasques claquantes, déposant des morceaux de terre ou de végétaux un peu partout.

Quand Zehus fut debout il vit Eveana qui lui tendait le Khann.

— Tenez, je crois que c'est à vous. Et je pense pouvoir dire au nom de tous mes amis que nous n'en voulons plus, dit-elle d'une voix fatiguée où l'émotion pointait à la limite d'exploser.

4.

Il fallut quinze jours aux six adolescents pour se retrouver tous réunis au ponton du parc municipal. Quinze jours pendant lesquels ils durent affronter les nombreux « interrogatoires » de la police mais aussi des journalistes. Benjamin n'avait pas vu les hommes de la Confrérie des Arcanes, et il savait pertinemment qu'il serait impossible d'expliquer seul aux autorités ce qui s'était passé cet après-midi-là pendant le cyclone. Il savait maintenant qu'il existait des phénomènes que l'on refuserait de croire, et il briefa longuement le groupe d'adolescents sur la version des faits à adopter. Suite à l'agression de Sean par l'Ogre, ils avaient formé un commando punitif pour débusquer le tueur et tout cela s'était bien évidemment terminé dans la maison abandonnée de Arrowview.

La Confrérie avait emporté les cadavres de Tebash, Ezekiel et Ashber et constitué prisonnière Bilivine. Ainsi le shérif avait comblé les quelques blancs de l'histoire et les enfants étaient passés pour des héros, l'Ogre avait été emporté par le cyclone au plus fort de la bataille et Aaron... eh bien Aaron personne ne se plaignit de sa disparition, pas même Joséphine Emerson sa petite amie qui se consola bien vite dans les bras de Lloyd Venutz. Aaron avait officiellement fui l'État et un mandat d'arrêt avait été lancé après lui mais Benjamin douta qu'on le trouve un jour...

Lewis venait tout juste de sortir de l'hôpital de Wakefield et ne pouvait pas encore bouger convenablement, alors il passait son temps à se plaindre.

Sean avait le bras et la main plâtrés. Il avait eu beaucoup de peine en apprenant le décès d'Anatole, mais en y réfléchissant c'était sûrement mieux comme ça, il était parti *rejoindre* sa bien-aimée Lydia, et c'était ce qu'il voulait par-dessus tout.

Eveana soignait sa belle peur vécue lorqu'elle avait manqué de peu de se faire violer. Elle se soignait avec Zach lors de séances particulières. C'était une méthode comme une autre.

Quant à Gregor, il s'était découvert une grande amie en la présence de Meredith et ils projetaient déjà de s'associer pour créer un prototype de moto assistée d'un ordinateur.

Après les événements du lundi, la Confrérie avait emporté le Khann et les adolescents n'en entendirent plus parler.

Par cet après-midi frais de novembre, ils se racontèrent mutuellement leur point de vue et leurs agissements lors de cet affrontement final et l'histoire de Zach fut la cerise sur le gâteau.

Il leur expliqua comment il avait été dépité en constatant qu'il n'y avait aucun bâtiment à l'emplacement convenu. Puis comment il avait tout de même eu l'idée d'inspecter le château d'eau qui faisait face au parc, à l'angle des deux rues. Il avait attendu le soir et il avait *ouvert* la porte avec les moyens du bord. À force d'acharnement Zach avait découvert une trappe dans l'unique pièce du bâtiment. Elle menait à un souterrain où il avait débouché sur une espèce de salle secrète dans le style des abris antinucléaires, avec des couchettes, de quoi manger... Un homme était là, Pharas ; Zach avait failli passer un sale quart d'heure jusqu'à ce qu'il fasse comprendre au druide les raisons de sa venue. Il fut conduit en voiture pendant cinq heures de route dans le nord jusqu'à une magnifique propriété dans le Maine. Là il fut introduit à Zehus en personne au beau milieu de la nuit et il dut réexposer la situation. Les druides et lui reprirent la route au petit matin et la suite était connue de tous... O'Clenn avait seulement omis de préciser que le bâtiment était un gros château d'eau en pierre...

— Décidément, dit Lewis, les châtcaux d'eau ils sont

peut-être moches, mais ils nous auront drôlement aidés en attendant !

Il repensa aux mots de Sean qui lui avaient fait recouvrer la lucidité, lui expliquant pourquoi ils étaient bâtis en hauteur.

Une pensée amusante lui vint à l'esprit, et il émit son idée à voix haute :

— Quand on y pense tout s'est bien terminé à cause d'une simple racine d'arbre !

Les autres l'observèrent comme s'il s'agissait d'une bête curieuse.

— Mais si ! reprit-il. Quand on faisait notre paint-ball ensemble Sean et moi, on a vu Aaron et Lloyd et on s'est cachés. Ils ne nous auraient jamais vus si je ne m'étais pas pris les pieds dans une racine tu te rappelles ? Même que suite à ça, on a dû les mitrailler de peinture et depuis ce jour-là Aaron a juré notre mort. Et de fil en aiguille il s'est retrouvé à traîner avec Korn pour nous écraser et c'est ainsi qu'il a fini par pousser Korn dans le vide !

Une simple racine qui devait pousser à cet endroit depuis quinze ans, probablement née en même temps que Lewis, dans un seul et unique but : un jour servir à le faire tomber.

Une pièce d'un *quarter* lui attira le regard. Il se pencha en grognant à cause de la douleur sous les pansements et la ramassa.

Lewis la lustra et l'inspecta tandis que le vent lui ébouriffait les cheveux.

— Hey les mecs, je vais peut-être avoir de la chance maintenant ! s'exclama-t-il.

Ils se regardèrent tous et éclatèrent d'un rire bien sonore. Plus tout à fait le rire qu'ils avaient quelques semaines plus tôt, un rire moins innocent, moins insouciant, plus adulte.

*

ÉPILOGUE

Le chariot s'immobilisa entre une caisse provenant d'Israël et une étagère sur laquelle croupissait une multitude de très anciens livres. L'homme sortit de son étui le grimoire en cuir qui était dans le chariot et le rangea avec les autres livres. Il ne prêta pas attention au titre, le Khann.

L'homme reprit le chariot et le tira en sens inverse. Il passa entre les rayonnages imposants, comblés de livres restés clos depuis très longtemps et éteignit la lumière à l'entrée de la pièce — qui n'ayant pas de fenêtre retourna à son habituelle obscurité.

Pris dans le train-train de sa routine, il ne fit pas même attention au panneau qu'il connaissait par cœur :

STRICTEMENT INTERDIT
BIBLIOTHÈQUE PRIVÉE DU VATICAN

Il remonta au rez-de-chaussée et retourna à ses affaires.

Achevé d'imprimer en mars 2003
sur presse Cameron
par Bussière Camedan Imprimeries
à Saint-Amand-Montrond (Cher)

Composition réalisée par Nord Compo

Imprimé en France

Dépôt légal : mars 2003.
N° d'édition : 33637. – N° d'impression : 031383/4.

ISBN 2-7024-8111-6
Edition 02